HISTOIRE LITTÉRAIRE

DE LA FRANCE

AU QUATORZIÈME SIÈCLE

DISCOURS SUR L'ÉTAT DES LETTRES

PAR

VICTOR LE CLERC

Membre de l'Institut

DISCOURS SUR L'ÉTAT DES BEAUX-ARTS

PAR

ERNEST RENAN

Membre de l'Institut

SECONDE ÉDITION

TOME SECOND

PARIS

MICHEL LÉVY FRÈRES, LIBRAIRES-ÉDITEURS

RUE VIVIENNE, 2 BIS, ET BOULEVARD DES ITALIENS, 15

A LA LIBRAIRIE NOUVELLE

1865

HISTOIRE LITTÉRAIRE

DE LA FRANCE

AU

QUATORZIÈME SIÈCLE

II

Paris. — Typographie de Firmin Didot frères, fils et Cie, rue Jacob, 56.

DISCOURS

SUR

L'ÉTAT DES LETTRES EN FRANCE

AU QUATORZIÈME SIÈCLE.

———

III.

DISCOURS

SUR

L'ÉTAT DES LETTRES EN FRANCE

AU QUATORZIÈME SIÈCLE.

TROISIÈME PARTIE.

DE LA LITTÉRATURE FRANÇAISE EN EUROPE.

Voici le moment où, pour donner une idée plus complète et plus juste de l'état des lettres dans notre pays, lorsque le XIVe siècle y reçut l'héritage des deux siècles qui venaient d'inaugurer avec gloire la langue nouvelle, nous devons exposer quelle était alors l'influence littéraire de la France en dehors de ses frontières.

Quant à la France elle-même, elle avait pour les langues et les littératures étrangères une indifférence dont elle s'est peu corrigée. S'il est dit que le beau chevalier français de *Flamenca*, Guillaume de Nevers, avait appris l'anglais à Paris avec les Sept arts, on ne l'en loue peut-être que parce que c'était un exemple rare chez un peuple à qui il suffisait de

Raynouard,
Lex. rom., t. I,
p. 28 ;
Not. et extr.
des mss.,
t. XIII, p. 101.

parodier les autres langues, en se moquant de ceux qui voulaient parler la sienne.

Henri III, roi d'Angleterre, le contemporain et l'ami de
saint Louis, était le petit-fils du Conquérant ; mais nos malins

Hist. litt.
de la Fr.,
t. XXIII, p. 452.

rimeurs supposent qu'il avait désappris le français. Dans le
plaisant discours où ils lui font annoncer son projet de rendre
par les armes la Normandie à l'Angleterre, nous l'entendons
qui s'écrie, emporté encore plus loin par son ardeur guerrière,
et se croyant déjà maître de cette Sainte-Chapelle qu'on venait admirer de toutes parts :

« Je pandra bien Parris, je sui toute certaine ;
« Je bouterra le fu en cele ev qui fu Saine ;
« La moulins arderra ; ce fu chos mult gravaine
« Se n'i menja de pain de troute la semaine.
        « Par li cinq plais à Diex, Parris fu vil mult grant.
« Il y a un Chapel dont je fi coetant ;
« Je le ferra portier, à un charrier rollant,
« A Saint Amont à Londres toute droit en estaut. »

Éd. de Méon,
t. II, p. 111.

Renart, à son tour, joue le rôle d'un jongleur allemand, prisonnier de guerre :

« Sire, ge fot un bon juglere,
« Et savoir moi moult bon chancon,
« Que ge fot pris à Besancon ;
« Encor moult de bon lai saurai ;
« Nul plus cortois jogler arai. »

Hist. litt.
de la Fr.,
t. XXIII,
p. 480.

Le trouvère Jacques Bretex veut imiter aussi le français du
chevalier tyois qu'il rencontre aux tournois de Chauvanci :

Lors dit en son tyois romant :
« Saint Mairi, où volez aler?
« Laissiez mi quatre mos parler.
« Conte moi vos de novelier.
« Qui sont il devient chevalier? »

Ib., p. 499.

L'accent flamand se retrouve bien mieux dans cette copie
grossière et triviale de nos grandes chansons de geste :

Siggeur, ore scoutés, que Dex vos sot amis,
Van rui de sinte glore, qui en de croc fou mis.
Assés lavés oït van Gerbert, van Gerin...
Van Karlemaine d'Ais, van son pere Paipin, etc.

Dans le jargon mi-parti de français et d'italien, l'origine latine des deux idiomes donne plus de clarté et de naturel à ces jeux d'esprit. Rutebeuf, au temps du saint roi, nous apprend quelle réponse attendait à Rome le solliciteur qui se présentait les mains vides :

OEuvres, t. I, p. 234.

On sait bien dire à Rome : « Se voille impetrar, da ;
« Et se non voille dar, anda la voie, anda. »

Ce chroniqueur qui voulait être véridique, Geffroi de Paris, craindrait de ne pas l'être, s'il ne faisait dire par Boniface VIII à Guillaume de Nogaret, le terrible envoyé du roi :

« Eh ! filiol mi, qui esto ?
« Que me faig taut de tempesto ?
« Favelle à mi, qui est ton sire. »
— « Sire clerc, je le pui bien dire, »
Guille Longaret respondi,
Qui onques plus n'i atendi.

Ms. 6812, v. 1995.

Le pape, resté presque seul dans son palais d'Anagni, se lamente :

« O mi Sire, nomine Dex !
« Où sont andas, filiol mi, cex
« Qui si nous ont fort tormentat ?
— « Ils en ont emporté le cat, etc. »

Vers 2110.

Ces bouffonneries, petites scènes du grand conflit qui se permit tous les excès, et qui descendit jusqu'à promener des figures grotesques du pape dans les rues de Paris, font voir comment on se servait des deux langues ainsi mêlées, surtout pour la satire.

Mais il ne faudrait pas croire que l'italien, malgré cette multitude de Lombards qui habitaient la France, y fût beaucoup plus connu que les autres langues étrangères. Quand on voulut faire mettre en français le *Decameron,* il ne se trouva personne

P. Paris,
Mss. fr., t. I,
p. 242.

qui sût assez l'italien pour tenter l'entreprise, et le translateur Laurens de Premierfaict ne put se passer d'une version latine, que fit exprès pour lui de ces nouvelles d'amour un frère Mineur d'Arezzo, « bien instruit aux deux langaiges, maternel et « latin. »

Les œuvres de nos écrivains n'auraient jamais eu qu'une action fort restreinte chez les autres peuples, s'il avait fallu, pour qu'elles fussent comprises, leur faire d'abord subir ainsi l'épreuve de deux traductions. Mais à Londres, à Vienne, à Stockholm, à Athènes, à Barcelone, à Rome, on les lisait en français.

ANGLETERRE.   La France a exercé trois fois son influence intellectuelle et morale sur l'Angleterre; trois fois la littérature française a passé le détroit.

Pendant les deux premiers siècles après la conquête, pour la langue, pour les œuvres de la poésie et de la prose, l'Angleterre, au moins à la surface, offre l'aspect d'une seconde France. Guillaume fait rédiger en français et ses lois et tous les actes publics. Il veut qu'on ne plaide que dans cette langue, et qu'on l'enseigne même avant le latin : cette dernière ordon-
Académ.
des Inscr.,
t. XXIV, p. 670.
nance, si l'on en croit Robert Holkot, s'observait encore en 1349. Sous les descendants de Guillaume, par les encourage-ments surtout de Henri II et de Henri III, qui resserrèrent à plusieurs reprises les liens de leur famille avec son pays natal, notre langue, transplantée par la victoire, continue d'être cul-tivée. On y raconte en vers la gloire de leurs aïeux; puis, leurs propres actions, l'expédition d'Irlande, la guerre d'Écosse; et pour amuser leurs loisirs, Gautier Map et quelques autres dé-veloppent en prose française les vieilles aventures bretonnes, Tristan, Lancelot, rimées dans le même temps en France par Chrestien de Troyes.

Il fallait que l'usage du français eût pénétré assez avant dans la foule, puisque cette langue est employée par ceux qui s'adressent non-seulement à la cour, mais au peuple. Un grand nombre de couplets satiriques en français, destinés à tous les rangs de la société anglo-normande, se sont conservés.

Étienne Langton prêche sur un texte pris dans une chanson française, et compose en rimes françaises les plaidoyers de Merci, Paix, Justice et Vérité, parlant pour et contre l'homme devant Dieu le Père. Peu de temps après lui, l'évêque de Lincoln, le fécond Robert Grosseteste, versifie à son tour en français, tantôt les mêmes plaidoyers, tantôt des Vies de saints, comme celle de Marie égyptienne, tantôt des allégories religieuses, comme le « Chastel d'amour, » ce château mystique, habité par Jésus-Christ, et qui n'est autre que la sainte Vierge; long recueil d'homélies, qu'il a voulu, comme il dit lui-même, écrire en roman,

Libri Psalm. versio antiqua gallica. Oxonii, 1860, p. xxi, 361-368.

Éd. de Londres, 1852, p. 4.

> Por ceus qui ne sevent mie
> Ne lettrure ne clergie.

On peut croire que c'est alors, selon la conjecture de Wood et de Bale, que les Anglais, qui furent, avec les nations de France, de Normandie et de Picardie, une des quatre nations de la Faculté des arts dans l'université de Paris jusqu'en 1436, y fondèrent un collége, dont leur célèbre Giraud de Barri eut, dit-on, pendant trois ans la direction. Les bourses écossaises, instituées à Paris en 1326 par David, évêque de Murray, furent protégées par Marie Stuart, Jacques II, et se sont maintenues pendant plusieurs siècles.

Hist. univ. oxon., p. 55. Centur. 3, n. 59.

On murmure, dès l'origine, contre les jeunes nobles qui viennent étudier en France :

> Mittuntur in Franciam fieri doctores, etc.

Th. Wright, Anecd. litt., p. 38. Nigell. Wireker, Spec. stultor.

La satire n'épargne pas les défauts et les travers qu'ils s'en vont chercher à Paris. L'université n'en compta pas moins, même dans ce siècle de sanglantes rivalités, Duns Scot, Nicolas Triveth, Walter Burley, Geoffroi de Cornouailles, Jean Mandeville, Guillaume Okam, parmi ses disciples et ses docteurs.

A Oxford même, il y avait des colléges dont les statuts ordonnaient encore en 1328 de ne parler que latin ou français, *colloquio latino, vel saltem gallico.*

Warton, Hist. of engl. poetry, t. I. p. 6.

A ce premier âge, quelquefois original, de la littérature

anglo-française, heureux fruit d'une alliance désormais dé-
truite, succède l'âge des traductions. La séparation de la Normandie depuis Philippe-Auguste, et bien plus encore, à dater
du siècle suivant, les longues guerres avec l'Angleterre, où le
statut d'Édouard III rétablit l'ancien idiome dans les plaids
en affaires civiles, font abandonner insensiblement à un grand
nombre d'Anglais la culture d'une langue qu'ils regardent
comme celle d'un peuple ennemi. Nous les voyons recourir
alors aux traductions du français, qui, déjà nombreuses chez
eux, se multiplient sans cesse et prennent pour longtemps la
place de leur littérature anglo-saxonne, frappée de stérilité.
Dans cette foule de traducteurs inconnus, il y en a quelques-
uns dont le nom est resté, Chaucer, Gower, Lydgate ; et ce
sont les pères de la poésie anglaise.

Mais avant de rechercher ce que chacun d'eux a pu imiter
de nos trouvères, il conviendrait de parcourir rapidement la
longue série des imitations anonymes, plus anciennes quelquefois que celles qui portent un nom ; car il y a tel de nos grands
poëmes qui a dû être ainsi transformé dès le moment où il
parut en France.

Lorsque Chaucer, avant Cervantes, mais après nos poëtes,
veut se moquer de cette chevalerie dont ils avaient ri les premiers, il met en parallèle son héros grotesque, sir Thopas, avec
les chevaliers les plus illustres :

Éd. de Lond.,
1843, p. 106.

Men speken of romaunces of pris,
Of Horn Child, and of Ipotis,
Of Bevis, and sire Guy,
Of sire Li Beaus, and Pleindamour;
But sire Thopas, he bereth the flour
Of real chevalrie.

Toutes ces précieuses histoires dont l'Angleterre alors parlait
tant, Horn et Rimenhild, Beuve de Hanstone, Guy de Warwick, le Beau desconnu, auxquels il faut joindre Perceval,
nommé quelques vers plus bas, sont aujourd'hui regardées par
tous les critiques anglais comme ayant été d'abord, au moins
dans leur forme populaire, composées en français. Pleindamour
ne se retrouve ni dans l'une ni dans l'autre langue, sinon comme

personnage épisodique ; mais la vraisemblance est pour la même origine. Ipotis est plus douteux, et il paraît qu'il y avait sous ce titre une légende religieuse ; s'il ne s'agit que d'un roman profane, on pourrait y voir une branche du Tristan, où, dans la traduction grecque, le vieux chevalier, ὁ Πρέσϐυς ἱππότης, doit être Branor le Brun.

Chaucer cite encore ailleurs *Octavian*, traduit aussi du français. Quant'au poëme où les Anglais admirent le plus l'abondance et l'énergie de leur vieux langage, *Kyng Alisaunder*, l'imitateur dit lui-même qu'il n'emprunte du texte latin la description d'une des batailles contre Darius que parce que le texte français ne la lui donne pas :

The Book of the dutchess, v. 368, p. 365. — The romance of Octavian. Oxford, 1809. — H. Weber, Metr. rom., t. III, p. 157-239. Ibid., t. I, p. 95.

> *This batail destuted is*
> *In the french, wel Y wis ;*
> *Therfore Y have, hit to colour,*
> *Borowed of the latyn autour.*

Sans prétendre compléter ici la liste des traductions anonymes, nous indiquerons seulement quelques témoignages notables de cette facile transmission d'une langue à l'autre, et d'abord dans des sujets où l'on pourrait croire que l'original était anglais. Comment ne le supposerait-on pas de Horn Child, de Guy de Warwick, de Beuve de Hanstone ? Le premier de ces poëmes n'en est pas moins reconnu comme la reproduction d'un des nôtres. Il y a du second trois rédactions anglaises, imprimées toutes les trois ; et l'on s'accorde cependant à n'y voir qu'une imitation du poëme français, inédit jusqu'à présent. Beuve de Hanstone, dont Walter Scott avait fait copier la rédaction anglaise sur un manuscrit de Naples, lorsqu'il visitait l'Italie en 1832, et qui a été imprimé six ans après, quoiqu'on pût le lire déjà dans trois éditions, semblerait appartenir à l'Angleterre et par cette seigneurie de Southampton que le titre rappelle, et par les aventures mêmes du jeune chevalier, qui, proscrit par sa mère, éprise du fameux Doon de Mayence, revient d'un long exil en diverses contrées lointaines, pour venger, comme Hamlet, la mort de son père. L'original français, en vers du XIIIe siècle, est inédit. L'imitation italienne, antérieure à l'an 1348, est imprimée.

Beloe, Anecd., t. I, p. 404-406. — Lowndes, The Bibl. manual, t. II, p. 960.

Mss. fr., n. 2732 ; suppl. fr., n. 5405.

Un poëme fait pour intéresser bien plus encore les Anglais, qui l'ont publié trois fois dans leur langue, *Richard Coer de Lion*, commence à peu près ainsi : « Seigneur Jésus, roi de « gloire, quelles grâces et quelles victoires tu as envoyées au « roi Richard ! combien est édifiante l'histoire de ses prouesses ! « On lit, en Angleterre et en France, les gestes de Roland, « d'Olivier, d'Ogier le Danois, de Turpin, des douze pairs, « d'Alexandre et de Charlemagne, du roi Artur et de Gauvain; « les anciennes guerres de Troie, Achille, Hector, ont été cé- « lébrés en rimes. Mais la gloire de Richard et de ses nobles « chevaliers n'a été jusqu'ici racontée qu'en français ; et, dans « la foule, il s'en trouve chez nous à peine un sur mille qui « puisse comprendre ces récits de la France. Je veux vous les « faire en anglais, et que la bénédiction de Dieu soit sur ceux « qui voudront m'écouter ! »

H. Weber, Metr. rom., t. II, p. 3-278.

Les critiques anglais qui parlent de ces divers poëmes, de ceux-là même où l'aveu du traducteur est moins sincère, les reconnaissent pour traduits. Le commentateur de Chaucer croit que, jusqu'à ce poëte, il n'y a pas en anglais de roman qui ne soit d'origine française, *a translation or imitation of some earlier french romance*. Un savant, dont le patriotisme saxon n'est point douteux, a déclaré en ces termes qu'on ne pouvait contester aux trouvères français l'honneur de l'invention : *The praise of originality and invention belongs to them almost exclusively*. D'autres voudraient bien revendiquer les auteurs originaux pour des Anglais qui, nés depuis la conquête, ont préféré à leur langue celle des conquérants : *It was infortunate for the english language, that the best poets, born in the island soon after the conquest, chose to write in french, at that time the language of the court*. C'est ce qu'ils peuvent dire de plusieurs sans invraisemblance, quoiqu'ils n'aient certainement aucun droit de réclamer ni Benoît de Sainte-More, ni Chrestien de Troyes, ni les premiers auteurs des poëmes sur Charlemagne, sur Alexandre, et que nous ayons vu Thomas de Canterbury chanté par un trouvère picard. Mais, comme ils conviennent eux-mêmes que, dès le premier siècle après Guillaume, la langue française dégénéra chez eux, le style seul, avec des manuscrits dignes de confiance, peut décider la question.

Tyrwhitt, p. xxxv.

J.-J. Cony-beare, préf. de l'Octav., Oxf., 1809, p. v.

H. Weber, ouvr. cité, t. I, p. xvi.

Le prologue de *Richard* témoigne assez que les Anglais, outre nos poëmes de Troie et d'Alexandre, avaient traduit en grand nombre les gestes des douze pairs de Charlemagne. Ce sont eux qui nous ont aussi conservé, dans leurs archives ecclésiastiques de Lambeth, ce beau monument de notre poésie primitive, encore assez voisin de sa rudesse originelle, quoique défiguré déjà plus qu'on ne l'a dit par des mains saxonnes, le poëme de Roncevaux ou de Roland. Il ne s'agit pas ici d'un ouvrage devenu la proie d'un plagiaire, comme l'Alexandre maladroitement déguisé sous les mauvaises rimes françaises de leur Thomas de Kent, mais d'un texte aussi fidèlement transcrit qu'on pouvait l'attendre de l'ignorance de leurs copistes. Nous y apprenons, même dans l'état où il est, par quelle majesté simple et pure, par quelle brièveté entraînante, nos grandes compositions narratives, avant les perpétuels remaniements qu'elles ont subis, conquirent dès l'abord un ascendant qu'elles ont gardé plusieurs siècles. Ce n'était pas avec un long tissu de fictions, surchargé sans cesse d'aventures nouvelles, accru hors de toute proportion, et que l'imprimerie fit allonger encore, c'était avec un récit assez court, presque nu, mais énergique et fier dans sa simplicité, que s'emparèrent de la poésie européenne les caractères nouveaux que la France venait de créer.

Beuve de Hanstone, autre poëme de l'ère de Charlemagne, avait pu conserver, sous ses diverses formes, quelque chose de cette verve native ; mais dans *Rouland and Vernagu*, dans *Sir Otuel*, imitations anglaises réunies en un même manuscrit vers l'an 1330, le nouveau Roland, ce docte champion, qui rend tout à fait inintelligibles les arguments théologiques dont il ne se sert pas aussi bien que de son épée contre le géant Ferragus, ce négociateur complaisant, qui offre humblement au Sarrasin Otuel, pour prix de sa conversion, la belle Belissent, la fille de l'empereur, n'est déjà plus le vrai Roland. Le poëme français d'Otinel permet, aujourd'hui qu'il est publié, de rapprocher des copies anglaises le portrait original du Sarrasin renégat, qui oublie trop facilement qu'il est fils ou neveu de Ferragus, mais dont quelques traits rappellent du moins l'orgueil de sa race.

Sir Ferumbras, vers le même temps, n'est aussi qu'une pâle

Éd. de
A. Nicholson,
Edinb., 1836,
in-4.

copie du poëme français de Fierabras, publié longtemps après l'imitation provençale. Notre charmant poëme d'Amis et Amiles n'a pas moins perdu dans la version.

On doit s'attendre surtout, dans cette longue suite d'ouvrages traduits, à une certaine prédilection pour les légendes de la Table ronde. En effet, nous voyons passer tour à tour entre les mains de ceux qui poursuivent assez longtemps encore ce commerce littéraire, la Mort d'Artur, imitation et suite du Lancelot français; le Chevalier au lion, qui se retrouve dans les quatre mille trente-deux vers d'*Ywaine and Gawin;* le Saint-Graal, mis en anglais par Henri Lonelich ; le Beau desconnu, souvent cité par Chaucer sous ce titre, et qui paraît l'avoir gardé, à cause de sa célébrité, dans la rédaction anglaise, que l'on peut comparer maintenant à notre texte; l'Ypomedon, auquel le lieu de la scène, qui est d'abord en Calabre, et les noms grecs des personnages, donnent un caractère à part : le père du héros se nomme Hermogène ; son frère, Capanée ; son précepteur, sir Tholomew (Ptolémée); ses cousins ou ses amis, Jason, Méléagre. Tout cela vient du poëme français de Hue de Roteland, dont le Protesilaus se recommandait moins aux traducteurs anglais que l'Ypomedon, où ils retrouvaient Artur, et Artur avec le titre de roi de France.

Ritson, Metr. rom., t. I, p. 1-169.

Mais il reste un plus grand nombre encore de reproductions anglaises de nos simples romans d'aventures, dont l'origine n'a point paru douteuse, quoiqu'ils ne se soient pas jusqu'à présent retrouvés toujours en français : *Sir Isumbras,* que l'on croit avoir servi de modèle au portrait grotesque de Sir Thopas par Chaucer, et dont le texte anglais a eu plusieurs éditions ; *Sir Triamour,* publié dès le XVIᵉ siècle, et qui nous montre les infidèles battus en Aragon et en Hongrie, non sans beaucoup d'événements merveilleux, de pèlerinages et de géants ; *Sir Eglamour d'Artois,* imprimé aussi, où le jeune Eglamour, après avoir mérité par ses prouesses la main de la belle Christabel, fille du souverain de l'Artois, sir Prinsamour, l'épouse en présence du roi d'Israël, du roi d'Égypte et de l'empereur Constantin, venu de Rome exprès pour les noces du chevalier.

Utterson, Select. pieces, etc. London, 1817, in-8. — Orch. Halliwell, The Thornton rom., 1844, in-4, p. 88-120. Ib., p. 121-176.

La critique anglaise vient encore de regarder comme des

copies d'un ancien texte français deux ouvrages que nous pourrions, sans regret, laisser à nos voisins, *Sir Degrevant* et *Sir Degarre*.

Une des rédactions de notre Amadas, dont il y a aussi quelques réminiscences en Angleterre, et qui ne fut pas oublié en Espagne, a été conservée ; mais elle est inédite.

On a dû préférer de très-bonne heure à de si tristes rejetons de notre grande poésie chevaleresque cette jolie composition de Flore et Blanchefleur, reproduite dans toutes les langues européennes : le fragment en vers anglais, imprimé en 1829, est du temps de Chaucer.

Il n'est point de genre où l'Angleterre ne nous offre de ces imitations sans nom d'auteur. Sous le règne d'Édouard Ier, le grand poëme satirique de Renart passe la mer : quelques épisodes du moins, comme celui d'Ysengrin dans le puits, sont alors traduits en vers anglais presque mot à mot. On en suit même la trace dans les recueils de fables ou d'histoires latines rédigées en Angleterre pour les prédicateurs. Les lais bretons que nous connaissons par Marie de France y durent être aussi traduits plus d'une fois, et non pas sur les anciens textes ; car de bons juges sont persuadés que le lai du Frêne, publié incomplétement en anglais, a été calqué sur la version française. C'est ainsi que lorsqu'il se trouve un de ces poëmes dans les deux langues, presque toujours l'anglais n'est qu'une traduction du français, même pour ceux dont le titre ferait croire le contraire, comme on l'a vu pour Beuve de Hanstone, Horn Child, Richard, et comme on doit le reconnaître pour Haveloc le Danois.

La Chronique de Pierre Langtoft en vers alexandrins français, depuis l'an 688 jusqu'à la fin du règne d'Édouard Ier, n'est encore complétement connue que par la traduction en vers anglais de Robert de Brunne ; et une autre Chronique française, celle de sir Thomas de la Moore, chevalier du Gloucestershire, sur le règne d'Édouard II, par la traduction latine de Geoffroy Baker, publiée par Camden, et traduite à son tour en anglais. Déjà l'un des deux poëmes historiques de Wace, le Brut, avait été traduit presque aussitôt en rimes anglaises par un certain Layamon.

Ib., p. 177-256. — Will.-H. Miller, Sir Degarre. Edinb., 1849, in-4.

Weber, ouvr. cité, t. III, p. 243-275. — Robson, Three early metr. rom., p. XXIV, 27-56. Hartshorne, Anc. metr. tales, p. 31-116.

Reliquiæ antiquæ, t. II, p. 272-278. — Hist. latinæ, p. XVI-XXVI. Ib., p. XI.

G. Ellis, Spec. of early english metr. rom., p. 538.

Id., Specim. of the early english poets, t. I, p. 48-60.

De ces traductions sans nom, ou qui portent des nóms peu connus, il est temps d'arriver à quelques noms célèbres. Chaucer avait beaucoup « translaté ; » c'est ce que proclame un de ses amis, le poëte français Eustache des Champs :

> Grant translateur, noble Geffroi Chaucier.

Né à Londres vers l'an 1330, mort en 1400, il avait vu la France, l'Italie, et, comme ses meilleurs disciples, Gower et Lydgate, il avait mis à profit les poëtes des deux pays : on ne croit pas qu'il eût étudié ceux de la Provence.

Il traduit en prose, sur le texte latin d'Albertano de Brescia, ou sur la rédaction française, Melibée et Prudence, un des longs sermons qui purent faire excuser plus tard les libertés de ses contes de Canterbury. Il imite en vers, dans son A B C, prière à la Vierge, la prière française de Ferrant, l'A B C Nostre Dame, où chacune des lettres, dans l'ordre alphabétique, commence un couplet. Il imite aussi, toujours en rimes anglaises, du roman de la Rose, tout ce qui est de Guillaume de Lorris, et une partie de la continuation de Jean de Meun ; la Complainte de Mars et de Vénus, par Granson ; le Fablel du dieu d'amour, une de nos fictions les plus anciennes et les plus gracieuses ; la ballade du Village, dont le texte français n'a point reparu.

Dans son Palais de la Renommée, que Warton croirait volontiers imité d'un poëte picard, et où l'on reconnaît du moins ces allégories qui avaient envahi depuis longtemps la poésie française, Chaucer, à côté d'Homère et de Virgile, place Darès et Gui Colonne. Ces deux conteurs latins de la guerre de Troie ne lui avaient cependant pas fourni l'épisode dont il a fait son poëme de *Troilus et Creseide,* popularisé par la scène anglaise. Il l'attribue à un prétendu Lollius, mais il le devait à Boccace : nous verrons ailleurs que Boccace l'avait pris à la France.

Chaucer, dès le début du meilleur de ses ouvrages, imite encore Boccace comme poëte, avant de l'imiter comme conteur. Le premier des entretiens de ces trente pèlerins, partis, vers l'an 1383, de l'auberge de Southwark, à l'enseigne du Tabard, pour aller au tombeau de saint Thomas de Canterbury, est le récit des aventures où deux chevaliers thébains, Arcite et Pa-

Hist. litt.
de la Fr.,
t. XXIII, p. 253.

lémon, se disputent Émilie, belle-sœur de Thésée, duc d'A-
thènes. Fidèle au plan de la Théséide italienne, l'imitateur est
quelquefois original dans les détails. La peinture d'un des suivants du dieu Mars, Lycurgue, roi de Thrace, a beaucoup de
relief et d'éclat ; mais presque tout le reste, les longs discours
de Thésée et des deux héros, la description allégorique de la
cour de Mars et de celle de Vénus, les funérailles d'Arcite et
le feu mis au bûcher par Émilie, tout cela vient du poëte toscan, qui, dans ce premier essai d'épopée, donne quelquefois à
ses octaves une énergie qu'il n'a point retrouvée depuis.

On sait que plusieurs nouvelles des autres pèlerins, comme
celle de Griselidis, racontée par un clerc d'Oxford, qui prétend
la tenir de Pétrarque, parce que celui-ci l'avait mise en latin,
viennent réellement de Boccace ; mais on n'avait pas fait une
observation qui est de quelque importance dans notre sujet,
c'est que diverses circonstances des nouvelles de Chaucer, qui
ont passé jusqu'ici pour d'heureux changements de son invention, sont tout simplement traduites de nos fabliaux. On le
louait aussi d'avoir le premier, longtemps avant Cervantes,
laissé voir, dans son étrange figure de sir Thopas, le côté gro-
tesque ou héroï-comique de la chevalerie : nous pouvons affir- Ib., t. XXIII,
p. 496-503.
mer aujourd'hui que dans ce genre qui a fait la gloire du Pulci
et de l'Arioste, il avait été devancé, ainsi que l'auteur du Tour-
noi ridicule de Tottenham, par le Dit d'aventures, par les facéties trop libres d'Audigier, par le Siége du château de Neuville,
par le petit poëme sur Charlemagne à Constantinople, et même
par de grandes compositions, telles que le Moniage Guillaume,
Rainouart, Baudouin de Seburg.

Ces nombreuses imitations de notre vieille poésie française
n'avaient pas été suffisamment remarquées dans Chaucer,
parce qu'on s'était préoccupé de ses rapports avec l'Italie; mais
nous croyons que plus on comparera ses œuvres avec celles de
nos trouvères, plus on reconnaîtra combien il leur ressemble.
C'est une ressemblance fort naturelle de la part de celui qui
disait : « Des esprits supérieurs se sont plu à dicter en fran- Testam.
of Love, prolog.
« çais, et ils ont accompli de belles choses, *and have many*
« *noble things fulfiled.* »

Chaucer a tous les défauts des trouvères ; il est inégal comme

eux ; il s'abandonne à tous les hasards d'une imagination capricieuse ; il ignore les conditions difficiles de l'ordre et de la
proportion, l'art de préparer et de lier entre elles les diverses
parties d'un récit ; le style même, qui ne manque ni de force
ni d'adresse, abonde, comme chez ses maîtres, en négligences
et en trivialités. L'avantage de Chaucer est d'avoir été toujours
lu et compris d'un grand nombre de ses compatriotes, tandis
que nos vieux poëtes ont eu à subir, en France, un tel oubli,
qu'on y a fait honneur de leurs inventions à des imitateurs
étrangers.

A la tête des contemporains de Chaucer que les critiques anglais regardent comme de la même école, Jean Gower, son ami,
dans les contes plus ou moins moraux de ce long poëme anglais qu'il intitule *Confessio amantis*, en a recueilli un certain
nombre dont la source est française, et on lit sur sa tombe des
prières rimées en français. Gower connaît Ovide, mais il imite
encore plus Jean de Meun ; il lui emprunte ses éternelles allégories, ses allusions mystérieuses au grand œuvre, la témérité
de ses spéculations philosophiques. Il cite quelquefois aussi nos
anciens poëmes, Lancelot, Tristan, Amadas, Partonopeus de
Blois. Le nom de Dante ne lui est pas inconnu ; on lit à la marge
d'un des manuscrits de son principal ouvrage : *Nota exem-
plum cujusdam poete de Italia, qui Dantes vocabatur*. Enfin,
il a composé lui-même, entre autres poésies françaises, cinquante ballades, qu'on peut placer vers l'an 1350, et qu'il ne
faudrait point juger avec trop de sévérité, soit parce que nous
n'en avons que des citations fort incorrectes, soit parce que
l'auteur est le premier à réclamer pour ses vers français une
juste indulgence :

Confess. am.,
l. vii, éd.
de Londres,
1857, t. III,
p. 163.

> Jeo sui Englois ; si quier par tiele voie
> Estre excusé.

Occleve, qui avait étudié le droit à Londres comme Chaucer
et Gower, conserve encore, un peu plus tard, leurs habitudes
d'imitation littéraire : mécontent peut-être de ses mauvaises
ballades françaises, il met en vers anglais des maximes politiques, prises des Échecs moralisés de Jacques de Cessoles, ou

du Gouvernement des princes composé par Gilles de Rome pour Philippe le Bel, et versifie quelques nouvelles, comme la Bonne Florence de Rome, ou d'après les *Gesta Romanorum,* ou d'après nos conteurs.

Jean Lydgate, de l'abbaye bénédictine de Bury, auteur très-fécond, rapporte un énorme butin de ses voyages dans les pays étrangers : des stances sur la Danse des morts, qu'il traduisit du français, à la requête du chapitre de Saint-Paul de Londres, pour accompagner les peintures du cloître ; un poëme, en neuf chants, imité du livre de Boccace *de Casibus virorum illustrium,* mais d'après la traduction française de Laurens de Premierfaict ; une Destruction de Troie, qui vient de notre Benoît de Sainte-More ; la première partie du « Pelerinage » de Guillaume de Guilleville, en vers de la même mesure ; une ballade sur la Bicorne, copiée, selon Tyrwhitt, de l'ancienne satire française. Lydgate pouvait être grammairien, et dans la liste de ses deux cent cinquante et un ouvrages, on en trouve un sous ce titre, *Prœceptiones gallicæ linguæ ;* mais il ne fut jamais poëte. Il semble que toute la longue vie de ce moine ait été employée à revêtir d'un style traînant et diffus les pensées des autres.

Éd. de Nath. Hill, Lond., 1858, p. 7.
Hist. litt. de la Fr., t. XXIII, p. 247.

Ritson, Bibliogr. poet., p. 79.

Ainsi Thomas Chestre, vers le temps de Henri VI, traduisit en anglais, peut-être d'après Marie de France, le lai de Lanval, et du français ou du breton, le lai d'Emare. On lui attribue encore un Comte de Toulouse (*Erl of Toulouse*), qui paraît d'origine française, mais qui n'a été publié qu'en anglais.

Ritson, Metrical rom., t. I, p. 170-215; t. II, p. 204-247; t. III, p. 93-144.

Il n'est pas impossible de reconnaître dans les cent vingt-cinq quatrains qui ont pour titre, *the Knight of curtesy and the fair lady of Faguell,* sous la forme des ballades anglaises, le Châtelain de Couci et la dame de Fayel.

Ibid., t. III, p. 193-218.

Les vieilles ballades en l'honneur de *Sir Penny* rappellent notre Dan Denier. C'est aussi du français que Hugues Campeden traduit en vers de huit syllabes le livre de Sidrac, beaucoup plus court dans l'original hébreu que dans les nombreuses versions qui n'en ont conservé que le plan.

En 1630, on représentait encore devant Jacques Ier, à Oxford, un drame scolastique, *The Marriage of arts,* imité de notre fabliau.

D'Israeli, Curios. of liter., p. 187.

Ces imitateurs anglais des œuvres françaises, les plus anciens surtout, comme Chaucer et ses contemporains, ont été souvent accusés de gallicismes. Warton, qui a voulu les défendre, et qui aurait pu se contenter de dire qu'ils étaient bien excusables d'emprunter quelque chose à une langue que les rois, les princes et toutes les grandes familles parlaient en Angleterre depuis deux cents ans, fait remarquer avec raison que, pendant ce même siècle, lorsque la guerre eut éclaté, les expéditions dans les diverses provinces de la France, le long séjour qu'on y fit à plusieurs reprises, la captivité du roi Jean et ses rapports, ainsi que ceux de ses compagnons d'exil, avec la noblesse anglaise, purent contribuer encore, malgré ces perpétuels conflits, à maintenir dans les classes élevées l'usage d'une langue désormais étrangère. Or, en Angleterre, c'était surtout à la haute société que s'adressaient les poëtes. Mais ce reproche de gallicismes va faire le tour de l'Europe, et il servira du moins à prouver combien de nations différentes avaient appris le français.

Chaucer, avec son bon sens, n'a pas de peine à voir que la langue française devient de plus en plus barbare chez ceux de ses compatriotes qui s'obstinent à l'écrire, et il paraît songer à Gower ou à Pierre Langtoft, lorsqu'il dit fort sagement : « Il « y en a qui veulent être poëtes en français, et qui doivent « plaire aux Français tout comme ceux-ci nous plaisent quand « ils veulent parler anglais... Que les clercs écrivent en latin, « puisqu'ils savent le latin ; les Français, en français, puisque « c'est leur langue ; et nous, en anglais, puisque c'est la nôtre.»

Tyrwhitt's
Chaucer,
p. xxxvi.

Warton, Hist.
of engl. poetry,
t. I, p. 6.

C'était le temps où deux maîtres de grammaire, Jean Cornwall et Richard Pencriche, venaient de donner l'exemple de parler anglais dans leur école. L'historien qui rapporte ce fait ajoute qu'en 1385 les enfants n'apprenaient plus le français. Mais depuis longtemps on l'apprenait mal, et on l'écrivait plus mal encore. Le récit français de la déposition du roi d'Angleterre Richard II, en 1400, n'est d'une versification assez correcte que parce qu'il est d'un auteur normand. On n'en conserva pas moins pour le français le même respect que pour une langue savante : c'est sur le français que le vieil imprimeur Caxton, mort en 1491, traduisait en prose anglaise Virgile et Ovide.

Archæologia,
t. XX, p. 295-
423.

Si de ces deux premiers âges de notre littérature en Angleterre, l'un vraiment original, mais l'œuvre des conquérants,
l'autre qui n'a guère produit que de timides copistes, nous
voulions redescendre un moment jusqu'à une troisième époque,
celle de la simple imitation, qui n'est quelquefois même qu'une
réminiscence involontaire, les rapprochements ne nous man-
queraient pas.

Shakspeare tient encore, par de nombreuses ressemblances,
à la poésie du moyen âge. Il en a recueilli les traditions, soit
par l'intermédiaire de Chaucer et de ceux qui se firent disciples des mêmes maîtres, soit par Boccace et les conteurs italiens, soit par les traductions anglaises, en vers et en prose,
de nos anciens romans. Ainsi, nous avons en français, avec
des circonstances diverses, l'aventure d'un mari ou d'un amant
qui, sur de faux rapports, croyant sa femme ou sa maîtresse
infidèle, et l'ayant abandonnée seule dans un lieu sauvage,
reconnaît ensuite la trahison, se venge, en combat singulier,
du calomniateur, et obtient son pardon de celle qu'il n'aurait
jamais dû soupçonner. Tel est le sujet de Gérart de Nevers, où
le signe secret que le perfide Lisiart se vante d'avoir découvert
est une violette ; du Comte de Poitiers, où le duc de Normandie donne pour preuves de son succès un anneau, des cheveux,
un lambeau d'étoffe ; du Roi Flore et de la belle Jehanne, récit en prose, où c'est une tache noire que Raoul prétend avoir
vue. Tel est aussi le sujet du *Cymbeline* de Shakspeare, où le
plus effronté des hommes, Iachimo, déclare avoir admiré sur
le sein gauche d'Imogène « une étoile à cinq rayons, pareille
« aux gouttes de pourpre qui brillent dans le calice d'une pri-
« mevère. » Le drame paraît emprunté surtout d'un conte de
Boccace et de la chronique d'Holinshed. Mais notre « Gerart
« de Nevers, » qui a donné lieu à bien d'autres imitations, est
fort antérieur au conte et à la chronique.

Un mystique resté populaire, Jean Bunyan, traduit souvent
son *Pilgrim's progress* du vieux poëme français de Guillaume
de Guilleville, le Pèlerinage de la vie humaine, dont Lydgate
avait commencé la traduction.

Plusieurs de ces inventions de notre ancienne poésie n'é-
taient pas encore oubliées en Angleterre au temps de la reine

Hist. litt.
de la Fr.,
t. XVIII,
p. 760-771.
Ibid., t. XXII,
p. 782-788.

Anne; elles s'y étaient principalement conservées sous la forme latine, depuis que le français avait cessé d'y être vulgaire.

Ib., t. XXIII, p. 138.
Aussi n'était-ce pas sans vraisemblance que Thomas Parnell, pour faire croire que dans un des poëmes de son ami Pope il y avait une fiction qui n'était pas de lui, prétendait l'avoir lue dans les écrits d'un ancien moine, dont il produisait même le texte latin. Des récits de nos trouvères avaient subi, en vers ou en prose, cette transformation latine, surtout à l'usage des sermonnaires; et Parnell le savait bien, car il est possible qu'il eût pris lui-même dans les homélies d'Albert de Padoue, mort en 1323, son apologue de l'Ermite accompagné de l'ange, un de nos fabliaux les plus connus.

Pope devait être naturellement soupçonné de quelques imitations, lui qui a mis en vers les lettres d'Héloïse et a traduit Homère. On le croirait moins de Swift, dont les Anglais admirent et proclament l'originalité. Le grand inventeur cependant, ou par lui-même, ou par l'entremise d'autrui, fait plus d'un emprunt à la France. Son Gulliver, dont la première idée peut appartenir autant aux Voyages de Cyrano qu'à l'Histoire véritable de Lucien, n'est certainement venu que plusieurs siècles après ces voyages imaginaires dont nos poëmes chevaleresques sont remplis, et dont la parodie ne s'était pas fait si longtemps attendre, comme il est facile d'en juger par notre Dit d'aventures, où sont accumulées en quelques vers toutes les merveilles des forêts enchantées, tous les monstres, toutes les tempêtes, toutes les catastrophes, et auquel tant de facéties anciennes et modernes ne sauraient disputer l'avantage de la brièveté, qui, pour ce genre, est la meilleure excuse.

Swift, dans son conte du Tonneau, où trois croyances sont représentées par les trois frères, Pierre, Jean et Martin, ne fait que répéter, comme Lessing encore après lui, cette vieille parabole religieuse de Melchisedech, empruntée déjà par l'Italie
Ib., p. 259.
à un de nos trouvères, qui, dans le Vrai anel, nous fait le premier l'histoire de ces trois anneaux, symboles de la loi juive, de la loi chrétienne, de la loi sarrasine, et dont un seul est de vrai métal.

Enfin, sa Bataille des livres, tant vantée par la critique anglaise, n'égale peut-être pas la plaisanterie du Lutrin; et quand l'auteur, sans doute par reconnaissance, y fait de Boileau le commandant de sa cavalerie légère, cette idée nous semble moins heureuse que celle de Henri d'Andeli, qui, dans sa Bataille des Sept arts, où les deux universités de Paris et d'Orléans sont aux prises et se font des armes de leurs livres, place du moins à la tête d'un des bataillons de la Logique un chef désigné par tout le monde, Aristote.

Ib., p. 225.

Ici doit s'arrêter ce parallèle, qui est déjà sorti de nos limites, et qu'il ne nous importait d'étudier que lorsque les deux littératures étaient sœurs, ou se souvenaient encore de l'avoir été.

ALLEMAGNE.

Après l'Angleterre, c'est l'Italie qui paraît avoir la première connu et imité les poëmes français ; mais comme il y a sur ce point des préjugés à combattre, et qu'il sera nécessaire d'opposer d'assez longues preuves à des idées fausses que la France elle-même persiste modestement à propager, nous finirons par cette controverse. Entre les nations européennes qui reconnaissent tout ce que leur premier âge littéraire doit aux inventions de notre ancienne poésie, l'Allemagne est, avec l'Angleterre et les pays scandinaves, un témoin véridique et sincère : la dette contractée par les imitateurs allemands ne saurait être douteuse, puisqu'ils en font l'aveu.

Ici comme ailleurs, la transmission rapide des œuvres de notre poésie en langue vulgaire s'explique par le grand nombre d'étrangers qui venaient de toutes parts étudier à Paris.

L'Allemagne d'alors est jugée sévèrement par Leibniz : « Il « n'y a presque plus de bons écrivains, depuis que les moines « mendiants sont maîtres de tout, et brûlent vif quiconque « n'est pas pour l'ignorance et l'erreur. On ne sort plus des « deux droits ou des arguties scolastiques. Comparé à cet âge, « le Xᵉ siècle est pour l'Allemagne un âge d'or. » Un tel arrêt serait injuste, si l'on ne se hâtait d'ajouter que les Allemands eux-mêmes avaient le bon esprit de se trouver ignorants, puisqu'ils cherchaient à s'instruire.

Scriptor. rer. Brunsvic. Introd., t. I, n. 1163.

Ils avaient à Paris un collège, dont l'origine, un peu antérieure à l'année 1353, est incertaine, et que l'on suppose avoir

Sauval, Antiq.
de Par., t. III,
p. 343. —
Lebeuf, Dioc.
de Paris, t. I,
p. 185.
Du Boulay,
de Patron., etc.,
p. 70.

été situé au-dessous de celui de Navarre, entre la rue Traver-
sine et la rue Saint-Victor. Peut-être en avaient-ils un autre
dans la rue Saint-Jacques, sur la paroisse Saint-Séverin. La
nation allemande remplaça la nation anglaise dans l'université, quand la guerre eut séparé deux peuples longtemps unis.
Le 5 janvier 1377, pendant le séjour de l'empereur Charles IV
à Paris, cette substitution avait été demandée au nom des Allemands par Henri de Hesse, et, en 1436, elle fut accomplie.

Veut-on juger de leur amour pour l'instruction par un seul
exemple? A peine pourrions-nous dire combien d'entre eux
vinrent d'une seule ville, de Cologne, se mêler aux débats de
notre Faculté de théologie, qui faisait certainement de la scolastique, mais qui, par l'entraînement de l'attaque et de la
défense, aiguisait la curiosité des esprits.

Illustrée, dès les premières années du siècle, par l'enseignement de Duns Scot, élève lui-même de nos théologiens,
cette ville, qui semblait unir les deux pays, envoie tour à tour
se former sous les maîtres de Paris une succession non inter-
rompue de disciples pris dans les divers ordres religieux, mais
surtout chez les carmes : Jean de Sporre, définiteur de la
Basse-Germanie, cité pour ses questions sur le mariage ; Sibert
de Beka, un des législateurs de son ordre, dont il perfectionna la discipline et la liturgie ; Henri (*ab Aquila*), un des
adversaires des frères Mineurs dans la querelle de la vision
béatifique ; Jean Goldener, estimé pour ses sermons ; Matthias, autre sermonnaire, promu à diverses charges et même,
dit-on, à l'épiscopat, après être venu plusieurs fois argu-
menter à Paris ; Tilmann de Hohenstein, appelé aussi Tilmann d'Aix, interprète de la Bible, fort vanté par Trithème ;
Daniel de Wichterich, qui, chassé de son évêché de Werden,
en Saxe, par ses diocésains, écrivit contre eux son apologie ;
Godeschalk de Grüe, un de ceux qui firent achever l'église et
le couvent des carmes de Cologne ; Jean de Bedburg, commentateur des Sentences, à qui fut due la maison des carmes
de Spire ; Henri de Dollendorp, qualifié dans son épitaphe docteur de Paris, etc. On reconnaîtra souvent que ce titre est un
des principaux degrés par lesquels un religieux se fraye la
route des plus hautes prélatures.

Treize de ces docteurs, qui comptent deux carmes dans leurs rangs, Jean Brammart d'Aix et Simon de Spire, fondent, en 1388, l'université de Cologne, fille de celle de Paris. Dans ce même siècle s'élèvent aussi, sur le même plan, les universités de Prague, de Cracovie, de Vienne, de Heidelberg et d'Erfurt.

Nous n'avons parlé ici que des étudiants d'une seule ville dans une seule de nos Facultés ; mais une foule d'autres Allemands vinrent étudier à Montpellier la médecine, à Orléans le droit canonique et le droit romain.

Les deux peuples s'étaient depuis longtemps rapprochés. Cîteaux était en communauté de prières et d'intérêts avec les nombreux monastères des contrées germaniques. Albert le Grand avait professé à Paris. Voici maintenant Henri de Hesse, Albert de Prague, Albert de Hochenberg, Marsile d'Inghen, Ulrich d'Augsbourg, Henri de Minden, qui prennent part à l'enseignement et aux dignités de nos écoles. Nos docteurs à leur tour, dans leur existence troublée, comme Jean de Jandun, Gerson et plus tard Ramus, ont recours à l'hospitalité d'un pays qui avait profité de leurs leçons.

L'esprit de hardiesse que l'on reprochait à quelques-unes de ces leçons pénétra donc aussi jusqu'en Allemagne. Jean Nider, dominicain du couvent de Colmar, dans sa longue carrière de prédicateur et de controversiste, ne peut oublier ni les libres paroles qu'il avait entendues aux conciles généraux de Constance et de Bâle, ni ses négociations infructueuses avec les Hussites, et il ne manque aucune occasion de prémunir les fidèles contre le péril des innovations. Il désigne quelquefois ainsi des pratiques superstitieuses que les théologiens prudents n'avaient pas admises, mais plus souvent des vérités alors nouvelles. « Peut-être, dit-il, les nouveautés ne sont-elles pas « toujours un péché mortel, mais elles sont toujours un dan- « ger... Tous les inventeurs de nouveautés illicites ont été des « méchants, des fils des hommes. Caïn a été le premier inven- « teur de l'avarice, lui qui le premier a bâti une ville, mis des « bornes aux champs, trouvé les poids et les mesures. Son « septième descendant, Lamech, a inventé la bigamie, et par « conséquent l'adultère. Leurs fils et leurs filles , Tubalcaïn ,

Præceptor., I, 11, 16, etc.

« Jubal, Noëma, de qui l'on a appris à travailler les métaux,
« à jouer des instruments de musique, à faire de la toile, ont
« eu à se repentir d'avoir inventé quelque chose : eux ou leurs
« descendants ont péri par le déluge. » Il rappelle ensuite,
d'après les histoires ou les légendes, la fin malheureuse de
Tullus Hostilius, de Tarquin le Superbe, de Néron, d'Auré-
lien, de Dioclétien, qui tous ont été des novateurs ; il compare
à la mésaventure de Simon le magicien celle d'un jeune moine
qui, pour avoir tenté aussi de s'élever en l'air, se cassa les deux
jambes, et il conclut que tel a été le châtiment de tous les inventeurs de curiosités : *Ecce quomodo omnes curiositatum in-
ventores graviter puniti sunt.*

Ce défenseur inflexible de la tradition aurait pu, en vrai dominicain, confirmer sa pieuse doctrine par les supplices réservés de son temps à tout novateur, et par ce qu'il avait vu lui-
même à Constance en 1415. Une preuve qu'il ne fut pas
inquisiteur, comme il était bien permis de le croire, c'est qu'il
aime mieux, sans dénoncer personne, faire remonter à Caïn,
à Tullus Hostilius, à Simon le magicien, le péché mortel de
l'innovation.

Il est possible que les disciples allemands des écoles françaises en eussent rapporté quelques hérésies ; mais à ces emprunts dangereux ne dut point se borner l'échange d'idées
entre les deux peuples. Dans cette confraternité d'études, dans
ce commerce perpétuel de travaux, de pensées, d'argumenta-
tions, d'épreuves publiques, où la gravité magistrale ne pouvait cependant exclure toujours la familiarité des entretiens, ni
la langue latine les délassements en langue vulgaire, on croira
sans peine que les fictions elles-mêmes aient circulé d'un peuple
à l'autre, et que les plus anciens poëtes de l'Allemagne, soit
qu'ils eussent vu la France, soit qu'on leur en eût fait connaître les ouvrages, aient été quelquefois les imitateurs ou
même les traducteurs de nos trouvères.

Les *minnesänger*, ou chantres d'amour, postérieurs presque
tous à l'an 1300, ne se sont pas bornés à leurs couplets amoureux, où ils se laissent d'ailleurs facilement distraire par la
philosophie contemplative et les extases pieuses. Ils ont fait
aussi de grands poëmes.

Dans les sujets pris de l'antiquité, Herbort de Fritzlar met
en rimes allemandes la « Guerre de Troie, » ornée des fictions
nouvelles que l'imagination féconde de Benoît de Sainte-More
sut ajouter au vieux domaine poétique, et qu'il fit adopter par
l'Italie et par l'Angleterre ; Henri de Veldeke, « l'Eneas, » calqué en France sur l'Énéide, et reproduit en Allemagne avec
les mêmes changements, avec l'épisode tout à fait galant des
amours d'Énée et de Lavinie, sans que l'imitateur eût probablement regardé l'Énéide latine ; Lamprecht, l' « Alexandre, »
qu'il prétend tenir d'un Alberic de Besançon, et qui est tout
simplement notre Alexandre, plus historique dans le poëme
latin, plus fabuleux dans le poëme français, mais qui, sous les
deux formes, a fait naître en Allemagne beaucoup d'autres
copies oubliées.

Il y a quelque souvenir d'Athènes et de Rome dans la longue
et peu vraisemblable histoire d'Athis et de Prophilias, versifiée
en allemand d'après Alexandre de Bernai, et tirée par celui-ci
d'un ancien conte, qui est peut-être, comme l'Apollonius,
d'origine grecque.

Entre l'antiquité et l'ère carlovingienne, vient l' « Eraclius, »
œuvre d'un savant nommé Otte, qui l'empruntait, dit-il, d'un
livre français. Ce livre est le roman d' « Eracles, » par Gautier
d'Arras, publié en 1842 à la suite du texte allemand. L'éditeur préfère ce texte à l'original ; peu importe : il ne nie pas
du moins que l'ouvrage auquel il donne la seconde place n'ait
paru le premier.

Charlemagne et ses douze pairs, tous les personnages, tous
les caractères poétiques créés par nos chansons de geste, passent en Allemagne : le prêtre Conrad et Stricker versifient
« Roncevaux ou Roland ; » Conrad de Vürzburg, « Amis et
« Amiles, » sous le titre de « Engelhart et Engeltrut ; » Wolfram d'Eschenbach, plusieurs branches de « Guillaume au
« court nez, » dans son « Willehalm, » continué bientôt par
Ulrich de Türlin et par Ulrich de Turnheim ; deux autres imitateurs, en bas-allemand, « Flore et Blanchefleur. »

Des poëmes plus modernes suivent pendant quelque temps
la même route. On a imprimé trois fois à Strasbourg (1500,
1508, 1537), puis à Francfort en 1571, et à Leipzig en 1604,

Ein schoene und warhafft Historie, etc. « Belle et véridique
« histoire du fameux héros Hug Schapler, qui, sorti d'une fa-
« mille de bouchers, fut, pour sa prouesse et ses faits chevale-
« resques, élu et couronné roi de France. » Si le poëme français
de « Hue Ciapet » fut resté manuscrit, comme il l'était jusqu'à
nous, peut-être une des versions allemandes eût-elle été prise
un jour pour l'original ; car d'autres poëmes français, restés
inédits dans leur forme primitive, et publiés en prose française
d'après des traductions imprimées en anglais, en allemand ou
en espagnol, ont eux-mêmes passé pour des traductions : méprises qui continuent d'être assez communes de notre temps, et
que l'indifférence de la critique laisse trop aisément s'accréditer.

Les plus nombreuses de ces imitations d'outre-Rhin ont
pour sujet les preux de la Table ronde, popularisés de tous
côtés par les rimes françaises de Chrestien de Troyes. A la
tête de ceux qui se disputent cette veine féconde, il faut placer
encore un des meilleurs poëtes de l'ancienne Allemagne, Wolfram d'Eschenbach, avec son « Titurel » et son « Parzival ; »
puis, Ulrich de Zazichoven, avec son « Lancelot ; » Hartmann
de Aue, avec son « Erec » et son « Iwain ou le Chevalier au
« lion ; » Eilhart de Hobergen, Gottfrid de Strasbourg, Ulrich
de Turnheim et Henri de Friberg, avec leur « Tristan. » Le
« Wigalois » de Wirnt de Gräfenberg est une copie amplifiée
du « Beau desconnu » et de tant d'autres romans d'aventures.

Mais la rédaction française est-elle bien certainement la plus
ancienne ? Toutes les fois qu'on a pu comparer les textes, la
réponse a paru facile. Hartmann, un des imitateurs de Chrestien de Troyes, vient encore d'être soumis à cette épreuve. Ses
rimes et les rimes françaises sur la légende du pape Grégoire
sont maintenant imprimées (1838, 1858). Une critique atten-
tive a conclu du parallèle des deux ouvrages que le traducteur
entendait très-bien le français, et qu'il a travaillé sur un très-
bon texte. D'autres font des contre-sens. Ainsi Wolfram lui-
même, arrivé à un passage de notre Bataille d'Aleschans où
Salatre est appelé « li rois d'antiquité, » c'est-à-dire des anciens temps, croit y voir tout autre chose et traduit par *dem
Künig Antikote.*

Lorsque l'auteur de « Wigalois, » à la fin de son poëme,

Ém. Littré,
Journ. des sav.,
1858, p. 142-
154, 484-496.

Ibid., 1857,
p. 69.

s'excuse de ne pas y joindre les aventures du fils de Gauvain :
« Il faudrait pour cela, dit-il, savoir traduire le français. »

Une preuve plus décisive encore, c'est que Wolfram et surtout Gottfrid de Strasbourg conservent des vers entiers des
poëmes originaux :

> Beas Tristan, courtois Tristan,
> Ton cors, ta vie à Dé comant...
> Isot ma drue, Isot m'amie,
> En vous ma mort, en vous ma vie.

Auszwal ausz
Gottfr., etc.,
von K. A. Hahn;
Wien, 1855,
col. 10, 241.

Le poëte lyrique Uhland n'hésitait pas sur cette question,
lorsqu'il écrivait en 1812 : « La langue romane française a en-
« fanté un cycle véritablement épique... L'image d'une époque
« puissamment héroïque, un faisceau de traditions nationales,
« une action vivement développée, un style naturel et vrai,
« l'emploi constant du rhythme musical, tels sont les traits
« distinctifs qui établissent une analogie entre les chants homéri-
« ques, les poëmes chevaleresques de la France et les Nibelung. »

L'Allemagne, avec cette inspiration vraiment originale des
Nibelung qu'on ne lui conteste pas, et tant d'autres créations
de son génie national, peut bien nous laisser l'honneur d'avoir
ouvert une route où nous nous sommes arrêtés trop tôt, et où
ses poëtes s'étaient empressés de suivre les nôtres.

On ne nous pardonnerait pas d'avoir parlé de l'allemand
sans indiquer au moins deux de ses dialectes, le néerlandais et
le flamand, ou plutôt celui des deux qui a le plus de prétentions
littéraires. Ces prétentions ont des avocats peu nombreux, mais
d'un patriotisme ardent, qui revendiquent pour leur province,
outre une place immense dans l'histoire, une grande littérature
indigène. Comment ceux qui disent que la France occupe dans
le monde un rang usurpé, dû légitimement à la Flandre, se re-
fuseraient-ils une autre supériorité ? Leur poëme flamand de
« Renart, » dont la rigoureuse symétrie n'a aucun des caractères de la poésie primitive, leur paraît la forme la plus ancienne d'un récit qu'ils n'ont, disent-ils, emprunté de personne.
Ils étendent leurs réclamations à presque tous les autres genres
poétiques, en avouant, non sans regret, que leurs textes originaux sont perdus. Ce qui est vrai, c'est que leur poëte le plus

connu, Jacques van Maerlant, a toujours traduit, et que leur
principale richesse consiste en imitations, où l'on retrouve ce
même procédé de composition qui arrange, régularise et surtout abrége les longues fictions improvisées jadis avec une facilité quelquefois désordonnée. Ainsi Michel et van Aken, tous
deux de Bruxelles, vers l'an 1320, dans leur version du roman
de la Rose, en conservent le plan, le mètre et quelques détails
choisis, mais le soumettent pour le reste à cette méthode d'analyse et de réduction. Les Flamands ont aussi dans leur langue
Roland, Ogier, les Quatre fils Aimon, Huon de Bordeaux,
Flore et Blanchefleur, Lancelot, Partonopeus, Valentin et
Orson, Fregus et Galiene. La plupart de ces versions, bien que
fort restreintes, furent défendues comme mauvais livres, le 16
avril 1621, par l'évêque d'Anvers. Ogier le Danois n'avait pas
été oublié dans l'Index du concile de Trente.

On comprendra mieux quelle fut la portée de l'influence
française, même sur les peuples d'origine teutonne, quand re-
paraîtront au jour un plus grand nombre de nos anciennes
poésies, déjà moins dédaignées qu'autrefois ; mais il faudra que
ceux qui reprendront ce parallèle insistent encore plus que nous
sur l'habitude où étaient les imitateurs de donner rarement à
nos poëtes leur vrai nom. Comme rien n'a plus contribué aux
incertitudes de la critique, nous l'avertirons ici combien il importe qu'elle recueille désormais sur ce point toutes les lumières
qui pourront l'éclairer.

Cette manie de se déguiser soi-même et les autres sous de
faux noms, ou par fantaisie ou par calcul, déjà très-fréquente
au IXᵉ et au Xᵉ siècle, se perpétue dans les siècles suivants,
où nous voyons sans cesse nos poëtes du midi et du nord pro-
diguer les noms imaginaires, tantôt pour eux, tantôt pour ceux
dont ils prétendaient tenir leurs merveilleux récits d'aventures.
Des écrivains prudents veulent rester anonymes, ou prennent
des noms supposés. Les anonymes sont les plus nombreux ; on
peut compter parmi les autres, en latin, le soi-disant Pierre,
fils de Cassiodore, qui, dès l'an 1300, attaque la suprématie du
pape ; en langue vulgaire, l'auteur de la Chronique rimée sur la
croisade albigeoise, trop habile, s'il s'était appelé Guillaume de
Tudèle, pour se livrer lui-même aux vengeances de l'inquisi-

tion, alors dans la ferveur de ses débuts. Walter Scott n'hésite pas à penser que ceux qui s'attribuent le Tristan en prose,
comme Rusticien de Pise et Luc de Gast, ou le Lancelot, comme
Robert de Borron, ne se donnent aussi que de faux noms.

Quant à l'indication fictive de leurs garants, peut-être veu-
lent-ils par là recommander leurs ouvrages. Combien de nos
trouvères se plaisent à raconter qu'ils ont dû les belles choses
qu'ils vont nous redire à quelque vieux livre latin, à quelque
savant religieux, surtout de l'abbaye de Saint-Denis ! Ce n'est
pas eux qu'il faut en croire, mais le livre, la lettre, l'écrit,
l'histoire. L'auteur du roman d' « Abladane, » Richard de
Fournival, ne voulant paraître aussi que traducteur, a soin
d'ajouter que l'original a péri, plus de trente ans auparavant,
en 1258, dans l'incendie de Notre-Dame d'Amiens. C'est engager du moins à ne pas le chercher.

Les imitateurs étrangers s'amusent à suivre le vieil usage :
le Pulci prétend ne parler que sur le témoignage d'Alcuin ou
d'un certain Arnauld, et l'Arioste, sur celui de Turpin.

Nous avons du moins une chronique qui porte' le nom de
Turpin ; Arnauld a pu passer pour Arnauld Daniel, et Alcuin
a été regardé comme l'auteur de quelques parties des *Reali di
Francia*. Mais où a-t-on jamais rencontré la moindre trace de
ce Grec Hilarion qui avait, suivant Boccace, écrit en grec les
aventures du roi Flore et de Blanchefleur ; ou d'un Orbent
d'Orléans, que l'imitateur allemand de ce même poëme français
en proclame le premier auteur ; ou d'un Alberic de Besançon,
que le rimeur d'un des nombreux poëmes allemands sur Alexandre nous dit avoir copié ? Ils traduisaient nos poëtes, mais ils ne
voulaient pas qu'on pût les lire et les comparer avec eux.

Leurs allégations sont quelquefois si peu sérieuses que nous
aimerions mieux croire qu'ils n'avaient pas l'intention de
tromper.

L'Anglais Chaucer, lorsqu'il emprunte de Boccace, qui l'a-
vait emprunté de notre Benoît de Sainte-More, le poëme de
« Troïlus et Cressida, » se plaît à dire que l'auteur est un
nommé Lollius :

As write mine authour, called Lollius.

Et l'on s'est mis à chercher partout ce Lollius, que l'on n'a trouvé nulle part ; ce qui n'a pas empêché, en Allemagne, d'y reconnaître un Lollius d'Urbin, et de s'imaginer qu'il avait, comme les Dictys et les Darès, écrit sur la guerre de Troie.

Heyne,
ad Virgil. Æn.,
I , 474.

Si l'on a perdu aussi beaucoup de temps à la recherche de quelques-uns des poëtes que les versificateurs allemands ont cités comme leurs modèles, avouons que les choses extraordinaires qu'ils en racontent, le ton de moquerie qui perce à travers leurs graves confidences, n'obligeaient pas du tout à prendre cette peine. Les circonstances mêmes dont ils environnent la découverte du précieux livre sont encore moins croyables que toutes les merveilles de leurs récits.

Comme la poésie provençale, des deux côtés des Alpes, était alors dans toute sa gloire, et que les empereurs de la maison de Souabe l'avaient accueillie surtout avec faveur, il y aurait eu vraiment trop peu de mérite à traverser tout simplement le Rhin pour aller piller d'obscurs trouvères de la Picardie ou de la Champagne, et c'est en Provence ou en Italie qu'on prétendit être allé demander des inspirations.

D'où vient le « Lancelot » d'Ulrich de Zazichoven ? Richard Cœur de Lion, traversant l'Autriche, laisse en otage à Vienne un de ses gentilshommes, Hugues de Morville. Hugues avait dans ses bagages un Lancelot provençal d'Arnauld Daniel, et il le prête à Ulrich, qui en fait son poëme allemand. Il a paru naturel de conclure de là que toute la chevalerie de la Table ronde était originaire de la Provence. Pour qu'un tel raisonnement pût être à l'abri de toute objection, il faudrait admettre, entre autres invraisemblances, que ces conteurs de fables, lorsqu'ils parlent d'eux et de leurs ouvrages, n'ont dit que la vérité.

Le plus célèbre de tous, Wolfram d'Eschenbach, vient à son tour nous dire que c'est aux mêmes contrées qu'il doit son « Parzival. » Un nom tel que le sien a de l'autorité; mais il y a lieu cependant d'être encore plus étonné qu'on l'ait cru sur parole. Nous apprenons d'abord de lui l'existence, fort problématique aujourd'hui, d'un certain Kyot, d'un Provençal, qui,

K. Gœdeke,
Deutsche
Dicht., p. 751.

après avoir lu les prouesses de Parzival dans un livre païen, les avait lui-même racontées en français. On a imaginé, pour faciliter la chose, une espèce de provençal wallon, qui serait une difficulté de plus. D'autres ont cru reconnaître ici le nom défiguré du trouvère Guyot de Provins, qui ne paraît pas avoir composé de grand poëme, et que ses petits vers satiriques n'auraient jamais fait prendre pour un rival de Chrestien de Troyes. Comment ne s'est-on pas demandé plutôt quel pouvait être ce livre païen? On aurait appris du même témoignage, qui vaut celui de l'Arioste invoquant l'archevêque Turpin, que c'était un livre arabe, écrit à Tolède, dans cette fameuse école de magie, par un descendant de Salomon, le païen Flegetanis, sur les diverses fortunes du Saint-Graal, entrevu par lui dans une vision céleste. Kyot le lut, car il lisait l'arabe, et il le comprit sans le secours des négromants du pays; il le comprit, « parce qu'il était baptisé. » Mais, non content d'avoir lu et compris le livre païen, il voulut savoir où était le Graal lui-même, ce saint vase où l'on avait servi l'agneau pascal, et qui avait été emporté de Jérusalem par Joseph d'Arimathie. Pour le savoir, il se mit à consulter, dit Wolfram, toutes les chroniques de l'Irlande, de la Bretagne, de la France, et il trouva enfin l'histoire du Graal en Anjou. C'est là qu'il lui fut révélé comment Titurel et Frimutel, son fils, le transmirent à Amfortas, et Amfortas à Parzival.

Rien ne ressemble mieux à cette légende d'un abbé de la Grande-Bretagne qui, en 1286, découvre dans le vieux mur d'une tourelle en ruines une cassette où se trouvaient un livre grec et une couronne. La couronne est pour le roi Édouard; le livre, pour le comte Guillaume de Hainaut, qui le fait traduire en latin; ce latin, mis en français, est devenu le roman de Perceforest.

On peut convenir maintenant que si les chevaliers d'Artur ont pu chercher le Saint-Graal, il ne faut plus chercher le Kyot de Wolfram. Autant vaudrait nous inquiéter de Cid Hamet Benengeli, le premier historiographe de don Quichotte. Qu'avons-nous besoin de retrouver Kyot? L'œuvre qu'on lui prête n'est autre que le Perceval français.

Il est vrai que, pour l'exactitude et la vérité, Kyot, venu, de l'aveu de Wolfram, après Chrestien de Troyes, l'auteur de ce Perceval, est fort supérieur, selon lui, à l'ancien trouvère. Comme Wolfram copie celui-ci à peu près partout, dans ses dialogues aussi bien que dans ses récits, et que l'autre n'a peut-être pas vécu, défions-nous de la fausse naïveté de Wolfram, grand admirateur d'un émule dont il n'a rien à craindre, et juge sévère de celui que tout le monde pouvait lire.

Dans cette même Allemagne, à six cents ans de distance, tout en imitant nos tragédies philosophiques, nos drames bourgeois, nos poëmes champêtres de la fin du dernier siècle, on affectait de dédaigner une nation asservie au joug classique, et « emprisonnée (c'était le terme) dans les étroites bar-« rières d'Aristote et de Batteux. » Le moment était mal choisi pour refuser toute invention à ceux que l'on imitait même dans des genres plus humbles ; car le fabliau des Trois anneaux, déjà emprunté par Boccace, fournissait à Lessing son « Nathan « le sage ; » Huon de Bordeaux, à Wieland, son « Oberon ; » le Renart, à Gœthe, sa faible esquisse de la plus joyeuse et de la plus vive satire ; une autre de nos vieilles fictions, à Schiller, son « Partage du monde. » C'est ainsi qu'en Italie un homme fort au-dessous d'eux comme inventeur, le sec et stérile abréviateur de la tragédie française, écrivait son *Miso-yallo,* pour se persuader à lui-même qu'il ne devait rien à la France.

Les anciens imitateurs allemands de notre poésie chevaleresque avaient été plus justes : il en est qui reconnaissent de bonne foi qu'ils doivent aux « Welches » leurs récits de guerre et d'amour. Au XIIᵉ siècle appartient le rédacteur d'un de ces récits, de l' « Eraclius, » qu'il avait lu, dit-il, « dans un livre « écrit en welche :

> « *Daz an walhischen gescriben was.* »

L' « Eneas, » où l'œuvre de Virgile avait été transformée en épopée féodale, est désigné ainsi par Henri de Veldeke : *welschen bücher.* On a voulu y voir, en Allemagne, un livre italien. Les mots de *französisch, franzoys,* employés nettement ailleurs, n'auraient-ils pas aussi quelque sens inconnu ?

Il resterait alors à prétendre ou que les vers français cités par
Gottfrid, par Wolfram, sont de toute autre langue que la
nôtre, ou que les imitateurs n'invoquent la France et ne lui
empruntent quelques lignes que pour donner crédit à leurs
ouvrages, ou que la ressemblance est purement fortuite, ou
qu'il y a quelque erreur dans l'appréciation de l'âge des manuscrits, et que les vers français, s'ils sont français, ont été
peut-être copiés par nous. Mais non ; cette obstination est rare
chez nos doctes voisins, et la plupart d'entre eux ont aujour-
d'hui renoncé à changer violemment la date ou l'origine de
nos poëmes, parce que des Allemands les ont traduits.

Dès le siècle précédent, la réputation de l'université de
Paris attire du Nord plusieurs disciples dont le nom a été conservé, tel que ce dominicain Pierre de Dace, qui fut au nombre
des auditeurs de Thomas d'Aquin au collége de Saint-Jacques, et qui fit d'honorables efforts pour propager dans les
pays scandinaves les traditions de nos écoles.

Dans celle de Skeningen, au diocèse de Linköping, d'après
ce qu'on raconte à l'occasion de Pierre de Dace lui-même, l'u-
sage s'établit que le religieux qui avait obtenu le doctorat à
Paris fût institué *primarius theologiæ doctor*. C'était comme
un hommage aux maîtres qui l'avaient formé. On appelait ces
docteurs d'élite « les clercs parisiens. »

Les pays scandinaves eurent aussi de très-bonne heure à
Paris plusieurs colléges, qui faisaient partie de la nation d'Angleterre. Les détails manquent sur l'origine précise de celui de
Dace (*Dacicum*), situé entre les Carmes et le collége de Laon ;
mais on le croyait le plus ancien des colléges étrangers, et
quoiqu'il n'eût plus qu'un boursier en 1386, il dura au moins
jusqu'en 1430. Deux autres fondations semblables attestent
cette alliance avec nos études : le collége de Linköping, ainsi
nommé de l'évêché de ce nom, et que nous trouvons en 1392
dans la rue du Mont-Saint-Hilaire, vis-à-vis le collége des Lombards, mais déjà privé d'écoliers, puis complétement détruit
vers l'année 1442, où nous en voyons les matériaux dévolus
au dernier bedeau de la nation d'Angleterre ; et le collége de

Suède
et Islande.

Scriptor. ord.
fr. Præd.,
t. I, p. 407.

Hist. univ. par.,
t. II, p. 325 ;
t. IV, p. 328 ;
t. V, p. 390. —
Mém. de l'Inst.,
Litt. et B.-Arts,
t. IV, p. 293.
Jaillot,
16e quartier,
place Maubert,
p. 62-65.
Felib., Hist.
de Paris, t. I,
p. 589; t. III,
p. 429. — Arch.
de l'univ., reg.
ms. de la nation
d'Angleterre,
etc.

Skar (*Skarense*), du nom de ce diocèse de Westrogothie, appelé aussi quelquefois collége de Suède, compris encore en 1392 dans le célèbre clos Bruneau, mais qui dès lors n'avait pas non plus d'habitants, et dont les chanoines du diocèse de Skar revendiquaient la propriété.

Geffroy, Rev. des soc. sav., t. V, p. 659.

Les archives de Stockholm ont conservé des actes, soit latins, soit français, qui témoignent de ces études suédoises à Paris : le 30 août 1315, la donation de deux maisons, l'une dans la rue « de la Serpent, » l'autre dans la ruelle « aux Deux « portes, » par le doyen du chapitre d'Upsal, en faveur des étudiants de cette ville qui suivraient les cours de l'université de Paris, *domus scholarum Upsalensium,* désignées peut-être en 1334, dans un acte que cite Felibien, sous le nom de collége de Suède ; le 13 mars 1350, un plein pouvoir donné par l'archevêque, le doyen, le chapitre et les chanoines d'Upsal, à Pierre Arnolfssen, chanoine, et à Ingel Jonsson, clerc, pour vendre tels biens et immeubles que le diocèse posséderait à Paris ; le 21 avril 1354, l'estimation rédigée en français par les jurés, qui ne va pas au delà de quarante sols parisis de rente annuelle ; le 2 mai suivant, le contrat de vente, où l'on apprend que les deux maisons, presque en ruines, sont cédées à maître Yves et à ses héritiers pour sept livres parisis par an, ou sept cent cinq livres parisis une fois payées, sauf la double ratification, stipulée dans une dernière pièce, du roi et de l'université.

Mais il y a quelque chose de plus remarquable ici pour nous que les colonies studieuses envoyées par les pays du Nord à nos écoles théologiques, ou les colléges qu'ils fondèrent à Paris, ou les recteurs qu'ils donnèrent à notre université, comme Henning en 1312 ; un autre Pierre de Dace, en 1326 ; Jean Nicolai, en 1348 ; Macarius Magni, en 1365 : c'est le goût qu'on voit dès lors régner dans ces contrées pour notre littérature en langue vulgaire, véritable conquête, une des plus lointaines et des plus durables de nos vieux poëtes français.

Id., Archives des missions, ann. 1855, p. 183.

Un prince qui occupa le trône de Norvége de l'an 1217 à l'an 1263, et qui eut des rapports fréquents avec Louis IX de France et Henri III d'Angleterre, Haakon Haakonsson, avait fait traduire un certain nombre de nos poëmes dans l'ancien

idiome du Nord, regardé comme antérieur aux trois langues
scandinaves, et qu'on appelle ordinairement l'islandais, parce
que c'est en Islande qu'il paraît avoir subi le moins d'altérations.
Pour lui obéir, le moine Robert mit en prose, vers l'an 1226,
Ivain ou le Chevalier au lion, Elis et Rosamonde, Tristan; et
l'évêque Brand Johnssen, l'Alexandréide latine de Gautier de
Châtillon.

Alexanders
saga, 1849, in-8.

C'est aux encouragements du même roi qu'on peut attribuer
encore la version rimée d'une vingtaine de lais ou fabliaux,
dont la plupart se reconnaissent parmi les nôtres, mais dont
quelques-uns, peut-être venus d'ailleurs, ne se sont pas du
moins retrouvés en français.

Dans cette version, publiée à Christiania, en 1850, d'après
un manuscrit de l'université d'Upsal, reparaissent plusieurs des
lais bretons imités par Marie de France, Gugemer, le Frêne,
Equitan, Bisclavaret, le Laustic ou le Rossignol, le Chaitivel ou
le malheureux, les Deux amants, Milon, le Chevrefeuille, Lanval, Ywenec, Graëlent. Le *Tidorel* n'est point le *Titurel* allemand, et *Gurun* semble différer aussi du lai de Goron, que
l'on commence à mieux connaître par les nouveaux fragments
rimés du Tristan. Nous ne retrouvons point jusqu'à présent en
français *Douns liod, Strandar liod, Leikara liod, Ricar hinn
gamli;* mais *Desiré liod* et *Narboreis liod* viennent des rédactions françaises du Desiré et de Nabaret, aujourd'hui publiées.

Le petit-fils de ce roi de Norvége ami des lettres françaises,
Haakon Magnussen, qui régna de l'an 1299 à l'an 1319, travailla lui-même, dit-on, à une imitation de l'Histoire scolastique
de Pierre Comestor, du Miroir historial de Vincent de Beauvais,
et se plut, comme son aïeul, à enrichir de nos récits poétiques
la langue de son peuple.

Presque en même temps, la reine de Norvége Euphémie,
d'origine allemande, fait traduire dans la langue suédoise, en
1303, Ivain, déjà connu par la version islandaise du moine
Robert; en 1309, Frédéric, duc de Normandie, dont nous n'a-
vons plus le texte français; et vers l'an 1312, le poëme depuis
longtemps populaire de Flore et Blanchefleur. Ces dernières
traductions ont été imprimées, en 1853, à Stockholm.

Quelques années auparavant, en 1846, dans la même ville,

avait paru *Nampnlos ock Falantin*, très-ancien abrégé en prose suédoise, mêlée de vers, du poëme français aujourd'hui perdu de « Valentin et Orson, » dont il ne reste qu'une paraphrase en prose, et qui, soit d'après la rédaction primitive, soit d'après une copie, a été reproduit en anglais, en haut et bas allemand, en breton, en espagnol, en italien. Cette imitation est accompagnée d'une autre, *Namelos und Valentin*, en 2,639 vers bas-allemands de huit syllabes, qui, réunis aux vers intercalés dans la prose suédoise, permettraient peut-être quelquefois, tant ils paraissent fidèlement calqués sur les vers français, d'essayer de refaire par conjecture le texte original.

D'autres sagas du même genre, comme une branche de l' « Alexandre » traduit au XIVᵉ siècle, comme des copies de « Beuve de Hanstone, Amis et Amiles, Floevent, Charlemagne, « Ogier le Danois, Witikind, Aspremont, Roncevaux, Otinel, « Érec et Énide, Perceval, le Mantel mal taillé, » se conservent dans les bibliothèques de Copenhague et de Stockholm. Le *Karlamagnus saga*, en dix parties, a paru, en 1860, à Christiania.

Catal. mss. reg., t. IV, p. 467, ms. 8316.

Nous possédons déjà depuis longtemps à Paris une imitation en prose latine de ce poëme de Floevent, maintenant publié en français, et qui semble appartenir au cycle presque entièrement perdu de Constantin ; imitation faite à Copenhague, en 1732, par J. Olaf, d'après six manuscrits islandais, et qui n'aurait pas dû rester complétement inconnue, puisque nos catalogues imprimés en font mention. Une copie de l'ouvrage en

Supplém. fr., n. 3114.

langue du Nord nous était aussi parvenue ; mais ces études ne furent pas alors continuées, et on ne les a reprises que de notre temps.

Sur quel texte traduisait-on ces vieux récits ? Quelques-uns, tels que le Duc Frédéric, à en croire le traducteur, avaient passé par l'allemand, *tijske ;* mais la plupart ont été pris immédiatement d'un texte français, *walske,* comme le disent les traducteurs eux-mêmes ; et c'est aussi dans le *welche* que les minnesingers, qui l'avouent quelquefois avec un égal amour de la vérité, sont allés chercher presque tous leurs modèles.

EMPIRE GREC.   Ces divers peuples se rapprochaient du moins entre eux par

la communion religieuse, par les liens de la politique ou de la
famille, quelquefois même par le langage, comme l'Angleterre
et la France. Mais il y a un plus singulier phénomène. Le
peuple grec, appelé jadis par Constantin au partage de l'Empire, et qui, bien que dégénéré, pour la langue comme pour
tout le reste, n'en paraissait pas moins un survivant de l'antiquité ; ce peuple qui avait su résister à l'ascendant social des
Romains pendant leur longue domination, qui avait repoussé
leurs gladiateurs, dédaigné leur langue, leur littérature, et qui,
enfin, par son église schismatique, s'était séparé de toutes les
autres nations chrétiennes, ce peuple aussi va céder à l'influence
étrangère : nous le voyons, pendant les cinquante-sept ans de
l'Empire latin, et longtemps encore depuis, prendre les habitudes des Francs, copier leurs tournois, imiter leurs poëmes
chevaleresques.

La conquête latine, dont le règne ne fut pas long, eut le
temps d'enseigner aux Grecs les joutes, les « tornoiements, »
τὴν τζουστρίαν καὶ τὰ τερνεμέντα, qui étaient alors nouveaux chez
eux. Jean Cantacuzène, pour nous le dire, est bien forcé d'employer aussi des mots nouveaux. Ces mots étaient nécessaires à
l'Asie comme à l'Europe. En 1286, cinq ans avant la chute de
Saint-Jean d'Acre, Henri II de Lusignan y donne des fêtes
guerrières, entremêlées de scènes où l'on voit paraître Lancelot, Tristan, Palamède, et la cour de Féminie, reine des Ama-
zones. Nous ne savons si ces spectacles étaient accompagnés de
paroles ; mais ils faisaient connaître à l'Orient, avec nos tournois, nos grands personnages poétiques, et ceux des specta-
teurs qui déjà comprenaient notre langue pouvaient se plaire à
lire leur histoire ou à l'entendre raconter.

Mas Latrie,
Hist. de Chypre,
t. I, p. 480.

La Chronique de Romanie et de Morée, écrite vers l'an 1328
par un homme du pays, familiarisé avec les idiomes latins,
fait assez voir combien la langue grecque, dont la décadence
jusque-là provenait surtout de causes intérieures, eut à souffrir
de cette autre sorte d'invasion, qui laissa des traces profondes
longtemps après les croisades.

Un chroniqueur espagnol, un témoin, mort vers l'an 1336,
Ramon Muntaner, ne craint pas de dire qu'on parlait en Morée
aussi bon français qu'à Paris : *e parlavan axi bell frances*

Chron., c. 261.

com dins en Paris. Les Grecs étaient encore assez lettrés pour vouloir connaître une langue qu'on parlait de toutes parts autour d'eux ; ils étaient, de plus, assez curieux pour aimer à savoir quelque chose des merveilleuses histoires qui amusaient les chevaliers francs, et s'il faut le dire, assez courtisans pour être fiers de comprendre l'idiome de leurs maîtres.

Du Boulay, de Patronis, etc., p. 5 ; Hist. univ. par., t. III, p. 10 ; IV, p. 364-370. — Jaillot, Q. de la place Maubert, p. 91.

Nous avons peu de lumières sur l'établissement, à Paris, vers l'an 1206, d'un collége grec ou de Constantinople, dont l'origine est aussi retardée jusqu'en 1362, année non moins incertaine, où l'on prétend que le cardinal Capoci fonda (rue d'Amboise, un des noms de la rue du Fouarre) ce collége de Constantinople, appelé par d'autres de Sainte-Sophonie ou de Sainte-Sophie ; mais un acte de cette année même nous apprend que le collége était déjà ancien, ou que du moins il tombait en ruines. Il fut réparé, ou transporté ailleurs ; car nous en retrouvons la trace en 1422. L'histoire des deux maisons que les dominicains eurent à Constantinople n'est pas non plus très-éclaircie ; mais ces traditions, bien que vagues et incomplètes, laissent toujours voir que le souvenir s'était perpétué d'une ancienne alliance d'éducation et d'études entre la Grèce et la France.

Cette alliance ne pouvait pas être fort avancée pendant la courte durée de la domination latine ; mais les Ville-Hardouin et leurs successeurs se maintinrent plus de deux siècles dans leur principauté d'Achaïe, et les seigneurs des îles, indépendants ou tributaires, les ducs de Naxos, les sires de Siphnos, les comtes de Céphalonie, les rois de Chypre, conservèrent encore plus tard sur les pays grecs un reste d'autorité.

Voy. ici, t. I, p. 437.

Lorsque l'armée des Francs prit Constantinople en 1204, notre poésie narrative avait, dans tous les genres, produit ses principaux ouvrages, et déjà la critique commençait à les répartir en différentes classes, comme si l'on eût voulu dès lors se rendre compte des œuvres d'une littérature qui allait bientôt finir. Dans les seigneuries féodales nées de la victoire, qui durèrent en Romanie jusqu'en 1261, jusqu'à la chute du dernier empereur latin, et bien plus longtemps dans les îles et dans la Morée, on se figure aisément les courts intervalles de paix remplis par les distractions littéraires qu'apportait avec elle la sociabilité française, et dont faisaient partie les anciennes narrations d'amours et de combats. C'est alors que les Grecs eux-mêmes, pour ne point rester étrangers à ces récits, connus en Orient depuis les croisades, purent faire versifier en grec des poëmes de la Table ronde, comme on le voit par des fragments publiés de notre temps ; alors aussi l'ingénieuse fiction de « Flore et Blanchefleur » reparut en vers politiques grecs, qui nous sont parvenus plus complets.

Il y eut même un Grec, nommé en France Aimé de Varennes, qui, dès le XIIe siècle, rima en français le poëme de « Flori- « mont ; » mais la destinée de ce Grec, telle qu'il la raconte, offre une réunion de circonstances nécessairement assez rare chez ses compatriotes, et nous devons attendre d'eux des traductions en grec plutôt que des poésies en français.

Hist. litt. de la Fr., t. XV, p. 486-491 ; t. XIX, p. 678-680. — P. Paris, Mss. fr., t. III, p. 5-53.

On en était venu, depuis quelque temps, à négliger en Occident les vieux chants historiques sur les preux de Charlemagne pour les aventures amoureuses de la cour du roi Artur. Les trois cent six vers d'épopée grecque retrouvés au Vatican, dans un manuscrit qui est au moins du XIVe siècle, célèbrent, avec la gloire de la Table ronde elle-même, Τραπέζης τῆς στρογγύλης, Artur et son père, Uterpendragon ; la reine Genièvre, dont le nom n'est pas non plus très-facile à écrire en grec ; et nous y voyons tour à tour Gauvain, Tristan, Lancelot du Lac, Λανσελῶτος ἐκ Λίμνης, prendre la place d'Achille et d'Hector. Le vieux chevalier, vainqueur dans toutes les joutes, a donné au dernier éditeur l'idée d'intituler le fragment Ὁ Πρέσβυς ἱππότης, en y joignant toutefois le nom de Branor le Brun, ce personnage mystérieux, dont les exploits commencent le long roman du roi Méliadus de Léonnois, et qui, reparaissant sous le nom de l'Argail, remplit presque tout le premier chant du poëme italien de Roland l'amoureux.

Tristan, publ. par Fr. Michel, 1837, t. II, p. 274-296. — Visscher, Ferguut, ridderroman. Utrecht, 1838, p. 198-218. — Ad. Ellissen, Ὁ Πρέσβυς ἱππότης. Leipzig, 1846, p. 16-36.

Nous ne savons quel est l'original d'un Bélisaire grec, héros presque fabuleux, à qui l'on fait conquérir la Grande-Bretagne, ni d'un autre poëme inédit, toujours en vers politiques, sur les amours de Belthandre le romain et de Chrysanthe, fille du roi d'Antioche ; mais si le nom de la princesse est grec, on serait porté à reconnaître, dans Belthandre ou Bertrand, et dans son père Rodophile ou Rodolphe, deux chevaliers latins. Warton

Mss. gr., n. 2909, art. 4. — Coraï, Ἄτακτα, τόμ. δεύτερ., σελ. ς'. Mss. gr. 2909 art. 1. — Labbe, Nova bibliotn. mss., p. 119. — Corai,

'Ατακτα,
τόμ. δεύτερ.,
σελ. ζ'-η'.
Hist. of engl.
poetry, t. II,
p. 186.

a cru qu'il y était question de Bertrand du Guesclin ; mais ce
n'est qu'un roman d'aventures, dont nous traduisons mot à mot
le sommaire : « Excellente histoire de Berthandre le romain,
« qui, à cause des chagrins que lui donnait son père, s'exila et
« s'enfuit du pays natal, puis y revint ; il prit pour femme
« Chrysanthe, fille du roi d'Antioche la grande, sans que le père
« et la mère de Chrysanthe fussent avertis de cette union. »

Chants popul.
de la Gr.,
t. I, p. XVIII.

Coraï attribue l'ouvrage au XII° siècle, et Fauriel, au siècle
suivant.

C'est aussi vers ce temps qu'un savant non moins versé dans
la connaissance de la littérature romaïque place un autre récit

Mss. gr.,
n. 1910. —
Crusius,
Turco-Græcia,
p. 489-490.

dont le rhythme est le même, les aventures de Lybistros, chevalier latin, cherchant pendant deux années sa femme qu'on
lui avait enlevée par magie, la princesse Rhodamné. Fauriel
est d'accord avec Martin Crusius et sur la date et sur l'intérêt
de l'ouvrage, qui doit venir de l'Occident, mais dont l'original
est encore ignoré.

Mss. gr.,
n. 2898. —
Venise, 1529,
pet. in-4.

Le mariage de Thésée et d'Émilie (Θήσεως καὶ Ἐμηλία; γάμοι),
en douze livres, n'est qu'une traduction du poëme de Boccace
en douze chants, la Théséide, qui se termine par les noces d'É-
milie, non pas avec Thésée, mais avec Palémon, le rival d'Arcite. Les vers politiques grecs sont même partagés en octaves,
et le traducteur a conservé jusqu'à la dédicace. Il faudra voir
si, parmi nos poëmes français de Thésée, on ne trouvera pas
celui d'où Boccace a tiré le sien, comme on a reconnu dans son
roman en prose de *Filocopo* la copie diffuse et déclamatoire de
Flore et Blanchefleur, poëme français beaucoup plus ancien,
et dans son *Filostrato,* l'épisode de Troïlus et Cressida, que
lui empruntèrent Chaucer et Shakspeare, mais dont Benoît de
Sainte-More, dès le milieu du XII° siècle, avait déjà fait une
simple digression de son grand poëme de Troie.

Venise, 1799,
1806, pet. in-8.

Un autre récit dans le même rhythme grec, Pierre de Provence et la belle Maguelone, Ἱστορία τοῦ Ἡμπερίου (En Peire),
υἱοῦ τῶν βασιλέων τῆς Προβέντζας, ne semble pas une copie directe
de l'ancien roman d'aventures ; et comme nous n'avons de
celui-ci que des rédactions en prose, généralement assez ré-
centes, nous ne pouvons juger de quelle langue les imitateurs
grecs en avaient reçu la tradition.

Des fables extraites des branches les plus anciennes du poëme de Renart ont été aussi versifiées par des Grecs, sans qu'ils aient jamais traduit des parties considérables de cet ouvrage, trop riche en petits détails de mœurs qui ne pouvaient être compris des Byzantins.

Mais comme on est allé jusqu'à traduire pour eux l'ancien poëme français de la Guerre de Troie par Benoît de Sainte-More, on ne recherchera pas sans curiosité, malgré le désordre d'un manuscrit incomplet, ce qu'ont pu devenir, dans la langue Mss. gr., n. 2878. abâtardie du vieil Homère, les souvenirs non moins défigurés de l'Iliade : étrange métamorphose des idées, des sentiments, des mœurs, aussi bien que du langage ; plus étrange pour nous que pour ceux qui ont mis l'Iliade elle-même en vers politiques.

Leurs deux récits, l'un en vers, l'autre en prose, sur Alexandre le Grand, sont empruntés des nôtres, et non de ceux de leurs anciens historiens. Ils nous ont repris, pour en faire ce Venise, 1534 et 1553, in-4; 1642 et 1696, in-8. qu'ils appellent une ῥιμάδα, l'Apollonius de Tyr, où nous croirions volontiers retrouver, ainsi que dans l'Ypomedon et d'autres contes de notre moyen âge, quelques débris des narrations fabuleuses de leur belle antiquité.

Le seul de ces grands poëmes en vers grecs modernes qui semble n'avoir rien perdu de sa première vogue, l'*Erotocritos,* Venise, 1737, in-8; 1748, 1789, 1797, 1803, 1813, 1819.— Jacovaky Rizo, Cours de Litt. gr. mod., p. 150, 153. qu'on appelle aussi par altération *Rhotocritos,* composé au XVIᵉ siècle par un Crétois dont le nom est celui d'une noble famille vénitienne, Vincent Cornaro, ressemble à un grand nombre de nos romans d'aventures, puisqu'on y voit la fille d'Héraclès, roi des Athéniens, refusée d'abord à un jeune chevalier pauvre, et accordée enfin à sa persévérance après de longues épreuves : il y a dans le plan et dans les détails plus d'un rapport avec l'Eracles de Gautier d'Arras.

Quel que puisse être à l'avenir le résultat d'études nouvelles dans ces régions encore peu explorées de l'histoire des lettres, ce qu'on en sait jusqu'à présent ne laisse point de doute sur les conquêtes opérées en Orient, surtout à compter de l'an 1204, non-seulement par les armes des Francs, mais par quelques-unes des fictions populaires qui parcouraient le monde avec eux. Leurs armes cessèrent de dominer à Byzance, puis dans le

Péloponnèse, puis dans les îles ; mais leur esprit n'a jamais
cessé entièrement d'y régner.

Peut-être n'est-il point de meilleur exemple de la haute fortune réservée à nos plus anciens contes, et du charme irrésis-
tible qui en a fait la puissance et la durée ; car cette influence
de notre Occident sur ce qui restait de l'imagination grecque
doit nous étonner d'autant plus, que les populations byzantines
y étaient assez mal préparées. Il faut voir combien les historiens
du Bas-Empire dédaignent ces Francs, ces barbares, qui n'a-
vaient jamais ouvert un livre grec, et de quel mépris réci-
proque nos chroniqueurs aiment à poursuivre ces Grecs, ces
pédants, ces scribes, qu'ils ne représentent que l'écritoire au
côté. Loin de nous attendre avec eux à la sympathie naturelle
que nous allons trouver tout à l'heure entre l'Italie et celle des
nations latines qui avait conservé le plus longtemps la langue
et la littérature de Rome, nous ne voyons pas quel lien, quelle
communauté d'idées et de souvenirs pouvait rapprocher un
docte protosyncelle du palais impérial et le moins ignorant de
nos trouvères. Leurs œuvres n'en pénètrent pas moins dans
cette société vieillie : les nombreuses imitations qu'on en fait
pour ce peuple de savants, et dont la critique n'a pas même
encore recueilli tous les titres, nous attestent qu'il y avait de
quoi leur plaire dans ces chanteurs de poëmes héroïques qui
ne savaient pas ce que c'était qu'une épopée, dans ces rhap-
sodes nouveaux à qui le nom d'Homère était inconnu.

ESPAGNE.   Malgré cet aveu presque unanime des emprunts faits de tous
côtés à notre vieille littérature française, deux nations nient ce
qu'elles lui doivent, et persistent à revendiquer dans la famille
littéraire un droit d'aînesse qui ne leur est pas assez disputé.
Ces deux nations sont l'Espagne et l'Italie.

L'Espagne ressemble trop aux Arabes ses anciens maîtres ;
elle ignore les dates. Combien de fois elle a prétendu que son
Ausias March et son mossen Jordi avaient été copiés par Pétrarque ! A peine les étrangers eux-mêmes, dupes de tant
d'assurance, commencent-ils à convenir que les poëtes espagnols
sont les imitateurs, et que les vers de Pétrarque sont bien à lui.

Pour dissiper les incertitudes nées des prétentions des uns et de l'indifférence des autres, il suffit de rétablir la chronologie. On a laissé dire pendant longtemps que « Partonopeus « de Blois » était la traduction d'un roman en vieux langage catalan, imprimé en 1488 : nous avons de ce poëme français des manuscrits du XIIIe siècle. On répétait dernièrement encore que le poëme de « Flore et Blanchefleur » était tiré d'un ouvrage espagnol, plus ancien que Boccace, et imprimé en 1512 : la rédaction qui nous est restée du texte original est au moins du XIIIe siècle, et la critique reconnaît aujourd'hui que l'imitation allemande avait été faite sur un texte français encore plus ancien.

Gayangos,
Libros
de caballerias
Madrid, 1857,
p. LXXIX.

Lorsque l'Espagne réclame ainsi pour elle plusieurs de nos grandes compositions poétiques, cette illusion n'est pas tout à fait sans excuse. Nos trouvères eux-mêmes ont donné des armes contre eux. Depuis que Gerbert, qui devint le pape Silvestre II, était allé, dit-on, apprendre la magie dans les écoles de Tolède, Tolède ne cessa pas d'être la cité pleine de mystères, vers laquelle se tournaient les regards de quiconque cherchait l'extraordinaire et l'imprévu. On prétendait en rapporter jusqu'à des romans de chevalerie. C'est à Tolède que le fameux Kyot, ce provençal fort singulier, qui, selon l'auteur allemand du « Parzival, » écrivait en français, découvrit le premier et sut lire en arabe le merveilleux livre où le petit-fils de Salomon avait conté, en vrai chevalier de la Table ronde, les aventures du Saint-Graal. Tout ce récit est de Wolfram ; mais nos romanciers en ont beaucoup de semblables.

Tudèle, dans la Navarre espagnole, avait aussi chez eux quelque célébrité. L'auteur de la Chronique en vers provençaux sur la croisade albigeoise prend le nom de Guillaume de Tudèle, et Fauriel s'en était tenu d'abord à ce témoignage. Mais nous savons qu'il commençait à croire que le narrateur sincère d'une guerre sainte, dans un tel pays et dans un tel siècle, avait dû cacher son nom.

A cette chimérique instruction que nos pères, comme il leur plaît de le dire, allaient chercher au delà des Pyrénées, nous pouvons opposer, sans compter le reste, l'éducation moins douteuse que les Espagnols recevaient en France. Les voyages et les conquêtes littéraires de nos jongleurs chez les négromants de Tolède appartiennent à la fiction : voici maintenant la réalité.

Depuis longtemps l'Espagne envoyait des étudiants à Paris. Cependant ils n'y trouvaient point de collége fondé pour eux, et, au temps d'Ignace de Loyola, ils étaient encore admis dans celui des Lombards. Plusieurs ne dépassaient pas Toulouse ou Montpellier; mais on n'en ferait pas moins une liste assez brillante de ceux d'entre eux qui furent attirés vers la grande école de la théologie et des Sept arts.

Au siècle précédent, nous trouvons dans les rangs de ses élèves Roderic Ximenez, archevêque de Tolède, le laborieux chroniqueur, dont les conseils firent établir à Palencia, par le roi de Castille Alphonse VIII, l'université qui, peu après, fut transférée à Salamanque ; Pierre de Portugal, plus connu sous le nom de Pierre d'Espagne, qui enseigna d'abord la philosophie à Paris, la médecine à Montpellier, et qui, devenu le pape Jean XXI, périt, au bout de huit mois, sous les ruines de son palais de Viterbe, laissant quelques œuvres médicales, des commentaires aristotéliques, et une mémoire fort sévèrement traitée par les moines, qu'il n'aimait pas.

Nous ne joindrons à ces noms ni celui de saint Dominique, chargé de missions en France, mais qui ne paraît pas y avoir étudié, ni celui du dominicain Bernard de Trilia, réclamé à la fois par Nîmes et par la Catalogne.

A dater de l'an 1300, les rapports de l'Espagne avec nos écoles sont plus étroits et plus nombreux; mais, par une circonstance qui n'est peut-être pas le simple effet du hasard, et qui semblerait justifier les préventions des chroniques monastiques contre le pape Jean XXI, plusieurs de ceux qui viennent, comme lui, chercher en France un théâtre plus vaste pour la dispute, se font remarquer par des vues ambitieuses et des doctrines téméraires. Parmi les plus célèbres de ces disciples espagnols de nos maîtres de Paris, quelques-uns sont restés rigoureusement orthodoxes : le carme Gui de Perpignan, général de son ordre en 1318, auteur d'une Somme contre les hérésies et de commentaires sur Aristote ; le dominicain Alphonse Buen-Hombre, de Cuenca ou de Tolède, qui

traduisit de l'arabe en latin, vers l'an 1338, une longue lettre
d'un juif converti ; un autre carme, François de Bachò, habile
prédicateur, et un autre général des carmes en 1375, Bernard
Oller, défenseur des origines traditionnelles de sa communauté ; l'augustin Denis de Murcie, mort en 1380, après avoir
professé à Paris pendant dix ans. La plupart des autres n'ont
point échappé à l'accusation plus ou moins fondée de turbu-
lence, qu'on réservait, en Espagne surtout, à ceux qui allaient
chercher au loin la renommée, les honneurs ou l'instruction.

Raymond Lull, de l'île Maiorque ; Arnauld de Villeneuve,
peut-être provençal, mais que Valence et la Catalogne se
disputent, ont fait beaucoup de bruit en France : tous deux
ont été suspects d'hérésie.

Alvar Pelage, nommé Paez en Galice, est un grand exemple
de cette liberté qu'on reprochait à nos docteurs d'enseigner
aux autres nations. Engagé dans l'ordre de Saint-François, à
Assise même, dès l'an 1304, il résida longtemps à Paris, où il
put entendre son confrère Jean Duns Scot, et ne quitta cette
ville qu'après la condamnation qui frappa, en 1329, le général
de l'ordre, Michel de Césène. Qu'il doive à la France ou à l'â-
preté naturelle de son caractère les hardiesses de son langage,
on s'étonne de le voir ainsi juger ses anciens condisciples et
ses anciens maîtres de Bologne et de Paris : « Bien persuadés   De Planctu
Eccles., l. II,
art. 33.
«qu'ils sont de leur incapacité, ils se font accorder à force de
«sollicitations et de présents la licence et la maîtrise par des
«juges mercenaires, qui devraient être tenus à restitution.
«Mauvais disciple devient ensuite mauvais maître... Nous
«voyons des frères Mineurs obtenir la permission d'aller à
«Paris pour y être nommés lecteurs ; mais au lieu d'y rester
«deux ans, comme l'exigeraient la règle et leur propre décla-
«ration, à peine y ont-ils passé quatre ou six mois qu'ils se
«font recevoir pour soixante florins, et, abusant d'un vain
«titre sans aucun savoir, ils commettent, en vendant ce qu'ils
«n'ont pas, un odieux mensonge, qu'on se garderait bien de
«souffrir dans ceux qui vendent à boire ou à manger. Le gain
«qu'ils font ainsi n'appartient certainement ni à eux ni à leur
«ordre, et ils auraient des comptes à rendre à l'université de
« Paris. »

Pour traiter les siens avec cette dureté, Alvar ne doit parler que de ce qu'il a vu. Il est à croire que c'est pendant son
long séjour à Paris, dans la société de Michel de Césène, l'ennemi du pape Jean XXII, qu'il avait recueilli ses jugements
Ib., art. 10, 16,
etc. — Liv. I,
art. 34.
sur les cardinaux, « trop accoutumés à leurs élections simo-
« niaques pour essayer enfin de chercher hors de leur sacré
« collége un chef digne d'être élu; » sur le pape lui-même,
« qui, malgré la juridiction universelle qu'il tient immédiate-
« ment de Dieu et le droit qu'il a de déposer les rois, peut,
« en cas d'hérésie, être à son tour traduit devant un concile
« général. » C'est là une de ces contradictions que se permettent volontiers les franciscains, qui se rencontrent encore ailleurs que chez eux, et dont tout ce siècle est rempli.

Mss. lat.,
n. 3372, fol. 76.
Dans un ouvrage inédit, *Collyrium fidei contra hæreses,*
Alvar fait mention d'un certain Thomas Scot, tour à tour frère
Mineur et frère Prêcheur, avec lequel il avait souvent disputé,
et qui se trouvait alors dans les prisons de Lisbonne, pour
avoir osé répéter de toutes parts qu'il y avait eu au monde
trois imposteurs, *tres fuisse in mundo deceptores.* Comment
cette impiété déjà ancienne, et que Gabriel Barlette, dans son
sermon sur saint André, attribue par anticipation à Porphyre,
avait-elle pénétré jusqu'à Lisbonne? Le pape Grégoire IX
l'avait mise à la charge de l'empereur Frédéric II, et on en faisait une accusation banale contre ceux qu'on voulait perdre. Ce
n'est que plus tard qu'il est parlé d'un livre fameux sur ce
sujet. L'inquisition, dont nous sommes bien loin de connaître
tous les arrêts en Espagne non plus qu'en France, ne nous a
laissé aucun document propre à éclaircir une question qui a dû
certainement l'occuper. Le législateur du saint office, Nicolas
Eimeric, mort en 1399, n'a point cité de jugement contre Thomas Scot.

Nous n'avons pu raconter les déchirements qui affaiblirent
les ordres religieux et le souverain pontificat lui-même, sans
rappeler souvent deux Espagnols qui résidèrent longtemps en
France, Jean de Monzon, docteur de Paris, adversaire encore
plus opiniâtre que les autres dominicains du nouveau dogme
de l'immaculée conception, et Pierre de Luna, l'ancien professeur de droit canonique à Montpellier, l'antipape Benoît XIII,

qui, pendant trente années, par son adresse à esquiver toute
conciliation de bonne foi, par sa duplicité et ses parjures, par
son insolent mépris pour les décisions des conciles de Pise et
de Constance, fut un des mauvais génies de la papauté.

Tous ces Espagnols ont écrit en latin. Un des premiers de
ceux qui ont transporté dans la langue de leur pays des souvenirs de la France, est l'infant don Juan Manuel, de la famille
royale de Castille, qui, dans les dernières années d'une vie fort
occupée par la politique et la guerre (1282-1347), écrivit son
célèbre livre, *El conde Lucanor*. C'est un recueil d'Exemples,
où le comte se fait adresser par son confident Patronio d'excellents conseils sous forme d'histoires et de fables, dont plusieurs, comme celles des *Bocados de oro,* viennent de l'Orient,
mais qu'on peut aussi quelquefois supposer d'origine française.

Cancionero
de Baena p. LIX.

Tel est cet épisode des croisades où le roi Richard, au moment de débarquer en terre sainte, seul devant toute l'armée
des infidèles, après avoir fait le signe de la croix, s'élance d'un
bond au milieu des flots. Tel est aussi le dévouement du jeune
gentilhomme qui, pour mériter la fille du comte de Provence
que Saladin promet en mariage au plus brave, court délivrer le
comte de captivité. Ailleurs, les frères Mineurs et les frères
Prêcheurs de Carcassonne, dépositaires des dernières vo-
lontés du sénéchal de cette ville, sont tout étonnés d'apprendre d'une folle, regardée dans le pays comme inspirée,
que le sénéchal est en enfer, parce que ses bonnes œuvres
sont venues trop tard et qu'il n'en avait pas fait avant son
dernier moment.

Mais voici les frères Mineurs à Paris : « Un conflit s'élève
« entre les chanoines de Notre-Dame, qui veulent, comme chefs
« de l'église cathédrale, être les premiers à sonner l'office, et
« les frères Mineurs, qui soutiennent que leur obligation de se
« lever tôt pour chanter matines et pour étudier, jointe à
« leur prérogative d'exemption, leur donne le droit de sonner
« sans attendre personne. De là, grand procès, qui coûte
« beaucoup des deux parts en avocats, en écritures, et traîne
« longtemps en cour de Rome. A la fin, un cardinal, chargé
« par le pape de le délivrer à tout prix de cette affaire, se fait
« apporter les pièces, dont la seule vue était propre à effrayer.

« Quand il les eut toutes sous la main, il assigne les parties à
« un jour indiqué, pour ouïr prononcer le jugement. Alors il
« fait brûler devant eux toute la procédure, et leur dit : Mes
« amis, cette querelle a été longue, elle a été ruineuse pour
« vous. Comme je veux qu'elle finisse, écoutez ma sentence :
« les premiers levés sonneront les premiers. »

Si l'on écrivait une histoire universelle des cloches, ce siècle
y occuperait une grande place. Les frères Mineurs eux-mêmes
ne purent toujours sonner matines à leur volonté. Pendant les
ravages des routiers, le tocsin causait aux populations un tel
émoi, jusque dans les grandes villes, qu'il fut prescrit, en 1358,
de sonner et de chanter matines en plein jour. Le soir, après vêpres et complies, les cloches étaient défendues, excepté pour
Notre-Dame de Paris à l'heure du couvre-feu; privilége qui
devait faire un vif déplaisir aux frères Mineurs. Les cisterciens
aussi prouvèrent combien ils tenaient à leurs cloches, lorsque,
par le conseil d'un théologien de Tournai, pour éluder un interdit qui frappa la Flandre, ils sonnèrent si doucement qu'ils
prétendaient n'être entendus que de leurs frères. Ils n'auraient
pas cédé plus que les franciscains de Paris aux cloches de
Notre-Dame.

On doit s'attendre à retrouver souvent les cloches dans les
annales de l'université. La nation de Picardie, assemblée à
Saint-Julien-le-Pauvre le 20 décembre 1347, ordonne, entre
autres dispositions, de sonner à sa manière l'office qu'elle fait
célébrer aux vêpres du vendredi et à la messe du samedi. Un
autre statut, après mûre délibération de la Faculté des arts, le
18 mai 1367, toujours à Saint-Julien, vu la négligence des
maîtres qui commencent leurs leçons trop tard, les oblige,
avec l'assentiment unanime des quatre nations, d'ouvrir les
cours, selon l'ancienne coutume, à l'instant où la cloche des
carmes annonce leur première messe, *in pulsu campanæ seu
clinketi carmelitarum.*

Quelques réminiscences des fictions de l'Orient ou des usages de la France n'empêchent pas que cet ouvrage en prose de
don Juan Manuel, déjà fort supérieur pour le naturel, la clarté,
l'intérêt à la plupart des anciennes poésies espagnoles, ne
l'emporte aussi par une certaine originalité; car ces poésies, à

l'exception des nombreuses romances sur l'histoire du pays, sont comme l'écho des chants de nos trouvères.

Ce n'est pas que le poëme sur le Cid, non plus que la *Cronica rimada*, puisse réellement passer pour un emprunt fait à nos chansons de geste. Comme ce poëme, le plus national de l'ancienne Espagne, et dont les copistes ont peu altéré la rudesse primitive, les constructions irrégulières, la versification par assonnances, est à peu près du même temps que notre longue suite de récits guerriers sur Charlemagne et ses premiers successeurs, d'un temps où dominait dans la famille européenne, avec l'unité catholique, une certaine conformité de mœurs, de sentiments et de langage, il semble plutôt inspiré d'un même souffle, d'un même génie. Dans presque tous les autres grands poëmes de l'Espagne, l'imitation est incontestable, et quelques faits peuvent l'expliquer.

Sans aller jusqu'à dire que, pendant le moyen âge, « il n'y « a presque pas de province, de district en Espagne où n'aient « pénétré des Français et des coutumes françaises, » on ne peut du moins oublier les pieuses expéditions qui, depuis les progrès de l'islamisme, passent les monts pour aller défendre la foi, et qui se continuent pacifiquement dans le pèlerinage de Saint-Jacques de Compostelle, cette ville sainte, où la tour du côté sud de la cathédrale s'appelle encore *la Torre de Francia ;* Raymond de Bourgogne qui, de son mariage avec la reine Urraque, eut un fils, roi de Castille et de Léon, et une fille mariée à Louis VII, roi de France ; Henri de Bourgogne, récompensé de ses victoires contre les Maures par le comté de Portugal, et laissant aussi un royaume à sa famille ; Cluni et Cîteaux appelés par nos voisins à la direction de leurs monastères, et le cluniste Bernard, devenu archevêque de Tolède, remplaçant le rite isidorien par la liturgie gallicane ; les communes établies sur plusieurs points, même à Tolède, avec les franchises ordinaires de notre droit communal ; les rapports plus étroits entre la France et la Catalogne, l'Aragon, la Castille, la Navarre ; les transactions du commerce réglées par Charles le Bel et Philippe de Valois ; les deux invasions de Bertrand du Guesclin.

Helferich
et Clermont,
les Communes
fr. en Espagne
et en Portugal,
1860, p. 2.

Ces perpétuelles visites que se faisaient les deux peuples, aidées de l'analogie naturelle entre les idiomes d'origine latine, devaient amener une sorte de fraternité littéraire. Si le poëme du Cid ressemble quelquefois au Roland, l'imitation de notre poésie héroïque est tout à fait sensible dans l'*Alejandro Magno* de Segura, clerc d'Astorga, qui s'est servi de deux ouvrages fort admirés en France, le poëme latin de Gautier de Châtillon et l'Alexandre de Lambert li Cors, tiré lui-même en partie du faux Callisthène. L'auteur espagnol est si éloigné de taire ce qu'il doit à Gautier qu'il le cite deux fois par son nom ; car *Galente* ou *Galant,* pour *Galtero,* est une faute des manuscrits. Il reproduit même deux vers du texte latin, que ses copistes n'ont pas moins défigurés. On ne connaît que le titre d'un autre poëme, *Los Votos del pavon,* qui, dans sa rédaction française, « Le Vœu du paon, » est une des continuations de l'Alexandre.

L'*Apolonio* et plusieurs compositions religieuses de quelque étendue conservent cette empreinte de notre vieille poésie narrative. Ceux qui ne veulent pas que les premiers versificateurs castillans aient rien emprunté de la Provence, ne vont pas jusqu'à les croire à l'abri de toute influence étrangère. En revendiquant pour leurs plus anciennes poésies la date du XIIᵉ siècle, ils avouent qu'elles n'ont été écrites que trois ou quatre siècles après ; d'où résultent d'inévitables incertitudes sur le temps de la première publication, sur les auteurs, sur les formes du langage. Il faut du moins qu'ils reconnaissent que, tandis que leurs poëmes se transmettaient encore par la seule récitation, les nôtres étaient écrits.

Le plus passionné des Espagnols pour les romans chevaleresques, don Quichotte, n'a dans sa collection que des livres imprimés. La plupart sont tombés dans un juste oubli, et nous excusons volontiers l'excellent curé d'avoir jeté au feu les Olivante de Laura, les Florismarte d'Hyrcanie. Mais ce juge impartial veut qu'on garde les douze pairs et tout ce qui parle de la France. « L'histoire du fameux Tirant le Blanc » lui plaît surtout pour le chevalier don Kyrié-Éléison de Montauban et Thomas de Montauban son frère. Il y avait longtemps que nos chevaliers errants lisaient dans l'original, lorsqu'ils savaient

Cancionero de Baena, p. LIII.

Ib., p. XXIV, etc.

lire, toutes ces charmantes fictions, dont les simples copies désarment la sévérité du curé.

Dans la foule des romans espagnols imprimés au XVIᵉ siècle, il en est un que l'ingénieux critique ne refuse point d'absoudre, qui a joui longtemps d'une merveilleuse faveur, et dont l'origine est encore obscure.

Lorsque le poëme français d' « Amadas, » qui faisait partie, en 1365, des livres d'un chanoine de Langres, et qui nous est resté, aura été plus répandu ; lorsqu'on aura pu le comparer à l'*Amadas* anglais, à ce preux que les fragments publiés, en 1810 et en 1842, d'après différents textes manuscrits, s'accordent à représenter comme le plus brillant modèle de la loyauté, de la bravoure et de la piété chevaleresque ; lorsqu'on se sera fait surtout une idée plus juste et plus complète de ce débordement de romans en prose qui, dans les cent cinquante premières années de l'imprimerie, pour répondre, en Espagne comme en France, à l'enthousiasme de la mode, multiplièrent à l'envi nos anciens poëmes, en les allongeant par des digressions inopportunes, par des conversations raffinées, par une ample recrue de géants, de fées et de magiciens, il sera temps de se demander si c'est à tort ou à raison que le vieux traducteur français de l'Amadis espagnol, Herberay des Essarts, nous dit qu'il en avait trouvé « quelques restes escrits à la main en lan- « gage picard, » et de décider si ce roman d'aventures, dont le plan se prêtait le moins aux broderies du parfait amour, puisqu'il commence par où les autres romans finissent, vient du Portugal, de l'Espagne ou d'ailleurs. L'Amadis était connu en Espagne avant le temps où vivaient ceux à qui on l'attribue, le Portugais Vasco de Lobeira et l'Espagnol Garci-Ordoñez de Montalvo ; la première édition, assez douteuse, passe pour être de l'an 1510 ; mais ce remaniement, comme celui de Gérard d'Euphrate imité chez nous, en 1549, d'un poëte wallon, ou celui de Thésée de Cologne tiré, en 1534, « de vieille ryme « picarde, » ou celui de Guillaume de Palerme, en 1552, d'après « un romant antique rimoyé, » ou celui de Flore et Blanchefleur, imprimé en espagnol dès l'an 1512, pourrait remonter encore plus haut, et n'être cependant que fort postérieur à une rédaction plus courte et plus originale.

Ib., p. 243, 337, 677.

Si nous arrivons à des œuvres moins développées et où la
fiction profane a moins de place, nous reconnaîtrons que le
genre de la poésie sacrée, dans ses productions les plus con-
cises comme dans les plus longues, devait être à peu près le
même partout. Un prêtre du territoire de Calahorra, don Gonzalo de Berceo, avait fait, au siècle précédent, des quatrains
d'une seule rime sur la vie de saint Dominique de Silos, comme
on avait célébré en rimes françaises sainte Eulalie, saint Étienne,
Ochoa, Catal.
de los mss.
espñ., p. 656.
saint Nicolas, saint Alexis. Les vers provençaux sur sainte
Enimie sont quelquefois indiqués comme un poëme catalan.
Berceo chante aussi, avec nos trouvères, les vingt-cinq Miracles de la Vierge, les quinze Signes précurseurs du jugement
dernier.

Il y a quelque chose de plus caractéristique dans les rimes
un peu désordonnées de cet indiscret archiprêtre de Hita, don
Juan Ruiz, qui, vers l'an 1340, donne à ses quatrains et aux
sujets qu'il y traite plus de mouvement et de variété. On a cru
qu'il raconte souvent ses propres aventures, même en retraçant
à plusieurs reprises le portrait de la « Dame Auberée » de nos
fabliaux, devenue l'odieuse *Trota-conventos,* et diffamée de
nouveau dans la Célestine. Mais lorsqu'il versifie le « Lai de
« Virgile, » cité longtemps avant lui ; le « Varlet aux douze
« femmes, » la « Bataille de Karesme et de Charnage, » *Doña
Quaresma et don Carnal ;* lorsqu'il exalte la puissance de « Dan
« Denier » en cour de Rome, et n'hésite pas à parodier, pour
le triomphe du dieu Amour, les chants liturgiques, *Te Amorem
laudamus* et *Benedictus qui venit,* on se persuade aisément que
les joyeux contes, les apologues satiriques et les autres mauvais exemples, colportés par nos jongleurs en Italie et en Espagne, étaient venus jusqu'à lui.

Nous le croirions volontiers de Guadalajara, dans la Nou-
velle-Castille, si nous en jugions par le soin qu'il prend de nous
dire, en imitant d'Horace le Rat de ville et le Rat des champs,
que c'est de Guadalajara que venait le Rat de ville ; et comme
le poëte expia ses hardiesses dans les prisons de l'archevêque
de Tolède, il faut que l'inquisition, dont nous savons peu les
commencements en Castille, fût allée le chercher assez loin.
Nous la voyons sévir dans l'Aragon en 1232 ; quand le terrible

Nicolas Eimeric mourut en 1399, il l'avait fait régner en Catalogne pendant près de cinquante ans. C'est entre ces deux
dates que se placent les souffrances du gai conteur.

Des contemporains de l'archiprêtre, dans des poésies plus
morales que les siennes, traitent des sujets qui furent aussi
familiers à la France, la « Danse générale, » dialogue ironique
entre la Mort et les innombrables danseurs qu'elle entraîne
avec elle, depuis le pape et les cardinaux jusqu'aux derniers
rangs du clergé, depuis l'empereur jusqu'à la foule sans nom ;
le « Débat de l'âme et du corps, » où l'âme reproche au corps,
après leur séparation, les fautes qu'il lui a fait commettre ;
quelques autres scènes funèbres qui, à la suite des ravages de
la peste noire, se multiplient sous des formes presque semblables dans tous les pays européens.

Ticknor, Hist.
of span. lit.,
t. III, p. 459-
474.

Il y a une traduction espagnole, imprimée à Toulouse en
1490, du « Pelerinage de la vie humaine, » le long poëme de
frère Guillaume de Guilleville, traduit en beaucoup d'autres
langues. L'auteur de cette version, frère Vincent Mazuello, est
d'ailleurs inconnu.

Parmi les romances même ou les petits poëmes historiques
des divers recueils du *Romancero,* il y en a qui viennent de la
France. Nous avions une chanson de geste sur Landri, maire
du palais au temps de Chilpéric, rappelée par les trouvères,
par les troubadours, et qu'un théologien du XIIᵉ siècle, Pierre
le chantre, n'a pas dédaigné de citer : il existe un abrégé de
ce poëme dans la romance de *Landarico.* Les romances sur
Fernan Gonzalez refusant d'obéir à l'ordre que lui transmet le
messager du roi de Léon, sur le roi Almanzor assommé à coups
d'échiquier par Mudarra le bâtard, sont aussi des épisodes de
nos poëmes sur les douze pairs.

Ferd. Wolf,
Ueber eine
Sammlung, etc.,
p. 120.

Deux romances qui se rapportent au roi de Castille Alphonse VIII (1214) et à « l'Impôt des cinq maravédis, » avaient
pu être inspirées par l'œuvre de Jean Bodel, déjà répandue en
Europe dès l'an 1200, la Chanson des Saxons. Charlemagne
ayant exigé quatre deniers de chacun de ses barons qui n'a-
vaient pas encore acquitté le « chevage, » les barons, au nombre de cinquante mille, font fabriquer des deniers d'acier,
qu'ils viennent présenter au bout de leurs lances :

Éd. de 1839,
t. I, p. 57.

« Chascuns en aura quatre, c'est li chevages drois.

« As penons de nos lances les lierons estrois,

« Où ficherons as pointes des riches fers turcois ;

« Puis irons querre Carle à Loon ou à Blois ;

« Où que le troverons, en riviere ou en bois,

« Offert soit li chevages ensi com par gabois. »

F. Wolf,
Primavera y flor
de rom., t. I,
p. 194.

Don Nuño de Lara ne parle pas autrement aux hidalgos qui ne veulent pas être imposés :

> *Íos á vuestras posadas,*
> *Armáos bien á caballo ;*
> *Los cinco maravedis*
> *Atadlos bien en un paño,*
> *En las puntas de las lanzas*
> *Los traigais aquí colgado.*

Des deux parts, le « gabois » a un plein succès : les barons espagnols ne sont que trois mille ; mais Alphonse, le vainqueur de Las Navas, devant cette manière menaçante de payer l'impôt, recule comme Charlemagne.

Dans les romances sur Calainos le more, sur Gaiferos, sur le comte Grimoald, père de l'illustre Montesinos, nous retrouvons Charles et ses preux. On se souvient aussi de la France, *Francia la bien guarnida,* dans les aventures de Renaud, empereur de Trébisonde, dans l'Infante de France, la Petite infante et le fils du roi de France, Don Martin et doña Béatrix, et dans ce récit à la gloire du chevalier français Garin qui, prisonnier de guerre à Roncevaux, après sept années de captivité, dans une fête célébrée par les musulmans, réussit par son adresse à renverser le but que leurs javelots n'avaient pu atteindre, et, par sa lutte contre eux, à recouvrer sa liberté.

La Table ronde, Gauvain, Tristan, Lancelot, et tous ces autres genres plus humbles, dits, lais, fabliaux, ont fourni à leur tour quelques sujets aux faiseurs de romances, surtout en Catalogne et en Navarre.

Avant l'année 1413, François Olivier traduit en catalan les
OEuvres, p. 502.
— Ochoa, Catal.
de los mss.
espafioles,
huit cents vers d'Alain Chartier sur «la Belle dame sans merci.» Notre langue devait jouir alors en Espagne d'une grande autorité ; car c'est sur une version française qu'on traduisait les

Lettres de Senèque : *de lati en frances, e puys de frances en cathala.*

p. 346.
Ib., p. 198.

Un des auteurs espagnols de chansons d'amour, François Impérial, vers l'an 1406, fait entrer dans ses couplets un huitain en rimes françaises masculines et féminines, dont le texte, par sa faute ou celle des copistes, est fort incertain.

Canc. de Baena,
p. 242.

Il n'est pas jusqu'à nos « fatrasies » qui n'aient trouvé des imitateurs. Nous avons vu les trouvères de l'Artois imaginer une espèce d'amphigouri que l'on croirait plus moderne, où quelque ombre de réalité se mêle aux chimères d'un esprit en délire ; où les Anglais volent l'Irlande pour la manger à l'ail ; où les offrandes de deux abbés de Cîteaux leur sont « emblées » par une mouche « truande ; » où l'on porte Château-Gaillard sur la pointe d'un couteau. Voici maintenant que Juan de la Enzina, dans ses Disparates, voit un nuage de grand matin après midi, et je ne sais quel vase qui lui apparaît en habits sacerdotaux. Si c'est une rencontre fortuite, il est fâcheux que celui qui est venu le dernier n'ait pas pris un autre chemin.

Hist. litt.
de la Fr.,
t. XXIII,
p. 492-511.

Mais l'Espagne a beau s'égayer de ces folies étrangères, et s'égayer au point que, s'il y a telle pièce de nos jongleurs qu'on n'osera jamais publier, il y a tels couplets de l'archiprêtre don Juan Ruiz que ses éditeurs ont retranchés par respect pour la pudeur publique : l'Espagne n'en conserve pas moins son caractère au milieu de cette gaieté d'emprunt. Lorsque ses écrivains ont voulu être, en latin, orateurs ou même poëtes, ils ne se sont presque jamais écartés du latin des théologiens ; et lorsqu'ils ont voulu, dans leur langue, rire librement comme on rit en France, ils ne sont point parvenus à faire perdre à leurs facéties une certaine roideur scolastique, une certaine gravité nationale. C'est le peuple qui, en imitant, est le plus resté lui-même.

Loin de nous donc l'intention de refuser à ceux qui ont vu naître don Quichotte leur part d'invention littéraire ! Ce n'est que le droit exclusif à l'originalité que nous leur contestons, après avoir montré par quelques exemples comment l'Espagne, que les Pyrénées et les divers dialectes de la langue provençale séparaient de l'influence française, n'a pu elle-même y résister.

ITALIE.   L'Angleterre, l'Allemagne, les pays scandinaves, l'Espagne
elle-même dans ces derniers temps, ont reconnu que notre
poésie primitive a une grande part dans leurs origines littéraires, que l'inspiration leur est venue souvent de la France, et
que c'est de nos vieilles rimes qu'avaient été traduits plusieurs
de ces ouvrages étrangers qu'on traduisit en prose française
au XVI⁰ siècle. L'Italie seule, accoutumée à se croire l'institu-
trice de la France aussi bien que de la Gaule, ne veut point se
départir d'une prétention qui ne lui paraît point trop au-dessous de son ancienne gloire, et que notre indifférence n'a point
discutée jusqu'à présent. Il faudra donc, pour remplir ici toutes
les obligations que nous impose une histoire complète des
lettres françaises, entrer dans de longs détails, trop longs
peut-être, mais nécessaires pour établir la vérité des faits.

L'ascendant exercé par la France, principalement depuis les
croisades, sur les nations européennes de l'Occident et du Midi,
suffisait déjà peut-être pour autoriser à croire que le rang
qu'elle avait occupé dans la culture et le progrès des esprits
n'était réellement pas inférieur à celui qu'elle avait conquis par
les armes. Des faits trop peu remarqués doivent au moins
compter pour quelque chose dans cette question, qui n'est pas
une question de vanité, mais d'histoire.

Il y avait les plus étroits rapports d'origine et de ressemblance entre les deux langues nouvelles, celle de la France et
celle de l'Italie, nées l'une et l'autre de la langue latine. Lorsque la main puissante de Charlemagne réunit les deux nations,
le latin avait déjà commencé à se décomposer des deux côtés des
Alpes. Notre pays, plus éloigné du centre romain, semblait devoir
plus aisément s'écarter de la syntaxe régulière de ses anciens
maîtres ; mais l'Italie elle-même n'avait pas tardé à la désap-
Fauriel, Dante, prendre. On y voit, au X⁰ siècle, poindre la langue moderne,
t. II, p. 310, l'italien ; et le latin y dégénéra ensuite plus rapidement que
392, 400. chez nous. Quant à la vraie littérature italienne, elle ne paraît
naître qu'au XIII⁰ siècle. Il y avait alors plus de cent cinquante
ans que nous avions des poëtes ; dès l'an 1200, Lambert d'Ar-
dres témoigne de leur renom (*nominatissimi*), et distingue
leurs trois genres de poésie narrative, les chansons de geste,
les romans d'aventures, les fabliaux.

Les conquêtes de la langue française, incontestables en Orient au XIIᵉ siècle, puisqu'on parlait alors français dans les rues d'Athènes, avaient dû commencer plus tôt en Italie. Dès le XIᵉ, la comtesse Mathilde, cette grande protectrice de l'Église, paraît avoir su, entre autres langues, la langue française ; car *francigena loquela,* dans le chroniqueur, n'est point nécessairement, comme on l'a dit, le provençal. Vers l'an 1160, la connaissance de la langue française était jugée fort utile à la cour de Naples. Au commencement du siècle suivant, dans le Véronais, dans le Trévisan, les chefs des principales familles s'entretenaient en français.

Donizo, ap. Murator. Scriptor. rer. ital., t. V, p. 365. Falcand., ib., t. VII, col. 322. Fauriel, l. c., t. I, p. 509.

Les premiers ouvrages écrits en français par des Italiens furent probablement des traductions. Atton, moine du Mont-Cassin, a passé pour avoir traduit, dès la fin du XIIᵉ siècle, la chronique de Geoffroi Malaterra ; et l'on a supposé qu'il pouvait être l'auteur de la traduction anonyme des deux ouvrages historiques d'un autre religieux de son couvent, Amat ou Aimé, dont la rédaction française, remplie d'expressions et de locutions italiennes, a été imprimée de notre temps : « l'Ystoire de « li Normant, » et « la Chronique de Robert Viscart. » L'invasion normande avait porté la langue française en Italie comme en Angleterre.

Mehus a indiqué, d'après les manuscrits de Florence, un maître Guillaume, dominicain de Sainte-Marie-Nouvelle, comme ayant traduit lui-même en français son traité *de Virtutibus et vitiis ;* mais l'an 1279 qu'il assigne à cette traduction, faite, ajoute-t-il, pour le roi Philippe le Hardi, porterait à croire qu'il s'agit de la Somme des vertus et des vices, composée pour ce prince par le dominicain français Lorens et appelée « la « Somme le roi. »

Vita Ambros., p. CLIV. — Tiraboschi, Storia, t. IV, p. 308. Hist. litt. de la Fr., t. XIX, p. 397-405.

Nous devons tenir plus de compte de ceux qui ne furent pas simplement traducteurs. A la cour de l'empereur Frédéric II, où l'on parlait toutes les langues alors en usage, le Sicilien Ciullo d'Alcamo emprunte au français quelques expressions : *magione,* maison ; *peri,* père ; *senza faglia,* sans faille, etc. Ciullo passe pour le plus ancien des poëtes italiens.

Cento novelle ant., nov. 21.

Le célèbre Sordello, de Goïto, près de Mantoue, qui avait fait des vers italiens aujourd'hui perdus, et des vers provençaux souvent publiés, était connu aussi par des poésies françaises, comme celle qu'on a retrouvée dans un manuscrit sur la mort du patriarche d'Aquilée.

Un des annalistes de Venise, Martino da Canale, l'auteur de la Chronique française des Vénitiens qui s'arrête à l'an 1275, avait dû voir la France vers les mêmes années que le Florentin Brunetto Latini ; car dans un temps où il était fort difficile d'apprendre, avec les livres seuls, une langue étrangère, il est à croire que s'il n'avait point voyagé en France, il n'eût jamais songé à écrire en français l'histoire de son pays, ou qu'il l'eût écrite avec moins de correction et de clarté.

Thes. anecd.,
t. III, col. 747.
Dissertat.,
t. II, p. 177.

Rustichello, plus souvent appelé Rusticien de Pise, et à qui l'on attribue la rédaction en prose française de quelques romans de la Table ronde, se trouvant dans la même prison que Marc Paul à Gênes, en 1299, écrit sous sa dictée ses voyages, *in vulgari gallico*, comme le dit la Chronique latine de Jean d'Ypres ; témoignage important, dont l'abbé Lebeuf ne s'était pas aperçu, et qui pourrait servir à combattre les doutes de Walter Scott sur l'existence réelle de Rusticien.

Gazzera,
éd. du Trattato
della dignità
di Torq. Tasso,
p. 44. — Lettre
(inéd.) de
M. Rouard
d'Aix,
15 août 1857.

On s'est cru autorisé à placer vers l'an 1300 un certain Nicolò de Vérone, qui a écrit en français un poëme inédit de près de mille vers sur la Passion, où il se nomme lui-même dans les premiers vers « Nicholais, » et dans les derniers « Nicolas Ve-« ronois. » Il nous apprend, dès le début, qu'il avait composé en français d'autres ouvrages :

> Seignour, je vous ay jà pour vers et pour sentance
> Contié maintes istoires en la lengue dé France.
> Or m'est venu dou tout en cuer e remembrance
> De teisir toutes couses, pour fer vous rementance
> De la grant Passion che porte en patiance
> Jesu le Fil de Dieu per nostre delivrance, etc.

Quadrio, t. IV,
p. 588. —
Tiraboschi,
t. V, p. 407 ;
Bibliot.
modenese, t. I,
p. 161. —

C'est aussi en français, mais dans un français presque italien, qu'essayait d'écrire, en 1358, un Lombard qui habitait Bologne, Nicolò da Casola, dont il se conserve à Modène, en deux gros volumes à deux colonnes, un long poëme, peut-être incomplet, où il aime à suivre le rhythme et les fantaisies de nos

chansons de geste beaucoup plus que sa prétendue chronique
d'Aquilée, sur « Attila, le fléau de Dieu : »

Gamba, Testi
di lingua, p. 352,
n. 1160. —
P. Heyse,
Romanische
ined., p. 163,
164, etc.

> Deu, Filz la Virgen, li sovrain Criator,
> Yhesu Crist verais, il nostre Redemptor,
> Que vint dou cel en terre por le primer folor, etc.

Un troisième Nicolò, mais originaire de Padoue, sur les
traces, dit-il, de l'archevêque Turpin et de « deux bons
« clercs, » Jean de Navarre et Gautier d'Aragon, compose, à la
façon de nos poëmes sur Charlemagne, environ vingt mille vers
français en couplets monorimes, tantôt de dix syllabes, tantôt
de douze, dont quelques fragments, tirés des manuscrits de
Saint-Marc de Venise, ont été publiés sous le titre de « l'Entrée
« en Espagne. » L'auteur annonce d'abord l'intention de ne se
point nommer :

Biblioth.
de l'Éc. des ch.,
1858, p. 217-
270.

> Mon nom vos non dirai ; mais sui Patavian,
> De la cité que fist Antenor le Troian,
> En la joiose marche del cortois Trevixan...

Nous apprenons ensuite, vers la fin, le nom du rimeur de cette
histoire,

> Et comme Nicolais à rimer l'a complue.

On peut croire, en effet, qu'il s'est contenté de rimer des aventures déjà racontées et même rimées par beaucoup d'autres,
comme celles que comprend la Chronique attribuée à Turpin,
comme le duel et le défi théologique de Roland et de Ferragus,
les conquêtes lointaines de Roland, les exploits d'Olivier, de
Girart, d'Isoré le Sarrasin, lieux communs sans cesse imités de
notre poésie carlovingienne, et qui se retrouvent la plupart
dans les trente-sept chants de la compilation italienne *la
Spagna,* imprimée en 1487 et souvent depuis, espèce d'abrégé,
comme les *Reali di Francia,* d'anciens poëmes français, dont
plusieurs sont encore inédits.

De ces trois Italiens du même nom, et qui appartenaient tous
trois à l'Italie du nord, le dernier a peut-être le moins défiguré

la langue française, et ses fautes ne paraissent quelquefois que des fautes de copiste.

Les imitateurs italiens, que ne cessait de multiplier notre influence littéraire sur l'Italie de ce temps, nous ont laissé un grand nombre de ces manuscrits rédigés dans un français qu'on peut appeler italianisé, comme leur roman de Roncevaux, celui d'Aspremont, celui de la prise de Pampelune, et bien d'autres encore, profondément altérés pour la langue et pour la mesure. En étudiant les manuscrits français de Venise, on a reconnu, entre autres débris précieux, l'épisode qui s'était perpétué dans la légende populaire du chien d'Aubri de Montdidier, et dont le chroniqueur Alberic de Trois-Fontaines avait parlé d'après les chansons de geste. Quelques-uns des remaniements italiens sont du XIIIᵉ siècle et du suivant. D'autres, comme le Gui de Nanteuil, sont peut-être plus anciens. Chez les uns et les autres, il peut se trouver des aventures, des chants entiers, qui appartiennent au nouveau rédacteur, et il faudrait, pour débrouiller ce chaos, une critique rigoureuse et patiente, éclairée sans cesse par la comparaison des manuscrits."

Keller, Romv., p. 1-11. — Die Altfranzös. Romane der St.-Marcus Bibliothek (dans les Mém. de l'Acad. de Berlin, oct. 1839, p. 213-293). Guessard, Biblioth. de l'Éc. des ch., 1837, p. 393-414.

On sait que notre langue, qui répandit au loin notre littérature romanesque, servit à propager aussi les ouvrages d'enseignement. Aldobrandino de Sienne, Lanfranc de Milan, quelques autres, qui vinrent exercer chez nous la médecine ou la chirurgie, composèrent des abrégés en français.

Les intérêts du commerce, les proscriptions des guerres civiles, l'exil volontaire des papes dans Avignon, devaient faire souvent passer les Alpes aux Italiens. Des voyageurs d'élite, ceux qui servaient comme de lien entre les deux peuples, étaient attirés surtout par la renommée toujours croissante de l'université de Paris. Si nous avons quelquefois parlé de ce grand nombre de Français qui, depuis le XIIᵉ siècle, allaient étudier les lois romaines et le droit canonique à Bologne, à Modène, à Ravenne, et dont plusieurs occupèrent les premiers siéges épiscopaux de l'Italie, n'oublions pas non plus combien de célèbres Italiens, avant et après cette date, sont venus fréquenter nos écoles.

Archivio storico ital., t. VI, p. 431.

La Chronique nouvellement publiée des dominicains de Sainte-Catherine de Pise commence à faire mention, vers l'an

1280, des religieux de ce monastère envoyés à Paris pour étudier, sans doute au collége dominicain de Saint-Jacques : nous y lisons de tel personnage, *missus Parisius ad studendum ;* de tel autre, *imbutus litteris in Studio Parisiensi.*

L'ordre rival, celui des franciscains, entretint pendant sept ans à Paris le plus cher de ses enfants, Bonaventure Fidanza, qui, chargé en 1250 des leçons élémentaires de théologie au collége des frères Mineurs, devint, au bout de six ans, docteur dans l'université, et, l'année d'après, comme supérieur général, le huitième successeur de saint François.

Mais, pour nous renfermer dans nos limites, nous compterons parmi les auditeurs des mêmes maîtres Pierre d'Abano, qui, après être allé apprendre le grec à Constantinople, vint séjourner à Paris, au moins jusqu'en 1303, et, brouillé alors avec les dominicains, eut à se débattre contre leur inquisition ; le premier moine augustin qui fut docteur de Paris, Gilles de Rome ; d'autres augustins honorés du même titre, comme Trionfo d'Ancone, Jacques de Viterbe, controversistes longtemps accrédités ; Denis de Borgo San Sepolcro, qui fut ami de Pétrarque et l'alla voir à Vaucluse; Albert de Padoue, dont il reste des sermons latins où l'on reconnaît les traces de son séjour en France ; le Florentin Louis Marsile, que Pétrarque avait aussi distingué ; Barthélemi Carusio, évêque d'Urbin, sa patrie ; Alexandre Fassitelli, qui fut général de l'ordre ; Simon de Crémone, licencié en 1377, et Grégoire de Rimini, le grand théologien.

Le premier religieux de l'ordre des carmes qui parvint au doctorat de Paris, Gérard de Bologne, élu général en 1297, fraya la route à beaucoup d'autres carmes italiens, Barthélemi de Pavie, Pierre et Marc de Florence, Thomas de Padoue, Michel Aiguani de Bologne, devenu aussi général en 1380; car presque tous leurs généraux furent docteurs de Paris.

Martyrologe des carmes de Nîmes, ms., fol. 72 et 78.

Cette illustre école eut pour recteur, en 1312, Marsile de Padoue, l'intrépide défenseur de la cause de Louis de Bavière; et les fonctions de chancelier y étaient remplies par son disciple Robert de' Bardi, de Florence, quand l'université invita Pétrarque, en 1340, à venir recevoir à Paris la couronne de laurier.

Du Boulay,
t. IV, p. 225.
— Felibien,
t. I, p. 588. —
Gall. chr.,
t. VII, col. 130.
Tiraboschi,
Bibliot. moden.,
t. I, p. 517.

Plusieurs de ces personnages, qui semblent s'être partagés entre deux patries, avaient pu faire leurs premières études à Paris même. En 1333, sur le mont Saint-Hilaire, non loin des Carmes, le Florentin André Ghini, évêque d'Arras, puis de Tournai, enfin cardinal, après avoir été chapelain du roi Charles le Bel, fonde un collége pour les Italiens, appelé d'abord « la Maison « des pauvres écoliers italiens de la charité Notre-Dame, » et plus connu sous le nom de collége des Lombards. A cette fondation, qui devait entretenir onze boursiers, prirent part François dallo Spedale, de Modène, clerc des arbalétriers du roi, pour trois bourses réservées à des étudiants de Modène ou du territoire; Renier Jean, de Pistoie, apothicaire à Paris; Manuel degli Orlandi, de Plaisance, chanoine de Saint-Marcel de

Antiq. de P.,
p. 690.

Paris. Ce collége dépérissait au temps de Jacques du Breul, qui espérait qu'il pourrait se relever par la protection des Médicis.

Le libre enseignement de l'université inspira dès l'abord une vive défiance aux moines italiens, qui se hâtèrent d'engager une lutte opiniâtre contre la grande école séculière. Le fougueux franciscain Iacopone de Todi, mort en 1306, se plaint que Paris a détruit Assise, ou l'a du moins perverti par ses leçons :

> *Mal vedemmo Parisi*
> *Che n'ha distrutto Assisi.*
> *Colla sua lettoria*
> *L'ha messo in mala via.*

Muratori,
Scriptor. rer.
ital., t. V,
p. 485.

Les autres écoles de la France, celles de Tours, d'Orléans, de Montpellier, étaient suivies aussi par des Italiens. Dès l'an 1106, Landolphe de Saint-Paul, connu depuis par son Histoire de Milan, était venu étudier à Tours, avant de suivre à Paris les leçons d'Alfred et de Guillaume (sans doute Guillaume de Champeaux), où il eut pour condisciple Anselme, depuis archevêque de Milan.

Lorsqu'un étranger studieux séjournait ainsi dans nos doctes cités, le latin de ses maîtres ne l'empêchait pas de aire quelque attention à la langue et aux lettres françaises. Avec ces graves leçons qui formèrent les chefs d'ordre et les savants prélats, avec ces témérités de la dispute qui inquiétaient la prudence des sages, on rapportait aussi de France les nobles fictions qui amusaient nos aïeux. Il n'y a point d'invraisemblance à placer au commencement du XIV⁰ siècle la rédaction des gestes des Royaux de France, *Reali di Francia*, où sont résumés en prose, parmi des poëmes qui nous restent, quelques-uns de ceux que nous avons perdus; et *la Spagna*, en octaves, où les traditions sur Charlemagne sont fort altérées ; et les *Cento novelle antiche,* ce chef-d'œuvre de l'ancienne prose italienne, dont les récits viennent plutôt des fabliaux. D'année en année se répandent à Bologne, à Rome, à Naples, à Venise, à Milan, les imitations rimées de toute notre littérature chevaleresque, et, dans les familles, les noms empruntés de ces souvenirs héroïques, Olivier, Lancelot, Tristan, Genièvre, Iseult. Roland et Olivier chantés sur le théâtre de Milan ; les prouesses du terrible Uberto della Croce comparées à celles de Roland dans les chroniques lombardes ; le nom de Durindal qu'on lit encore sur l'épée du même Roland au portail de Saint-Zénon de Vérone, attestent quelle place occupaient les héros de nos poëtes dans l'admiration presque religieuse des peuples de l'Italie.

Fauriel, Dante, t. 1, p. 292, 482, etc.

Mais nous n'avons rappelé encore que des écrits théologiques en latin, ou des ouvrages en langue vulgaire dont les auteurs sont la plupart inconnus : l'histoire de ces disciples italiens de notre France va maintenant nous offrir en foule des noms qui sont encore célèbres aujourd'hui.

Brunetto Latini, l'exilé guelfe de Florence, qui était venu se fixer à Paris en 1260, y resta sept ou huit ans, et y rédigea, d'après les cours de l'université et ses propres études, cette espèce d'encyclopédie française qu'il appela le Trésor. Quoique Italien, il préféra, dit-il, le français, comme « plus delitable lan- «gage et plus commun à toutes gens. » Il reconnaît aussi, en annonçant d'avance son grand ouvrage dans le *Tesoretto*, que, grâce à cette langue, *nella lingua franzese,* il pourra rendre ses enseignements plus clairs et plus complets. Il en avait acquis une telle habitude que, même dans ses vers italiens, il dit, comme s'il parlait français, *san faglia,* sans faille, déjà em-

Brunetto Latini. Hist. litt. de la Fr., t. XX, p. 276-304.

Tesoretto, I, 8, 54 ; vii, 26, 232 ; xi, 27 ; xxi, 206.

ployé par Ciullo ; *manera,* manière ; *torno,* tournée ; *triare,* trier ; *zae,* çà ; *convotisa,* convoitise, etc., tous mots que l'Académie de Florence, malgré son respect pour les vieux textes, a exclus de son dictionnaire comme étrangers.

Ces expressions françaises de l'auteur toscan n'étonneront point ceux qui en ont vu bien d'autres, plus françaises encore, dans les vers et la prose d'un de ses compatriotes, fra Guittone,

Nannucci,
Manuale,
t. I, p. 213 ;
t. III, p. 144.

mort comme lui en 1294 : *donna gente,* gente dame ; *se m'aiuti Dio,* se m'aïe Deus ; *oreglie,* oreilles ; *per plusor ragioni,* par plusieurs raisons ; *accatar,* acheter ; *amico tradolce mio,* mon très-doux ami, etc. Le moine d'Arezzo pouvait lire ces diverses locutions dans des ouvrages français qui l'ont précédé de plus d'un siècle.

On sait peu de chose de la vie de Brunetto pendant son exil. Rarement il parle de lui-même. Lorsque l'idée lui vient, dans son rêve du *Tesoretto,* d'aller confesser ses fautes, nous le voyons choisir son confesseur dans un couvent de Montpellier. Il y a lieu aussi d'être frappé de son penchant pour les intérêts français et pour la maison d'Anjou, dont la cause avait été habilement confondue avec la cause guelfe ou italienne. Après avoir, dans son Trésor, approuvé la déposition de l'empereur Frédéric II par l'autorité pontificale, il ajoute que Mainfroi « tint le roiaume de Puille et de Secile contre Dieu et contre « raison. »

Quel est le puissant seigneur à qui il dédie le *Tesoretto* sans le nommer, et qu'il compare à Achille, à Hector, à Cicéron, à Sénèque, à Caton, à Lancelot, à Tristan ? Est-ce, comme on l'a supposé, le roi Louis IX ? Une conjecture moins incertaine s'offre à l'esprit en lisant cette dédicace : c'est que, pour se perfectionner dans la langue française, l'auteur venait de lire les grands poëmes, Tristan, Lancelot du Lac. Peut-être même les recommanda-t-il au poëte illustre qu'on croit avoir été son disciple, et qui s'est montré pour lui trop gibelin.

La langue française d'alors est tout à fait digne d'être étudiée dans le Trésor de Brunetto : il en avait fait lui-même une étude minutieuse, et il y avait apporté cet esprit grammatical qui était, selon Dante, un mérite de la langue de son pays, devenue, en effet, par ses travaux et par ceux de Pétrarque et de

Boccace, bien plus régulière que ne l'avait été celle de la plupart de nos trouvères. Le style de Brunetto, peu élevé, mais correct, dans la prose de ses traductions italiennes, conserve ce caractère en français, et y joint peut-être, à force de soin, plus d'élégance et de concision.

Cet autre proscrit de la même république, Dante, qui a fait au moins, comme on l'a cru, deux voyages en France, l'un avant l'an 1300, l'autre pendant son exil, sans parler de la mission douteuse de l'an 1295, est celui des écrivains de cet âge qui avait le plus médité sur les langues d'origine latine. Il savait le provençal, puisqu'il a écrit dans la langue d'oc plusieurs tercets du Purgatoire, et il entendait les trouvères, puisqu'il a fait des épîtres farcies, où un vers en langue d'oïl s'entremêle à des vers provençaux et italiens. Moins de cent ans après lui, un de ses biographes disait : *Loquebatur idiomate gallico non insipide, ferturque ea lingua scripsisse nonnihil.* De là cette tradition italienne, que, pendant un de ses séjours à Paris, il lisait et expliquait à Philippe le Bel les chants religieux de fra Iacopone contre Boniface VIII, l'adversaire de frère Jacques, de Dante et du roi.

Mais nous avons une preuve plus sûre encore de l'étude qu'il avait faite de la littérature française : lorsqu'il l'apprécie parallèlement avec celle des deux autres langues ses sœurs, une telle comparaison, venant d'un tel juge, est pour nous d'une véritable importance, comme l'image fidèle de la pensée littéraire d'un contemporain, et du plus grand de tous, au début du XIVe siècle : « La langue d'oïl allègue pour soi, dit-«il, qu'à cause de ses formes vulgaires plus faciles et plus «agréables que les autres, tout ce qui a été rédigé ou inventé «en vulgaire prosaïque (*in vulgari prosaico*) lui appartient; «par exemple, toute la suite des gestes des Troyens et des «Romains, les longues et belles aventures du roi Artur, et «beaucoup d'autres histoires ou enseignements. La langue «d'oc peut prétendre qu'elle est la première qui ait eu des «poëtes, comme plus parfaite et plus douce; par exemple, « Pierre d'Auvergne, et d'autres avant lui. La troisième, celle «des Latins, peut s'attribuer deux priviléges : d'abord, c'est

DANTE.
Hist. litt.
de la Fr.,
t. XXI, p. 127.

Mar. Philelphe,
Vita Dantis
(Mehus, Spec.
hist. litt.,
p. XXVIII); éd.
de 1828, p. 117.
Nannucci, l. c.,
t. II, p. 120;
t. III, p. xv.

De Vulgari
eloquio, 1, 10.

« d'elle que viennent ceux qui ont montré dans la poésie vul-
« gaire plus d'harmonie et plus d'art, comme Cino de Pistoia
« et son ami ; ensuite, ils paraissent s'appuyer davantage sur la
« grammaire, qui est commune ; et ceci, à en juger raisonna-
« blement, est un bien grand argument pour eux. »

En laissant à Dante le traité latin sur le langage vulgaire,
on voit que nous préférons l'opinion du Tasse, adoptée par
Gravina, Maffei, Bettinelli, Balbo et d'autres juges fort com-
pétents, aux doutes de Crescimbeni, qui aurait dû trouver
l'attribution d'un tel livre à un tel génie plus vraisemblable
encore que toute autre supposition.

Disc. sec.
del Poema
heroico,
éd. de 1594,
p. 47.

Mais ce texte, que nous venons de traduire mot à mot, n'est
pas sans obscurité. La critique moderne nous semble l'interpréter ainsi : *Vulgare prosaicum* ne signifie point la prose,
comme nous l'entendons, mais ce que Dante appelle ailleurs
prose di romanzi (*prosa en roman paladino*, dans l'ancienne
poésie espagnole), c'est-à-dire les poëmes narratifs qui ne sont
pas en strophes régulières et en rimes entrelacées comme les
canzoni ou *versi d'amore* ; car il ne pouvait avoir oublié, lui
qui connaissait les poëmes sur Roland et sur Guillaume d'O-
range, que c'était en rimes aussi, mais en rimes uniformes,
alignées tout droit le long de chaque couplet, comme les pro-
ses de l'Église, qu'étaient composés les romans sur les preux
de l'empire de Charlemagne. Si ces preux sont pour lui des
Romains, c'est dans le même sens que le recueil où sont abré-
gées plusieurs de leurs aventures est appelé *Gesta Romanorum.* Il exprime par le mot *poetari* une autre poésie plus savante, travaillée avec plus d'art, plus rigoureusement gram-
maticale, dont il fait honneur aux Latins, nom qu'il donne aux
Italiens modernes, pour qu'ils aient leur part dans la gloire
de l'ancienne poésie latine. C'est ce que Pétrarque a fait souvent. Boccace nomme aussi l'italien *vulgar latino ;* et une traduction française de sa *Fiammetta,* publiée en 1532, paraît
avoir été donnée d'abord comme « translatée de latin en vul-
« gaire français. » La Monnoye a tort de prétendre que c'é-
taient les ignorants qui appelaient l'italien le latin : il ne songe
pas qu'ils avaient pour eux de grandes autorités. Quant à la
poésie moderne des Latins, Dante en cite deux exemples,

Hist. litt.
de la Fr.,
t. XXII, p. 213.

Gonzalo
de Berceo, Vida
de S. Domingo
de Silos, v. 5.

Du Verdier,
Biblioth. fr.,
t. III, p. 696.

Cino de Pistoia et son ami. Cet ami n'est autre, dit-on, que lui-même.

Dante se souvient beaucoup de notre pays, et presque toujours ces souvenirs sont hostiles. C'était le parti guelfe, le vrai parti français en Italie, qui l'avait condamné à une vie d'exil et de ressentiments, qui lui avait appris « combien est amer le « pain de l'étranger, et combien il est pénible de monter et « de descendre l'escalier d'autrui. » Qu'il cherche, s'il veut, un motif à sa haine jusque dans la prise du Capitole par les Français de Brennus, *quando li Franceschi prendeano Campidoglio :* la cause réelle en était certainement plus moderne, et il aurait pardonné à Brennus et même aux rois de France et à leur famille, si Charles de Valois n'était pas entré dans Florence.

Convito, p. 140,
éd. de Venise,
1793.

Nous voudrions pouvoir dire qu'il respecta du moins la sainte mémoire de Louis IX; mais non, car en parlant, comme on le suppose, de Béatrix et de Marguerite, filles de Raymond Bérenger, comte de Provence, il donne à entendre que Constance, fille de Mainfroi, s'honore plus de son mari, Pierre III d'Aragon, que ne sauraient le faire Béatrix de Charles d'Anjou, et Marguerite, de Louis. Ce qu'il dit des ossements canonisés, *le sacrate ossa,* n'est pas non plus sans quelque dédain.

Purg., cant. vii,
v. 128.

Ibid., xx, 60.

Il se déclare en faveur de Pierre de la Broce, pendu en 1277, contre la famille royale, et il reproche à Philippe le Hardi son expédition d'Espagne, qui avait déshonoré, dit-il, les fleurs de lis.

Ibid., vi, 22.

Ibid., vii, 103.

Malgré les imprécations du poëte contre Boniface VIII, ne croyons pas que l'antagoniste du saint-siége, Philippe le Bel, soit épargné. Le prince accusé d'avoir falsifié la monnaie ne peut être que lui. C'est à lui que s'adressent les vers prophétiques sur le désastre de Courtrai. On l'a reconnu dans ce géant qui, après avoir donné de tendres baisers à une vile courtisane, image, s'il faut en croire les interprètes, de l'Église romaine, et avoir reçu d'elle de semblables caresses, finit, amant terrible, par fouetter, des pieds à la tête, son amante infidèle. On le retrouve aussi dans ce déprédateur effronté qui, non content d'avoir, nouveau Pilate, fait prisonnier le Christ dans son vicaire, entre à pleines voiles dans le temple; allusion aux templiers,

Par d., xix,
118.
Ib., xxxii, 152;
xxxiii, 45.
Purgat., xx, 46.

Ibid., xx, 86.

dont le voyageur avait pu voir commencer en France le procès
et la catastrophe.

Ib., xx, 67.—
L'Ottimo
commento, t. II,
p. 364.

C'est encore cet implacable ennemi de la France qui accuse
Charles d'Anjou d'avoir fait empoisonner Thomas d'Aquin, sans
qu'on puisse trouver le moindre prétexte à ce crime ; car la
supposition de Jean Villani, que Charles craignait que Thomas
ne lui fût contraire dans le concile de Lyon, et celle d'un commentateur qui prétend que c'était pour l'empêcher d'être pape,
sont également puériles.

Petri Allegherii
comment.,
p. 436.

Mais il faut pardonner quelques élans de colère à l'âme ardente du grand poëte qui, après s'être fait de guelfe gibelin,
avait été condamné au feu par ses anciens amis (*Igne combu-
ratur sic quod moriatur,* dit la sentence), et qui faisait retomber
sur la France, dont le parti guelfe était l'allié, tout l'opprobre
de cet odieux arrêt.

Hist. litt.
de la Fr.,
t. XXI,
p. 96-127.
Inferno,
IX, 112.

Nous n'ajouterons rien à nos anciennes recherches sur la
mention qu'il fait des cours de l'université de Paris dans la rue
du Fouarre, et sur le professeur Siger. Il parle des tombeaux de
la plaine d'Arles de manière à persuader ou qu'il les avait
vus, ou qu'il avait été frappé de la description des Eliscans,
répétée par nos trouvères. L'intérêt qu'il prend aux célèbres

Purgat.,
XI, 81, 95.

enlumineurs de Paris ferait croire à la tradition qui lui donne
pour compagnon de voyage en France le grand peintre Giotto,

Benvenuto
Cellini, Vita,
p. 337.

qu'il nomme avec honneur à cette occasion dans son Purgatoire;
Giotto, qui était aussi miniaturiste, et dont les regards durent
se fixer plus d'une fois avec curiosité sur les belles peintures

Inferno, xv, 4.

de nos manuscrits. Dante s'était avancé peut-être jusqu'en
Flandre, puisqu'il semble décrire les digues comme un témoin;
mais nous ne voyons dans ses vers ni dans sa prose aucune
trace d'un voyage en Angleterre que pourraient lui faire attribuer les paroles vagues de Boccace.

Inferno, v, 67,
128 ; XXXI, 16 ;
XXXIV, 61 ;
Parad., xvi, 15;
XVIII, 43.
Hist. litt.
de la Fr.,
t. XXIII,

Quels souvenirs littéraires avait-il rapportés de la France ?
Pour ne point suivre l'exemple de ceux qui s'imaginent retrouver partout dans sa magnifique vision les nombreuses
descriptions latines de l'autre vie, nous ne prétendrons pas qu'il
eût nécessairement dû lire en français la *Voie d'enfer*, par
Raoul de Houdenc ; les *Peines d'enfer*, par Adam de Ros ; les
trois poëmes de la *Voie de paradis*, par le même Raoul, par

Rutebeuf, par Baudouin de Condé ; le *Salut d'enfer*, la *Cour de paradis*, et tant d'autres voyages imaginaires dans le monde invisible. On sait cependant que bien des œuvres d'un ordre inférieur n'ont pas toujours été perdues pour le génie. Mais sans faire de ces parallèles ambitieux, nous nous demanderons dans quelle langue il avait lu les poëmes sur Charlemagne, ceux de la Table ronde, les amours de Tristan, et ce Lancelot qui l'avait tellement ému qu'il lui donne une part dans la mort tragique de Françoise de Rimini. Comme il proclame la supériorité de nos trouvères en ce genre de poésie, on peut supposer que c'est par eux, par Chrestien de Troyes, qu'il avait connu des fictions devenues partout populaires. Peut-être même oserait-on saisir quelque ressemblance entre cette scène pathétique où intervient le Lancelot, et celle où Floris et Lyriope se déclarent leur amour en lisant ensemble les aventures de Pyrame et de Thisbé. Froissart, qui avait beaucoup de goût pour les romans dans sa jeunesse, avait conservé aussi le souvenir de cette lecture dangereuse de Lyriope et de Floris.

Boccace, en qui nous verrons un imitateur assidu des trouvères, dans son commentaire sur Dante, écrit en 1373, n'exprime aucun doute sur le pays d'où venait le livre qui fut cause de la funeste aventure de Rimini. Le poëte, dit-il, se souvient de ce que lui avaient raconté les romans français, *i romanzi franceschi*. En effet, les poëmes de la Table ronde circulent en Italie à la fin du XIIe siècle : Godefroi de Viterbe leur emprunte des fables pour son « Panthéon ; » Henri de Settimello, dans ses vers latins sur les vicissitudes de la fortune, cite l'exemple d'Artur et de Tristan. C'était le moment où Chrestien de Troyes, à l'aide d'une langue déjà comprise dans toute l'Europe, venait d'y répandre ces noms jusqu'alors peu connus. Vers l'an 1210, Gervais de Tilbery parle des croyances siciliennes, peut-être d'origine normande, qui donnaient pour palais au roi Artur le mont Etna, où ses blessures se rouvraient tous les ans, et où le fit découvrir un jour le palefroi de l'évêque de Catane. L'apôtre d'Assise, le fondateur et le général des frères Mineurs, en comparant sa milice à la chevalerie de la Table ronde, parlait, comme le peuple, la langue des romans. Du temps même de Dante, on prétendait avoir retrouvé en Lombardie, dans un

p. 117, 279, 280, etc.

Beaudous, par Robert de Blois, ms. 381 du fonds de Sorbonne, v. 4631.

Tom. III, p. 483.

Opere volgari, t. XI, p. 60-62.

Ap. Scriptor. rer. Brunsv., t. I, p. 921.

Conformit., fol. 118.

Galvan. Flamma, ap. Scriptor. rer.

ancien tombeau, l'épée de Tristan avec une inscription en vers
français. Il fallait que les nouveaux contes chevaleresques se
fussent bien rapidement propagés.

Si donc nous avions un parti à prendre dans la question de
savoir si c'était en vers ou en prose que Françoise et Paul ont
pu lire les amours de Lancelot du Lac et de la reine Genièvre,
nous affirmerions d'abord que ce n'était pas dans celle des ré-
P. Paris, Mss. dactions en prose où l'on avait, par une sévérité prudente,
fr., t. III, p. 57. abrégé et presque supprimé ces amours dont la lecture avait
tant de péril ; nous croirions ensuite que c'est plutôt un récit
en vers que le poëte a dû accuser de tout le mal, et que le coupable était Chrestien de Troyes.

La lecture des livres français ne laissait pas oublier à Dante
ses haines politiques. On a souvent cité comme un témoignage
de son antipathie contre la France la fable qu'il adopte sur
Purgat., xx, 52. l'origine de Hugues le Grand, *figliuol d' un beccaio di Parigi ;*
généalogie singulière, qui embarrassait un peu son vieux translateur, le bon Grangier, dédiant l'ouvrage à Henri IV, et d'autres traducteurs après lui. Dante se faisait alors l'écho des bruits
répandus depuis longtemps dans le peuple par quelques puissants vassaux, ennemis de la dynastie nouvelle. Il avait pu lire
Biblioth. à Paris, et avec un malin plaisir, ce roman de « Hue Ciapet, »
de l'Arsenal, en longs couplets monorimes, naguère inédit en France, tandis
B. L. F., n. 186. que la rédaction allemande a eu cinq éditions, et auquel Villon
songeait peut-être lorsqu'il parlait « des hoirs de Hue Capel, qui
« fut extrait de boucherie. » Dante seulement n'ajoute pas, comme
l'auteur du poëme, que le nouveau roi, petit-fils de boucher
par sa mère et neveu du boucher parisien Simon, n'en était pas
moins gentilhomme :

> Ce fu Hues Capez c'on appelle Bouchier,
> Ce fu voirs, mais moult pau en savoit du mestier ;
> Il estoit gentils hons et filz de chevalier.

La même rancune éclate encore lorsqu'il se plaît à rappeler
Inferno, xxix, aux Français leurs défauts, surtout la vanité ; leurs revers,
123 ; xxxi, 71. comme la journée de Roncevaux, les Vêpres siciliennes, et
Parad., viii, 75.
Inf., xxvii, 44. jusqu'à cet obscur épisode du siége de Forli, où Gui de Monte-

feltro, en 1282, avait eu quelque avantage sur les auxiliaires
envoyés par Charles d'Anjou, roi de Naples, à Jean de Epa,
général du parti guelfe. Mais il faut le dire à l'honneur de
notre adversaire : les personnages inventés ou agrandis par nos
trouvères l'avaient tellement frappé, que l'instinct du poëte
l'emporte sur les préventions du gibelin, et que l'ennemi de la
France, à l'exemple des chansons de geste, où les preux finissent souvent par être des saints, réserve une des plus belles
sphères de son Paradis à ces héros qui, avant d'arriver au ciel,
lui semblent avoir conquis un nom digne d'être chanté par
toute la terre, Charlemagne, Roland, Guillaume d'Orange, et
même Rainouart, Rainouart « au tinel, » célébré en France
dans un de ces poëmes héroï-comiques dont le renouvellement,
deux siècles après, fut pour l'Italie une autre source de gloire.

Hist. litt.
de la Fr.,
t. XX, p. 416,
417.

Parad., xviii,
43.

Hist. litt.
de la Fr.,
t. XXII, p. 529-
532.

Dante lisait donc nos poëtes. Il leur ressemble aussi quelquefois par les licences qu'il se donne, mots forgés ou tronqués,
changements arbitraires des voyelles à la rime, chocs bizarres
de syllabes, phrases toutes latines, et autres caprices où la
poésie, en devenant régulière, garde encore un reste de l'ancienne liberté. Sans croire, avec Fontanini, que la langue française lui parût supérieure à la langue italienne, proposition
équivoque, où par le français Fontanini veut peut-être désigner le provençal, comme dans cette autre où il prétend que
les Italiens ont écrit en français avant d'écrire en italien, on ne
peut du moins révoquer en doute l'importance qu'avait pour
Dante la connaissance du français, quand il félicite un ami,
Boson Rafaelli, de Gubbio, des progrès que faisait son fils dans
la langue grecque et la langue française, *nello stil greco e francesco.* Aujourd'hui, dans ses œuvres, les traces de ses lectures
françaises doivent nous échapper souvent, et nous n'avons l'assurance de son commerce avec nos auteurs que lorsqu'il les a
cités.

Tiraboschi,
Stor., t. IV,
p. 308.

Ibid., t. V,
p. 394.

Il y a cependant une conjecture que nous avons hasardée autrefois, et qu'on ne nous semble pas avoir combattue. Dante,
qui connaissait nos chansonniers, et qui cite plusieurs fois le
roi de Navarre pour des questions de mètre et de combinaison
de syllabes, avait bien pu ne point dédaigner, dans ses con-
stantes études sur le langage, d'entendre ou même de lire Rute-

Hist. litt.
de la Fr.,
t. XXIII, p. 510.

beuf, le jongleur parisien. Lorsque, traduisant ensuite les
lamentations du prophète dans un rhythme harmonieux et
touchant, il commençait ainsi le second sonnet de sa Vie
nouvelle :

O voi che per la via d'amor passate,
Attendete, e guardate
S'egli è dolore alcun quanto'l mio grave,

il n'est pas absolument impossible qu'il eût gardé la mémoire
de la complainte française :

Rutebeuf,
OEuvres, t. I,
p. 78.

Vous qui alez par mi la voie,
Arestez vous ; et chascuns voie
S'il est dolor tel com la moie,

ou quelqu'un de ces poëmes sur Tristan qu'il a souvent rappelés :

Tristan, t. II,
p. 216. —
V. aussi
Dolopathos,
p. 405.

Vous tous qui passez par la voie,
Venez cà ; chascuns de vous voie
S'il est dolor fors que la moie.

L'appréhension bien naturelle d'aller trop loin nous empêche
seule de multiplier ces exemples d'une certaine sympathie de
Dante avec nos vieux poëtes, et d'y chercher quelle a pu être
l'influence de ses voyages en France sur sa destinée d'écrivain.

Perticari,
Difesa di Dante,
t. II, p. 185.

Mais il ne faut rien exagérer. C'est ce qu'a fait peut-être un
critique italien, lorsqu'il a dit que le poëte toscan, trouvant sa
langue maternelle trop pauvre et trop faible pour l'expression
de ses pensées, vint à Paris, et qu'il en rapporta autant de
nouvelles locutions que jadis Homère des dialectes de la Grèce.
Telle est, ajoute-t-on, l'origine de ses nombreux gallicismes,
dei molti suoi gallicismi. Voilà ce que nous n'aurions jamais
osé dire ; mais puisqu'un Italien l'a dit, nous croirons avec lui
que notre langue française a été pour quelque chose dans la
création de ce style qui a fait de Dante l'Homère de la langue
italienne.

Nous ne savons si le second fils de Dante, Iacopo Alighieri,

qui versifia un abrégé du grand poëme de son père et en com-
menta le premier cantique, visita jamais la France ; mais,
comme Dante applaudissait aux progrès du fils d'un de ses
amis dans notre langue, il a bien pu reconnaître pour ses fils
l'utilité de la même étude. N'est-il pas du moins à remarquer
qu'un des genres où il trouvait que la poésie française avait
réussi, celui des enseignements, *doctrinæ,* soit précisément
celui que préfère son second fils pour s'exercer en vers italiens?
Dans ce poëme que, d'après le titre donné en France à ces
sortes d'ouvrages, il appelle *Dottrinale,* et qu'il compose de
soixante chapitres de dix sixains chacun, il s'applique à mettre
en rimes, comme Gautier de Metz et Jean de Meun, les leçons
et quelquefois les chimères de la science des écoles. Quoiqu'il
soit permis de supposer que, s'il avait connu l'Image du monde
et la continuation du roman de la Rose, il aurait un peu plus
varié ses descriptions astronomiques, où il paraît suivre timidement les auteurs arabes, cependant les vers sur les étoiles
filantes, la comparaison de l'œuf avec notre globe, deux ou
trois autres passages, feraient croire à quelques réminiscences.

Raccolta di rime antiche, Palermo, 1817, t. III, p. 7-124.

Ibid., p. 64, 67, 78.

C'était en 1328 que ce fils de Dante, héritier de la prédilection paternelle pour la cause impériale, adressait une *canzone*
à Louis de Bavière ; l'année précédente, avait péri dans les flam-
mes de l'inquisition de Florence un poëte longtemps occupé
aussi de faire parler aux sciences la langue des vers, Cecco
d'Ascoli, qui doit avoir séjourné à la cour d'Avignon, s'il fut
réellement, comme on l'a quelquefois dit, médecin du pape
Jean XXII. Peut-être y connut-il alors l'espèce d'encyclopédie
écrite en prose française par Brunetto Latini, et qu'il se contente
souvent de traduire dans ce poëme italien non moins étrange
que son titre, l'*Acerba,* où il laisse voir à son tour, surtout dans
la partie astronomique, dans le bestiaire et le lapidaire, des
imitations de notre poëme français de l'Image du monde. On
expliquerait par nos habitudes gallicanes une certaine liberté de
propos, qui lui suscita des ennemis nombreux et puissants ; car
ses écrits, bien que désignés dans sa sentence de mort, n'auraient peut-être pas suffi pour le perdre. Il faut avouer que,
dans sa vie assez peu connue, il réunit bien des malheurs en-

CECCO D'ASCOLI.

semble. Poëte, il se brouille avec Dante, et il a la mauvaise pensée, parce qu'il se croit un poëte sérieux et vrai, de l'accuser d'être un poëte frivole et menteur :

L'Acerba, l. v,
c. 13.

> *Qui non si canta al modo de le rane;*
> *Qui non si canta al modo del poeta*
> *Che finge imaginando cose vane;*
> *Mà qui risplende e luce ogni natura*
> *Che, a chi intende, fa la mente lieta.*
> *Qui non si sognia per la selva scura.*
> * Qui non vego Pauolo ne Francesca...*
> *Non vego 'l conte che per ira ed asto*
> *Ten forte l' arcivescovo Rugiero,*
> *Prendendo del suo cieffo el fiero pasto,* etc.

Astrologue, dans un temps qui se prêtait aux illusions de cet art toujours riche en promesses, il parvient à s'attirer l'animadversion publique par des rêveries qui réussissent à tant d'autres. Médecin, s'il fut jamais consulté par un pape, il ne trouva pas du moins dans ce titre un abri contre la plus triste fin. Gardons-nous bien de croire pour cela que l'Italie, en brûlant des poëtes, des astrologues ou des médecins, n'eût fait encore qu'imiter la France ; car il y avait depuis longtemps, en Italie comme en France, des inquisiteurs et des bûchers.

Cino
de Pistoia.

Cino de Pistoia, le poëte et le jurisconsulte, fut plus heureux. Cet ami que Dante honorait d'une sorte de fraternité poétique, et qui, avant Pétrarque, avait trouvé, dans des vers d'une galanterie ingénieuse, quelques-uns des secrets de l'élégance italienne, paraît avoir aussi, exilé comme gibelin dès les premières années du siècle, visité la France et fréquenté l'université de Paris et celle de Toulouse. Mort en 1337, après une vie presque toute remplie de ces leçons sur le droit civil qui formèrent Barthole, on ne surprendra chez lui que peu de traces d'une langue étrangère, non plus que chez un autre ami de Dante, Guido Cavalcanti, qui vit à Toulouse, en revenant du pèlerinage de Saint-Jacques de Compostelle, cette Mandetta qu'il a chantée.

L'historien florentin Jean Villani, qui passa quelques années JEAN VILLANI. de sa jeunesse en France, et suivit même, à ce qu'il paraît, Philippe le Bel dans la guerre de Flandre, cite en témoignage Cronica, 1, 53. les gestes de Beuve d'Antone ou Hanstone, qu'il croit de Volterra. Ces gestes sont abrégés dans le quatrième livre des *Reali,* et Villani est mort en 1348 de la peste noire ; mais il ne fallait pas en conclure que l'imitation en prose italienne fût Ferrario, Storia degli antichi romanzi, t. II, p. 167, 177. Perticari, Scritt. del trecento, l. II, c. 6. antérieure à cette date. L'argument est faible ; car Villani n'avait pas besoin qu'on lui traduisît un poëme français. Une remarque plus juste, c'est qu'il emploie des mots français que l'académie de la Crusca n'a pas admis comme italiens : *agio,* âge ; *semmana,* semaine ; *intamato,* entamé ; *damaggio,* dommage ; *a fusone,* à foison ; *convitare,* convoiter ; *ridottare,* redouter ; *quittare,* quitter, etc. Il emprunte aussi de notre langue des constructions qui ne convenaient pas à la sienne, et, ce qui vaut mieux, du naturel et de la vivacité. On s'aperçoit qu'il a pu lire, avec nos poëmes, Ville-Hardouin et Joinville.

Les expressions et les tournures françaises sont encore plus fréquentes dans la traduction italienne du Trésor de Brunetto par Bono Giamboni, d'ailleurs assez habile écrivain, et dans les nombreuses versions d'un autre Florentin, Zucchero Bencivenni, dont plusieurs ont été faites, dans le cours de ce siècle, sur des textes français. Il n'est pas étonnant qu'il y ait des gallicismes dans de tels ouvrages, ni qu'une critique sévère en ait été blessée ; mais, comme ces gallicismes n'ont pas été tous rejetés par le purisme de Florence, il s'en retrouve aujourd'hui dans l'italien.

Un Toscan bien plus illustre, Pétrarque, a étudié à Carpen- PÉTRARQUE. tras, à Avignon, à Montpellier ; il a vu plusieurs fois Lyon et Paris ; les bords de la Sorgue et la solitude de Vaucluse ont inspiré ses meilleurs vers. Si donc nous croyons avoir le droit d'insister sur celui qui porta ce grand nom, c'est qu'il parle souvent de la France, surtout dans ses lettres, qui sont pour nous comme un journal de son temps.

Florence, une des plus riches alors comme des plus belles J. Villani, VIII, 36. villes italiennes, et qui montait en puissance et en gloire dans

la même proportion que Rome baissait, Florence était en ce
temps-là un point de comparaison dangereux pour l'amour-
propre de nos pères ; et Brunetto Latini, Giotto, Dante, avaient
dû éprouver un certain mécompte à la vue de Paris. Leur com-
patriote Pétrarque, dans sa vie errante, passe pour n'avoir
séjourné en tout que trois ou quatre semaines à Florence, dont
sa famille était originaire ; mais les habitudes gracieuses, légères, frivoles même de son esprit en faisaient naturellement
un juge sévère de notre France.

Né dans la ville d'Arezzo en 1304, nourri dans celle d'An-
cisa jusqu'à l'âge de sept ans, emmené par sa famille à Avignon, où siégeait, depuis l'an 1309, le pape gascon Clément V,
il prélude par des plaintes contre les vents violents du fleuve,
contre les rues étroites et sales de la ville, aux malédictions de
toute sa vie contre un pays de barbares. Avignon, pour lui, est
et resta toujours l'impure Babylone, l'enfer des vivants, un re-
paire de vices et d'infamies, la plus odieuse sentine de toute la
terre. Il y eut pour maître de grammaire le vieux Convennole
de Prato, qui y tint école pendant soixante ans, et qui avait
alors, dit son élève, deux tristes compagnes, la vieillesse et la
pauvreté. Quatre ans passés à Carpentras furent employés ensuite par le jeune disciple de Convennole à de meilleures études, où il fut heureux de remplacer les fables d'Ésope traduites en latin et les poésies de saint Prosper par la lecture
de Cicéron. C'est alors qu'il vit dans un court voyage et se
prit à aimer pour toujours la fontaine de Vaucluse.

Avant l'âge de quatorze ans, nous le voyons commencer le
droit à Montpellier. Les Pandectes, qu'on y enseignait depuis
le XIIᵉ siècle, n'eurent, pendant quatre années, que peu de
charme pour lui. Cicéron continuait d'avoir ses préférences, et
il n'aimait que les jurisconsultes qui écrivaient bien.

S'il fallait croire, comme on l'a prétendu, qu'il eût retouché
alors le texte provençal ou latin des aventures de Pierre de
Provence et de la belle Maguelone, par le chanoine Bernard
de Treviers, nous aurions déjà le plaisir de reconnaître un de
ces emprunts que des esprits tels que Pétrarque et Boccace
firent à ceux qu'ils nommaient barbares, et qui avaient su du
moins inventer pour eux des romans et des fabliaux.

Sa famille, pour le distraire de la séduction de ces lectures qui plaisaient à toute l'Europe, l'envoie à Bologne, où il reste trois ans, et où l'étude du droit l'intéresse un peu plus, surtout quand la belle Novella, fille de Jean d'André, suppléait son père, avec un rideau devant elle, pour que ses auditeurs n'eussent plus à se garder que de la douceur de sa voix.

De retour en France à l'âge de vingt-deux ans, il fréquente la cour pontificale d'Avignon, et s'attache à la noble famille des Colonne, fidèle alliée de la cause française contre Boniface VIII. Voué dès son enfance, comme il nous l'apprend lui-même, à la vie cléricale, il se lie avec Jacques Colonne, promu à l'évêché de Lombez, et le suit dans son diocèse. Tout rempli des souvenirs de l'ancienne Rome, il ne peut voir sans émotion, à Narbonne, les nombreuses inscriptions latines, et deux monuments de la province romaine, le pont sur l'Aude et le Capitole, qui existaient encore en 1330 ; à Toulouse, un autre Capitole, qui rappelait aussi la vieille gloire de la ville municipale. Ces traces du grand peuple dont il s'efforçait d'être le disciple, jointes à l'illustration récente que la poésie provençale avait répandue sur ces contrées, pouvaient lui faire croire un instant qu'il n'avait point quitté le sol de l'Italie.

Pétrarque est injuste pour Paris, où il trouve moins de ces souvenirs romains. Lorsqu'il y vint, en 1333, contrôler par son propre jugement le renom que cette grande ville avait chez tous les peuples ; lorsque, préoccupé de son ardent amour pour les lettres, et fort peu charmé jusque-là de l'enseignement public du droit, tel que le lui avaient offert Montpellier, Bologne même, il voit enfin cette université qui, par ses cours littéraires et philosophiques, attirait des pays les plus lointains une foule d'auditeurs respectueux, on pourrait croire que tous les penchants de son esprit, toutes les études de sa jeunesse, lui auraient fait juger avec indulgence une ville où, si loin de Florence et de Rome, s'étaient formés d'illustres maîtres pour les autres nations. Son suffrage avait ici d'autant plus de poids qu'il paraît s'être rendu compte avec soin, dès ce premier voyage, d'un spectacle nouveau pour lui, et longtemps attendu. Mais, si sa curiosité a tout vu, tout comparé, il ne satisfait point la nôtre ; car il n'a point tout dit. Nous avons seu-

lement lieu de conclure de ses divers témoignages qu'il est
étonné de Paris, qu'il l'admire même, mais qu'il ne peut
l'aimer.

Epist. de reb.
fam., 1, 3.

« J'ai vu enfin, écrit-il au cardinal Jean Colonne, Paris, cette
« ville capitale du royaume, cette cité qui se prétend fondée
« par César. J'y suis entré avec le même sentiment qu'éprouva
« jadis Apulée en visitant la ville thessalienne d'Hypate, ému
« d'une surprise inquiète, portant mes regards de tous côtés,
« impatient de m'enquérir et de décider si tout ce que j'en
« avais appris était faux ou vrai. J'y ai employé beaucoup de
« temps, et, quand le jour ne suffisait pas à l'œuvre, j'y ajoutais
« la nuit. A force de courir, de regarder, je crois savoir à peu
« près ce qu'il y a de vrai, ce qu'il y a de faux dans ce que nous
« en dit la renommée. Le récit serait long, et ce n'en est pas
« ici la place ; mais je vous conterai tout. »

Il faut bien excuser quelques erreurs dans la lettre rapidement écrite d'un voyageur de vingt-neuf ans, comme de dire
que Paris se donnait pour fondateur Jules César : *auctorem Ju-
lium Cæsarem prætendit.* S'il voulait parler des origines fabuleuses, ce n'était pas César qu'il fallait rappeler, mais Fran-
cus, Priam, Paris, Isis, et beaucoup d'autres. Comme il manque ici l'occasion de traiter les Parisiens d'ignorants, c'est que
peut-être il n'avait pas encore lu César, qui lui aurait appris
que notre Lutèce était antérieure à l'expédition des Gaules. Nous
lui pardonnerions cette légère faute, et même ses méchancetés
contre nous, s'il avait bien voulu nous écrire dans sa lettre les
détails qu'il réservait pour ses conversations avec son protecteur et son ami. On aurait aussi quelque envie de savoir, et il
n'en dit rien, si c'est alors, à Paris, qu'il rencontra Boccace
pour la première fois.

Apolog. contra
Gall. calumn.,
p. 1081.

Nous ne voyons pas que, dans ses autres voyages, il ait
changé d'opinion. Ses œuvres nous offrent même une longue
invective, où il s'en va chercher aussi, comme prétexte à dé-
clamation, les Gaulois de Brennus, les oies du Capitole, et où il
remporte une victoire trop facile sur son adversaire, qui avait
eu la maladresse de citer de mauvais vers latins sur Paris :
Rosa mundi ! balsamus orbis ! Il en profite pour déclarer que
de toutes les villes qu'il avait vues depuis son jeune âge, il n'en

connaissait pas qui méritât moins cet éloge que Paris, à l'exception cependant de la ville pontificale d'Avignon. Voilà du
moins, de sa part, une preuve de justice impartiale.

Pétrarque, ami des études, et qui possédait si bien le poëme
de Dante, quoiqu'il en parle peu, avait dû chercher dans Paris ·
la fameuse rue du Fouarre, où professaient les maîtres de la
Faculté des arts, et qu'a immortalisée le poëte florentin. Le
jeune voyageur y alla; il y retourna sans doute depuis, et on
peut croire que son imagination fut frappée de cet enseignement, qu'il a soùvent rappelé. Ainsi, voulant proclamer une de
ses maximes comme un oracle solennel, il la recommande à
quiconque a le droit d'en être juge : « Que tous les disciples   P. 1051.
« d'Aristote m'écoutent, et, puisque la Grèce est sourde à nos
« paroles, que ceux-là d'entre eux m'écoutent du moins qui
« habitent l'Italie, et la Gaule, et la ville disputeuse de Paris,
« et la rue du Fouarre où l'on gazouille toujours : *et conten-*
« *tiosa Parisios, ac strepidulus Straminum vicus.* Qu'ils sa-
« chent que moi, qui ai lu, si je ne me trompe, tous les traités
« moraux d'Aristote, ou qui les ai entendu lire, et, de plus, ai
« cru les comprendre, je m'afflige surtout de voir qu'on ne
« pratique pas ce qu'il enseigne lui-même au début du premier
« livre de sa Morale, c'est-à-dire qu'il nous importe d'apprendre
« cette partie de la philosophie, non pour devenir savants,
« mais pour devenir bons. »

Ailleurs, en répondant à ce Français qu'il appelle un calom-   P. 1030.
niateur, il le renvoie aux applaudissements du Petit-Pont et
de la rue du Fouarre, « les lieux, ajoute-t-il d'un ton d'ironie,
« les plus célèbres qu'il y ait aujourd'hui sur la terre. »

Cette image de notre grande école se présente encore à son
esprit, lorsque, dans un pompeux éloge de l'Italie, adressé à
un pape d'Avignon, à Urbain V, qui avait essayé, il est vrai,
de revenir à Rome, il demande ce que les nations de delà les
Alpes pourraient opposer à tant de gloire : « Les docteurs de   P. 847.
« l'Église, les maîtres du droit canonique et du droit civil, les
« plus grands poëtes et les plus grands orateurs latins appar-
« tiennent à l'Italie; les connaissances de tout genre propagées
« par les lettres latines, ces lettres latines elles-mêmes, cette
« latinité dont la Gaule est si fière, tout cela vient d'ici, non

« d'ailleurs ; c'est ici que tout cela s'est perfectionné. A ces
« magnifiques travaux, à cette splendeur, qu'opposerait-on, si
« ce n'est peut-être, tant ils sont vaniteux et contents d'eux-
« mêmes, le fracas de leur rue du Fouarre, *fragosus Straminum*
. *« vicus ?* »

Il y a là quelque ressentiment ; car ce n'est pas, comme dans
la Divine comédie, un acte de reconnaissance pour un maître
digne d'être écouté ; Pétrarque veut plutôt se venger de ceux
qu'il avait entendus.

On comprend aujourd'hui sans peine une telle antipathie.
Chez ces disputeurs qui, à force d'examiner et de chercher,
ont émancipé le monde moderne, l'argumentation syllogistique,
imprudemment divinisée par la théologie, dominait tout, la
morale, le droit, la politique, les sciences naturelles ; aux formes
inflexibles des prémisses et des conséquences obéissait, comme
à une loi sacrée, l'interprète même de la poésie de Virgile. C'é-
tait là l'excès ; mais de quelle méthode n'a-t-on pas abusé ?
Celle des écoles de Paris, après avoir exercé longtemps l'intelligence humaine, devait enfin périr par cet exercice même. Le
génie de Dante s'y prêtait encore ; celui de Pétrarque, déjà
moins sérieux, y répugnait trop pour reconnaître ce qu'il pouvait y avoir d'utile dans ce rude noviciat de la raison.

Le mauvais vouloir du voyageur toscan contre l'enseignement
parisien, entre beaucoup de reproches accumulés un peu légèrement par l'apologiste de l'Italie, lui suggère une observation
maligne encore, mais délicate et vraie, qui ne doit pas échapper
P. 1080. aux historiens des lettres en France : « Croyez-vous, dit-il à
« son adversaire, que tous ceux qui ont étudié à Paris soient de
« Paris ? La vérité, puisque vous me forcez à la dire, c'est que
« Paris, qui est une bonne ville, la ville royale, ressemble pour
« les études à une corbeille où l'on réunirait les plus beaux
« fruits de tous les pays. Depuis la naissance de son univer-
« sité, que l'on dit instituée par Alcuin, le précepteur du roi
« Charles, je ne sache pas que les Parisiens aient compté un
« écrivain vraiment illustre ; les meilleurs élèves de leur école
« sont des étrangers. » Et il se plaît à citer des Italiens,
Pierre Lombard, Thomas d'Aquin, Bonaventure, Gilles de
Rome. Il lui eût été facile d'en citer bien davantage, s'il n'avait

craint peut-être de laisser voir tout ce que l'Italie devait à la France.

Cette remarque est juste, et continue même de l'être pour les siècles qui suivirent. Mais elle ne prouve rien contre la puissance et l'autorité de ces grands centres d'activité intellectuelle qui se chargent de l'éducation des peuples. Là sont les maîtres qui forment, dirigent, éclairent; qui usent leur esprit et leur vie à ce labeur de tous les instants, et ne se sentent pas humiliés d'avoir des disciples plus hardis et plus célèbres qu'eux. On sait bien que la critique n'est point le génie; or, dans les grandes villes, dans les grands foyers d'instruction, la critique règne presque sans partage. L'ancienne Rome, qui fut longtemps, comme Paris, une sorte d'école universelle, n'a compté non plus qu'un petit nombre de ses citoyens parmi les orateurs et les poëtes que Pétrarque s'enorgueillit d'appeler des citoyens romains; et elle n'en a pas moins le droit de revendiquer, entre ses titres d'illustration, la gloire littéraire.

Mais ce juge si rigoureux pour les arguties latines de nos joutes scolastiques connaissait-il nos œuvres en langue vulgaire? On peut l'affirmer; car, outre les rapports que personne n'a contestés entre plusieurs de ses poésies amoureuses et celles du châtelain de Couci et de Thibaut de Navarre, il fait plus d'une allusion à Lancelot, Tristan, Genièvre, Iseult, dont nos trouvères avaient propagé le nom du nord au midi de l'Europe. Il passait pour les bien connaître, puisque c'est lui que l'on consultait en Italie sur leurs meilleures productions.

Trionfi, cap. terzo, v. 80, etc.

Lorsqu'il envoie à Gui de Gonzague, en 1349, à Mantoue, un de ces poëmes que l'Anglais Chaucer allait bientôt traduire, le roman de la Rose, il l'accompagne d'une Épître en vers latins, où il l'apprécie avec goût et sagacité. Quoiqu'il dût en aimer le sujet, il se montre sévère, mais avec justice, pour ces vagues et froides allégories, où l'auteur lui semble rêver encore en racontant son rêve :

Carm., l. III, p. 114.

> *Somniat iste tamen, dum somnia visa renarrat.*

C'était le défaut du temps, auquel n'ont échappé ni Dante ni

Boccace, ni Pétrarque enfin, qui a beaucoup trop de personnifications équivoques et obscures dans ses Églogues latines, et
même dans plusieurs de ses poésies italiennes. S'il trouve
quelque plaisir à critiquer Guillaume de Lorris, nous croyons
qu'il en eut encore plus à l'imiter, et à personnifier comme lui
Beauté, Courtoisie, Bel-Accueil (*Bell' Accoglienza*). Il ne parle
que d'un petit livre, *brevis iste libellus :* on peut donc supposer
qu'il n'avait alors que la première partie, et que son jugement
eût été plus rigoureux, s'il y eût compris les suppléments diffus
et pédantesques de Jean de Meun, que l'esprit et la verve du
continuateur ne font point toujours pardonner. L'œuvre primitive, cet essai d'un jeune poëte de vingt ans, qu'il était inutile
d'allonger de dix-huit mille vers, méritait du moins, par quelques tendres sentiments, par quelques peintures ingénieuses,
la vogue qui lui faisait franchir les Alpes.

Jean de Meun, avec ses hardiesses philosophiques, trouva
depuis en Italie des admirateurs et des émules, comme François de' Lodovici, qui visita la France dans les premières années du XVIe siècle, et qui doit au long épisode de la Nature
celui de son poëme des Triomphes de Charlemagne, où Renaud
va interroger la Nature dans son laboratoire souterrain et devient le confident de ses mystères.

Un succès poétique venu de si loin semble inquiéter Pétrarque pour sa chère Italie, et il se hâte d'y opposer, comme
s'il doutait de la victoire, non la célébrité naissante de la poésie
italienne, ni Dante, ni lui-même, ni aucun nom de son temps,
mais les plus grands noms de l'antique poésie latine, Catulle,
Horace, Ovide, Virgile : tant la réputation que nos poëtes français avaient conquise au dehors lui paraît éclatante et redoutable ; tant l'Italie moderne, qu'il n'oublie cependant pas, lui
semble à peine suffire pour soutenir la rivalité ! Il est vrai que,
par un secret retour de patriotisme et peut-être d'orgueil de
poëte, il accueille avec défiance tout ce bruit d'une gloire
étrangère, et qu'il aimerait mieux croire que c'est Paris et toute
la France qui se sont trompés :

Trionfo
della castità,
v. 85.

Hist. litt.
de la Fr.,
t. XXIII,
p. 37.

> *Nisi fallitur omnis*
> *Gallia, Parisiosque caput.*

Mais on ne remarque déjà plus ici la même âpreté qu'autrefois : les divers voyages de Pétrarque dans ces contrées d'abord
si nouvelles pour lui, plus de familiarité avec le pays, les
hommes et le langage, avaient pu lui inspirer plus de bien-
veillance et d'équité. Il est même honorable pour lui que nous
trouvions dans ses œuvres, où il ne nous épargne point les
épigrammes, ce témoignage sincère d'un grand poëte italien,
qui croyait avoir besoin d'appeler à son secours toute l'ancienne
Italie, non pas sans doute contre un seul poëme français, mais
contre la gloire poétique de la France.

C'est qu'il lui était difficile à lui-même de méconnaître l'action de l'esprit français sur le sien. Le spectacle des petites
cours féodales qu'il avait pu étudier de près, ses entretiens avec
les nobles dames qu'il y avait rencontrées, n'avaient pas été
perdus pour lui. Si, dans cette passion qu'il a chantée, on se
plaît, malgré bien des objections, à retrouver les soupirs désin-
téressés de quelques troubadours et la longue fidélité de nos
héros de roman, il faut reconnaître aussi que plusieurs de ces
demi-aveux d'une affection presque mutuelle, renouvelés pendant vingt ans aux yeux de tous, entre un poëte et une femme
mariée, diffèrent peu d'un usage qu'on admettait alors chez
nous sans scrupule : dans ce siècle même, Guillaume de Machau
et la reine de Navarre, au siècle suivant, Alain Chartier et
Marguerite d'Écosse, en offriraient des exemples. Cette ressemblance des mœurs françaises avec la fiction de Pétrarque
s'offre naturellement à l'esprit, tandis qu'on ne surprend qu'a-
vec beaucoup d'efforts dans ses vers quelques obscures réminiscences des poésies provençales. Il devait comprendre, il
devait même parler la langue des troubadours, lui qui a longtemps habité leur pays, et qui, après Dante, célèbre leur gloire;
mais il ne les a pas imités.

Entre les causes qui purent le ramener à des sentiments
moins hostiles contre la France, il faut compter les nombreuses
preuves qu'il recueillit sur son chemin de l'amour de nos pères
pour ces études qui charmaient sa vie. Nous le voyons devenir
plus juste à leur égard, moins railleur, moins fier d'être Italien,
toutes les fois qu'il découvre dans leurs couvents de ces précieux manuscrits d'auteurs latins, qu'il cherchait partout, et

qu'il était si heureux de trouver. Il eut cette joie à Langres, à
Lyon, à Paris, dans d'autres villes encore, dont il fut plus content que de Liége, où il se plaint de la difficulté qu'il eut à se
procurer de l'encre, et une mauvaise encre jaune, pour copier
deux discours de Cicéron.

Il ne pouvait oublier non plus que, lorsque ses amis prépa-
rèrent pour lui, en 1340, cette comédie solennelle du poëte
lauréat, qu'il avait tant désirée et qu'il joua si bien, l'université
de Paris, à qui l'on n'avait peut-être pas redit tous ses sarcas-
mes, disputa généreusement à Rome l'honneur de décerner le
triomphe à ses vers latins. Il y en a qui prétendent que l'ordre
en était venu du roi lui-même, quoique fort peu lettré, Philippe de Valois ; mais ce dut être primitivement une idée du
chancelier de Notre-Dame, le Florentin Robert de' Bardi. La
reconnaissance du poëte y voit un hommage de l'université
même.

En effet, si elle n'avait point jusqu'alors donné l'exemple
d'une telle récompense, il paraît du moins que c'était un droit
que s'attribuaient souvent les universités. Leur Faculté des
arts ou de philosophie, partagée chez nous, mais seulement de
notre temps, en deux Facultés, celle des lettres et celle des
sciences, célébra plus d'une fois cette fête poétique, à Strasbourg, à Alcala, à Séville, à Cambridge. Lorsque l'on compte
parmi les priviléges du lauréat « l'habit de poëte, » nous ne
savons si cette distinction qui, depuis, eut pour principal in-
signe la robe de pourpre des triomphateurs, s'appliquait dès
lors à autre chose qu'à la couronne de laurier, ou s'il faut voir
simplement le poëte couronné dans celui qui fut porté au tombeau, dit Jean Villani, *in habito di poeta*. Dante, car c'était
lui, n'avait pas besoin de cette cérémonie plus que Pétrarque et
le Tasse, tandis que le couronnement prodigué par l'Italie à
tant d'autres ne les a pas sauvés de l'oubli. Le nom de poëte
lauréat, en Allemagne, en Angleterre, n'est qu'un *titre de cour;*
celui qu'offrait le choix libre des écoles, plus sérieux sans
doute, était encore bien stérile, puisqu'il ne pouvait donner la
gloire.

Pétrarque, dans ses voyages en France, n'eut qu'à se féliciter
aussi de ses liaisons avec plusieurs Français alors célèbres,

Mém. de l'Ac.
des Inscr., t. X,
p. 507-524. —
Bettinelli,
Risorgimento,
t. III, c. 3.

Liv. IX, c. 33.

comme avec Philippe de Vitri, le poëte français, depuis évêque de Meaux, à qui il écrivait de Padoue vers l'an 1350, *Tu poeta nunc unicus Galliarum ;* dont la conversation lui paraît pleine de charme, et qu'il aurait bien voulu attirer dans le Comtat, mais qui, selon lui, ne peut s'absenter un moment de Paris, sans qu'il regrette aussitôt les arches du Petit-Pont ; avec Nicole Oresme, qui passe pour avoir traduit son traité latin sur l'une et l'autre fortune ; avec Philippe de Maizières, l'auteur du « Songe du vieil pelerin, » à qui il adresse une lettre de condoléance sur la mort d'un ami commun ; avec Pierre de Rogier, depuis le pape Clément VI ; avec le cardinal Talleyrand et le cardinal Gui de Bologne, chargés d'importantes négociations, et qu'il rencontra souvent en Italie ; avec Jean Birel, prieur de la chartreuse du Glandier, depuis général de l'ordre, que Pétrarque avait pu connaître par son frère le chartreux ; avec le savant et laborieux Pierre Bercheure, qui allait le visiter à Vaucluse, et qu'il eut presque toujours à ses côtés, en 1361, pendant les trois mois de son séjour à Paris, où il résida plus longtemps qu'à Florence.

Pierre Bercheure avait dû aussi se fixer quelque temps à Avignon près de son ami ; car il nous reste une copie d'un de ses plus longs ouvrages, le *Reductorium morale,* datée de l'an 1342, et dont la souscription nous apprend, sans doute d'après un manuscrit plus ancien, que cet ouvrage avait été fait à Avignon, avant d'être corrigé et enrichi d'une table dans les exemplaires de Paris : *Explicit liber Reductorii moralis, quod in Avinione fuit factum, Parisius vero correctum et tabulatum, anno Domini* 1342. Pierre Bercheure, mort en 1362, n'était pas seulement théologien : on a cru pouvoir lui attribuer, quoique sans preuve, ce recueil longtemps populaire de fictions connu sous le nom de *Gesta Romanorum,* et il traduisit Tite-Live.

De ces personnages fort estimés en France, trois au moins s'appliquaient, comme Pétrarque, à perfectionner la langue vulgaire, mais surtout par le procédé de la traduction. Si Philippe de Vitri, dans sa paraphrase rimée des Métamorphoses, fut bien loin de la grâce et de la facilité d'Ovide ; si Pierre Bercheure n'égala point non plus, en traduisant Tite-Live, la di-

Mss. lat., n. 8568, fol. 100, ap. P. P. Mss. fr., t. III p. 179.

Baluze, Pap. aven., t. I, col. 770-782 ; 837-840.

Fonds des Gr. August., n. 44.

gnité du grand historien, Oresme, mieux préparé à sa tâche par les disputes de l'école, sut un des premiers, dans quelques pages de ses versions d'Aristote, donner dès lors à la prose française son caractère exact et précis.   .

Les entretiens de Pétrarque avec ces hommes d'élite, trois mois passés à Paris, la connaissance de la langue et des mœurs, lui avaient fait mieux juger la France. Longtemps même auparavant, il hésite entre les deux grandes cités qui l'appellent pour le couronner; et, si l'une est encore pour lui la reine du monde, l'autre, la ville barbare, est, à ses yeux, la nourrice des études, *Parisios nutrix studiorum.*

Depuis, vers l'an 1353, le roi Jean, qui aimait les lettres, avait essayé de l'attirer auprès de lui, et le poëte s'était montré reconnaissant des offres que lui faisait la France :

Carm., l. III,
epist. 9, p. 107.

Gallia me voluit; proles generosa Philippi
Non neget.

« Mais ce roi, disait Pétrarque, est trop mal avec la fortune; » et il y voyait un triste augure.

Cet augure fut accompli. Pétrarque, envoyé à Paris, en 1360, par Galeaz Visconti, le seigneur de Milan, pour complimenter ce même roi Jean, délivré de sa captivité d'Angleterre, exprime énergiquement toute la douleur qu'il éprouve à l'aspect déplorable de la France et de Paris. Nous trouvons un chapitre touchant de notre histoire dans la longue lettre qu'il écrit à son ami Gui Settimo, nouvellement nommé archevêque de Gênes; les éditions l'intitulent *de Mutatione temporum,* et il suffit en effet de quelques lignes pour faire voir combien, en peu d'années, notre pays était changé : « Non, je ne reconnais plus rien « de ce que j'admirais autrefois; ce riche royaume est en cen- « dres; les seules demeures aujourd'hui debout sont celles qui « étaient défendues par les remparts des villes ou des forte- « resses..... Les écoles de Montpellier, que j'ai vues si floris- « santes, sont aujourd'hui désertes. La Gascogne, l'Aquitaine, « ont été dévastées par la guerre et le brigandage... Paris, où « régnaient les études, où brillait l'opulence, où éclatait la joie, « n'amasse plus des livres, mais des armes, ne retentit plus du

Epist. rer. sen.,
X, 2, p. 867-
873.

« conflit des syllogismes, mais des clameurs des combattants ;
« le calme, la sécurité, les doux loisirs, ont disparu. Qui eût
« jamais imaginé que le roi de France, resté invincible par le
« courage, serait en effet vaincu, pris, racheté, et qu'à son re-
« tour, ô honte plus cruelle encore ! il serait contraint, lui et
« son fils, à faire un pacte avec les bandits pour n'être pas at-
« taqué sur la route ? Qui, dans cet heureux royaume, eût pu
« se figurer, même en songe, de telles catastrophes ? Et, si un
« jour il se relève, comment la postérité voudra-t-elle y croire,
« lorsque nous-mêmes, qui en sommes témoins, nous n'y croyons
« pas ? »

Le bruit de cette transaction humiliante des deux princes
avec les maîtres des grandes routes, indiqué vaguement par un
étranger, pouvait venir d'un accord fait au mois de février   Baluze,
Pap. aven.,
col. 947.
1361, où le roi, pour rétablir la paix dans ses États, s'engage
à payer seize mille écus d'or au redoutable chef des Grandes
Compagnies, Arnault de Cervolle, dit l'Archiprêtre.

Ailleurs, dans une lettre au pape Urbain V, on lit encore :   P. 850.
« Aux calamités de la peste se sont jointes en France les fureurs
« des hommes et toutes les souffrances d'une longue guerre,
« dont les traces m'ont encore affligé, dans cette mission qui
« me fut confiée pendant le court intervalle d'une paix douteuse.
« En retrouvant à chaque pas les ravages du fer et du feu, je
« ne pouvais retenir mes larmes ; car je ne suis pas de ceux à
« qui l'amour de la patrie fait haïr toutes les autres nations. »

C'est à travers la vive émotion que lui inspirent ces grandes
ruines, c'est dans une des lettres où il renonce un instant à ses
vieilles préventions sans les rétracter, que nous croyons démêler
la dernière et la vraie expression de sa pensée sur Paris et la
France : il persiste à dire que la ville capitale de cet infortuné   P. 870.
pays, même avant les désastres de la guerre, lui avait paru fort
au-dessous de sa réputation et des louanges mensongères de ses
habitants ; mais il n'en ajoute pas moins que c'était, après tout,
une grande chose que Paris, *magna tamen haud dubie res fuit.*
Voilà ce qu'on écrivait il y a cinq siècles.

Pétrarque ne parle qu'avec un tendre intérêt du malheureux
roi Jean, surnommé le Bon ; il raconte de lui, d'après la voix
publique, un petit fait de la funeste journée de Poitiers, et le

félicite d'avoir échappé, malgré ses revers, à la destinée tragique de Polycrate, quoiqu'il eût, comme lui, retrouvé un anneau précieux, arraché au vaincu le jour du combat. Nous savons maintenant que c'est Pétrarque lui-même qui rendit au roi cet anneau si cruellement perdu.

Chargé par Galeaz Visconti d'aller remettre au roi de France, avec l'anneau de la journée de Poitiers, qu'il venait de racheter, un autre anneau dont il lui faisait présent, Pétrarque s'adressa, le 13 janvier 1361, comme ambassadeur, à celui qui l'avait naguère invité à sa cour comme savant illustre. On a publié de notre temps le discours qu'il prononça en latin le jour de cette réception solennelle. Il s'excuse de ne point le faire en français, non, comme il prétend, qu'il ignorât cette langue, mais plutôt parce qu'il croyait qu'il y avait plus de majesté dans la langue de Rome, et sans doute aussi pour avoir l'occasion de dire qu'il ne craint pas de parler latin devant un prince qui fut dans sa jeunesse l'ami des doctes études. Ce discours, trop fécond en citations de l'école et en lieux communs, débute, comme un sermon et comme la plupart des discours d'alors, même profanes, par un texte de l'Écriture sainte, qui est du moins assez bien choisi : *Reduxit eum in Jerusalem in regnum suum.*

Acadóm. des Inscr., Mém. de div. sav., t. III, p. 211-225.

Paralipom., II, 23.

Il n'y a rien là qui puisse ajouter à la gloire du poëte ; mais on comprendra mieux désormais la lettre où il raconte à son ami Pierre Bercheure que le roi et son fils aîné, pendant qu'il parlait, s'étaient montrés fort surpris de l'entendre revenir si souvent sur les caprices et les jeux de ce personnage qu'il appelait la fortune. Si une éducation toute religieuse, dans un pays alors plus chrétien que l'Italie, ne les avait pas suffisamment préparés à ces figures de la poésie profane, peut-être aussi trouvèrent-ils singulier qu'on s'amusât à leur redire si souvent de quels coups ils venaient d'être frappés. L'amplification est vraiment trop longue : avant d'arriver à l'offrande des deux anneaux, l'orateur épuise tout ce qu'ont dit de la fortune Virgile, Horace, Sénèque, Lucain ; et, quoiqu'il prétende dans sa lettre qu'il ne faisait intervenir ainsi cette divinité des anciens temps que pour donner plus de couleur à son style, nous nous étonnerions volontiers à notre tour qu'il accorde tant

Mém. sur Pétr., t. III, p. 545.

de place dans sa harangue à toutes ces idées d'un autre âge,
d'une autre croyance, à toutes ces fantaisies littéraires, dont il
avait lui-même l'intention, dit-il, s'il en eût trouvé l'occasion,
de se justifier auprès du roi.

A la cour de France, Pétrarque avait rencontré Pierre Bercheure, et il dut y voir aussi plus d'une fois Nicole Oresme,
fort aimé du Dauphin : il les revit tous deux à Avignon. Quelques-uns des manuscrits qui lui avaient appartenu sont restés
à Paris, sans doute parce qu'il en fit présent à ses amis de
France, comme ils lui avaient été quelquefois donnés par ses
amis d'Italie. Une de nos belles copies, qu'on attribue au XIIe   N. 1989.
siècle, du commentaire de saint Augustin sur les Psaumes, en
tête du premier des deux volumes in-folio, porte ces mots de
la main de Pétrarque : *Hoc immensum opus donavit mihi vir
egregius dominus Joannes Boccacii de Certaldo, poeta nostri
temporis, quod de Florentia Mediolanum ad me pervenit* 1355,
aprilis 10. C'est ainsi qu'il fit présent à Bernard, évêque de   Carmina, l. ii,
Rodez, depuis cardinal, d'un très-ancien exemplaire du com-   epist. 2.
mentaire de Servius sur Virgile.

Plusieurs de ses ouvrages, mais des ouvrages latins seulement, furent assez souvent transcrits en France pendant la seconde moitié du XIVe siècle ; on en trouve un grand nombre
de cette date dans nos riches bibliothèques. Les copies de la
traduction française de son traité sur le Remède des deux fortunes, mise quelquefois sous le nom d'Oresme, sont aussi fort
nombreuses. Il y en a une où le traducteur, Jehan Dandin,   N. 7368.
chanoine de la Sainte-Chapelle, nous apprend que c'est par
l'ordre de l' « excellent sapience » du roi Charles qu'il a translaté de langage latin en françois « ce present livre, très plan-
« tureux et abondant en tout fruit de doctrine morale, lequel,
« pour remedier aux langoureuses pensées humaines, iceluy
« très excellent et renommé clerc, maistre François Petrarch,
« Florentin, composa nagueres. » Quand le roi voulut lire en
français cet ouvrage, dont il récompensa le traducteur en 1378,   Mss. du cabinet
il se souvenait peut-être des entretiens qu'il avait eus, dans sa   des titres.
jeunesse, avec l'auteur lui-même.

On ne peut du moins douter que cet auteur ne fût alors très-
bien accueilli en France ; car on a beaucoup d'autres preuves

que, dès le siècle de Pétrarque, l'esprit de nos lettrés sympa-
thisait avec le sien, et que c'était après l'avoir lu qu'ils avaient
voulu le couronner.

Pendant ce dernier séjour de plusieurs mois qu'il fit à Paris,
il put lui-même entrevoir un meilleur avenir pour ce pays qui
luttait alors contre la mauvaise fortune, et qu'il semble se re-

Mém.
de div. sav.,
t. III, p. 205,
225.

Éd. de Bâle,
p. 847.

procher d'avoir mal jugé : il parle, dans ses lettres, d'une suite
de conversations presque journalières, qui sans doute ne furent
pas toujours latines, où il fut touché de la bonté du roi, qu'il
exagère peut-être, *mitissimi regum omnium*, et où il admira
la maturité précoce, l'instruction, l'urbanité, le caractère ferme
et grave du jeune Dauphin de France, qui fut depuis Charles
le Sage.

FAZIO
DEGLI UBERTI.

Le triste état de la France est décrit avec non moins d'é-
nergie par un autre poëte toscan, par le petit-fils de Farinata
degli Uberti que Dante a célébré, par Fazio ou Bonifazio degli
Uberti, qui passe pour avoir obtenu aussi l'honneur de la couronne de laurier. Ce Florentin, mort à Vérone vers l'an 1367,
dans son grand poëme géographique en tercets dantesques, le
Dittamondo, qu'il n'eut point le temps d'achever, lorsqu'il arrive à la France, en indique les derniers rois : Philippe de
Valois, Jean, et son fils Charles V. Mais ce qui a plus d'intérêt
pour nous, c'est que ce poëte italien, dont la vie est à peu près
inconnue, devait avoir étudié assez longtemps notre pays ; car
il fait parler en vers provençaux un pèlerin qu'il rencontre le
long du Rhône, et en vers français, un courrier, qui le salue
avec politesse, « Deus vous gart, » et avec lequel il poursuit
sa route vers Paris.

Liv. IV, c. 21.—
Crescimbeni ,
Stor. della volg.
poes., t. II,
p. 184, 248. —
Galvani,
Trovatori,
p. 524-526, etc.

« Ami, dit-il au pèlerin de Provence, savez-vous quelque
« nouvelle? » — « Oui, répond le romieu, il y a maintenant
« forte guerre entre le roi d'Aragon et celui de Castille. »
Puis, le dialogue continue, en mêlant singulièrement les deux
langues :

> Ancor oï, quant fui à Vignon, dir
> Que rois de France a juré le passage ;
> Ma pauch lui segiront, à mon albir.

Li rois de Chipre, qui est et proub et sage,
Dedens Vignon a demoré plus jors,
Por ordre mettre et fin à cest voyage.
— A cest que monte? car li nostre pastors,
L'empereor, ne aucun cardenal .
Por l'amor Dieu à ce profre secors.
— Amiz, fiz jeu, monter porra grant mal,
Se paubrement si voglia disveglier
Le chien qui dort dedens son paubre stal.
Et li romieu : Or lassons le pensier
A cel de France et de Chipre, car crei
Que bien à temps se sauront consilier.

L'étranger qui traversait la France alors, c'est-à-dire vers
l'an 1364, ne pouvait croire qu'on y préparât sérieusement de
nouvelles croisades, quoique Pétrarque lui-même, en maint
endroit, ne répugne pas à le supposer. Vainement le pape, les
cardinaux, l'empereur, auraient montré pour ces lointaines
expéditions le zèle qu'on leur reprochait depuis longtemps de
n'avoir plus ; vainement le roi Jean et le roi de Chypre, Baluze,
Pap. aven.,
t. I, col. 779,
982, 983.
Pierre Ier de Lusignan, avec son chancelier Philippe de Mai-
zières, dans la ville d'Avignon, au commencement de l'année
1363 et du pontificat d'Urbain V, se seraient entretenus de
cette croisade, que devait diriger le légat Talleyrand, l'ami de
Pétrarque : le prince qui venait de signer le traité de Bretigni
ne songeait certainement pas à une guerre en Orient.

Les phrases provençales, entrelacées ici dans les vers français, ne nous sont point parvenues fort correctes, et tout cet
épisode, sans doute altéré, semble aujourd'hui plus français
que l'auteur n'avait voulu. Quant à notre langue même, que
l'on prétend quelquefois avoir été moins connue au delà des
Alpes, elle est cependant bien plus familière au poëte florentin.
Non content d'y prendre des mots, comme *bigordare*, behour-
der (II, 3); *in transi*, en transe (II, 22); *lice*, lice (IV, 23), il
fait en français soixante-treize vers de suite, et nous les trouvons, même à présent, beaucoup mieux écrits que le peu de
vers où il imitait l'autre langue romane. Ce n'est pas que l'inexpérience de l'auteur, les fautes des copistes, la négligence
du premier éditeur, et l'incertitude même du dernier, malgré Milan, 1826,
pet. in-8.
les corrections de Monti et de Perticari, n'aient laissé encore

quelques nuages dans ce texte français d'un étranger qui, par amour de notre poésie, lui prête ses tercets italiens. Mais nous en citerons toujours une partie, non sans hasarder aussi un petit nombre de restitutions, ne fût-ce que pour recommander à l'attention de la critique cette rareté littéraire. Le voyageur, qui doit être l'auteur lui-même, surpris de voir partout les traces de l'incendie et de la dévastation, les larges routes devenues des sentiers, et les campagnes tout à fait stériles, demande au courrier d'où sont venus fondre sur ces riches contrées de si cruels ravages. Celui-ci lui répond :

D'après le ms.
8375.

Liv. IV, c. 17.

> Com tout s'en va ici depuis un mois
> Dir nel sauroie, mais de tant bien t'affi,
> Chascuns s'en fait le signe de la crois.
>   Desgasté l'ont et maumené ainsi
> Par sa valeur Odoart d'Engletérre,
> Cil de Gallès, et li quens de Derbi...
>   Il demandoit Paris et tout la terre ;
>   Dont nostre rois le tint à grant outrage,
> Et por tel chose encommença l'estrif
> Qui France gaste et trestout son barnage...
>   Bien a la guerre duré vingt et six ans,
> Tant liere et fort entre ces rois ensemble
> Quant jamais fu de Carthage à Romans.
>   De sous Calais chascuns sa gent assemble ;
> Iluec morust, voyant li rois hardis,
> Six mil lanciers et plus barons ensemble.
>   Là nostre rois s'enfuït desconfis ;
> Après s'en vint Odoart et Bretons
> Trestout ardens jusque près à Paris.
>   Une autre fois semont à ses barons
> Li rois de France, et fait son garniment,
> Por soi vengier trestous mist à bandons.
>   Que te diroie? moult amassa grant gent,
> Fort et hardie ; mais Dieus fist son arrest,
> Car vaincus fu et pris ensemblement...
>   — Bien ai je oï trestout ce que tu dis ;
> Mais fai moi sage se li rois Odoart
> En ses victoires a grant terre conquis.
>   — Oïl, fist il, partout sont li liepart ;
> En Gascognie flour de lis ne remest,
> N'en Normandie, nès entre les Picart.
>   Per grant assiege li fu rendus Calais,

> E te dirai je ? sur la mer de Bretaigne
> Quanque tenoit mon rois, s'en est allés...
>   — Or di, beau frere, il en morust grant gens
> En ces batailles ? — Quatre vingt millier,
> Respondit cil, et plus, si com je pense.
>   — Di moi, fil a qui puisse le vengier
> Li rois. — Oïl, c'est Charles li Dauphins,
> Respond après, un jeune bacellier.
>   Ainsi parlant, nous guidoit li chemins
> Droit à Paris, là où mon cuer avoie.
> Li messagiers, à tout le chef enclins,
>   Prist son congié, et se mist à la voie.

Comme il y avait vingt-six ans que durait la guerre, c'est en
1362 qu'on semble placer cet entretien ; car la rupture entre
Édouard III et Philippe de Valois est de l'an 1336. Le messager
paraît indiquer, en 1346, la bataille de Creci ; l'année suivante,
la prise de Calais, après un an de siége ; neuf ans après, la
journée de Poitiers et la captivité du roi. La paix de Bretigni,
en 1360, venait de lui rendre la liberté. Cette paix fut courte ;
la guerre entre les deux nations devait durer un siècle.

Dans les vers du poëte·italien sur Paris, il regarde comme   Liv. iv, c. 18.
la principale gloire de cette grande cité son enseignement de
la philosophie et des arts libéraux, qu'il fait, selon l'usage, remonter jusqu'aux écoles d'Athènes :

> Qui le scienze con lor dolce suono
> Per tutto le divine e le mortali
> E dì e notte udir cantar si pono.
>   Qui sono i bei costumi e naturali
> Quanto ad Atene mai, quando fu donna
> Di filosofi e d'arti liberali.

Mais quoique cette partie des voyages de l'auteur ne nous
semble pas imaginaire comme presque tout le reste, il n'y a
rien, dans son éloge banal de Paris, qui exprime des souvenirs
personnels ; rien qui réponde à l'originalité de ce dialogue
français d'un étranger sur les désastres de la France.

Lorsqu'il se met ensuite à versifier la série des rois, jusqu'au
prince malheureux sous lequel il écrit, s'il se rapproche de la
Divine comédie par sa haine contre la mémoire de Hugues

Capet, il s'en éloigne par son amour pour Boniface VIII. Mais
le disciple est encore plus loin du maître dans la longue et monotone analyse de notre histoire. Il tire même fort peu de parti
des traditions poétiques sur le siècle de Charlemagne, qu'il paraît connaître moins par les trouvères que par les chroniqueurs.
C'est d'après le faux Turpin ou d'après quelques vers de Dante
qu'il parle des tombeaux des chevaliers dans la plaine d'Arles,
et non d'après ceux de nos poëmes qui les ont décrits. On di-
rait qu'il réserve tout ce qu'il sait de littérature chevaleresque
pour ses annales d'Angleterre, où il compte au premier rang
des personnages historiques Artur, Lancelot, Tristan, Gauvain,
Giron le Courtois, et les autres grands noms de la Table ronde.
Nous devons regretter que lui qui savait tant de langues, et
qui nous raconte même un de ses entretiens en grec moderne,
il ne nous dise pas plus que Dante, qui avait parlé avant lui de
Tristan et de Lancelot, en quelle langue il avait lu leurs
aventures.

Tout en ne voulant voir dans Philippe le Bel que l'ennemi
des papes, jusqu'à le traiter de scélérat, il ne se montre pas
plus indulgent que Pétrarque pour la cour pontificale d'Avignon. Le mécontentement que lui inspire, comme à tous les
Italiens, l'exil volontaire de la papauté, lui fait donner à des
idées alors vulgaires une tournure assez neuve : « Que celui-là,
« lui dit son guide, dont l'âme aspire à la perfection chrétienne,
« vienne la contempler dans Avignon, où il verra comment le
« chef et ses dignes frères ont l'œil fixé vers le ciel. Ici l'on
« marche nus pieds avec prières et soupirs; ici la pauvreté est
« le vœu et la récompense d'une vie pure; ici le jeûne éteint
« les désirs, et la chasteté sanctifie l'âme; ici règnent, en com-
« pagnie de la charité, l'espérance, la foi, l'humilité, la can-
« deur. Ici tel est l'amour du prochain que chacun est prêt à
« lui sacrifier sa vie. Loin d'ici les plaisirs mondains, la gour-
« mandise, la simonie, la vaine gloire; loin d'ici tous les vices.»
— « Fort bien, lui répondis-je, c'est un grand bonheur de vivre
« pour Dieu, et, à juger convenablement les choses, l'homme ne
« doit se croire envoyé dans ce monde que pour mériter l'autre;
« mais je ne vois rien de tout ce que tu me contes, et il me
« semble que tu t'amuses à me dire des contre-vérités. »

Liv. ɪv, c. 22.

N'est-ce pas là comme l'écho des plaintes qui éclataient des deux côtés des Alpes ? Voilà les pensées et le langage de nos écrivains du même temps. Ceux qui blâment le plus Philippe le Bel ne parlent pas autrement que lui. Déjà, presque partout, dans les écrits les plus graves comme dans la satire légère, on répète ce qui se disait en France.

Longtemps avant de toucher à nos frontières, et lorsque l'auteur florentin ne s'occupe encore que de son pays et de sa famille, nous sommes surpris de le voir tout à coup s'interrompre pour redire cette histoire qu'on vient de lui conter : « J'en- *Liv. ii, c. 28.* « tendis alors parler d'un beau miracle qui se fit à Paris ; je « vais le dire tel que je l'ai compris. Le roi Louis n'était pas « loin. Au moment où le prêtre, dans une assemblée de gens de « tout âge, élevait le corps du Christ, soudain on lui vit entre « les mains un jeune enfant, si beau de la tête aux pieds, que « vous auriez dit : Je n'en veux point d'autre. Mais admirez la « foi vive du roi, qui, averti d'y aller, répondit : Que celui-là y « aille, qui n'y croit pas. »

Ce roi Louis est le roi saint Louis. Le mot plein de sens que *J. Villani, vi,* Fazio et Villani mettent sous son nom avait été raconté par lui *66.* à Joinville comme étant de Simon de Montfort ; mais qu'il soit de l'un ou de l'autre, on voit comment les divers peuples recueillaient tout ce qui venait de la France, et combien Florence aimait à s'entretenir

D'un miracolo bel che fu in Parigi.

Jusqu'ici, parmi les Italiens de ce siècle qui vinrent en *Boccace.* France, nous n'avons guère compté que des proscrits ou des membres de familles proscrites, Brunetto Latini, Dante, Cino, Pétrarque, Fazio degli Uberti : nous finirons par un écrivain très-fécond, très-populaire, qui ne doit pas à un exil politique, mais au commerce, d'avoir bien connu la France et d'avoir le plus profité de nos auteurs français.

Boccace, un des maîtres de la prose italienne, était fils d'une Française, et il naquit en France, à Paris, en 1313. Il donne à entendre lui-même qu'il n'était ni de Certaldo ni de Florence, lorsqu'il écrit à cette Fiammetta dont il fut l'amant, et dont le

Fr. Palermo,
Mss. della
Palatina
di Firenze,
t. I, p. 622.

vrai nom était Maria d'Aquino, fille naturelle d'une femme d'o-
rigine française et du roi de Naples Robert, surnommé le Sage :
« Né (c'est ainsi qu'il parle sous le nom d'Ameto) non loin des
« lieux d'où votre mère est issue, je vins, dès ma première en-
« fance, en Toscane, et, plus âgé, je vins à Naples. » Son père
était de Certaldo, petit bourg du Val d'Elsa, près de Florence ;
dans un de ses voyages à Paris pour des affaires commerciales,
il eut ce fils d'une Parisienne que l'on ne nomme pas. Quelque
temps après, Boccace, *fanciullo,* dit-il, vit pour la première
fois la Toscane avec son père, qui résidait souvent en France.

De Cas. illustr.
vir., liv. IX,
fol. III.

Nous savons, par le témoignage du fils, que le père était en
1310 à Paris, où il fut témoin du supplice de cinquante-neuf
templiers et de Jacques de Molai leur grand-maître : *ut aiebat
Boccacius, vir honestus et genitor meus, qui se his testabatur
interfuisse rebus.*

Le père de Boccace était alors et il fut longtemps depuis as-
socié de la maison des Bardi de Florence, si l'on en juge par
une lettre où se trouve son nom, adressée le 25 septembre 1332,
Mas Latrie,
Hist. de Chypre,
t. II, p. 164,
226.
de Nicosie, par Hugues IV de Lusignan, roi de Chypre, à ces
négociants, qui avaient reçu de lui un dépôt de trente mille
florins. Nous voyons plus tard l'auteur du Décaméron dédier à
De Genealog.
deorum ,
XV, 13, etc.
ce même roi de Chypre un de ses premiers ouvrages, le traité
latin sur la Généalogie des dieux, que le roi Hugues lui avait
demandé.

Manni, Istor.
del Decamer.,
p. 14, 49.

Cette naissance irrégulière, qui obligea Boccace à recourir
à un acte pontifical de légitimation pour devenir homme d'É-
glise, explique assez quelle obscurité doit envelopper les premières années de sa vie, et comment on a pu le revendiquer,
soit pour Certaldo, soit pour Florence : aujourd'hui la critique,
même italienne, reconnaît que Boccace était né parisien, et elle
le félicite de ses gallicismes.

Le commerce entretenait des rapports si fréquents entre les
deux nations, que le français devait être alors chez les Italiens
Biscioni ,
sur le Convito,
p. 110.
la plus répandue des langues étrangères, et qu'on a supposé
même qu'ils lisaient de préférence dans des traductions françaises les auteurs grecs et latins.

Il n'est pas moins vraisemblable que le jeune Boccace, attaché pendant plusieurs années à cette maison florentine, revit

Paris plusieurs fois, et que lorsqu'il renonça un moment au
commerce pour étudier le droit canonique, ce fut à Paris, sous
le professeur toscan Denis Roberti. Mais rien ne prouve qu'il
se fût déjà lié avec Pétrarque, ni à Paris, en 1333, ni à Naples, en 1341 : dans sa notice latine sur Pétrarque, rédigée
à trente et un ans, et publiée seulement de nos jours, il en
parle avec admiration comme d'un homme illustre, mais non
pas encore avec cette connaissance personnelle des faits, avec
cette confiance dans les détails qu'on pouvait attendre d'un
ami. Leur intimité ne paraît avoir commencé qu'en 1350, pendant le court séjour que Pétrarque fit à Florence, en allant à
Rome pour le jubilé.

Petrarca,
Giul. Celso
e Boccaccio,
da Domen.
Rossetti,
p. 316-324.

Avait-il pu le voir du moins à Naples, où il avait de nouveau quitté l'apprentissage du commerce sous prétexte de reprendre l'étude du droit, lorsque Pétrarque y vint subir,
en 1341, l'examen du roi Robert, avant d'aller recevoir à
Rome la couronne poétique? avait-il assisté à cette étrange
épreuve, qui dura trois jours entiers? Il faut le croire, puisqu'il le dit ; mais ce qu'on peut croire aussi, c'est qu'il s'occupait alors à Naples d'autre chose encore que de négoce, de
droit, et même de poésie. Devenu, dit-on, le protégé de cette
fille du roi, fort curieuse, comme son père, de la société des
beaux esprits, mais qui se plaisait surtout à leurs histoires
d'amour, Boccace, qu'elle encourageait à se faire un nom dans
l'art d'écrire, mettait pour elle en langue vulgaire et en prose
les longs récits amoureux de nos poëmes français. Le *Filocopo,*
cette imitation faible et diffuse d'une des compositions les plus
gracieuses des trouvères, Flore et Blanchefleur, paraît avoir
été en ce genre son premier essai.

L'original français a été imité en prose espagnole, allemande, italienne, en vers grecs, allemands, italiens, anglais,
suédois, bohèmes; une rédaction en prose française a été publiée plusieurs fois, comme traduite de l'espagnol (imprimé
en 1512), et l'on continuait de répéter, sur la parole de Tres-
san, que l'ancien récit venait de l'Espagne. Quelques critiques
seulement demandaient avec hésitation si l'ouvrage de Boccace
n'était pas le plus ancien. Oui, plus ancien que l'espagnol,
mais assez moderne pour nous ; car le texte allemand de Konrad

Fleck remonte au moins jusqu'à l'an 1230, et Konrad avoue le
premier que c'est du français qu'il le traduit. Enfin, tout le
monde peut lire maintenant sous ce titre un poëme français,
qui est au moins du XIIIᵉ siècle ; mais il y en avait des rédactions antérieures, puisque la traduction allemande et une
autre en flamand sont faites sur un texte plus ancien que le
nôtre. La priorité française, qui n'était point douteuse pour
Boccace, ne peut donc plus l'être pour personne.

Les aventures de Blanchefleur circulaient déjà partout, lorsqu'il les mit en prose italienne pour cette belle Marie, qu'il
appela bientôt Fiammetta ; et il dit lui-même, avec l'ingratitude ordinaire à ceux qui s'emparent des pensées des autres,
que ce récit a été assez longtemps en proie aux grossières fables d'une foule ignorante, *lasciata solamente ne' fabulosi
parlari degli ignoranti*. Il est vrai que nos vieux conteurs n'é-
taient pas assez savants pour mêler à des histoires chrétiennes
et musulmanes les divinités grecques et latines de Vénus, de
Junon, de Neptune, d'Éole, ni pour invoquer, en commençant,
le grand Jupiter (*O sommo Giove*) ; invocation fort peu d'accord avec le baptême de la fin, et que Pulci semble avoir paro-
diée dans ce vers, qui rappelle que Dante avait commis la
même faute :

O sommo Giove, per noi crocifisso.

Morgante
magg., cant. ɪɪ,
st. 1, v. 2. —
Purgator., vɪ,
v. 118.

Nous ne saurions dire encore quel ouvrage a pu fournir à Boccace le sujet épique de la Théséide, qui convenait mieux à ses
penchants mythologiques, et où il perfectionna l'octave, essayée
avant lui, que devait illustrer l'épopée légère ainsi que la
grande épopée, mais qu'on trouve dès l'an 1230 dans les chansons du roi de Navarre. Cette Théséide, rimée en 1341 par un
poëte de vingt-huit ans, et imitée depuis par Chaucer, a peu
de rapports avec nos romans sur Thésée, qui eux-mêmes ont
peut-être défiguré d'anciens poëmes français.

Un autre récit en octaves, que Boccace doit certainement à
nos trouvères, le *Filostrato*, ou le Vaincu d'amour (car il n'est
pas heureux dans ses titres grecs), n'est qu'un développement
de l'épisode de Troïlus et Briséida ou Criséida dans le poëme

français de la Guerre de Troie, par Benoît de Sainte-More ; épisode que l'auteur ne doit ni à Darès, ni à Dictys, ni à Joseph Iscanus, ni au *Troïlus* du frère Mineur Albert de Stadt, et qu'il paraît avoir imaginé. Il n'est point difficile, avec nos manuscrits et leur date, de se refuser désormais à croire ceux qui affirment que « ce sujet avait été traité en anglais et en italien « avant de l'être en français. » Quand même ce Benoît de Sainte-More ne serait pas celui qui écrivait à la cour de Henri II d'Angleterre vers le milieu du XIIe siècle, il serait toujours fort antérieur et à toute rédaction italienne et au poëme anglais de Chaucer, puisqu'un des manuscrits de notre grand roman de Troie est daté de l'an 1264. Les inventions du vieux poëte français sur les amours du fils de Priam avec la fille de Calchas précèdent donc aussi les aventures troyennes arrangées en 1287 par Gui Colonne, les divers romans de Troïlus composés au XIVe et au XVe siècle, soit en France, soit en Italie, et les imitations anglaises de Lydgate, de Caxton et de Shakspeare.

C'est aujourd'hui celle de Shakspeare qui a le plus de célébrité, et l'on sait que les Anglais se rappellent surtout quelques scènes de son drame, quand ils donnent un sens proverbial au nom de Pandarus. Leur poëte avait imité Boccace, qui n'est point du tout l'inventeur, et qui n'a corrigé aucun des anachronismes d'origine française. Chez l'imitateur italien, Troïlus, le plus jeune fils de Priam, est amoureux de Chryséis, fille de Calchas, évêque de Troie. Pandarus, destiné à un triste renom, s'entremet pour faire réussir Troïlus : Troïlus est aimé. Le traître Calchas ayant passé dans le camp des Grecs, les Troyens exigent que sa fille lui soit rendue. Joie des Grecs; douleur de Chryséis. Diomède la console, sans l'aide de personne ; Troïlus est oublié. Instruit de cette infidélité par un songe, rien ne peut calmer son désespoir, ni le dévouement de Pandarus, qui l'empêche de se tuer, ni les invectives de sa sœur Cassandre contre une maîtresse qui le trahit, fille elle-même d'un prêtre qui trahit sa patrie. L'amant délaissé se précipite au milieu des combats, et meurt de la main d'Achille. Voilà le *Filostrato*. Nous avons à peu près tout cela dans notre poëme de la Guerre de Troie.

Hist. litt. de la Fr., t. XIII, p. 423-429.

Mélang. tirés d'une grande biblioth., t. V, p. 220.

N. 7624.

Après avoir, comme Benoît de Sainte-More, travesti l'Iliade, Boccace revient peu à peu, en vers et en prose, à nos souvenirs chevaleresques. Il est vrai que l'Élégie de *Madonna Fiammetta* ressemble encore de temps en temps à un cours de mythologie qu'il veut faire pour elle, et que paraissent continuer d'autres écrits qu'il lui destine, l'*Ameto,* le *Ninfale fiesolano;* mais dans le Labyrinthe d'amour ou le *Corbaccio,* il recommence à célébrer les grands noms romanesques, Roland, Olivier, Tristan, et ce Moroult d'Irlande, un des personnages du roman de Tristan de Léonnois. L'*Amorosa visione,* le chef-d'œuvre peut-être de Boccace en poésie, offre une liste encore plus complète de ces noms, que l'Italie s'était empressée de répéter. Ceux de la Table ronde surtout, que Dante connaissait déjà, le roi Artur, Perceval, Lancelot, et les séduisantes figures de Genièvre et d'Iseult, se représentent à la mémoire du poëte dans ce songe où il rassemble en vers faciles les scènes d'amour qui l'ont le plus charmé, et où l'on retrouve aussi plusieurs des pairs de Charlemagne, plusieurs de ces caractères épiques inventés par le génie français, comme Renaud de Montauban et ses trois frères, ou que venaient d'ajouter à nos anciens chants les merveilles des croisades, comme Godefroi, Robert Guiscart, Saladin.

Chargé, dans les dernières années de sa vie, de commenter publiquement le poëme de Dante, il fit voir plus que jamais, en expliquant quelques vers de l'Enfer, combien il se souvenait d'Iseult et de Tristan, de Genièvre et de Lancelot.

Ce n'est point là pourtant le plus riche butin que Boccace ait rapporté de ses diverses visites en France : le Décaméron est une preuve moins douteuse encore de son goût pour notre société française, pour les joyeuses rimes de nos trouvères ; c'est l'écho le plus fidèle de nos fabliaux.

On reconnaît bien, jusque dans ses nouvelles, quelques réminiscences de nos romans : le dénouement des Aventures qu'il prête à messer Torello n'est autre que celui de Horn et Rimenhild ; il imite, non plus avec les longueurs du *Filocopo,* mais en abrégé, le poëme de la Violette par Gibert de Montreuil, déjà imité en France dans la première partie du Comte de Poitiers, que Sansovino, plagiaire plutôt qu'imitateur de

Giornata, x,
nov. 9.
II, 9.

Boccace, a aussi reproduit, et dont quelques scènes se retrouvent dans le Cymbeline de Shakspeare. C'est ainsi que Boccace x, 6.
lui-même ne croit pouvoir mieux nous décrire la beauté des
deux filles de Neri degli Uberti, qu'en nommant l'une Genièvre
la belle, et l'autre, Iseult la blonde : tant les images de notre
littérature héroïque lui étaient devenues familières ! Mais ce
n'est point de si haut que viennent la plupart des acteurs de ses
dix journées ; ils viennent du peuple, et souvent du peuple de
la France.

On peut sans doute aussi démêler, dans ses autres œuvres,
plus d'un rapport de cet esprit naturellement imitateur avec
les habitudes et les opinions de notre pays. Les critiques ita- Castiglione,
liens, dont les uns lui reprochent et les autres lui pardonnent il Cortigiano,
p. 26. —
d'avoir copié les étrangers, ont relevé partout des gallicismes Manni, l. c.,
dans son style : *dimora,* demeure ; *vegliardo,* vieillard ; *non* p. 49.
ha lungo tempo, il n'y a pas longtemps ; *io amo meglio,* j'aime
mieux ; *io vi so grado di quella cosa,* je vous sais gré de
cette chose ; *come uom dice,* comme on dit, etc. Il recherche,
dans ses commentaires sur Dante, l'occasion d'expliquer des
mots français. Cette prévention contre les légistes qui commençait à se manifester en France, et qu'entretenait avec soin le
clergé, porta même l'ancien ami de Pétrarque à ne point vouloir qu'après la mort de celui-ci, en 1374, ses manuscrits fussent remis à des jurisconsultes, de peur qu'ils ne prissent soin
de les détruire. On connaît encore mieux la haine de Boccace
contre les moines, ce sentiment assez nouveau, qui s'accroissait
de jour en jour chez nous avec leurs richesses et leur puissance.
Mais toutes ses sympathies avec la France d'alors seraient à
peine remarquées aujourd'hui, si, pour distraire la Fiammetta
et la cour de Naples, il n'avait pas fait passer les Alpes à ces
contes facétieux et malins qui amusaient nos aïeux.

Pour ne point revenir sur des emprunts que nous avons in- Hist. litt.
diqués ailleurs, comme le Prévôt de Fiesole, Pinuccio, la reine de la Fr.,
t. XXIII,
de Lombardie, le Mari confesseur, le Compère Pierre, Féronde p. 81, 82, 143,
ou le purgatoire ; comme les trois anneaux du juif Melchisedech, 174, 175, etc.
qui viennent de notre « Vrai annel, » et qui reparaissent d'a-
bord dans les *Cento novelle,* puis avec Lessing dans Nathan
le Sage, nous ferons observer seulement que le conteur italien,

même quand il ne paraît point se souvenir des nôtres, ne peut
oublier la France. C'est un plaisir pour lui de nous y transporter
dans ses nouvelles. Outre celles que nos manuscrits nous
permettent de reconnaître comme françaises, il en a probablement beaucoup d'autres dont le texte original est perdu,
ou qu'il avait entendu raconter. Il en transforme quelques-
unes en leur donnant une couleur italienne, et il remplace
aussi les noms français par des noms italiens, que La Fontaine
a conservés, comme il lui arrive de conserver avec trop de
fidélité des changements faits quelquefois mal à propos, sans
se douter qu'il y avait un conte français plus ancien, et que
ce conte valait mieux.

Dès la première journée, ce hâbleur que les bonnes gens
appellent saint Chapelet, est parti de Paris pour venir faire des
miracles à Dijon ; Jeannot de Chevigni, qui sert de parrain au
juif Abraham, converti par le spectacle des mœurs de Rome,
est un Parisien ; le prince nommé dans le texte *Filippo il Bor-*
nio, dont l'amour présomptueux reçoit de la marquise de Mon-
ferrat une excellente leçon, est, dit-on, Philippe Auguste, qui
avait une taie sur un œil ; l'abbé de Cluni, regardé, après le
pape, comme le plus riche prélat de l'Église, et que nous retrouvons, dans la dixième journée, toujours riche et gourmand,
étale sa magnifique hospitalité dans un de ses châteaux près de
Paris ; enfin c'est à la France qu'appartient aussi le mot d'une
dame de Gascogne, une des pèlerines de la terre sainte, au
premier roi de Chypre, Gui de Lusignan.

Voilà pour une seule journée : il en est de même à peu près
des suivantes. C'est une tradition fort répandue en Italie que
dans la huitième journée l'auteur raconte, en déguisant les
noms et les lieux, une de ses aventures de Paris, et sa vengeance
contre une veuve qui l'avait indignement traité. Les détails in-
finis et surtout les longs discours y ont peu de vraisemblance ;
mais cette diffusion même a pu faire croire qu'il y exprimait
des sentiments personnels ; et la menace que fait Rinieri d'é-
crire contre la veuve paraît s'être réalisée dans une cruelle invective, qui n'est pas le meilleur ouvrage de l'irascible conteur.
Si cette conjecture est vraie, il fallait que Boccace, qui reproche
à l'université de Bologne de ne produire que des ignorants,

Nov. 7. —
Manni, l. c.,
p. 504. —
Baldelli, Vita
di Bocc., p. 7.

Il Corbaccio,
t. V, p. 155-255.

Giorn. VIII,
nov. 9.

fût bien fier d'avoir étudié dans celle de Paris; car, sous le
nom de Rinieri, il le répète à tout moment.

Ce qui n'est point contestable, c'est la pensée toujours présente qu'il avait de la France. On explique ainsi tant d'imitations, qu'il ne nous a pas été possible d'indiquer toutes. Tiraboschi et Baldelli supposent quinze nouvelles recueillies chez
nous; mais ils en ont laissé échapper quelques-unes, dont l'original était déjà imprimé de leur temps, et ils n'ont pu connaître
ni les textes publiés après eux, ni ceux qui sont encore inédits.
Il n'est pas, comme on l'a fait voir, jusqu'à nos fabliaux latins
que Boccace n'ait traduits presque mot à mot, y compris les
noms des personnages. La plupart de ces contes latins, du XIIe
et du XIIIe siècle, sont restés manuscrits.

Hist. litt.
de la Fr.,
t. XXII, p. 62.

Il y a une ressemblance non moins frappante dans le jugement qu'on portait, en France et en Italie, de ces contes de
toute espèce, qui nous paraissent aujourd'hui bien téméraires :
ce jugement est celui de la plus complète indulgence, dont un
prince comme Louis XI, une reine comme Marguerite de Navarre, des membres du clergé comme Bandello et Fortini, continuent d'être de sûrs témoins.

Fiammetta était mariée; elle trompait son mari, et les
mésaventures des maris trompés devaient lui plaire. Jeanne, la
fameuse reine de Naples, n'aimait pas du tout le sien, et on a
dit qu'elle fut complice de son meurtrier. Il paraît que c'est
aussi pour elle que Boccace écrivit quelques-unes de ses nouvelles d'amour, et que s'il y laissa régner un certain ton de liberté, ce fut par son ordre : *Majori coactus imperio*. Cette excuse est de lui; mais peut-être eût-il mieux fait de dire, sans
accuser personne, que c'était là, depuis l'origine, comme un
privilége du genre; car il suivait tout simplement en cela nos
vieux poëtes, et la reine Jeanne n'avait point donné d'ordre aux
conteurs de fabliaux.

Baldelli,
l. c., p. 56.

Nous voyons, par l'exemple de leur disciple, que ces légèretés
se pardonnaient dès lors aussi facilement à un homme d'Église
qu'à un jongleur. Lorsque Florence, en 1365, voulut députer
pour affaire grave à la cour d'Avignon, où siégeait le pape
Urbain V, Boccace fut choisi. Dès qu'il parut, l'ancien évêque
de Cavaillon, Philippe de Cabassole, alors patriarche de Jéru-

salem, le serra tendrement dans ses bras devant le pape et les
cardinaux, en disant qu'il lui semblait embrasser Pétrarque son
ami. Cet autre ami, l'aumônier du roi Robert, le chanoine,
l'archidiacre Pétrarque, qui avait tant écrit contre la nouvelle
Babylone, avait aussi besoin d'indulgence ; on en avait pour
tous les deux, et nous nous expliquons ainsi comment un gé-
néreux esprit de justice laissait parler impunément nos trouvères, simples laïques, plus faciles à punir, mais beaucoup
plus dignes de pardon.

AUTRES
IMITATEURS.
Novelle 54, 73.
Il est inutile de redire combien d'emprunts nous ont faits
les autres conteurs italiens, comme, dans leurs *Cento novelle*,
l'aventure du curé Porcellino avec son évêque, et ces trois anneaux qui représentent les trois religions. L'analogie est plus
sensible encore dans le Florentin Sacchetti. On ne saurait regarder comme des personnages de son invention un chevalier
Novelle 29, 149,
228, 195, 253.
Girbert, envoyé par le roi de France au pape Boniface VIII, et
assez heureux pour se tirer sans trop d'embarras d'un accident
qui lui arrive pendant ses trois génuflexions ; un abbé de Toulouse, qui passait pour un saint avant d'être parvenu à l'évêché
de Paris, où il se montre prodigue et dissipateur ; un duc de
Bourgogne, qui inspecte et contrôle lui-même ses trésoriers.
Deux nouvelles, sur Philippe de Valois, pourraient remonter
aussi jusqu'à nos jongleurs.

Un épervier que ce prince aimait beaucoup, et dont les grelots d'or étaient ornés de fleurs de lis, s'étant perdu à la chasse,
deux cents francs sont promis à qui le rapporterait au roi. Un
paysan, qui l'a retrouvé, veut entrer au palais. L'huissier ne le
laisse passer qu'à condition de partager la récompense promise.
Le marché est accepté. Charmé de revoir son oiseau, le roi dit
au paysan de lui demander tout ce qu'il voudrait. Celui-ci demande à « monseigneur le roi » cinquante coups de bâton. Mis
en demeure d'expliquer cette réponse inattendue, il fait le récit
de son engagement avec l'huissier et, pour tenir sa parole, il
consent à partager. Le roi fait donner les vingt-cinq coups à
l'huissier, et les deux cents francs au paysan pour marier ses
Hist. litt.
de la Fr.,
deux filles. Un pareil acte de justice a été attribué à un empereur Frédéric ; et dans une vieille ballade anglaise, le roi Uter,

à Cardyffe, n'est pas moins libéral pour un de ses chevaliers, t. XXIII, p. 238.
Weber, Metr.
romances, t. I,
p. 331-353. sir Cleges, qui lui a présenté de fort belles cerises, ni moins sévère pour ceux des officiers du palais qui s'étaient réservé leur part de la récompense.

Un autre conte de Sacchetti, dont il n'est resté que le sommaire, suppose une correspondance familière entre le roi Philippe de France, qui doit être encore Philippe de Valois, et le roi d'Espagne : le premier demande à son allié de lui procurer un cheval qui réunisse toutes les qualités possibles, et le second lui envoie un étalon et une cavale, en lui disant qu'il le fasse faire tel qu'il lui plaît.

L'auteur du *Pecorone,* qui écrivait comme Sacchetti vers Giovanni
Fiorentino,
Giornat. XX,
novell. 2; II, 2;
III, 2; X, 1. l'an 1380, prouve à son tour qu'il connaissait bien la France, ses contes, ses poëmes. Il n'a pas oublié qu'en 1333, sous la présidence du même roi Philippe, une espèce de consistoire théologique condamna le pape, et il en fait une nouvelle. Il est un de ceux qui ont recommencé à leur manière les « Deux « changeurs, » la « Bourgeoise d'Orléans. » Lorsque, remplaçant aussi par la prose la grande poésie narrative, il parle d'un roi d'Angleterre qui, trompé par les artifices de sa mère, ordonne la mort de sa femme, fille d'un roi de France, et, après de longues aventures, la retrouve à Rome avec ses deux enfants, tout ce récit fait penser à plusieurs scènes de la « Mane- « kine » et surtout de « Berte aus grans piés. »

Au même siècle appartiennent les plus anciens essais de l'épopée italienne, composés d'après les chants de nos trouvères, ou d'après la Chronique du faux Turpin et les *Reali di Francia,* ce recueil romanesque, où l'on venait d'abréger en prose, avec deux ou trois des poëmes qui nous restent, quelques-uns de ceux qui ne se sont pas encore retrouvés. Quarante au moins de ces imitations par trop serviles, presque toutes en octaves, se rapportent à l'ère de Charlemagne, et sont écrites d'un style simple qui convient à des œuvres faites pour le peuple. Une des premières en date est *Buovo d'Antona,* dont nous avons l'original français sous le nom de « Beuve de « Hanstone, » indication géographique peu précise, réclamée par l'Angleterre en faveur de Southampton, et par l'Italie pour Antona, qui deviendrait alors le nom d'une ville toscane.

Le sujet, où déjà se montrent Doon de Mayence et toute cette famille qui produisit le traître Ganelon, est un peu antérieur à Charlemagne. Mais l'empereur et les siens reparaissent dans le poëme d'*Ancroia*, la reine sarrasine, que Roland veut convertir, comme il voulut, selon le prétendu Turpin, convertir Ferragus, mais qui est tout aussi difficile à vaincre par les arguments que par les armes. C'est encore de la même Chronique et de nos divers poëmes sur Roland que sont empruntés les quarante chants de la *Spagna*, où Sostegno de'Zanobi, jongleur de Florence, a mis en vers l'expédition d'Espagne qui finit par le désastre de Roncevaux.

Le siècle suivant persiste à imiter, mais avec plus de succès, nos poëmes héroïques; il commence même à s'en moquer, autre témoignage de vogue populaire, dont la France avait aussi donné l'exemple longtemps avant l'Italie.

Si l'auteur du *Morgante maggiore* n'a point vu la France, il en a connu les plus belles œuvres : fort supérieur à tous ces copistes subalternes qui défiguraient à l'envi, faute de talent, de grands caractères et de nobles scènes, Pulci les travestit à dessein, mais avec esprit, et il cesse d'être burlesque, lorsqu'il copie notre Roland. Comme chacun de ses chants, selon l'usage d'alors, qui est l'antique usage romain dans les discours publics, débute par une prière très-orthodoxe et très-dévote, on a bien voulu croire un moment que son poëme était sérieux. Il ne l'est pas plus que celui de l'Arioste, avec l'apparence de plus de gravité. Plein de nos traditions nationales, l'auteur se souvient des Quatre fils Aimon, du Chevalier au Lion, de Guillaume d'Orange chez les moines ; et son géant Morgant que, plus heureux cette fois, Roland convertit sans beaucoup de peine, rappelle par sa grande taille et sa bravoure extravagante cet autre géant, Rainouart « au tinel, » que Dante plaçait dans son Paradis. Le chantre de toutes ces vaillantises allègue en témoignage Alcuin, regardé quelquefois comme l'auteur du livre qui porte le nom de Turpin, et un certain Arnaldo, que l'on a pris pour le troubadour Arnauld Daniel. C'était son ami Politien qui lui avait recommandé, dit-il, ces deux autorités ; ou plutôt, Alcuin, Arnaldo, Politien, Turpin lui-même, cité pour bien des faits qu'on chercherait en vain dans sa Chronique, ne sont que des noms de fantaisie, comme ceux que nos trouvères s'amusent à donner pour leurs garants. On ne saurait du moins hésiter à reconnaître, même en Italie, que tout ce poëme vient de la France.

Quoique le nombre des imitations italiennes puisées à cette source féconde nous avertisse de n'en pas essayer le catalogue, et que tous ces titres de poëmes d'une même origine et presque du même temps, Mambrian, Aspremont, Ogier le Danois, les Amours du roi Charles, les Triomphes de Charles, Aïol, Roger, Bradamante, Angélique, les premières prouesses de Roland, Roland banni, Roland amoureux, la Vie et la mort de saint Roland, ne soient point nécessaires pour attester que l'armée poétique enfantée par nos trouvères continuait d'envahir l'Italie, comment se résoudre cependant à ne point parler de l'Arioste?

L'auteur du Roland furieux arrive tard ; mais les créations de la poésie française sont encore jeunes pour lui. Outre les abrégés en prose des *Reali*, qu'il connaissait bien, il avait trouvé plusieurs des compositions originales dans les riches bibliothèques de Modène et de Ferrare, et nul poëte italien n'en a mieux profité. On croit même qu'il avait traduit quelques-uns de ces poëmes, surtout de ceux de la Table ronde. Son Roland est fou, comme l'avaient été autrefois Tristan, Lancelot, Amadas, et comme le fut Amadis ; mais c'est à la folie de Tristan pour Iseult que celle de Roland pour Angélique ressemble le plus.

Ceux qui n'accordent aux Mille et une nuits, ou du moins à plusieurs de leurs contes, qu'une date assez moderne, ont pu s'imaginer que l'introduction de tout l'ouvrage était calquée sur l'épisode de Joconde, et que si le roi des Tartares était trahi par sa femme, c'était à l'exemple du roi des Lombards. Il y a moins de hardiesse à supposer que la fâcheuse aventure d'Astolfe est tout simplement une ancienne histoire que les trouvères ont quelquefois rappelée d'après un poëme aujourd'hui perdu, celle de l'empereur Constantin, trompé par l'impératrice, qui lui préfère le plus laid des hommes, le nain Segoron. Le roi Marc, trompé aussi par la reine, mais qui la croit fidèle, n'ignorait pas le malheur de Constantin, et il menace de

Tristan, t. I, p. 1. Voy. le ms. 7218, fol. 193. — Auberi

le Bourgoin,
p. 42, etc.
se venger comme lui, non de Tristan, mais du dénonciateur
d'Iseult :

> Par moi aura plus dure fin
> Que ne fist faire Costentin
> A Segoron, qu'il escolla,
> Quant o sa femme le trova.

Nous ne savons si l'Arioste avait lu quelque part ou entendu
réciter le Dit de l'Herberie, une des œuvres les plus gaies de
Rutebeuf ; mais pourquoi n'y trouverait-on pas un certain
rapport avec l'*Erbolato* du poëte de Ferrare, facétieux discours
d'un charlatan qui s'en vient aussi, sur la place publique,
vanter les merveilles de son élixir ?

Malgré la gloire du Roland furieux, publié en 1516, les
poëmes italiens sur Roland, sérieux ou moqueurs, ne s'arrêtent
pas. En 1526, paraît l'*Orlandino* ou le Rolandin, par un moine
indigne de l'ordre de Saint-Benoît, mais digne émule de son
contemporain Rabelais. Théophile Folengo, tout aussi bouffon
dans sa langue correcte que dans ses barbarismes macaroni-
ques, à travers cet amas confus de trivialités et d'ingénieuses
boutades, laisse reconnaître, vers la fin, quelques traits empruntés au sixième livre des *Reali,* ou à ceux de nos poëmes
qui nous représentent Rolandin préludant, par des combats à
coups de poing et de bâton, à ses exploits de chevalier.

Dans les petits livres qui, là comme chez nous, sont rédigés
pour le peuple, ces mêmes traces reviennent à tout moment.
A stuzie
di Bertoldo,
etc.
Les entretiens naïfs et sensés du paysan Bertoldo avec Alboin,
roi de Lombardie, reproduisent quelquefois mot à mot l'entrevue du Jongleur d'Ély avec Henri II, roi d'Angleterre. Bertoldino, le fils du paysan italien, et Cacasenno, son petit-fils, ne
sont que des imbéciles ; mais sa veuve Marcolfa est une femme
avisée, qui sait les vieux contes de « Renart » et les répète
assez bien.

Nous voudrions pouvoir ajouter un grand nom de plus à ces
continuateurs de la tradition poétique de la France, qui l'ont
recueillie ou dans le texte original des trouvères, ou dans les
imitateurs que pendant plus de deux siècles ils ont eus de toutes
parts en Italie ; mais le Tasse est moins leur disciple que celui

de Virgile, et tout en célébrant leurs chevaliers dans son *Rinaldo*, il admirait, en poésie moderne, des chants déjà moins virils, tels que les derniers échos des anciens poëmes d'aventures, l'Amadis de son père, Giron le Courtois que les vers d'Alamanni lui avaient fait aimer, et même l'insipide Primaléon.

Discorso 11º del poema heroico, Napoli (1594), p. 46.

Après le Tasse, et fort au-dessous, viennent enfin Guarini, Bonarelli, Tassoni, Tansillo, Marini, qui, par une sorte de revanche, ont exercé sur nos poëtes une longue influence, et leur ont laissé ce renom, bien faux jusque là, d'imitateurs de l'Italie. Mais ce que nous lui avons pris alors ne vaut pas ce que nous lui avions donné.

On sait pourquoi nous avons fait cette longue étude sur les imitateurs que notre plus ancienne littérature a trouvés chez les nations étrangères : nous voulions surtout compenser, par de plus brillants souvenirs, l'infériorité littéraire qu'il faut bien reconnaître dans notre XIVᵉ siècle.

Conclusion.

La pensée y est encore vive et puissante dans quelques esprits ; mais leur force s'épuise à combattre. L'Église n'est point seule divisée ; les autres éléments dont se composait la société du moyen âge commencent à s'affaiblir et à se dissoudre. La transformation qui s'opère est tantôt lente et cachée, tantôt précipitée par de violentes secousses. Au bout d'un certain temps, les croyances, les gouvernements, les mœurs, ont changé, et la langue même a éprouvé de telles altérations que les vieux écrivains ne sont plus compris. De ce chaos où se confondent les débris du passé et les germes de l'avenir, va peu à peu naître une nouvelle France, qui a dédaigné trop facilement les plus belles œuvres de l'ancienne, mais qui a pu croire qu'elle n'en avait pas besoin.

Il nous a donc semblé convenable de revendiquer, en l'honneur de cette ancienne France, quelques témoignages des glorieux emprunts qu'on lui faisait de tous côtés, et les noms de quelques-uns de ses illustres disciples. La nouvelle a eu aussi ses conquêtes littéraires, et des conquêtes éclatantes : ce n'est pas une raison pour ne rien dire de celles d'autrefois.

Peut-être même, dans cette espèce de république chrétienne
dont une foi commune avait fait et perpétué l'unité, la France
du XIIᵉ et du XIIIᵉ siècle eut un ascendant qu'elle ne retrouva
plus aussi complet, lorsque cette unité fut brisée, et que les
diverses nations, travaillant désormais chacune pour leur destinée et leur gloire à part, se disputèrent, avec une émulation
qui dure encore, une primauté qu'elles avaient paru jadis reconnaître dans un seul peuple.

D'où venait ce prestige ? Nous le redirons en peu de mots.
La France avait surtout conquis les âmes par un attrait qu'on
lui a depuis contesté, par la poésie. Laissons, en effet, tous
ses autres moyens d'influence et d'autorité, quelques grands
rois, des armées belliqueuses, des expéditions lointaines, des
écoles partout renommées, ses théologiens, ses philosophes,
ses historiens : souvenons-nous seulement qu'elle a eu des
poëtes, des poëtes en langue vulgaire, qui ont été compris et
presque aussitôt imités par l'Angleterre, l'Italie, l'Allemagne,
l'Espagne, les pays scandinaves, l'Orient. Le poëme héroïque
de plusieurs de ces peuples vient d'ici : la France, avec ses
chants sur Charlemagne, leur a donné Roland, Olivier, Renaud, les douze pairs. Le genre héroï-comique leur est arrivé
en même temps, tout plein de gaieté et de verve, dans les
« gabs » du grand empereur lui-même avec ses jeunes chevaliers à la cour de Constantinople, dans les intrépides bravades
d'Ogier le Danois, dans les scènes bouffonnes où Guillaume
d'Orange, devenu moine, se débat contre la règle du couvent
et la note inflexible du lutrin.

C'est la poésie qui règne, avec une variété infinie, dans le
fabliau, dans la chanson, même dans les genres où elle ne veut
qu'enseigner ; elle personnifie, elle anime d'une vie réelle ses
leçons de morale, ses doctrines, aussi bien que ses sentiments
de haine ou d'affection, de crainte ou d'espérance. Toutes les
vicissitudes frivoles ou sérieuses de l'amour revivent dans l'allégorie de la Rose ; toutes les malices populaires, dans les plis
et les replis de l'œuvre de plusieurs siècles où Renart se charge
d'instruire et d'amuser. Faut-il nous convaincre que la grâce
la plus efficace ne dispense pas de quelques bonnes œuvres?
on nous fait assister à cette scène ingénieuse et pathétique,

Hist. litt.
de la Fr.,
t. XXIII,
p. 130, 213.

entre le larron qui allait être pendu, et le roi qui ne parvient à le sauver qu'après qu'on a trouvé enfin, dans le giron du condamné, les trois deniers qui manquaient encore pour sa rançon. Les vœux que la foule soumise au servage ose former pour l'égalité, dans les vers célèbres de Wace, prennent une bien autre éloquence lorsque, plein de l'idée et de l'espoir d'une destinée plus juste, le vilain, émancipé par la parole, plaide sa cause devant Dieu même, devant la suprême équité.

A cette poésie qui remue les âmes par de vives images, tous les peuples, ceux-là même qui n'étaient point de race latine, ont prêté une attention docile et reconnaissante; toutes les voix ont répondu à la voix d'une nation qui savait déjà se faire écouter. Notre histoire des œuvres de l'esprit français eût donc paru incomplète si, au moment où finissent dans nos annales littéraires deux siècles d'une originalité féconde, nous n'avions pas dit quelle sympathie universelle accueillit tout d'abord leurs inspirations. Ces rapprochements qu'il fallait faire une fois, puisqu'ils nous permettaient de rendre toute justice au génie national, ne s'écartaient pas de notre plan.

Nous devions avertir aussi qu'il est bien temps de ne plus répéter sans examen de puériles épigrammes sur la stérilité française, quand ce sont nos inventeurs qui ont entraîné à leur suite les littératures étrangères. Si les poëtes, comme nous l'avons dit ailleurs, sont ceux qui savent trouver des personnages, des passions, des aventures, et faire vivre leurs fictions plusieurs siècles chez plusieurs peuples, nous avions alors des poëtes.

Le monde qui vient à présent leur ressemble peu : les esprits, que la tradition ne gouverne plus en souveraine, sont inquiets; ils se portent de tous leurs efforts à de hardis essais d'émancipation religieuse, de nouveautés politiques, et ne se laissent que rarement distraire par les rêves de la poésie.

Ce n'est pas qu'il n'y ait encore quelques circonstances favorables au progrès littéraire, comme le goût plus général des princes pour les hommes lettrés, qu'ils se plaisent à réunir autour d'eux, et pour les livres, dont ils forment des collections où domine la langue française ; l'usage de cette langue dans les

controverses qu'ils engagent contre Rome, et dans les traductions qu'ils ne cessent d'encourager ; l'appui qu'ils prêtent aux
libres travaux de l'intelligence, en aidant l'université de Paris
à se détacher du joug pontifical, en donnant à celle d'Orléans
une origine toute séculaire, en fondant des collèges qui ne re-
lèvent que de la couronne. Joignez-y le penchant des populations elles-mêmes pour l'instruction, comme l'attestent les nombreux ouvrages didactiques en prose et en vers; pour les voyages,
qui ne sont plus des pèlerinages guerriers, mais des tentatives
commerciales, des explorations maritimes ; pour les plaisirs de
l'esprit, que recommandent, au midi, les « maîtres du gai sa-
« voir, » au centre et au nord, les puys, les chambres de rhétorique, et les récompenses proposées par ces académies nais-
santes à l'émulation de ceux qui voudront continuer l'œuvre
poétique des anciens temps.

. Mais combien de tristes causes viennent reculer encore cette
perspective d'une meilleure fortune pour les lettres ! En proie
aux agitations qui accompagnent l'avénement d'une autre
branche royale, à une guerre opiniâtre, aux épidémies, le siècle
est, de plus, ébranlé par les convulsions inévitables de sa double
lutte contre la suprématie ecclésiastique et contre l'orgueil
féodal. D'imprudents retours des deux premiers Valois à ce
qu'il y avait de moins regrettable dans l'âge chevaleresque
augmentent les incertitudes et les angoisses publiques. Les
écoles elles-mêmes, d'où l'on devait attendre la lumière, et qui
n'eurent jamais plus d'influence qu'alors, sont encore loin de
renoncer, malgré quelques idées nouvelles d'affranchissement,
au vieil usage de disputer sans fin dans un latin dégénéré, à la
fois pédantesque et demi-barbare, qui n'était ni l'ancien latin
ni une langue moderne, et qui, tout en fournissant à l'idiome
maternel quelques subtiles locutions, l'étouffe et ne lui permet
pas de grandir.

Un mystique du siècle précédent, Robert d'Uzès, mort en
1296, était dominicain, c'est-à-dire de l'ordre qui contribua le
plus à la longue tyrannie de la scolastique ; mais il n'en a pas
moins proclamé un des premiers dans ses Visions, trop nombreuses pour être toujours aussi raisonnables, la plus énergique
réprobation contre ces combats de paroles, qui fatiguent l'in-

Liber trium
virorum, etc.
Paris, 1513,
fol. 24 vo.

telligence et dessèchent le cœur : « Un jour, dit-il, que je man-
« geais le pain avec mes frères, le Seigneur s'empara de moi,
« et je vis en esprit un homme habillé comme les Prêcheurs,
« couvert de grandes taches par tout le corps, et l'esprit me
« dit : L'ordre a des taches ; toi, mon serviteur, dis-lui de les
« effacer. — Le même homme, avec le même habit, un autre
« jour que je mangeais encore le pain avec mes frères, passa
« et repassa devant moi, portant sur ses épaules une provision
« du meilleur pain et du meilleur vin, qui, à droite et à gauche,
« lui descendait sur les reins, tandis qu'il tenait en main une
« très-longue et très-dure pierre, qu'il rongeait de ses dents
« comme un homme affamé mange du pain, mais sans pouvoir
« entamer cette pierre, d'où sortaient deux têtes de serpents.
« Et l'esprit du Seigneur m'instruisit en me disant : Reconnais
« dans la pierre que tu vois les questions inutiles et curieuses
« dont ces gens faméliques travaillent à se repaître, négligeant
« ce qui nourrit les âmes. Et je dis : Que signifient donc ces
« têtes ? L'une, répondit-il, se nomme Vaine gloire ; l'autre,
« Ruine de la religion. »

Il s'en faut que nous contestions à ce prophète de malheur
la vérité de ses oracles, lorsqu'il voyait déjà combien l'abus de
l'argumentation s'accordait mal avec l'humilité monastique et
avec la simplicité de la foi ; mais nous nous convaincrons de
plus, par l'histoire des lettres pendant tout ce siècle, combien
l'empire exclusif du syllogisme, en se prolongeant, devait finir
par ôter à la pensée tout libre mouvement, à l'expression tout
naturel et toute clarté. La poésie a perdu ses grands récits
d'aventures terribles ou touchantes, ses contes gracieux ou
railleurs : partout, dans les suppléments au roman de la Rose,
dans Fauvel, dans les nouvelles continuations de Renart, la
dissertation et l'ennui.

Pour réprimer cette ardeur de discussion qui effrayait les
couvents et qu'ils accusaient de susciter, chez ceux qui se mêlaient de parler ou d'écrire, l'ambition mondaine et surtout les
propositions téméraires, il y avait l'inquisition, dont nous retrouvons à chaque pas les cruelles sentences, impitoyables
même contre les ordres religieux. Mais l'inquisition, cette menace toujours présente, cette éducation de la peur, ne pouvait

certainement pas être plus utile au progrès des lettres qu'à la sincérité des croyances. Sous un tel régime, il fallait ou se taire, ou, si l'on n'acceptait pas la soumission du silence, échapper au soupçon par l'obscurité du langage, par les équivoques, par tout ce qu'il y a de plus contraire aux qualités du poëte, de l'orateur et de l'écrivain.

On avait, il est vrai, pour se diriger dans la voie littéraire, les modèles de l'antiquité latine, et on essayait même de les traduire. Il eût mieux valu commencer par les comprendre. Ces traductions, qui en donnent trop souvent une idée fausse par leurs négligences et leurs erreurs, servaient moins au perfectionnement de la pensée et du style que ne l'eût fait une étude sérieuse des textes originaux sous d'habiles maîtres. Ni maîtres ni disciples ne s'inquiétaient de cet apprentissage nécessaire. Avec leurs pierres à dévorer, il ne leur restait plus de temps pour le bon sens et le bon langage; la plupart ne cherchaient dans les anciens que des autorités pour ou contre, et de nouvelles occasions de disputer.

Le principal obstacle à l'établissement d'une littérature durable est donc toujours, comme il l'avait été déjà pour l'ancien âge poétique, dans ce fâcheux oubli de l'art d'écrire, dans cette indifférence qui, pendant plusieurs siècles, borna le succès des œuvres de l'esprit à une vogue éphémère, et qui fait que ceux de nos poëmes dont les personnages ont le plus de relief et de vie, ceux qui furent alors les plus imités par les étrangers, sont à peine connus de nous aujourd'hui. La langue se transformait sans cesse, parce qu'on ne s'appliquait pas à la rendre correcte, régulière, et que parmi les auteurs qui réussirent le mieux à la propager, nul n'avait su la fixer. Malheur aux ouvrages entraînés par le flot de ces variations perpétuelles! Un triage sévère ne s'étant jamais fait entre les caprices de la langue du jour, elle passe vite et se renouvelle. Comme il n'y a point de loi, l'usage règne seul, et il ne règne qu'un moment. On croirait que plusieurs langues différentes se succèdent. Les meilleurs esprits pouvaient être ainsi détournés de travailler à des œuvres qui devaient périr.

Nous avons eu souvent à déplorer que nos premiers trouvères, ces créateurs de caractères héroïques et de belles aventures

dont le souvenir du moins est resté, ces poëtes qui auraient pu
vivre eux-mêmes d'une vie complète et immortelle, en possession d'une gloire qui portât leur nom, n'eussent pas joint à leur
génie d'invention l'art délicat de leurs heureux imitateurs, le
choix des mots, le soin de la construction et de l'harmonie, la
patience qui cherche toujours, tant qu'elle n'a pas rencontré
l'expression claire, vraie, pittoresque : ils n'y ont point songé ;
ils n'ont été que des improvisateurs, dont les conceptions les
plus neuves, trop tôt vieillies pour le style, passaient à d'autres
mains.

Tel ne devait pas être leur illustre disciple, Dante, qui,
après avoir plaidé en grammairien pour la langue vulgaire de
son pays, la défendit encore mieux, comme poëte, par sa phrase
si pleine et si vive, par ses traits si nets, par ses vers si énergiquement médités. Nous ne savons point comment il composait ; mais nous savons par quelle étude continuelle de l'art
d'écrire Pétrarque fut, avec lui, le fondateur d'une langue qui
leur a survécu.

Pétrarque disait dans une épître à son ami le cardinal Bernard, Carm., l. II,
ep. 4.
évêque de Rodez, qui prétendait soumettre la poésie latine à la
facilité française : « Quoi ! vous avez fait trois cent soixante et dix
« vers latins en une heure ! Combien donc en feriez-vous en
« un jour, en un mois, dans toute une année ? Mon habitude
« est d'employer beaucoup de temps à peu de vers, le jour en-
« tier, du lever au coucher du soleil... Je relis chaque page
« dix fois. »

Quelques fragments autographes de l'élégant poëte, conservés au Vatican, prouvent qu'il n'exagère pas, et que ce n'est
point sans efforts qu'il est devenu chez les modernes, dans la
poésie en langue vulgaire, un des premiers maîtres du style.
A travers les nombreux remaniements de quelques-unes de ses
pages, sont semées des notes latines, où se révèle tout le labeur que lui coûtaient ses rimes italiennes :

« Je veux en finir, se dit-il le 10 novembre 1356, avec ces Rime,
éd. de Padoue,
1826, t. I,
part. I, p. 100,
169, etc.
« bagatelles, *cogito de fine harum nugarum.* » Et longtemps
après, il corrige encore : « Le 22 et le 27 juin 1369. Voici un
« sonnet biffé et condamné autrefois ; relu, refait, recopié. »
Ailleurs : « Je voudrais bien relire cette pièce ; mais on m'ap-

«pelle pour souper... Je m'y remets le lendemain matin.
«Transcrit deux fois. — Du second vers il faudra faire le pre-
«mier. — Attention. Ceci me plaît assez. Le vers paraît ainsi
«plus harmonieux. — A refaire en chantant. — Maintenant
«c'est mieux. »

On reconnaît toutefois qu'il se disait à lui-même bien plus
souvent qu'il ne l'écrit : « *Vide tamen adhuc,* à revoir, à re-
«voir. » Un grand nombre de vers sont ainsi retouchés à plusieurs reprises, et il arrive assez fréquemment qu'un mot est
surmonté d'un autre mot, en attendant que le poëte ait choisi.
Comme il indique le jour de la semaine où il s'impose ce travail, on a remarqué que le vendredi, son jour de jeûne et de
pénitence, était ordinairement celui qu'il réservait à la fatigue
des corrections. Il les commence en 1336, et les poursuit
presque sans relâche. Le vendredi 19 mai 1368, il écrit : « Ne
«pouvant dormir, je me lève, et je retouche ce vieux sonnet,
«qui date de vingt-cinq ans. » Il s'applique encore à faire
mieux jusque dans la dernière année de sa vie, en 1374. C'est
ainsi qu'un écrivain mérite que la langue de son temps ne
meure pas.

Voilà ce que ne firent jamais nos anciens rimeurs de récits
chevaleresques, de contes, de poésies amoureuses ou satiriques; ils les corrigeaient peu, même le vendredi. C'étaient des
enfants qui avaient déjà des idées, et quelquefois de fort belles
idées, mais à qui la meilleure manière de les rendre échappait
souvent, parce qu'ils ne se donnaient pas la peine de la chercher. Comme leur langue était trop imparfaite pour vivre, on
les oubliait avec elle. Plusieurs d'entre eux seraient lus encore
par tout le monde, s'ils l'avaient voulu.

Insouciants des révolutions du langage, mais passionnés
pour l'allégorie, peut-être auraient-ils profité du conseil de
songer un peu plus à l'avenir, si on leur avait raconté cette
parabole. Un homme à qui tout avait réussi dans Florence,
Pierre degli Albizzi, reçut d'un ennemi, d'un ami peut-
être, un plat d'argent rempli de fruits magnifiques, et, sous
les fruits, un clou qui s'y trouvait caché. C'était lui dire,
comme on le crut alors : Essaye de fixer la roue capricieuse
de la fortune.

Machiavel,
Stor. florentine,
l. III, p. 121.

Notre langue, avec ses formes changeantes, a été plusieurs siècles sans trouver ce puissant talisman, cette force mystérieuse qui devait la fixer ; œuvre difficile, accomplie un jour par quelques grands écrivains, assez courageux et assez habiles pour choisir entre les produits de ses divers âges, pour lui faire accepter des règles qui ne sont point des entraves, pour l'accoutumer à tous les tons, aux plus sublimes comme aux plus simples, et la soutenir longtemps à ce haut degré de perfection et d'éclat. Mais il ne suffit pas qu'ils aient eu le secret de suspendre le cours de ses fréquentes vicissitudes : il faut que la nation qui leur aura dû de bien penser et de bien dire sache retenir d'une main ferme et intelligente l'héritage glorieux qu'ils lui ont laissé.

N'allons pas demander à nos écrivains du XIV⁰ siècle, plus occupés de changer les choses que d'arrêter la mobilité des mots, une œuvre d'étude et de goût, à peine entrevue par la sagacité de quelques-uns de leurs devanciers, et qui ne devait réussir que longtemps après. Mais ce siècle, trop négligent de la perfection littéraire, offre dans plusieurs de ses écrits un mélange de maturité et de hardiesse, qu'il serait injuste de lui contester.

Ce qui domine alors, c'est l'action. La théologie est toute contentieuse, et les intérêts mondains y pénètrent à chaque instant. La poésie ne retrouve une certaine vivacité que dans la satire, ou dans des genres familiers qui n'ont rien d'idéal. Sans avoir compté ni grands théologiens ni grands poëtes, ces années, qui se distinguent plus par des efforts investigateurs et persévérants que par des œuvres d'imagination, n'en sont pas moins dignes de quelque souvenir dans l'histoire intellectuelle de notre pays.

Les sciences y font des progrès. Le monde réel est plus étudié; la terre, mieux connue. La marine, le commerce, les arts, ne se laissent point abattre par de grandes calamités. Dans les essais hasardeux de l'alchimie s'élaborent d'importantes découvertes. La médecine s'éclaire par des observations nouvelles. Un des promoteurs de la chirurgie moderne, Gui de Chauliac, songeant moins à ce qu'il a fait qu'à ce qu'il espère, convaincu qu'il n'est point possible

qu'un seul homme ni un seul siècle commence et achève,
Fonds lat.,
ms. 7139,
fol. 192 v⁰.
répète, après le chirurgien de Philippe le Bel, Henri de Her-
mondaville, et avec la même confiance dans les conquêtes à
venir, que nous sommes comme des enfants montés sur le dos
d'un géant, d'où nous pouvons voir aussi loin que lui, et
même plus loin.

Le droit civil fut un puissant auxiliaire pour ceux qui travaillaient à renverser le vieil édifice usé par les âges, et à bâtir
sur ses débris. La loi canonique résista longtemps. La victoire, qui aurait semblé d'abord plus prochaine, reculait
toujours.

Attendons-nous au règne de la prose. Si l'on ne trouve pour
ce temps aucun ouvrage en vers qui excelle par l'invention ou
par le style, on pourra remarquer souvent une prose plus abon-
dante, plus variée, et l'invasion toujours croissante, même
dans les démêlés ecclésiastiques, de notre langue française.
C'est en français que débute, non sans vigueur, l'éloquence
politique. Avec l'éloquence, un seul genre s'élève assez haut,
celui de l'histoire.

Froissart a beau réunir à son talent d'observer et de peindre, au moins en petit, plusieurs des qualités de l'écrivain, il
nous fait bien voir que c'est à l'action qu'est l'empire, et
non plus à l'invention. Faible copiste des anciens trouvères
lorsqu'il veut être poëte, il serait oublié s'il n'avait écrit
qu'en vers ; mais pour avoir su nous redire ce qu'il a vu
ou ce qu'on lui a raconté, il garde un caractère original, et
devient un chroniqueur qui est déjà bien près d'être un historien.

Aussi, dans ce Discours, avons-nous cru devoir parler des
hommes et des choses autant que des livres. Les livres, instruments passagers d'un siècle possédé du génie de la dispute,
sont restés au-dessous des hautes controverses qui ont légué
aux âges suivants quelques idées de liberté religieuse, de
justice sociale, et, pour les genres en prose, une langue indé-
cise encore dans sa marche, mais qu'enrichissent chaque jour
les besoins de la discussion publique. Ne parler que des livres, ce n'eût pas été interpréter complétement les pensées et
les sentiments de nos pères. Nous aurions cru mériter le re-

proche d'ingratitude en ne jugeant que comme écrivains les contemporains de Philippe IV et de Charles V; et nous avons voulu, à côté de leur modeste part dans nos annales littéraires, faire ressortir la vraie grandeur de ce qu'ils ont tenté et souffert pour nous.

DISCOURS

SUR

L'ÉTAT DES BEAUX-ARTS EN FRANCE

AU QUATORZIÈME SIÈCLE,

PAR

M. ERNEST RENAN.

1.

DISCOURS

sur

L'ÉTAT DES BEAUX-ARTS

EN FRANCE

AU QUATORZIÈME SIÈCLE.

PREMIÈRE PARTIE.

DE L'ART EN GÉNÉRAL.

On ne saurait comparer les progrès accomplis dans le domaine des beaux-arts durant le XIVe siècle à ceux qui avaient marqué le XIIIe, et à ceux qui firent donner au XVe, en Italie, le nom de Renaissance. L'art du XIVe siècle n'est au fond que celui du siècle précédent, perfectionné dans le détail pour tout ce qui demande de la patience et de la pratique, mais abaissé sous le rapport de l'inspiration générale et de l'originalité. Il ne s'y rencontre aucun homme de génie comparable aux créateurs de l'architecture ogivale, aux Libergier,

aux Robert de Luzarches, aux Pierre de Montereau, aux Villart de Honnecourt, ou à ceux qui, soit en France, soit en
Italie, introduisirent la vie et le mouvement dans la peinture
byzantine et romane. Ce n'est que dans les dernières années
du siècle, et dans un pays presque étranger à la France,
qu'on voit paraître les commencements d'un art nouveau.

Le XIVᵉ siècle, toutefois, est loin d'être pour l'art une époque
stérile. Si l'on excepte la miniature, aucun genre n'y atteignit
son point de perfection ; mais les progrès que l'art ne sut
point accomplir durant ce siècle en élévation et en grandeur,
il les accomplit en étendue et en variété. Des formes jusque-là
négligées prirent de l'importance ; des classes sociales qui
étaient restées presque étrangères au goût des belles choses
commencèrent à s'y intéresser ; l'art profane, jusque-là relé-
gué à un rang secondaire, prit un essor remarquable.

NAISSANCE
D'UN ART
PROFANE.

La première moitié du moyen âge, celle qui finit au règne
si décisif de Philippe le Bel, n'avait guère connu d'art profane.
La poésie française, si promptement sécularisée, semble avoir
suffi pendant longtemps à la partie mondaine du génie national : tous les arts, au moyen âge, en France, furent inspirés
par le sentiment religieux. L'architecture, jusqu'au début du
siècle qui nous occupe, avait déployé ses efforts les plus fé-
conds dans la construction des églises et des monastères. La
peinture et la sculpture n'avaient guère traité que des sujets
sacrés. La musique elle-même, qui, par sa nature, a toujours
été liée aux joies de la vie, n'avait inspiré en dehors du culte
que des rhythmes populaires, pleins de facilité et d'élégance,
mais sans grands raffinements. A partir de la fin du XIIIᵉ siècle, il n'en fut plus ainsi. Le seigneur féodal se fatigue des
tristes forteresses qu'il avait habitées jusque-là, et où les
commodités de la vie avaient été bien moins prises en considé-
ration que les nécessités de la défense ; il veut dans la ville des
hôtels accommodés à un genre de vie plus facile et plus brillant. Le bourgeois enrichi se construit de son côté des demeures élégantes et que le noble lui envie. La peinture s'applique à des sujets plus variés. La sculpture, qu'une fâcheuse

décadence devait·malheureusement atteindre vers la fin du
siècle, s'essaye, quoique timidement encore, à orner les édifices publics de statues de rois et de personnages considérables. La miniature enfin atteint une perfection qui n'a jamais
été dépassée, dans les manuscrits de ces splendides bibliothèques laïques de la seconde moitié du siècle, sur les feuillets
desquels des scènes d'amour et de guerre, ou même des scènes
bouffonnes ou grotesques, sont plus souvent représentées que
les légendes des saints et les mystères du christianisme. La
musique, les fêtes, les représentations scéniques, prennent,
surtout dans les dernières années de cet âge, un développement
jusque-là inconnu. Les grandes cours, et en particulier celle
de France, étaient un spectacle continuel, où l'amour du plaisir se donnait carrière, souvent aux dépens de la sévère morale et du bon goût. Les fêtes accompagnaient les rois dans
leurs marches, leurs voyages, jusque sur le champ de bataille.
Aux passions religieuses qui avaient suffi aux siècles précédents viennent ainsi se mêler des imaginations d'un tout autre
ordre : les romans de chevalerie, créés depuis deux ou trois
siècles, mais qui ne préoccupèrent jamais les esprits autant que
dans celui-ci, mirent à la mode les recherches d'une galanterie
raffinée. Un souffle du midi, un rayon d'élégance et de gaieté
vinrent amollir ces rudes natures qui, depuis tant de siècles,
n'avaient connu que les émotions de la guerre et de la religion.

Bientôt, il est vrai, cet éveil incomplet de la vie profane
amena des égarements. Le goût, au moyen âge, n'a jamais été
plus dégradé que dans les années qui terminent le XIVᵉ siècle ; mais un grand pas était accompli. L'histoire démontre
que la perfection dans les arts n'a jamais été atteinte, tant
que l'art a été exclusivement dominé par la religion. Les
qualités que l'art religieux développe chez les artistes qui se
subordonnent aux besoins du culte, ne sont pas celles qui
contribuent le plus à la perfection de la forme. L'art religieux, représentant toujours des formes idéales, et étant
d'ailleurs limité de toutes parts par le dogme et la tradition,
n'a jamais suffi pour amener les arts du dessin à une rigoureuse correction. Au contraire, les exigences de l'art profane, bien plus rapproché de la réalité, obligent l'artiste à

cette consciencieuse étude de la nature, sans laquelle il reste dans toutes ses œuvres beaucoup de convenu et d'à-peu-près.

RAPPORTS AVEC LES FAITS POLITIQUES.

L'art est si intimement lié aux événements de la vie sociale et politique des peuples, qu'on ne peut bien présenter l'histoire de ses révolutions, sans s'être rendu un compte exact des circonstances et surtout de l'état social au milieu desquels il s'est produit. L'art n'a pas l'indépendance de certaines branches de la culture intellectuelle, qui n'ont besoin, pour enfanter des chefs-d'œuvre, ni de loisirs, ni de richesses, ni d'encouragements du dehors. Il correspond à des besoins qui ne se développent que dans certains états sociaux et sous certaines influences. Le bien-être général, les habitudes du luxe, la douceur des mœurs, ne sont pas choses essentielles pour le philosophe, pour le poëte : elles le sont pour l'artiste. L'inspiration individuelle ne lui suffit pas ; il faut que ses œuvres correspondent à un besoin, à une demande expresse ou implicite du public.

Les vingt-huit premières années du siècle, celles qui s'écoulent jusqu'à l'avénement d'une branche nouvelle, ne furent pas précisément de celles qui font naître les grandes œuvres et les hautes inspirations. La création de la société laïque, qui s'accomplit sous le règne de Philippe le Bel et de ses successeurs, fut une sorte de crise, durant laquelle les opérations habituelles de la vie du moyen âge semblèrent suspendues. La royauté, pour suffire aux nouveaux devoirs qu'elle assumait, avait besoin de ressources nouvelles ; les moyens de se procurer l'argent étaient onéreux : de là une ruine qui frappa presque toutes les classes de la société. Quelques fortunes bourgeoises s'étaient formées par suite des innovations financières de la royauté, et ces sortes de fortunes sont d'ordinaire assez favorables à l'art ; mais l'ensemble de la bourgeoisie était loin encore de l'aisance, des lumières et des goûts libéraux qui devaient plus tard l'élever au niveau de l'aristocratie. Le commerce, gêné par des règlements trop étroits, était en grande partie entre les mains des Lombards et des juifs : or les premiers restaient plus ou moins étrangers au pays ; les seconds, sans cesse bannis ou rappelés, ne comptent point, dans leur sombre histoire, d'années plus tristes que celles-ci. Le fléau des guerres privées avait, il est vrai, disparu ; mais les procès l'avaient remplacé, et ils firent planer sur ces années, en apparence bien moins calamiteuses que celles qui suivent, une impression générale de tristesse et de dureté.

L'avénement des Valois signale, au point de vue de l'histoire de l'art, une ère toute nouvelle et un véritable progrès. Vers 1337, au commencement des guerres fatales qui, durant plus d'un siècle, allaient ravager la France, la situation générale du pays paraît avoir été très-prospère. L'économie politique de Philippe de Valois n'était pas beaucoup moins mauvaise que celle des derniers Capétiens, et les besoins de la maison royale étaient loin de diminuer, puisqu'aux dépenses nécessaires pour l'exercice d'un pouvoir de plus en plus étendu viennent s'ajouter les exigences d'un luxe dont les peuples des deux siècles précédents n'auraient point accepté le fardeau. Mais les sources du bien-être étaient dans la nation vives et nombreuses. Le brillant spectacle de la cour consolait les populations des charges qu'il leur imposait : le peuple prenait son enjeu dans la partie qui se jouait autour de lui. Il en résultait pour tous un mouvement d'imagination qui avait sans doute beaucoup de charmes, et dont Froissart nous offre l'expression la plus complète. En 1329, le roi Édouard III quittait émerveillé cette France à laquelle il devait être si fatal, et s'en retournait raconter à sa jeune femme, Philippe de Hainaut, « le grand estat qu'il avoit trouvé et les honneurs qui « estoient en France, » reconnaissant que rien n'y pouvait être comparé.

Au milieu des catastrophes qui suivirent, il semble que tout ce qui embellit la vie dut devenir inutile et indifférent. Des faits assez nombreux nous attestent cependant que, même dans les plus mauvaises années de cette triste époque, le goût des belles choses ne s'était pas éteint. Les malheurs publics pesaient de tout leur poids sur les populations sédentaires des villes et des campagnes, mais ils n'atteignaient guère la noblesse armée, qui menait le train du monde et en faisait tout l'éclat. Pour cette classe de la nation, qui se battait bien plus

par plaisir et par état que par le sentiment d'une cause nationale, le temps qui s'écoule de la journée de Créci au règne ré-
parateur de Charles V ne fut nullement une époque néfaste :
Froissart, écho des sentiments de la chevalerie, présente les
années dont il fait l'histoire bien plus comme des années brillantes, riches en faits d'armes et en aventures, que comme des
années de désolation. Les états de Languedoc, en 1356, inter-
dirent les riches habits jusqu'à la délivrance du roi, et le roi
cependant déployait dans sa captivité un appareil de luxe dont
les détails nous étonnent. Les fléaux naturels eux-mêmes, qui
décimaient les générations, semblaient produire un effet opposé
à celui qu'on devait en attendre. A l'issue de ces pestes terribles, le monde semblait se renouveler, et comme un accès de
folle jeunesse s'emparait des survivants. Il peut paraître étrange
de le dire : au milieu de ces horreurs, le siècle était gai ; ni la
littérature ni l'art ne portent l'empreinte d'un profond abatte-
ment. Un goût universel d'aventures s'empara des imaginations ; les « vœux, » les « emprises » les plus bizarres se croi-
saient de toutes parts, aux grands applaudissements du monde
chevaleresque. La nouvelle féodalité, inaugurée par l'avénement des Valois, cette féodalité si différente de l'ancienne, en
ce qu'elle tenait beaucoup moins au territoire, et n'envisageait
guère la souveraineté que comme un fermage dont les revenus
pouvaient servir à une vie fastueuse, fut un malheur pour les
nationalités ; mais, en somme, elle fut favorable au développement de l'art et de la civilisation, en créant de brillantes cours
féodales. Tout le monde regardait comme le modèle de la chevalerie le roi Jean de Bohême, qui, gai, amoureux, courtois et
large, comme disent ses contemporains, mourait follement à
Créci, loin de ses États qu'il abandonnait au hasard, pour poursuivre ses aventures sur un théâtre plus digne de lui.

Une heureuse fortune, d'ailleurs, permit à tous ces penchants de se développer librement. Celui des fils du roi Jean que
le sort porta au trône joignait aux goûts libéraux de son père et
de ses frères une solidité de jugement qu'ils n'avaient pas. Le règne de Charles V donna la mesure de ce que peut une dynastie
amie des arts, en un siècle dénué de génie. L'étrange contraste
que présentent les dernières années du siècle avec le règne de ce

prince, le plus éclairé du moyen âge, ne doit pas trop nous arrêter. La triste situation où le royaume fut réduit sous Charles VI
n'eut pas immédiatement son contre-coup dans le domaine de
l'art. Ce fut seulement vers le second quart du XVᵉ siècle que
se firent sentir les suites de la guerre et de l'abaissement politique. Le goût participait bien sous quelques rapports à la décadence générale des mœurs et de l'État; mais jamais l'amour
des arts et du luxe n'avait été poussé plus loin. En 1396, lors
du mariage d'Isabelle, fille du roi, avec Richard d'Angleterre,
chacun trouvait que nul pays n'égalait la France pour la pompe
et les superfluités. On se croirait à deux pas de la Renaissance,
dont on est encore séparé par plus d'un siècle.

Il s'en faut, du reste, que les vicissitudes de l'art aient été
les mêmes dans les divers territoires qui formaient dès lors ou
qui devaient former plus tard la monarchie, et le tableau général que l'on essaye de tracer ici pourrait induire en erreur,
si l'on ne montrait d'abord en quelle mesure ce qui sera dit
généralement de l'art en France peut s'appliquer à chaque province en particulier.

ÉTAT DE L'ART DANS LES DIFFÉRENTES PROVINCES.

Paris était une des villes de l'Europe les plus brillantes sous
le rapport des arts. On nous permettra de laisser parler ici les
écrivains du XIVᵉ siècle qui nous ont transmis, à cet égard,
l'expression naïve de leur admiration.

PARIS.

« Avouez-le, écrivait à Jean de Jandun, en 1323, un de ses
« amis intimes, être à Paris, c'est être dans le sens absolu,
« *simpliciter;* être ailleurs, c'est être accidentellement, *secun-*
« *dum quid.* » La réponse de Jean de Jandun à celui qui l'accusait d'ingratitude envers cette « patrie commune » de tous
les étrangers, est elle-même l'éloge le plus complet de cette
ville, qu'on peut, selon lui, mettre au premier rang, sans être
injuste pour personne. A l'en croire, aucune ville dans la chré-
tienté ne possède autant d'églises; la majesté terrible (*terribi-
lissima*) de la cathédrale l'a surtout frappé : « Quoique des
« esprits étroits, dit-il, prétendent en connaître de plus belles,
« je pense, pour ma part, sauf le respect qui leur est dû, que

Éloge de Paris, par Jean de Jandun, p. 30.

Ibid., p. 12 et suiv.

« s'ils voulaient tenir compte de l'ensemble et des parties, ils
« renonceraient bien vite à une telle opinion. Où trouver deux
« tours si parfaites dans leur magnificence, si hautes, si larges,
« si solides, entourées d'une si grande variété d'ornements?
« où trouver une suite si compliquée de voûtes latérales? où
« trouver un ensemble si éclatant de chapelles adjacentes?
« dans quelle église trouver une croix d'une taille si gigantes-
« que, dont un des bras suffit pour séparer le chœur de la nef?
« Enfin, j'apprendrais volontiers où l'on pourrait voir deux
« rosaces comme celles qui se correspondent dans les deux
« transepts, chacune d'elles embrassant par un artifice admi-
« rable des cercles moindres, et rayonnant de couleurs si vives,
« de peintures si riches et si variées !

« Mais que dire, continue Jean de Jandun, de cette Cha-
« pelle qui semble se cacher par modestie derrière les murs
« de la demeure royale, si remarquable par la solidité et la
« perfection de sa construction, par le choix des couleurs dont
« elle brille, par les images qui s'y détachent sur un fond d'or,
« par la transparence et l'éclat de ses vitraux, par les pare-
« ments de ses autels, par ses châsses resplendissantes de
« pierres précieuses? En y entrant, on se croit ravi au ciel, et
« introduit dans une des plus belles chambres du paradis.

« Le Palais pourrait contenir tout un peuple. Là, dans une
« vaste salle, sont les statues des rois de France, si vraies dans
« leur expression qu'on les croirait vivantes; là aussi est cette
« immense table de marbre, où les convives sont tournés vers
« l'orient, et dont la surface polie est illuminée par les rayons
« du soleil couchant, à travers les vitraux des fenêtres oppo-
« sées. Quant aux hôtels des rois, des comtes, ducs, chevaliers,
« barons ou des prélats de l'Église, ils sont si grands, si nom-
« breux, que, réunis à part des autres maisons, ils pourraient
« former une très-grande ville. »

C'est à l'historien de l'industrie plus qu'à l'historien de
l'art qu'il appartient de suivre Jean de Jandun dans sa visite
aux halles des Champeaux, sorte d'exposition permanente de
l'industrie d'alors, qui, selon l'auteur, aurait mérité, pour être
connue et appréciée, d'être vue, non pas une ou deux fois,
mais tous les jours, sans qu'elle pût jamais lasser la patience

ou satisfaire pleinement la curiosité. Dans les salles inférieures,
ce sont des quantités innombrables de draps « plus beaux les
« uns que les autres, » de fourrures, de soieries, d'étoffes faites
de substances inconnues ou dont il ignore le nom latin. La
partie supérieure de l'édifice forme une immense galerie où
sont exposés tous les objets qui servent à l'habillement ou à la
parure : couronnes, tresses, bonnets, peignes, besicles (*spe-
cula*), ceintures, boucles, bourses, gants, colliers, etc. Les
imagiers, les armuriers, les orfévres, les parcheminiers, les
écrivains, les enlumineurs, les relieurs, fixent tour à tour les
regards des passants.

Presque la même année où Jean de Jandun exprimait ainsi
son admiration pour les œuvres d'art qu'il avait vues réunies
à Paris, un rimeur médiocre s'exerçait sur les édifices religieux. Quatre-vingt-douze monuments sont ainsi par lui énu-
mérés, et nous donnent une haute idée de l'art religieux de
son temps; encore omet-il les chapelles particulières, dont la
mode, à partir de saint Louis, était devenue générale.

Les Églises
et monast.
de Paris, publ.
par Bordier.
Paris, 1856.

Un écrivain du commencement du XVᵉ siècle, mais qui, par
ses souvenirs, semble se rapporter d'habitude au XIVᵉ, Guillebert de Metz, fait preuve de plus de goût que n'en avait montré Jean de Jandun. Les objets de son admiration sont à peu
près les mêmes : Notre-Dame, avec ses riches sculptures,
si propres par leur singularité à frapper l'imagination; les
nombreuses églises de la Cité; le palais de l'évêque atte-
nant à Notre-Dame; le Palais royal, « qui dure dès le Grand
« Pont où est l'orologe jusques à Pont Neuf, » avec sa vaste
salle de cent-vingt pieds de long et cinquante de large, sa table
de marbre à neuf pièces, ses statues de rois, son trésor plein
de raretés, sa Sainte-Chapelle, ses tours, ses images « dedans
« et dehors, » son « beau jardin ; » les ponts où sont de « beaux
« manoirs ; » le Petit-Châtelet, avec ses murs couverts de jardins, et sa « vis double, dont ceulx qui montent par une voie
« ne s'apparcoivent point des autres qui descendent par l'autre
« voie; » le collége des Bernardins, avec « une eglise de moult
« bel et hault edifice, » et une vis non moins merveilleuse que
celle du Châtelet, qui, plus tard, excitait encore l'admiration
de Sauval; l'église Sainte-Catherine, où « est le sepulcre Nostre

Descript.
de Paris, p. 49
et suiv.

« Seigneur en tele forme comme il est en Jherusalem, » et une
statue de Du Guesclin; les Célestins, avec leurs peintures « de
« souveraine maistrise; » le cimetière des Innocents, avec
« les images des trois vifz et des trois mors, » et « peintures
« notables de la danse macabre et autres, » accompagnées
« d' « escriptures pour esmouvoir les gens à devotion, » et sa
tournelle « où il y a une image de Nostre Dame entaillée de pierre,
« moult bien faite; » Vincennes, avec ses onze grandes tours,
hautes comme des clochers; le château de Beauté; les merveilles de Saint-Denis et « les notables croix entaillées de
« pierres, à grandes images, qui sont sur le chemin en ma-
« niere de monjoies pour adrechier la voie; l'or, l'argent, les
« pierreries estant aux religieux, et le vaissellement des eglises
« de Paris, valant ensemble un grant royaume. » A la fin de
son récit, l'enthousiasme de Guillebert pour la ville de Paris,
telle qu'elle était aux dernières années du XIVᵉ siècle (suivant lui, l'époque de la plus grande splendeur de cette ville
doit être placée en 1400; après cela, elle ne fait plus que dé-

Voy. ci-dessus,
t. I, p. 310, 413.

choir) éclate en des termes pompeux, dont une partie a déjà
été rapportée :

« Grant chose estoit de Paris... quant y conversoient maistre
« Lorens de Premierfaict, le poete; le theologien Alemant, qui
« jouoit sur la vielle; Guillemin Dancel et Perrin de Sens,
« souverains harpeurs; Cresceques, joueur à la rebec; Chyne-
« nudy, le bon corneur à la turelurette et aux fleutes; Bacon,
« qui jouoit chancons sur la siphonie et tragedies, etc.

« Item, plusieurs artificieux ouvriers, comme Herman, qui
« polissoient dyamans de diverses formes; Villelmus l'orfevre;
« Andry, qui ouvroit de laiton et de cuivre doré et argenté; le
« potier qui tenoit les rossignols chantans en yver; les trois
« freres enlumineurs, et autres d'engigneux mestiers. Item,
« Flamel l'aisné, escripvain qui faisoit tant d'aumosnes et hos-
« pitalitez; et fist pluseurs maisons où gens de mestiers de-
« mouroient en bas, et du loyer qu'ils paioient estoient soute-
« nus poures laboureurs en hault. Item, la belle sauniere, la
« belle bouchiere, la belle charpentiere, et autres dames et da-
« moiselles; la belle herbiere, et celle que l'on clamoit la plus
« belle, et celle qu'on appeloit belle simplement. Item, damoi-

« selle Christine de Pisan, qui dictoit toutes manieres de doc-
« trines et divers traitiés en latin et en francois. Item, le prince
« d'amours, qui tenoit avec lui musiciens et galans, qui toutes
« manieres de chancons, balades, rondeaux, virelais et autres
« dictiés amoureux savoient faire et chanter, et jouer en instru-
« mens melodieusement.

« Longue et grant chose seroit de raconter les biens qu'on
« y voit, mesmement quant si pou de chose comme estoit l'im-
« posicion des chappeaux de roses et du cresson valoit au roy
« dix mille francs l'an. Ils souloient venir solacier à Paris l'em-
« pereur de Grece, l'empereur de Romme, et autres roys et
« princes de diverses parties du monde. »

Il serait intéressant de comparer à ces descriptions celle
d'Antoine Astésan, au XVe siècle. Une telle comparaison
prouverait que d'un siècle à l'autre la ville s'était peu modifiée,
et que les objets d'admiration avaient peu changé.

Magasin
encyclopéd.,
8e ann.,
p. 204-206.

Des nombreux monuments qui s'élevèrent alors à Paris, bien
peu sont venus jusqu'à nous. Le portail nord de Notre-Dame
et les sculptures qui entourent le chœur; le portail de Saint-
Germain-l'Auxerrois, chef-d'œuvre de proportion et d'élégance,
orné autrefois de riches sculptures, mais non de peintures,
comme on l'a cru depuis; quelques autres parties de la même
église, le beau réfectoire des Bernardins, et peut-être celui de
Saint-Martin-des-Champs; les restes si imposants encore de
Vincennes, la chapelle commencée par Charles V, à l'imitation
de celle de saint Louis et achevée beaucoup plus tard; quelques restes du collége de Navarre et de celui de Beauvais,
l'église Saint-Severin, des parties de Saint-Gervais et peut-être
de Saint-Leu, la tourelle de l'hôtel Barbette et une porte de
l'hôtel Clisson; des débris informes de la maison de Hugues
Aubriot, de l'hôtel des Chevaliers-du-Guet et de quelques autres édifices devenus méconnaissables, ont seuls résisté aux
nombreuses démolitions qui, surtout en notre siècle, ont changé
entièrement la physionomie des quartiers les plus importants
au XIVe. Des immenses constructions de Charles V, Vincennes
seul a survécu; ce musée du XIVe siècle, les Célestins, dont la
première pierre fut posée par le roi en 1365, a disparu jusqu'en ses fondements il y a quelques années. On ne retrouve

Rev. archéol.,
t. I, p. 255.

Voy. ci-dessus,
t. I, p. 80.

aucune trace ni des fortifications d'Étienne Marcel et de Hugues Aubriot, ni de l'église des Chartreux, ni des colléges qui
couvraient le versant septentrional de la montagne Sainte-Geneviève. Des riches peintures qui ornaient les murs des
églises et des hôtels, rien ne subsiste, et nos musées conservent à peine quelques exemplaires médiocres des statues et
des tombeaux qui faisaient l'admiration des contemporains.

Ce n'est pas, du reste, sans raison, que Guillebert de Metz
fait finir la période florissante de Paris avec l'année 1400. Les
guerres des Anglais et les factions intérieures amenèrent bientôt pour la capitale et les environs des destructions inouïes.
Les trésors des monastères et des églises, si riches en objets

Rev. archéol.,
t. XI, p. 460.

d'art, furent pillés. Un inventaire du mobilier de Vincennes et
de Beauté, fait en 1420, pendant la domination anglaise, dépeint énergiquement, par son silence même, le triste état où
étaient réduites les demeures royales après le passage et les pil-
leries de l'étranger. « En la Chappelle n'a esté aucune chose
« trouvée, se non un autel benoist, de marbre noir, une vieille
« chaeze de laiton à quatre testes de lieppars, et un vielz pare-
« ment de drap d'or, à mettre sur l'autel à chanter. » C'est
tout ce qui restait de la Sainte-Chapelle de Vincennes. Ailleurs, il n'est question que d'objets de peu de valeur, tapisseries déchirées, vieux coussins : « une courte pointe de soie
« doublée de toile perse, de laquelle on a coupé une piece ;
« deux très vieles courtes pointes, armoiriées aux armes de
« France et de Navarre, lesquelles on a desdoublées et osté le
« sandail ; quatre coussins de duvet, lesquels ont esté des-
« pouillés de leur cote. » Que l'on compare à ce délabrement
l' « Inventaire des joyaux de Charles V, et, en particulier, celui
« des joyaux de l'estude du roi en la tour du bois de Vincennes,
« fait le vⁱᵉ jour d'aoust 1380 ; » on sentira quel déluge de maux
avait passé sur la France.

PROVINCES
DU CENTRE
ET DU NORD.

Le centre et le nord subirent en général la fortune de Paris.
Parmi tant d'églises gothiques qui font l'ornement de la France
du nord, il en est peu qui n'aient été achevées à l'époque

Mém. de la Soc.
des antiq.

qui nous occupe. Un chef-d'œuvre, le cloître et le chapitre de
Noyon, la salle capitulaire de Chartres, sont à peu près de

l'an 1300. Les cathédrales d'Amiens, de Laon, de Troyes, de de Picardie, t. III, p. 395- 417. Châlons, de Noyon, de Bourges, de Clermont, de Limoges, virent s'élever alors leurs tours ou même des parties plus importantes de l'édifice. La Normandie, en particulier, avant de retomber sous la domination anglaise, fut le théâtre d'un assez grand mouvement de construction. La cathédrale de Rouen, celle de Bayeux, l'église Saint-Pierre de Caen, furent continuées. En 1318, fut posée la première pierre de cette admirable église Saint-Ouen que le XVe siècle devait à peine achever, et qui, à travers la décadence du style gothique, devait conserver un si remarquable caractère de grandeur et de majesté. Lorsque les Anglais débarquèrent en Normandie (1346), il y avait tant à prendre que les moindres valets d'armée ne tenaient nul compte du gros butin, mais seulement de la vaisselle d'argent, des reliquaires et des calices. En 1375, Biblioth. de l'Éc. des ch., série 1re, t. V, p. 232. un témoin déclare qu'il a vu sur la table où Jean de Harleston, capitaine anglais, soupait avec ses camarades, plus de cent calices qui leur servaient de verres.

La Bretagne, entraînée maintenant pour la première fois dans les affaires du monde, sut du moins bien employer les richesses que le pillage d'une grande partie de l'Europe venait d'accumuler dans son sein. Le XIVe siècle est le siècle le plus brillant de l'art en Bretagne, comme il est sans contredit le siècle où cette province eut la plus grande importance politique. Très-pauvre, tandis qu'elle avait été réduite à ses propres ressources, la Bretagne se couvrit tout à coup d'élégantes constructions. Les cathédrales de Dol, de Tréguier, de Quimper; les églises de Kreiskaer, de Saint-Méen, du Folgoat, l'abbaye de Montfort, de nombreux châteaux, furent le fruit de ce grand mouvement. Il semble, à voir la similitude de plusieurs de ces édifices, que des compagnies de maçons, probablement étrangers au pays, allaient de ville en ville, se mettant à la solde des évêques, des abbés ou des seigneurs. Les ducs, de leur côté, vers la fin du siècle, firent bâtir un grand nombre de forteresses, entre autres le château de l'Hermine.

La guerre, qui dévasta si souvent les autres provinces de l'ouest, ne laissa sur plusieurs points de place qu'à l'architec-

ture militaire. Un nombre considérable de villes reconstruisi-
rent ou réparèrent leurs murs dans le courant du siècle. Ces
fortifications se faisaient aux dépens des villes, mais avec la
permission du roi et sous sa direction générale.

Rev. arch.,
t. XIII, p. 381.

GUIENNE.

La Guienne et les provinces anglaises du sud-ouest subirent à beaucoup d'égards dans le goût l'influence de l'Angleterre. L'église métropolitaine de Saint-André, à Bordeaux,
est le plus beau modèle que l'on possède en France du style
anglais, caractérisé par une grande richesse de détails et par
la prédominance des formes qui devaient marquer la décadence du gothique. L'église Saint-Michel, des parties considérables de l'église Sainte-Eulalie, des parties de Saint-
Seurin et spécialement le portail, véritable bijou de ciselure
gothique, sont de ce même temps, ainsi que le cloître et le réfectoire de la Grande-Sauve, des parties de la collégiale de
Saint-Émilion. Plusieurs églises de la Gironde sont décorées
de peintures de la même époque; mais, en général, la domination des Anglais fut loin d'être favorable au développement
de l'art sur le sol de notre patrie. En dehors de la ville de Bordeaux, ils ne construisirent guère que des châteaux et des
bastilles. Le Périgord et l'Agenois conservent plusieurs de ces
bastilles, devenues de petites villes, reconnaissables à leurs
huit rues, qui se coupent à angle droit.

Biblioth.
de l'Éc. des ch.;
sec. série, t. IV,
p. 62.

Rev. archéol.,
t. XI, p. 525.

Michelet,
Hist. de Fr.,
t. V, p. 306,
note.

Par suite de cette influence toute militaire, combinée avec
une influence d'une tout autre nature, celle de Clément V et
de sa famille, originaire du diocèse de Bordeaux, la Guienne
se trouve être aujourd'hui la province de France la plus riche
en murs et en châteaux du XIVᵉ siècle, le Comtat Venaissin
excepté. Il suffit de citer les châteaux de Villandraut, de Bu-
dos, de Roquetaillade, de Langoiran, de Blanquefort, de la
Trave, de Fargues, la porte de la mer à Cadillac, etc. Seize
villes des environs de Bordeaux furent enceintes de murs en
ce siècle. Tous ces travaux présentent le caractère le plus pittoresque.

Loo Drouyn,
Choix de types,
p. 17 et suiv.

MIDI.

En général, le midi de la France eut alors, sous le rapport
de l'art, des destinées à part. Il s'y éleva très-peu de grandes

constructions, et on n'en conçoit que trop la cause, quand on
lit dans Froissart le récit du voyage de Charles VI dans le
Languedoc (1389) et le tableau de l'affreuse désolation où le
pays était réduit, moins par la guerre que par la tyrannie des
grands vassaux. Les beaux vitraux de Saint-Nazaire à Carcassonne et plusieurs importantes constructions de cette église
sont pourtant dus à l'évêque Pierre de Rochefort (1321). Sauf
les points où, comme à Toulouse, des ordres religieux riches
et puissants, les dominicains, par exemple, portèrent avec eux
le style qu'ils avaient adopté, on peut dire que l'art gothique
se développa très-peu dans le midi. Il faut ajouter qu'on bâtissait en briques dans tout le pays plat, et que la brique ne se
prêtait pas aux formes de l'architecture gothique. L'ancien
style roman se continua donc au midi, mais en perdant beaucoup de son caractère. Comparées aux églises légères et
presque diaphanes du nord, les églises du midi semblent de
lourdes forteresses. On peut dire, il est vrai, que pour la brillante lumière de ces climats un tel système valait mieux. Une
architecture qui eût laissé pénétrer de toutes parts les rayons
du soleil, comme cela a lieu dans les églises du nord, eût été en
ces climats une sorte de contre-sens.

Une brillante exception à ce que nous venons de dire du
midi en général doit être faite pour Avignon et le Comtat Venaissin. La présence de la papauté en cette dernière ville, à
partir de 1309, y créa un centre nouveau, à peu près sans relation avec le développement de l'art dans le reste de la France,
et qui se rattache bien plutôt à l'histoire de l'art italien.
Presque entièrement italienne, et par ses habitudes et par le
nombreux cortége de prélats qui l'entouraient, la papauté avignonnaise ne pouvait manquer d'attirer autour d'elle quelques-uns des représentants les plus illustres des grandes
écoles qui, à cette époque, faisaient la gloire de Florence, de
Pise, de Sienne, de Pérouse. C'est à tort, il est vrai, que l'on
a cru pouvoir attribuer à Giotto une part considérable dans ce
grand mouvement, et même lui rapporter quelques-unes des peintures qui attestent encore à Avignon les goûts libéraux de la
papauté du XIVᵉ siècle. Si Giotto a résidé à Avignon, ce qu'il

AVIGNON
ET LE COMTAT
VENAISSIN.

Vasari, Vite
de' più
eccellenti
pittori, t. I,
p. 315, 316.

paraît difficile de nier, il faut dire au moins qu'il n'y a laissé aucune trace de son séjour. Les peintures murales du château des papes, qu'on lui a légèrement attribuées, ne peuvent être de lui, puisque les parties de la résidence papale où elles se trouvent n'étaient point construites à l'époque de sa mort.

Ibid., p. 406.

Mais un de ses disciples les plus éminents, Simone Memmi ou Simon de Sienne, a certainement travaillé durant plusieurs années à la cour d'Avignon. Les belles fresques qui décorent encore aujourd'hui Notre-Dame-des-Doms, fresques exécutées de 1327 à 1332, grâce aux libéralités du cardinal Ceccano, un moment archevêque de Naples, l'attesteraient (son nom s'y lisait autrefois), quand même Vasari ne nous l'apprendrait pas. Memmi mourut à la cour d'Avignon en 1334. On sait les relations qu'il y contracta avec Pétrarque, qui lui a assuré par ses vers une immortalité que le peintre essaya de lui rendre.

Rosini, Storia
della pittura
ital., t. II,
p. 106, 120.

Memmi fit à Avignon les portraits de Pétrarque et de Laure, qu'il reproduisit à Florence dans la fresque admirable dont il décora la salle capitulaire de Santa-Maria-Novella, dite aujourd'hui Chapelle des Espagnols.

Bien d'autres Italiens contribuèrent sans doute à embellir la nouvelle résidence des papes; mais aucun de leurs noms n'est arrivé à l'illustration qui entoure celui de Memmi. On peut citer avec certitude le Romagnol Tengart, à qui la corporation des maîtres de pierre de Montpellier fait en 1365 la commande de sa bannière; un certain magister Johannes Italicus, graveur

Achard,
Artistes d'Av.,
p. 5 et suiv.

de sceaux en 1365, et Geminian de la Turre, peintre parmesan établi à Avignon, où il avait épousé la fille d'un musicien de Pavie attaché à la cour du pape en 1365, laquelle était veuve de Pierre de Terdona, autre peintre avignonnais, probablement aussi d'origine italienne. François Baralli, Florent de Sabulo, maître Étienne Grandi, Étienne Blandini, qu'on trouve exerçant dans la même ville les fonctions de sculpteur, d'orfévre, d'enlumineur, de peintre, d'écrivain, devaient appartenir à la même nation. Un acte de 1348, conservé aux archives d'Avignon, nous apprend qu'un toucheur d'orgues nommé François Brocard Campanino, né à Pavie, avait suivi à Avignon la cour romaine avec Mattea, sa femme. Il vivait encore en 1365, et avait marié sa fille successivement à deux peintres.

Ces relations avec l'Italie et ce goût pour la culture des arts se sont perpétués à Avignon jusqu'à la fin du dernier siècle. Avignon, jusqu'à sa réunion à la France, fut une ville tout italienne, ayant son école à part, école d'où sont sortis les Mignard, les Parrocel, les Vernet; ses édifices civils et religieux offrent des recherches de goût et de style dont peu de villes de province en France ont paru se préoccuper.

Malgré les dévastations qui, surtout depuis un demi-siècle, ont enlevé à Avignon ses plus précieux ornements, cette ville est encore à l'heure présente la ville de France qui renferme les restes les plus importants du XIVᵉ siècle. Ses grandes églises, à l'exception de l'ancienne basilique romane de Notre-Dame-des-Doms, sont toutes de cette époque. Si aucune d'elles n'approche en étendue et en richesse des cathédrales du nord, plusieurs, telles que Saint-Didier, les Célestins, ancienne église française d'Avignon, qui compte parmi ses fondateurs Charles VI, le duc d'Orléans et le duc de Berri, Saint-Agricol, Saint-Pierre, l'église de Montfavet, la cathédrale de Carpentras, au moins pour les parties qui sont de cette époque, atteignent d'assez beaux effets au moyen de leurs nefs ogivales, auxquelles l'absence de bas côtés et de chapelles donne un certain caractère de hardiesse et de légèreté. Les clochers d'Avignon et du Comtat ont aussi un style qui ne manque point d'harmonie avec le climat. Mais, par un phénomène en apparence inexplicable, c'est l'architecture militaire et civile qui a reçu de la domination papale, transportée par une sorte de hasard historique sur les bords du Rhône, les plus grands développements. Les remparts d'Avignon, qui résistent avec tant de peine au vandalisme d'une époque où le grand nombre ne comprend guère que l'utile, ont réalisé le problème si difficile de donner de l'élégance et de la grâce à des constructions qui ne semblent devoir obéir qu'aux nécessités de la stratégie. L'hôtel de ville d'Avignon, démoli en 1847, rappelait à beaucoup d'égards le Palais-Vieux de Florence. Il n'en reste qu'une tour, dont le couronnement est même plus moderne.

Enfin, le gigantesque château papal nous offre le modèle le plus complet d'un palais italien du XIVᵉ siècle. On y sent, mais sur une échelle que l'Italie n'atteignit jamais, l'influence des principes qui avaient présidé à la construction du Palais-Vieux et des autres châteaux forts de la Toscane. C'était bien, au dire de Froissart, « la plus belle et la plus forte maison du « monde. » L'effet y est produit par une simplicité de moyens qui étonne. Un arc ogival, montant depuis la base jusqu'au sommet de l'édifice, embrassant les fenêtres et formant les machicoulis, suffit pour constituer le style de l'édifice et lui donner un aspect austère et grandiose. L'irrégularité de certaines parties, tenant à ce que quatre papes y ont successivement travaillé avec des plans différents, est loin de nuire à l'aspect général. L'élégance de quelques dispositions intérieures, des chapelles, des couloirs secrets qui font communiquer les diverses parties de l'édifice, offre un singulier contraste avec la sévérité et la rudesse du dehors. Il semble que cette construction étrange soit l'image même de cette papauté à la fois intelligente et immorale, libérale et simoniaque, légère et cruelle, qu'elle a longtemps abritée. Les plaisirs de la cour de Clément VI et les tortures de l'inquisition (bien qu'on l'ait nié, avec raison pour certains détails légendaires) y ont laissé leurs traces, et, malgré l'admiration qu'inspire une masse aussi imposante, on éprouve un sentiment d'horreur en songeant aux gémissements qu'étouffèrent ces hautes murailles, en voyant l'architecture prêter en quelque sorte ses raffinements à l'art du bourreau.

Mérimée, Notes d'un voy. dans le midi de la France, p. 143.

Le même mouvement se produisit dans le Comtat et les pays voisins. Le château papal de Sorgues; les châteaux de Séguret et de Thouzon; les remparts de Courthezon et de Valréas; ceux de Carpentras, récemment démolis; les forteresses de Tarascon et de Beaucaire, d'un si grand aspect; la tour de Barbentane, dont un des manuscrits des archives d'Avignon nous a conservé les plans et le dessin; la forteresse de Châteauneuf-du-Pape, rappellent le passage des Grandes compagnies et les rançons périodiques auxquelles le pays était soumis. Les constructions considérables de Villeneuve-lès-Avignon se rattachent elles-mêmes, en partie, à l'influence papale. Située en face d'Avignon, sur les terres du roi de France, qui lui accorda les mêmes priviléges qu'à Paris, cette ville devint le lieu que les cardinaux préféraient pour se construire des villas. L'immense château qui la domine nous offre

le modèle le mieux conservé d'une bastille du XIVe siècle.
Enfin, la tour élevée par Philippe le Bel pour défendre les
frontières du royaume contre les comtes de Provence, existe
encore. Ses hauts murs, œuvre de l'architecte Raoul de Méruel
(1307), sont surmontés d'un couronnement qui le dispute en
élégance aux remparts d'Avignon.

La sculpture et la peinture de ce siècle, qui ont laissé si
peu de traces dans les autres parties de la France, se retrouvent également à Avignon en des restes moins mutilés qu'ailleurs. Le tombeau de Jean XXII, dans la sacristie de Notre-
Dame-des-Doms, celui d'Innocent VI à l'hôpital de Villeneuve,
qu'on peut regarder comme deux des plus beaux modèles de
l'ornementation gothique au moyen âge, bien que la recherche
de l'excessive légèreté ait conduit l'artiste à se rapprocher plutôt des conditions de l'orfévrerie que de celles de la sculpture
et de l'architecture; celui de Benoît XII à Notre-Dame-des-
Doms, plus simple, mais d'un style plus pur; de nombreuses
statues provenant des tombeaux des papes et des cardinaux, et
maintenant déposées au musée Calvet, comme celles d'Urbain V, de Clément VII, du cardinal de Brancas, de Pierre de
Luxembourg; les sculptures qui surmontent la porte de l'église
de Montfavet; la chaire de Saint-Didier, chef-d'œuvre de finesse
et de légèreté; celle de l'église Saint-Pierre, non moins élégante, et dont les niches découpées à jour abritent de charmantes statues, provenant pour la plupart du tombeau de
Jean XXII, attestent chez les artistes du Comtat une rare habileté d'exécution.

Plusieurs peintures sur bois, maintenant déposées au musée, ont été, selon toute vraisemblance, faites vers le même
temps à Avignon. Une d'elles, le portrait du cardinal Pierre
de Luxembourg, offre un intérêt historique, puisqu'il est contemporain du bienheureux, dont la tête y est déjà entourée du
nimbe, ce saint personnage ayant été canonisé presque de son
vivant. Quant aux peintures murales d'Avignon, elles sont pour
la plupart l'œuvre de maîtres italiens. La belle fresque de
Memmi, au portique de Notre-Dame-des-Doms, est la seule
dont l'auteur soit connu. Les fresques qui décorent le vestibule
intérieur de la même église, et qui sont à peine visibles, même

Mérimée, l. c.
Rev. archéol.,
t. VI, p. 329.—
Canron,
Ville d'Avig.,
p. 60, 61, 64.

Muséum Calvet,
p. 109 et suiv.

sous les jours les plus favorables, appartiennent à des maîtres inconnus du XIVᵉ siècle, ou peut-être du XVᵉ. C'est contre toute vraisemblance qu'on les a attribuées à Giotto. Des splendides peintures murales qui décoraient autrefois le palais des papes, deux chapelles particulières et deux voussures de l'abside d'une des deux grandes chapelles ont seules été conservées. Les peintures de la chapelle Saint-Jean égalent en suavité les plus belles compositions de Giotto, de Memmi et de l'école de Sienne. La touchante expression des têtes, la grâce des draperies, la sobriété des gestes, si convenable à la peinture religieuse, le calme et la pureté des figures bienheureuses forment un ensemble délicieux, auquel le Campo-Santo de Pise et quelques églises de Sienne et de Florence peuvent seuls se comparer. La chapelle Saint-Nicolas, située au-dessus de la chapelle Saint-Jean, a été décorée par un maître moins habile. On songe ici bien plutôt aux tons un peu crus et aux lignes heurtées de Spinello d'Arezzo et de Pietro d'Orvière. Les seules figures qui soient restées de la décoration des voussures, et qui représentent un des sujets les plus familiers aux écoles d'Italie, les prophètes et les sibylles annonçant la venue du Christ, ont un aspect fort noble. Les draperies sont d'une extrême richesse; l'artiste paraît avoir voulu imiter les étoffes brochées d'or et de soie qu'on tirait alors de l'Orient. Des fresques analogues devaient se trouver au palais épiscopal de Carpentras, puisque dans les procès-verbaux des séances des États de 1446, nous voyons les États s'assembler dans la maison épiscopale « à l'endroit où étaient peints les prophètes. »

D'autres peintures murales d'Avignon ou des environs, en particulier celles des Célestins qui semblent plutôt du siècle suivant, et celle de la chartreuse de Villeneuve, rappellent les ouvrages des peintres de l'Ombrie. On ne peut les visiter sans déplorer l'abandon où elles sont réduites. On éprouve un regret bien plus vif encore en songeant que les chapelles du palais papal étaient arrivées intactes jusqu'en 1816, et que c'est seulement alors qu'on a toléré, disons mieux, encouragé, la destruction de si délicates images. Il est temps d'assurer l'inviolabilité à ces ruines, non en les affectant à une destination nouvelle qui leur serait plus fatale que le délaissement, mais en

les rangeant parmi les monuments les plus intéressants que
nous ait légués le passé.

Nous nous sommes longtemps arrêté sur cette province,
d'abord parce que le XIVᵉ siècle n'a laissé nulle part chez
nous un nombre aussi considérable de monuments insignes,
et aussi parce que le mouvement du Comtat Venaissin forme,
au milieu du reste de la France, une région tout à fait isolée
qu'il importait de traiter séparément. Il ne semble pas que la
colonie d'artistes italiens que la papauté entraîna avec elle à
Avignon ait exercé une influence sensible sur le reste de la
France, si ce n'est peut-être en ce qui concerne la miniature.
Le modelé, qui s'introduit dans la miniature à la fin du
siècle, est dû bien vraisemblablement à leurs leçons. Dans
toute la région qui entoure Avignon, à Tarascon, Beaucaire,
Pont-Saint-Esprit, Bourg-Saint-Andéol, Arles même, on
remarque une série d'églises fort analogues à celles d'Avignon, caractérisées par des murs montants et dissimulant le
toit, par des jours peu nombreux, par une sorte d'aversion
pour les formes élancées, par des clochers peu élevés, aux arêtes
découpées. Mais on ne saurait dire si le point de départ de ce
style doit être placé à Avignon. L'activité artistique dans la
vallée supérieure du Rhône et dans la région de Lyon ne peut,
au reste, en aucune manière, être comparée à celle de la région qui vient de nous occuper.

La Bourgogne, avant que les ducs de la maison de Valois y
eussent fait dominer l'influence flamande, n'eut point, sous le
rapport de l'art, des destinées séparées de celles de la France.
Mais à partir de Philippe le Hardi, et surtout vers les dernières années du siècle, la situation isolée de la Bourgogne,
qui la mettait à l'abri des désastres sous lesquels le reste du
royaume semblait près de succomber, permit aux arts et au
luxe de s'y développer de la manière la plus brillante. Le
duché de Bourgogne et les vastes pays qui viennent se grouper autour de lui, devinrent pour près de cent ans le centre et
le refuge de ce qu'on peut appeler l'art féodal. A la veille de
disparaître pour faire place aux modes si différentes des cours
de la Renaissance, le type des existences princières du moyen

BOURGOGNE,
ETC.

âge fut là une dernière fois représenté avec éclat. La Bourgogne proprement dite participa, il est vrai, moins que les
Flandres à ce brillant épanouissement; elle en eut cependant
sa part. La chartreuse de Champmol, près de Dijon, fondée
en 1383 et devenue si célèbre par les splendides sépultures
des ducs de Bougogne, était à peu près achevée en 1400. A la

Catal. du musée
de Cluni,
p. 70, n. 418.
Ann. archéol.,
t. I, p. 140.

date de 1392, 1393 et 1398, nous voyons Berthelot Héliot et
le peintre flamand Melchior Brödlein travailler pour les chartreux. On a remarqué que presque tous les artistes employés
pour cette chartreuse étaient Flamands. Il est probable aussi
que Hennequin de Liége, Claux Sluter et d'autres sculpteurs
flamands avaient été appelés à Dijon, quand le duc Philippe
le Hardi termina, en 1404, un règne qui aurait pu passer
pour un des plus fructueux du moyen âge sous le rapport
de l'art, si ses successeurs ne l'eussent, à cet égard, encore
bien dépassé.

Digot, Hist.
de Lorraine,
t. II, p. 378
et suiv.

Peu de provinces déployèrent, en ce siècle, autant de zèle
que la Lorraine pour les constructions religieuses. Les cathédrales de Metz, de Toul, de Verdun; la collégiale de Saint-
George ou Sainte-Chapelle de Nanci; la collégiale de Saint-
Gengoult de Toul, d'un style si simple encore et si pur; le
cloître qui y tenait; l'église de Munster (Meurthe), commencée en 1327 et achevée en quelques années; l'église Saint-
Martin, à Pont-à-Mousson, se rapportent, au moins pour les
parties les plus essentielles, à cette époque. La sévère beauté
de ces édifices donne une très-haute idée du goût et de l'habileté des architectes qui travaillaient en Lorraine. Les traditions
de la sculpture semblent aussi s'être mieux conservées en Lorraine et dans les Trois-Évêchés que dans la plupart des provinces
françaises. Le chanoine Polet, mort en 1353, obtint, pour son
mérite comme imagier, un belle sépulture dans la cathédrale
de Metz, où se voyait aussi l'image de Pierre Perrat, à la fois
architecte et sculpteur, constructeur des trois cathédrales lor-
raines, de l'église des Carmes à Metz, et un des plus grands
artistes du XIVᵉ siècle.

Bords
du Rhin.

Le mouvement d'architecture religieuse se continuait d'une
manière plus brillante encore en Alsace et dans les provinces

du Bas-Rhin. La recherche des formes gigantesques, dépassant, il faut le dire, toutes les proportions naturelles de l'art, mais arrivant par leur immensité même à des effets de sublimité qu'aucun art n'a jamais produits, caractérise l'architecture ogivale de ces contrées. Nulle part on ne sent mieux combien ce style d'architecture implique un élément septentrional et en quelque sorte germanique, bien qu'il soit erroné de le faire naître en terre allemande. La grande école d'Erwin de Stein-bach se continua à Strasbourg par son fils, sa fille et ses nom-breux élèves pendant une grande partie du siècle. Les façades de la cathédrale de Strasbourg et le clocher, au moins jusqu'à une grande hauteur, sont de ce temps ; mais il était réservé à Jean Hülz, de Cologne, d'achever au siècle suivant cette pro-digieuse construction. A partir du XIVᵉ siècle, Strasbourg de-vient le centre de ces grandes associations de maçons qui s'or-ganisèrent plus complétement au XVᵉ, luttèrent vainement contre la Renaissance, et subirent ensuite de si singulières transformations. Tandis que les plans d'Erwin continuèrent à servir de règle à ses élèves, le style de l'école de Strasbourg resta élégant et pur ; plus tard, la fantaisie remplaça l'élé-gance, la hardiesse devint une folle audace ; on sembla prendre à tâche de réaliser avec la pierre les rêves de la plus téméraire imagination.

H. Martin, Hist. de France, t. VI, p. 466.

L'école de Cologne ne fut guère inférieure à celle de Stras-bourg en architecture, et lui fut certainement supérieure pour les autres arts du dessin. La prodigieuse cathédrale dont la première pierre fut posée en 1248, l'année même où l'on achevait la Sainte-Chapelle de Paris, continua pendant tout le XIVᵉ siècle à s'élever lentement. En 1331, quand le chœur seulement était achevé, Pétrarque en écrivait au cardinal Jean Colonne, comme d'une des églises les plus admirables qu'il eût rencontrées. Gerhard de Rile, le premier de ses architectes dont le nom soit connu, mourut avant 1302. Les plans du XIIIᵉ siècle, empruntés à nos grandes églises d'Amiens (1220-1288) et de Beauvais (1225-1272), y furent scrupuleusement conservés quant à l'ensemble, mais modifiés, d'ordinaire, d'une manière assez malheureuse, dans les détails. Un nombre très-considérable d'églises du même style s'élevaient sur la

Annal. archéol., t. VII, p. 245 et suiv.

rive gauche du Rhin; le chœur d'Aix-la-Chapelle mérite d'être
cité pour sa hardiesse, son élégance et la pureté du dessin.

On peut dire que la peinture allemande naissait en même
temps à Cologne. Les nombreuses peintures du XIVe siècle et
de dates antérieures qu'on trouve dans toute la région du Bas-
Rhin ont une grande analogie avec les peintures italiennes de
la même époque. C'est la même tendance à rechercher avant
tout l'expression et l'harmonie, la même mysticité tendre, la
même dignité modeste et simple, le même style de draperies,
le même goût pour les lignes sveltes et ondulées. Wilhelm
de Cologne et son disciple Étienne, dans les dernières années
du siècle et les premières du suivant, portèrent leur art
à un degré de perfection qu'aucun pays du nord n'avait
connu jusque-là. Les Van Eyck les imitèrent d'abord pour les
surpasser ensuite, et créer de leur côté une école destinée à un
immense avenir.

Ibid., t. II,
p. 185 et suiv.

FLANDRE.   De toutes les provinces qui, à diverses époques, ont été
françaises, la Flandre est, après le comtat Venaissin, celle
qui offre le développement le plus original. Les guerres épou-
vantables qui, pendant tout le siècle, ne cessèrent de ravager
ce pays, la fausse politique qui porta les rois de France à y
soutenir toujours la féodalité contre les communes, ne purent
arrêter les germes puissants de progrès que renfermaient ces
riches et parfois héroïques cités. Les provinces belgiques eurent,
en réalité, la direction du grand mouvement d'art qu'on a coutume de rapporter à la maison de Bourgogne. L'influence du
goût flamand devient dès lors prépondérante en France et dans
toute l'Europe, les pays du midi exceptés. Ce sera à l'historien de l'art au XVe siècle qu'il appartiendra de raconter cette
grande transformation; qu'il nous suffise de faire observer ici
qu'à la fin du siècle précédent, elle était déjà presque accomplie. Hubert Van Eyck avait trente-six ans en 1400, et, quoiqu'on ne possède aucune œuvre de son jeune frère Jean de
Bruges antérieure à la même date, il n'est pas douteux que plusieurs des œuvres qui devaient lui mériter le titre de fondateur
de l'école flamande n'existassent déjà à cette époque. La richesse exceptionnelle des villes de Flandre remonte à la fin du

XIII⁰ siècle. On sait le mouvement de colère que le luxe des bourgeoises de Bruges et de Gand inspira à la reine Jeanne de Navarre, et qui eut, dit-on, pour le pays des conséquences si fatales. Ce fut aussi sans doute l'aspect de tant de richesses et la jalousie contre ces bourgeois qui recevaient les rois et les princes avec une magnificence que ceux-ci n'auraient pu égaler, qui attira sur la Flandre ces invasions périodiques sous lesquelles auraient péri une civilisation moins vivace et une race moins obstinée. Il faut rendre, du reste, cette justice aux comtes de Flandre antérieurs à l'avénement de la maison de Bourgogne, qu'ils contribuèrent pour une grande part à ce beau développement. Leurs comptes, que nous possédons à partir de l'année 1378, témoignent d'un luxe aussi développé que celui des ducs de la maison de Valois. Le peintre Melchior Brödlein fut pensionné par Louis de Mâle, avant de l'être par Philippe le Hardi. La maison de Brabant participait aux mêmes goûts. Les comptes de Brabant, depuis l'année 1368 jusqu'en 1389, mentionnent de nombreux peintres, enlumineurs, copistes, relieurs, parmi lesquels nous remarquons maître Jean Nicaise, qui enrichit de miniatures le roman de Lancelot; le clerc Jean de Woluwe, le peintre Nicolas de Pikeigny; le relieur Godefroi Bloch et sa femme, qui relient Meliadus, Lancelot, Joseph d'Arimathie, la Bible d'Arnold van Melin. On a prouvé que l'art de la peinture fut en ce siècle, dans nos provinces du nord, une importation flamande.

L. de Laborde, Ducs de Bourg., t. I, p. XLVIII et suiv., p. 2 et suiv.

Ibid., t. II, p. 279 et suiv.

Mém. de la Soc. des antiq. de Pic., t. XIII, p. 674 et suiv.

Les traits particuliers de l'art flamand sont aussi, dès ce temps-là, très-caractérisés. On voit déjà commencer ces habitudes d'une lourde magnificence, ce luxe purement matériel, cette prédilection pour les arts industriels, cet attrait pour les fêtes somptueuses, qui devaient donner à l'art flamand, et en général à l'art du siècle suivant, un caractère de pesanteur et de grossièreté, sensible surtout quand on compare le goût venu de Flandre à la Renaissance italienne de la même époque. Ne recherchons point la noblesse, la dignité, la délicatesse chez des artistes qui rappellent toujours, même dans leurs moments de plus grand raffinement, une kermesse transportée au milieu des cours. Mais un grand sentiment de la nature commence en même temps à poindre. Les peintures de la

Ann. archéol.,
t. VI, p. 191.
grande église de Gorcum, des XIIIᵉ, XIVᵉ et XVᵉ siècles, offrent déjà un acheminement à la peinture de genre, si chère
à la Hollande.

Quoique les édifices qui attirent le plus vivement l'admiration dans les villes de Belgique soient du siècle suivant, les
provinces du nord virent s'élever au XIVᵉ siècle plusieurs
constructions considérables : la façade de Sainte-Gudule, à
Bruxelles, la cathédrale d'Anvers, le chœur et le transept de la
cathédrale de Dordrecht, l'église Saint-Martin à Liége, la halle
aux draps de Malines, l'enceinte de Bruxelles avec ses huit
portes somptueuses, la chapelle de l'hôtel de Nassau à
Bruxelles, l'enceinte de Louvain et une partie de la cathédrale, etc.

Il faut maintenant rechercher ce que les diverses classes
de la société religieuse ou civile firent en ce siècle pour le progrès des beaux-arts.

INFLUENCE
DE L'ÉGLISE.
L'Église n'avait plus l'enthousiasme qui, pendant le XIIᵉ et
le XIIIᵉ siècle, inspira tant d'œuvres originales. Elle semble
obéir en général aux sentiments mondains qui entraînaient le
siècle loin de la mysticité pure et élevée de saint Bernard, de
saint François d'Assise, de saint Bonaventure. La foi était in-
tacte encore; mais elle tournait à la routine, elle n'inspirait
plus rien de grand. L'élan qui, depuis deux siècles, avait porté
le clergé et les populations vers la construction de tant de gigantesques édifices, était amorti. Les revenus du clergé se
trouvaient en grande partie absorbés par les charges énormes
que la cour papale d'Avignon faisait peser sur l'église de
France, et la plus grande partie des biens ecclésiastiques
cessa, dès cette époque, d'être appliquée en réalité à des œuvres considérées comme sacrées. Mais les goûts profanes du
clergé, moins séparé peut-être des laïques qu'il ne le fut en
aucun autre temps, s'ils ne contribuèrent point au progrès de
l'art religieux, eurent du moins sur le développement de l'art
profane une très-grande influence. La papauté, devenue toute

française, fit bénéficier la France de l'éclat et du faste qui l'ont toujours entourée.

Lorsque le pape Clément V vint fixer, en 1309, sa résidence à Avignon, peu de villes étaient moins préparées à servir de séjour à la cour pontificale. Clément V et Jean XXII occupèrent tantôt le couvent des dominicains, tantôt le palais de l'évêque. Il ne reste de Clément V que des travaux d'utilité publique ; mais son nom n'en doit pas moins tenir une des premières places dans une histoire de l'art en France, puisque ce fut lui qui y fit venir Giotto, et amena ainsi le premier contact entre les arts de la France et ceux de l'Italie. « Clé-« ment V, dit Vasari, ayant été peu après créé pape à Pé-« rouse, par suite de la mort de Benoît XI, Giotto fut forcé « d'aller avec ce pape à Avignon pour y faire quelques ouvra-« ges. Dans ce voyage, il fit non-seulement à Avignon, mais « pour d'autres endroits de la France, des tableaux et des « peintures à fresque d'une grande beauté, lesquels plurent « infiniment au pontife et à toute la cour. Quand il les eut « terminés, le pape le congédia affectueusement et avec de « riches présents, en sorte qu'il retourna à la maison non « moins riche qu'honoré et fameux. Et, entre autres choses, « il emporta avec lui le portrait du pape qu'il donna ensuite à « Taddeo Gaddi, son disciple. Ce retour de Giotto à Florence « eut lieu en 1316. » C'est là un texte, selon nous, trop précis pour laisser place au doute, bien qu'aucune des peintures d'Avignon qu'on a attribuées à Giotto ne puisse être de sa main. Nous avons remarqué ailleurs les grands travaux que la région de Bordeaux doit à Clément V. Il resta fort attaché à son pays. Sa famille et les cardinaux de sa suite y bâtirent beaucoup. Le chœur de Saint-André de Bordeaux fut achevé, grâce aux bulles d'indulgence qu'il accorda aux donateurs. La belle collégiale d'Uzeste (arrondissement de Bazas), où l'on croit qu'il naquit et où son corps repose, ainsi que celui de son neveu, fut aussi son ouvrage. Il bâtit le château de Villandraut et y résida souvent.

Jean XXII fit jeter en 1319 les premiers fondements d'un palais papal, différent de celui qui s'est conservé jusqu'à nous.

PAPES D'AVIGNON

Achard, Rues et places d'Av., p. 23, 52, 99, 111, 112, 176.

Tom. I, p. 523. — Achard, Artistes d'Av., p. 5, 6.

Leo Drouyn, Types, p. 31 et suiv.

Plusieurs églises, celle de Saint-Agricol, celle de Saint-Remi
(Bouches-du-Rhône) , lui durent au moins quelques-unes de
leurs parties. Benoît XII, successeur de Jean XXII, au lieu
d'un palais voulut une citadelle, et, pour exécuter les plans
de Pierre Obreri , son architecte, fit démolir les constructions
de son prédécesseur. En 1336, on vit s'élever la partie septen-
trionale du palais encore existant de nos jours , et la grosse
tour destinée à surveiller la ville, le fleuve et le Comtat, à laquelle on donne le nom de *Trouillas*. L'année même où il po-
sait la première pierre du palais papal, il fondait à Paris le
collége et l'église des Bernardins.

Sauval, t. I,
p. 436.

Mais ce fut surtout à partir de Clément VI que les papes,
devenus souverains d'Avignon (juin 1348) , firent de cette
résidence un centre de première importance pour le développement des arts. Clément VI fit pousser avec vigueur les travaux de la construction du palais. On lui doit les bâtiments
énormes qui forment la façade du couchant, les grandes cours
du midi et la chapelle basse. Sur le faîte du palais se voyaient
des terrasses spacieuses, chargées d'arbres rares. C'est là que
Clément VI tenait cette cour brillante d'où les femmes n'étaient
point exclues. On a trop dit , peut-être , que c'était là un fait
auparavant.sans exemple : il est impossible que le tableau des
cours polies que nous offrent les romans français de la Table
ronde soient une pure fiction; mais ce qui caractérisa sans
doute la cour de Clément VI, comme la plupart des cours italiennes de l'époque de la Renaissance, ce fut la position en
quelque sorte officielle qu'y prirent ces femmes , tantôt distin-
guées par un esprit cultivé, tantôt renommées pour leurs mœurs
trop faciles, auxquelles l'Italie donnait le nom de *cortegiane*.

Voy. ci-dess.,
t. I, p. 23.

Cette nuance fut peu comprise en France. Les courtisanes de
Clément VI furent appelées « folles femes, » et confondues avec
les ribaudes qui suivaient la cour.

Les plus beaux ouvrages de peinture d'Avignon datent de
Clément VI. Plusieurs salles intérieures du palais, converties
de nos jours en magasins, furent couvertes de fresques admirables, qui ont disparu depuis quelques années seulement. Dans
la salle où se tenait le tribunal de la *Rota*, on voyait , entre
les deux fenêtres, le Christ sur la croix , entouré des quatre

docteurs de l'Église. Sur le mur opposé au tribunal, le pontife
fit peindre le Jugement dernier, immense composition, où se
voyaient une multitude d'apôtres et de prophètes, tenant en
main des phylactères qui contenaient des maximes de l'Ancien
et du Nouveau Testament, des anges ailés, cuirassés et armés
de glaives, des Pères de l'Église, des martyrs, des papes, des
évêques, et enfin le Rédempteur, debout devant son trône,
entre la Vierge et saint Jean. On entrevoit tout d'abord la similitude qui devait exister entre cette grande composition et
celle qu'André Orcagna avait peinte quelques années auparavant sur les murs du Campo-Santo de Pise. En même temps
qu'il s'occupait d'embellir la ville dont il venait d'acheter la
souveraineté, Clément VI voulut aussi la fortifier. L'année
même qui suivit l'achat d'Avignon, des remparts s'élevèrent
depuis la porte du Rhône jusqu'au rocher des Doms.

Innocent VI (1352-1362) continua les constructions de son
prédécesseur, en modifiant les plans. Vers 1356, il fit bâtir la
chapelle haute et toute la partie méridionale du palais jusqu'à
la tour Saint-Laurent. Sous son règne, furent exécutées les
peintures de l'église et celles de la chapelle Saint-Jean. Il   Mercure de Fr.,
fonda, en 1356, sous le patronage de saint Jean-Baptiste et   janv. 1744,
sous le titre de Val de Bénédiction, la chartreuse de Ville-   p. 22 et suiv.
neuve, où fut ensuite élevé son tombeau, et qui devint elle-
même un centre important de travaux d'art. Les peintures de
la chapelle Saint-Jean y furent presque répétées. Innocent VI
mourut avant d'avoir vu l'achèvement des bâtiments de la
chartreuse; les cardinaux ses neveux se chargèrent de les continuer.

Urbain V acheva enfin, en 1364, la construction du palais,
en faisant élever la partie orientale, au-dessus de laquelle il fit   Achard,
planter des jardins. Il donna le nom de « Nouvelle Rome » à   Rues et pl. d'Av.,
cette partie du palais, et il ajouta une tour, nommée la tour   p. 8, 9.
des Anges, à celles que ses prédécesseurs avaient élevées. Cette
tour fut abattue au XVIIᵉ siècle. Quatre papes, durant trente-
quatre années (1336-1370), travaillèrent ainsi à cet édifice
colossal. Chacun y apporta un plan différent, ce qui donne à
l'ensemble un aspect d'une extrême irrégularité. « Les tours,   Mérimée,
« dit un critique, ne sont pas carrées, les fenêtres n'observent   Not. d'un voy.

dans le midi
de la Fr.,
p. 144.

« aucun alignement ; on ne rencontre pas un seul angle droit,
« et la communication d'un corps de logis à un autre n'a lieu
« qu'au moyen de circuits sans nombre. » Il faut reconnaître
aussi que les architectes du moyen âge se souciaient peu de
cette proportion et de cette harmonieuse distribution des parties, à laquelle, depuis la Renaissance, on attache le plus grand
prix. L'aspect grandiose de l'ensemble et l'élégance de certains détails leur suffisaient. On croit que les fresques de la
chapelle Saint-Martial sont dues à Urbain V. Ce fut lui qui
acheva l'élégante enceinte, flanquée de trente-neuf tours, qui
compléta la défense de la ville.

CARDINAUX,
ETC.

Achard,
p. 35, 36.

Les cardinaux de la cour d'Avignon partagèrent en général
le goût des souverains pontifes qui résidèrent en cette ville
pour les grandes constructions et les œuvres d'art. En imposant leur bannière aux rues qui aboutissaient à leurs palais,
les cardinaux abritaient les maisons voisines et formaient ce
qu'on appelait un « bourguet, » sorte de communauté ou de
fief isolé dans le sein de la ville, ayant son puits commun, son
escalier commun, ses meurtrières, ses créneaux, et communi-
quant avec la voie publique par une seule issue fermée d'une
herse. Souvent ces demeures, plus semblables à des forteresses
qu'à des hôtels, s'embellirent au moins dans leur partie centrale, et Avignon se remplit peu à peu d'habitations somptueuses, auxquelles se rattache presque toujours quelque nom historique. Les palais des cardinaux Colonna, Ceccano, Gaillard
de la Motte, neveu de Clément V, Jacques de Via, neveu de
Jean XXII, Anglicus Grimoard, frère d'Urbain V, de Brancas,
Gui de Malsec, dit le cardinal de Poitiers, ont laissé des restes
ou des souvenirs presque jusqu'à nos jours. Villeneuve eut le
privilége, par sa position sur les terres du roi de France, d'attirer plus encore les prélats, souvent désireux d'échapper ainsi
à la souveraineté exclusive du pape. Presque tous les cardinaux avaient à Villeneuve un hôtel ou un casin. Le cardinal
Napoléon des Ursins et le cardinal de Saluces se bâtirent en
particulier, près de la tête du pont, des hôtels entourés de pro-
menades, de jardins, de prés, et dont les terrasses dominaient
le Rhône. La plupart de ces riches demeures, embellies par

ce que l'art contemporain avait de plus délicat, ne sont plus maintenant que des masures habitées par la misère. Une seule a conservé quelques traces de son antique splendeur, c'est le palais du cardinal Pierre de la Tourroie, appelé par corruption le cardinal de Turin.

On ne saurait cependant oublier les noms du cardinal Annibal Ceccano, qui fit exécuter par Simon Memmi les peintures du portail de Notre-Dame-des-Doms; du cardinal de Cabassole, dont la famille contribua si puissamment à la splendeur d'Avignon; du cardinal Pierre de Prato, qui fit rebâtir en 1358 l'église Saint-Pierre, un des plus beaux monuments de la ville; du cardinal Bertrand de Deux ou *de Deucio*, archevêque d'Embrun, qui fit construire l'église paroissiale de Saint-Didier (1356); de Bernard de Montfavet, cardinal-diacre du titre de Sainte-Marie *in Aquiro* et neveu du pape Jean XXII, qui fonda vers 1330 la belle église de Montfavet; du cardinal Gomez de Barosso, connu à Avignon sous le nom de cardinal d'Espagne, qui bâtit en 1348 la haute et belle tour octogone appelée la tour d'Espagne, dont il reste peu de chose; d'Audouin Alberti, neveu d'Innocent VI, évêque de Paris, d'Auxerre et de Maguelone, que son oncle fit cardinal en 1353 et à qui l'on doit la tour de l'Horloge, laquelle n'appartint que longtemps après à la municipalité; du cardinal Arnaud de Via, évêque d'Avignon et neveu du pape Jean XXII, qui fit édifier en 1333 la collégiale de Villeneuve (aujourd'hui église paroissiale), dont la lourde et massive tour semble empruntée aux remparts d'une place forte.

Ce fut dans le Comtat que l'influence des hauts dignitaires de l'Église sur les grandes fondations se fit le plus sentir. Il est juste cependant de ne pas oublier quelques cardinaux qui, dans le reste du royaume, attachèrent leur nom à des travaux utiles, par exemple, le cardinal le Moine, fondateur du collège qui porta son nom, et d'une chapelle qui servit de sépulture à lui et à son frère; le cardinal Pierre de Montaigu, qui contribua avec plusieurs autres membres de sa famille à la construction des bâtiments du collège de Montaigu; le cardinal Jean de Dormans, évêque de Beauvais et chancelier de France, fondateur du collège de Beauvais, et son neveu Miles de Dormans,

Sauval, t. II,
p. 374, 375.
Ibid., t. II,
p. 77, 109.
Rev. archéol.,
xvɪᵉ année,
p. 98. —
Égl. et mon.
de Paris,
p. 36, 37.
Biblioth.
de l'Éc. des ch.,
1ʳᵉ série, t. III,
p. 29.

revêtu des mêmes charges, qui fit bâtir la chapelle du collége,
encore existante, où se trouvaient les statues sépulcrales de
ses deux fondateurs, transportées depuis à Versailles. En général, les membres du haut clergé entretenaient à Paris des
hôtels et des maisons de plaisance qui rivalisaient avec ceux
des princes du sang. On leur doit aussi quelques fondations
hospitalières.

En dehors des princes de la cour romaine, le clergé séculier de ce temps-là contribua peu aux grandes constructions.
Moins garantis que les biens des ordres religieux, les revenus
du clergé séculier, tantôt pillés par le pape avec le consente-
ment du roi, tantôt par le roi avec l'autorisation du pape,
étaient fort souvent appliqués à des fins différentes de celles
pour lesquelles ils furent institués. Il y avait encore des chanoines très-riches, mais les soucis d'une vie commode paraissent les avoir exclusivement occupés. C'est dans la fondation
des colléges qu'on voit les évêques et les chanoines donner les
meilleurs exemples de munificence. Mais les constructions
qu'entraînaient ces utiles établissements n'étaient pas de celles
qui peuvent intéresser beaucoup l'histoire de l'art. C'étaient
souvent des maisons ordinaires, qu'on achetait et qu'on appro-
priait à leur nouvelle destination. La pauvreté sévère qui ca-
ractérisait les établissements de l'université en excluait les ouvrages d'un goût recherché.

ORDRES
RELIGIEUX.

Quoique le XIV⁰ siècle ne soit pas celui où les ordres religieux produisent en général les meilleurs fruits, on ne peut
nier que sous le rapport de l'art ces institutions n'aient rendu
des services. L'architecture, à toutes les époques, a trouvé de
merveilleux motifs dans les exigences d'un genre de vie qui
prête, bien mieux qu'aucun autre, aux grandes distributions.
A une époque où l'architecture civile était en quelque sorte
dans l'enfance, l'architecture monastique produisait des constructions dont la beauté n'a point été surpassée. Un des traits
de la vie cénobitique étant de rehausser, par le caractère religieux et commun qui s'y rattache, les détails les plus simples
de la vie, l'architecture monastique avait des facilités toutes
particulières pour traiter avec un style élevé des constructions

d'ordinaire sacrifiées. Une grange, un pressoir, un grenier, une ferme, un colombier, une cuisine, ailleurs si vulgaires, prenaient dans l'architecture monastique un certain degré de noblesse et parfois d'élégance. L'idée du gain et de l'exploitation industrielle, qui produit le caractère prosaïque et inférieur des objets tenant à la vie matérielle, étant écartée, tout prenait un sens élevé et en quelque sorte religieux. Comme d'ailleurs les constructions ne se faisaient point en vue de l'usage personnel, ni pour des héritiers immédiats, mais avec la perspective d'un avenir en quelque sorte illimité, il en résultait une solidité qui allait souvent jusqu'à la grandeur.

Lenoir, Archit. mon., t. II, p. 402 et suiv.

En général, les traditions de l'architecture monastique se modifièrent peu du XIIe au XIVe siècle. Les cloîtres, les réfectoires, les parloirs, les salles capitulaires, continuèrent de se bâtir presque sur les mêmes plans. Plusieurs beaux réfectoires datent de ce temps. Le réfectoire était après l'église la partie qui prêtait le mieux aux effets d'architecture. Celui de Saint-Martin-des-Champs, celui des Bernardins, celui de l'abbaye de Moissac, peuvent être cités comme des modèles. C'étaient d'ordinaire de longues salles, divisées en deux nefs par une file de colonnes légères. On préférait pour les parloirs les voûtes dont la retombée était supportée par une seule colonne centrale. Le dessin, publié par dom Bouillart, de l'abbaye de Saint-Germain des Prés en 1368, suffit pour donner une idée de ce qu'était alors une grande demeure religieuse. Une représentation analogue nous donne l'état de l'abbaye un demi-siècle plus tard, en 1410.

Id., t. I, p. 29, 30, 79.

Un des exemples qui montrent le mieux quelle force restait encore au sentiment religieux, lorsque déjà il n'avait plus cependant sa première ferveur, est ce qui se passa à Rouen, en 1318, pour la fondation de Saint-Ouen. Ce fut le zèle d'un seul homme, l'abbé Jean Roussel, dit « Marc d'argent, » conseiller de Philippe de Valois, qui, en vingt-deux ans, fit élever les parties les plus importantes de ce beau vaisseau. Après sa mort, arrivée en 1339, tout languit. Des parties essentielles de l'église ne furent bâties qu'au XVIe siècle, et quelques accessoires, qu'il eût mieux valu peut-être laisser dans l'état où le passé nous les avait légués, n'ont été construits que de nos jours.

Gallia christ., t. XI, col. 136, 149, 150.

Biblioth. de l'Éc. des ch., 3e série, t. I, p. 164 et suiv.

Un seul ordre, celui des bernardins, suivant l'esprit de son fondateur, se montra parfois hostile aux arts. Ce n'est pas seulement contre le luxe des abbayes que le saint abbé et ses successeurs s'élèvent avec vigueur. On conçoit que les religieux moins rigoristes, qui empruntaient au roman de Renart les sujets des peintures de leur couvent, et qui, comme disait Gautier de Coinci,

> En leur moustier ne font pas faire
> Si tost l'image Nostre Dame
> Com font Isengrin et sa fame,
> En leurs chambres où ils repounent,

parussent à saint Bernard s'écarter de la règle ecclésiastique. On conçoit encore que les représentations grotesques que l'architecture chrétienne ne s'était jamais fait scrupule d'employer comme décors, inspirassent à un censeur rigide de vives réclamations : «A quoi servent ces monstres ridicules en peinture «et en sculpture? à quoi sert cette belle difformité ou cette «beauté difforme? que signifient ces singes immondes, ces «lions furieux, ces centaures monstrueux?...» Mais saint Bernard était moins dans la tradition universelle, quand il proscrivait d'une manière stricte toute représentation figurée qui n'était pas un objet de culte ou de dévotion. Ici le saint abbé, comme cela lui arriva plus d'une fois dans ses controverses, prenait son sentiment particulier pour la règle générale de l'Église. Les sculptures des chapiteaux et des frises, les vitraux, les peintures murales, les pavés rehaussés de mastics colorés qu'on employait au XI⁰ siècle, les dorures, et même l'étendue et la hauteur des églises, furent par lui sévèrement condamnés. «D'où vient, dit-il, que nous avons si peu de vénération pour «les images des saints, que nous en couvrons le pavé sur le-«quel nous marchons?... Si vous ne ménagez pas mieux ces «images sacrées, ménagez du moins vos belles couleurs : pour-«quoi ornez-vous ce qui va bientôt être souillé? pourquoi «chargez-vous de peintures ce qui sera nécessairement foulé «aux pieds?... Voici qui est plus grave, dit-il encore, et qui «le paraît moins pourtant, parce qu'un usage plus fréquent «l'a consacré : je ne parle pas de l'immense hauteur de vos

Marginal notes:

S. Bernard, Op. t. I, col. 538.

Ib., col. 537.

« églises, de leur longueur immodérée, de leur inutile largeur,
« de leur somptueuse recherche, de leurs peintures curieuses,
« qui attirent sur elles le regard de ceux qui prient... » Et
plus loin : « L'église est brillante d'or; mais à quoi bon, di-
« sait déjà un auteur profane, à quoi bon l'or dans les choses
« saintes ?... »

Telle fut la vigueur avec laquelle le fondateur des bernardins insista sur cette proscription de tout ce qui pouvait ressembler au luxe, qu'une sorte de tradition iconoclaste continua
de vivre dans son ordre après lui. Un chapitre général de l'ordre de Cîteaux, tenu en 1182, enjoignit aux abbés cisterciens,
sous des peines sévères, d'enlever les vitraux peints dont plusieurs d'entre eux avaient orné leurs églises. On accordait un
délai de deux ans; mais les abbés devaient jeûner au pain et à
l'eau tous les vendredis, jusqu'à ce que l'enlèvement fût opéré.
Ce qu'il y a de plus étrange, c'est que ce zèle ardent chercha
à s'exercer sur d'autres ordres. Le reproche sévère que nous
citions tout à l'heure s'adressait aux clunistes. Nous lisons dans Voy. ci-dess.,
t. I, p. 71.
l'histoire du monastère de Vicogne, de l'ordre des prémontrés,
près Valenciennes, que les cisterciens, vers l'an 1230, visitant
ce couvent, dont l'infirmerie, la grande nef, la chapelle étaient
ornées de peintures, firent effacer celles de la nef, parce qu'elles
étaient trop riches et trop soignées, et qu'ils en firent faire
d'autres à la place : *Cistercienses tum temporis ordinem ite-
rum invisentes, picturam ab aula, quia nimis sumptuosa sive
curiosa, jusserunt auferri, et aliam superinduci.* Les cisterciens voulurent aussi effacer les peintures de la chapelle (*ca-
pellam depicturare*); mais les moines de Vicogne les en empêchèrent. Cette conduite des bernardins, répétée en plusieurs
lieux, provoqua des appels et leur fit retirer le droit de visite
qu'ils avaient jusque-là exercé.

Les anciennes églises de Cîteaux, celle de Senanque (Vaucluse), par exemple, si bien conservée, sont entièrement dé-
pourvues d'ornements; mais il s'en faut que le caractère de
grandeur en soit banni. La salle des morts de l'abbaye d'Ours-
camp, près Noyon, qu'on peut rapporter au XIVe siècle, est
un monument plein de sévère beauté. L'église et l'abbaye de
Clairvaux étaient remplies d'ouvrages d'art de la plus grande

Cabinet hist.,
1858, p. 14.

richesse. Un buste de saint Bernard, en argent, exécuté pour Clairvaux en 1334 et destiné à renfermer la tête du saint, offrait justement, d'après la description qui nous en reste, les ornements contre lesquels le saint fondateur s'était si souvent et si vivement élevé.

L'ordre de Cluni n'eut pas à manquer à ses règles pour construire ces maisons solides, commodes et belles, qu'on le voit bâtir pendant tout le moyen âge. Ce fut en 1330 que Pierre de Chastelus, chef de l'ordre, acheta l'ancien palais des Thermes, à Paris, et les terrains qui en dépendaient ; mais ce ne fut qu'au siècle suivant que s'éleva l'élégant hôtel qui a conservé jusqu'à notre temps le souvenir de la vie plus mondaine que monacale des abbés de Cluni.

Les chartreux et les carmes bâtirent beaucoup au XIVᵉ siècle. Leurs deux principaux établissements à Paris, les Carmes de la place Maubert et les Chartreux du Luxembourg, furent construits ou du moins achevés à cette époque. Ces ordres se montrèrent, surtout dans leurs églises, très-favorables aux représentations figurées.

L'ordre de Saint-Dominique fut peut-être le seul qui, non content de contribuer par ses commandes aux progrès de l'art, ait eu dans son sein des artistes distingués. Sans parler des fra Angelico, des fra Bartolommeo et de tant d'autres peintres, sculpteurs ou architectes dominicains, dont les noms remplissent des ouvrages entiers, qu'il nous suffise de citer ici le couvent des dominicains de Toulouse où, jusqu'au XVIIᵉ siècle, on trouve à toutes les époques une série de moines artistes, peintres, verriers, enlumineurs, etc. L'art des dominicains se distingue, du reste, à des caractères tout à fait tranchés. Leurs églises offrent presque toutes une disposition analogue : deux nefs, séparées par une file de sept colonnes, allusion au verset des Proverbes : *Sapientia ædificavit sibi domum, excidit columnas septem.* Les ornements y sont fort prodigués. Les clochers, d'une grande élévation, sont divisés en étages, ornés de colonnes, de gargouilles, de clochetons, et surmontés de riches campaniles. Dans la peinture, le choix des sujets préférés par les dominicains est remarquable. C'est partout l'exaltation de l'ordre de Saint-Dominique, et le souvenir des ser-

Marchese,
Memor. dei più
insigni pittori...
domenicani.
Firenze, 1843,
t. I, in-8. —
Archivio stor.,
t. VI, part. 2.

Renan,
Averroès,
sec. éd.,
p. 305 et suiv.

vices que ces moines croyaient avoir rendus à l'Église, soit que
le peintre les montre subjuguant par la prédication l'hérésie et
les vices du siècle ; soit qu'il les représente sous la forme de
chiens (*Domini canes*), tachetés de noir et de blanc, qui veillent à
la garde de l'Église et mettent en pièces les hérétiques représentés
par des loups ; soit que les mécréants, vaincus par les raisonne-
ments du Prêcheur, déchirent leurs livres à ses pieds ; soit que
l'orateur sacré, tenant en main la verge du commandement,
s'impose à la foule qui l'entoure ; soit que, le volume des saintes
Écritures à la main, il convainque les incrédules, qui fléchis-
sent le genou ; soit qu'enfin, passant de l'Église militante à
l'Église triomphante, l'artiste nous montre le frère Prêcheur
introduisant l'âme du fidèle dans les joies du ciel. D'autres
fois, c'est le triomphe philosophique de l'ordre que l'artiste
aime à représenter, lorsqu'il nous fait voir saint Thomas pré-
sidant à l'enseignement de toutes les sciences et de tous les
arts, groupant dans sa personne les lumières de l'Ancien et du
Nouveau Testament, des prophètes, des apôtres, des évangélistes, de Platon, d'Aristote, recevant l'illumination directe de
Dieu lui-même, et renversant par la lumière qui jaillit de sa
Somme l'impiété, figurée d'ordinaire par Averroès. D'autres fois, enfin, un arbre mystique, sortant du corps de saint
Dominique en extase, et portant pour fruits des confesseurs et
des martyrs, représente l'accroissement rapide de l'ordre et
son immense activité. Ce n'est pas seulement à Pise et à Florence, où d'admirables peintures de François Traini, de Simon
Memmi, de Taddeo Gaddi, de Benozzo Gozzoli consacrent la
gloire de cet ordre, que de tels sujets se rencontrent : les débris malheureusement trop peu nombreux qui restent en France
de la peinture dominicaine au XIVᵉ siècle prouvent que l'ordre
terrible de Saint-Dominique porta chez nous, avec sa domination altière et sa cruelle intolérance, le goût des arts qui pouvaient servir à son influence. Dans les provinces méridionales,
en particulier, où il poursuivit avec tant d'acharnement, durant
près d'un siècle, les restes de l'ancienne civilisation, on le vit
du moins chercher à consoler par le charme des arts les populations sur lesquelles il avait pesé si longtemps comme un pouvoir occulte et redouté.

On sait peu de chose des œuvres d'art qui décoraient le couvent des grands jacobins de Paris. L'église renfermait les tombes
de plusieurs personnages considérables du XIV° siècle. C'était
une mode de se faire enterrer en cette église comme aux célestins. Quand on ne pouvait leur donner son corps, on leur lé-
guait son cœur ou ses entrailles, et c'était une occasion d'autant
de monuments. Millin, dans ses Antiquités nationales, nous
donne du moins une idée de ceux que réunissait ce puissant monastère. Une tombe, des plus modestes peut-être, mais qu'on
est d'abord surpris de trouver dans un cloître de dominicains,
était celle de Jean de Meun. L'étonnement diminue toutefois,
quand on voit Sauval, en rapportant ce fait, donner au hardi continuateur du roman de la Rose le titre de « grand théologien. »

T. IV, art. 39.

T. I, p. 411.

La magnifique église des dominicains d'Avignon, démolie il y
a quelques années, datait de 1330. A la même époque, et peut-
être dans la même année, fut achevée la splendide église des
jacobins de Toulouse, commencée au siècle précédent, et consacrée seulement en 1385. Durant ce long intervalle, les religieux ne cessèrent pas un moment de la peindre, de la décorer de vitraux, de la garnir de chapelles, d'y placer de riches
tombeaux. Peu d'églises devaient rappeler autant que celle-ci
ces églises d'Italie, dont l'intérieur est entièrement couvert de
peintures. Le fût des colonnes et les nervures étaient, selon le
goût du temps, revêtus de torsades en spirale ou de bandes
alternativement rouges et noires. Les arcs doubleaux offrent
encore un fond bleu, parsemé d'étoiles blanches. Les blasons
éclatants dont l'édifice est couvert lui donnent un aspect aris-
tocratique, qui contraste singulièrement avec sa destination
actuelle. Ce bel édifice, en effet, après avoir traversé intact les
dangers qu'ont courus pendant les derniers siècles les édifices
décorés au moyen âge, est devenu de nos jours une écurie.

Rev. archéol.,
t. II, p. 239;
t. VI, p. 325
et suiv.

Les religieux de Saint-François, divisés alors surtout par
des schismes et des luttes intestines, qui dépassaient de beaucoup la portée des dissensions si communes dans le sein des
ordres monastiques, ont laissé bien moins de monuments que
leurs émules, devenus en ce moment leurs plus acharnés per-
sécuteurs. Aucun ordre, si l'on s'en tenait à ses origines, ne
devrait occuper dans l'histoire de l'art une place plus impor-

tante, puisque c'est dans les merveilleuses basiliques qui s'é-
levèrent au souffle de François d'Assise, que Cimabue arriva
enfin au secret de la composition et de l'expression, que Giotto
surpassa son maître, que l'art italien, en un mot, trouva son
berceau. Mais l'inspiration puissante qui, durant les courtes
années de la première splendeur de l'ordre, produisit tant de
merveilles, parut s'éteindre peu à peu. Si l'esprit de liberté
évangélique du saint fondateur sembla revivre par intervalles
dans les Pierre-Jean d'Olive et les Jean de Parme, on ne voit
pas que la grande légende qui inspira si heureusement les artistes de l'Ombrie ait produit ailleurs les mêmes effets. L'apparence de pauvreté que l'ordre voulut toujours conserver nuisit aux progrès du goût. Une règle, ou peut-être seulement un
usage de l'ordre, prescrivait de construire à dessein ses églises
avec quelque irrégularité. En effet, la plupart des églises fran-
ciscaines présentent dans le plan général un manque choquant
de symétrie et de proportion.

Un ordre de fondation récente, mais qui jouit à la fin du
siècle d'une grande faveur dans les rangs élevés de la société,
l'ordre des célestins, appelé en France par Philippe le Bel et à
Paris par Charles V lorsqu'il était encore Dauphin, fut l'occasion plutôt que la cause immédiate d'un grand mouvement d'art.
Leur premier établissement à Paris fut modeste : il se composait d'un terrain et de chapelles que leur donna, en 1352, un
bourgeois et échevin de Paris nommé Garnier Marcel, de la famille du célèbre prévôt des marchands. Mais, grâce aux libéralités de Charles V, leur maison devint une des plus splendides de Paris. Ce prince désigna lui-même douze arpents de
bois de futaie dans la forêt de Moret, pour fournir les matériaux de leur église. Il en posa la première pierre, assisté de
plusieurs princes et seigneurs, et la fit consacrer le 15 septembre 1370 par Guillaume de Melun, archevêque de Sens.
L'énumération des présents que firent en cette occasion le roi,
la reine, le Dauphin et l'archevêque consécrateur donne l'idée
d'une grande richesse, surtout en orfévrerie. Les princes du
sang et les officiers de la couronne semblèrent prendre à tâche
de rivaliser avec le roi, et la maison des célestins devint le
point de Paris où le goût de la haute aristocratie de la seconde

Millin,
Antiq. nat.,
t. I, art. 3.

Sauval, t. II,
p. 457 et suiv.

moitié du XIVᵉ siècle pour les riches sépultures se déploya avec le plus d'éclat. D'autres maisons de célestins s'élevèrent par les soins de Charles V et de son successeur. En 1376, Charles V fonda le couvent de Limai, près Mantes; en 1393, Charles VI fit poser à Avignon, en présence des ducs de Berri, d'Orléans et de Bourgogne, la première pierre du couvent des célestins, sur l'emplacement du tombeau de Pierre de Luxembourg : cette maison, protégée par les personnages les plus considérables de la cour.de France et de la cour d'Avignon, devint, au siècle suivant (l'église fut consacrée en 1406), un centre important pour les travaux d'art.

Rev. archéol., t. XV, p. 137 et suiv. — Ann. archéol., t. VII, p. 21 et suiv. — Viollet Le Duc, Dict. d'archit., t. I, p. 281, etc.

C'est parmi les ordres religieux qu'il convient de placer une association qui disparaît au XIVᵉ siècle, mais qui, dans les siècles précédents, avait rendu de grands services. Nous voulons parler de l'association des frères pontifes, dont le centre fut toujours à Avignon, et à laquelle on doit la construction de la plupart des ponts de la région voisine. Les supérieurs de ces maisons prenaient les noms de « prieurs » ou de « commandeurs, » mais les religieux n'étaient point engagés dans les ordres sacrés. On sait que la construction des ponts, comme servant à faciliter les pèlerinages, constituait au moyen âge une œuvre pie. Dès le Xᵉ siècle, des membres du clergé s'unissaient pour faire construire des ponts aux principaux lieux de passage; des ermites s'établissaient près des gués difficiles, soit pour passer eux-mêmes les voyageurs sur l'autre rive, comme on le voit dans la légende de saint Christophe, soit pour les préserver de méprises funestes et leur donner l'hospitalité. Ce fut un de ces ermites, le petit Benoît ou saint Benezet, qui fonda, dans la seconde moitié du XIIᵉ siècle, la confrérie des hospitaliers-pontifes, tandis qu'un institut presque semblable, tantôt affilié à celui de saint Benezet, tantôt distinct, se fondait à Bonpas, au diocèse de Cavaillon. Un couvent et un hospice étaient presque toujours placés près du pont. Les ponts de Bonpas, d'Avignon, de Lyon à la Guillotière, le pont de Vieille-Brioude qui réunissait, à l'aide d'une seule arche, deux montagnes séparées par une gorge profonde, furent l'œuvre de ces laborieux constructeurs. Leur chef-d'œuvre est le pont Saint-Esprit, commencé en 1269, achevé en 1309, et dont l'élégance

et la solidité excitent encore l'admiration. Comme la plupart
des ponts bâtis par la confrérie avignonnaise, il est à plein
cintre, évidé dans les parties massives qui séparent les arches,
et fort étroit. Les offrandes des fidèles en firent tous les frais.
Le pont Saint-Esprit est en quelque sorte le dernier adieu des
frères pontifes à leur utile vocation. Divers essais de réforme,
tentés dans la maison d'Avignon en 1307 et 1311, restèrent
sans succès. La maison de Bonpas avait déjà passé aux hos-
pitaliers de Saint-Jean de Jérusalem. Jean XXII sécularisa
ou réunit à d'autres ordres les restes de ces confréries, qui,
envisagées comme des ordres religieux, devaient paraître en
effet fort irrégulières. L'œuvre des frères pontifes, d'ailleurs,
était accomplie; car les travaux d'utilité publique étaient déjà
comptés parmi les attributions du pouvoir civil.

Nous avons déjà dit qu'un des traits caractéristiques du **Influences**
XIV⁰ siècle fut l'importance considérable qu'y prit part l'art **laïques.**
profane.

A la tête de ce grand mouvement se plaça la royauté. Saint **Royauté.**
Louis, sa famille et ceux qui continuèrent les traditions de sa
cour ne s'étaient jamais départis d'une très-grande simplicité
dans leurs habitudes. Ce que nous savons de celles de Blanche
de Castille nous la représente moins comme une reine que
comme une propriétaire de riches métairies, veillant elle-
même à ses vignes et à ses récoltes, participant même dans
une certaine mesure, ainsi que sa famille, aux travaux des
champs. Déjà, il est vrai, les frères de saint Louis dérogeaient
à ces habitudes de patriarcale simplicité, et provoquaient par
leurs prodigalités les réprimandes du saint roi. Ce fut bien pis
dans les dernières années de Philippe le Bel. A la mort de
Jeanne de Navarre, en 1305, aux mariages qui furent célébrés
à la cour en 1305 et 1307, on voit déployer un luxe extraordinaire.

Philippe lui-même fit à Paris beaucoup de travaux d'utilité
publique, et en particulier lés quais de Nesle et de l'Horloge.
Il agrandit et rebâtit en partie le Palais, et le mit dans cet état

Sauva , t. II,
p. 3, 347, etc.
Mém. de la Soc.
des antiquaires
de Fr.,
t. XXVII,
p. 9 et suiv.

qui excitait en 1323 l'admiration de Jean de Jandun. La tour de l'Horloge date de Philippe le Bel (1309-1313). Les statues qui ornaient la grande salle du Palais et qui attirèrent si fort l'attention des siècles suivants, jusqu'à leur destruction en 1618, furent aussi son œuvre. Peut-être l'imagination populaire prêta-t-elle aux artistes qui sculptèrent ces images des intentions qui leur furent étrangères : on croyait remarquer que « les rois qui avaient été malheureux et fainéants por-« taient les mains basses et pendantes, tandis que les braves et «les conquérants avaient tous les mains hautes. » Pepin y était représenté, comme à Notre-Dame, monté sur un lion, en souvenir du combat que la légende lui prêtait. La statue d'Enguerrant de Marigni se voyait au Palais au-dessus du perron de la galerie des Merciers ; plus tard, le peuple la brisa. En général, les constructions de Philippe le Bel et de son ministre, surtout la grande salle, passèrent pour les œuvres les plus hardies et les plus grandioses qu'on eût vues jusqu'alors.

Suppl. lat.,
n. 110, fol. 32
vo, 98, 124. —
Rev. archéol.,
t. XI, p. 449 ;
t. XVI, p. 402.

Vincennes, Villers-Cotterets et le Louvre se ressentirent aussi, mais dans une moindre mesure, des munificences de ce prince. Nous ne voyons pas qu'il ait rien fait pour une résidence que pourtant il affectionnait et dans laquelle il naquit et mourut, Fontainebleau.

On a dit plusieurs fois que, par suite de l'esprit d'opposition qui l'animait contre les règnes de saint Louis et de Philippe le Hardi, il ne construisit point d'églises. Cette assertion est trop absolue ; le roi ne resta point étranger à la construction du portail du transept nord de Notre-Dame, qui se fit sous son

Biblioth.
de l'Éc. des ch.,
4e série, t. III,
p. 537 et suiv.
Sauval, t. II,
p. 374.

règne ; une fondation qui, en tout cas, lui appartient, est celle du prieuré de Poissi (1304), décrit longuement par Christine, et réputé le plus somptueux monastère du temps. Au collège de Navarre, que sa femme la reine Jeanne fonda l'année suivante, et qui était le plus beau de Paris, la statue de cette reine se voyait à côté de celles de Philippe le Bel, de saint Louis ; celles de Nicolas Clamanges, de Jean Textor, y furent ajoutées plus tard.

Les tristes règnes qui précèdent l'avénement des Valois offrent peu de chose pour notre dessein. Les comptes de Geoffroi de Fleuri, argentier de Philippe le Long, montrent, il est vrai, un grand déploiement de luxe au sacre de ce prince ; mais il ne paraît pas qu'il ait rien construit. Sa veuve, Jeanne de Bourgogne, fonda le collége de Bourgogne, qui fut achevé après sa mort. Jeanne d'Évreux, veuve de Charles le Bel, fit exécuter de belles peintures au monastère des Carmes, à Paris, et décorer (1340) de peintures et d'une statue de marbre blanc, qui existe encore, la chapelle de Notre-Dame la Blanche, à Saint-Denis. Les deux reines de Navarre, comtesses d'Évreux, femme et belle-fille de Charles le Mauvais, construisirent la chapelle de Navarre, jointe à la collégiale de Mantes. Leurs statuettes et celles de leurs patronnes s'y voyaient ; elles ont été conservées.

Douet d'Arcq, Comptes de l'argenterie des rois de Fr., p. 45 et suiv.

Ann. archéol., VII, 204 ; Rev. archéol., XI, 540.

Ann. archéol., VII, 38, note.

Les Valois, au commencement comme à la fin de leur long règne, au XIVe comme au XVIe siècle, se distinguèrent en général par leur goût pour les arts. L'historien de l'art n'est pas toujours amené à porter sur certains personnages les mêmes jugements que l'historien de la politique et des mœurs. Tel tyran des villes d'Italie, souillé de crimes et digne des malédictions de la postérité, occupe dans l'histoire de l'art une place honorable. De même, il faut reconnaître que cette dynastie des Valois, à laquelle l'historien politique est en droit d'adresser de si sévères reproches, créa le côté brillant de la civilisation française, et contribua puissamment à fonder la suprématie en fait d'élégance et de goût qui ne devait plus nous être enlevée. A partir de Philippe de Valois, la cour de France est le centre le plus brillant du monde. Les fêtes, les tournois, les mœurs chevaleresques et polies y attirent le monde entier. Trois ou quatre rois ; les rois de Bohême, de Navarre, de Majorque, d'Écosse, une foule de princes à peu près étrangers à la France, y faisaient leur résidence habituelle ; Paris réglait la mode et fixait les regards de l'Europe entière. Philippe de Valois et son fils Jean apparaissent en quelque sorte à l'imagination de leurs contemporains comme des rois de chanson de geste, passant leur vie en guerres et en fêtes, dans un cercle continu d'actions brillantes et de spectacles. Au lieu des docteurs et des gens de justice de Philippe le Bel, on ne voyait autour d'eux que nobles et gens de plaisir. Sans sortir

LES VALOIS.

de notre sujet, il est bien permis de regretter qu'à tant de qualités séduisantes ils n'aient pas joint un peu de gravité et de
raison; car l'art véritable ne va pas sans une solide culture
du jugement; de joyeuses folies ne suffisent pas pour produire des œuvres durables et un mouvement d'art vraiment
fécond.

Le goût de Philippe de Valois se tourna beaucoup plus vers
les fêtes et les tournois que vers les constructions. Le château

Michelet,
Hist. de Fr.,
t. III, p. 283.

de Vincennes, qu'on a justement appelé le Windsor des premiers Valois, profita presque seul de son goût pour la magnificence. Ses grandes chasses, auxquelles assistait la noblesse de
l'Europe entière, attirée par le charme d'un séjour qu'elle ap-

Sauval, t. II,
p. 305.—
Rev. archéol.,
t. XI, p. 449,
t. XVI, p. 392.

pelait « le plus chevaleresque du monde, » avaient lieu dans le
vaste bois entouré de murs que Philippe-Auguste fit clore en
1183, et qui devint dès lors, surtout par les dons de Henri II,
roi d'Angleterre, un des parcs de France les mieux peuplés.
Dès l'époque de Philippe-Auguste, le parc renfermait une
maison royale et une chapelle dédiée à saint Martin. Dans les
dernières années du XIIIᵉ siècle et les premières du siècle suivant, « le chasteau du bois de Vincennes » prit plus d'importance. Philippe le Bel, Charles le Bel, Charles de Valois y firent
des constructions considérables, et on y voit fréquemment la
cour résider. Il faut pourtant supposer que ce premier château de Vincennes ne répondait pas aux besoins nouveaux de
la maison de Valois, puisqu'en 1337 le roi Philippe commença
la vaste demeure qui, trop dépouillée de son ancien caractère,
est venue jusqu'à nous. Sur une plaque de marbre noir, placée
à l'entrée du donjon, se lisait une inscription en vers du temps
de Charles V, racontant l'histoire des agrandissements succes-
sifs de l'édifice :

Du Breul,
Antiq. de P.,
p. 1224. —
Millin,
Ant. nat., t. II,
art. X, p. 32.

La tour du bois de Vinciennes
Sur tours neufves et anciennes
A le pris. Or scaurez en cà
Qui la parfist ou commenca.
Premierement Philippes rois,
Fils Charle, comte de Valois,
Qui de grant prouesse habonda,
Jusques sur terre la fonda,

Pour s'en soulacier et esbatre,
. L'an mil trois cent trente trois quatre.

On a souvent répété que Philippe de Valois, avant de commencer ses constructions, démolit celles de ses prédécesseurs ;
mais nous lisons dans un compte des derniers jours de Philippe,
de la Saint-Jean 1350 : *Petrum Poterii... solutor operum regis... pro parte reparacionum in manerio regis apud Boscum
Vicennarum fieri inceptarum.* Le mot de «réparations,» qui
ne peut guère s'appliquer à des constructions s'élevant à peine
au-dessus du sol, ferait penser que le roi, en commençant le
nouveau donjon, conserva provisoirement les anciennes parties.
Il paraît certain, du moins, que Philippe de Valois laissa subsister
la chapelle Saint-Martin, bâtie par Philippe-Auguste : cette
chapelle ne fut remplacée que par Charles V. Philippe agrandit aussi le palais de la Cité, qui ne fut abandonné que cent
ans après au parlement. On dut au même prince quelques bastilles, entre autres celle de Revel, dans le Lauraguais.

On ne saurait dire que le roi Jean ait fait preuve d'un goût
beaucoup plus solide que son père ; mais il faut supposer que
son règne laissa, sous le rapport des arts de luxe, un souvenir
fort vivace, puisqu'il resta une sorte d'époque romanesque
sous laquelle on se plut à placer les histoires où l'on voulait
faire le tableau d'un monde brillant et poli. Rien n'égale, en
effet, le spectacle singulier qu'offrent les comptes de ce prince
durant les années de sa captivité. Indifférent aux souffrances
qu'on s'imposait pour lui, il semble n'avoir d'autres soucis que
ceux d'une vie oisive et dissipée. Les seigneurs français étaient
en général fort bien accueillis par les dames de la haute aristocratie anglaise. Le roi Jean, le plus insoucieux des hommes,
léger, frivole, ne songeant qu'au plaisir, passa les jours de ce
qu'on appelle sa prison, dans une fête presque continue. Ce ne
sont que présents, donnés et rendus, de chiens, de chevaux,
de faucons. En parcourant les comptes de sa dépense, on serait
tenté de croire que le fou était le principal personnage de sa
suite. Le nom de « maistre Jean le fol, » et même de son valet, y
reviennent à chaque instant. Au moment de son départ d'Angleterre, lorsqu'il avait à acquitter une énorme rançon, il

Archives
de l'Empire.
k. k. 6, p. 310.

Rev. archéol.,
t. IX, p. 449.

Ibid., t. IV,
p. 611.

H. d'Orléans,
Notes et doc.,
etc., dans
le Philobiblon,
t. II, sect. 6.

achète à « Hannequin l'orfevre un saffir entaillé à une teste, »
à « Martin Parc, de Pistoie, marchand de joyaux, un fermail
« d'or garni de perles, de diamants, de saphirs et de balais, »
et « unes patenostres » garnie d'or.

Un des goûts qui paraissent le plus dominants, au milieu
de ces entraînements où la légèreté avait quelquefois plus de
part qu'une passion sérieuse pour le beau, est celui de la musique. Le roi des ménestrels est un des officiers qui semblent
occuper auprès du roi, durant sa captivité, le poste le plus in-
time et le plus considérable. De Londres, le roi envoie ce personnage, nommé Copin de Brequin, à Chester (21 avril 1360),
pour y examiner des instruments de musique récemment inventés ou perfectionnés, dont le roi avait ouï parler. Un autre
ménétrier, Sauxonnet, paraît dans la compagnie habituelle du
roi. Ici (décembre 1358) six deniers sont alloués « pour ap-
« porter les orgues en Savoie, » c'est-à-dire à l'hôtel de
Savoie où Jean résidait. Ailleurs (18 mai 1359), « le roi
« des menestreulx » est chargé de l'achat et du soin d'une
« auloge » portative. Ces libéralités ou ces dépenses se ré-
pètent à des intervalles fort rapprochés. On ne s'étonne plus,
après cela, de la célébrité dont jouissait la chapelle du roi.
Un des clercs qui l'avaient suivi, Gaces de la Buigne, auteur du poëme sur la Chasse, parle de cette chapelle avec
une admiration que tous les contemporains paraissent avoir
partagée.

Une place importante est réservée à la reliure dans les comptes du roi prisonnier. Le 1ᵉʳ janvier 1358, nous y voyons figurer « Marguerite la relieresse, pour avoir relié un livre où la
« Bible estoit contenue, qui estoit de la dame de Garenne, et
« l'avoir couvert tout de neuf, et mis 4 fermoirs neux; » le
12 mars 1358, « Jacques le relieur de livres, pour avoir relié
« un des breviaires de la chapelle, mis unes ais toutes neuves,
« et l'avoir couvert d'une peau vermeille, brodé et blanchi; »
le même, « pour avoir mis quatre clés de laiton et les petits
« clous à les estacher à un roman de Guilon. »

L'orfévrerie y est aussi largement représentée. Les noms de
Hannequin l'orfévre, de Thèves de la Brune, de Guillaume de
Venise, de Franchequin le graveur (de pierres fines) y figu-

Douet d'Arcq,
l. c., p. 241. —
Bibl. de l'Éc.
des ch., t. IV,
p. 544.
H. d'Orléans,
l. c., p. 49.

Ibid., p. 74.

rent à diverses dates pour l'exécution de bijoux, de pierreries, de signets semés d'étoiles, d'anneaux d'or ornés de rubis, et pour la taille de diverses pierres précieuses. « L'état de la vais- Douet d'Arcq, p. 185, 287.
« selle d'argent » du roi à son retour d'Angleterre aurait de quoi surprendre, si l'on ne voyait ce prince, dans toutes les circonstances, et surtout quand il s'agit des princesses du sang, déployer un extrême luxe. Il faut lire en particulier les comptes de Jehan de Lille le jeune, de Jehan Lussier, de Pierre Chapellu, de Jehan Richart, pour se faire une idée des valeurs énormes en couronnes, chapelets d'or, nefs verées, semées d'émaux, pots à aumône, porte-paix, objets d'église, etc., qui formaient alors l'apanage d'une riche princesse. Les orfévres Ibid., p. 172, 180, 188, etc.
Pierre des Barres et Jehan Arrode paraissent à la cour comme des personnages importants. L'inventaire des joyaux et de l'argenterie du roi, dressé en 1353, renferme l'énumération et la description d'une immense quantité d'objets précieux, fermails, coupes, hanaps, aiguières, nefs d'argent, fontaines d'argent, images d'argent, flacons, drageoirs, le tout doré, émaillé, orné de pierreries. On y compte plus de quarante aiguières ciselées, émaillées, formant des statues ou des groupes. Parmi tant d'objets d'un luxe que l'état des affaires publiques ne justifiait pas, on est heureux de rencontrer par moments des témoignages d'un art plus sérieux, un tableau de saint George, « avec tout un sanctuaire dedans, » un tableau de la Madeleine doré et émaillé, un tableau du couronnement et de l'assomption de Notre-Dame.

Le roi Jean garda jusqu'à la fin ce goût pour la magnificence, qui eût pu être fécond pour le progrès de l'art, s'il eût été accompagné d'un peu plus de raison. A peine de retour en France, en novembre 1362, on le voit se rendre à Avignon, où il lutte avec Urbain V en fêtes et en riches cadeaux.

Vincennes et le château de Vaudreuil, en Normandie, sont les points où nous trouvons des constructions importantes datant de ce règne. L'inscription que nous rapportions tout à l'heure fixe à vingt-quatre ans après le commencement des travaux de Philippe de Valois, c'est-à-dire à l'an 1361, la reprise des travaux de Vincennes par Jean le Bon :

Après vingt et quatre ans passez,
Et qu'il estoit jà trespassez,
Le roi Jean, son fils, cest ouvrage
Fist lever jusqu'au tiers estage;
Dedans trois ans par mort cessa.

Le château de Vaudreuil ou Val de Rueil, près de Pont-
de-l'Arche, existait au moins dès les premières années du
XIIIᵉ siècle. Les travaux dont il est question ici appartiennent
presque autant à Charles V, encore duc de Normandie, qu'au
roi Jean. Nous y reviendrons, quand nous parlerons des deux
peintres les plus habiles du siècle, Girart d'Orléans et Jean
Coste. Le roi partage avec son fils l'honneur d'avoir été le patron de ces deux artistes.

Ibid., p. 126-
146. Les comptes de Jean ne sont pas moins instructifs en ce qui
touche ses fils. La description d'un chaperon destiné au Dauphin, qui depuis sut faire un meilleur usage des deniers publics,
est fort curieuse : « Pour un chaperon de deux escarlattes
« brodé à plusieurs et divers ouvraiges de perles grosses et
« menues, fait et delivré pour ledit seigneur, et mis en ses
« garnisons, avec le seurcot prins cy dessus, c'est assavoir : le
« champ brodé de quarante quatre arbreciaux à grans touffes
« de fueillaiges de brodeure, dont les tiges sont de grosses
« perles, à un pymart de broderie d'or nue sur chascune tige,
« et le tour dudit chaperon brodé à une roe d'une orbevoie à
« quatorze chapiteaux, tout de perles grosses et menues, ès
« quels chapiteaux a hommes sauvages de brodeure montez
« sur diverses bestes ; et en la poitrine, devant, a un chastel
« de perles grosses et menues, duquel issent damoiselles mon-
« tées sur autres bestes diverses, qui joustent aus hommes
« sauvages ; et est le champ dudit chaperon partout semé et
« cointi de perles, par maniere de grainne desdiz arbreciaux.
« Pour l'escarlatte, perles, or de Chippre, brodeure et facon,
« pour tout, les parties escriptes en la fin de ce chappictre,
« 589ˡ 16ˢ p. »

CHARLES V. Charles V est, de tous les rois de France avant le XVIᵉ siècle, celui qui eut pour les arts le goût le plus vif et le plus
éclairé. Il faudrait citer ici le chapitre entier de Christine de

Pisan : « Comment le roi Charles estoit droit artiste et appris Liv. III, c. 11.
« ès sciences, et des beaulx maconnages qu'il fist faire, » pour
montrer l'impression que fit ce trait de caractère sur ses contemporains. « De geometrie, dit Christine, qui est l'art et
« science des mesures et ecquerres, compas et lignes, sanz qui
« nulle œuvre est faicte, s'entendoit souffisamment, et bien le
« montroit en devisant ses edifices... De art, en tant que
« s'entent l'œuvre formele, nul ne l'en passoit, tout n'eust il
« l'experience ou exercice de la main... En effect, que notre roi
« Charles fut sage artiste, se demonstra vray architecteur, de-
« viseur certain et prudent ordeneur, lorsque les belles fon-
« dacions fist faire en maintes places, notables edifices beaulx
« et nobles, tant d'eglises comme de chasteauls et autres basti-
« ments, à Paris et ailleurs; si comme, assez près de son
« hostel de Saint Paul, l'eglise tant belle et notable des ce-
« lestins, si comme on la peut veoir, couverte d'ardoise, et si
« belle que riens n'i convient ;... et la porte de celle eglise a la
« sculpture de son ymage et de la royne s'espouse, moult pro-
« prement faits. Item, fonda l'eglise de Saint Anthoine dedens
« Paris... Item, l'eglise de Saint Paul, emprès son hostel, fist
« amender et accroistre. Item, à tous les convens de Paris des
« mendians, donna argent pour reparacion de leurs lieux ; à
« Nostre Dame de Paris, à l'Ostel Dieu et ailleurs. Item, au
« bois de Vincennes, fonda chanoines... Item, les Bons Hom-
« mes, d'emprès Beauté, et maintes autres eglises et chapelles
« fonda, amenda, et crut les edifices et rentes.

« Les autres edifices qu'il basti : moult amenda et acrut son
« hostel de Saint Paul; le chastel du Louvre à Paris fist edifier
« de neuf, moult notable et bel edifice, comme il appert; la
« bastille Saint Anthoine, combien que puis on y ait ouvré, et
« sus plusieurs des portes de Paris, fait edifice fort et bel ; au
« Palais fist bastir à sa plaisance. Item, les murs neufs, et
« belles, grosses et hautes tours qui entour Paris sont, en bail-
« lant la charge à Hugues Obriot, lors prevost de Paris, fist
« edifier. Item, ordonna à faire le Pont Neuf; et en son temps Le pont St.-
Michel.
« fut commencé, et plusieurs autres edifices.

« Item, dehors Paris, le chastel du bois de Vincennes, qui
« moult est notable et bel, avoit entencion de faire ville fer-

« mée; et là aroit establie en beauls manoirs la demeure de
« plusieurs seingneurs, chevaliers et autres ses mieulz amez...
« Edifia Beauté, Plaisance, la Noble maison; repara l'hostel
« de Saint Ouyn, et mains autres cy environ Paris. Moult fit
« edifier, notablement de nouvel : le chastel de Saint Germain
« en Laye ; Creel ; Montargis, où fit faire moult noble sale ; le
« chastel de Melun, et mains autres notables edifices. »

Le goût du sage roi pour tout ce qui était solide le portait à
s'entourer des personnes qui représentaient le mieux la culture
générale de son temps. Les artistes n'obtenaient pas de lui une
moindre faveur que les clercs. Les peintres Jean Coste et Colart de Laon, le sculpteur Jean de Saint-Romain, trouvèrent
chez lui une constante protection. Il affectionnait particulièrement Raymond du Temple, le grand architecte du Louvre,
qu'il appelait « son bien aimé sergent d'armes et macon. » La
charge de sergent d'armes avait été créée pour « garder le
« corps du roi, » et avait de l'importance. Charles V ne dé-
daigna point d'être le parrain du fils de Raymond, Charlot du
Temple. Il payait tous les frais de l'éducation de cet enfant,
faisait acheter « des livres et autres choses necessaires pour
« lui, » et pourvoyait à ses dépenses lorsqu'il retournait (en
1377), après les vacances, à « l'Estude d'Orleans. »

Biblioth.
de l'Éc. des ch.,
t. III, p. 55
et suiv.

C'est au Louvre que le roi donna les meilleures preuves de
son talent personnel pour les constructions; quoique commencé
par Philippe-Auguste, le Louvre du moyen âge, dont les derniers débris ont disparu vers la fin du XVIIᵉ siècle, fut dans
son ensemble l'œuvre de Charles V. Les travaux furent dirigés
par le roi lui-même. Les comptes récemment publiés de Pierre
Culdoe, « lieutenant de noble homme messire Jean de Dan-
« ville, chastelain du chasteau du Louvre, » nous ont révélé
les moindres détails de cette grande entreprise. La sculpture y
est surtout représentée par Jean de Saint-Romain; la peinture, par Jean Coste, « peintre et sergent d'armes du roi, »
qui ne figure, du reste, que pour des travaux de décor ; la verrerie, par Guillaume Brisetout. Les statues du roi et de la
reine se voyaient en plusieurs endroits, dans les niches de la
vis, sous le portique, sur le pignon du pont-levis. On ne se fit
pas scrupule, pour construire cette grande demeure, d'en dé-

Rev. archéol.,
t. VIII, p. 670,
760, etc.

Sauval, t. II,
p. 17, 20.

molir de plus anciennes, dont les excellents matériaux tentaient
Raymond du Temple. L'hôtel de madame de Valence (Marie
de Saint-Pol, comtesse de Pembroke, veuve d'Eyrard de Valence), à Saint-Germain des Prés, donna six mille trois cents
carreaux de pierres. En 1364, le merrain (bois de charpente)
de ce même hôtel est mis en chantier pour servir aux « œu-
« vres » que le roi faisait faire à son hôtel Saint-Paul. Le 27 septembre 1365, Raymond du Temple achète aux marguilliers de
Saint-Innocent plusieurs anciennes tombes de liais pour faire
des marches de la vis.

Sauval, t. II,
p. 23.—
Comptes,
n. 23, 56.

Certes, on eût cherché vainement dans cette vieille demeure
l'ordre et la belle distribution auxquels la Renaissance nous a
habitués. Les fenêtres étaient entassées les unes sur les autres,
à l'aventure, sans règle ni symétrie. C'était surtout dans la perfection de certaines parties que les architectes de ce temps
cherchaient à montrer leur talent. La vis du Louvre, chef-
d'œuvre de Raymond du Temple, fut très-admirée. A part les
détails, elle devait fort ressembler à ces grands escaliers à cages extérieures, ouvrages à jour avec des niches où étaient placées des statues, comme il en reste dans les châteaux des bords
de la Loire, à Blois, par exemple. C'est au XIVe siècle que l'on
voit se caractériser définitivement ce motif si important de notre
architecture nationale, et qui, dans quelques constructions,
comme à Chambord, semble être devenu le principe central et
générateur de l'édifice. L'architecte du Louvre, maître Raymond, « pour rendre son escalier plus visible et plus aisé à

Sauval, l. c.

« trouver, le jeta entièrement hors d'œuvre en dedans la
« cour, contre le corps de logis qui regarde sur le jardin; et
« pour le rendre plus superbe, il l'enrichit par dehors de
« basses tailles et de dix grandes figures de pierre, chacune
« couverte d'un dais, posées dans une niche, et portées sur
« un pied d'estal : au premier étage de côté et d'autre de la
« porte étaient deux statues de deux sergents d'armes, que fit
« Jean de Saint-Romain, et autour de la cage furent répandues
« par dehors, sans ordre ni symétrie, de haut en bas de la co-
« quille, les figures du roi, de la reine et de leurs enfants
« mâles; Jean de Liége travailla à celle du roi et de la reine;
« Jean de Launai et Jean de Saint-Romain partagèrent entre

« eux les statues du duc d'Orléans et du duc d'Anjou; Jacques
« de Chartres et Gui de Dampmartin, celles des ducs de Berri
« et de Bourgogne; et ces sculpteurs pour chaque figure eurent
« vingt francs d'or ou seize livres parisis. Enfin cette vis était
« terminée des.figures de la Vierge et de saint Jean, de la façon
« de Jean de Saint-Romain; et le fronton de la dernière croi-
« sée était lambrequiné des armes de France, de fleurs de lis
« sans nombre, qui avaient pour support deux anges, et pour
« cimier un heaume couronné, soutenu aussi par deux anges...
« Un sergent d'armes haut de trois pieds et sculpté par Saint-
« Romain gardait chaque porte des appartements du roi et de
« la reine qui tenaient à cet escalier : la voûte qui le terminait
« était garnie de douze branches d'ogives (branche d'*orgues*
est une des nombreuses fautes du texte imprimé de Sauval),
« et ornée dans le chef des armes de Leurs Majestés, et dans
« les panneaux de celles de leurs enfants, et fut travaillée tant
« par le même Saint-Romain que par Dampmartin, à raison de
« trente-deux livres parisis ou quarante francs d'or. » La grande
vis du Louvre est venue, au moins en partie, jusqu'au commencement du XVIIᵉ siècle. Pierre Lescot trouva la fondation
de Raymond du Temple si bonne qu'il la conserva autant qu'il
put. Elle ne disparut que quand Louis XIII fit reprendre l'é-
difice sous la conduite d'Antoine le Mercier.

Voy. ci-dess.,
t. I, p. 349. La tour de la librairie prêta à des arrangements non moins
ingénieux. Auprès était l' «estude» du roi. L'article 75 du
compte de Culdoe nous apprend que cette étude était tendue
de serge de Caen et de quatre tapis verts. La chapelle, enfin,
dont Charles V ne fut que le restaurateur, donna lieu à beaucoup d'ouvrages délicats, dus à Raymond du Temple et à Jean
de Saint-Romain. Les murailles furent ornées, en 1365, de
treize statues de pierre, placées dans un clocher de menuiserie
surmonté d'une tourelle où se trouvait une petite cloche. Chacune représentait un prophète ayant un rouleau à la main. Au
portail était une image de la Vierge entourée de neuf anges,
dont les uns l'encensaient, les autres jouaient des instruments,
d'autres portaient les armes de France écartelées de Bourbon,
tous ouvrages de Jean de Saint-Romain. Ce n'était pas, du
reste, la seule chapelle qui fût au Louvre; le roi, la reine et

les enfants de France en avaient dans leurs appartements, la plupart terminées par un petit clocher , et placées dans les tours qui flanquaient ou environnaient le château. Toutes renfermaient des ouvrages de menuiserie exécutés avec beaucoup de patience.

Ce que nous savons des distributions intérieures de l'ancien Louvre nous le représente comme divisé en un fort grand nombre d'appartements. Le château renfermait dans son enceinte un arsenal, des chambres où se gardaient les armes de luxe , une fonderie. Les ducs d'Orléans, de Berri, de Bourgogne, de Bourbon; les seigneurs d'Harcourt , de la Tremouille, de Navarre, y avaient chacun leur appartement. La grande salle fut revêtue, en 1366 , de peintures qu'on voyait encore au temps de François Ier. Une série de pièces était destinée aux différents services de l'État , et donnait déjà une haute idée des attributions que groupait autour d'elle la royauté.

Sauval, ibid., p. 278.

Ibid., p. 275.

Ibid., p. 21.

Les jardins du Louvre étaient fort petits. Les comptes de Pierre Culdoe nous font connaître le genre d'ornements qui s'appliquait alors aux jardins d'agrément. Nous y voyons figurer divers jardiniers et treillageurs... « Pour avoir quis plu-« sieurs bonnes herbes et icelles plantées aux jardins du Louvre « (mars 1362)... Pour avoir faict un grant préau esdits jar-« dins, et faict de merrien un lozengié tout autour à fleur de « lis et à crenaux ; et faict deux chaieres et couvert par dessus « de lozenges , et armoié des armes du roi et de nosseigneurs « de France (février 1363). Pour avoir faict une motte de terre « et de poulce, et dessus un pavillon de merrien à treilles, et « y avoir faict un pont levis (mars 1363)... Pour avoir esdits « jardins faict plusieurs carreaux de sauge , exope, lavende , « cocq , fraisiers , violiers ; et planté oignons de liz et rosiers « vermeux doubles, chez de vignes , etc. Pour une demi yrai-« gne (drap fort léger) qui soutient les rosiers blancs... A Se-« vestre Vallerin , pour sa peine d'avoir sarclé les sentiers qui « sont parmi les préaux , avec les carreaux où sont les roziers, « coq perrin, sarriette, etc. ; et aussi pour avoir arrosé quatre « pavillons et une grande salle carrée pour faire venir les her-« bes. »

N. 1, 2, 3, 4, 125, 126, 129, 130.

L'hôtel Saint-Paul fut, comme le Louvre , la création de

Sauval, t. II,

p. 2, 71, 183,
262, 273.

Charles V. Charles n'étant encore que Dauphin acheta, en 1361,
l'hôtel d'Étampes, bâti contre l'église Saint-Paul et le cimetière; un an après, l'hôtel de l'abbé de Saint-Maur, qui tenait
à celui d'Étampes; en 1366, enfin, l'hôtel de l'archevêque
de Sens, bâti à la fin du XIII° siècle par l'archevêque Étienne
Becart et voisin de celui d'Étampes. Ces trois hôtels réunis
et appropriés à leur nouvelle destination formèrent la célèbre
demeure qui, encore agrandie jusqu'au règne de Louis XI,
devint si vaste qu'on y distinguait plus de dix hôtels : l'hôtel
de la Reine, de Beautreillis, du Petit-Musc, de la Pissotte,
celui des Lions, l'hôtel neuf du Pont-Perrin, etc. L'entrée
principale regardait la rivière et régnait le long du quai des
Célestins.

L'hôtel Saint-Paul s'éloignait bien plus encore que le vieux
Louvre des idées que nous attachons, dans les temps modernes,
au mot palais. La majesté de l'ensemble paraît y avoir été tout
à fait sacrifiée. C'était moins un palais qu'une réunion de demeures pour tous les grands personnages qui dès lors commençaient à se grouper autour du roi. On y comptait jusqu'à six
préaux, douze galeries, sept ou huit grands jardins, une foule
de cours et de distributions séparées. Il y avait la chambre
lambrissée, la chambre verte, la chambre des grandes aul-
moires, la chambre de Just, la chambre de Mathebrune, ainsi
nommée d'une héroïne du Chevalier au cygne, dont on y avait
représenté les aventures; la salle aux Bourdons; la salle de
Theseus, parce que les gestes de ce héros y étaient peints
sur les murailles; la chambre « de parade» ou «chambre à
«parer; la chambre «où gist le roi; » deux cabinets, l'un
grand et l'autre petit, dont l'un se nommait « la chambre
«de petit retrait et l'estude, » et l'autre «la chambre du grand
«retrait; » la chambre du Conseil, «le retrait où dit ses heures
«monsieur Louis de France, » etc.

Chaque appartement avait sa chapelle; en outre, il y en
avait trois grandes, une à l'hôtel de Sens, une à l'hôtel Saint-
Maur, et la troisième à l'hôtel du Petit-Musc, ajouté par Charles VI aux hôtels déjà réunis par son père. Charles V enrichit
la chapelle de l'hôtel de Sens de douze statues représentant les
apôtres, hautes de quatre pieds et demi, et portant des instru-

ments de martyre. Charles VI, depuis, les fit peindre richement par François d'Orléans. Les vitraux étaient d'une grande
richesse.

Les jardins, préaux, viviers, étaient pour la plupart envi-
ronnés de galeries, tantôt situées au rez-de-chaussée, tantôt
au premier étage. Les murs de ces galeries étaient blanchis à
la craie, mais quelquefois aussi décorés de peintures. Sur les
murailles de celle qui conduisait à l'appartement de la reine
était représentée, depuis le lambris jusqu'à la voûte et sur une
longue terrasse qui régnait tout autour, une grande forêt pleine
d'arbres chargés de fruits, et entremêlés de roses, de lis et
d'autres fleurs ; des enfants dispersés dans le bois cueillaient
des fleurs et mangeaient des fruits. Quelques arbres poussaient
leurs branches jusque dans la voûte, peinte de blanc et d'azur
pour figurer le ciel et le jour. « Le tout, ajoute Sauval, était   T. II, p. 281.
« de beau vert gai, fait d'orpin et de florée fine. » Charles V·
fit peindre encore une petite galerie ou allée que suivait la reine
pour se rendre à son oratoire de l'église Saint-Paul, et où elle
fit faire une croisée pour entendre le sermon qu'on faisait quelquefois dans le cimetière. Là, un grand nombre d'anges ten-
daient un rideau ou courtine sur laquelle étaient peintes les armoiries du roi ; de la voûte, ou pour mieux dire d'un ciel d'azur
qu'on y avait figuré, descendait une légion d'anges jouant des
instruments et chantant des antiennes à Notre-Dame.

Les cours étaient innombrables ; une d'elles servait aux   Ibid., p. 278.
tournois : aussi était-elle connue sous le nom de « cour des jou-
« tes. » Dans les basses-cours étaient pratiqués la maréchaussée,
la conciergerie, la fourille, la lingerie, la pelleterie, la bou-
teillerie, la sausserie, le garde-manger, la maison du four, la
fauconnerie, la lavanderie, la fruiterie, l'échansonnerie, la pa-
neterie, l'épicerie, le charbonnier, le lieu où l'on fait l'hypocras, la pâtisserie, le bûcher, la taillerie, la cave, un grand
nombre de cuisines, plusieurs jeux de paume, des celliers, des
colombiers, des galliniers ou poulailliers ; « car les rois, dit
« fort bien Sauval, qui vivaient alors en riches bourgeois, te-
« naient ménage, et obligeaient les fermiers de leurs domaines
« à leur fournir poulets, chapons et toutes les autres choses
« nécessaires pour leur table ; les poulets et les pigeons ainsi

«reçus étaient élevés et nourris dans les basses-cours royales,
«de même que chez les gentilshommes de campagne. » Les
bains et les étuves étaient pavés de pierres de liais, fermés
d'une porte de fer treillissée, et entourés de lambris de bois
d'Irlande; les cuves étaient de même bois, ornées tout autour
de bossettes dorées, et liées de cerceaux attachés avec des clous
de cuivre doré.

Les bâtiments si divers qui formaient cette vaste agglomé-
ration étaient pour la plupart couverts de tuiles, rarement d'ardoises, quelquefois de tuiles plombées; les celliers, les cuisines, les écuries et les autres pièces de basse-cour étaient couverts de chaume. On voit que les anciennes traditions de simplicité, qui s'étaient si fort altérées en tout ce qui tenait au
luxe de l'orfévrerie et des habits, duraient encore pour le style
général des demeures. L'hôtel Saint-Paul était en réalité une
vaste métairie ; il ne semble pas qu'une seule fois on ait reculé
devant la naïveté de certains détails. Le sage roi Charles V
non-seulement entretenait des fous dans ses maisons royales,
mais encore y faisait nourrir diverses espèces d'animaux : des
tourterelles, des lions, des lices, des paons, des oiseaux de
basse-cour, des chapons de Flandre, etc. Nous savons qu'il fit
faire pour un perroquet une cage en fil d'archal, que l'on appelait « la cage au papegaut du roi. » Il y avait des maisons
pour les sangliers, pour les grands lions, les petits lions, etc.
Outre les grandes volières qu'il avait au Palais, au Louvre, à
l'hôtel Saint-Paul, il avait encore dans tous ses appartements des cages peintes en vert et treillissées de fil d'archal,
destinées à mettre des oiseaux. La reine Jeanne de Bourbon
avait aussi deux chambres, l'une pour ses chiens, l'autre pour
ses tourterelles.

Ce devait être un spectacle vraiment étrange que celui de
cette variété, de cette vie si active et si multipliée se déployant
autour d'un centre commun. On comprend l'attrait qu'offraient
ces demeures, si bien appropriées aux besoins de l'homme, si
différentes de ces grandes constructions abstraites du XVIIᵉ siècle, qui semblent n'être pas faites pour servir à l'exercice réel
de la vie, et qui, en effet, produisirent un immense ennui. La
prédilection de Charles V pour son hôtel Saint-Paul est at-

testée par tous ses actes. En 1364 et 1365, il l'unit à son domaine, et il défendit non-seulement à ses enfants et à ses successeurs, mais encore à lui-même, de l'en détacher pour quelque cause que ce fût. Cependant Louis XI en donna diverses parties; Louis XII et François Ier achevèrent de le démembrer.

Nous avons moins de renseignements sur un autre séjour qui fut très-cher à Charles V et qui fut également son œuvre, le château de Beauté. C'était moins un château qu'un manoir ou maison de plaisance, à l'extrémité du bois de Vincennes, sur les bords de la Marne. Beauté passait pour la plus jolie demeure qu'il y eût en France. De là son nom, ou peut-être d'un petit monument qui s'y trouvait et qu'on appelait la Fontaine de Beauté. Le roi Charles V mourut dans une chambre située au-dessus de cette fontaine. On sait moins encore du château de Creil.

Sauval, ibid., p. 312. — Rev. archéol., t. XI, p. 453 et suiv.

Que serait-ce si nous énumérions ici les innombrables constructions militaires de Charles V, ces bastilles dont la France se couvrit par ses soins, et dont le grand style fut une des plus belles inventions architectoniques du XIVe siècle? La bastille Saint-Antoine lui dut ses premiers commencements. Le prévôt des marchands, Hugues Aubriot, en posa la première pierre le 22 avril 1370. Ce premier ouvrage, qui n'était qu'une porte fortifiée d'une redoute, était achevé en 1382. Mais l'année suivante, par ordre de Charles VI, l'ouvrage fut repris et mis en l'état où il est venu jusqu'en 1789. Voici comment s'expriment, à l'an 1383, les chroniques de Saint-Denis : « Fut ordené « de par le roy que la porte ancienne Saint Anthoine et toute la « muraille du travers de la rue seroit abatue et arasée, et que, « en la bastide neuve qui avoit esté faite, seroit fait un chastel « pour le roy, pour avoir entréé et yssue en la ville toutes les « fois qu'il lui plairoit. » C'est le « chastel du roy » qui a été la Bastille des temps modernes, ayant pris le nom de la redoute dans laquelle il fut d'abord enfermé.

Ibid., t. XII, p. 323.

Supplém. publ. par M. Pichon.

Que serait-ce surtout si nous ajoutions aux créations originales de Charles V ce qu'il fit pour d'autres ouvrages commencés avant lui? Au Palais, il continua le travail des sculptures : il y éleva en particulier ce grand cerf, resté célèbre dans l'ima-

Sauval, ibid., p. 347.

gination populaire, qui marquait l'endroit jusqu'où les députés
du parlement allaient au-devant des princes. Il y fit placer aussi
la première horloge, construite en 1370 par l'Allemand Henri
de Vic. A Vincennes, il acheva les constructions de ses deux
prédécesseurs :

Rev. archéol.,
t. VI, p. 401
et suiv.
Ibid., t. XI,
p. 449.

> Mais Charle roy son fil lessa
> Qui parfist en brieves saisons
> Tours, pons, braies, fossez, maisons.
> Nez fu en ce lieu delitable;
> Pour ce l'avoit plus agreable.
>
> . . . .
>
> Mestre Phelippe Ogier tesmoingne
> Tout le fait de ceste besoingne.

Philippe Ogier était secrétaire du Dauphin en 1354. La Sainte-
Chapelle de Vincennes, une des plus élégantes œuvres du
siècle, fut commencée par Charles V; elle a été achevée et
totalement modifiée par Henri II. Dans un compte de l'an 1367,
nous voyons le roi payer en deux mois à Jean de Vaubrecay,
clerc et payeur des « œuvres de la tour du bois de Vincennes,»
la somme de 13,000 fr. « pour tourner et convertir ès œuvres
«de la dite tour par mandement du roi. » Dans un autre
compte de 1388-1390, on voit que le donjon était terminé, et
que le roi Charles V, en y faisant son installation, y avait
transporté ses studieuses habitudes : « Fist mettre le dit sei-
«gneur en la grosse tour du bois de Vincennes un petit retrait
«d'emprès l'estude de la grant chambre. » En 1373, le roi de
Navarre, Charles le Mauvais, étant venu à Paris, «le roi de
«France lui fist si bonne chere que merveille, et le mena au
«bois de Vincennes, où il faisoit faire le plus bel ouvrage du
«monde, d'un chastel, de tours et de hauts murs. »

Sauval, ibid.,
p. 305. —
Rev. archéol.,
t. IV, p. 611.
Ibid., t. XI,
p. 449.

Froissart, l. 1,
part. 2, ch. 363.

L'humanité du sage roi n'éclate pas moins que son goût
pour les arts dans les comptes si bien tenus qui nous ont conservé le souvenir de ses grandes constructions. Les comptes de
Pierre Culdoe nous le montrent faisant distribuer fréquemment du vin aux ouvriers qui travaillaient au Louvre, et donnant du secours à une femme dont le mari avait été blessé en
prenant part à la construction du même palais. Enfin, le recueil

des ordonnances du roi Jean et de Charles V témoigne presque à chaque page des préoccupations que ces importants travaux causaient aux souverains. Des ordres exprès réservaient au roi et à sa cour des Comptes le soin de régler jusqu'aux moindres détails des bâtiments de la couronne, interdisant aux charpentiers et maçons toute œuvre en ces bâtiments, sauf les cas de péril imminent. Souvent les moyens employés pour subvenir à ces grandes dépenses nous étonnent : les châteaux d'Anduze et de Vincennes sont réparés, en 1375 et 1378, au moyen de taxes levées sur les juifs. Le droit de prise pour la maison royale, toujours odieux, fut, durant le XIVe siècle, l'objet d'une série d'ordonnances destinées à le rendre moins onéreux ; les règlements de Charles V ne réussirent pourtant pas à le faire disparaître tout à fait.

Rev. archéol., t. XVI, p. 402.

Ibid., p. 407.

La trace des riches ouvrages de peinture et d'orfévrerie, des joyaux, des camaïeux, des armes et meubles richement ornés que Charles V fit exécuter, se retrouve à chaque page des comptes et des inventaires de son temps. Les pièces d'orfévrerie et de bijouterie qui nous restent de lui, offrent, en général, un travail plus parfait que celles des époques antérieures, et un goût beaucoup plus pur que celles des époques qui le suivirent. Nous citerons une riche couverture de manuscrit en or, et la belle monture d'un camée antique : ces deux objets furent exécutés par ordre du roi pour la Sainte-Chapelle. Sa passion pour les beaux livres n'eut pas moins d'influence sur l'art de la miniature, sur la reliure et même la calligraphie, quoique, sur ce dernier point, on fût loin d'être en progrès. Nous ne possédons plus ses grandes heures, décrites par Giles Malet; mais nous avons encore une de ses Bibles, qui porte une souscription de sa main. En tête de chaque livre de la Bible, se trouve une miniature encadrée dans une belle lettre ornée. Le moyen âge a produit peu de meilleures compositions. On suppose que le roi figure lui-même en tête du livre de la Sagesse, sous l'image de Salomon. Ce bel exemplaire fut, après la mort du roi, transféré aux Célestins, où il servait pour les lectures du réfectoire. La Bibliothèque impériale possède un grand nombre d'ouvrages qui ont appartenu à Charles V et qui sont tous d'une exécution remarquable (n. 2794,

Ibid., t. VII, p. 496, 602, 731. — Biblioth. imp., mss. fr., n. 8356.

Suppl. lat., autref. n. 663, auj. n. 6617.— Cab. des ant., camées, n. 4.

Inventaire, p. 197. Biblioth. de l'Arsenal, théolog., n. 40.

Valère-Maxime; 6701, Bible; 7031, Rational; 8395, Chroniques de Saint-Denis; 6717, Tite-Live de Bercheure, etc.).

Les arts mécaniques eux-mêmes, qui exigeaient quelque
subtilité, plaisaient à son esprit ingénieux. L'art de l'horlogerie lui dut de notables progrès. Le Rational de Guillaume,
évêque de Mende, traduit par Jean Golein, nous apprend que
Charles V régla, le premier en France, la sonnerie des horloges. « Le pape Savinien, dit Golein, ordena que on sonast
« les cloches aux xii heures du jour par les eglises. Et ce a
« ordené le roi Charles premier à Paris, les cloches qui à
« chascune heure sonent par points, à maniere d'horloge;
« si comme il apiert en son palais et au boys et à Saint Pol.
« Et a fait venir ouvriers d'estranges païs à grans frès pour ce
« faire, afin que religieus et autres gens sachent les heures et
« aient propres manieres et devocion de jour et de nuit pour
« Dieu servir... On peut dire d'icelui Charles V, roi de France,
« que *sapiens dominabitur astris;* car luise le souleil ou non,
« on scet toujours les heures sans defaillir par icelles cloches
« atrempées. »

Ms. 6840. —
P. Paris,
Mss. fr., t. II,
p. 65.

Le nom de Charles VI ne mérite guère de figurer dans une
histoire de l'art. Il aimait pourtant les belles choses; il aurait eu peut-être le goût de son père, s'il avait conservé sa
raison. Les travaux des résidences royales continuèrent sous
son règne. Il agrandit l'hôtel Saint-Paul, et construisit ou ap-
propria à ses besoins quelques autres séjours. Mais l'intelligence de ce roi ne s'éleva jamais jusqu'à l'amour ou l'appréciation des choses sérieuses; son goût, peu différent de celui
de l'enfant ou de l'adolescent frivole, n'allait pas au delà de la
fête. Il avait une telle passion pour les duels publics, les joutes,
les tournois, que trouvant l'hôtel Saint-Pol trop éloigné de la
Culture-Sainte-Catherine, où se passaient alors ces sortes de
combats, il acheta du comte d'Alençon l'hôtel de Sicile qui y
touchait. Toute l'activité du roi et de la cour semblait absorbée
dans les cérémonies pompeuses, auxquelles succédèrent bientôt de misérables folies. La chevalerie des deux cousins du roi,
fils du duc d'Anjou; la commémoration solennelle de Bertrand
du Guesclin, célébrée à Saint-Denis le 7 mai 1389; l'entrée
d'Isabeau de Bavière à Paris; le mariage du duc de Touraine,

Sauval, t. I,
p. 24 ; t. II,
p. 183, 278, 683.

depuis duc d'Orléans, avec Valentine de Milan ; les fêtes
d'Avignon pour le sacre de Louis II d'Anjou, firent de l'année 1389 une sorte de divertissement continuel. Dans toutes
ces fêtes, le roi semblait bien moins le souverain pour qui
elles se donnaient que l'acteur qui en faisait les frais. Il est
triste de dire que ce furent des spectacles de ce genre, joints
à une vie habituelle de dissipation, qui, encore plus qu'un
événement fortuit, troublèrent la raison du roi. Le peuple, la
bourgeoisie, l'université, murmurèrent. Ces excès de joie frivole amenèrent un réveil de l'esprit chrétien, que devait représenter bientôt avec plus d'énergie le carme Couecte ou
Couette, précurseur de Savonarole et de la réforme. Des
moines prêchaient contre la cour, et louaient le roi Charles V
d'avoir mieux employé les deniers de l'État en bâtissant beaucoup de forteresses pour la défense du royaume.

La femme qui, par son tact, en certaines choses fort exercé,
aurait dû modérer ces égarements, était à la tête du débordement général. C'est naturellement à Isabeau de Bavière, bien
plus qu'à l'infortuné Charles VI, qu'il faut attribuer le changement regrettable qui s'opéra à cette époque dans le goût
public, le mal qui dut en résulter, et aussi le peu de bien qui,
dans quelques applications particulières, put s'y mêler. Si le
goût du luxe, poussé jusqu'aux raffinements les plus extrêmes, était l'unique condition pour le progrès de l'art, nul n'y
aurait plus contribué que cette princesse. Italienne et Allemande à la fois, elle associa d'une manière singulière la pesanteur à l'élégance. Gâtée, en tout cas, par une mauvaise
éducation, elle n'eut rien de cet instinct de la vraie grandeur qui
allait bientôt en Italie amener la Renaissance. Une incurable
frivolité ne lui permit point de s'élever au-dessus du caprice
et du faux goût. L'art pour elle fut un jeu, un moyen d'amuser la vie, et non de l'ennoblir. Presque le jour où elle signait
le traité de Troyes, elle concluait en cette ville un marché
d'oiseaux pour sa volière. On a dit avec justesse que ce fut Isabeau qui fonda en France l'empire de la mode, c'est-à-dire de
cette versatilité étrange que les époques vraiment douées du
sentiment du beau ont ignorée. Ses innovations en ce genre
furent malheureuses. Le beau costume du temps de Charles V

Vallet
de Viriville,
Isab. de B.,
p. 31, 32.

fut altéré pour faire place à des formes extravagantes et sans grâce. La manie des accoutrements bizarres devint générale et fut une des principales causes qui retinrent, durant le XVe siècle, la peinture et la sculpture dans une insupportable vulgarité. Le costume de « folie » devint celui de toute la cour. Les houppelandes se couvrirent d'orfévrerie branlante et de grelots; telle robe du roi, dont la description nous a été conservée, était ornée d'hirondelles d'orfévrerie, tenant dans leur bec un bassin d'or, etc. Il y avait quatorze cents de ces bassins suspendus aux diverses pièces du costume. C'est en voyant la direction du goût public livré à des souverains d'un goût aussi abaissé et d'une intelligence aussi médiocre, qu'on ne s'étonne point que la France ait manqué, vers l'époque où nous sommes arrivés, à sa destinée dans le domaine de l'art, et perdu en ce genre la supériorité qu'elle avait eue aux siècles précédents.

Ce n'est pas qu'Isabeau de Bavière négligeât complétement les occupations sérieuses du temps de Charles V : elle aimait les beaux livres. Une dame de sa suite, Catherine de Villiers, dame du Quesnoi, remplissait près d'elle les fonctions de bibliothécaire. Ses heures et livres de dévotion attestent une piété peu élevée; mais un de ces livres, qui nous reste dans sa reliure primitive, est décoré avec élégance. Dès 1387, nous trouvons « un coffre de bois, couvert de cuir, fermant à clef, « ferré et cloué, pour mettre et porter en chariot les livres et «romans de la reine. » Ses chambres tendues de tapisseries historiées offraient journellement à ses yeux toute la suite de l'histoire sacrée et profane, comme l'entendait le moyen âge : «l'histoire de la Passion de Notre-Seigneur Jésus-Christ; la «conquête du Saint-Graal; les sept péchés mortels; destruc-«tion de Troyes la grant; Croissant, fils de l'empereur de «Rome; Charlemagne; les neuf preux; Guérin de Monglane; «Garin le Loherain ; le roi Verdigier; Gui, un des pairs de « Roumenie ; Baudouin de Sebourg, qui le lion trouva, etc. » Ses résidences, qui furent au nombre de trois, l'hôtel Barbette, l'hôtel de Berri ou d'Orléans, au faubourg Saint-Marceau, l'hôtel du Val de la Reine, près de Pouilli, rappelaient pour le style et les dispositions les plus riches séjours du temps

Ibid., p. 8, 31.

Biblioth. imp., fonds lat., n. 1403.

de Charles V. Enfin, son goût pour la musique paraît avoir
été assez délicat; elle pensionnait une ménestrelle d'Espagne,
nommée Graciosa Allegre, et elle-même, suivant un usage
devenu commun, mais qui certes eût surpris la gravité des
siècles précédents, jouait de la harpe avec succès.

La nombreuse aristocratie de princes du sang, qui se groupe
durant tout le siècle autour de la maison royale, contribua di-
versement au progrès de l'art. En général, les princes du sang,
tenant à résider près de la royauté, avaient à Paris plusieurs
hôtels ou séjours. Vers la fin du siècle, quelques-uns en eurent
jusqu'à onze. Dès l'année 1303, Louis, duc de Bourbon, petit-
fils de saint Louis, commença, sur l'emplacement de la maison d'Enguerrant de Marigni le Petit-Bourbon, détruit au
XVIIe siècle pour faire place à la colonnade du Louvre. Le
Petit-Bourbon passait pour une des plus belles constructions
de France. Louis II, arrière-petit-fils de saint Louis, déploya
dans la chapelle de cet hôtel tout le luxe de décoration que
comportait alors l'art religieux. Quand les rois allèrent habiter
l'hôtel Saint-Paul, les princes de Bourbon les y suivirent et
s'établirent dans l'hôtel du Petit-Musc. En 1368, nous voyons
également Philippe, duc de Touraine, frère du roi Jean, acheter le fief dit des Créneaux pour y faire sa demeure. Mais ce
furent surtout les princes fils de ce roi qui rivalisèrent avec
la royauté et laissèrent dans l'histoire de l'art une trace durable. Ces princes, si complétement dépourvus du jugement
et de la moralité qui firent de leur frère le souverain le plus ré-
fléchi du moyen âge, peuvent être considérés comme les premiers grands amateurs laïques. S'ils ruinaient le royaume, du
moins ils l'embellissaient, et c'est à eux en partie que la France
dut ce brillant aspect féodal qu'elle perdit par les démolitions,
souvent peu intelligentes, du XVIe et du XVIIe siècle.

L'orfévrerie, la peinture et surtout la miniature, l'architecture même, durent au duc de Berri de sérieux encouragements.
Dans ses inventaires, où figurent avec une surprenante profusion les joyaux, les tapisseries, les meubles de prix, ce qui
frappe avant tout, ce sont les livres. Les débris de sa bibliothèque, dispersés à Paris, à Bourges, à Munich, constituent

PRINCES
DU SANG.

Sauval, t. II,
p. 2, 65, 70, 209.

Rev. archéol.,
t. V, p. 86.

peut-être les plus beaux livres que nous ait légués le XIV° siècle. Les artistes de France ne suffisaient pas à cet amateur curieux ; quelques-uns de ses plus magnifiques exemplaires furent peints à Rome et à Bologne. Les notes que portent plusieurs
de ces volumes prouvent que rien n'était plus agréable à ce
prince, cupide, mais éclairé, que le don des manuscrits. Il recherchait les tableaux grecs et italiens, les antiques et les médailles.

Laborde,
Ducs de B.,
Preuves, t. I,
p CXXI, note.

Les princes de cette époque, bien que fort adonnés à la dévotion et faisant de grandes largesses au clergé, n'étaient point
portés vers ces grandes constructions religieuses qui ont fait la
gloire du XII° et du XIII° siècle. Leurs poursuites étaient en
quelque sorte plus privées, et se tournaient beaucoup moins
vers les créations d'un intérêt général que vers les objets de
luxe qui pouvaient servir à leurs plaisirs ou satisfaire leur vanité. Le luxe des habits et de l'ameublement, la recherche des
joyaux et des pierres précieuses, des sceaux, des armes, et, en
général, des objets d'orfévrerie, absorbaient des sommes qui,
à d'autres époques, eussent été employées en œuvres durables.
Le duc de Berri échappa dans une certaine mesure à la frivolité générale. La ville de Bourges, qu'il avait adoptée, devint,
grâce à lui, le centre d'un assez grand mouvement. « Il s'ai-
« moit principalement, dit l'historien du Berri (Chaumeau),
« dans sa ville de Bourges, où il choisissoit les jeunes gens de
« bon esprit pour les elever aux estatz, et en appela plusieurs
« à son service. » Il s'y fit construire un palais, auquel, à
l'exemple de tous les rois et princes de son temps, il annexa
une sainte chapelle, destinée à lui servir de sépulture : le trésor de cette sainte chapelle était un vrai musée d'orfévrerie.
Ses châteaux de Mehun-sur-Yèvre et de Bicêtre, ainsi que
l'hôtel de Nesle, comptèrent également parmi les plus riches
demeures du siècle. Le château de Mehun, par sa situation,
son élégance et les vitraux de sa chapelle impénétrables au soleil ; celui de Bicêtre, par ses peintures et ses châssis de verre,
frappèrent surtout les contemporains. Cette architecture légère, ces tourelles amincies, ces dentelles de pierre que nous
admirons, mais que maudissait la bourgeoisie obérée de taxes,
signalaient une révolution accomplie dans l'architecture, révo-

Ann. archéol.,
t. X, p. 35,
142, 209.

Sauval, t. II.
p. 118.

Ib., p. 72, 117.

Michelet,
Hist. de Fr.,
t. IV, p. 50.

lution que nous nous réservons d'étudier dans une autre partie
de ce Discours.

Il reste beaucoup moins de traces des goûts libéraux du duc
d'Anjou. On possède un inventaire de son trésor, daté de 1360,
dicté par lui-même, et où chaque objet est décrit avec com-
plaisance; mais il se peut que l'avidité de ce prince, encore plus
que son goût pour les arts, ait inspiré une si minutieuse exactitude. Ce ne fut pas sans doute le dernier de ces mobiles qui le
porta plus tard à dérober le trésor de Charles V et à ruiner la
France pour conquérir le chimérique royaume de Sicile, que
le pape lui avait octroyé. La maison d'Anjou puisa toutefois
dans ce contact avec l'Italie des goûts d'élégance et de délicatesse qui devaient plus tard porter des fruits.

Suppl. fr.,
n. 12?8.

La maison de Bourgogne, qui occupe une place si importante dans l'histoire de l'art, ne nous appartient que par son
fondateur, Philippe le Hardi. Les comptes du roi Jean, pendant sa captivité, attestent que ce prince partageait dès lors les
goûts de son père pour les prodigalités. Son voyage d'Avignon
fut fait avec une magnificence inouïe. Le duc mettait ses joyaux
en gage pour voyager avec plus d'éclat. Les baptêmes, les mariages, les funérailles, les visites des souverains, les traités de
paix furent pour la maison de Bourgogne, à partir de Philippe
le Hardi, autant d'occasions avidement recherchées de surpasser en faste ce qui s'était vu jusqu'alors. La popularité de la
maison de Bourgogne tient en grande partie à la fascination
que de brillantes parades exercèrent sur l'imagination des Parisiens. Ce n'est point par la délicatesse que brillait toute cette
magnificence : la recherche des singularités, des effets grotesques, des surprises ou «abus» y avait une importance peu
compatible avec le grand art. Le décorateur, le peintre de pennons, d'armoiries et d'écussons, occupent dans les comptes de
la maison de Bourgogne au moins autant de place que le peintre
d'histoire; trop souvent les deux se confondaient, et nos opinions ne peuvent être que blessées en voyant l'artiste, décoré
du titre de « valet de chambre, » remplir les fonctions d'une
véritable domesticité. Mais il fallait bien des tâtonnements pour
que le moyen âge arrivât à la vraie notion de la dignité de l'art,
ou, pour mieux dire, il fallait que l'Italie, plus rapprochée de

l'antiquité et mieux douée du sentiment du beau, révélât au reste de l'Europe le secret de cette noblesse dans les formes que le monde barbare avait profondément ignorée. L'art de la maison de Bourgogne resta fermé à cette influence ; les Italiens qui entouraient les ducs de la maison de Valois (le duc de Berri excepté) n'étaient pas des artistes, mais des banquiers, des prêteurs sur gages, des marchands de Lucques, de Florence, de Venise, suivant partout cette cour opulente, que son imprévoyance leur livrait comme une proie assurée.

On a souvent remarqué que la fastueuse maison de Bourgogne n'a pas laissé dans l'architecture d'aussi grands souvenirs que dans la peinture et l'orfévrerie. « Il ne se trouve pas, « dit M. de Laborde, dans les registres de la maison de Bour- « gogne, la trace d'un seul édifice, encore debout, dont le plan « et l'exécution appartienne en entier à ces princes. » La chartreuse de Champmol, près de Dijon, qui était le principal monument religieux construit par l'ordre des ducs de Bourgogne, n'existe plus ; les trois ou quatre demeures que Philippe le Hardi possédait à Paris ne paraissent point avoir été construites par lui. Mais la peinture trouva dans Philippe un protecteur intelligent. Le peintre Melchior Brödlein fut à son service ; on ignore ce que ses œuvres sont devenues. Il en fut de même du peintre Jean de Hasselt, que l'on voit, à la date de 1386, exécuter par le commandement du duc Philippe un tableau d'autel pour l'église des cordeliers de Gand. Il est bon de rappeler, du reste, que ces deux artistes étaient pensionnés et employés par Louis de Mâle avant de l'être par Philippe le Hardi. Un autre goût dont les ducs de Bourgogne semblèrent avoir hérité des comtes de Flandre fut le goût des choses exotiques (lions, singes, perroquets, etc.).

La musique enfin était un des goûts dominants du duc Philippe. Sa chapelle était la plus excellente qu'on eût encore ouïe. Les pensions de ses ménétriers, et en particulier du roi de l'épinette, à Lille, tiennent une grande place dans ses comptes, à côté des sommes allouées aux trompettes, danseurs de morisques, hérauts d'armes, fous, etc. On est heureux d'y trouver des témoignages d'un goût plus solide. Philippe se connaissait en livres. Plusieurs beaux volumes de la bibliothèque de Bour-

Ducs de B.,
Preuves, t. I,
p. xxxv.

Ibid , p. 6.

gogne à Bruxelles viennent de lui, et les notes qui s'y lisent
témoignent qu'il pratiquait de fréquents échanges avec le duc
de Berri. Mais ici encore Louis de Mâle et les anciens comtes
de Flandre l'avaient devancé.

Il nous reste à parler du plus brillant de ces princes de
la maison de Valois, qui jouent dans notre sujet un rôle si
important.

On a dépeint avec tant de charme le caractère séduisant de
Louis d'Orléans, on a énuméré avec tant de détails les innombrables témoignages qui restent de son luxe et de son goût
pour les arts, que nous n'essayerons pas d'épuiser la matière.
Nous convenons que peu de princes ont fait preuve de plus de
goût pour l'élégance et ont mieux su plaire à leur siècle ; nous
ne pouvons cependant mettre Louis d'Orléans sur le même
pied que ces amateurs illustres qui ont fait la Renaissance. Son
goût est plus délicat que celui d'aucun prince avant lui, mais
c'est bien encore le goût du moyen âge : beaucoup d'esprit et
de charme, mais une absence presque complète de grand style
et de noblesse. Une certaine faiblesse d'esprit et de caractère,
qui contribuèrent plus qu'on ne pense au charme qui s'attachait à sa personne et qui s'attache encore à son souvenir, l'empêchèrent d'exercer autour de lui une influence bien féconde.
L'amour de l'art touchait trop souvent chez lui aux caprices les
plus frivoles, et sa piété superficielle n'aboutissait ni à des
créations durables, ni à la règle des mœurs. S'il fut très-supé-
rieur au goût détestable qui régnait à la cour de son frère, il
ne fut pas, dans un sens absolu, supérieur à son siècle ; mais
il montra déjà si bien dans sa personne ce que l'esprit et les
manières françaises ont de plus gracieux, qu'il ne siérait point
à l'historien de l'art d'être pour lui plus sévère que ne le furent
ses contemporains, lesquels, tout en murmurant de ses prodigalités, les trouvèrent si bien employées qu'ils finirent par les
lui pardonner.

Les deux résidences de Louis d'Orléans à Paris, l'hôtel de
Bohème, que Charles VI lui donna en 1388, et celui que le
duc fit bâtir en 1396 dans l'espace qui fut plus tard le jardin
de l'Arsenal, comptaient parmi les plus belles demeures de ce
siècle. Commencé au XIII⁰ par Jean de Nesle, agrandi par Phi-

Michelet,
Hist. de Fr.,
t. IV, p. 94
et suiv.
A. Champoll.,
Louis et Ch.
d'Orléans,
1ʳᵉ part.

Laborde, t. III,
p. 7.

lippe de Valois, par Jean de Luxembourg, par le duc de Berri, le fief de Nesle ou hôtel de Bohême subit toutes les vicissitudes de l'architecture privée en ces deux siècles. Simple et plus semblable à une ferme qu'à un palais, tandis qu'il appartint à saint Louis et à Blanche de Castille, il prit entre les mains du duc de Berri et de Louis d'Orléans une importance qui le fit rivaliser avec le Louvre et l'hôtel Saint-Paul. Les plafonds et les lambris étaient de bois d'Irlande. Les deux chapelles, fort inégalement élevées, étaient situées l'une au-dessus de l'autre et décorées avec beaucoup de richesse. Les jardins, enfin, sur lesquels donnaient ces appartements, étaient des plus beaux de Paris. On les étendit hors des murs de la ville, et ils occupaient presque tout l'espace qui s'étend du Louvre à Saint-Eustache. Le centre était orné d'un grand bassin avec une fontaine jaillissante. Les dépendances de cette grande demeure, échansonnerie, « salserie, » pelleterie, tapisserie, lieu où l'on faisait l'hypocras, etc., témoignaient d'une architecture où rien de ce qui touche aux besoins et aux commodités de la vie n'était dissimulé.

Sauval, t. II, p. 117, 211 et suiv.

Nous connaissons moins l'hôtel que le duc d'Orléans fit bâtir près de l'hôtel Saint-Paul, attiré par le voisinage de la résidence du roi, et encore plus des Célestins, où il se plaisait à faire ses dévotions. Cet hôtel touchait à la Seine, et contenait dans son enceinte les remparts et les fossés, sur lesquels étaient dressés deux ponts-levis. En 1404, le duc d'Orléans acheta encore de son oncle, le duc de Berri, l'hôtel des Tournelles. Il possédait, comme presque tous les princes du temps, un petit hôtel dans le faubourg Saint-Marceau, et un autre à Chaillot.

Ib., t. II, p. 73.

Entre les nombreuses chapelles fondées par Louis d'Orléans, on citera celle des Célestins, bâtie en 1393, comme expiation du fameux ballet des sauvages, et où le duc voulait être enterré (son tombeau ne fut fait que par son petit-fils Louis XII); celle de la chartreuse de Champmol, dite la chapelle aux anges, fondée par un acte du 13 juin 1397; celle de Couci; celle de Pierrefonds. Son testament renferme, en outre, l'indication de diverses peintures à exécuter aux Célestins. Ces chapelles, où se complaisait la piété du temps, étaient élégantes et fort or-

Ib., t. II, p. 349. —Millin, Antiq. nat., I, III, p. 52, 53.

Laborde, Ducs de B., t. III, p. 11, 138.

Ib., t. III, p. VII.

nées, mais attestaient par leur petitesse et leur forme resserrée
combien le génie religieux s'était affaibli, et combien l'âge des
grandes choses en ce genre était déjà loin. L'oratoire rempla-
çait la cathédrale, parce que la patience et l'abnégation nécessaires pour la construction des grands édifices n'existaient
plus.

L'architecture militaire, enfin, dut à Louis d'Orléans de
notables accroissements. Quand la lutte entre lui et le duc de
Bourgogne devint imminente, il chercha à créer dans son
comté de Valois un cercle de forteresses conformes aux raffinements que les guerres du siècle avaient introduits dans l'art
de prendre et de défendre les places. Telle fut la cause des
grands travaux qu'il fit faire au château de Couci, bâti suivant l'ancien système de fortifications du XIIIe siècle, système
devenu presque inutile depuis la révolution opérée dans la po-
liorcétique par Bertrand du Guesclin. Telle fut surtout l'origine de l'ouvrage le plus considérable entrepris par Louis d'Orléans, je veux dire le château de Pierrefonts. Nous explique-
rons ailleurs en quoi cette grande place de guerre différait
des châteaux forts bâtis jusque-là, et nous montrerons quel
art savant et compliqué on y déploya. Mais ce qui frappe le
plus dans ces belles ruines, c'est leur élégance : peu de constructions anciennes ou modernes le disputent en grâce à cette
formidable citadelle, où l'on pourrait croire que tout dut être
sacrifié aux exigences d'un âge de guerre civile et de haines
acharnées.

Un prince aussi ami de l'art ne pouvait manquer d'attirer
autour de lui les artistes distingués. Au premier rang il faut
nommer Colart de Laon, « varlet de chambre de monseigneur, »
et le plus habile peut-être des peintres de ce temps. Les principales peintures de l'hôtel de Bohême, de la chapelle des Célestins, de la librairie de l'hôtel de la rue de la Poterne (près
l'hôtel Saint-Paul), furent faites par lui dans les années 1395-
1398. Autour de lui nous voyons figurer Piètre André, peintre
et valet de chambre du duc, Jean de Saint-Éloi, Perrin de Dijon, Colin de la Fontaine, Copin de Grant-Dent, et, enfin, le
célèbre Raymond du Temple, sergent d'armes et maçon du
roi, que nous avons vu entré si avant dans l'amitié de Char-

les V. Pierre Remiot, enlumineur, reconnaît, à la date du
4 mai 1396, avoir reçu du payeur des œuvres de la chapelle
des Célestins cent sous parisis, pour avoir «enluminé et cadelé
« à images d'or et de fines couleurs un tableau auquel est tran-
« scrit la bulle du pape, pardons et indulgences accordés aux
« oyans messes en la dite chapelle. » Le souvenir des belles
verrières commandées par le duc d'Orléans a aussi été conservé. En 1397, il fait don aux Célestins de Paris de trente francs
d'or, « pour convertir en une verriere qui sera mise en la dicte
« eglise. » Les comptes de Claux de Loup, verrier de l'hôtel de
la rue de la Poterne, prouvent que toutes les pièces importantes
de cet hôtel portaient à leurs fenêtres des emblèmes, des devises ou des sujets.

A. Champoll.,
3e part.,
p. 10, 11.

Le tableau complet de la vie de dissipation et de luxe de
Louis d'Orléans, au milieu de ses ménestrels, jouteurs, joueurs
de personnages, gens de plaisir, tableau que l'on pourrait tracer jour par jour, au moyen des comptes qui nous sont parvenus, donnerait l'idée du singulier mélange de légèreté et de
goût, d'immoralité et de dévotion qui formait, vers la fin du

lb., 1re part.,
p. 234. —
Laborde. t. III,
p. VII.

Champollion,
p. 247.

siècle, le caractère d'un prince à la mode. Son testament suf-
firait pour montrer, par les dons qu'il fait aux églises, quelle
impulsion il donna aux travaux d'orfévrerie, de peinture, de
sculpture et de verrerie. L'inventaire de ses joyaux dénote un
goût vraiment bizarre, mais atteste que la ciselure avait atteint
d'extrêmes raffinements. Ses tapisseries représentaient le cycle
entier des légendes du moyen âge : Lancelot, Renaut de Montauban, la grant Credo, le Vieux et le Nouveau Testament
(sans doute deux personnages allégoriques qui les représentaient), Beuvon de Hantone, la destruction de Troie la grant,
l'histoire de Theseus, la fontaine de Jouvence. D'autres représentations sont ainsi sommairement indiquées : petits enfants
en une rivière, et le ciel à oiseaux; couverture de lit à enfants, desquels les têtes reviennent de tous côtés au milieu;
tapis à cerisiers, où il y a une dame et un escuyer qui cueil-
lent des cerises en un panier; une dame avec une harpe; ber-
gères en un jardin treillé; tapisserie vermeille à devise du dieu
d'amour; un chevalier et une dame jouant aux échecs en un
pavillon; enfants et une dame qui vêt un chien; chambre

vermeille à genestres flories et à grands personnages, dont l'un est monté sur un arbre ; une dame qui tient un escurel ; chambre ouvrée à rosiers et à enfants, tenant lesdits enfants chacun un rouleau où est écrit son dit ; tapisserie à arbrisseaux, au milieu de laquelle est un lion, et quatre bêtes aux quatre coins ; une dame qui regarde en une fontaine, etc.

Il serait injuste de séparer de Louis d'Orléans la femme qui contribua peut-être à le rendre supérieur a ses contemporains. Valentine avait apporté d'Italie un sentiment du beau très-délicat en comparaison de celui qui régnait alors en France. La peinture et l'enluminure reçurent d'elle des encouragements particuliers ; elle montra, dans la décoration de son hôtel de Bohême, un goût rare à cette époque. Seule, peut-être, elle sut se préserver de cette recherche du grotesque et du bizarre qui fut le mal de ce siècle et nuisit si fort au progrès des arts.

On ne saurait oublier dans cette série de princes légers et amis de l'élégance le duc de Guienne, fils aîné de Charles VI, qu'une grande similitude de goûts rapprochait de son oncle, le duc d'Orléans. Sa chapelle excitait surtout l'admiration des Parisiens ; mais la sage bourgeoisie ne pouvait lui pardonner ses dissipations, et elle vit dans sa mort prématurée l'effet de la vie irrégulière qu'il menait à l'imitation de ses oncles et de toute la cour.

Sauval, t. II, p. 22, 74. — Michelet, t. IV, p. 325.

Parmi les maisons souveraines qui, dans les siècles précédents, avaient possédé diverses parties du territoire, et qui, en celui-ci, disparaissent ou vont se fondre dans la maison royale, deux ou trois seulement méritent d'être ici mentionnées. Nous avons eu plusieurs fois occasion de remarquer que les comtes de Flandre, avant que leur héritage passât dans la maison de Bourgogne, avaient devancé les goûts de cette maison pour les arts et le luxe. Les comptes des années 1380, 1381, 1382, qui nous ont été conservés, prouvent que le goût de ces princes était dès lors ce que fut plus tard celui de leurs successeurs, c'est-à-dire, plus porté vers la bizarrerie que vers la délicatesse. Le comte Gui de Dampierre avait fait bâtir à Paris un riche hôtel situé rue Coquillière, qui fut le séjour habituel des comtes de Flandre et même souvent des ducs de Bourgogne.

Laborde, Preuves, t. I, p. XLVIII.

Ibid., t. III,
p. 4, 14.

Les comptes des seigneurs de Blois, avant que ce comté
appartînt à Louis d'Orléans, donnent lieu à une remarque
analogue. Nous y trouvons la mention d'un grand nombre
d'objets d'art : à la date de 1327, une « image de saint Louis
« et un crucifix peint sur toile ; » en 1340, de grandes réparations faites à l'hôtel, beaucoup de peintures de décor exécutées
par un « maistre Jean le peintre ; » des achats de vitraux faits à
Jean le verrier, de Vienne ; en 1342, des libéralités aux frères
Prêcheurs de Blois « pour faire et parfaire leur eglise ; » en
1344, des payements faits à Girart d'Orléans, « peintre de
« monseigneur à Paris, » pour peintures faites à la litière de la
comtesse ; de nombreux travaux d'orfévrerie commandés dans
les années 1345 et suivantes ; des dons considérables à Guillot
le ménestrel, vers 1340. Trois « maistres des œuvrages de
« monseigneur, » Thomas de Ligni, Jacques Laurent, Pierre
Marchand, figurent aux années 1351, 1363, 1366. La ville de
Blois fut ainsi, durant presque tout le XIVᵉ siècle, un centre
important de travaux.

NOBLESSE.
Viollet Le Duc,
Dict. d'archit.,
t. III, p. 107,
122.
Trésor, ms.
7666, fol. 65 vᵒ.
— P. Paris,
Mss. fr., t. IV,
p. 361.

Peu de noms de la noblesse peuvent être cités alors parmi
ceux des fauteurs de l'art. En général, cependant, les demeures nobles commencèrent à offrir beaucoup de luxe et de magnificence. Déjà, au XIIIᵉ siècle, un grand progrès s'était
accompli en ce sens. Brunetto Latini signale dès lors la supériorité qu'on accordait aux maisons françaises sur les maisons
italiennes. « En maisons convient il porveoir se li temps et li
« lieus est en guerre ou en pais, se c'est dedans ville ou lonc
« de gens. Car les Ytaliens qui sovent guerroyent entre aus se
« delitent en faire hautes tours et maisons de pierres. Et se
« c'est hors de ville, il font fosseis et palis et murs et tourneles
« et ponts et portes coleices, et sont garnis de mangoniaux et
« de saettes et de toutes choses qui appartiennent à guerre,
« por defendre et por getter, et por la vie des hommes ens et
« hors maintenir. Mais li Franchois font maisons grans et pla-
« niers et paintes, et chambres lées por avoir joie et delit sans
« noise et sans guerre. Et por ce sevent mielz faire praelles
« et vergiers et pomiers entour lour habitacle que autre gent ;
« car c'est chose qui valt moult à delit donner. »

Ce changement continue de se caractériser. Les constructions militaires sont dévolues à la royauté, et la demeure féodale cesse, à la grande joie du peuple, d'être considérée comme
une défense du pays. L'art y gagne autant que la société. De
ce que l'on ne peut plus bâtir de nouveaux châteaux sans l'autorisation du roi, il ne suit pas qu'il ne s'en élève encore beaucoup ; mais on y introduit, pour la commodité de la vie, des
recherches inconnues auparavant. Plusieurs arts qui jusque-là
n'avaient guère été employés qu'à la décoration des églises,
comme la peinture sur verre, la mosaïque en terre cuite, etc.,
furent appliqués aux riches demeures. Le zèle religieux des
seigneurs, au lieu de les porter à participer aux grandes fondations, se tourna vers les chapelles privées soit qu'elles
fissent partie de la demeure seigneuriale, sur laquelle se déta-
chaient leurs formes sveltes et élégantes jusqu'à la recherche,
soit qu'elles fussent bâties à côté de plus grandes églises, en
dehors du plan primitif. Les tombeaux seigneuriaux dans les
églises devinrent aussi fort à la mode, surtout dans l'église des
célestins vers la fin du siècle : jusqu'à Charles V, ce fut plutôt un privilége dévolu aux églises des dominicains et des franciscains.

L'usage de la vaisselle d'or et d'argent, et surtout le luxe
des vêtements, prirent en même temps de grands développements parmi les nobles. En général même, la noblesse paraissait trop attachée à ces sortes d'objets, souvent assez futiles.
Dans les vêtements, par exemple, au lieu de rechercher la
beauté des formes, on étalait un luxe puéril et déplacé de
pierres précieuses. Rien de plus choquant que de voir la haute
noblesse mettre en gage de tels objets, réservés par leur nature à des usages personnels. Le duc de Bourbon, Louis II,
envoyé comme otage en Angleterre pour garantir le payement
de la rançon du roi Jean, vend pour cinq mille deux cents écus
d'or « à Jean Donat, bourgeois et espicier à Londres, » une cote
d'apparat littéralement couverte de perles, de rubis balais et
de saphirs.

Les folies de la mode, qui égarèrent d'une manière si
étrange le goût de la noblesse dans la seconde moitié du siècle,
commencèrent vers l'an 1340. « Aux environs de cette année,

Rev. archéol.,
t. XVI, p. 445,
554.

Lenoir, Archit.
mon.; t. II.
p. 226.

Biblioth.
de l'Éc. des ch.,
3e série, t. II,
p. 360.

« dit le second continuateur de Nangis, les hommes et particu-
« lièrement les nobles, les écuyers et leur suite, quelques
« bourgeois et tous leurs serviteurs, commencèrent à changer
« de costume et d'habits; ils prirent des robes si courtes et si
« étroites qu'elles laissaient apercevoir ce que la pudeur or-
« donne de cacher... Ce fut pour le peuple une chose très-
« étonnante que de voir ainsi vêtues des personnes qui au-
« paravant ne se montraient que d'une manière honnête... » Les
Grandes chroniques de Saint-Denis s'expriment à peu près
dans les mêmes termes, à l'occasion de la perte de la bataille
de Créci (1346) : « Nous devons croire que Dieu a souffert
« ceste chose par les desertes de nos pechiés; car l'orgueil
« estoit moult grant en France, et meismement ès nobles et en
« aucuns autres; c'est assavoir en convoitise de richesses et en
« deshonnesteté de vesteure et de divers habis qui couroient
« communement par le royaume de France... » Après la bataille de Poitiers, le grand reproche que le peuple adresse à
la noblesse est encore celui d'un luxe effréné. « Les voilà, di-
« sait-on, ces beaux fils qui aiment mieux porter perles et pier-
« reries sur leurs habis, riches orfevreries à leurs ceintures et
« plumes d'autruche au chaperon, que glaives et lances au
« poing. Ils ont bien su dependre en tels bobans et vanités
« notre argent levé sous pretexte de guerre; mais pour ferir
« sur les Anglesches, ils ne le savent mie. »

Un livre qui nous donne une image fort exacte, et, il faut le
dire, peu avantageuse de l'état moral et du goût de la noblesse
en ce siècle, le livre du chevalier de la Tour Landry, montre
combien ce fut là dans les mœurs du moyen âge un changement considérable. Ainsi que les chroniqueurs précités, le chevalier est persuadé que le luxe des vêtements, surtout pour les
femmes, est le grand mal de son temps, la cause des guerres,
des mortalités, etc. Quelques exemples qui peuvent sembler,
du reste, d'une invention assez pauvre, sont destinés à montrer
qu'aucun péché, même ceux auxquels une moralité plus éclairée attribuerait une tout autre gravité, n'est aussi terriblement
puni dans l'enfer : une femme vêtue selon les modes nouvelles
est damnée; une femme douze fois infidèle n'est punie que du
purgatoire. Ailleurs, le chevalier raconte un sermon entier

Pag. 103,
104, 105 etsuiv.

d'un saint évêque, destiné à combattre le même péril. Après
avoir démontré que le déluge n'eut pas d'autre cause, « le   Pag. 98, 99.
« saint homme dist que les femmes qui estoient ainsi cornues
« et branchues ressamblent les limas cornus et les licornes, et
« que elles faisoient les cornes aux hommes cours vestus..., et
« que ainsi se mocquoient et bourdoient l'un de l'autre, c'est
« le court vestu de la cornue. Et encore dist il plus fort, que
« elles ressamblent les cerfs branchus qui baissent la teste au
« menu boys, et aussi, quant elles viennent à l'esglise, regar-
« dés les moy, si l'en leur donne de l'eaue benoyste, elles bais-
« seront les testes et leurs branches. Je doute, dist l'evesque,
« que l'ennemy soit assis entre leurs branches et leurs cornes...
« Si vous dy qu'il leur dist moult de merveilles et ne leur cela
« rien de leurs espingles ou de leurs atours, tant qu'il les fist
« mornes et pensives, et eurent sy grant honte qu'elles bes-
« soient les testes en terre, et se tenoient pour moquées et
« pour nices. Et y en a de celles qui ont depuis laissées celles
« branches et celles cornes, et se tiennent plus simplement
« aujourd'huy. » Ailleurs encore ces nouvelles inventions sont
présentées comme une imitation des modes qui prévalaient
alors dans les rangs les moins estimables de la société anglaise. Le sire de Beaumanoir, à qui l'on apprend que sa   Pag. 47.
femme n'a point adopté les modes nouvelles, répond de la
sorte : « Ma dame, pensés vous que je ne vueille qu'elle soit
« bien arrayée selon les bonnes dames du païs? mais je ne
« veul pas qu'elle mue l'estat des preudes femmes et des bon-
« nes dames de honneur de France et de ce païs, qui n'ont pas
« prins l'estat des amies et des meschines aux Angloys et aux
« gens des compaignies; car ce furent celles qui premierement
« admenerent cest estat en Bretaigne des grans pourfilz et des
« corsès fendus ès costez et lès floutans; car je suy du temps,
« et le vy. Sy que, à prendre l'estat de telles femmes le pre-
« mier, je tiens à petitement conseillies celles qui le prennent,
« combien que la princesse et autres dames d'Angleterre sont
« après long temps venues qui bien le pevent avoir. Mais j'ai
« toujours oy dire aux saiges que toutes bonnes dames doivent
« tenir l'estat de bonnes dames du royaulme dont elles sont, et
« que les plus saiges sont celles qui derrenierement prennent

« telles nouveaultez. Et aussi par renommée l'on tient les da-
« mes de France et de cestes basses marches les meilleurs
« dames qui soient et les moins blasmées. Mais en Angleterre
« en a moult de blasmées, si comme l'on dist ; si ne scay se
« c'est à tort ou à droit. » Cette manière de voir, qui était celle
de toutes les personnes qu'animait encore l'esprit chrétien, eut
beaucoup de conséquences : on s'accoutuma à associer ensemble
les idées de vie élégante et de vie corrompue. De là une étrange
confusion, qui fit regarder par des classes entières de la nation
tout ce qui embellit la vie comme une source de dégradation

J. de S.-Gemi-
niano, Summa
de exemplis,
l. ix, c. 49.

morale. Il est certain que la perversion du goût qui présidait
à ces changements donnait raison, jusqu'à un certain point,
aux déclamations des prédicateurs et aux protestations des

Liv. i, ch. 20 ;
Dict de Poissi,
dans la Biblioth.
de l'Éc. des ch.,
4ᵉ série, t. III.

gens sages. Au lieu de ce luxe grave que Christine de Pisan
nous décrit comme étant encore celui de la reine Jeanne de
Bourbon, femme de Charles V ; au lieu des habits royaux,
amples, longs et flottants, de ce noble surcot qu'on appelait
chappe ou manteau royal, on vit le costume des plus grands
personnages de l'État descendre à des formes puériles qu'on
eût à peine acceptées chez des baladins. Être vêtu « sans pe-
« ché » devient synonyme d'un costume honnête, conforme
aux anciennes habitudes, et éloigné de celles que la corruption du temps faisait prévaloir.

Une classe qui, à cette époque, prend une grande importance pour le sujet qui nous occupe est celle des hauts fonc-
tionnaires de la royauté, qu'ils appartinssent aux rangs inférieurs de la noblesse ou aux rangs supérieurs de la bourgeoisie.
L'ascendant de plus en plus marqué que prenait la royauté ne
pouvait manquer d'enrichir les serviteurs du roi. En général,
ces parvenus firent preuve d'un goût éclairé pour les arts, et
l'histoire doit être pour eux plus indulgente que ne le furent
leurs contemporains. Étienne Barbet, prévôt de Paris sous
Philippe le Bel, fut le premier de ces financiers qui profitèrent
du système fiscal inauguré par la royauté, et en portèrent aux

Sauval, t. II,
p. 231, 235. —
Mém. de l'Ac.
des Inscr.,
t. XXI, p. 519.

yeux du peuple la responsabilité. Son bel hôtel de la rue Barbette, pillé dans l'émeute de 1306, passa ensuite aux Montaigu, et devint la résidence d'Isabeau de Bavière. L'hôtel
d'Enguerrant de Marigni, près du Louvre, était aussi fort

considérable. Enguerrant fit bâtir Notre-Dame d'Écouis, près de Rouen. Pierre Barbier, secrétaire de Philippe le Long, ne laissa que des fondations religieuses. Les Bracque, élevés sous Philippe de Valois aux premières charges de la maison du roi et de ses finances, fondèrent la chapelle de Bracque, près de leur hôtel et de la rue et porte de Bracque. En 1380, Philippe de Maizières, le conseiller favori de Charles V, se retire aux Célestins de Paris, où il fait bâtir une chapelle, un cloître, et plusieurs ouvrages d'utilité commune.

Sauval, t. I, p. 476.

Ibid., t. I, p. 299.
Ibid. t. II, p. 460. — Millin, Ant. nat., t. I, art. 3, p. 154 et suiv.

Trois grandes fortunes, vers la fin du siècle, effacèrent encore celles qui viennent d'être rappelées. Les Orgemont rivalisèrent presque avec la royauté pour la splendeur de leurs constructions. L'hôtel des Tournelles, que les rois devaient bientôt préférer à l'hôtel Saint-Paul, fut leur œuvre. Aucun ne l'égalait pour les jardins, dont l'étendue et la belle disposition excitèrent l'admiration des contemporains. Le labyrinthe surtout, nommé *Dedalus,* était cité comme une des merveilles de Paris. De la famille d'Orgemont, l'hôtel des Tournelles passa au duc de Berri, au duc d'Orléans, au duc de Bedfort, et devint pour un siècle la résidence royale. Pierre d'Orgemont le chancelier avait encore un autre hôtel rue Saint-Antoine, et deux maisons de campagne à Méri et à Chantilli. L'évêque de Paris Pierre d'Orgemont fit bâtir la partie du palais épiscopal qui donnait sur la rivière.

Sauval, t. II, p. 74, 185, 186, 274.
Ibid., p. 147.

Ibid., t. II, p. 262.

Charles de Savoisi, chambellan et favori de Charles VI, déploya dans ses demeures non moins de luxe et de délicatesse. Son hôtel, situé rue de Marivaulx et rue du Roi-de-Sicile, frappait surtout par sa grandeur, la beauté des matériaux, et les peintures qui le décoraient. On sait qu'à la suite d'une insulte faite à l'université, il fut dit, par arrêt du conseil du roi rendu en 1404, que cet hôtel serait rasé; mais il est douteux que l'arrêt ait été exécuté, bien qu'une inscription et un tableau appendu dans l'église Sainte-Catherine fussent destinés à en perpétuer le souvenir. On conserva du moins les galeries bâties sur les murailles de la ville, et dont les peintures excitaient une grande admiration.

Ibid., t. II, p. 243, 244; t. III, p. 227.

Mais, de tous les enrichis de ce siècle, Jean de Montaigu fut celui qui montra le plus de luxe et de goût. Ici nous trouvons encore une influence italienne. Sa mère, Biette Cassinel, d'une famille de Lucques, était une de ces femmes italiennes, cupides, raffinées, souvent perverses, qu'on trouve sur tous les trônes et dans toutes les cours de l'Europe du XIV° au XVII° siècle. L'énorme fortune de Montaigu, qui rendait souvent le roi et les princes du sang ses débiteurs, laissa des traces durables. Son château de Marcoussis, bâti en deux ans et demi, dans les premières années du XV° siècle, fut peut-être la construction où les architectes de ce temps firent preuve de plus de science et de recherche. La charmante architecture qui devait couvrir plusieurs provinces, et en particulier les bords de la Loire, d'édifices empreints d'un caractère si profondément national, était déjà là tout entière. La chapelle à deux étages du château, le beau monastère de célestins qui y tenait, l'église paroissiale, furent autant d'ouvrages excellents que le gendre de Montaigu acheva après sa mort. Les dons de Montaigu aux paroisses de Paris attestent aussi son goût pour

Ibid., t. II,
p. 153.

les arts. Ses quatre hôtels (hôtel Barbette, du Porc-Épic, la grande et la petite Savoie, du faubourg Saint-Victor) étaient magnifiques. On sait la fin terrible que ces richesses lui attirèrent. Son argenterie surtout fut contre lui un chef d'accusation redoutable. Il avait prêté au roi sur des vases d'argent artistement travaillés, et en recevant le 22 septembre 1409 le roi Charles VI, le roi de Navarre, les ducs de Berri, de Bour-

Biblioth.
de l'Éc. des ch.,
3e série, t. I,
p. 248 et suiv.

bon et de Bourgogne, il montra un luxe imprudent. Les célestins de Marcoussis lui restèrent du moins fidèles : ils vendirent au profit de ses enfants trois lourdes statues d'or et d'argent qu'ils avaient reçues de lui, et lui élevèrent un tombeau, avec sa statue couchée. Ses livres furent confisqués et joints à la bibliothèque du Louvre.

BOURGEOISIE.

La bourgeoisie, qui se montra si supérieure à la noblesse en intelligence, en moralité et en esprit politique, prit aussi une grande part au mouvement des arts. Ni les guerres, ni les per-

Wailly, Mém.
de l'Acad.
des Inscr.,
t. XXI, 2e part.,
p. 216.

turbations des monnaies, ni le système déplorable de la comptabilité publique, qui pesèrent durant tout le siècle d'une manière ruineuse sur la fortune privée, n'empêchèrent la bourgeoisie, surtout celle de Paris, d'arriver à un haut degré

de bien-être et de culture. Le «Menagier de Paris,» qui est le Voy. ci-dess.,
tableau fidèle de la vie des classes moyennes d'alors, en donne t. I, p. 260, 524.
une bien meilleure idée que celle qu'on prend de la noblesse
dans le livre du chevalier de la Tour Landry. La réserve et la
délicatesse du langage, en particulier, témoignent d'une civi-
lité qu'on eût vainement cherchée dans les classes que les
guerres du temps avaient accoutumées à des mœurs dures et
grossières. Il est vrai que ce soin extrême de la maison, que
nous révèle le «Menagier,» est tourné bien plutôt vers ce
qu'on nomme maintenant le «confortable» que vers le goût
de l'art. L'hôtel bourgeois du XIVe siècle ressemble à ces
vieilles demeures remplies d'une solide richesse qu'on trouve
encore dans les provinces éloignées; il n'a rien de l'élégante
maison de la Renaissance, et il ignore fort heureusement le
luxe banal de nos demeures modernes. Ces vastes pièces, servant à la fois de cuisine, de salle à manger, de salon, et peut-
être de chambre à coucher, peuvent sembler incommodes. Le
charme que le bon bourgeois du quartier des Tournelles trouve
dans sa maison vient surtout des soins qu'il y reçoit. «Et pour P. 168, 169.
«ce que aux hommes, dit-il, est la cure et soing des besongnes
«du dehors, et en doivent les maris soingnier, aler, venir et
«racourir de çà et de là, par pluies, par vens, par neges, par
«gresles, une fois mouillié, autre fois sec, une fois suant,
«autre fois tremblant, mal peu, mal hebergié, mal chauffé,
«mal couchié; et tout ne lui fait mal pour ce qu'il est rencon-
«forté de l'esperance qu'il a aux cures que sa femme prendra
«de lui à son retour, aux aises, aux joies, et aux plaisirs
«qu'elle lui fera ou fera faire devant elle; d'estre deschaux à
«bon feu, d'estre lavé les piés, avoir chausses et soulers frais,
«bien peu, bien abreuvé, bien servi, bien seignouri, bien cou-
«chié en blans draps et cueuvrechiefs blans, bien couvert de
«bonnes fourrures, et assouvi des autres joies et esbatemens,
«privetés, amours et secrets dont je me tais; et l'endemain,
«robes, linges et vestements nouveaux: certes, belle seur, tels
«services font amer et desirer à homme le retour de son hostel,
«et veoir sa preude femme, et estre estrange des autres. Et
«pour ce je vous conseille à reconforter ainsi vostre autre mary
«à toutes ses venues et demeures, et y perseverez.»

H. Martin,
Hist. de Fr.,
t. IV, p. 404.

Depuis la loi somptuaire de l'année 1294, on ne voit pas qu'aucun règlement de ce genre soit intervenu pour limiter les dépenses de la bourgeoisie. Les nombreux témoignages qui nous restent du luxe des demeures bourgeoises suffiraient, du

Ann. archéol.,
t. IV, p. 164,
170, 172.

reste, pour le faire supposer. Le côté de la maison qui donnait sur la rue était souvent triste et austère; mais le côté de la cour ou du jardin offrait presque toujours de riches ornements. Les constructions avec pignon sur rue, qui se développent vers ce temps, donnent lieu souvent à des effets pittoresques. Les intérieurs enfin étaient décorés avec une rare élégance. Les

Cité des dames,
Paris, 1536,
fol. 107 vᵒ.

détails que nous donne Christine de Pisan sur la demeure d'une marchande de Paris récemment accouchée, à qui elle va faire visite, ont de quoi nous surprendre : ce sont des tapisseries de Chypre rehaussées d'or, des tissus de soie et d'argent, des tapis somptueux, de riches bijoux, etc. Les magnificences de l'hôtel de maître Jacques Duchié, en la rue des Prouvelles,

Guillebert
de Metz,
Descript., p. 67,
68.

sont d'un bien autre intérêt : « La porte du quel est entaillie « de art merveilleux; en la court estoient paons et divers oy-« seaux à plaisance. La premiere salle est embellie de divers « tableaux et escriptures d'enseignemens, atachiés et pendus aux « parois. Une autre salle remplie de toutes manieres d'instru-« mens, harpes, orgues, vielles, guiternes, psalterions et au-« tres, des quelz le dit maistre Jaques savoit jouer de tous. « Une autre salle estoit garnie de jeux d'eschez, de tables, et « d'autres diverses manieres de jeux, à grand nombre. Item « une belle chapelle, où il avoit des pulpitres à mettre livre « dessus, de merveilleux art, lesquels on faisoit venir à divers « sieges loings et près, à destre et à senestre. Item ung estude « où les parois estoient couverts de pieres precieuses et « d'espices de souefve oudeur. Item une chambre où estoient « foureures de pluseurs manieres. Item pluseurs autres cham-« bres richement adoubez de lits, de tables engigneusement « entaillies, et parés de riches draps et tapis à orfrais. Item en « une autre chambre haulte estoient grant nombre d'arba-« lestes, dont les aucuns estoient pains à belles figures. Là « estoient estendars, banieres, pennons, arcs à main, etc... « Item là estoit une fenestre faite de merveillable artifice, par « laquele on mettoit hors une teste de plates de fer creuse,

«par my laquele on regardoit et parloit à ceulx de dehors, se
«besoing estoit, sans doubter le trait. Item par dessus tout
«l'ostel estoit une chambre carrée, où estoient fenestres de
«tous costés pour regarder par dessus la ville. Et quant on y
«mangoit, on montoit et avaloit vins et viandes à une polie,
«pour ce que trop hault eust esté à porter. Et par dessus les
«pignacles de l'ostel estoient belles ymages dorées. Cestui
«maistre Jaques Duchié estoit bel homme, de honneste habit
«et moult notable; si tenoit serviteurs bien moriginés et
«instruis, d'avenant contenance, entre lesquelx estoit l'un
«maistre charpentier, qui continuelment ouvroit à l'ostel.
«Grant foison de riches bourgois avoit et d'officiers que on
«appeloit petis royetaux de grandeur. »

Les fondations de chapelles dans les églises furent une des
formes sous lesquelles l'opulence bourgeoise chercha le plus
à se manifester. Des fortunes qui s'étaient formées dans le
commerce ou les trafics d'argent laissaient toujours des inquié-
tudes de conscience, que l'on cherchait à faire taire par
des constructions pieuses. Les filles et les veuves des financiers enrichis se complaisaient surtout dans ces fondations.
Deux des principaux édifices de Paris, l'église Saint-Jacques
de la Boucherie et le charnier des Innocents, furent ainsi élevés pierre à pierre par la riche et intelligente bourgeoisie qui
se pressait en ce quartier populeux. Les noms les plus connus
du XIVe siècle, les Arrode, les Marcel, les Bureau, les Flamel, les Sanguin, les Boulard, se mêlaient aux noms les plus
obscurs dans les chapelles de l'église et les arcades du charnier. L'ensemble de ces constructions résultant d'efforts isolés
était défectueux; mais chaque partie offrait quelque chose
d'individuel et échappait, par sa signification déterminée, à
l'ennui que causent inévitablement les édifices construits par
l'action uniforme de l'administration. Le cimetière des Innocents en particulier, le *Campo-Santo* de Paris, rempli d'innombrables sépultures bourgeoises, devait avoir un aspect singulièrement original, et aurait pu rivaliser avec les plus belles
constructions en ce genre que l'Italie a encore conservées.

Le nom de Nicolas Flamel doit naturellement être rappelé
ici. On ne s'arrêtera pas à discuter les fables auxquelles sa

Villain, Par.
de S.-Jacques
de la Bouch.,
p. 28-68.

Id., Hist.
de Nic. Flamel,
p. 391, 392,

fortune improvisée, fort exagérée d'ailleurs par lui-même,
donna créance, ni les motifs intéressés qu'on a prêtés à ses
différentes fondations. L'église Saint-Jacques était pleine de
lui. Un portail peint et sculpté, situé vis-à-vis de sa maison,
fut décoré par lui en 1399, comme une sorte d'oratoire qu'il
voulait avoir toujours sous les yeux. Le tout était fermé d'un
vitrage, dont le châssis subsistait encore au dernier siècle.
« L'image de la sainte Vierge, dit l'abbé Villain, qui est au
« milieu de ce petit monument, a été sculptée avec assez de
« délicatesse pour le temps. Elle porte de sa droite l'enfant
« Jésus, et de sa gauche elle tient une grappe de raisin. Cette
« image est soutenue par deux anges assis, que le constructeur
« peut avoir voulu faire représenter comme chantant un can-
« tique en l'honneur de la sainte Vierge, cantique dont on lit
« les paroles sur un rouleau qu'ils étendent... Huit anges sem-
« blent accompagner ces deux premiers des différents instru-
« ments qu'ils portent. Ceux-ci entourent l'arcade, qui pré-
« sente à sa pointe une tête qui paraît figurer le Père éternel.
« Dans les angles formés par l'ogive, deux autres anges élèvent
« chacun un encensoir. » L'image de Flamel et celle de sa
femme Pernelle se voyaient à Saint-Jacques, aux Innocents, à
Sainte-Geneviève des Ardents, à l'église de l'hôpital Saint-
Gervais et dans plusieurs autres églises, qui toutes lui durent
de notables accroissements. Mais son goût n'était pas supérieur à celui de ses contemporains, et tous ses ouvrages paraissent avoir été empreints d'une grande vulgarité. La simplicité de la vie qu'il menait, en opposition avec l'importance
de ses fondations, frappa les imaginations et lui assura un renom populaire. Les maisons qu'il fit bâtir avaient un caractère
particulier, qui n'était pas toujours celui de l'élégance et de
la distinction ; elles étaient chargées de devises, composées
par lui avec plus de bonhomie et de piété que d'esprit ; dans
les nombreux bas-reliefs, il figurait presque toujours à genoux
au milieu des anges et des saints. Sa maison de la rue des
Écrivains, qu'il fit construire vers 1372, portait pour devise :

Chacun soit content de ses biens ;
Qui n'a souffisance il n'a riens.

Une autre maison, qui fut bâtie par lui en 1407 dans la rue de Montmorenci, et qui subsiste encore, devait être, avant les mutilations qu'elle a subies, un des plus singuliers restes de la naïve originalité de ce temps. Elle était presque tout entière couverte de bas-reliefs et d'inscriptions, dont l'apparence énigmatique donna lieu à des soupçons d'alchimie. On a vu que c'était une sorte d'hospice ou de communauté ouvrière, habité dans le bas par des gens de métier, dont le loyer servait à soutenir les pauvres qui demeuraient en haut. L'inscription placée au-dessus de la porte indiquait les obligations religieuses des locataires, qui se bornaient à une patenostre et un *Ave Maria*. La singularité des idées de Flamel se retrouve dans les sculptures qu'il fit faire au charnier des Innocents, où sa femme fut enterrée. L'imagination populaire, toujours portée à attribuer un sens occulte à ce qu'elle ne comprend pas, voulut y voir les secrets de l'art des alchimistes, et cette ridicule interprétation, confirmée peut-être par quelques circonstances fortuites, a été répétée jusqu'à nos jours. Les prétendus hiéroglyphes du charnier des Innocents, cette procession regardée alors comme un reste des mystères du paganisme, cet « homme noir » sur le rouleau duquel on croyait lire : « Je vois « merveille, dont moult je m'esbahis, » n'étaient que des images empruntées pour la plupart aux idées que l'on se faisait sur le jugement dernier, et aux signes que l'on considérait comme les précurseurs de la fin du monde. L'abbé Villain, qui décrit ces peintures telles qu'elles existaient de son temps, n'y voit rien que de naturel. C'est plus tard qu'on reproduisit ces images avec des applications absurdes aux secrets du grand art. Le personnage principal était le Sauveur représenté debout, bénissant de sa main droite, et tenant dans sa gauche le globe du monde. Des anges étaient groupés à l'entour : du côté gauche était Flamel, à genoux aux pieds de saint Paul ; Pernelle était de l'autre côté, aux pieds de saint Pierre, son patron. Flamel et Pernelle tenaient des rouleaux : sur celui du mari on lisait : *Dele mala quæ feci;* sur celui de la femme : *Christe, precor, esto pius*. Derrière eux figuraient des anges portant aussi des rouleaux. Saint Pierre et saint Paul étaient appelés les juges du siècle : *Judices sæcli*. Au-dessous

Id., Paroisse de S.-Jacques de la B., p. 305, note. — Guillebert de Metz, Descr., p. 84.—Mém. des Antiq. de Fr., t. XXI, p. 375.

Rev. archéol., t. III, p. 680. Villain, Hist. de Nic. Flamel, p. 113 et suiv. — Annuaire des Ant. de Fr., 1853, p. 88 et suiv.

de toutes ces figures se trouvait une corniche ou plinthe, chargée de cinq bas-reliefs ; celui du milieu représentait la résurrection des morts. Au côté gauche, deux personnages prédisant le jugement. A droite, l'heure dernière était annoncée par ces mots : *Surgite, mortui.* Puis, le symbole des quatre évangélistes, et le massacre des Innocents. Enfin, sur la muraille et derrière les grandes figures, on voyait deux petits cartouches portant N. F. et l'écritoire armoriée de Flamel.

Sauval, t. I,
p. 358.

Villain, Paroisse
de S.-Jacques
de la B., p. 153.
—Mém.
des Antiq.
de Fr., t. XV.

Flamel fut enterré à Saint-Jacques de la Boucherie, et non aux Innocents, comme on l'a souvent écrit ; son épitaphe se voit au musée de Cluni. Au-dessus de l'inscription était figuré le Christ tenant la boule du monde, entre les deux apôtres Pierre et Paul. Le soleil et la lune, qui figuraient des deux côtés, donnèrent lieu à de bizarres explications. Au-dessous, selon un usage qui devenait commun, était représenté un cadavre à demi consumé par les vers, avec cette légende :

De terre suis venu, et en terre retourne :
L'am rends à toi, Jesus, qui les pechiés pardoune.

Parmi les familles bourgeoises qui, surtout vers la fin du siècle, prirent ainsi dans Paris une importance de premier ordre, il faut citer les Arrode, dont l'opulence datait du XIIIᵉ siècle ; les Bureau, qui, au XVᵉ siècle, devaient donner à l'État des personnages si considérables, et dont les fondations remplissaient Saint-Jacques et les Innocents : leur hôtel, situé

Descript.,
p. 68, 69.

rue de la Corroierie, paraît surtout curieux à Guillebert de Metz, en ce que ledit Bureau, « entre autres choses de son « estat, tenoit ung poete de grant autorité, appelé maistre Lo-.« rens de Premierfaict ; » Guillemin Sanguin, Miles Baillet, dont les hôtels inspirent au même Guillebert une admiration qui le porte comme d'ordinaire aux exagérations puériles ; Digne Responde (Dino Raponi), de Lucques, qui habitait rue de la Vieille-Monnaie ; Hugues Aubriot, dont l'hôtel, voisin de l'hôtel Saint-Paul, devint ensuite la propriété du duc d'Orléans, sous le nom d'hôtel du Porc-Épic. Les restes d'une autre de ses demeures, située près des Célestins, subsistent encore. Un genre de luxe qui n'était point rare à Paris,

celui des volières (le « Menagier de Paris » en mentionne
quatre de premier ordre), plaisait surtout à Aubriot ; le souvenir en resta dans une des chansons populaires composées lors
de sa disgrace :

T. II, p. 253. —
Sauval, t. II,
p. 154.

> Courroucié es de tes oiseaux
> Qu'oïr ne pues chanter en caige ;
> Mais bien pues faire les appeaulx
> Pour chanter en ton géolaige.

Nous n'avons guère à nous occuper ici de ce que les municipalités firent pour l'art au XIVe siècle. La vie municipale s'af-
faiblit en France vers cette époque. Ce fut, en général, par la
violence ou par la corruption que les constitutions communales
furent détruites, et partout les hommes sensés protestèrent
contre la lâcheté ou l'étourderie avec laquelle les populations
renoncèrent à leurs garanties. Mais les villes préférèrent
le plus souvent les sûretés qu'offrait l'administration royale
aux avantages de l'autonomie. La ville de Provins, consultée
sur le maintien ou la suppression de ses libertés, accepte sans
condition, à une majorité de deux mille cinq cent quarante-
cinq voix contre cent cinquante-six, le gouvernement du roi,
et ce ne fut pas là sans doute un fait isolé. Or les municipalités
ne servent réellement au progrès de l'art que quand elles sont
indépendantes. On ne citerait pas un hôtel de ville qui ne soit
l'œuvre d'une commune autrefois libre. Les pays qui possèdent
de grands monuments municipaux, empreints d'une physionomie locale, comme la Flandre et l'Italie, sont toujours des
pays où la vie républicaine a eu de grands développements.
Une administration centrale peut bien élever dans les villes de
son ressort les bâtiments qui lui sont nécessaires ; mais elle ne
peut les soustraire à cet air de banalité que porte toujours une
construction qui ne répond pas à quelque chose de vivant. Où
trouver une préfecture ou un palais de gouverneur qui puisse
être comparé aux palais communaux de la Toscane, aux hôtels de ville d'Ypres, de Bruges ou de Gand ?

Mém. des Ant.
de Fr., t. XXI,
p. 445 et suiv.

Deux exceptions doivent être faites à cet amoindrissement
général de l'activité municipale, l'une pour la Flandre, qui,
durant tout le siècle, lutte avec héroïsme pour ses libertés

communales ; l'autre pour la ville de Paris, où une bourgeoisie
intelligente arrive un moment au gouvernement. On sait que
l'hôtel de ville fut établi dans la « maison aux piliers » par
Étienne Marcel : le corps de ville avait jusque-là tenu ses séances en différents « parloirs. » Un grand nombre de travaux
municipaux furent également entrepris par Marcel durant les
rapides instants de son gouvernement populaire. Mais ce fut
surtout le prévôt Hugues Aubriot qui laissa une profonde trace
du passage de la bourgeoisie aux affaires en ce siècle. Tournée
surtout vers les travaux de défense et d'utilité publique, son
activité ne put encore, il est vrai, pourvoir aux travaux d'un
art délicat ; mais les quais, les égouts, les ponts, les murs, les
fortifications (Bastille, Petit-Châtelet) qu'il fit construire ou
auxquels la ville contribua, donnèrent à Paris, pendant des
siècles, une partie de sa physionomie.

CONDITION
DES
ARTISTES.
Les détails qui précèdent ont paru nécessaires pour faire
comprendre la place qu'occupaient alors les beaux-arts dans
la société française. Cette place n'était pas encore celle qui
distingue les siècles polis ; mais on pouvait dès lors entrevoir
un meilleur avenir. La Grèce, certaines époques de l'empire
romain, la Renaissance, les temps modernes, en comprenant
l'art comme une haute manifestation de la nature humaine,
ont attribué à l'artiste sa véritable dignité, à côté du poëte, du
savant, du philosophe. Le XIVe siècle n'était pas arrivé là. Durant tout ce siècle, l'artiste n'est encore que « l'ouvrier : » l'architecte est un maître maçon, le musicien, un ménestrel ; le
peintre et le sculpteur ne sont nullement distingués du peintre
décorateur. A partir du roi Jean et surtout de Charles V, il est
vrai, commence à se dessiner un changement considérable, qui
devait se continuer à la cour des ducs de Bourgogne. L'artiste
devient le favori, le commensal, souvent l'agent secret et le
confident des princes ; l'architecte a le titre de sergent d'armes ; le peintre, de valet de chambre. Ils entrent dans la domesticité, à côté de familiers d'un ordre inférieur (épiciers,
tailleurs d'habits, etc.), et ces charges n'étaient pas de vains
titres. Le miniaturiste Pietre André était huissier de salle chez

le duc d'Orléans. Tantôt on le voit en mission de Blois à Tours
« pour querir certaines choses pour la gesine de madame la
« duchesse; » tantôt de Blois à Romorantin, pour savoir des
nouvelles de madame d'Angoulême, que l'on disait malade.
Girart d'Orléans, Colart de Laon, nous apparaissent comme
des valets adroits, bons à toutes sortes de services. Jean van
Eyck fut de même envoyé plusieurs fois en mission par le duc
de Bourgogne. Ce qui prouve que c'était là néanmoins un progrès dans les idées sur la dignité de l'art, c'est qu'en même
temps on voit les princes commencer à cultiver les arts qu'ils
favorisent. Ils n'ont pas encore parmi eux de René d'Anjou :
cependant Charles V prenait une part réelle aux travaux de
Raymond du Temple; des princes du sang et les plus grands
seigneurs étaient musiciens.

Malheureusement les cours n'étaient pas alors des centres
assez raffinés pour servir d'école de goût. Les artistes que n'atteignaient pas ces faveurs souveraines se traînaient pénible-
ment dans la vulgarité de la vie bourgeoise. Si l'on excepte les
jongleurs, ils ne formaient pas de corporation. Les peintres Ét. Boileau,
p. LXXVIII,
157.
relevaient de la sellerie, et les règles qui leur étaient imposées
étaient celles qu'on prend pour éviter les fraudes des artisans
de bas étage.

Il est vrai, d'un autre côté, qu'aucune des entraves qui gê-
naient au XVIIe siècle la pratique des arts, aucune des exigences de l'ancienne Académie de peinture, par exemple,
n'existait encore. « Il puet estre paintres et taillieres ymagiers
« à Paris qui vuet, pour tant qu'il ouevre aus us et aus cous-
« tumes du mestier et qu'il le sace faire; et puet ouevrer de
« toutes manieres de fust, de pierre, de os, de cor (corne), de
« yvoire, et de toutes manieres de paintures bones et léaus. »
Le nombre des apprentis n'est pas limité; aucun enseignement
officiel ne venait contrarier la spontanéité du génie. Mais le
génie n'existait guère. Cette prodigieuse impulsion qui, aux
deux siècles précédents, s'était produite au sein de la corporation des maçons est maintenant ralentie. Les derniers représentants de ce grand mouvement meurent dans les premières
années du siècle. Le feu sacré des écoles italiennes de peinture, dont Vasari nous a donné le reflet plein de vie, n'avait

pas d'analogue en France. De bons ouvriers, sachant conscien-
cieusement leur métier, voilà le plus souvent ce que nous pouvons mettre à côté des Orcagna, des Memmi, et de la brillante
pléiade qui déjà en Italie faisait pressentir Raphaël. L'instruction étendue, le goût de l'antique, l'esprit de curiosité, le penchant à étudier la nature qu'on remarque dans l'Album de
Villart de Honecourt, semblent faire défaut aux artistes de ce
temps. Chacun se renferme étroitement dans la spécialité qu'il
a apprise. Ces grandes aptitudes générales à la façon de Michel-Ange, de Léonard de Vinci, de Villart de Honecourt lui-
même, à la fois mécaniciens, ingénieurs, géomètres, peintres,
sculpteurs, architectes, deviennent rares ou disparaissent tout
à fait.

L'ART
FRANÇAIS
A L'ETRANGER.
Voy. ci-dessus,
t. II, p. 3-119.

De même toutefois que la poésie française fit le tour du
monde, justement à l'époque de sa décadence, de même l'art
français continua, au XIV° siècle, sans rien produire de nouveau, à couvrir le monde de ses ouvrages. On sait avec quel
empressement l'Europe entière accepta le style d'architecture
créé par la France. Les régions du centre se couvrirent d'édifices imités de nos églises du nord, et des colonies d'artistes
français se répandirent de toutes parts. A Kaschau, en Hongrie, vers 1261, Villart de Honecourt élève l'église de Sainte-
Élisabeth, copiée sur Saint-Yved de Braine et Saint-Étienne

Du Sommerard,
Les arts
au moyen âge,
t. IV, p. 35.
Ann. archéol.,
t. I, p. 140;
t. II, p. 141.
Mittheilungen
des Central-
Comm., juin
et août 1859
(4ᵉ année).
Laborde,
Preuves, t. I,
p. CXXIX.

de Meaux. Entre 1263 et 1278, le doyen de la collégiale de
Wimpfen, près Heidelberg, charge un architecte arrivé de
« Paris, en pays de France, » de lui faire son église en ouvrage français, *opere francigeno*. En 1287, Pierre de Bonneuil, aidé par les étudiants suédois de l'université de Paris,
part de cette ville avec dix compagnons, pour construire la cathédrale d'Upsal, et nos ouvriers conservent au loin leur renommée. L'empereur Charles IV, lors de son voyage en France
sous Charles le Sage, emmène avec lui des architectes, à qui
l'on attribue plusieurs édifices de Bohême. La cathédrale de
Prague est commencée (1343) par un artiste français, Matthias
d'Arras, et achevée (1386) par un autre Français, Pierre de
Boulogne. L'Espagne emploie des architectes et des sculpteurs

français. Vers la fin du siècle, ce sont des Français qui tracent
le plan du dôme de Milan, et un Parisien, Philippe Bonaventure, en dirige les travaux; c'est un maître français nommé
Hardouin qui commence Saint-Pétrone de Bologne. Pendant
longtemps encore, le style dit gothique resta la loi universelle
de l'art de bâtir. A Naples et surtout en Chypre (à Fama-
gouste, par exemple), l'art français de ce temps a laissé aussi
de bons souvenirs. C'est seulement au commencement du siècle
suivant que les architectes allemands de Strasbourg, Fribourg,
Cologne, remplacent quelquefois les Français en Espagne et
en Italie.

Vogüé, Égl.
de la
terre sainte,
p. 376 et suiv.

L'influence italienne en France ne se fit sentir qu'assez tard.
On sait que cette influence s'est surtout exercée par les alliances
de femmes. La première alliance de la maison de France avec
les maisons princières de l'Italie eut lieu en 1360, par le mariage d'Isabelle de France, fille du roi Jean, avec Jean Galeaz
Visconti. Le mariage de Valentine Visconti avec le duc d'Orléans, et celui d'Isabelle de Bavière (Visconti par sa mère)
avec Charles VI, continuèrent cette influence. Ces deux princesses portèrent en France, la première, les qualités, la seconde, les vices, toutes deux le goût des arts que les alliances
italiennes devaient tant contribuer à introduire ou à consolider
parmi nous. Mais on ne voit pas qu'elles se soient particulièrement entourées d'artistes italiens. L'influence d'Avignon,
d'un autre côté, s'étendit peu au delà du Comtat. Le seul personnage de ce siècle qui paraisse avoir eu un penchant décidé
pour l'art italien est le duc de Berri. Ce n'est que sous Louis XI
que la supériorité de l'Italie en peinture fut reconnue en
France, et qu'on se mit à chercher au delà des Alpes un enseignement fécond.

Pour nous résumer en un mot, nous dirons que le grand reproche que nous croyons devoir faire à notre art national en
ce temps-là, c'est que la France ne fit pas encore la Renaissance. Au XIᵉ et au XIIᵉ siècle, la France surpasse de beaucoup l'Italie dans toutes les directions de l'art. L'Italie, à cette
époque, n'avait rien à comparer à nos basiliques romanes,

ESSAIS
DE
RENAISSANCE.

aux peintures de Saint-Savin, au portail de Saint-Gilles, près
d'Arles. Au XIIIᵉ siècle, la France égale encore sa rivale.
Sans doute elle n'eut pas de Giotto ; mais elle eut des archi-
tèctes supérieurs à ceux de toute l'Europe. Au XIVᵉ, la France
est définitivement dépassée. Les « peintres d'Avignon, » tous
Italiens, sont reconnus pour des maîtres qu'on ne savait pas
égaler. Les sculpteurs de Pise surpassent aussi les nôtres. La
France ne recule point ; mais l'Italie avance à grands pas. Ce
siècle n'est chez nous ni un siècle de progrès, ni un siècle de
décadence, c'est un siècle stationnaire. L'art gothique hésite,
s'attarde, et, finalement, n'arrive pas à une forme durable.
L'Italie, au contraire, va bientôt s'engager seule avec un éclat
sans pareil dans cette voie glorieuse où tout le monde devait
essayer de la suivre. Pourquoi ce grand événement de l'histoire de l'esprit humain ne s'est-il pas accompli par la France ?
pourquoi le pays où se produisit le grand éveil de l'art chrétien s'arrête-t-il ensuite dans une sorte de médiocrité routi-
nière ? pourquoi le goût si élevé du premier style gothique
fait-il place au goût plat et vulgaire, qui, si souvent, nous a
blessés dans notre long examen ? Les causes de ce grand fait
sont nombreuses, et tiennent à ce qu'il y eut de plus profond
dans l'histoire morale et sociale de ce siècle.

On ne doit guère alléguer ici les causes politiques. Si la
France peut donner pour excuse les circonstances difficiles où
elle se trouva engagée, l'Italie peut répondre qu'elle en tra-
versa de bien plus graves. La nationalité française en ce siècle
ne courut que des périls ; la nationalité italienne disparut,
sans que le génie italien souffrît aucune éclipse. Au milieu
d'une société profondément troublée, d'une anarchie sans
égale, qui maintenait la terreur en permanence, les œuvres les
plus délicates ne cessèrent de se produire, l'art se développa
avec une liberté absolue, des villes entières furent possédées
de l'émulation des belles choses. Jamais on ne vit par un plus
frappant exemple combien les arts qu'on appelle de la paix
s'accommodent d'une société agitée, pourvu que cette agita-
tion ait de la grandeur et qu'elle corresponde à des passions
élevées.

L'absence de vie municipale d'une part, et de l'autre, au

contraire, le grand développement des institutions républi-
caines, ont bien plus d'importance pour le fait que nous cher-
chons à expliquer ; et ce qui le prouve, c'est que le seul pays
en deçà des monts où nous trouvions le germe d'un mouvement
d'art comparable à celui de l'Italie, la Flandre, est aussi le
seul où fleurissent de petites républiques à peu près indépendantes. Ces États concentrés en quelques milliers d'hommes
produisent une activité merveilleuse, et favorisent le développement des écoles locales. Des villes de troisième et de quatrième ordre en Italie ont une école, marquée de son caractère
propre, n'empruntant rien aux autres, ne sortant pas des murs
de la cité, donnant à celle-ci sa physionomie à part. A compter
du XIVe siècle, les écoles, comme centres distincts, où l'art se
développe d'une façon indépendante, s'effacent presque parmi
nous : seules, quelques spécialités, comme celle de l'orfévrerie
et des émaux de Limoges, se défendent avec obstination. Une
sorte d'éclectisme devient, presque partout, la loi de l'art français. Chaque artiste a son point de départ dans la mode générale de son temps, et non dans la manière particulière du maître qui l'a précédé.

La cour, il est vrai, sera désormais en France le principal
foyer de la culture de l'art. Autour de la cour se grouperont,
surtout à partir du roi Jean, de grandes maisons de princes
du sang, assez analogues aux familles princières de l'Italie.
Mais les princes du sang, ne représentant pas des souverainetés
territoriales bien délimitées et n'ayant pas de capitales fixes,
ne pouvaient créer des régions d'art comme les Visconti, les
della Scala, héritiers eux-mêmes de républiques longtemps
indépendantes. La royauté ne suffit pas pour soutenir un grand
mouvement d'art spontané. Il faut pour cela des républiques
municipales, ou de petites cours correspondant à des divisions
naturelles. La maison de Bourgogne réalisa quelques-unes de
ces conditions; mais le mauvais goût flamand la maintint
dans un luxe vulgaire, pesant, sans idéal. Louis d'Orléans est
bien déjà un homme de la Renaissance; mais le manque de
sérieux le perdit. Toutes les histoires italiennes n'ont personne à comparer à Charles V pour la droiture et le bon sens ;
mais cet excellent souverain garda toujours en fait de goût

quelque chose de lourd, de commun, de bourgeois, s'il est
permis de le dire. Le grand art n'est ni le fruit d'efforts hon-
nêtes, ni le jeu frivole d'aimables étourdis. Il y faut du génie.
On ne doit pas oublier que cette Italie qui produisait la Renaissance des arts, préludait en même temps à la Renaissance des
lettres et de la pensée philosophique, à ce grand éveil, en un
mot, qui, trop tôt contrarié chez nous, replaçait l'humanité
dans la voie des grandes choses, dont l'ignorance et l'abaissement des esprits l'avaient écartée.

Dans la masse de la nation, le contraste n'était pas moins
sensible. La bourgeoisie française de ce siècle était rangée, sérieuse, pleine de justes aspirations à la vie politique. Mais elle
n'avait, heureusement peut-être, aucune des qualités brillantes
de la bourgeoisie italienne. La naissance de l'art est accompagnée d'ordinaire d'une certaine facilité dans les mœurs. Conduite par l'austère université, notre bourgeoisie ne voyait dans
le luxe, fort critiquable à la vérité, des princes du sang que des
dérèglements et une augmentation des taxes. En Italie, tout
était pardonné à celui qui embellissait la cité et créait des monuments dignes d'un peuple libre. En France, cela s'appelait
des prodigalités, de l'argent perdu, et le « droit de prise »
n'expliquait que trop cette impopularité. Florence, dépeuplée
par la peste, applaudissait à la « seigneurie » qui commandait
les portes du baptistère ; en France, Hugues Aubriot, le pro-
moteur des grands travaux de Paris, était considéré comme un
oppresseur : on l'accusait d'hérésie et d'incrédulité ; il n'é-
chappait au feu que par un hasard, et le peuple poursuivait
ses partisans comme des ennemis de Dieu.

La religion de la France enfin, beaucoup plus profonde que
celle de l'Italie, ne la portait pas autant vers les créations délicates de l'art. Le catholicisme français a déjà sa nuance triste
et austère. Une église comme Santa-Maria-Novella, portant sur
ses murs les charmantes images de la gaieté et des élégantes
folies de la vie florentine, eût été un scandale à Paris. Le bon
Flamel et la grave Pernelle, son épouse, s'y fussent trouvés
mal à l'aise. La France faisait sans doute plus de sacrifices que
l'Italie pour ses constructions religieuses ; mais elle y sortait
rarement d'une certaine sécheresse. Ces églises de Toscane,

de Bologne, de Milan, tristement inachevées, respirent un sentiment de l'art plus délicat que nos cathédrales de la même époque. Une pensée plus vivante les a élevées : ici, ce sont des œuvres d'artistes, là, des œuvres d'ouvriers ; on sent que les unes sont dans la voie du progrès, et que les autres font partie d'un art condamné.

Tout contribuait ainsi à donner à l'artiste italien plus de liberté et de dignité. Au lieu d'ouvriers obscurs, anonymes aux yeux de l'histoire, chaque monument de l'Italie rappelle un nom illustre, une gloire municipale, un grand artiste, honoré durant sa vie comme un personnage politique, objet de légendes après sa mort. L'exagération même de quelques-unes de ces réputations est un fait significatif : elle atteste le haut prix que l'opinion attachait aux belles choses, et le charme puissant qui attirait les imaginations vers le domaine de l'art.

Si nous considérons les circonstances extérieures au milieu desquelles l'artiste travaillait en Italie et en France, nous reconnaîtrons aussi sans peine que l'artiste italien était à meilleure école. L'étude de l'antique fit bien moins défaut à nos artistes qu'on ne l'a supposé. A Reims, elle se trahit à des signes évidents. Trois figures au moins de l'Album de Villart de Honecourt sont des études faites sur l'antique ou le byzantin. Mais en ceci l'Italie avait de grands avantages. Les restes de l'art antique y étaient bien plus considérables que dans la France du nord. Quelques belles statues, les trois Grâces du dôme de Sienne, par exemple, étaient connues et admirées depuis longtemps. Les ordres de l'architecture romaine, au moins depuis Brunelleschi, attirèrent l'attention. En peinture de même, l'art byzantin avait offert aux Giunta et aux Cimabue des œuvres bien plus avancées que celles que purent étudier nos peintres du XIIIᵉ siècle.

Pl. xiv, lvii, lx.

L'art est en grande partie le reflet de la société que l'artiste a sous les yeux. Or la société italienne offrait dans le type et les manières une dignité que la nôtre ne présentait pas. La race y était plus belle, le costume et les allures plus distingués. Quelque part que l'on fasse à l'idéal, le monde qu'on entrevoit derrière le *Sposalizio* de Raphaël, ou la Vie d'Énéas

Sylvius au dôme de Sienne, ou les fresques de Santa-Maria-Novella, l'emportait immensément en finesse et en grâce sur le monde de Saint-Jacques de la Boucherie et des Célestins. Le type général du siècle, tel que les miniatures nous le présentent, est chez nous soucieux et laid ; les poses sont vulgaires, les costumes confus et disgracieux ; c'est un tas de breloques et de pendeloques, des découpures sans nombre ; nulle noblesse, nul génie. La grande infériorité de l'art moderne à l'égard de l'art ancien se révèle déjà. Déshérités en tout ce qui tient à la beauté des formes extérieures, les peuples modernes, pour arriver à la noblesse, seront obligés d'abdiquer leurs costumes et leurs allures nationales. Ils n'auront pas de choix entre la vulgarité bourgeoise ou la noblesse théâtrale. Leurs arts plastiques, leur statuaire surtout, seront frappés de quelque affectation et d'une certaine gaucherie.

L'exagération du style ogival ne nuisit pas moins au développement des arts du dessin. Suivant leur principe d'amincissement et de maigreur générale jusqu'aux dernières limites, nos architectes en vinrent presque à supprimer les surfaces planes. Chassée de son domaine naturel, qui est la grande composition murale, la peinture s'abaisse peu à peu au niveau de la peinture en bâtiments. On ne songe plus qu'à entourer les colonnes de mesquines torsades ; on se rejette, pour la décoration des autels, sur une imagerie en pierre, maigre et sans accent. Demandons-nous ce que fût devenue la peinture en Italie, si les églises du temps de Giotto eussent été construites dans ce style, si le génie de ce grand peintre et de ses successeurs n'eût eu pour se déployer les vastes murs des églises d'Assise ou du *Campo-Santo* de Pise. Notre grande supériorité en architecture nous perdit. De tour de force en tour de force, nos maîtres maçons arrivèrent à des églises sèches, abstraites, froides, exclusivement architecturales. Le vide et la nudité de ces églises, quand elles ont échappé à l'ornementation désastreuse du XVII° et du XVIII° siècle, est quelque chose d'attristant. Les détails y étant secondaires, le plan seul étant la partie vivante et voulue, elles sont plus belles en dessin que dans la réalité. Une fois qu'on a épuisé le grand sentiment d'infinité qui résulte de l'ensemble, on sent le dé-

faut de cette architecture égoïste et jalouse, n'ayant pour but
qu'elle-même, et régnant dans le désert. Aucun grand vaisseau du XIVᵉ siècle en Italie ne saurait être comparé à nos
cathédrales de la même époque. Pourquoi cependant les églises toscanes et ombriennes sont-elles d'un art plus fin que
Saint-Ouen, que la cathédrale de Beauvais ? Parce que l'architecte s'y est borné à son rôle, parce que chaque détail y conserve son prix. Elles sont supérieures à nos églises, comme
Pétrarque est supérieur aux troubadours. Elles remplissent la
condition essentielle de l'art classique, un cadre fini, laissant
place à toutes les délicatesses de l'exécution. L'avenir est de
leur côté, car elles appellent et provoquent le progrès de tous
les arts.

L'Italie, il est vrai, a eu deux bonnes fortunes refusées à la
France et dont il importe de tenir un grand compte : celle
d'avoir conservé intactes les œuvres de ses anciens artistes, et
celle d'avoir eu Vasari. Maîtres de l'opinion au XVIᵉ siècle et
au suivant, les Italiens dispensèrent trop souvent la renommée
selon leurs préventions ou leurs dédains. Sans contredit, la
France du XIIᵉ et du XIIIᵉ siècle posséda dans son sein un
mouvement d'écoles comparable à celui de l'Italie du XIVᵉ siècle ; mais elle n'eut pas de narrateur légendaire pour ce grand
développement. Ses génies créateurs ne nous sont guère connus que de nom ou par les chétives images qui nous les montrent, sur le pavé de leurs églises, sous l'humble manteau de
l'ouvrier. La façon dont leurs œuvres furent traitées a été bien
plus déplorable encore. La France a toujours eu le tort de détruire quand elle a voulu bâtir. Trois ou quatre fois au moins
la France a changé de face, et chaque fois elle s'est crue obligée
de faire table rase du passé. La Renaissance eût volontiers
supprimé les édifices gothiques du moyen âge ; les amateurs
du style classique du XVIIᵉ siècle crurent bien servir la cause
de l'art en effaçant la trace de constructions qu'ils tenaient pour
irrégulières ; de nos jours, enfin, il semble qu'on s'efforce, en
détruisant jusqu'au vestige des fondations anciennes, de
rendre toute image du passé impossible et de dérouter jusqu'aux souvenirs. L'Italie, au contraire, même au temps de
Raphaël, n'effaça jamais un Giotto. Ses vieilles écoles lui

furent toujours chères. La perfection de l'âge classique ne la
rendit pas injuste pour la naïveté des époques de tâtonnement.
L'attention que Vasari accorde aux anciens maîtres eût passé
en France pour puérile, les essais des époques primitives y paraissant tout simplement grotesques ou barbares.

La fortune de l'art italien tient donc à des causes profondes
et à la supériorité même du génie de l'Italie. Avant tout autre
pays en Europe, l'Italie attacha un sens au mot de gloire et
travailla pour la postérité. Le respect des origines tient chez
elle au même principe. L'art étant pour l'Italie la réalisation
du beau, non un caprice futile, elle n'éprouva pas ce fatal
besoin de sacrifier les œuvres du passé aux convenances des
artistes à la mode. Toutes les couches de l'histoire de l'art
sont représentées sur son sol. Chacun de ses chefs-d'œuvre a
un nom, une date, une légende. Si elle eût eu nos architectes
du XIIᵉ et du XIIIᵉ siècle, elle eût égalé leur gloire à celle des
Bramante et des Michel-Ange. Même les noms obscurs des
Colart de Laon, des Girart d'Orléans, seraient chez elle inscrits au livre d'or. Chez nous, ils n'ont échappé à l'oubli que
par le hasard qui les a fait figurer sur d'insipides registres de
dépenses, mêlés aux détails les plus vulgaires : *illacrymabi-
les,... carent quia vate sacro.*

En somme, si notre art du moyen âge n'a pas vécu, ce n'est
pas le caprice du XVIᵉ siècle qu'il en faut accuser ; c'est qu'il
manquait des conditions nécessaires pour arriver à la pleine
réalisation du beau. L'art du moyen âge tomba par ses défauts
essentiels, et parce qu'il ne sut pas s'élever à la perfection de
la forme. L'antiquité seule pouvait révéler aux nations modernes le secret d'un art qui ne sacrifiât jamais la beauté à l'expression, et s'arrêtât toujours devant la grimace et la difformité. La Renaissance n'est pas, comme on l'a dit souvent,
coupable d'avoir étouffé l'art du moyen âge : l'art du moyen
âge était mort avant qu'elle commençât à poindre. Il était mort
faute d'un principe suffisant pour l'amener à un entier succès.
Aussi sa décadence ne ressemble-t-elle point à celle d'un art
qui dépasse le but à force de raffinement, et par l'impossibilité
où est l'esprit humain de se tenir longtemps dans la limite de
la perfection : ce fut une décadence avant la maturité, une

sorte de jeunesse flétrie avant d'arriver à un complet développement. Ce qui manqua à l'art de la fin du XIV° siècle, ce ne fut ni le talent des artistes, ni une aristocratie brillante et spirituelle pour l'encourager ; ce fut un mobile moral élevé, une noble conception de la nature humaine, et ce sentiment du grand et du beau, sans lequel les ouvrages de l'art, comme ceux de la littérature, ne peuvent arriver à revêtir une forme durable et achevée.

DISCOURS

SUR

L'ÉTAT DES BEAUX-ARTS EN FRANCE

AU QUATORZIÈME SIÈCLE.

———

II.

SECONDE PARTIE.

___

LES ARTS EN PARTICULIER.

—

L'architecture, en ce siècle, ne créa rien de bien original. Architecture. La France, dans les trois siècles qui avaient précédé, avait été le théâtre d'un mouvement d'architecture comme le monde peut-être n'en verra plus. Le XIVᵉ siècle ne fit que recueillir l'héritage de ce mouvement. Le style que l'on nomme gothique y règne sans partage. Ce style, depuis sa première apparition jusqu'à son entier abandon au XVIIᵉ siècle, ne resta pas un moment stationnaire; il était complet en 1300; en 1400, il penchait vers sa décadence; les révolutions qu'il subit dans cet intervalle ne portent que sur des accessoires, et n'impliquent l'addition d'aucun principe essentiellement nouveau.

La date de l'invention du style gothique est maintenant bien connue. Les parties de la basilique de Saint-Denis bâties par Suger (1137-1140) sont déjà gothiques : il faut les juger d'après l'étage inférieur du chœur de cette basilique, et non d'après le portail. La cathédrale de Chartres, commencée de 1140 à 1145, offre très-peu de style roman. Celle de Noyon, l'aînée de toutes, et celle de Senlis, commencée vers 1150, sont décidément dans le style nouveau, quoique montrant encore plus d'un lien de transition avec les habitudes anciennes.

Les cathédrales de Laon, de Paris, de Soissons, l'abbaye de
Fécamp, postérieures de dix ou vingt ans, ne gardent plus
du roman que des traces presque imperceptibles. C'est donc
vers 1150 qu'il convient de placer le moment où le style nouveau apparaît avec ses caractères distinctifs.

Le pays où il se produisit peut être déterminé avec non
moins de précision. Ce fut sans contredit en France, puisque notre pays présente des monuments gothiques au moins
cent ans avant tous les autres. Ce ne fut ni dans le midi ni
dans le centre de la France, puisque ce style n'y fut transporté
que tard et n'y prit jamais de solides racines ; ce ne fut pas en
Bretagne, où l'on ne trouve aucun monument gothique antérieur au XIV° siècle, et où tous ces édifices ont été bâtis par
des étrangers. Ce ne fut ni en Normandie, ni en Lorraine, ni
en Flandre, où ce style fut également introduit à une époque
relativement moderne. Ce fut dans l'Ile de France et la région
environnante, le Vexin, le Valois, le Beauvaisis, une partie de
la Champagne, tout le bassin de l'Oise, dans la vraie France
enfin, c'est-à-dire dans la région où la dynastie capétienne,
cent cinquante ans auparavant, s'était constituée.

L'aspect archéologique de cette région de la France démontre la précédente proposition d'une façon incontestable.
Les constructions qui expliquent la transition du style roman
au style gothique, les cathédrales de Noyon, de Laon, de Senlis, Saint-Remi de Reims, Notre-Dame de Châlons, l'église de
Saint-Leu d'Esserent, y sont toutes groupées. Quand on entre
dans la cathédrale de Noyon, on croit au premier moment entrer dans une église purement ogivale. Mais on remarque bientôt que le plein cintre y est presque aussi souvent employé que
l'ogive, et l'on arrive à se convaincre que pendant quelque
temps on suivit simultanément les deux systèmes. Les arcs
romans, en effet, se trouvent dans toutes les parties de l'é-
glise, mais principalement, chose frappante, dans les ordres
les plus élevés. C'est que l'effet des églises gothiques dépend,
non pas de la forme des arcs qui y sont employés (autrement
Saint-Étienne-du-Mont, où il n'y a que des arcs surbaissés, ne
serait pas une église gothique), mais de la proportion des sup-
ports, qui sont d'une ténuité extrême par rapport à ceux de la

Vitet, N.-D.
de Noyon.

construction romane, leur amincissement tenant à ce que l'édifice est contrebouté par des arcs extérieurs. Presque toutes les églises de la région de Noyon présentent le même phénomène. Les deux styles s'y mêlent profondément ; quand elles sont ogivales, l'aspect général de l'édifice est encore roman, et quand elles sont romanes, on y voit facilement poindre les traits qui, en se développant, formeront le caractère du style ogival. Il suffira de citer Saint-Denis, Saint-Étienne de Beauvais, Saint-Martin de Laon, Saint-Pierre de Soissons, l'église de l'abbaye d'Ourscamps, Saint-Évremont de Creil, les petites églises romanes des environs de Laon et de Beauvais, Urcel, Nouvion, Bruyères, Saint-Julien, Traci, Marizelle, les petites églises, plutôt gothiques, d'anciens prieurés qu'on trouve dans le Valois.

Partout on sent l'effort du style roman pour produire quelque chose de plus léger, ou la simplicité du gothique naissant, encore pur de tout raffinement subtil. L'ogive, dans les édifices décidément gothiques, est à peine sensible, tant l'angle des deux arcs est ouvert. La hauteur est très-modérée. Le style a encore une pureté et une sévérité qu'il ne gardera pas dans les pays où il sera transporté. Quand des textes formels ne nous apprendraient pas que les cathédrales de Noyon, de Senlis, de Laon, de Paris, de Chartres furent les premières églises gothiques, le style seul de ces édifices l'indiquerait. Les petites églises de Saint-Leu-d'Esserent, de Longpont, d'Agnetz sont également des chefs-d'œuvre de proportion, de justesse, de hardiesse mesurée, que l'architecture gothique n'a pu produire qu'à son début. Ajoutons que tous les architectes célèbres de l'école gothique, Robert de Luzarches, Pierre de Montereau, Eudes de Montreuil, Raoul de Couci, Thomas de Cormont, Jean de Chelles, Pierre de Corbie, Villart de Honecourt, sont de l'Ile de France, de la Picardie ou des pays voisins.

Il n'est pas non plus inutile de faire observer qu'aucune région n'explique aussi bien que celle-ci la formation du style nouveau. Les matériaux, en effet, y sont abondants et d'excellente qualité. La pierre, facile à travailler, semble inviter aux essais hardis, aux tâtonnements périlleux, et à cette fièvre d'innovation qui porta les architectes gothiques à surenchérir sans fin les uns sur les autres en fait de témérité.

Le style gothique nous apparaît ainsi comme un art purement français. Il naît avec la France, au centre même de la nationalité française, dans ce pays florissant et riche qui se dégageait le premier de la féodalité germanique, fut le berceau de la dynastie capétienne, et en recueillit avant tous les autres les bénéfices. Ce fut, comme on l'a dit, l'architecture du domaine royal. Soumis à l'influence essentiellement française de la royauté et de l'abbaye de Saint-Denis, ce pays, au XIᵉ et au XIIᵉ siècle, fut le théâtre d'un grand éveil de l'esprit humain, d'une sorte de renaissance qui se traduisit en poésie par les chansons de geste, en philosophie par l'avénement de la scolastique, en politique par le mouvement des communes et l'administration de Suger, en religion par saint Bernard et les croisades. L'architecture gothique, ou, pour mieux dire, le mouvement de construction d'où elle sortit, fut le produit des mêmes causes. En ce qui concerne les communes, ce ne fut pas sans doute une circonstance fortuite qui fit coïncider leur établissement avec la rénovation architecturale. L'église, à cette époque, avait hérité du forum et de la basilique de l'antiquité; c'était le lieu des réunions civiles, et, en effet, ce sont des villes de communes, Noyon, Laon, Soissons, qui élèvent les premières cathédrales gothiques.

Qu'aucun élément ni italien ni allemand ne se mêlât à cette première Renaissance toute française, si tristement arrêtée au XIVᵉ siècle, c'est ce qui, pour l'architecture, est de toute certitude. Cent ans au moins le style ogival reste la propriété exclusive de la France. Les bords du Rhin se couvraient encore de constructions romanes, quand les chefs-d'œuvre du style ogival étaient déjà élevés dans la France du nord. L'Angleterre eut des églises gothiques bâties dès le XIIᵉ siècle, mais par des Français. En 1176, la reconstruction de la cathédrale de Canterbury ayant été décidée, on ouvrit un concours ; ce fut Guillaume de Sens, célèbre par de grands travaux, qui fut choisi, et qui commença le chœur dans un système nouveau pour l'Angleterre, mais qui déjà régnait exclusivement en France. Au XIIIᵉ siècle, les innombrables maîtres maçons qui

Viollet Le Duc, Dict. d'archit., art. Architect.

Ann. arch., t. II, p. 140.

portèrent ce style jusqu'aux confins de l'Europe latine étaient
des Français. Le premier architecte gothique non Français
dont le nom soit connu, est Erwin de Steinbach (1277). En
Allemagne, jusqu'au XIV⁴ siècle, ce style s'appela le « style
« français, » *opus francigenum,* et c'est là le nom qu'il aurait
dû garder.

Mais la même fatalité qui priva la France de la gloire de ses
chansons de geste se retrouve ici. L'esprit étroit qui domine à
partir de saint Louis, les violences de l'inquisition, les malheurs
de la guerre de cent ans, éteignent chez nous le génie. Strasbourg et Cologne deviennent les écoles du style que nous
avions créé. La France voit à son tour chez elle des artistes
étrangers. Le « style français » passe pour allemand ; l'Italie
l'appelle « tudesque, » puis, par un contre-sens des plus bizarres, fait prévaloir pour le désigner l'absurde dénomination de
« gothique. » Il faut se rappeler que les barbares furent surtout connus à l'Italie par les Goths ; *gotico* devint synonyme
de *barbaro,* et une légende représenta les Goths comme des
êtres fantastiques acharnés à la destruction des monuments
romains, qu'ils venaient marteler pendant la nuit. Dans leur
dédain pour cette architecture, qui n'était pas conforme aux
ordres grecs et qui leur était profondément antipathique, les
Italiens du XVIᵉ siècle l'appelèrent *gotica ;* et ce nom fut d'autant plus facilement accepté par la France du siècle suivant que
le mot de gothique avait pris en français, par suite de l'influence italienne, une nuance analogue (écriture gothique, les
temps gothiques, etc.). De là à prétendre que les Goths avaient
inventé ce style, il n'y avait qu'un pas : Vasari le franchit, et
aujourd'hui ce non-sens historique n'est pas encore déraciné
de l'Italie.

Comment se forma ce style extraordinaire qui, durant près
de quatre cents ans, couvrit l'Europe latine de constructions
empreintes d'une si profonde originalité ? De doctes et judi-
cieuses recherches ont résolu la question. Les anciennes
hypothèses, et d'une influence orientale, et d'une origine germanique, et d'un prétendu type xyloïdique (architecture en
bois), doivent être absolument abandonnées. Le style gothique sortit du style roman par un épanouissement naturel,

Ibid., t. II,
p. 141. —
Springer,
Handbuch der
Kunstgeschichte,
§ 83, p. 185. —
Czœrnig,
Mittheilungen,
t. III, janv.
et suiv.

Vasari ,
Vite de'pitt.,
introd., c. 3.

C. Troya,
Della architett.
gotica.

Viollet Le Duc,
Dict. d'archit.,
art. Arc-boutant,
Architecture,
Cathédrale,
église ; et Ann.
archéol., t. I,
p. 334 et suiv.;
t. II, p. 78

et suiv. —
Mérimée,
Ann. de la Soc.
de l'hist. de Fr.,
t. II, 1838. —
J. Quicherat,
Rev. archéol.,
t. VII, p. 65
et suiv.; t. VIII,
p. 145 et suiv.;
t. IX, p. 525
et suiv.; t. X,
p. 65 et suiv.;
t. XI, p. 669
et suiv. —
Vitet, N.-D.
de Noyon,
p. 105, 118. —
H. Martin,
Hist. de Fr.,
t. III, p. 409. —
F. de Verneilh,
Ann. archéol.,
t. II, p. 133
et suiv. —
Lassus, en tête
de l'Album
de Villart
de Honecourt.
— Vogüé,
Égl. de la terre
sainte, p. 223,
394. —
A. Essenwein,
dans les
Mittheilungen
de Czœrnig,
III, 1858, janv.
et suiv. —
Lübke,
Vorschule zur
Gesch. der
Kirchenbau-
kunst des
Mittelalters;
Grundriss
der Kunstge-
schichte, p. 373
et suiv.

ou, si on l'aime mieux, par le travail d'hommes de génie, tirant avec une logique inflexible les conséquences de l'art de leur temps. Il fut la continuation d'un style antérieur, créé vers l'an 1000, et déduit lui-même des lois qui jusque-là avaient présidé en Occident à la construction des temples chrétiens.

Tout le monde est d'accord pour reconnaître que les églises antérieures au XI° siècle, à l'exception de celles que l'on bâtissait sous l'influence directe de Byzance, n'étaient que de chétives imitations des anciennes basiliques du temps des empereurs chrétiens. Le toit était soutenu par une charpente qui se voyait de l'intérieur ; le travail était le plus souvent défectueux et sans style. Le mouvement extraordinaire de construction qui suivit l'an 1000 amena dans l'architecture chrétienne le plus grave changement qu'elle ait jamais subi. On n'ajouta rien d'essentiel à la vieille basilique, mais on en développa tous les éléments. A la charpente on substitue la voûte ; des contre-forts sont acculés aux murs pour soutenir les poussées ; les rapports de l'élévation et de l'écartement sont changés. En même temps tout prend du style, et bientôt ce style devient de l'élégance. La colonne s'applique comme décoration au lourd pilier. Le chapiteau cherche à copier le corinthien ou le composite, même quand il est historié. La forme de l'église est nettement déterminée : c'est une croix latine, dessinée par une nef élevée, flanquée de bas côtés. Deux tours, d'ordinaire carrées, percées de plusieurs étages de petites fenêtres en plein cintre, ornent l'entrée. Une rosace, au moins rudimentaire, complète la façade. Le chœur s'allonge un peu, et parfois s'entoure de bas côtés. Les fenêtres sont étroites, et souvent divisées par le milieu. Une coupole centrale s'élève à la jonction de la nef et du transept. Un progrès non moins sensible se fait sentir dans l'exécution. On se préoccupe de la durée. A l'intérieur, on vise surtout à une grande richesse : la sculpture décorative est prodiguée ; les murs et les pavés sont revêtus d'incrustations colorées, les colonnes resplendissent d'une éclatante polychromie. Il semble qu'on veuille modeler l'église sur la Jérusalem céleste, resplendissante d'or et de pierreries.

Ainsi naquit le style dit roman, qui, au XI⁰ siècle et dans la première moitié du XII⁰, couvrit la France d'édifices pleins d'harmonie et de majesté. Quand on étudie bien ces églises, on voit que c'est au moment de leur apparition qu'il faut placer l'acte vraiment créateur de l'architecture du moyen âge. Ce sont déjà des églises gothiques pour la forme générale, l'aménagement intérieur, le jeu des nefs et des galeries. Le principe est posé ; il n'y a plus qu'à le développer. Le midi, le Poitou, l'Auvergne, procédèrent timidement dans ce développement : la cathédrale de Poitiers, du XII⁰ siècle, est presque toute romane. La Provence et le Languedoc continuèrent à bâtir en roman jusqu'au XIV⁰ siècle. Le nord, au contraire, ne s'arrête pas. Soit que les églises romanes y fussent moins bien construites et qu'un grand nombre d'entre elles se fussent écroulées dans le commencement du XII⁰ siècle, soit que cette partie de la France obéît à des besoins d'imagination plus élevés, le mouvement architectural s'y poursuivit sans relâche, et cent cinquante ans après sa naissance le style roman y subissait une profonde modification.

Le travail abstrait d'où sortit cette modification dut être quelque chose de surprenant. D'une part, les maîtres maçons du nord trouvèrent que les églises romanes avaient quelque chose de lourd et de trapu ; ils virent qu'on pouvait beaucoup les amincir et y employer bien moins de matériaux. D'un autre côté, de fréquents accidents avaient prouvé que dans les églises du XI⁰ siècle la poussée de la voûte avait été mal calculée ; on chercha à y remédier. En suivant cette double tendance, on fut conduit à substituer la voûte d'arêtes à la voûte en berceau, et à préférer l'arc aigu au plein cintre. L'arc aigu avait l'avantage d'opérer un bien moindre écartement, et de faire porter l'effort sur des points isolés et certains. Ce changement ne fut pas d'abord systématique. L'ogive (puisque c'est là le nom très-impropre qu'on donne de nos jours à l'arc aigu) fut adoptée pour les grands arcs, qui poussent beaucoup ; le plein cintre fut conservé pour les petits, qui poussent peu ou point. Une vaste compensation d'ailleurs fut cherchée dans les arcs-boutants et contre-forts, sur lesquels toutes les poussées se réunissent. Les églises romanes en avaient, mais dissimulés et peu considérables. Ici, ils devinrent la maîtresse partie et permirent des légèretés inouïes. Les vides s'augmentent dans une effrayante proportion. Les reins puissants qui soutiennent toutes ces masses branlantes sont au dehors, et l'on en vint à réaliser cette idée singulière d'un édifice soutenu par ses écha-faudages, et, s'il est permis de le dire, d'un animal ayant sa charpente osseuse autour de lui.

Un souffle puissant semble dès lors pénétrer la basilique romane et en dilater toutes les parties. Devenue en quelque sorte aérienne, l'église nage dans la lumière, l'éteint, la colore à son gré. Les murs arrivent au dernier degré de maigreur. Les colonnes amincies et divisées en colonnettes ont l'air de n'être là que pour l'ornement. L'église semble l'épanouisse-ment d'un faisceau de roseaux. Le style roman, qui vise sur-tout à la solidité, n'affecte pas les hauteurs extraordinaires ; il offre plus de pleins que de vides ; ses fenêtres sont petites, ses colonnes massives. Le gothique se passionne pour la légè-reté jusqu'à la folie. Les fenêtres étroites deviennent des baies énormes qui font de l'édifice une cage à jour. Les lignes verti-cales se substituent aux lignes horizontales, les plans en saillie et en retrait aux surfaces unies. L'artiste, surtout avide d'inspi-rer un sentiment d'étonnement, ne recule pas devant des moyens d'illusion et de fantasmagorie. Il dissimule, au moins sous certains profils, ses moyens de solidité. Cette voûte sem-ble poser sur des colonnettes, tandis qu'elle pose en réalité sur les murs latéraux. Ces murs eux-mêmes effrayent par leur peu de masse ; mais au dehors une forêt de béquilles, comme on l'a dit souvent, suppléent à leur insuffisance. Ces fenê-tres sous la voûte produisent une sorte de terreur ; mais cette voûte est soutenue par d'autres moyens : les frêles étais qui ont l'air de la porter sont là pour détourner l'attention, et tromper l'œil sur la direction réelle des effets de la pesan-teur.

Ainsi naquit l'église dite gothique. Elle n'a rien de plus, rien de moins que l'église romane. C'est la vieille basilique évidée, amincie, remplie de souffle et d'âme. Souvent les deux églises se sont succédé peu à peu et n'ont été considérées que comme une seule, si bien que la dédicace de la construction romane a compté pour l'église gothique, à Laon, à Châlons, par exemple, et a produit d'étranges confusions de date. La basilique du moyen âge était complète avant l'adoption de l'ogive. L'ogive, en d'autres termes, n'est pas un trait de style ; elle est applicable à tous les styles : des églises purement romanes, comme Saint-Maurice d'Angers, Saint-Gilles, près d'Arles, en font un emploi suivi. Souvent on pratiqua simultanément le plein cintre et l'ogive, et, assez longtemps après le triomphe de l'ogive, on continua d'employer le plein cintre dans les clochers. Enfin une foule d'églises, non-seulement dans la région qui servit de berceau à l'ogive, mais en Guienne, en Normandie, flottent entre les deux procédés, et peuvent presque indifféremment s'appeler romanes ou gothiques. De la basilique romaine à la basilique chrétienne du temps de Constantin, de la basilique constantinienne aux églises du IXe et du Xe siècle, de celles-ci à la basilique romane, de la basilique romane à l'église gothique, il n'y a pas une seule solution de continuité. Quelque peu d'analogie qu'offrent au premier coup d'œil Saint-Paul-hors-les-murs et Notre-Dame de Paris, l'une de ces constructions vient de l'autre par une série de développements non interrompus.

On ne nie pas qu'une influence grecque assez forte ne se soit exercée en France au Xe siècle et au XIe ; mais cette influence entra pour peu de chose dans le grand mouvement de notre art national. Elle produisit Saint-Front de Périgueux, quelques églises du Querci et de l'Angoumois ; mais ce n'est certes pas de ce côté qu'il faut chercher l'origine de l'art gothique. Encore moins faut-il parler des croisades et de l'influence arabe. L'architecture gothique et l'architecture arabe ont des ressemblances ; mais ces ressemblances viennent de la similitude de leurs points de départ. L'une sort du roman, l'autre du byzantin ; or le roman et le byzantin étaient frères, issus tous les deux par dégradation de l'art antique. Le gothique et l'arabe arrivèrent ainsi par la logique à des résultats analogues ; mais ils ne se doivent rien l'un à l'autre, et représentent des tendances profondément différentes. L'ogive a existé de tout temps en Orient à l'état sporadique ; l'Orient même en adopta l'usage général avant l'Occident ; mais ce n'est

pas de là que les grands constructeurs du XIIᵉ siècle la prirent : ils y arrivèrent d'eux-mêmes et indépendamment de tout
Ann. archéol.,
t. I, p. 209,
361 ; t. II,
p. 117. —
Rev. archéol.,
. VII, p. 65
et suiv.
emprunt fait au dehors. Le mot d' « ogive » ou « augive, » auquel on peut attribuer une origine arabe, ne peut être objecté;
on sait que c'est par un abus récent, mais assez consacré pour
que nous ayons cru devoir nous y conformer, que ce mot a été
employé pour désigner l'arc aigu.

C'est donc une suite de développements qui a produit les
églises romanes et les églises gothiques. Tout se rattache au
mouvement de construction qui part de l'an 1000, produit nos
belles églises romanes, arrive vers 1150 à l'ogive, et vers 1200
à un type mûr, fixe, parfait à sa manière, qui ne varie plus
jusqu'au XVᵉ siècle. Une seule grande révolution, la substitution de la voûte à la charpente, a produit, par des déductions
en quelque sorte nécessaires, toutes les transformations qui
remplissent l'intervalle du XIᵉ siècle au XIVᵉ. La production
du style gothique fut parfaitement logique ; elle ne suppose
Ibid., t. I,
p. 803, 804.
l'introduction d'aucun élément étranger. L'ogive, employée
dans des cas exceptionnels au XIᵉ siècle, pour donner de la
solidité aux arcs qui devaient avoir une grande portée, devient
la règle à partir de 1150 ; mais on peut dire qu'elle était en
germe dans les nécessités intimes de l'art antérieur. Certaines
parties des basiliques nouvelles, comme les ouvertures du transept
sur la nef et sur le chœur, l'appelaient presque forcément. Enfin,
elle arrivait à des effets qui parlaient beaucoup à l'imagination
et répondaient mieux au sentiment religieux du temps. En
somme, il se passa en architecture un phénomène analogue à
celui qui avait lieu dans la langue et la poésie. Avec des éléments antiques, brisés, transposés, recomposés selon ses idées
et ses sentiments, le moyen âge se créait un instrument tout
différent de celui de Rome. Nos églises sont à l'art antique
ce que la langue de Dante est à celle de Virgile, barbares
et de seconde formation si l'on veut, mais originales à leur
manière et correspondant à un génie religieux tout nouveau.

Comme tous les grands styles, le gothique fut parfait en
naissant. Trop habitués à le juger par les ouvrages de sa décadence, nous oublions souvent qu'il y eut pour le style ogival,

avant les exagérations des derniers temps, un moment classique, où il connut la mesure et la sobriété. Les petits édifices
élevés en quelques années et d'une parfaite unité nous rensei-
gnent bien mieux à cet égard que les grandes cathédrales,
achevées presque toutes au XIV° siècle. L'église de Saint-Leu-
d'Esserent, celle d'Agnetz, près Clermont, la salle d'Ourscamps, la belle église cistercienne de Longpont, ou même
celle de Saint-Yved de Braine, sont d'excellents modèles, aussi
purs, aussi frappants d'unité, que le plus beau temple grec.
Les églises élevées par les croisés en Palestine brillent aussi
par leur sévérité. On ne peut placer trop haut ces constructions
simples et grandioses du premier style ogival. Les lignes ver-
ticales n'empêchent pas de fortes lignes horizontales de se dessiner. Les chapiteaux, composés de feuilles élégantes, semblables par les proportions, mais non par l'ornement, rappellent
encore le galbe corinthien. Les bases sont ornées de moulures
simples ; tout l'aspect de la colonne est d'une juste proportion. L'ogive, dont on exagérera plus tard l'acuité, est à peine
sensible ; à Saint-Leu, l'abside, à distance, paraît toute romane.
On ne vise qu'à des hauteurs modérées ; le bâtiment paraît
assez large ; les fenêtres sont de taille moyenne, presque sans
divisions intérieures. Tout l'édifice respire une droiture de jugement, un sentiment de justesse dont on ne tardera pas à se
départir.

Le XIII° siècle ne surpassa point ces fines et solides constructions ; mais, dans l'exécution des grandes cathédrales, il
mit fin à beaucoup de tâtonnements et d'incertitudes. Souvent,
dans la période d'essais, le bâtiment trompait les calculs ; de
lourds contre-forts venaient réparer ce qu'on n'avait pas su
prévoir. Ce ne fut guère que vers 1300 qu'on arriva à une
science exacte des poussées, et à ces règles fixes qui ont fait du
gothique un véritable ordre, où le caprice n'a plus de place.
L'activité qui régna parmi les architectes de cette époque est
quelque chose de prodigieux. Leur genre de vie, renfermé
dans une sorte de collège ou de société à part, entretenait chez
eux une ardente émulation. Pour que de tels hommes se soient
peu souciés de la renommée, il faut qu'ils aient trouvé dans

ÉDIFICES
RELIGIEUX.

l'intérieur de la confrérie un mobile suffisant, qui les rendait indifférents à toute autre chose qu'à l'estime de leurs pairs. Ce ne sont plus, en effet, ces efforts impersonnels du XIᵉ et du XIIᵉ siècle, où l'individualité de l'artiste est complétement voilée. Ici chaque artiste a un nom ; chacun est jaloux de son église ; chacun y inscrit son nom et s'y fait enterrer. L'Album de Villart est un témoignage incomparable de la vie et de la jeunesse d'imagination qui distinguait alors nos artistes ; et il n'est pas en cela un document isolé. On possède, soit sur parchemin, soit sur pierre, beaucoup de plans du XIIIᵉ et du XIVᵉ siècle. Bien qu'ils soient d'une géométrie élémentaire, n'employant que les arcs du cercle, ils montrent un grand travail de réflexion. Les concours, enfin, étaient ordinaires. Il suffira de citer celui de 1321 pour Saint-Ouen, celui de 1382 pour la cathédrale de Troyes. La cathédrale de Strasbourg conserve dans ses archives les dessins présentés à un concours ouvert pour sa façade. Les légendes sur les rivalités des artistes rappellent celles qui eurent cours en Italie aux époques où l'attention y fut le plus éveillée sur les choses de l'art.

Ann. archéol., t. I, p. 141, 142 ; t. V, p. 87 et suiv. ; t. VI, p. 139. — Schmidt, Fac-simile der Originalpläne-deutscher Dome. Trèves, 1850. Viollet Le Duc, Dict. d'archit., t. I, p. 113.— Bibl. de l'Éc. des ch., 3ᵉ sér., t. I, p. 164 et suiv.

Cependant les défauts qui minaient ce grand système se dévoilaient avec une effrayante fatalité. L'unité des édifices devient impossible. Le fractionnement devient infini. Les fenêtres se chargent de dessins intérieurs, si légers qu'ils semblent des jeux de l'imagination. On touche à l'exagération, à la témérité. On s'obstine à faire tenir en l'air l'inconcevable chœur de Beauvais et ces édifices qui, s'ils ne nous étaient connus que par des dessins, passeraient certainement pour chimériques. Le sentiment des contemporains est un profond étonnement ; l'œuvre paraît surhumaine, et un pacte avec le diable a pu seul, disait-on, la faire passer du monde des rêves à celui de la réalité.

Le XIVᵉ siècle continua tous ces excès en les poussant à l'extrême. L'architecture gothique du siècle précédent était pleine de défauts ; mais chacun de ces défauts avait été comme une source de beautés saisissantes et étranges. Il n'en sera bientôt plus ainsi. Exagérant encore la hauteur et les vides, l'architecture gothique engage une sorte de défi avec la pesanteur et l'espace. Tantôt elle le gagna, comme à Beauvais ; mais

Viollet Le Duc, Dict. d'archit., t. I, p. 154 et suiv.

souvent les justes exigences de la raison dans l'art de bâtir se
vengèrent d'être traitées avec si peu de souci. Les clochers
s'élancent à des hauteurs démesurées; leurs formes sveltes,
leurs découpures évidées laissent une impression douteuse entre l'imagination qui est charmée et le jugement qui réprouve.
L'extrême richesse des détails amène trop de formes angu-
leuses ou saillantes, statues surmontées de dais et de pinacles,
trèfles en pignons, galeries à jour, toute une broderie de pierre,
qui, comme le dit Vasari, a l'air d'être faite en carton. En
général, l'unité de l'édifice est sacrifiée. On ne veut plus de
surfaces unies. L'addition des chapelles latérales, qui, dans
presque toutes les cathédrales, date de ce siècle, montre que
l'attention donnée aux subdivisions et au détail l'emporte sur
l'effet de l'ensemble. L'aspect général tend à pyramider ; tout
se couronne de triangles aigus et de tabernacles (*una maledi-*   Vasari, l. c.
zione di piramidi). Les lignes horizontales qui, dans le premier gothique, ont encore conservé de l'ampleur, disparaissent
tout à fait. L'unique souci est de monter toujours, et de revêtir   Michelet,
l'édifice sacré d'une éblouissante parure qui le fait ressembler   Hist. de Fr.,
à une fiancée. Hélas ! pendant ce temps le mal croissait à   t. II, p. 602.
l'intérieur, et la ruine de ces beaux rêves éclos dans un moment d'enthousiasme se préparait lentement.

Le mal du système gothique, en effet, c'est que, né de l'enthousiasme, il ne pouvait vivre que d'enthousiasme. L'église
du XIIe et du XIIIe siècle avait été à la lettre élevée par amour.
Qu'on lise les récits charmants relatifs à la construction de la
cathédrale de Chartres, de la basilique de Saint-Denis. Au
XIVe siècle, il s'y mêle l'idée de corvée, d'émeute, de châtiment. On élevait des églises par pénitence; on ne les entretenait qu'à force d'impositions et par des mesures administra-
tives. La foi, qui avait créé ces merveilles, n'était pas diminuée;
en un sens, elle trouvait dans les esprits moins de doutes et
d'objections. Mais elle avait perdu sa spontanéité naïve :
c'était un étroit formalisme, une routine pesante et grossière.
L'architecture gothique était malade du même mal que la philosophie et la poésie, la subtilité. L'art n'était qu'un prodigieux
tour de force, après lequel il n'y avait plus que l'impuissance.
L'antiquité put se reposer durant des siècles dans le style

d'architecture que la Grèce avait créé ; les ordres grecs sont
devenus une sorte de loi éternelle, parce que le style grec est
la raison même, la logique appliquée à l'art de bâtir. Ici, au
contraire, tout avenir était impossible; tant on avait poussé
dès l'abord aux dernières conséquences. La décadence était
en quelque sorte obligée. On se demande en vain à quel
moment d'un art aussi tourmenté on eût pu trouver une base
stable pour fixer le canon et fournir un point de départ à la
tradition.

Un défaut général de solidité fut, quoi qu'on en dise, le résultat de ce système compliqué d'architecture. L'édifice grec
et romain est éternel, à la seule condition qu'on ne le détruise
pas. Il n'a besoin d'aucune réparation. L'édifice gothique est
assujetti à des conditions si multipliées qu'il s'écroule vite, à
moins de soins perpétuels. Visant à l'effet, cachant plus d'une
négligence dans les parties soustraites à l'œil du spectateur,
les constructions gothiques souffrent toutes de deux maladies
mortelles : l'imperfection des fondements et la poussée des
voûtes. Un simple dérangement dans le système d'écoulement
des eaux suffit pour tout perdre. Le Parthénon, les temples de
Pæstum, ceux de Baalbeck, vrais monuments, seraient intacts
aujourd'hui, si l'espèce humaine eût disparu le lendemain de
leur construction. Dans ces conditions-là, une église gothique
n'eût pas vécu cent ans. Ces églises ont été perpétuellement
entretenues et rebâties ; elles auraient presque toutes disparu
en notre siècle, si un zèle intelligent ne nous avait portés à en
restaurer quelques-unes. Dans les villes où il y a des édifices
romains et des édifices gothiques, les seconds, comparés aux
premiers, paraissent menacés d'une ruine prochaine. Il n'y
aura plus au monde une église gothique, quand les constructions grecques et romaines étonneront encore par leur solide
beauté.

Les défenseurs du gothique répondent que le Parthénon
couvre bien moins d'espace qu'une cathédrale, et que, si les
Grecs avaient eu à construire un édifice couvert de la dimension
de la cathédrale d'Amiens, ils ne l'auraient pas fait aussi solide
que le Parthénon. Nous ne blâmons pas la tentative : nous con-
statons seulement les conséquences inévitables qu'elle entraînait.

Nulle part aussi bien qu'en architecture on ne sent les conditions limitées auxquelles sont assujetties les œuvres de l'homme,
condamnées à choisir entre le genre tempéré sans défauts et le
sublime défectueux.

En même temps que l'architecture gothique renfermait en
elle-même un principe de mort, elle eut le malheur de nuire
beaucoup aux autres arts plastiques, en les réduisant à un
rôle subalterne. Comme la théologie tuait la science rationnelle
en lui imposant le rôle de servante, *ancilla,* l'architecture gothique, étant tout l'art à elle seule, rendait le progrès impossible pour la peinture et la sculpture. Qu'aurait dit Phidias,
s'il eût été soumis aux ordres d'architectes qui lui eussent
commandé une statue destinée à être placée à deux cents pieds
de haut? Les grandes beautés savantes étant de la sorte écar-
tées, l'artiste dut se rabattre sur les détails insignifiants et faciles, dont chacun a peu de valeur en lui-même, et qui, n'étant
pas distribués avec mesure, produisent un effet de banalité.
Sans partager la colère de Vasari contre ces maudites fabri-
ques qui ont empoisonné le monde (*questa maledizione di
fabbriche... che hanno ammorbato il mondo*)*,* sans y voir simplement avec lui un chaos monstrueux et barbare, une folle
invention des Goths, qui ne la firent réussir qu'après avoir
préalablement détruit les ouvrages romains et tué tous les bons
architectes, on peut trouver qu'il n'a pas tort quand il y reconnaît un manque général de proportion et de raison. Cette
architecture n'est point logique ; elle sort des conditions humaines. Elle naquit d'un effort d'abstraction, d'un travail de raisonnement trop prolongé sur des coupes. Trop exclusivement occupés de leurs épures, les architectes allaient affaiblissant toujours
les masses ; leurs plans sur parchemin les aveuglaient sur les
exigences de la réalité. C'est ce qui fait que le dessin d'une église
gothique est, en un sens, plus beau que l'église elle-même ; car
les artifices qui sont nécessaires pour accommoder le plan aux
conditions de la matière n'existent pas dans le dessin.

Paradoxe architectural d'un éclat sans pareil, le gothique
fut une exagération hardie, non un système fécond ; un tour
de force, un défi, non un style durable. Aussi n'a-t-il eu de
continuation que grâce au goût qui porte notre siècle à copier

tour à tour les différents types du passé. Arrêtée brusquement
par la Renaissance, cette architecture ne survécut que par un
compromis singulier, le gothique orné de détails grecs, comme
à Saint-Étienne-du-Mont et à Saint-Eustache. Puis elle disparut. On a reproché aux artistes du XVIᵉ siècle de ne pas l'avoir
développée : rien de plus injuste ; c'était une manière épuisée
qu'il était impossible de faire revivre. Les contrefaçons tentées
de nos jours ne l'ont que trop prouvé. Ces efforts pour donner
de la raison à un paradoxe, à un élan d'enthousiasme et
d'ivresse, ont démontré par leur gaucherie que cette architecture d'un autre âge doit être classée parmi les œuvres originales qu'il est glorieux d'avoir produites et sage de ne pas
imiter.

Mais si la valeur absolue du système gothique peut être
discutée, sa place dans l'histoire de l'art ne peut, sans une souveraine injustice, être amoindrie. L'avénement du gothique
signale un progrès dans la sécularisation de l'art. Au XIᵉ siècle,
l'architecture était encore en partie entre les mains des religieux. Les créateurs du style ogival furent sans contredit des
laïques. Les maîtres maçons deviennent dès lors une corporation puissante, ayant ses traditions, ses secrets. Des principes
généraux de maçonnerie s'établirent, et donnèrent aux constructions élevées depuis ce temps une régularité que n'avaient
pas sans doute les bâtiments de l'époque mérovingienne et carlovingienne. Par là le type général des églises fut fixé d'une
manière si décisive, que même le changement total de style
ne le modifia pas. La Renaissance ne songea d'abord qu'à bâtir
des églises gothiques avec des membres d'architecture grecque. Saint-Sulpice, bien qu'en style grec, est dans sa forme
générale une église gothique. L'Italie, enfin, sans nous suivre
dans nos riches fantaisies, en adopta quelque chose : la « loge »
d'Orcagna à Florence, le dôme de Sienne, celui de Pérouse,
les églises d'Assise, Saint-Pétrone de Bologne, quelques palais
de Venise, ne seraient pas ce qu'ils sont, si, entre l'antiquité
et les temps modernes, nos grands maîtres du XIIᵉ siècle
n'avaient créé un style original, autant du moins que, depuis
la Grèce, une œuvre d'art quelconque est vraiment digne de
ce nom.

Vitet, N.-D.
de Noyon,
1ʳᵉ part., c. IX.
— Alb. Lenoir,
Archit. mon.,
t. I, p. 33
et suiv.

ÉDIFICES
PROFANES.

Les détails dans lesquels nous sommes entrés, surtout à propos des constructions de Charles V, nous dispensent d'insister ici sur le caractère général des constructions civiles. C'est en ce siècle que la France commença à se couvrir de cette foule de résidences royales ou aristocratiques empreintes d'une grâce sévère, que la Renaissance ne fit souvent qu'imiter, et que les temps modernes n'ont pas toujours su égaler. La décoration intérieure, comme le dehors de ces riches demeures, devait avoir beaucoup de charme par le pittoresque des détails, sans atteindre jamais le grand style. Les ouvrages de menuiserie étaient soignés, et fort éloignés de la froideur où le style classique les a réduits. La peinture était prodiguée; le sol, pavé de carreaux de diverses couleurs; les murailles et les poutres, peintes et revêtues d'ornements d'étain; les croisées, treillissées de fil d'archal et décorées de vitraux; les cheminées, chargées de sculptures : celle de la chambre du roi, à l'hôtel Saint-Paul, avait pour parure de grands chevaux de pierre; celle du Louvre, en 1365, présentait douze « grosses «bestes, » et les treize prophètes tenant chacun un rouleau. Les cheminées communes étaient énormes. On admirait beaucoup celles du Palais, dont chacune occupait une tour entière, et sous lesquelles étaient les cuisines, bâties, selon l'usage du temps, sur un plan très-étudié. Ces parties que notre architecture dissimule ou sacrifie étaient alors traitées avec autant d'attention que les parties les plus relevées. Il n'y avait pas jusqu'aux ustensiles de cheminée qui ne fussent ouvrés avec un soin minutieux et remarqués pour leur beauté.

Sauval, t. II,
p. 278 et suiv

L'ameublement offrait le même mélange de richesse et de naïveté. Les siéges étaient des escabeaux, des bancs, des formes ou des tréteaux, tantôt garnis de panneaux peints ou sculptés, tantôt soutenus par des colonnettes. Il n'y avait que la reine qui eût des chaises pliantes à bras, avec un siége de cordouan vermeil et des franges attachées avec des clous dorés. A table, le roi et la reine n'avaient pas de siége à part; un banc à colonnes de vingt pieds de long, surmonté d'un dais large de trois pieds, réunissait tous les convives. Les lits étaient extrêmement grands (onze ou douze pieds en carré), montés sur des

Ibid., p. 22, 23.

marches et garnis d'étoffes précieuses. Les buffets étaient peints ou sculptés, de formes assez lourdes.

Ib., p. 283-285. Les jardins étaient des préaux, sillonnés de haies couvertes de treilles losangées, qu'on appelait tonnelles. Ces tonnelles avaient à chaque extrémité des pavillons de treillage ; elles convergeaient vers un pavillon central et divisaient ainsi le jardin en compartiments réguliers ; à l'intérieur étaient des bancs de gazon. Les treillages formaient des dessins ; on se plaisait à les terminer par un tabernacle surmonté d'un globe, d'où sortait une girouette. Les espaces libres étaient des prés que l'on fauchait ou des cultures de vignes. Souvent au centre était une fontaine, où un lion versait l'eau dans un bassin de pierre. Les plantes choisies pour les jardins les plus recherchés étaient celles qui remplissent nos potagers, pourpiers, poirées, giroflées, romarins, etc. Charles V aimait surtout la cerisaie de son hôtel Saint-Paul, dont le nom s'est conservé jusqu'à nos jours. En 1398, Charles VI fit de même planter, dans son jardin du Champ-au-Plâtre, trois cents gerbes de rosiers blancs et rouges, trois cents oignons de lis, cent quinze poiriers, cent pommiers communs, cent pommiers de paradis, un millier de cerisiers, cent cinquante pruniers et huit lauriers verts, achetés sur le Pont-au-Change. Les tonnelles du jardin des Célestins étaient si touffues de feuilles et de grappes, qu'elles étaient célèbres dans tout Paris.

Les maisons privées affectaient, comme l'architecture religieuse, les frontons triangulaires, les pignons aigus et les tourelles. Les étages, au nombre de deux ou trois, faisaient saillie les uns sur les autres. Les croisées imitaient celles des églises ; les escaliers étaient étroits et en limaçon ; les gouttières, en forme de monstres, s'avançaient sur la rue. Les pignons étaient peints ou couverts d'ardoises. Les extrémités des poutres, se projetant au dehors, offraient des images bizarres ou Ib., p. 272, 273. obscènes. Les tourelles hors d'œuvre étaient un des motifs favoris des architectes de ce temps : elles servaient à loger les chapelles ou oratoires, les escaliers, la garde-robe et autres accessoires. Chaque appartement avait sa chapelle ; une voûte retombant sur un pilier central en était le trait le plus commun. La tourelle, l'oratoire, les girouettes ou pennons, les crêtes ou épis s'élevant comme une dentelle de plomb sur les pignons et les combles, furent d'abord réservés à la noblesse. Mais, dès le XIVᵉ siècle, la bourgeoisie s'en était emparée. Les barrières extérieures et la cour intérieure carrée restèrent plus longtemps les signes d'une maison noble. Les maisons de campagne (bastides, mesnils, folies) égalaient déjà en agrément les casins les plus élégants de la Renaissance.

L'aspect général des villes était assez pittoresque, malgré leurs rues étroites et tortueuses. L'expropriation, déjà connue et pratiquée pour l'embellissement des édifices royaux et pour l'agrandissement des églises, se pratiquait avec infiniment plus de réserve que de nos jours, quand il s'agissait d'utilité publique. Un grand respect de la propriété et des constructions anciennes empêchait de suivre dans la disposition des villes des plans réguliers. Il ne faut pas croire que le moyen âge négligeât systématiquement la largeur des rues et la salubrité. Les villes les plus étroites et les plus sombres étaient les vieilles villes romaines, où chaque maison se rebâtissait une à une et sur le même emplacement. Les faubourgs, composés de lignes de maisons le long des routes, avaient de l'air et du jour. Les villes construites sur des plans tracés d'avance (villes neuves et bastides) que l'on vit s'élever en si grand nombre en Guienne, en Périgord, étaient spacieuses, régulières, bâties en lignes droites. Elles présentent une place centrale où aboutissent quatre rues principales, entourée de galeries ou rues couvertes. La voierie et l'alignement ne furent jamais totalement négligés; mais les terreurs de la guerre, en entassant les populations dans un espace étroit, ne laissaient guère le loisir de songer qu'à une seule chose, loger le plus de monde possible dans une étroite enceinte, qu'on pût entourer de chaînes et fortifier. Certaines villes de la Guienne et des provinces environnantes, alors à demi anglaises, Cordes, Montpazier, Saint-Yrieix, Caylus, Albi, conservent encore beaucoup de restes propres à rendre l'aspect des villes de ce temps.

L'architecture militaire prit surtout d'énormes développements. Charles VI en donna le type dans sa bastille du faubourg Saint-Antoine, répétée des centaines de fois sur tous les points de la France. L'originalité de la bastille consistait en

Rev. archéol., t. XIV, p. 263, 264.

Ann. archéol., t. VI, p. 71, 305.

Parker, Some account of domestic architecture in England, c. v, p. 157, etc.

çe que les courtines étaient portées à la même hauteur que les
tours. C'est une disposition dont il ne semble pas qu'il y eût
des exemples antérieurs. Vers la fin du siècle, de nouveaux
raffinements furent introduits dans les constructions militaires. Le château de Pierrefonts, commencé en 1390, fut le
type de ce genre nouveau. Jamais sans doute les précautions
de l'art de la guerre ne furent poussées plus loin, jamais les
moyens de défense plus multipliés ni plus ingénieux. Les som-
mets des tours possèdent trois, quatre et cinq étages de défenses ; les distributions intérieures sont calculées avec art
pour permettre la circulation d'une partie à une autre ; on s'in-
génie pour cacher à l'ennemi les dispositions intérieures, et
pour que personne au dehors ne se doute de ce qui se passe au
dedans. Les anciens châteaux du XIIᵉ et du XIIIᵉ siècle exigeaient un grand nombre de postes divisés. Ils résistaient dif-
ficilement à un assaut brusque, dirigé avec énergie. La difficulté
des communications intérieures faisait que la garnison, ne
pouvant se porter en masse sur le point attaqué, était en partie
annulée au moment décisif. Bertrand du Guesclin avait presque
réduit en théorie certaine l'art d'emporter ces châteaux. Il s'en-
suivit, dans les constructions de la fin du siècle, plusieurs mo-
difications considérables. On chercha à prévenir les « esche-
« lades » en donnant plus de relief aux courtines ; les travaux
de défense, parapets, machicoulis, chemins de ronde, furent
couverts ; on mit toutes les parties intérieures en communication, pour permettre à la garnison de se masser sur les points

Viollet Le Duc,
Descr.
de Pierrefonts,
et Dict.
d'architecture,
t. I, p. 327.
attaqués. Pierrefonts, où trois cents hommes pouvaient tenir
en échec, durant des mois, un ennemi dix fois plus fort, résista
à l'artillerie elle-même sous Henri IV, et ne céda que devant
les canons de Richelieu. Un changement non moins considérable qui caractérise Pierrefonts, c'est que le donjon n'y est
plus simplement une forteresse : c'est une demeure charmante
et commode, entourée de prodigieux travaux de fortification.
Le seigneur veut être bien logé en même temps que bien défendu. Le donjon ne se défend plus par lui-même, comme à
Couci, mais par les appendices dont il est entouré. Pour la
grandeur et la majesté, Couci n'a pas d'égal ; mais Pierrefonts est le chef-d'œuvre de l'art militaire à l'époque du

moyen âge où les engins de siéges avaient atteint leur plus grande perfection.

Si l'on excepte Pierre de Bonneuil, Enguerrant le Riche, Robert de Couci, qui appartiennent plutôt au XIII⁰ siècle, Alexandre de Berneval, qui se rapporte mieux au XV⁰, Pierre Obreri, qui se rattache par Avignon au mouvement italien, le XIV⁰ siècle ne nous a légué, avec Raymond du Temple, que peu de noms d'architectes célèbres. On rappellera pourtant ici le Lorrain Pierre Perrat, Matthias d'Arras, Henri Arter de Boulogne et son fils Pierre, qui travailla à Prague ; Philippe Bonaventure, Hardouin, qui représentèrent également l'art français à l'étranger ; Gérard, maître de la cathédrale de Strasbourg en 1302 ; Jean de Chaumont, Jean Dure, Jean de Neufmuer qui coopérèrent au Louvre de Charles V, sous Raymond du Temple.

S. Boisserée, Hist. et descr. de la cathéd. de Cologne, append. — Ann. archéol., t. II, p. 141 ; t. III, p. 163 ; t. XI, p. 660. —Rev. arch., t. VIII, p. 670, 760.

La peinture et la sculpture, au XIV⁰ siècle, ne doivent pas être séparées. La sculpture, qui, au XIII⁰, avait créé à Chartres, à Amiens, à Reims, des œuvres comparables aux plus beaux ouvrages de Nicolas de Pise, et qui n'était plus qu'à un pas d'une vraie Renaissance, dégénère en ce siècle : elle tombe dans l'imagerie. Le tailleur d'images est à la fois peintre et sculpteur. Les deux arts, assujettis aux exigences d'une dévotion mesquine, dominée par un réalisme grossier, perdent la conscience de leur mission distincte ; le sentiment du beau les abandonne de plus en plus.

Les sujets traités par la peinture et la sculpture étaient à peu près les mêmes. La religion continuait à fournir les plus nombreux. Cependant les règles de la symbolique chrétienne s'appauvrissent et se perdent en partie. Les traditions vives et la féconde invention qui peuplèrent la cathédrale de Chartres, par exemple, d'un monde symbolique comparable au cycle mythologique de l'art ancien, sont fort affaiblies. Des inventions nouvelles, médiocrement heureuses, ne compensent pas les beaux et grands motifs qu'on laissait dépérir.

En général, chaque peuple a donné à Dieu la figure sous laquelle il représente la puissance et la grandeur. Les Italiens

PEINTURE ET SCULPTURE.

Voy. Étienne Boileau, Livre des métiers.

Didron, Icon.
chrét., p. 205
et suiv.

l'ont peint en pape ; les Allemands, en empereur ; les Français, en roi. La même différence se remarque entre les siècles.
Le XVᵉ le revêtit de la chape et de la tiare papale ; le XIVᵉ représenta généralement Dieu en roi, sous le costume d'un Philippe de Valois ou d'un Charles V. La papauté était alors bien
déchue.

Jusqu'au XIIIᵉ siècle, on ne chercha point à donner une
figure à la première personne de la Trinité, à Dieu le Père.
Pour le représenter, on faisait apparaître une main qui semblait bénir, ou de laquelle s'échappaient des rayons lumineux.

Ibid., p. 192.

Bientôt Dieu le Père se montre, mais timidement ; c'est d'a-
bord une simple tête, puis un buste, puis une personne entière. Au XIVᵉ siècle, si les inscriptions et la nature des sujets
ne distinguaient les personnes divines, la figure du Père pourrait être confondue avec celle du Fils. On leur donne presque
les mêmes attributs. Le progrès du matérialisme religieux se
fait ici vivement sentir. Le Père, jusque-là jeune et imberbe,
vieillit graduellement. Vers la fin du siècle, les images de la
Trinité représentent bien réellement un père au milieu de ses
deux fils ; seul le Père est couronné ; seul il tient le globe
comme un empereur. Tout indique chez lui une réelle supériorité. Le Saint-Esprit, au contraire, semble inférieur aux deux
autres personnes. Tantôt il figure sous la forme d'une co-
lombe, tantôt comme un personnage de forme humaine, soit

Ibid., p. 458.
— Ann. arch.,
t. IX, p. 48, 49.

enfant, soit jeune homme, soit vieillard. Dans un manuscrit
de ce siècle, l'esprit de Dieu qui féconde l'abîme est représenté par un petit enfant nageant sur les eaux.

Les symboles consacrés à exprimer l'incarnation du Fils de
Dieu et sa carrière terrestre deviennent d'une déplorable trivialité. C'est vers les scènes de la Passion et de la mort que se

Biblioth.
Ste-Geneviève,
Yʳ 9, p. 95.

portent surtout les méditations de la piété. Un manuscrit des
« Trois pèlerinages » représente Jésus enfant, nu, recevant de
son Père pour son pèlerinage le bourdon et l'escarcelle. Plus
loin, il revient en paradis avec la panetière et le bourdon, âgé
de trente ou trente-cinq ans, portant sur sa figure une expression de fatigue et presque de regret. L'art italien de la même
époque partait de conceptions plus nobles, quoique parfois
empreintes d'un réalisme non moins excessif. Un très-beau

manuscrit du *Speculum humanæ salvationis*, exécuté vers ce temps en Italie, présente le Christ montrant ses plaies à son Père avec un noble orgueil. Dans d'autres manuscrits, la même représentation est d'une repoussante vulgarité. Le Christ byzantin, si conforme à la pensée évangélique du Fils de l'homme, apparaissant en juge dans les nues, au milieu des douze apôtres prêts à juger les tribus d'Israël, est entièrement passé de mode. Ce n'est plus le fait idéal, la grande apocalypse finale, c'est le crucifiement, c'est le fait historique, qui préoccupe la conscience chrétienne. Dès le XIe siècle, il y a dans toutes les églises un grand crucifix de bois entre la nef et le chœur. Rien n'a plus contribué que cet usage à pervertir le goût et à détourner l'imagerie chrétienne de sa source antique. Jusque là, le Christ crucifié n'apparaît guère, ou bien, si on le trouve, il est vêtu en roi, couronné, dans sa gloire et son repos divin. Les imaginations tristes prennent maintenant le dessus. Villart de Honecourt a déjà une étude de crucifixion qui rappelle le Christ, « homme de douleurs, » des époques modernes. Même dans la représentation de la Trinité, le Christ est crucifié. Le Père assis tient la croix entre ses bras. Le XVe et le XVIe siècle marchent de plus en plus dans cette voie : les *Ecce homo,* les « Dieux de pitié, » les crucifix, les descentes de croix, les Christs au tombeau, se multiplient sous le pinceau et le ciseau. Peu à peu on enlève au Christ son vêtement : il apparaît nu, crucifié, portant sur tout son corps des traces de souffrances.

L'histoire biblique, le parallèle des deux Testaments, continuent de fournir des sujets innombrables aux bibles historiées, aux livres d'heures, aux vitraux. Les six jours de la création n'inspirent plus guère ces originales compositions où semble respirer encore un souvenir des personnifications de l'art antique. Maintenant ces images ne sont que naïves : au cinquième jour, Dieu tient de la main droite un oiseau qu'il lance dans l'air, et de la main gauche un poisson qu'il jette dans l'eau ; pour montrer qu'il se repose au septième jour, on le représente assis dans un fauteuil et tenant en main la boule du monde. Les images des patriarches, des prophètes, des sibylles, ont le même caractère. Les fins de l'homme, le juge-

Biblioth. imp., Suppl. lat., n. 1041, auj. 9584, fol. 12 v°. N. 9585, 9586. Didron, Icon., p. 278, 286.

Ann. archéol., t. IX, p. 236.

Piper, Mythol. und Symbolik der christ.

Kunst, t. I,
p. 486.

ment, l'enfer, rarement le paradis, se lisent de toutes parts en
un cycle de figures terribles. Ce n'est plus ce premier art
chrétien, si gai, si serein ; l'imagination est obsédée de tour-
ments, de terreurs. Dante et Orcagna renchérissent l'un sur
l'autre. Le sombre symbolisme de l'Apocalypse se montre partout comme une sanglante menace contre le siècle méchant.

Fonds lat.
de S.-Germ.,
n. 124.

Parfois des mystères cachés se voilaient sous ces peintures :
nous avons l'ouvrage inédit d'un frère Mineur, Henri de Ca-
reto, écrit en 1304, qui renferme sur la signification des couleurs et des symboles alors en usage des idées étranges, où
l'on reconnaît sans peine l'influence des idées de l'abbé
Joachim.

Le cercle d'imaginations où se mouvaient les représentations de l'enfer, était, du reste, peu varié. C'étaient partout,
en Italie comme en France, les mêmes supplices, les mêmes
ironies, les mêmes monstres (sirènes, centaures, etc.), les
mêmes catégories de damnés. L'enfer a toujours pour ouver-
ture la gueule d'un monstre, l' « orque, » d'après un ordre d'i-
dées emprunté à l'Évangile de Nicodème. Au dedans ce sont
des chaudières incandescentes, des hommes embrochés, des
gens dont on dévide les boyaux sur un rouet, des démons tor-
turant de mille façons les pécheurs, des femmes allaitant des
serpents ou des crapauds. On se plaisait à voir ces supplices
infligés dans l'autre monde à ceux dont la violence ou l'orgueil
faisait le malheur de celui-ci. Le paradis était en général représenté sous la forme d'une enceinte entourée de murailles
crénelées. Une tour protége l'entrée ; à la porte, saint Pierre
tient les clefs ; au sommet de la tour, saint Michel pèse les
âmes ; des anges sourient derrière les créneaux ; un beffroi
laisse apercevoir des cloches qui sonnent à grande volée. L'ancienne pesée des âmes redevient un sujet populaire. La dévotion peu éclairée du siècle s'y fait jour. Un bourdon, une
écharpe de pèlerin, supplée dans le plateau des mérites au
poids trop léger d'une vie mondaine. La Vierge surtout est
présentée comme la force supérieure qui domine l'enfer, terrasse le dragon, et a le pouvoir de faire oublier toutes les légèretés, tous les forfaits.

La dévotion à la Vierge inspire en ce siècle plus d'ouvrages

d'art qu'en aucun de ceux qui avaient précédé. Les livres
d'heures, les psautiers, les vitraux, sont pleins de la Vierge
Marie, de ses douleurs, de ses joies, des preuves de son influence, des miracles opérés par son intercession. Le recueil
de Gautier de Coinsi offrait sous ce rapport une mine inépui-
sable de sujets pieux. Quelques légendes surtout, comme celle
du moine Théophile, jouissaient d'une grande popularité,
peut-être parce qu'en montrant les péchés les plus graves effacés par quelques actes de dévotion extérieure, elles substi-
tuaient au principe d'une moralité stricte des mérites plus faciles. Les « puys » ou concours de « chants royaux » en
l'honneur de l'Immaculée Conception, lesquels amenaient toujours un travail de miniatures destinées à expliquer les poëmes
couronnés, n'apparaissent pas encore en ce siècle d'une manière certaine. Mais déjà subsistait toute une symbolique en
l'honneur de la Vierge. L'arbre de Jessé était le motif le plus
ordinaire des verrières ; le trône de Salomon, au pignon du
grand portail de Strasbourg, est l'image mystique de celle que
les écrivains ecclésiastiques appelaient déjà dans leur langage   Rev. archéol.,
figuré « le trône de la Sagesse divine, » ou « le trône de Dieu. »   t. XII, p. 292.
Le triomphe de la Vierge, l'*Incoronata,* belle comme la lune
qui lui sert d'escabeau, vêtue du soleil comme d'un manteau,
placée entre le Père et le Fils qui lui mettent sur la tête une
couronne d'étoiles, et semblent la diviniser, est la vraie Trinité
de ce temps.

Il s'en faut que les madones françaises d'alors égalent la
grâce de celles que l'Italie créait à la même époque. C'est au
XIIIᵉ siècle que les représentations de la Vierge atteignent
chez nous une grâce idéale et presque raphaélesque. Cette
espèce d'ivresse de la beauté féminine qui, s'inspirant surtout
du Cantique des cantiques, se trahit dans les hymnes du temps,
s'exprimait aussi par la peinture et la sculpture : il y a telles
de ces statues de la Vierge qui seraient dignes de Nicolas de
Pise par leur charme, leur harmonie, leur suavité. Le soin
qu'on prenait de la beauté de la Vierge était un acte pieux :
la faire belle était comme un service qu'elle se chargeait
de récompenser. Le miracle « d'un paintre que le deable   Biblioth. imp.,
« tresbucha d'un echafaud, et qui fut tenu par la main de N. D. , »   f. de Lancelot,
ms. 7018, fol. 49.

ne cessait d'être raconté : « Il estoit un peintre qui peignoit
«la figure d'un deable la plus laide qu'il scavoit. Et en celle
«voulte avoit painte l'image de N. D. la plus belle qu'il sca-
«voit. Le deable vint à lui et lui dist : Pourquoi il le peignoit
«si lait et il avoit faicte celle image de ·N. D. si belle, et il lui
«respondit : Pour ce qu'il estoit plus lait que nul peintre ne le
«scauroit paindre, et N. D. plus belle que nul peintre ne la
« scavoit paindre. »

Il faut avouer que si la Vierge fit ce miracle pour une de ses
images du XIV° siècle, elle usa d'indulgence. La Vierge, à
cette époque, descend de son trône poétique pour tomber dans
la réalité d'abord, dans la vulgarité ensuite, et enfin dans la
grossièreté. L'enfant Jésus participa et en un sens fut la cause
de cet abaissement. Dans l'art byzantin et l'art roman, on fit
rarement de Jésus un enfant, un enfant nu surtout. On le représentait habillé, tenant un globe, bénissant. La Vierge était
une reine, une déesse, comme l'enfant était un jeune dieu,
dans tout l'éclat de sa jeunesse et de sa beauté. Au XIII° siècle,
Marie commence à devenir une mère, tenant son fils entre ses
bras. Mais l'ensemble est digne, grave, idéal. Peu à peu le
divin enfant devient le fils d'un bourgeois qu'on amuse ; au
lieu d'un globe il tient une pomme, un oiseau, et quelquefois,
comme dans le paradis figuré à l'entrée d'Isabeau de Bavière,
« un moulinet fait d'une grosse noix. » Au XII° siècle, Marie
touche à peine Jésus ; elle l'adore, elle l'offre à l'adoration des
fidèles. Au XIV°, c'est Marie qui est reine et son fils qui l'a-
muse, lui sourit, arrange son voile, etc. Plus souvent encore,
la mère offre à l'enfant ses seins découverts. On poussa le matérialisme religieux au XV° siècle jusqu'à représenter Jésus
dans le sein de sa mère, et à soulever d'un œil profane le
voile de ces mystères divins.

Didron, Icon.
chrét., p. 263.—
Ann. archéol.,
t. I, p. 365.

Les représentations figurées de la Vie des saints offrent le
même caractère de réalisme pesant, défaut si sensible dans
l'art religieux. Tout est traité avec un naturel effrayant ; les légendes qu'on préfère sont les moins délicates, parfois celles
qui ont un caractère burlesque. Des traits de la vie de saint
Martin prêtaient à ce rire inoffensif qui n'effrayait pas l'Église :
la « Messe de saint Martin » fut, du XIII° au XVI° siècle, un

des sujets les plus populaires ; la Bretagne surtout paraît l'avoir particulièrement affectionné.

On trouverait des thèmes plus heureux dans les allégories morales, si fort à la mode en ce siècle, et dont les ouvrages de Pétrarque sont remplis. Les vertus, les vices, les sciences, les arts, l'Église, la synagogue, la lumière, les ténèbres, le jour, la nuit, les saisons, les mois, l'année à trois visages, le ciel, la terre, la mer, les quatre éléments, l'aurore, le temps, la fortune, le soleil, la lune, les planètes, avaient des types consacrés, souvent tirés de l'art antique. D'autres fois, c'étaient des scènes de la vie réelle qui servaient à représenter des choses idéales ; ainsi les douze mois étaient figurés par les petits tableaux contenus dans les vers si connus : *Poto*, *ligna cremo*, etc. Ou bien l'imagination de l'artiste faisait tous les frais du symbolisme. Ou bien encore, il s'arrêtait à des espèces d'hiéroglyphes compris de tous, comme la roue de fortune, les quatre âges, etc. C'est peut-être en ce genre, malgré sa froideur, que le siècle excella. Les allégories des Sept arts, accompagnés de leurs inventeurs, les représentations des éléments, transformés en autant de personnages ou d'animaux, celles de la terre, de la mer, de l'abîme, du ciel, sous la forme d'une belle femme sortant d'un arc-en-ciel bleu, où se dessinent le soleil, la lune et les étoiles, rappellent les délicatesses de la peinture italienne. On peut citer dans le roman allégorique des « Trois pèlerinages, » à la bibliothèque Sainte-Geneviève, la miniature où la Jeunesse ayant, au lieu de pieds, des ailes vertes, des cheveux blonds et une robe bleue, porte sur les flots un jeune pèlerin ; une autre, où le chrétien, armé en guerre « par Clergie, » prend pour devise : *Militia est vita hominum super terram ;* une sculpture en ivoire, où la scène du jugement de Pâris est interprétée selon les idées du temps, et conformément à ces vers de Philippe de Vitri :

Piper, Myth. und Symb. der christ. Kunst, t. II, p. 97, 172, 243. Didron, Icon. chrét., p. 442.

Fonds de Lancelot, ms. 133, fol. 115. Rev. archéol., t. IV, p. 421.

Ces trois dames qui contendoient,
Et la pomme d'or demandoient,
Nous donnent entendre à delivre
Trois divers usages de vivre :
Juno note la vie attive,
Et Pallas la contemplative,

Venus, vie voluptueuse
Qui est pessime et curieuse
De querre tout charnel delit.

La peinture allégorique s'appliquait même aux événements du temps qui frappaient le plus l'opinion publique. De ce nombre fut la mort du duc d'Orléans. Cette élégante maison avait, du reste, trop l'esprit de son temps pour que l'allégorie fît défaut à sa chapelle des Célestins. On racontait que peu de temps avant d'être assassiné, le duc d'Orléans, allant à matines aux Célestins, vit la mort dans un dortoir. Cette apparition fut représentée dans la chapelle. La mort frappait un personnage royal à genoux, et lui montrait du doigt cette devise : *Juvenes ac senes rapio.*

L'idée de représenter la mort par un squelette vivant ne paraît pas avant le XIIIᵉ siècle. A cette époque, une confrérie religieuse des « Frères de la mort » porte déjà dans ses vêtements les emblèmes mortuaires depuis consacrés. Le « Dit des « trois morts et des trois vifs » mit ces sortes d'imaginations fort à la mode et donna origine à beaucoup de représentations, dont la plus célèbre est la belle fresque d'Orcagna au *Campo-Santo.* Quant à la danse des morts ou danse « ma-« cabre, » on ne la voit point paraître avant la fin du XIVᵉ siècle. La plus ancienne passe pour avoir été exécutée à Minden en Westphalie, en 1383. En 1407 cependant Guillebert de Metz signale aux Innocents « peintures notables de la danse ma-« cabre et autres. » Or ces peintures pouvaient bien avoir alors plus de vingt-quatre ans d'existence. En 1424, la danse macabre fut jouée au cimetière des Innocents. On sait la vogue universelle qu'obtint au XVᵉ siècle ce sujet bizarre, peu fait pour inspirer un art délicat.

Rarement la peinture a servi d'expression à des idées purement philosophiques : on l'essaye au XIVᵉ siècle. Recevant surtout son inspiration de l'ordre des frères Prêcheurs, la peinture italienne de ce temps créa tout un ensemble d'œuvres qu'on peut appeler scolastiques. A Florence, les fresques de la chapelle dite des Espagnols et de Santa-Maria-Novella ; à Pise, quelques parties du *Campo-Santo,* le tableau de Traini à

Millin, Antiq. nat., t. I, art. III, p. 82.—
Laborde, Les Ducs de B., t. III, p. IX. —
Michelet, t. IV, p. 142.

Rev. archéol., t. V, p. 191.

Ibid., t. II, p. 242. —
Ann. archéol., t. I, p. 71.

Fabricius, Biblioth. med. œtat., t. IV, p. 1.

Le Moyen âge et la Ren., t. II, Cartes à jouer.
Rev. archéol., t. VIII, p. 711, 758. — Fortoul, Études, t. I, p. 390.

Averroès et l'averroïsme, l. II, c. 2, § 16.

l'église Sainte-Catherine, représentant le triomphe de saint Thomas sur Averroès, si souvent imité au XIVᵉ et au XVᵉ siècle; à Sienne, les fresques de Taddeo Bartolo et les mosaïques en clair-obscur de la cathédrale; certaines peintures de Saint-Pétrone à Bologne; à Padoue, les fresques alchimiques et astrologiques de Guariento, aux Augustins; la salle *della Ragione* représentant toute la science occulte du moyen âge; certaines particularités des fresques de N.-D. de l'Arena; à Venise, les chapiteaux du palais des doges; à Pérouse, la salle du *Cambio,* nous représentent les idées philosophiques du temps avec le même éclat que leur donnait par ses tercets immortels le poëte de la Divine Comédie. Si l'on excepte quelques belles miniatures, comme celles de la « Cité de Dieu » traduite par Raoul de Presles, la scolastique française fut moins heureuse : elle inspira peu les poëtes et les artistes. L'université, qui en avait le privilége, était tout à fait éloignée par son pédantisme de ces modes d'exposition élevés et gracieux.

La peinture profane, en revanche, semblait prendre parmi nous un essor tout nouveau. Les romans qui jouissaient de la vogue en fournissent le plus souvent la matière. Troie, Jérusalem, Alexandre, les neuf preux et les neuf « preuses, » figurent dans tous les châteaux. Le siècle était juste au point qu'il fallait pour tirer de ces représentations le meilleur parti. Ce qui convient à la peinture, ce n'est ni l'histoire ni la fiction individuelle. La peinture historique, comme notre siècle l'a entendue, et les sujets de pure fantaisie, sont deux genres également ingrats: ce qui soutient vraiment l'artiste, c'est l'histoire légendaire, ce sont les fictions acceptées comme vraies. Les chansons de geste avaient cet avantage. L'artiste qui représentait les actions de Theseus croyait bien peindre de l'histoire. Les fabliaux mêmes étaient souvent tenus pour des anecdotes réelles. La cathédrale de Lyon, l'abbaye de Cadouin (Dordogne), nous montrent Aristote bâté, bridé et mené à coups de fouet par une jeune fille, conformément au «Lai d'Aristote.» Le cloître de la même abbaye contient aussi la représentation du « Lai de Virgile, » où le poëte est suspendu dans une corbeille, tandis que les deux jeunes filles qui l'ont hissé rient de sa crédulité. Des peintures inspirées par les prouesses de

Renaut se trouvaient partout, même dans la cellule des moines, au grand désespoir de Gautier de Coinsi. Le renard prédicateur, en habit de moine, cherchant à attirer les poules, qu'il finit par manger, est un motif fréquent sur les chapiteaux et les stalles. A Notre-Dame de Paris, caché derrière des gerbes, Renart, représentant ici peut-être les tricheries du diable, guette un pèlerin qui s'avance, appuyé sur un bâton. Les miniatures des diverses branches du poëme sont souvent très-spirituelles.

 En général, ce siècle excelle dans la caricature. Presque tous les manuscrits historiés offrent alors des vignettes chargées de grotesques ; ces grotesques sont souvent d'une révoltante obscénité et sont un signe du peu d'élévation des esprits ; mais on y trouve parfois beaucoup d'adresse et de gaieté. Les figurines des marges des heures du duc de Berri sont de vrais petits chefs-d'œuvre ; jamais on n'a tiré un parti plus ingénieux des travestissements grotesques des animaux. Ces facéties n'avaient rien qui les fît paraître déplacées dans le lieu saint et dans les livres pieux. Certains sujets joyeux et burlesques, les satires contre le clergé et les femmes, avaient leur place marquée dans les églises. Le XVᵉ siècle, sous ce rapport, alla beaucoup plus loin. L'art devient presque la parodie du monde. C'est la folie qui conduit l'espèce humaine ; la danse des fous est le sujet favori et l'image de l'art de ce temps. On y sent une amère dérision, un scepticisme grossier qui ne croit plus au bien et ne voit dans la sainteté qu'hypocrisie. Le mal, la laideur, la luxure, l'homme noir, l'homme sauvage et velu, symbole de la partie bestiale de l'humanité, des rondes de singes, des chats, des vulgarités de toute espèce, voilà le sabbat étrange qui se déroule aux parties sacrifiées de l'église. Jusqu'ici, le vice qui tentait l'homme a figuré dans les représentations sous la forme d'un animal (pourceau, paon, etc.) ; maintenant c'est l'homme qui se transforme en bête et finit par s'identifier complétement avec l'animal.

Rev. archéol., t. X, p. 30.

Dès le XIVᵉ siècle, plusieurs livres d'histoire, le Tite-Live de Bercheure, les Chroniques de Saint-Denis, et déjà quelques manuscrits de Froissart, commencent à être ornés de peintures représentant les cérémonies, les fêtes, les combats. Le cloître

des Grands-Carmes à Paris contenait des fresques qui se rap-
portaient aux croisades de saint Louis. Les tapisseries surtout
reproduisaient souvent les scènes du temps, Charles V sur son
trône, entouré des princes du sang, des entrevues de princesses, les faits de Clovis, de Charlemagne. Ces faibles mais curieux commencements de la peinture historique sont complétés
par les portraits, qui ne sont point rares. Souvent l'artiste
lui-même nous lègue son image. Enfin, toutes les coutumes
du siècle, la pratique des arts, l'exercice des métiers, les plus
menus détails de la vie, nous ont été transmis dans des images
fidèles par les calendriers, les livres de légendes, les sculptures des cathédrales.

On voit quelle variété de sujets les croyances et les fictions
du temps fournissaient aux artistes. On sent que leur lecture
habituelle était les Bibles allégorisées, les Vies des saints, les
romans, les fabliaux. Souvent, pour les sujets religieux, l'artiste reçoit des canevas tout tracés ; quelques-uns de ces canevas, que nous pouvons lire encore, entrent dans des détails
minutieux qui laissaient à l'artiste peu d'initiative. Mais ces
sortes d'indications sont rarement une gêne pour l'art, qui s'ac-
commode mieux d'une demande expresse répondant au goût
général du public que d'une liberté indéfinie, sujette à dégé-
nérer en caprice individuel.

L'étude de la nature, condition si essentielle aux arts plastiques, servait trop rarement de guide aux artistes. Le XIIIe siècle
paraît avoir été supérieur sous ce rapport. L'Album de Villart
en montre des exemples évidents dans le groupe des lutteurs,
des joueurs de dés, dans la portraiture de différents animaux.
Près de l'un d'eux, Villart note expressément : « Et bien saciez
« que cil lions fu contrefais al vif. » On y voit également quelques tentatives pour appliquer au dessin de la figure des proportions géométriques. Enfin, l'horreur pour le nu, si caractéristique de l'art du moyen âge, s'y fait à peine sentir. Dans les
ouvrages exposés au public, on était bien plus scrupuleux. La
nudité passait non-seulement pour obscène, mais pour difforme. On ne se la permettait que pour les personnages laids
et maudits. Dans une collation sur ce passage : *Induite vos
sicut electi Dei*, le dominicain Bernard d'Auvergne, énumérant

Biblioth. Imp.,
ms. 3557,
art. 33, fol. 104-
107.

pour combien de motifs le corps et l'âme ont besoin d'être vê-
tus, trouve que le vêtement est nécessaire au corps « pour
« ajouter à sa grâce. » De même, dit-il, que toute chair nue est
difforme à voir, ainsi une âme nue de vêtements est détestable
aux yeux de Dieu. On a prétendu que saint Louis avait dé-
chiré la première page de sa Bible, parce qu'elle représentait
dans sa vérité le récit biblique sur le drame des premiers
jours.

Pag. 247.

Une légende ci-dessus rapportée montre avec naïveté l'espèce de caractère sacré que l'on attachait à l'imagerie. Un
art ayant pour but de créer des images qui, à peine sorties
des mains de l'artiste, devenaient l'objet de tant de vénéra-

Pag. 158.

tion, devait passer pour sacré. Un article du Livre des métiers nous présente les imagiers comme dépendant de l'Église :
ils sont exempts du guet « pour la raison que leurs mestiers
« n'appartient fors que au service de N. S. et de ses sains et
« à la honnerance de sainte Yglise. » Cette idée, qu'un peintre
est particulièrement en butte à la rancune du diable, à cause
de la laideur qu'il avait dû lui prêter, était fort accréditée :
elle fait le fond d'une des folles histoires que Vasari met sur le
compte de Buffalmacco. Il ne faut pas oublier, en effet, que
le premier objet que le moyen âge se proposait dans la peinture et la sculpture était l'enseignement. L'image était le livre
de ceux qui ne savaient pas lire. Dans l'acte ou le mandement
d'érection de plusieurs ouvrages d'art, on trouve ce motif :
« pour l'enseignement des fidèles. » Villon fait dire à sa mère,
dans une prière à la Vierge :

Éd. de 1832,
p. 169.

> Femme je suis, povrette et ancienne,
> Ne riens ne scay, onques lettres ne leuz ;
> Au moustier voy, dont suis paroissienne,
> Paradis painct où sont harpes et luz,
> Et un enfer où damnés sont boullus.
> L'ung me fait paour, l'autre joye et liesse.

PEINTURE.
Gregor. turon.,
l. VII, c. 21.

A toutes les époques, les églises de la France ont été décorées de peintures. La basilique de l'époque romaine et mérovingienne, les églises romanes, les églises gothiques, en furent
couvertes. Il a fallu le vandalisme des deux derniers siècles

à l'égard du moyen âge et la fureur du badigeon pour faire des
édifices vides et nus de ces églises autrefois resplendissantes
de couleurs. Nous ne connaissons que par l'admiration des
contemporains les peintures du Louvre, celles de l'hôtel du
sire de Savoisi, celles des Innocents, le paradis, l'enfer, la ma-
done célèbre des Célestins. Les restes des peintures du XIVᵉ
siècle sont chez nous, en dehors d'Avignon, peu importants
ou mal conservés. On peut rappeler celles qui existent à la citadelle de Metz, celles de Harlebeke, près Courtrai, de Sainte-
Croix à Liége, de Saint-Sauveur à Bruges, les peintures des
églises de Gorcum et d'Utrecht, les sirènes de la prison de
l'évêché à Beauvais, le tableau de Guillaume Lévêque, abbé
de Saint-Germain des Prés, maintenant au Louvre, au fond de
la salle des peintres français.

Guillebert
de Metz, p. 63.

Les procédés de la peinture changèrent peu en ce siècle.
C'est au siècle suivant que la peinture à l'huile fut, non pas
inventée (elle fut pratiquée pendant tout le moyen âge, le
moine Théophile en fait foi), mais appliquée avec plus d'étendue et de bonheur, surtout par Jean van Eyck. Les mots « pein-
« ture à olle » se trouvent souvent répétés dans les comptes de
la maison de Bourgogne ; dès le XIVᵉ siècle, ce procédé paraît
avoir été usuel, aussi bien pour les tableaux que pour les bannières. La gomme s'employait dans les peintures murales.

Mém. de l'ac.
de Lyon,
Lettres, V,
1856-57, p. 264.
— Ann. arch.,
t. IV, p. 154.

Les portraits, aspirant à rendre la ressemblance des traits,
devenaient de plus en plus nombreux. Ce fut une des rares applications de l'art où l'on peut signaler un progrès. Les statues
de Philippe le Bel et d'Enguerrant de Marigni, au Palais,
étaient reconnues de tous les passants. Le Louvre possède un
portrait du roi Jean, certainement authentique, et qu'on a attribué non sans raison à Girart d'Orléans. Charles V aimait
fort les portraits et les multipliait autour de lui : aussi ceux
qui restent de lui sont-ils en grand nombre ; son image se voit
en tête de presque tous les livres qui lui furent dédiés, et en
particulier dans les exemplaires des Grandes chroniques. Il
possédait un tableau de quatre pièces présentant quatre portraits, le sien, celui de l'empereur son oncle, celui de Jean son
père, et celui d'Édouard d'Angleterre. On sait que Charles VI,
voulant se marier, envoya un peintre habile successivement en

H. d'Orléans,
Miscell. of the
Philobibl. Soc.,
t. V, 1858-59,
p. 8, 9.

Rev. archéol.,
t. VII, p. 496,
602, 731.

Lorraine, en Bavière, en Autriche, pour faire le portrait des
princesses entre lesquelles il voulait faire un choix : le portrait
prétendu d'Isabeau, qui se voit au Louvre, justifierait la passion qu'il inspira, si ce n'était là une attribution plus que douteuse ; mais ce portrait, coiffé à la mode du temps de Charles VII,
est celui d'une très-jeune personne qui n'a pas le nez aquilin
de la reine. On aurait à citer plus d'un fait du même genre. Le
duc Louis d'Orléans passait pour avoir une galerie composée des
portraits de ses maîtresses, et son portrait à lui-même revient
souvent dans ses manuscrits. L'inventaire du duc de Berri,
dressé en 1416, mentionne les « visages » du roi Charles, du
roi Jean et d'Édouard d'Angleterre. Il serait long d'énumérer
tous les personnages célèbres de ce temps dont l'image nous est
restée : les comtes de Flandre, le duc de Bourgogne Philippe,
Louis d'Anjou, Jean de Berri, la série complète des amiraux
de France, Du Guesclin, Pierre de Luxembourg, Gerson, etc.
Il est tel manuscrit du temps de Charles VI, dont presque tous
les personnages sont des portraits. L'art, en perdant les hautes
pensées qu'il avait eues quelquefois, gagnait du moins en ce
sens qu'il cherchait davantage à rendre la vie et l'individualité.

On ne distinguait pas dans l'office du peintre la part de
l'artiste et celle du décorateur. Les meilleurs ouvriers du temps
figurent dans les comptes de la maison de Bourgogne pour
confection de pennons, bannières, banderoles, pour décoration
de catafalques. Il faut se souvenir que la peinture décorative
n'avait point alors ce caractère de banalité qu'elle a pris de
nos jours. Les poutres, les solives des chambres étaient rehaussées d'ornements peints où le goût trouvait sa place ; les lambris étaient également briquetés, armoriés, couverts d'ara-
besques, de fleurs, d'oiseaux, ou tendus de tapisseries. Les
maîtresses poutres servaient d'ordinaire au développement de
scènes burlesques ou fantastiques.

Mém. de l'acad.
de Metz,
1834-1835.

En général, la biographie des peintres de ce temps est très-
peu connue. Le goût de l'art n'était pas assez répandu en
France pour qu'il s'y formât un cycle de contes d'atelier, ou du
moins pour qu'on l'écrivît. Cette grande « légende dorée » de
l'histoire de l'art, que l'Italie possède dans les Vies de Vasari,

la France ne l'eut pas. Trois noms seuls, ceux de Jean Coste, Girart d'Orléans, Colart de Laon, ont à nos yeux une individualité historique un peu plus prononcée.

Jean Coste fut le peintre favori du roi Jean. Ses principaux travaux furent ceux du château de Vaudreuil ou Val de Rueil près du Pont-de-l'Arche. Il commença d'y travailler vers 1349. Si les détails qui nous ont été conservés sur ces différents ouvrages accusent de la part de Jean Coste une certaine inexpérience quand il s'agissait de grandes compositions, ils prouvent aussi le désintéressement de l'artiste et la libéralité du roi. Jean Coste fut obligé de refaire plusieurs de ses peintures, les unes à cause de l'humidité des murs, les autres parce qu'il s'était servi d'étain doré pour les parties de couleur d'or ; le roi y voulut de l'or pur. Maître Jean travailla sur nouveaux frais pour satisfaire le roi, et sans s'inquiéter beaucoup de ses intérêts. Il travaillait seul et ne confiait rien à ses élèves. Il cherchait dans un manuscrit le modèle de ce qu'il avait à peindre, et ne demandait aucune sculpture aux imagiers. Il faisait lui-même les voyages de Paris pour y acheter ses couleurs. Aussi le roi, étant à Vaudreuil le 28 mars 1353 (jour de Pâques), par égard pour Jean Coste qui venait d'être malade, autorise ses gens de compte à lui payer ce qui lui était dû, en ajoutant foi pleine et entière à sa déclaration par serment ; et il exprime aussi le désir de voir hâter autant que possible les travaux, s'excusant presque de ne pas avoir donné un clerc à Jean Coste pour empêcher le désordre de s'introduire dans les comptes d'un artiste qui avait si peu d'expérience en fait de calculs et de monnaies. En 1356, les travaux n'étaient pas encore achevés; car à cette date Jean Coste est chargé par le duc de Normandie de terminer dans la grande salle du château de Vaudreuil la Vie de Jules César; dans la galerie attenante, une chasse; dans la chapelle, divers sujets tirés de la Vie de saint Louis, de saint Nicolas, de la Passion, et un triptyque; dans l'oratoire du prince, un couronnement et une Annonciation de la Vierge. Toutes ces peintures doivent être faites « de fines « couleurs à huile, » sur fonds d'or; le prix en est fixé à six cents florins d'or au mouton.

Girart d'Orléans figure pour la première fois dans un compte

Biblioth. de l'Éc. des Ch., sec. série, t. III, p. 334, etc.

Ib , t. I, p. 540. — Laborde, Ducs de B., Pr., t. III, p. 460. — A. Champoll.,

l. c., 3e part.,
p. 9.
Douet d'Arcq,
Comptes
de l'argenterie,
p. 111, etc.

du 1er avril 1344, comme demeurant à Paris, à propos de la confection d'une litière. Les travaux qui lui sont attribués en 1353 le feraient classer également plutôt parmi les selliers et les bourreliers que parmi les peintres. Il fut mêlé activement aux travaux de Vaudreuil (1356), et comme il surpassait beaucoup Jean Coste par les talents administratifs, il y intervint comme inspecteur et entrepreneur, avec le titre d' « huis-« sier de la salle du roi. » Girart ayant suivi, comme valet de chambre, le roi Jean prisonnier en Angleterre, y exécuta pour lui quelques tableaux (comptes à la date du 15 avril 1359), en même temps qu'il lui réparait un jeu d'échecs, couvrait ses chaises, lui confectionnait des paniers d'osier fermant à clef pour mettr e ses « images de fust. » En 1357, le roi d'Angleterre ayant renvoyé en France une partie des personnes que le roi Jean avait auprès de lui, ce prince réclama vivement en faveur de Girart et obtint qu'il restât.

H. d'Orléans,
l. c., p. 30,
31, 48.

Colart de Laon, peintre et valet de chambre du roi et du duc d'Orléans, paraît avoir été le peintre le plus célèbre de la fin du siècle. Comme tous les artistes ses contemporains, il décorait des armoiries, des harnais de joute, etc., en même temps que des salles de château et des chapelles. Il peignit pour Isabeau une armoire qui contenait ses reliques et ses parfums. Mais ce fut surtout pour le duc d'Orléans qu'il travailla. Le dossier de l'autel de la chapelle d'Orléans aux Célestins était de lui (1396). On y voyait peints sur bois un crucifiement, N.-D. et saint Jean, l'un de fin azur, l'autre de fine pourpre, et au ciel une Trinité sur champ d'or. Le tout doit être fait « le plus richement et no-« tablement que faire se pourra pour la somme de cent florins « d'or. » Il eut Guillaume Loyseau pour auxiliaire dans ce travail.

Laborde, l. c.,
t. III, n. 5708.
— Biblioth.
de l'Éc. des ch.,
3e série, t. IV,
p. 144.

Jean d'Orléans décora le château de Saint-Germain-en-Laye par ordre de Charles V (1377) et peignit, au Louvre, la chambre de parade où Charles V tenait ses requêtes (1366).

Nous pouvons citer encore François d'Orléans qui, en 1365, « historia » les appartements de la reine à l'hôtel Saint-Paul; Jean de Blois qui, trois ans plus tard, décora l'hôtel de ville de Paris; Guillaume de Cologne, Jean de Hasselt et Melchior Brödlein, pensionnés par Louis de Male et Philippe le Hardi (le premier des trois fit en 1386 par ordre du duc un tableau d'autel pour les cordeliers de Gand) ; Jean Malouel et Henri Bellechose de Brabant, les peintres officiels de Jean sans Peur ; Nicolas de Pikeigni (Picquigni, près d'Amiens), qui peint un dessus d'autel pour le duc de Brabant en 1383 ; Jean de Wo-luwe, peintre et enlumineur, qui exécute diverses peintures pour la chambre de la duchesse de Brabant, et pour la galerie qui conduit du palais à la chapelle.

On ne touchera ici qu'en passant à la famille des van Eyck, qui remplit de sa gloire tout le XVᵉ siècle. Le Limbourg, leur patrie, était connu, depuis le XIIIᵉ, par l'habileté de ses pein-tres.. Au début du XVᵉ, le duc de Berri occupait en France trois artistes de cette province, Paul de Limbourg et ses deux frères. Quatre vers du « Parzival » de Wolfram d'Eschenbach parlent de la célébrité des peintres limbourgeois. Hubert van Eyck naquit en 1366 ; son frère Jean et sa sœur Marguerite étaient plus jeunes que lui de plusieurs années. C'est vers 1410 que Jean perfectionna les procédés de la peinture à l'huile et mérita en un sens d'en être appelé l'inventeur. Hubert et Mar-guerite moururent en 1426, Jean en 1440. Par lui, l'école fla-mande fut définitivement fondée et portée d'un seul coup au niveau de l'école italienne. La France peut, à quelques égards, le réclamer. Né sur la limite des langues, à Maas-Eyck, son nom fut longtemps Jean le Wallon, *Johannes Gallicus*. C'est d'ailleurs à la protection de la maison de Bourgogne qu'il dut les honneurs, tout nouveaux dans l'histoire de l'art, dont sa vie fut entourée.

Laborde, l. c., t. I, p. LIII, 242, 266. — Michelet, t. V, p. 369.

La miniature est, sans contredit, la branche de l'art où le XIVᵉ siècle a laissé la trace la plus brillante. Tandis que la grande peinture était frappée de décadence, l'art de l'enlumi-nure, à partir du roi Jean, arrivait à des raffinements incon-nus jusque-là. Les teintes sont mieux fondues, le dessin est plus correct, les animaux sont plus exactement représentés. Quoi-que sœurs en apparence, la peinture et la miniature sont, en effet, assujetties à des conditions toutes différentes, et il est permis de dire que la préoccupation trop exclusive de la mi-niature fut alors une des causes qui nuisirent le plus à la

MINIATURE.

peinture. La miniature fut trop souvent prise pour modèle par
les peintres. La peinture murale elle-même (nous l'avons vu
par l'exemple de Jean Coste) copiait les manuscrits; de là une
sécheresse, une minutie, beaucoup moins choquantes dans les
miniatures que dans les tableaux.

L'usage des beaux livres d'heures devenait général; ces
livres faisaient comme une partie obligée de la parure des
femmes, et à ce titre exigeaient un travail délicat.

Eustache
des Champs,
éd. de 1832,
p. 209.

> Heures me fault de Nostre Dame,
> Si comme il appartient à fame
> Venue de noble paraige,
> Qui soient de soutil ouvraige,
> D'or et d'azur, riches et cointes,
> Bien ordenées et bien pointes,
> De fin drap d'or très bien couvertes;
> Et quant elles seront ouvertes,
> Deux fermaulx d'or qui fermeront, etc.

C'est la France sans contredit qui fut à la tête de cet art. Ni
l'Italie, ni la Flandre, qui la dépassaient à tant d'égards, n'éga-
lèrent ici ses artistes. Si, dans quelques manuscrits, l'Italie
l'emporte pour la noblesse du dessin, elle n'arriva pas à cette
fécondité incomparable qui fit la vogue des miniaturistes
français. Quant à l'Angleterre et à l'Allemagne, leur inférior-
rité est encore plus sensible. Les miniatures anglaises, en particulier, sont roides, lourdes, disproportionnées. Par le charme
infini de la composition, la douceur du coloris, l'expression
chaste et fine, les miniaturistes français se créèrent une véritable maîtrise, dont ils ne furent pas dépossédés. Toute l'Europe n'eut qu'une voix à cet égard. Dante, dans un passage
célèbre, fait de l'enluminure un art tout parisien. Quand on
voulait avoir un beau livre, on l'envoyait à Paris pour y être
peint. Le nom même « d'enluminure » est celui qui a pré-
valu : le *babuinare* grotesque des Italiens (tiré des singes
ou bonshommes qu'on peignait à la marge des manuscrits)
n'a pas laissé de dérivé. Rome et Bologne avaient pourtant
de bons artistes en miniature. Le duc de Berri recherchait
fort les ouvrages de ces deux écoles. Un de ses livres est

Voy. ci-dess.,
t. I, p. 311.

désigné comme « très bien historié et enluminé d'ouvrage ro-
« main. »

Ce goût de l'enluminure alla jusqu'à l'excès. Il nuisit à la
bonne écriture des manuscrits. On regarda plus à la peinture
qu'à la correction ; beaucoup de bons esprits réprouvèrent ce
goût comme un fléau, et Pétrarque y trouva le sujet d'une de
ses plus fortes invectives. L'ordre de Saint-Dominique en vint à
défendre à ses copistes les lettres d'or, et un savant bibliophile
du XIVᵉ siècle ne craint pas de faire parler ainsi ses livres
favoris : « Nous qui sommes la lumière des âmes fidèles, nous
« devenons, entre les mains des peintres et des enlumineurs
« ignorants, un réceptacle de feuilles d'or, au lieu d'être une
« source de sagesse divine. » Ces faits aident à comprendre
comment les beaux livres furent rangés parmi les choses mon-
daines, et anathématisés par les prédicateurs rigoristes (entre
autres par Savonarole), comme des objets de luxe et des ho-
chets de la vanité. On redoutait, comme une des causes de dépense pour les jeunes gens qui venaient étudier à Paris, les
frais d'enluminure.

Les plaintes d'un amateur, gêné peut-être dans ses habitudes favorites par la concurrence du public, n'attestent que
mieux le goût qu'on avait pour les beaux livres. Ce même Richard de Bury, qui nous a laissé un manuel si intéressant du
bibliophile, se peint lui-même en son manoir, au milieu « d'an-
« tiquaires, de scribes, de correcteurs, d'enlumineurs, de gens
« occupés au service des livres. » Un chapitre spécial de son
ouvrage est consacré au soin avec lequel on doit toucher les
livres et descend aux détails les plus minutieux.

Les enlumineurs formaient à Paris un métier important. La
rue Boutebrie (Erembourg de Brie) est nommée la rue des
Enlumineurs dans un acte de 1371. En 1339, les enlumineurs,
confondus avec les écrivains (*illuminator sive scriptor*), sont
compris dans une taxe que s'impose l'université. Mais ces deux
professions tendirent de plus en plus à se séparer, comme le
prouvent tant de manuscrits où la place des lettres capitales
est restée vide. En 1383, l'enluminure constitue une profession
exclusive : *Illuminator librorum fuit, et est, ac esse intendit
verus illuminator juratus*. Sans prendre à la lettre les exagé-

marginalia:
De Remed.,
p. 53.
Hist. litt.
de la Fr.,
t. XVI, p. 39.
R. de Bury,
Philobibl., c. 4.

C. 8 et 17.

Jaillot, t. V,
quart. S.-André,
p. 41.

Du Boulay,
t. IV, p. 597.

rations de Guillebert de Metz, on peut affirmer que le nombre des personnes occupées à Paris de l'embellissement des livres était très-considérable.

Les procédés étaient fort élémentaires. On dessinait toutes les figures à la plume ; puis on appliquait les couleurs l'une après l'autre. Plusieurs parties de nos Bibles historiées, restées aux divers degrés d'achèvement, montrent l'exécution graduelle de ces diverses opérations. Souvent on s'en tenait à une sorte de grisaille ou de dessins en hachures, d'un effet très-achevé. Quelquefois on employait le camaïeu. On visait manifestement à quelque chose de chatoyant et de moelleux, et le plus souvent on l'obtenait avec un rare bonheur. L'œil se repose, non sans un vrai plaisir, sur ces jolies pages d'un aspect si doux et si bien accommodé aux prières ou aux méditations pieuses dont elles sont entremêlées.

Mss. 9616, 6986, 7020.

Les livres richement enluminés que nous a légués le XIVᵉ siècle sont si nombreux qu'on hésite à en désigner quelques-uns en particulier. Presque tous les livres ayant appartenu à Charles V, aux ducs de Berri, de Bourgogne, d'Orléans, que possède notre Bibliothèque impériale, sont de première beauté. La Bible de Charles V (à l'Arsenal) est un chef-d'œuvre de calligraphie, de goût, de sobriété. Les lettres initiales de la Genèse, du Cantique des cantiques, de Ruth, de la Sagesse (où Charles V figure en Salomon), sont des compositions pleines de grâce et de charme. Les heures du duc de Berri ne sont pas moins admirables par la finesse et l'esprit que l'artiste déploie à chaque page, s'arrêtant toujours à la limite du grotesque, que la génération suivante devait si souvent dépasser. Les heures du duc d'Anjou (dites souvent petites heures du duc de Berri), les Bibles historiées que possède la même Bibliothèque, sont des modèles d'un art à la fois religieux et attrayant. Les représentations de la nature sont aussi fort en progrès, et font pressentir les chefs-d'œuvre du temps d'Anne de Bretagne. Les chartes elles-mêmes recherchèrent ce genre d'ornements. Quelques diplômes de Charles V portent des initiales historiées avec un grand soin, soit peintes, soit dessinées à la plume et lavées de noir. Le diplôme de fondation de la Sainte-Chapelle de Bourges est un petit chef-d'œuvre de peinture et de calligraphie. Le contrat de mariage du duc de Berri avec Jeanne de Boulogne présentait le duc et la duchesse vis-à-vis l'un de l'autre, dans une posture gracieuse et formant la lettre A, initiale de la formule : « Au nom de N.-S..., etc. » Rev. archéol., t. IV, p. 759.

Comme les progrès de la miniature en ce siècle furent moins le fait d'hommes de génie changeant par leur forte volonté la face de l'art que le résultat d'un goût général, il ne faut pas s'étonner qu'au milieu de tant de chefs-d'œuvre l'histoire de l'art ait cependant peu de noms d'artistes célèbres à citer. L'école créée par le duc de Berri se montre seule avec une individualité bien distincte. Nous l'avons vu recourir aux artistes de Rome, de Bologne. Plusieurs peintres de l'école flamande, alors à ses débuts, travaillaient de même pour lui. Ainsi nous trouvons parmi ses ouvriers trois peintres originaires du Limbourg, patrie des van Eyck, qui, lorsque le duc mourut, étaient occupés à orner les feuillets d'un livre d'heures. Il avait à Bourges autour de lui un vrai peuple d'artistes et spécialement d'enlumineurs. Son catalogue mentionne « un livre « d'heures que monseigneur a fait faire par ses ouvriers. » Plusieurs miniaturistes qui travaillèrent pour lui sont connus. Nous voyons, par exemple, figurer dans ses comptes Jacquemart de Hesdin, « peintre de monseigneur, tant pour soi vestir « en l'iver, comme pour lui defrayer d'aucuns despens que lui « et sa femme firent en la ville de Bourges, avant qu'il prist « aucuns gaiges ou salaires de monseigneur. » On trouve, en effet, dans le catalogue de la bibliothèque du duc de Berri, un livre d'heures peint par Jacquemart de Hesdin, et un psautier peint par André Beauneveu. Celui-ci, à la fois peintre, architecte, statuaire, est fort vanté par Froissart. Laborde, l. c., p. CXXI.

Ibid., p. XLV.

Ibid., p. XXIII, XXIV.

Liv. IV, c. 14.

Les miniaturistes de Charles V furent excellents. Un certain Vaudetar ou Vandetar (serait-ce un Flamand ?) paraît avoir été l'auteur d'une de ses Bibles. Les miniatures de son bel exemplaire des Chroniques de Saint-Denis (n. 8395) furent faites presque sous ses yeux par Henri du Trevoux. Il employait aussi un très-bon calligraphe, Oudin de Carvanai. Parmi les nombreux enlumineurs, brodeurs, relieurs d'Isabeau de Bavière, on nomme Jeoffroi Chose, Rolin de Fontaines, Jean de Joui. P. Paris, Chr. de S.-D., t. VI, p 491-494.

V. de Viriville, Bibl. d'Isab., p. 16 et suiv.

Deux au moins des miniaturistes de Valentine sont connus. En 1398, elle payait à Angelot de la Prese, peintre et enlumineur à Blois, douze livres dix sous pour avoir fait vingt miniatures ou histoires à ses heures en français. En 1401, elle faisait faire des livres d'images pour ses deux fils : « Je Huguet « Foubert, libraire et enlumineur de livres, confesse avoir re- « ceu, pour avoir enluminé d'or, d'azur et de vermillon deux « petits livres pour monseigneur d'Angoulesme et pour mon- « seigneur Philippe d'Orléans, et pour iceulx avoir lié entre « deux aiz, couvert de cuir de cordouan vermeil, etc. »

Laborde, ouvr. cité, t. II, p. 279.

Les comptes de la maison de Brabant (1368-1389) mentionnent comme enlumineurs Jean Nicaise et Jean de Woluwe. Il faut remarquer aussi que presque tous les peintres déjà cités durent être en même temps des miniaturistes.

La calligraphie n'offrit pas moins de recherche que la miniature ; mais en somme l'écriture était bien inférieure à celle des deux siècles précédents. Pétrarque se plaint sans cesse du déclin de l'écriture. Les abréviations se multiplient outre mesure ; une ordonnance de 1304 les défend aux notaires. L'introduction du papier de chiffons achève de perdre le vieil art des copistes. En revanche, on se mit à poursuivre des caprices de mode et des fantaisies particulières. Le catalogue des livres du duc de Berri distingue avec grand soin si le manuscrit est écrit « en lettre de forme, en lettre boulenoise (de Bologne), en « lettre ronde, en lettre courante ou de court, en lettre fran- « coise, en lettre gascone. » La lettre de forme était la plus employée dans les manuscrits de prix. Jean Chastillon, Pierre le Portier, Pierre Cauvel, sont qualifiés écrivains de lettre « de « fourme ; » Andri de la Croix, au contraire, écrivain de lettre courante. La ronde, analogue à la boulenoise, était d'origine italienne.

V. de Viriville, l. c., p. 18, 21, 22, 23, 24, 26, 27.

Les calligraphes les plus connus de la fin du siècle, avec Henri du Trevoux et Oudin de Carvanai, sont les deux Flamel. Guillebert de Metz, leur contemporain, distingue Flamel le jeune, écrivain du duc de Berri, et « Flamel l'aisné, qui faisoit « tant d'aumosnes et hospitalités. » Le premier, Jean Flamel, était certainement mort avant le second ; Nicolas ; car Nicolas, dans son testament, daté de 1416, ne se voit aucun parent, et en 1429, il ne s'était présenté personne pour toucher à son héritage. Jean Flamel copia pour le duc de Berri plusieurs romans. Nous avons une note de Nicolas dans ce beau recueil de voyages qui fut donné par le duc de Bourgogne au duc de Berri, et qui est aujourd'hui un des livres les plus curieux de la Bibliothèque impériale. La calligraphie de ce peu de lignes n'est pas exempte de raffinement et de mauvais goût.

Villain, Hist. de Nic. Flamel, p, 203.

Les somptueuses et lourdes reliures étaient extrêmement recherchées, surtout des ducs de Berri et de Bourgogne. On y voulait des cuirs tantôt en grain, tantôt velus, tantôt de couleurs variées, surtout blanc, noir et vermeil ; des velours bleus ou verts, des draps de Damas, de soie ou même d'or, relevés de broderie, de fleurettes, etc. ; des empreintes de fers, des clous d'or ou d'argent, des fermoirs émaillés de sculptures, ornés de perles et de pierres précieuses ; sur les plats, des bas-reliefs (« ymages enlevez») en or ou en argent ; à l'intérieur, des pipes ou signets garnis de pierreries, soutenus par un riche pençoir. Quelquefois un tuyau d'argent doré servait à tourner les feuillets. Le tout était souvent enfermé dans une chemise de velours. Comme les livres étaient posés à plat dans des armoires, non rangés sur des rayons, les saillies sur les plats, qui sont dans nos bibliothèques modernes d'un effet si désastreux, avaient moins d'inconvénient. Le livre étant d'ordinaire appuyé sur un pupitre, on ne redoutait pas non plus le poids des reliures. On sait que Pétrarque fut grièvement blessé à la jambe par un volume des Lettres de Cicéron, que son poids faisait tomber fréquemment. Tel livre d'heures des ducs de Bourgogne portait soixante-huit grosses perles, et l'étui en camelot était encore garni de perles. On chercha pour les romans des reliures plus légères en velours ou en soie ; mais les ais furent toujours de bois. Les heures de Charles V sont ainsi décrites dans l'inventaire de « l'Estude du roi en la tour du bois de Vincennes : »
« Grans heures très bien escriptes et très noblement enlumi-
« nées et historiées... lesquelles heures sont couvertes de bro-
« deure à plusieurs ymages, à lozanges et à rondeaulx de per-
« les. Et sont les courroyes des fermouers couvertes chascune
« de sept fleurs de lys d'or, à compter le clou qui tient aux aiz
« desdites heures, et en chascune fleur de lys a quatre perles ;

Giles Malet, p. 197.

« et sont les fermouers desdites heures d'or garni chascun de
« deux balaiz, deux saphirs et deux grosses perles, et les ti-
« rouers d'un laz de soie à or, en chascun ung gros bouton de
« perles. Et est la pippe desdites heures garnie de deux balaiz
« et ung saphir, et quatre grosses perles. Lesquelles sont en
« ung estuy de cuir bouilly pendant à ung large laz de soie azu-
« rée, semée de fleurs de lys d'argent doré. »

Il y aurait exagération à donner place parmi les artistes du
siècle aux nombreux relieurs, relieresses, broderesses, mentionnés dans les Comptes du temps. On nommera seulement
ici Guillaume de Villiers, Jacques Richier, relieurs de la maison d'Orléans ; Emelot de Rubert, broderesse à Paris, qui tra-
vaille pour la même maison ; Martin Lhuillier, relieur du duc
de Bourgogne à Paris ; Godefroi Bloch et sa femme, au service
du duc de Brabant (1375, 1383). On connaît aussi le nombreux personnel qui travaillait aux livres de la reine Isabeau,
et où le brodeur Huguenin Arrode occupe le premier rang.

Les cartes à jouer ou tarots furent au XIVᵉ siècle et dans la
première moitié du suivant une des applications de l'art de la
miniature. C'est sous le règne de Charles VI que ce jeu, probablement venu de l'Italie, commence chez nous à se propager. En 1392, Jacquemin Gringonneur, peintre, reçoit cinquante-six sols parisis « pour trois jeux de cartes à or et à
« diverses couleurs, ornés de plusieurs devises, pour porter
« devers ledit seigneur (Charles VI) pour son esbattement. »
L'ordonnance de 1369 contre les jeux énumère tous ceux qui
étaient alors en usage, et ne parle pas des cartes. L'ordonnance de 1395 n'en parle pas non plus. On peut croire qu'à
cette date c'était encore un plaisir rare et qui ne sortait pas de
la cour. Mais une ordonnance du prévôt de Paris datée de 1397
mentionne les cartes parmi les jeux interdits. Il paraît que l'o-
rigine doit en être cherchée dans les « naïbis » ou petits feuillets peints représentant toute une encyclopédie enfantine, et
destinée à l'amusement aussi bien qu'à l'instruction du premier âge. C'étaient le fou, l'empereur, le pape, la roue de fortune, la mort, les vertus, les éléments, les signes du zodiaque,
plus tard les dieux de la Fable. Le jeu de tarots reposa d'abord
sur les combinaisons ingénieuses que l'on faisait de ces petits

Laborde,
t. II, p. 270
et suiv.

V. de Viriville,
t. c., p. 9, 16,
29, etc.

Duchesne,
Ann. de la Soc.
de l'hist. de Fr.,
1837. — Merlin,
Rev. archéol.,
juill. et août
1859.

feuillets. Loin d'être un jeu défendu, il passait pour un jeu
grave, une sorte de moralité, qu'on cherchait à mettre en place
du jeu de dés et des autres jeux de hasard. Puis, on y attacha
des valeurs numériques qui firent ressembler le jeu nouveau à
ceux que l'on prétendait ainsi remplacer. Le synode de Langres, en 1404, interdit le jeu de cartes aux ecclésiastiques.
Nous ne possédons pas de collection de tarots du XIVᵉ siècle.
Sans doute les cartes de Gringonneur étaient de ces cartes à
devises, dont on pouvait faire une sorte de jeu solitaire, un
« esbattement » pour un esprit en enfance. C'est au siècle suivant que la fabrication de ces petits objets prit assez d'importance pour conduire à deux découvertes qui tiennent un rang
capital dans l'histoire de l'esprit humain, la gravure et l'imprimerie.

La peinture sur verre, qui a tant de rapports avec la miniature et qui constitue avec elle le véritable fleuron de notre
gloire artistique au moyen âge, ne résista pas aussi longtemps
que la miniature à la décadence générale de l'art. Les vitraux
du XIVᵉ siècle, bien que remarquables encore, sont inférieurs
à ceux du XIIᵉ et du XIIIᵉ. Certes les verrières de Saint-Nazaire
de Carcassonne, des cathédrales de Beauvais, de Lyon, de
Strasbourg, de Metz, d'Évreux, de Notre-Dame de Semur,
sont de très-beaux ouvrages ; celles de Saint-Martial de Limoges, de Saint-Gengoult de Toul, sont vraiment admirables.
Mais l'harmonie des tons et la fermeté des dessins sont perdues. L'effet du coloris est bien moins intense ; l'ensemble en
est peu agréable et tourne à la grisaille. Le bleu et le rouge
avaient été jusque-là la base de l'ornementation ; maintenant
le blanc et le jaune prennent le dessus. Les verriers du XIIIᵉ
siècle ne cherchaient pas à figurer les lointains et les perspec-
tives. Après eux, on encadre les personnages dans des détails
d'architecture d'un effet lourd et confus. L'emploi de grands
morceaux de verre, en affaiblissant la force du dessin, fut aussi
une cause de décadence. Enfin, la peinture sur verre obéit de
plus en plus à ce fâcheux égoïsme qui la portait à se rendre indépendante de l'architecture. Jusque-là le verrier s'était envi-
sagé comme un simple auxiliaire de l'architecte. Maintenant le

PEINTURE
SUR VERRE.
Lasteyrie,
Hist. de la peint.
sur verre, t. I,
p. 217 et suiv.

Lenoir, Archit.
mon., t. II,
p. 248, 249.

verrier voudra travailler pour lui seul. Il ne se préoccupe que de la perfection de sa verrière, envisagée en elle-même ; l'effet général de l'édifice lui échappe. De là des discordances, des fautes d'agencement dont le XIII° siècle n'est jamais coupable. En perdant son abnégation, le verrier gâta en réalité les conditions de son art, art essentiellement subordonné et assujetti à de tout autres exigences que la peinture de chevalet.

Ann. archéol.,
t. XIV, p. 203.

L'école de verriers la plus célèbre de ce temps paraît avoir été celle de Lille. Jacques des Marcs, Jean de Courtrai et Jacquemon as Pois sont mentionnés dès 1384 ; cette école se continue avec éclat durant le XV° et le XVI° siècle ; on voit que les plus grands ouvrages sortaient de ses ateliers. Les

Laborde,
t. II, p. 204.

Comptes de Bourgogne mentionnent les travaux de Pierre « le « voirier » et de Thibaut le verrier, demeurant à Arras, aux années 1396, 1398. Lyon eut aussi ses verreries : en 1347, une ordonnance royale est rendue en faveur de la verrerie lyonnaise. Une partie des vitraux de la cathédrale de Metz sont l'œuvre de maître Hermann « li valrier, » de Munster en Westphalie, mort à Metz en 1392. En général, les plus belles verrières se trouvent, pour ce temps, dans l'est de la France, surtout à Strasbourg. On employait plus qu'on ne l'avait fait jusqu'alors la peinture sur verre à décorer des édifices profanes, palais, maisons riches, hôtels de ville ; on se plaisait à s'en servir pour étaler des armoiries ou écussons. Louis d'Orléans fit faire pour ses résidences des verrières chèrement payées.

Lenoir,
ibid., t. II,
p. 89, 90. —
Ann. archéol.,
t. III, p. 5.

La peinture sur verre resta ainsi, sur son déclin, ce qu'elle avait été à son origine, un art tout français. L'usage de ce bel ornement est fort ancien en notre pays et date de la période romane ; mais il prit de singuliers développements au XII° siècle avec Suger, au moment même où naissait le style gothique. La peinture sur verre devint une partie intégrante de ce style, une sorte de conséquence obligée des jours énormes qu'il laissait, une réparation pour deux arts que la nouvelle architecture étouffa presque complétement, la peinture murale et la mosaïque. Née avec le gothique, cette belle industrie se corrompit avec lui. Comme tous les arts où l'effet résulte d'un ensemble et non de la perfection des détails, la peinture sur verre, de même que la miniature, ne fit que perdre aux progrès du dessin ; l'imagerie plate était la condition de ces deux arts. Les progrès de la peinture furent le signal de la décadence pour l'un et l'autre, à peu près comme les tapis et les châles de nos manufactures, si supérieurs pour la justesse des dessins à ceux de l'Orient, n'en égalent point l'effet. On voulut faire des tableaux placés entre le jour et le spectateur : on se trompa ; car ce qui fait le charme de la grande peinture n'y pouvait trouver place, l'expression disparaissant dans une lumière surabondante, et la correction du dessin ayant ici peu de prix. Quoi de plus choquant que de voir une image de grandeur naturelle entre le ciel et soi, les masses les plus solides rendues diaphanes, et les effets d'ombre et de lumière intervertis ? Une sorte d'imagerie cyclique, à teintes plates, où par la réunion de plusieurs médaillons se constituait un ensemble harmonieux, voilà ce que firent le XIIIᵉ et le XIVᵉ siècle. La peinture sur verre n'était pas susceptible d'autre chose. La Renaissance la tua, ainsi que la miniature, par la raison toute simple que le grand art du dessin n'y était pas applicable, et qu'elles supposaient toutes les deux une naïveté de composition dont des artistes savants n'étaient plus capables. En exigeant une rigoureuse vraisemblance, la Renaissance noya cette atmosphère d'une transparence toute idéale où vivaient ces deux arts. On leur appliqua les règles générales de la peinture ; on les gâta. Il est des arts dont les conditions sont limitées, où le progrès en un sens est la décadence en un autre, et dont le développement est attaché d'une manière exclusive à certains états de la science du dessin.

L'émaillerie continuait d'être florissante en France, et y subissait d'importantes transformations. Limoges, qui depuis le XIIᵉ siècle s'était fait en cet art une réputation européenne, en fut toujours le centre. Les cuivres émaillés où cette ville avait excellé étant passés de mode par suite des progrès du luxe, qui faisaient considérer l'or et l'argent comme la matière obligée soit des objets du culte, soit des riches vaisselles, les émailleurs limousins entrèrent dans une voie d'essais fructueux,

ÉMAUX.

qui aboutirent aux émaux « de plique » ou « d'applique. » C'est là un art vraiment français ; l'imitation byzantine qu'on remarque dans les émaux cloisonnés s'efface complétement et fait place à des procédés nouveaux, à un style analogue à celui qui prévalait dans la peinture sur verre et la miniature. Il paraît, au contraire, que les émaux translucides passèrent de l'Italie en France au commencement du siècle. En 1317, on trouve une manufacture d'émail sur or et sur argent établie à Montpellier. Le Louvre possède d'admirables exemples de cette émaillerie sur or et argent, que le goût particulier de Charles V et de ses frères mit si fort à la mode. Les reliquaires, coffrets, crosses émaillées qui datent de ce siècle, sont aussi d'un travail excellent.

Not. des émaux du Louvre, p. 9, 71, etc. Anu. archéol., t. XIV, p. 11.

J. Labarte, Recherches sur la peinture en émail, 1856.

Les carrelages en terre cuite peints et vernissés étaient ordinaires. Ils présentent, en général, sur un fond jaune ou rouge des lignes géométriques, des rosaces, des feuillages, des tours, des armoiries, des fleurs, quelquefois même des personnages ou des animaux fantastiques. Toujours ils resplendissent de brillantes couleurs. La grande mosaïque, au contraire, fut délaissée. La peinture sur verre lui fit une concurrence fatale, et dont elle n'a jamais su en France se relever.

Annal. archéol., t. X, p. 18.

TAPISSERIES.

Les tapisseries historiées se multipliaient de toutes parts : celles des manufactures d'Arras conservaient cette réputation que le siècle suivant devait voir s'accroître encore. On en décorait non-seulement les intérieurs des églises et des palais, mais encore les rues et les places dans les occasions solennelles, processions, entrées de princes, etc. On y représentait les mêmes sujets que dans la peinture sur verre et la miniature ; mais il semble, surtout depuis Charles V, qu'on se plut davantage à y montrer des sujets profanes ou contemporains : histoires de héros fabuleux, scènes de la vie des princes du temps, chasses, sujets empruntés aux fabliaux, etc. Une tapisserie représentant le printemps, que l'empereur Manuel Paléologue vit au Louvre en 1400, excita son admiration, et il y a trouvé l'occasion d'une très-élégante description à la manière de Philostrate. Les inventaires de la fin du siècle, surtout celui de l'hôtel de Bohême, révèlent en effet sous ce rap-

Fr. Michel, Étoffes de soie, t. II, p. 391, 413-416, 480, 481. Ac. des Inscr. nouv. mém., t. XIX, 2e part., p. 100 et suiv.

port des richesses surprenantes. Après la bataille de Nico-
polis, le roi et le duc de Bourgogne envoient au vainqueur,
entre autres riches présents, une tapisserie d'Arras qui représentait la vie d'Alexandre. Bajazet, qui avait sans doute
lu l'Iskander-Nameh, put la comprendre et s'y intéresser.
En 1393, le duc de Bourgogne offre au duc de Lancastre
de beaux tapis de Flandre, représentant les histoires de la
Bible à grands personnages, le roi Clovis, Charlemagne et
les douze pairs, les sept vertus avec l'image des sept rois ou
empereurs vertueux, les sept vices, avec les rois ou empereurs qui en avaient été coupables. Les mêmes sujets sont
indiqués comme se trouvant sur les tapis de haute lisse de
l'hôtel de Bohême.

La façon dont on procédait à ces grands ouvrages nous est
décrite avec minutie dans diverses pièces relatives à des travaux
de tapisserie exécutés à Troyes au commencement du XVe siècle.
On payait d'abord un moine pour composer un « libretto, »
expliquant toute la composition et destiné à guider les mains
de l'artiste jusque dans les plus menus détails. Un peintre en
faisait un petit patron sur papier ; une couturière assemblait
de grands draps de lit, sur lesquels les enlumineurs exécutaient
les patrons. Puis venait le travail de haute lisse, après quoi la
tapissière doublait la tapisserie de grosse toile et la garnissait
de cordes. Le moine est toujours auprès des artistes ; les dîners
qu'on lui sert sont passés en compte ; on n'oublie même pas ce
qui est dû « pour avoir beu avec le dit frere, » en devisant de
la vie du saint qu'on voulait représenter.

Ph. Guignard,
Tapisseries
de St.-Urbain.

On procédait de même pour la broderie. Un beau parement
d'autel en soie du temps de Charles V, provenant de la cathédrale de Narbonne (aujourd'hui au Louvre), présente des peintures en grisaille, très-légèrement exécutées à la plume pour le
trait et au pinceau pour le modelé, qui paraissent avoir attendu
en vain qu'on y appliquât les couleurs. Les étoffes brodées
étaient fort employées pour la tenture des appartements. Les
chambres de l'hôtel de Bohême, habité par Louis d'Orléans et
Valentine, étaient tendues de drap d'or à roses, brodé de velours vermeil, de satin vermeil brodé d'arbalètes, de drap d'or
brodé de moulins.

Biblioth.
de l'Éc. des ch.,
3e série, t. III,
p. 552.

SCULPTURE.

La sculpture souffrit encore plus que la peinture de l'abaissement du goût. Le XIII⁰ siècle, en cet ordre, avait presque touché la Renaissance, mais n'avait pas su y atteindre. Le peuple de statues qui décore les cathédrales de Reims, de Chartres, d'Amiens, appartient presque à l'art classique par la grande allure, l'effet imposant, la liberté des mouvements.

David d'Angers.

« Plus je vois les monuments gothiques, disait un homme qui « avait le droit d'être juge en statuaire, plus j'éprouve de bon- « heur à lire ces belles pages religieuses si pieusement sculptées « sur les murs séculaires des églises. Elles étaient les archives « du peuple ignorant. Il fallait donc que cette écriture devînt « si lisible que chacun pût la comprendre. Les saints sculptés « par les gothiques ont une expression sereine et calme, pleine « de confiance et de foi. Ce soir, au moment où j'écris, le soleil « couchant dore encore la façade de la cathédrale d'Amiens ; le « visage calme des saints de pierre semble rayonner. »

A Reims, en particulier, l'imitation de l'antique conduisit à des résultats surprenants. Mais, procédant plutôt par sentiment que par des règles sûres, les sculpteurs, tout en atteignant souvent leur but avec un incomparable bonheur, souvent aussi le manquaient. Le mauvais penchant à copier la miniature au lieu d'étudier la nature ou l'antique, l'emploi peu discret de la sculpture dans les voussures et sur les lignes courbes, et surtout le manque de hardiesse qui portait à tout rapetisser, arrêtèrent les progrès. Soumises à des conditions bien plus impérieuses que celles de l'architecture, la peinture et la sculpture restaient à l'état d'enfance, quand l'architecture était déjà vieille pour avoir dépassé le but. C'est qu'en architecture l'idée suffit pour produire des chefs-d'œuvre, tandis que la peinture et la sculpture supposent des générations successives d'artistes qui se sont usés au difficile travail de l'étude des formes et de la correction du dessin.

Les plus fâcheux défauts de la sculpture étaient la vulgarité, la maigreur, le décharné. Au lieu de ce vif élan vers l'idéal qui avait signalé le réveil de l'art chrétien, on se complaisait à une réalité grossière, transportant dans le monde divin la platitude de la vie bourgeoise du temps. On se complut trop aussi dans la statuette ; la grande pensée sculpturale qui avait créé le portail de Saint-Gilles n'existait plus guère, bien qu'on mentionne quelques sculptures colossales, en particulier aux cheminées de l'hôtel Saint-Paul (chevaux, animaux fantastiques, prophètes). On voulait les effets fins et délicats de la miniature dans un art assujetti à de tout autres lois. L'étude anatomique n'était pas en progrès, quoiqu'elle fût moins négligée qu'autrefois, comme la statue d'un des médecins de Charles VI, à Laon (1394), et celle qui se voit au musée d'Avignon, représentant le cardinal Jean de Lagrange à l'état de squelette (1402), suffiraient pour le prouver.

La polychromie resta d'un usage général et nuisit beaucoup aux progrès du modelé. Les dorures étaient prodiguées. Les nimbes deviennent des cercles pesants. Les statues-portraits n'étaient point rares. Celles de Philippe le Bel et d'Enguerrant furent célèbres. On possède à Avignon celle de Pierre de Luxembourg, celle de Clément V à Saint-Seurin de Bordeaux. L'image de Bertrand du Guesclin, «telle comme il souloit estre en «son vivant,» se voyait à Sainte-Catherine du Val-des-Écoliers. Celle de Charles V était aux Célestins, aux Augustins, et dans bien d'autres endroits. En général, chaque établissement offrait à son portail la statue du fondateur.

Guillebert de Metz, p. 63.

On a conservé de ce temps plusieurs autres monuments de la sculpture. La destruction n'a atteint qu'à demi la clôture sculptée du chœur de Notre-Dame, commencée par Jean Ravi, maçon et imagier de la basilique, et « parfaicte » l'an 1351 par son neveu, maître Jean le Bouteillier. Il est probable que les « ystoires » de la vie de Jésus-Christ qui y sont représentées étaient accompagnées autrefois de leurs «ystoires» parallèles dans l'Ancien Testament. Le temps n'a respecté ni le gigantesque saint Christophe, ni la statue équestre de Philippe le Bel, ni la statue de Pierre du Coignet, sujet de tant de contes, ni les scènes du drame de Job, ni une foule d'autres ouvrages de la vieille basilique autrefois fort admirés. Les grandes sculptures du Louvre et de l'hôtel Saint-Paul, les Trois vifs et les trois morts des Innocents, la plupart des sculptures des Célestins ont disparu. Le Palais était un monde de statues ; celles des rois, le grand cerf de Charles V, la table de marbre, bien d'autres merveilles très-vantées des Parisiens

Sauval, t. I, p. 372. — Rev. archéol., t. XII, p. 10.

Guillebert de Metz, p. 50, 51, 54, 64.

Sauval, t. II, p. 347, 348.

ont péri dans l'incendie de 1618. Parmi les restes les plus connus du même genre et du même âge, on peut citer la statue de
femme placée de nos jours sur la prétendue tombe d'Héloïse et
d'Abélard ; les statues peintes de Charles V et de Jeanne de
Bourbon, autrefois au portail des Célestins, maintenant à Saint-
Denis ; la statue de Notre-Dame la Blanche, en marbre blanc,
donnée en 1340 par la reine Jeanne d'Évreux à l'église de
Saint-Denis, maintenant à Saint-Germain des Prés ; plusieurs
statues des rois à Saint-Denis ; à Versailles, la statue de Jean
de Dormans, transportée de l'église Saint-Jean de Beauvais ;
diverses statues au musée de Cluni, à l'école des Beaux-Arts,
à Saint-Mandé, à Pantin ; la belle statue de la Vierge à l'abbaye de Notre-Dame du Val (Seine-et-Oise) ; la Vierge dorée
de l'un des portails de la cathédrale d'Amiens ; les statues de
l'extérieur de l'abside de la cathédrale de Limoges ; les statuettes des reines de Navarre à Mantes ; la statue peinte du duc
de Berri agenouillé devant un prie-Dieu, transférée de la Sainte-
Chapelle à la cathédrale de Bourges. Au nombre des bas-reliefs,
on rappellera le monument en souvenir de la bataille de Bou-
vines, érigé en 1376 à Sainte-Catherine du Val-des-Écoliers,
les scènes de la vie de la Vierge à la cathédrale de Bordeaux ;
le portail des libraires de la cathédrale de Rouen, plein de détails bizarres, où l'on croit voir une influence de l'Orient.

La sculpture d'ornement perdit, de son côté, plus qu'elle ne
gagna. Déjà, vers la fin du siècle précédent, on recherchait la
légèreté et la grâce plus que la ligne sévère. Dans celui-ci, on
tomba dans le bizarre et le contourné. Les chapiteaux, divisés
en plusieurs rangs de feuilles enroulées, ont un aspect confus.
Les culs-de-lampe, souvent ingénieux, sentent trop la recherche.
Les croix de cimetières et de chemins deviennent des tableaux
complets, sur la tige et les bras desquels les sculpteurs s'exer-
cent comme sur des surfaces planes. Les tombeaux, enfin, deviennent l'objet de raffinements inconnus jusque-là.

Aux époques profondément chrétiennes qui s'étendent jusqu'à Philippe Auguste, le tombeau est d'une extrême simplicité.
C'est une dalle sculptée en creux ou en simple relief, et offrant
l'image de la personne dans l'attitude du repos éternel. Quelques-unes de ces dalles tumulaires sont des chefs-d'œuvre de

Viollet Le Duc,
Dict. d'archit.,
t. IV, p. 500,
501.

sculpture, et des modèles pour la bonne entente de l'art religieux. Vers la fin du XIIe siècle, la statue devient saillante,
et tout à fait en ronde bosse; les mains sont jointes et relevées;
la préoccupation de l'art se fait sentir. Désormais, on visera
trop souvent à une richesse déplacée et d'un goût équivoque.
On se plaît surtout à entourer les tombeaux de couronnements
gothiques d'une finesse exagérée. Les moins ornés offrent le
simple trait de ces dentelles fantastiques d'une légèreté impossible et d'un dessin compliqué. Souvent la tête, les mains, la
crosse, les écussons sont incrustés en marbre. Dans les traits en
rainure, on coulait un mastic rougeâtre qui les faisait vivement
ressortir. La jolie description du tombeau de Flore, dans le
roman de « Flore et Blancheflleur, » est un exemple des idées
bizarres auxquelles on se laissait aller en ce genre de monuments. Le type le plus ordinaire était de placer sous des arcades
gothiques la statue couchée du défunt, les mains jointes, les
pieds appuyés sur un lion ou un levrier, deux anges entourant
la tête et présentant l'âme du mort, sous la forme d'un enfant,
au jugement de Dieu. Ce type était heureusement conçu; mais
trop souvent on le chargeait de décorations superflues. On peut
citer comme des chefs-d'œuvre les tombeaux de quelques-uns
des papes d'Avignon et celui de l'évêque Pierre de Rochefort Ann. archéol.,
(mort en 1321) dans l'église de Saint-Nazaire à Carcassonne. t. III, p. 283.
Une dalle tumulaire de Châlons-sur-Marne, représentant une
mère et ses deux filles (première moitié du siècle), est un mor-
ceau plein de grâce; les draperies y sont élégantes, le dessin
très-pur, les ornements gothiques encore sobres ; dans la partie
inférieure sont figurées les funérailles ; dans la partie supérieure, le ciel, le repos et la prière dans le sein d'Abraham.
Rien de plus fréquent, sur le pavé de nos vieilles églises, que
ces dalles au simple trait, exécutées quelquefois avec un rare
bonheur. Les épitaphes en général étaient prolixes, d'une
langue fort lâche et fort vulgaire. Les tombeaux étaient presque
tous placés dans les églises, surtout dans certaines églises vers
lesquelles se portaient la vogue ou la dévotion, comme les Célestins, l'abbaye de Maubuisson, etc.

La sculpture en bois était presque aussi cultivée que la sculpture sur pierre. C'était là un art tout français, rare en Italie,

et qu'aucun pays ne poussa au même degré de perfection. La statue équestre, la visière baissée, de Philippe le Bel, érigée à Notre-Dame, était en bois. Les stalles des églises deviennent dès lors un prétexte à tout un fouillis de statuettes, de rinceaux, de représentations fantastiques. On citera celles de Valenton (Seine-et-Oise), d'une extrême finesse d'exécution ; celles de Saint-Géréon à Cologne, les retables et autres sculptures en bois de l'église du prieuré de Saint-Thibaut, près de Semur. La piscine du maître-autel de Saint-Urbain de Troyes, représentant le couronnement de la Vierge et les deux fondateurs (Urbain IV et son neveu le cardinal Ancher), est un chef-d'œuvre d'élégance et de goût ; elle était autrefois peinte et dorée. Les jubés, qui commençaient à se multiplier, donnaient lieu à des sculptures élégantes, et parfois bizarres. Quelques statuettes en ivoire de ce temps sont aussi des ouvrages pleins de grâce et de délicatesse. Le tableau d'ivoire de « l'oratoire des du- « chesses, » dont l'auteur est Berthelot Héliot, varlet de chambre du duc Philippe le Hardi, est aujourd'hui au musée de Cluni. Le pendant, qui fut compris dans le même compte, paraît être perdu.

Catal., p. 70, n. 418.

Toute la menuiserie était fort riche. La salle connue sous le nom de *Diana,* à Montbrison, attenante à l'église Notre-Dame, est le type d'une belle salle boisée de ce temps : elle est voûtée en bois et ornée d'écussons de familles nobles. Les grandes armoires qui restent du même siècle sont d'un bon style, commodes, naturelles, ne cherchant pas à dissimuler les parties utiles. Les ferrements y sont visibles et soignés. D'ordinaire, les volets sont ornés de peinture à l'extérieur et à l'intérieur ; le dessus est couronné de légères corniches crénelées. La menuiserie des appartements princiers, au Louvre, par exemple, était chargée de détails et travaillée avec un soin qu'on jugea plus tard minutieux ou superflu. Les portes surtout étaient traitées avec une grande richesse de sculpture. Par suite, les pentures deviennent moins étendues : celles du portail des libraires à Rouen font exception et égalent les plus beaux ferrements des siècles précédents. La serrurerie en fer forgé se développa de préférence dans les meubles et les grilles, d'où l'esprit industriel des époques plus modernes devait l'exclure, en y substituant

Ann. archéol., t. II, p. 68.

Ibid., t. IV, p. 369. — Vitet, Études sur les b.-arts, t. II, p. 358, 359.

des procédés plus économiques, mais sans caractère. Le moyen
âge n'a nulle part plus excellé que dans ces arts devenus secondaires, depuis l'envahissement d'un luxe bourgeois, qui
vise à faire illusion, et n'est pas blessé du caractère de banalité d'un ornement qui s'achète tout fait, et qu'on peut voir
indéfiniment répété. Ne songeant pas à cacher les ferrements,
les poutres, les serrures, le moyen âge y cherchait des motifs
d'ornement et les trouvait parfois avec bonheur. Tout était
soigné, car tout était en vue. Le faux style classique du XVIIe
siècle a opéré, sous ce rapport, un véritable abaissement pour
certains arts, qui sont devenus des métiers. Comme on a cru
que la noblesse exigeait que tous les détails utiles fussent dissimulés, on est arrivé à un style factice, qui voudrait faire
croire qu'on peut bâtir un édifice sans charpente ni ferrements,
et une source précieuse d'ornements a été tarie : en cela, sans
contredit, le style des modernes est tout à fait inférieur à celui
du moyen âge et de l'Orient.

Paris et Dijon étaient alors les deux grandes écoles de sculpture. Il ne reste rien des ouvrages de Jean de Saint-Romain,
que nous avons vu déployer une si grande fécondité sous l'active protection de Charles V. Jean le Bouteillier fut plus heureux ; mais sa vie nous est totalement inconnue, ainsi que celle
de Jean le Braellier, autre sculpteur de Charles V, de Drouet
de Dampmartin, de Colin le Charron, de Bernard, charpentier
et sculpteur en bois, tous employés aux travaux du Louvre
sous Raymond du Temple et Jean de Saint-Romain.

Dijon, depuis l'avénement de Philippe le Hardi, fut le centre
de grands travaux de sculpture, auxquels présida l'Alsacien
Claux Sluter. Les admirables figures du puits de Moïse, le
tombeau du duc Philippe, sont de lui. Il fonda une véritable
école, dont firent partie son neveu Claux de Vousonne, dit
Claux de Werne, Jacques de la Barre, et en 1390 Hennequin
de Bruxelles, le même peut-être que Hennequin de Liége, qui,
en 1380, fait une statue d'albâtre pour l'église du Temple, et
qui, en 1368, avait figuré dans les mandements du roi pour
une somme de mille fr. d'or, « en laquelle nous sommes tenus
« à lui, à cause d'une tombe d'albastre et de marbre, que nous
« li faisons faire pour nous, laquelle nous avons ordonné estre

Rev. archéol.,
t. VIII, art. 8,
45, 46, 47, 49.

Arch. imp.,
sect. hist., MM.
30, fol. 150.
Laborde,
ouvr. cité, t. I,
p. XXII.

« mise en cueur de l'eglise de Rouen, où nous voulons que
« notre cueur soit enterré, quant il plaira à Dieu que nous irons
« de vie à trespassement. »

On trouve encore à Dijon, en 1357, un sculpteur célèbre,
nommé Gui le Macon ; à Bourges, vers le même temps, Aguil-
lon de Droues ; à Montpellier, les deux Alaman, Jean et Henri
(entre 1331 et 1360) ; à Troyes, Denizot et Drouin de Mantes ;
à Sens, Jacques des Stalles, ainsi nommé des stalles qu'il
sculpta pour l'église Saint-Laurent de cette ville. Girart d'Orléans paraît aussi avoir sculpté : parmi les travaux exécutés
par lui pour le roi, on trouve « un tableau de boys de quatre
« pieces. » Nous ne connaissons guère que les noms de Hennequin Vascoquien, Hennequin de Prindale, Perrin, Villequin
Semont, Pierre Linquerque, qui paraissent pour la plupart
Flamands, ainsi que Wuillaume du Gardin, auquel Jean III,
duc de Brabant, commande en 1341 un tombeau dont les statues doivent être enluminées « de pointure de boines couleurs
« à ole, » et Jean de la Matte, imagier, qui, en 1385 et l'année
suivante, fait plusieurs images pour l'oratoire de Bruges.

Le Moyen âge
et la Ren.,
V, sculpt.

Laborde,
ouvr. cité, t. I,
p. LXIV.

La Flandre, en effet, et les parties du territoire français qui
l'avoisinent, prennent en sculpture, vers la fin du siècle, une
place tout à fait à part. Tournai, en particulier, est comme le
centre et le point de départ de l'influence flamande sur notre
statuaire. Toute l'école de Dijon, et en général toute la sculpture de la maison de Bourgogne, reçoit de là une forte empreinte. Les imagiers de Bruxelles étaient dès lors célèbres. Au
siècle suivant, cette influence devient un commencement de
renaissance et une vraie révolution dans l'art.

Ibid., t. I,
p. XXIX, LXXI,
LXXV, XCV.

ORFÉVRERIE.

Ann. archéol.,
t. III, p. 257
et suiv.

L'orfévrerie fit, au XIVe siècle, un progrès décisif. Jusque-
là elle avait été surtout religieuse. Dans la première moitié du
siècle, elle se mit au service du luxe des seigneurs. Les ordonnances du roi Jean (1355, 1356) et des premières années de
Charles V (1365) cherchent à poser des limites au luxe de
l'orfévrerie, et à restreindre l'usage des vases précieux aux
églises. Il fut interdit de faire vaisselle ou joyaux de plus d'un
marc, « si ce n'est pour Dieu servir. » Mais ces défenses furent
inutiles. A partir du règne de Charles V, l'orfévrerie et la

joaillerie françaises prennent un essor surprenant. On en recherche les produits dans toute l'Europe. L'inventaire des joyaux de Charles V est déjà extrêmement riche. Toute l'histoire du temps de Charles VI décèle sous ce rapport une étonnante prodigalité. Les présents en orfévrerie et en joyaux étaient comme obligatoires dans les occasions solennelles. Les écrins de la maison d'Orléans étaient sans prix. Au mariage d'Isabelle de France avec Richard d'Angleterre (1396), il y eut un déploiement de luxe en or, argent, pierres précieuses, qui alla jusqu'à la folie. Les boutiques des orfévres et des brodeuses étaient combles; Paris fut ébloui des trésors qui, pendant plusieurs jours, se déroulèrent devant ses yeux.

Les travaux de l'orfévrerie et de la joaillerie religieuse et profane offraient une extrême variété. Dans les églises, c'étaient des chandeliers, des burettes, des croix, des encensoirs, des reliquaires, des vases de formes diverses destinés à renfermer l'hostie consacrée, des mitres enrichies de perles, de pendants d'argent, de plaques ciselées, etc. Dans les palais, c'étaient des fontaines d'argent, des bassins d'argent, lampes, flacons, aiguières, nefs, drageoirs, salières, trempoirs, saucières, tasses, pots à bière, surtouts de table singulièrement riches, coffrets, échiquiers de jaspe et de chalcédoine avec pièces de jaspe et de cristal, diptyques d'ivoire, des couronnes, des diamants. Les objets de dévotion n'y manquaient pas : ouvrages de sculpture représentant surtout les sujets de la vie de Jésus-Christ, images de saints, Vierges d'albâtre, couronnées de perles et de pierres précieuses. Les châsses des saints continuent à être l'occasion de riches ciselures imitant l'architecture gothique. Celle de Saint-Romain à Rouen est de ce siècle ou de la fin du XIIIe. Le buste de saint Bernard à Clairvaux, destiné à recevoir la tête du saint, exécuté en 1334, était soutenu par six lionceaux ; le bas était décoré de vingt-quatre plaques émaillées. La tête de saint Malachie n'était pas moins richement enfermée. Les calices étaient couverts de sculptures : autour de la coupe, les douze apôtres ; autour de la pomme, les quatre évangélistes; au pied, un crucifix. L'inventaire de la Sainte-Chapelle, en 1341, nous montre son trésor comme un vrai musée de pierreries et d'émaillerie.

Douët d'Arcq, l. c., p. 308.

Cabinet histor., 1858, p. 16, 17, 18.

Biblioth.
de l'Éc. des ch.,
3ᵉ série, t. I,
p. 60, n. 58, 65.

Les armes niellées étaient connues, même au commencement du siècle. Dans la liste des objets enlevés en 1316 à la
comtesse Mahaut d'Artois par son neveu Robert, figurent
« une hache neellée à deffaire cerfs et grosses bestes; » une
épée garnie d'argent à émaux. La reliure enfin donna lieu à de
beaux travaux d'orfévrerie : on conserve quatre couvertures
de manuscrits en or d'une richesse extrême avec des niellures,
dont l'une fut faite par ordre de Charles V en vue de la Sainte-
Chapelle.

Biblioth. imp.,
f. S.-Victor,
n. 366 bis;
supplém. lat.,
n. 663, 665,
667.

S'il reste assez peu de chose d'un art qui produisit à cette
époque des ouvrages sans nombre, il faut se rappeler les dangers auxquels de tels ouvrages sont exposés par suite du prix
de la matière. Les désastres du commencement du XVᵉ siècle
livrèrent au pillage toutes ces richesses, ou obligèrent de les
fondre. Le siècle suivant ne leur a pas été moins funeste, tant
par le changement du goût que par les guerres de religion. Ce
que les contributions extraordinaires imposées au clergé par
Louis XIV et par Louis XV ont fait fondre de ces objets est
incalculable. Enfin, la révolution a détruit une bonne partie
de ce qui restait. Les musées du Louvre et de Cluni, le trésor
de Saint-Denis, possèdent cependant assez de spécimens de
notre ancienne orfévrerie pour nous permettre de voir combien
l'admiration des contemporains pour les progrès de cet art était
justifiée. L'Italie ne fit ici qu'imiter; les plus célèbres orfévres
de l'Italie au XIIIᵉ et au XIVᵉ siècle étaient des bords du
Rhin.

La joaillerie était inséparable de l'orfévrerie. On employait
les perles et les pierres précieuses comme ornement des mé-
Ann. archéol.,
t. III, p. 258.
taux. L'ordonnance de 1355 défend de mettre des plaques d'or
sous les pierreries pour leur donner plus de brillant. Mais,
vers la fin du siècle, tous ces arts se confondirent. Limoges
était un centre pour l'orfévrerie comme pour l'émaillerie. Les
tombes d'orfévrerie se fabriquaient surtout à Limoges. Dans
Ibid., t. VII,
p. 83; VIII,
p. 260.
un inventaire des vases sacrés de la chapelle de la comman-
derie de Joigni, fait en 1313, on trouve mentionnées diverses
pièces de Limoges : deux croix de Limoiges; un vassel de Limoiges; un vassel à mettre encens de Limoiges; deux grands
chandeliers et un petit de Limoiges; un encensoir de Limoiges.

Les potiers d'étain de Limoges étaient aussi fort habiles. Tout
porte à croire que c'était là une vieille célébrité qui datait au
moins de l'époque romaine. En général, les centres d'art et
d'industrie au XIII° et au XIV° siècle se rattachaient à des
traditions de l'époque carlovingienne et mérovingienne. Celles-
ci se rattachaient à des établissements romains ; ceux-ci, à leur
tour, eurent souvent des causes locales antérieures. La célébrité
des tapisseries d'Arras paraît de même remonter très-haut.

La réputation des batteurs de cuivre de Dinant se maintint
pendant tout le siècle. Ce métier était devenu entre leurs
mains un art véritable, qui n'a pas survécu à la destruction
de leur ville en 1466. Arras était aussi fort renommé pour le
travail des métaux et des pierreries. Parmi les objets enlevés
en 1316 à la comtesse Mahaut d'Artois par son neveu Robert,
figure « un escrin de leton neellé d'argent, à grand planté
« d'enclastres (incrustations) qu'on ne scait estimer, mais on
« ne feroit point un tel à Paris pour cent livres. » Presque
toutes les villes de Flandre et de Brabant eurent de même des
écoles d'orfévrerie. La confrérie des orfévres de Gand était
une vraie puissance : leur doyen marchait à certaines processions revêtu d'une robe de velours rouge et portant une magnifique chaîne, à laquelle pendait, dans un médaillon émaillé,
l'image de saint Éloi.

Les orfévres de Paris étaient fort riches et fort influents,
comme le prouvent leurs statuts dans le Livre d'Étienne Boileau. Le célèbre prévôt qui le premier représenta le règne de
la bourgeoisie parisienne, Étienne Marcel, était orfévre. En
1292, le livre des taxes de la ville de Paris compte cent seize
orfévres. On sait que Guillaume de Ruysbroeck trouva un
orfévre parisien à Carakorom. Le même livre des tailles compte
aussi à Paris plusieurs orfévres et émailleurs de Limoges.
En 1317, Philippe le Long accorde à l'émailleur Garnot un
atelier sur le Grand-Pont. Le goût du roi Charles V pour la
vaisselle d'or et d'argent fut dans l'histoire de cet art la cause
d'un progrès décisif.

Le midi avait aussi des ateliers célèbres d'orfévrerie. Toulouse, Montpellier surtout, avaient de la réputation sous ce
rapport. A Montpellier, comme à Paris, c'étaient des artistes

Ibid., t. IX,
p. 272.
Bibl. de l'Éc.
des ch., 3e sér.,
t. I, p. 60, n. 63.

Le Moyen âge
et la Ren.,
t. III, orfévr.

Ann. archéol.,
t. VI, p. 26
et suiv.

limousins qui représentaient cette branche d'industrie. Les in-

Ibid., t. VIII,
p. 260 et suiv.

ventaires de Montpellier mentionnent un nombre très-considérable d'ouvrages d'orfévrerie religieuse en métal émaillé.

Laborde,
l. c., t. III,
p. 17.
Douët d'Arcq,
l. c., 124, 125.

J. Durosne, orfévre de Toulouse, vend des joyaux au duc de
Touraine, en 1389. Il est question aussi d'argenterie venant
d'Avignon; mais le titre en était inférieur.

On nommera encore parmi les orfévres les plus connus
Jean de Montreux, orfévre du roi Jean; Claux de Fribourg,
qui fit une statuette d'or de saint Jean pour le duc de Normandie et une superbe croix pour le même prince devenu roi;
Jean de Picquigni, auteur du diadème du duc de Normandie;
Robert Retour, orfévre en la conciergerie de Saint-Paul; Hennequin, chargé de la façon des trois nouvelles couronnes de
Charles V; Henri, orfévre du duc d'Anjou; Nicolas Giffart,
excellent orfévre de Paris, que Louis, duc d'Orléans, employait
le plus volontiers; Hance Croist, qui fit pour Valentine une
nef en forme de porc-épic en or, du poids de deux marcs, quatre
onces; Pierre Blondel, qui, en 1387, répare le ciboire suspendu
devant le grand autel de l'abbaye de Saint-Bertin, et qui, le
19 septembre 1394, reçoit douze livres quinze sols tournois
pour avoir ouvré, outre le scel d'argent du duc d'Orléans,
« deux fermouers tout d'argent esmaillez pour mettre au livre

Vallet
de Viriville,
Biblioth. d'Is.,
p. 19 et suiv.
Bouillart, Hist.
de l'abbaye
de S.-G., p. 166,
pl. 7 et 17.

« de Boece; » Jean de Clerbout ou de Clerbourg, qui travailla
pour l'embellissement des livres d'Isabeau; Jean de Clichi,
Gautier du Four et Guillaume Boey, orfévres de Paris, qui firent sur l'ordre de l'abbé Guillaume, en 1408, la magnifique
châsse de Saint-Germain des Prés, en forme d'église ogivale.

On voit combien dans tous ces métiers régnait une forte tradition. L'art était une sorte de pratique secrète, propre à certaines villes, et là encore renfermée dans un petit nombre de
familles, protégée par des règlements qui limitaient le nombre
des apprentis. On visait surtout à la conservation de la tradition

Livre des mét.,
p. 38.

et à l'excellence de l'ouvrage. « Nus orfevres ne puet avoir que
« un apprenti estrange; mès de son lignage ou du lignage sa
« femme, soit de loing, soit de près, en puet il avoir tant comme
« il li plaist. » Il en résultait un esprit de corps et un goût du
solide qui n'avait que de bons résultats dans les arts industriels.
Des professions qui ne sont maintenant que des métiers étaient

des arts. Un ouvrier en cuivre ou en étain de Dinant ou de Limoges faisait des compositions originales, conçues par lui, d'un caractère naïf et fortement accusé.

L'art de tailler les pierres dures n'existait guère en France. Les camées que l'on voit en la possession de Charles V, ceux des trésors de la Sainte-Chapelle et de Saint-Denis sont tous italiens ou antiques. Le cabinet des médailles, à Paris, possède la plupart de ces belles pierres. Le camée de Noé buvant le vin, qui figure dans l'inventaire des joyaux de Charles V sous cette mention, « un camahieu sur champ blanc, qui pend à double « chesnette, et y a un hermite qui boit à une coupe sous un «arbre, » paraît du XIIIe siècle. La riche monture du grand camaïeu représentant Jupiter, et qui fut donné par Charles V à la cathédrale de Chartres, est de 1367. On sait que le moyen âge voyait toujours dans les sujets figurés par les camées des scènes de la Bible, ou des représentations de mystères chrétiens. Le Jupiter du camée de Charles V passa, grâce à la circonstance de l'aigle, pour un saint Jean. Une améthyste qui fait partie de la reliure d'un évangéliaire de ce siècle, et qui représente Caracalla la tête nue, fut regardée longtemps, par suite de cette dernière particularité, comme une image de saint Pierre. Un artiste, sans doute byzantin, y a en effet ajouté une croix que le personnage paraît porter sur l'épaule, et le nom de l'apôtre Pierre en lettres grecques. Sur le sceau qui, selon quelques-uns, dont l'opinion n'est pas incontestable, aurait appartenu à l'abbaye de Saint-Étienne de Caen, Cupidon devient l'archange Michel avec la légende : *Ecce mitto angelum meum.* On est moins sévère pour ces contre-sens, quand on songe aux nombreux objets antiques que la foi aux reliques et le goût des images pieuses ont fait parvenir jusqu'à nous. Les diptyques anciens étaient conservés avec le même soin jaloux dans les trésors des églises et interprétés, avec aussi peu de science archéologique, dans le sens chrétien. On parle d'un diptyque byzantin monté par un orfévre français du temps de Philippe de Valois.

Les grandes horloges à sonneries et à mouvements compliqués, dont les villes du moyen âge étaient si fières, datent presque toutes de ce siècle, quoique l'invention en fût plus an-

Chabouillet, Cat. des camées, p. 1, 2, 7, 8, 30, 615, 616, etc.

Suppl. lat., n. 663.

Rev. archéol., t. X, p. 314.

cienne. Ici encore Charles V paraît avoir un rôle principal. La première horloge qu'on vit à Paris fut exécutée sous ses ordres en 1370, par Henri de Vic. Celle du château de Montargis fut faite par Jean Jouvence en 1380. Celles de Sens et d'Auxerre sont du même temps. Alors commencent aussi les horloges d'appartement. L'inventaire de Charles V mentionne une de ces horloges dont toutes les pièces étaient en argent ciselé : elle venait, dit-on, de Philippe le Bel, qui l'avait achetée d'un Allemand. En 1370, Pierre Daimleville, horloger à Lille, fait marché pour une horloge destinée au château de Nieppe appartenant à la comtesse de Bar. En 1382, le duc de Bourgogne transporte de Courtrai à Dijon une des plus belles horloges qu'on eût encore vues : elle était surmontée de deux de ces personnages auxquels le peuple donnait le nom de jacquemart. En 1384, Angers fit construire son horloge, placée sur la cathédrale de Saint-Maurice, par Pierre Merlin, de Paris, « maistre orlogeur du roi. » Mais en 1398, elle se dérangea, et l'on fit de nouveau venir Pierre Merlin, peut-être fils du premier, qui résidait à Poitiers. Les comptes du trésor de 1389 à 1392 mentionnent deux horlogers (*horelogiator*) ou gardes de l'horloge (*custos horelogii*) du bois de Vincennes, Henri de Montigni et Jean de Tranblai.

Le Moyen âge
et la Ren., II,
horlogerie.

Laborde,
ouvr. cité, t. I,
p. LXI.
Froissart, l. II,
c. 203.

Rev. archéol.,
t. XI, p. 174,
433.

MUSIQUE.

Biblioth.
de l'Éc. des ch.,
t. III, p. 377.

Christine
de Pisan, p. 277,
282, 286.

Vallet de V.,
Isab. de B.,
p. 34.

Le goût de la musique se répandit en proportion des progrès de la vie profane et mondaine. Déjà au XIIIᵉ siècle, un corps de musiciens était attaché à la maison des princes. Un rôle de la Chambre ds comptes (1313, 1314) désigne parmi les officiers du comte de Poitiers, depuis Philippe le Long, « Raoulin de « Saint Verin, menestrel de cor sarrazinois; Andrieu et Ber- « nart, trompeeurs ; Parisot, menestrel de naquaires ou tim- « bales ; Bernart, menestrel de trompette. » Ce goût fut encore plus prononcé sous les Valois. Le roi Jean oubliait presque son royaume dans la compagnie de ses musiciens. Charles V, à l'exemple de David, « instrumens bas oyoit volontiers à la fin « de ses mangiers. » Isabeau était passionnée pour la musique, et pensionnait entre autres une ménestrelle d'Espagne, Graciosa Alègre ; par ses soins, Charles VI était bercé au son de la

harpe. Le premier Dauphin poussa ce goût jusqu'au scandale :
les bourgeois murmuraient d'entendre toute la nuit ses orgues
et ses enfants de chœur ; quand les bouchers entrèrent chez
lui, leur première victime fut Courtebotte, son musicien. Un
avant-portail avait été pratiqué exprès dans la grande salle du
Louvre pour recevoir ses orgues et ses joueurs d'instruments.
Mais ce fut surtout la maison de Bourgogne qui brilla dans ce
genre ; ses comptes sont pleins de sommes versées aux ménétriers. Le duc Philippe le Hardi entretenait dans sa chapelle
« la plus excellente musique qu'on eust encore ouïe. » La musique entrait partout. Au moment de livrer bataille aux Espagnols (1350), Édouard III « fesoit ses menestrels corner de-
« vant lui une danse d'Allemaigne, que messire Jean Chandos,
« qui là estoit, avoit nouvellement rapportée, et encore par es-
« batement il faisoit le dit chevalier chanter avec ses menestrels,
« et y prenoit grant plaisance. » On vit même, la veille de la
bataille d'Azincourt, les chevaliers français, couverts de boue
et trempés de pluie, regretter de n'avoir point de musique.
Les traités de paix se criaient au son des violons et des trompes. Charles VI entra à Reims (1380) « bien accompagné
« de noblesse, de hauts seigneurs et de menestrandies ; et par
« especial il avoit plus de trente trompettes devant lui qui
« sonnoient si clair que merveilles. » Le carillon des villes,
enfin, servant en quelque sorte de mesure à la vie, semblait
verser sur chaque heure son ariette monotone et son charme
assoupissant.

Ce rôle de la musique dans la vie des cours devait contribuer à relever la profession des musiciens. Dès la fin du siècle,
en effet, la musique n'est plus regardée comme un métier qu'on
abandonne à des exécutants de bas étage. La pratique de la
musique devint le complément d'une bonne éducation. Le premier Dauphin, fils de Charles VI, jouait de la harpe et de l'é-
pinette. Isabeau et Valentine jouaient de la harpe ; leurs
comptes mentionnent fréquemment des frais d'achat de cordes,
ou des sommes versées aux faiseurs de harpes pour avoir appa-
reillé et mis à point leurs instruments. Déjà les héros des anciens romans, entre autres avantages, possèdent le talent de la
musique :

Sauval, t. II,
p. 22.

Froissart, l. I,
part. 2, ch. 3.

Froissart, l. II,
c. 74.

Biblioth.
de l'Éc. des ch.,
1re série, t. IV,
p. 525.

En cel temps surent tuit harpe ben manier ;
Com plus ert courteis hom, tant plus sot del mestier.

Ibid., t. III,
p. 337.

L'importance de la corporation des ménestrels remonte au commencement du siècle. Le 14 septembre 1321, trente-sept jongleurs et jongleresses, tous habitants de la rue des Jongleurs, à la tête desquels était Parisot, « menestrel du roi, » présentèrent à la sanction du prévôt de Paris un règlement dont le but principal était de concentrer en leurs mains les priviléges et les bénéfices de leur métier. A la même époque, le métier de fabricant d'instruments de musique reçut des règles et une organisation. En 1297, les faiseurs de trompes n'étaient encore à Paris qu'au nombre de trois.

Livre des mét.,
p. 360.

La corporation des ménétriers alla toujours croissant en faveur. Le roi des ménétriers était une sorte d'officier du roi, nommé par le roi et non par ses confrères. Il commence à paraître vers 1335, et prend le titre de roi des ménestrels du royaume de France. Le contrat d'apprentissage passé, en 1390, entre Huguenin de la Chapelle et deux ménétriers de Dijon, nommés Voulant et Roissignat, montre le prix qu'on attachait à cet art. Le roi de l'épinette à Lille recevait aussi une pension des ducs de Bourgogne. Les ménétriers avaient de singuliers priviléges : ils étaient exempts du droit de péage sur le Petit-Pont, moyennant un seul couplet chanté au peuple. « Et aussi « tost li jongleur sont quite pour un ver de chancon. » La rue des Jongleurs, appelée plus tard la rue des Ménétriers, a aujourd'hui disparu dans la rue Rambuteau. Leur hôpital, qu'ils dédièrent à saint Julien (rue Saint-Martin), datait de 1330. Dans l'église qui y était jointe, on voyait, des deux côtés de la porte, saint Genès en costume de ménétrier et saint Julien, patron des pèlerins et des mendiants. Malgré leurs nobles accointances, les ménétriers, on le voit, se reconnaissaient plus d'un trait de ressemblance avec le pauvre vagabond.

Biblioth.
de l'Éc. des ch.,
1ʳᵉ série, t. IV,
p. 529.

Livre des mét.,
p. 287.

Loin, du reste, que les ménestrels inspirassent quelque ombrage à l'Église, ils étaient, au contraire, pleinement adoptés par elle et organisés en confréries pieuses. Une charte de Raoul, abbé de Fécamp, établit dans ce monastère, sous la maîtrise de Henri de Gravenchon, une confrérie dont les membres de-

Rev. archéol.,
t. XIII, p. 584.

vaient être «gens séculiers, appelés jongleurs, parce que leur
« vie était employée à jouer de la musique. » Les jongleurs devaient assister, en jouant de leurs instruments, à certaines
cérémonies religieuses. Le préambule de la charte dit que ce
n'était pas là une innovation. Des miracles furent faits pour
des ménétriers pieux.

Voy. Hist. litt.
de la Fr.,
t. XXIII,
p. 10S-III.
Rev. archéol.,
t. X, p. 321
et suiv.

La confrérie de la Sainte-Chandelle d'Arras venait de deux
ménétriers à qui la Vierge apparut durant une peste (le mal
des Ardents, XIe siècle). De grands seigneurs, de hauts personnages ecclésiastiques ne dédaignent point d'entrer dans
cette société. La sainte chandelle que la Vierge avait apportée,
et dont les gouttes de cire communiquaient à l'eau des vertus
curatives, était confiée à la garde de deux jongleurs. Un riche
étui d'orfévrerie renfermait ce cierge, et une église fut bâtie
au XIIIe siècle pour renfermer l'étui et la relique. Un curieux
manuscrit, trouvé il y a peu d'années à Arras, nous a conservé
le nom des membres de cette singulière association. Ces listes
s'éteignent presque au XIVe siècle, qui dut voir la décadence
de la confrérie.

Suppl. franç.,
n. 311.

Quelques faits établissent la renommée qu'obtenaient dans
toute l'Europe nos chanteurs. Un règlement des officiers municipaux de Bologne, en date de 1288, défend aux chanteurs
français de s'arrêter dans les rues. Un passage du poëme sur
Bertrand du Guesclin atteste leur vogue en Portugal. Enfin, la
popularité dont les airs français jouissent dans toute l'Europe,
popularité bien constatée depuis les premières impressions de
notes musicales (vers 1500), prouve que la France avait dès
lors un don reconnu pour la musique légère. La chanson «Sur
« le pont d'Avignon » a été publiée à Venise en 1503.

Muratori,
Antiq. ital.
med. ævi,
t. II, col. 811.

Vers la fin du XIVe siècle, toutefois, c'est la Belgique
qui devient le centre de la culture musicale en Europe. Des
comptes publics conservés aux archives de Bruges établissent que, dès 1313, cette ville possédait des écoles de musique. Jean le Chartreux, moine à Mantoue, qui composa en
1380 un traité de théorie musicale, nous apprend lui-même
qu'il était né à Namur. Son contemporain Guillaume du Fay,
né à Chimai, partage avec l'Anglais Dunstaple la gloire d'a-
voir perfectionné la musique; on le place au-dessus des maîtres

Voy. ci-dess.,
t. I, p. 530.

italiens du même temps. La notation fait aussi des progrès.
Le mérite des musiciens belges est reconnu par Louis Gui-
chardin, qui leur attribue l'honneur d'avoir restauré la musique,
de l'avoir ramenée à ses vrais principes, si bien, dit-il, que
c'est à bon droit qu'on, les trouve dans les cours de tous les
princes chrétiens. Durant tout le XV° siècle, les musiciens du
pays wallon conservent une supériorité incontestée.

L'Allemagne possédait déjà quelque chose de son génie
musical. Presque tous les instruments de musique venaient de

Laborde,
ouvr. cité, t. III,
p. 130.
Ann. archéol.,
t. XII, p. 64. —
Biblioth.
de l'Éc. des ch.,
1re série, t. III,
p. 377 ; t. IV,
p. 523.

l'Allemagne. Le duc d'Orléans, en 1396, a près de lui deux
ménestrels du duc de Bavière, Rappelin et Rudelin, et d'autres
qui paraissent appartenir à l'évêque de Wurtzbourg.

On a conservé, pour ce temps, les noms d'un très-grand
nombre de musiciens et de joueurs d'instruments. Il y aurait
abus à placer parmi les artistes tant de noms qui sont peut-
être ceux de simples exécutants. Rappelons seulement que
Guillaume de Machau composait la musique en même temps
que les paroles de ses chansons ou motets : il est auteur d'une

Voy. ci-dessus,
t. I, p. 522, 528,
529, 530.

messe. Le nom du théoricien Jean des Murs (de 1300 à 1370)
peut être nommé aussi, à divers titres, parmi les écrivains
comme parmi les artistes. Jean de Moravie et Marchetto de
Padoue appartiennent au XIII° siècle.

Les termes de musique accusent de grandes délicatesses.

Archivio
storico, t. VI,
part. 2, p. 533-
535.

Une chronique du couvent dominicain de Sainte-Catherine de
Pise, où la musique paraît avoir été fort cultivée, emploie les
expressions les plus recherchées pour exprimer le talent musical des religieux du couvent : *Sonora et levissima vox... Can-
tabat valde placibiliter et bene, cum voce duttili multum...
Hic si vixisset,* y est-il dit d'un jeune novice, *fuisset insignis
cantor in mundo ; namque, adhuc puer, quidquid erat in
arte musicæ circa matrialia* (madrigaux) *etiam difficillima
decantabat ; cujus vox suavissima, et ars nota, et modus*

H. d'Orléans,
Doc. sur le roi
Jean, p. 174.

aptissimus. Gaces de la Buigne, dans son poëme de la Chasse,
s'est amusé à grouper, à propos des aboiements des chiens,
toute sorte de termes musicaux :

Adoncques y a telle noise
Qu'il n'est homs qui sur deux pieds voise

Qui onc oÿst tel melodie ;
Car n'est respons ne alleluye,
Et feust chantée en la Chappelle
Du roi, qui là est bonne et belle,
Qui si très grant plaisance face
Comme est ouïr une tel chace.
Les uns vont chantant le motet,
Les autres font double hoquet,
Les plus grans chantent la teneur,
Les autres la contre teneur ;
Ceux qui ont la plus clere gueule
Chantent la tresble sans demeure,
Et les plus petits le quadrouble,
En faisant la quinte surdouble.
Les uns font semithon mineur,
Les autres semithon majeur,
Diapenthe, diapazon,
Les autres diathessaron.
Adonc le roi met cor à bouche...

Hardouin, seigneur de Fontaines Guerin, nous fait connaître, en 1394, toute cette musique des chasseurs, et surtout l'art assez compliqué des « cornures » dans ses plus grands raffinements.

Trésor de Vénerie. Paris, 1835 ; Metz, 1836.

Les instruments de musique étaient singulièrement nombreux. L'énumération qu'en donne Guillaume de Machau dans le « Temps pastour » a déjà été citée. Il s'en trouve une semblable, en trente-huit vers, dans sa « Prise d'Alexandrie. » On donnera ici celle que Jean le Fèvre ajoute à sa traduction du poëme de Vetula :

Hist. litt. de la Fr., t. XVI, p. 274, 275. Éd. de Cocheris, Paris, 1861, p. 20.

Autres instrumens dont l'en use
En chalemie et cornimuse,
Orgues seans et portatives,
Doucennes, freteaulx et estives,
Psalterion, decacordon,
Que avec la harpe à cordon,
Cistole, rothe, syphonie,
La chevrecte d'Esclavonnie
Et la fleüte de Behaingne
Et la musette d'Allemaingne,
Et viele, et luth et guisterne,
Et la rebebe à corde terne

> Faisoie concorder souvent
> Par poulz de doiz, par trait ou vent,
> Et donner par leur son mistique
> La melodie de musique.
> Cymbale en poussant font grant noise,
> Et le choron d'une grant boise,
> Quant on le bat dessus la corde,
> Avecques les autres s'accorde.
> Par touchier des doix ou par traire
> Ou par soufler se puet ce faire.

Bottée
de Toulmon,
Ann. de la Soc.
de l'Hist. de Fr.,
1329, p. 186-
200.
Ann. arch.,
t. VI, p. 314.

Les comptes de Jean, duc de Normandie, pour 1347, mentionnent ceux qui jouent des naquaires ou timbales, du demi-canon ou demi-flûte, du cornet, de la guiterne ou guitare latine, de la flûte behaigne ou bohémienne, de la trompette, de la guitare mauresque, de la viele ou violon. Une peinture de ce siècle, qui décorait la salle des gardes de l'évêché de Beauvais, représentait des sirènes tenant en main des musettes, des chalumeaux, des rebecs, des décacordes et des tambourins.

Beaucoup de ces instruments étaient d'origine orientale, venus à la suite des croisades ; on les retrouve encore en Syrie dans la forme où nos chanteurs les empruntèrent. Tels étaient ceux qu'on appelait du nom général de « moraches, » le luth, le canon, les naquaires, d'où sortirent plus tard le théorbe, le clavecin et le piano. A la fin du siècle, un grand changement

Ib., t. VI,
p. 214 et suiv. —
Biblioth.
de l'Éc. des ch.,
1re série, t. IV,
p. 525.

s'opère dans l'instrumentation. Un compte de 1385 nous montre les musiciens de Charles VI divisés en ménétriers hauts et bas, ce qui prouve qu'à cette époque les instruments étaient divisés en dessus et en basses. La même division reparaît dans une ordonnance de 1407, modifiant les statuts de la corporation des ménétriers : c'était la preuve d'une organisation plus régulière et d'un progrès dans la théorie.

Rarement ces instruments profanes étaient employés dans les églises, quoiqu'on les plaçât avec profusion entre les mains des anges et des saints, quand on voulait représenter le paradis. L'orgue, connu en Occident depuis les premiers temps carlovingiens, prenait de plus en plus d'importance. La viele ou violon était l'instrument ordinaire des trouvères et des ménestrels. Mais la grande musique n'allait pas sans concert :

dans une jolie miniature du temps, les anges jouent autour
de la Vierge de la harpe, de la trompette, du tambourin, de
l'orgue portatif, de la mandoline; l'enfant Jésus porte un
psaltérion, et exprime par sa joie naïve un délicat sentiment
de l'harmonie. La harpe et le psaltérion, qui se pinçaient,
avaient un caractère plus noble que la viele et la gigue, qui
se touchaient avec un archet. La rote, qui n'exigeait qu'un
mouvement mécanique, était abandonnée aux chanteurs no-
mades.

Suppl. lat.,
n. 638. —
Ann. archéol.,
t. I, p. 56, 57;
t. III, p. 269.

En somme, les règles de l'harmonie firent de grands progrès. Les recueils de chansons notées du XIVe et du XVe
siècle contiennent de vrais petits chefs-d'œuvre de rhythme
gracieux et léger. Plusieurs des airs qui ont eu le privilége de
charmer tous les pays datent de cette époque.

Bottée
de Toulmon,
Ann. de la Soc.
de l'Hist. de Fr.,
1837, p. 212-
220.

La musique tenait de très-près, selon les idées du temps, à
l'art théâtral : *Hodie*, dit Jean de Saint-Géminien, *quasi tota
ars histrionica, sive musica, quœ ad hominum solatia studet,
aut gestu fit, aut cantu, aut certe instrumentorum sono.* Ces
représentations prenaient de grands développements. On ne
parlera pas ici des Mystères, dont l'intérêt principal se rapporte à l'histoire des lettres. On sait que le premier théâtre
occupant un local stable fut celui des confrères de la Passion,
établi en 1402 dans la salle de l'hôpital de la Trinité, hors la
porte du côté de Saint-Denis. Une ordonnance du prévôt de
Paris, en date du 3 juin 1398, ayant fait défense aux habitants de représenter aucun jeu de personnages, les amateurs
de ces spectacles se formèrent en confréries. Charles VI leur
accorda des lettres patentes et la liberté d'aller et venir dans
la ville avec leurs costumes. Ce n'est qu'au XVe siècle que l'on
trouve une mise en scène fixe et une science régulière des décors. Les représentations dans les églises perdirent de leur
poésie, bien que le séjour de la cour romaine à Avignon ait pu
introduire dans le midi plusieurs des cérémonies symboliques
si chères à l'Italie.

FÊTES, JEUX
SCÉNIQUES,
ETC.
Summa
de Exemplis.
Venise, 1383,
in-4, prol.
du l. IX.

Sauval, t. II,
p. 619.

Les tournois, depuis l'avénement des Valois, ne firent que
gagner en magnificence. Les dames y assistaient. Le Palais,
le Louvre, l'hôtel Saint-Paul, les Tournelles, les hôtels des

Ibid., p. 683,
686-688.

ducs d'Orléans et de Berri avaient des lices, sans compter
celles de la Grève, de la rue Saint-Antoine, de la Culture-
Sainte-Catherine, de la rue des Francs-Bourgeois, etc. Les
entrées en chevalerie, les traités de paix, les naissances, les
mariages de princes, étaient des occasions de fêtes avidement

Contin. de G.
de Nangis, t. I,
p. 396.

attendues de tous. La fête de juin 1313 pour la chevalerie des
trois fils de Philippe le Bel avait laissé de beaux souvenirs.
Toute la ville fut encourtinée, et le soir illuminée. Tous les
bourgeois vinrent au Palais, rangés par métiers, avec trompes, tambourins, buccines, et jouant de très-beaux jeux, l'enfer, le paradis, la procession de Renart, où des gens feignaient
d'exercer leur métier sous des déguisements d'animaux. L'i-
magination alla plus loin : nourris des fables romanesques de
la Table ronde, les souverains chevaleresques voulurent en
quelque sorte en donner des répétitions ou des anniversaires.

Froissart,
l. I, part. 1,
ch. 191, 192,
213, 215, etc.

Édouard III, par ces brillantes parades, acquit une renommée
presque égale à celle que lui valurent ses hauts faits. Les
grandes pantomimes historiques, ou « entremets » qu'on jouait
pendant les festins, eurent aussi beaucoup de vogue. En 1378,
Charles V, dans le festin en l'honneur de l'empereur Charles IV,
donne l'entremets de la conquête de Jérusalem par Godefroi
de Bouillon. L'entremets du siége de Troie, qui fut joué aux
fêtes de 1389, et les autres Mystères qui furent représentés
alors pour la première fois, enchantèrent les Parisiens. On de-
vine sans peine que la couleur locale était peu respectée ; chaque guerrier troyen ou grec avait son blason et sa bannière ;

Louandre, l. c.,
t. I, p. 291.

Priam et Hector étaient armés à la façon du temps. Les surprises que l'on réservait aux convives étaient d'autant mieux
accueillies qu'elles étaient plus bizarres ; on citait celles que le
comte de Foix fit aux ambassadeurs de Ladislas d'Autriche :
montagne des flancs de laquelle coulaient des ruisseaux d'eau
rose et d'eau musquée ; jardins de cire produisant tout à coup
des fleurs, etc.

Les fêtes données par les villes, surtout en Flandre, ne pas-
sionnaient pas moins le public. Lille, sous ce rapport, n'avait
pas d'égale. En 1331, le jeu de sainte Catherine attirait en
cette ville une foule si considérable que l'on se vit obligé de
doubler la garde des portes. En 1351, on y jouait Aimeri de

Narbonne avec non moins de succès. La fête de l'Épinette, en
1335, y fit accourir les bourgeois des villes voisines. Le cortége de Valenciennes surtout était splendide : on y portait des
cygnes vivants, par allusion à l'étymologie prétendue du nom
de la ville, « Val aux cygnes. » Alors commencent ces processions déguisées, qui sont encore aujourd'hui si populaires en
Belgique. En 1334, un bourgeois de Tournai proposa un prix
à la société de la ville qui formerait le cortége le plus plaisant : la rue qui remporta le prix représentait les vingt-deux
preux d'Alexandre, avec autant de damoiselles vêtues d'écar-
late et d'hermine. Une certaine trivialité se mêlait souvent à
ces fêtes populaires : à la procession de sainte Gertrude à
Nivelles, un jeune homme, simulant le diable, prenait à tâche
de faire rire l'héroïne de la fête ; on pense bien que les moyens
qu'il employait pour cela n'étaient pas d'un atticisme bien
raffiné. La mascarade des conards à Rouen, qui donnait lieu
à d'innombrables facéties, n'est peut-être pas antérieure au
XVe siècle.

Ib., p. 107, 108.

Dans les vingt dernières années du siècle précédent, ce goût
des fêtes devint une véritable frénésie. Paris conserva des
fêtes de 1389 un souvenir qui ne s'effaça point. Les fêtes de
Cambrai (1385), à l'occasion du mariage du comte de Nevers,
préludaient au luxe pompeux de la maison de Bourgogne. Tous
les ouvriers de la ville furent employés à bâtir « arcures, thea-
« tres et portes de triomphe. » Malheureusement un goût déplorable régnait à la cour, et il semblait que la démence du
souverain eût un contre-coup sur les habitudes de la nation.
Les modes les plus ridicules prenaient faveur et imposaient
aux arts du dessin ces costumes monstrueux dont on a peine à
comprendre la possibilité. Des fêtes extravagantes où dominaient le grotesque et l'ignoble dépravaient le sens public.
C'étaient des automates à mécanique, sans aucun mérite d'art,
des représentations appartenant à ces spectacles infimes qu'on
appellerait aujourd'hui tableaux vivants, des danses sarra-
sines, des ballets de sauvages, où l'on semblait prendre plaisir
à ramener l'homme à la bête. L'homme sauvage, si fort à la
mode dans toutes les fêtes et les armoiries du moyen âge,
date de ce temps. Ces divertissements frivoles descendirent

*Laborde,
ouvr. cité, t. I,
p. LVII.*

si bas que le peuple, plus sage que la cour, les prit en dé-
goût et les opposa amèrement aux goûts plus nobles du roi
Charles V.

CONCLUSION. En résumé, le XIV° siècle est, dans l'histoire de l'art français, un moment capital : c'est le moment où il est décidé que
l'art du moyen âge mourra avant d'avoir atteint la perfection ;
qu'au lieu de tourner au progrès, il tournera à la décadence.
Cet art avait survécu plus de cent ans au sentiment religieux
et poétique qui l'avait créé ; l'inspiration semblait maintenant
lui manquer tout à fait. Le goût du XIII° siècle avait souvent été peu exercé ; jamais il n'avait été plat et vulgaire :
maintenant, au contraire, le goût du laid l'emportait de toutes
parts. Quand le goût renaîtra, ses efforts ne consisteront pas
à continuer une tradition nationale ; ils consisteront plutôt à
rompre avec la tradition. De là ce phénomène qui, pour n'être
pas sans exemple, n'en reste pas moins étrange, nous voulons
dire cette rupture qui, à partir du XVI° siècle, nous rend dé-
daigneux pour notre passé et engage à la poursuite d'un autre
idéal.

L'art du moyen âge eut l'originalité, en ce sens qu'il cherchait à représenter, en dehors de toute imitation d'un type
classique étranger, le beau tel qu'on le concevait alors ; mais
que cette conception de la beauté ne supporte point la comparaison avec la beauté antique, c'est ce qu'on ne saurait nier.
Un art complet n'en pouvait sortir. Le premier pas dans la
voie du progrès aurait été de renoncer à des conditions d'art
désavantageuses, pour revenir à celles de l'antiquité ; mais on
sent combien l'art moderne tout entier, hors de l'Italie, était
dès lors frappé d'infériorité. Ce n'est jamais impunément qu'on
renonce à ses pères. Si l'on échappait à la vulgarité, c'était
pour tomber dans le factice. Un idéal artificiel, une statuaire
forcée d'opter entre le convenu ou le laid, une architecture
mensongère, voilà les dures lois que trouvèrent devant eux les
transfuges qui, tournant le dos au moyen âge, essayèrent d'é-
tudier les anciens maîtres. Heureusement la civilisation moderne possède assez de grandes parties qui n'appartiennent

qu'à elle seule, pour se consoler d'être condamnée, dans l'art, à une infériorité irréparable. Parce que les qualités de l'âge mûr excluent celles de la première jeunesse, ce n'est pas une raison pour regretter d'avoir échangé les dons brillants qui ne durent qu'un jour contre les solides avantages de la maturité.

OUVRAGES CITÉS.

OUVRAGES CITÉS

—

A

Description des manuscrits français du moyen âge de la bibliothèque royale de Copenhague, etc., par N.-C.-L. Abrahams. Copenhague, 1844, in-4.

Abrahams, Mss. fr. de la biblioth. de Copenhague.

Histoire et mémoires de l'Académie des Inscriptions et Belles-Lettres. Paris, 1717-1808, 50 vol. in-4 ; table des tomes 45 à 50, 1843, in-4 ; —nouvelle série, 1815-1864, 24 vol. in-4. — Mémoires présentés par divers savants à l'Académie des Inscriptions et Belles-Lettres. Paris, 1844-1864, 10 vol. in-4.

Acad. des Inscript., Mémoires.

Description historique, géographique et topographique des villes, bourgs, villages et hameaux de la Provence ancienne et moderne, du comté Venaissin, de la principauté d'Orange et du comté de Nice, par Cl.-Fr. Achard. Aix, 1787, 2 vol. in-4.

Achard (Cl.-Fr.), Descr. du comté Venaissin.

Notes sur quelques anciens artistes d'Avignon, par Paul Achard. Carpentras, 1856, in-8.

Achard (P.), Anc. artistes d'Avignon.

Achard (P.),
Rues et pl.
d'Avignon.

Guide du voyageur, ou Dictionnaire historique des rues et des places publiques de la ville d'Avignon, par Paul Achard. Avignon, 1857, in-8.

Adrian, Catal.
mss. acad.
gissensis.

Catalogus codicum manuscriptorum bibliothecæ academicæ gissensis, auctore J.-V. Adrian. Francofurti ad Mœnum, 1840, in-4.

Ægid. Rom.,
de Reg. princ.

Ægidius de Regimine principum. Venetiis, 1498, in-fol.

Affò, Mem.
degli scrittor.
parmigiani.

Memorie degli scrittori e letterati parmigiani, raccolte dal padre Ireneo Affò, Minor osservante, etc. Parma, 1789-1797, 5 vol. in-4. — Continuate da Angelo Pezzana. Parma, 1825-1833, 2 vol. in-4.

Agostini (Degli),
Scrittor. viniz.

Notizie istorico-critiche intorno la vita e le opere degli scrittori viniziani, raccolte, esaminate e distese da F. Giovanni degli Agostini. In Venezia, 1752, 1754, 2 vol. in-4.

Alberici Chron.

Alberici, Trium-Fontium monachi, Chronicon ab O. C. ad ann. Chr. 1241, in tomo II Accessionum historicarum (ed. Leibnitzio). Lipsiæ et Hannoveræ, 1698, 2 vol. in-4.

Alberti Patavini
Conciones.

Alberti Patavini, augustiniani eremitæ, doctoris parisiensis, præconum omnium suo tempore facile principis, in evangelia quadragesimalia utilissimæ Conciones. Thaurini, in ædibus Petri Pauli Porri, chalcotypi in excudendis libris diligentissimi, mirabilis nostro ævo industriæ viri. XVIII aprilis M D XX VII.

Albizzi,
Conformitat.

Opus auree et inexplicabilis bonitatis et continentie, Conformitatum scilicet vite beati Francisci ad vitam Domini nostri Jesu Christi... editum ab illuminato sacrarum litterarum interprete consummatissimo fratre Bartolomeo de Pisis, ordinis Minorum sancti Francisci, etc. Mediolani, 1510, in-fol. — Ibid., 1513, in-fol.

Alexanders
saga.

Alexanders saga, 1 norsk Bearbeidelse fra 13de aarhundrede... udgivet af C.-R. Unger. Christiania, 1849, pet. in-8.

Pleytos de los libros y sentencias del iuez, etc., por el licen- Alva,
Pleytos de los
libros.
ciado Rodrigo Rodriguez (fr. Petro de Alva y Astorga). Tor-
tosa, 1664, pet. in-8.

Alvari Pelagii de Planctu Ecclesie desideratissimi libri duo, et Alvar. Pelag.
de Planctu
Ecclesiæ.
indice copiosissimo et marginariis additionibus recens illustrati. Lugduni, 1517, in-fol.

Beati Ambrosii, abbatis generalis camaldulensis, Hodœpori- Ambros.
camald.
Hodœporicon.
con... ex bibliotheca medicea. Florentiæ (1680), in-4.

Ambrosii Traversarii, generalis camaldulensium, Latinæ epi- Ambrosii
Traversarii
Epist.
stolæ... Accedit ejusdem Ambrosii Vita, a Laurentio Mehus.
Florentiæ, 1759, 2 part. in-fol.

Amis et Amiles, und Jourdains de Blaivies, zwei altfranzösische Amis et Amiles.
Heldengedichte des kerlingischen Sagenkreizes, nach der
pariser Handschrift zum ersten Male herausgegeben von Dr.
Conrad Hoffmann. Erlangen, 1852, in-8.

Ancien théâtre français, etc., publ. par Viollet Le Duc. Les trois Ancien
théâtre fr.
prem. vol. Paris, 1854, petit in-8.

Dell'Origine, de progressi e dello stato attuale d'ogni lettera- Andrès,
dell' Origine,
etc.
tura, da Giov. Andres. Parma, Bodoni, 1783-1822, 8 vol.
in-4.

Anglo-norman poem on the conquest of Ireland, etc., edited by Anglo-norman
poem on
the conquest
of Ireland.
Francisque Michel. London, 1837, pet. in-8.

Annales archéologiques, publiées par M. Didron avec la colla- Annal. archéol.
boration des principaux archéologues, architectes, dessina-
teurs et graveurs français et étrangers. Paris, 1844 et ann.
suiv., in-4.

Histoire généalogique et chronologique de la maison de France, Anselme, Hist.
de la maison
de France.
des pairs, grands officiers, etc., par le père Anselme de Sainte-
Marie (de Guibours), continuée par Caille du Fourni, aug-

mentée par les PP. Ange de Sainte-Rosalie et Simplicien Paris, 1726-1733, 9 vol. in-fol.

Antonio, Biblioth. hisp.

Bibliotheca hispana vetus et nova, auctore Nicolao Antonio. Matriti, 1783-1788, 4 vol. in-fol.

'Απολλώνιος.

Διήγησις ὡραιοτάτη 'Απολλωνίου τοῦ ἐν Τύρῳ, ῥιμάδα. In Venegia, per messer Stefano da Sabio, ad instantia di M. Damian di Santa Maria, 1534, in-8.

Archæologia.

Archæologia, or Miscellaneous tracts relating to antiquity. London, 1770-1857, 37 vol. in-4.

Archives de Joursanvault.

Catalogue analytique des Archives de M. le baron de Joursanvault, etc. Paris, 1838, 2 vol. in-8.

Archives des missions litt.

Archives des missions scientifiques et littéraires; choix de rapports et instructions. Publ. par cahiers depuis janvier 1850. Paris, 1850-1856, in-8.

Archivio storico italiano.

Archivio storico italiano, ossia Raccolta di opere e documenti finora inediti o divenuti rarissimi risguardanti la storia d' Italia. Firenze, 1842-1854, 29 vol. in-8. — Nuova serie, 1855-1864, 18 vol. in-8.

Argentré (D'), Collectio judic.

Collectio judiciorum de novis erroribus, qui ab initio duodecimi sæculi post incarnationem Verbi usque ad annum 1713 in Ecclesia proscripti sunt et notati; opera et studio Caroli du Plessis d'Argentré. Lutetiæ Parisiorum, 1724, 1728, 1736, 3 vol. in-fol.

Ariosto, Orlando.

Orlando furioso, di Ludovico Ariosto. Milano, 1812, 5 vol. in-8.

Aristotelis Op.

Aristoteles græce, ex recensione Immanuelis Bekkeri, edidit Academia regia borussica. Berolini, 1831-1836, tom. I-IV, in-4.

Ars prædicandi. Incipit Ars predicandi. Sine loco aut anno, in-8.

L'Art de vérifier les dates des faits historiques, des chartes, des chroniques et d'autres anciens monuments, par des religieux bénédictins de la congrégation de Saint-Maur, troisième édition. Paris, 1783-1792, 3 vol. in-fol.

Mémoires pour servir à l'histoire de la Faculté de médecine de Montpellier, par Jean Astruc. Paris, 1767, in-4.

Ἄτακτα, par Coraï. Paris, 1828-1835, 5 vol. in-8.

Le roman d'Auberi le Bourgoing (publ. par Prosper Tarbé). Reims, 1849, in-8.

S. Aurelii Augustini Opera, castigata studio monachorum ordinis Sancti-Benedicti. Parisiis, 1679-1700, 11 tom. en 8 vol. in-fol. — Editio parisina altera. Parisiis, 1836-1839, 11 vol. gr. in-8.

B

Voy. *Histoire des demesles,* etc.

Vita di Giovanni Boccacci, scritta dal conte Gio.-Batista Baldelli. Firenze, 1806, gr. in-8.

Scriptorum illustrium majoris Britannyæ..... Catalogus a Japheto usque ad ann. 1557, ex Beroso, Gennadio, Beda,... auctore Joanne Baleo. Gippeswici in Anglia, per J. Overton, 1548, in-4. — Basileæ, 1557, 1559, 2 tomes en 1 vol. in-fol.

Historiæ tutelensis libri III, auctore Stephano Baluzio. Paris, 1717, in-4.

Stephani Baluzii Miscellanea, hoc est, Collectio veterum monumentorum, quæ hactenus latuerunt in variis codicibus ac bibliothecis. Parisiis, 1678-1715, 7 vol. in-8. — Lucæ, ed. Joan.-Dom. Mansi. 1761-1764, 4 vol. in-fol.

Vitæ paparum avenionensium, hoc est, Historia pontificum

Pap.avenion. romanorum qui in Gallia sederunt ab anno Christi MCCCV usque ad annum MCCCXCIV. Stephanus Baluzius tutelensis magnam partem nunc primum edidit, etc. Parisiis, 1693, 2 vol. in-4.

Bandini, Catal. mss. Laurentian. · Catalogus codicum mss. græcorum, latinorum et italicorum bibliothecæ mediceæ laurentianæ, ed. A.-M. Bandini. Florentiæ, 1764-1778, 8 vol. in-fol. — Bibliotheca leopoldino-laurentiana, sive Catalogus mss. qui, jussu Petri Leopoldi, in laurentianam translati sunt. Florentiæ, 1791-1793, 3 vol. in-fol.

Barbier, Dict. des anonymes. Dictionnaire des ouvrages anonymes et pseudonymes, par Barbier. Paris, 1822-1827, 4 vol. in-8.

Barlette, Quadrages. Fructuosissimi atque amenissimi Sermones F. Gabrielis Barelete, a toto verbisatorum cetu desiderati, etc. E Lutecia Parrhiseorum, 1518, in-8.

Baronius, Annal. Cæsaris Baronii cardinalis Annales ecclesiastici a C. N. ad ann. 1198, cum Odorici Raynaldi continuatione, Ant. Pagii critica, indice, etc., ed. J.-Dominic. Mansi. Lucæ, 1738-1757, 38 vol. in-fol.

Barrois, Biblioth. protypogr. Bibliothèque protypographique, ou Librairies des fils du roi Jean, Charles V, Jean de Berri, Philippe de Bourgogne et les siens, par J. Barrois. Paris, 1830, in-4.

Barthélemy de Glanville, de Proprietat. rer. De Proprietatibus rerum, fratris Bartholomei Anglici, de ordine fratrum Minorum. Sine loco aut anno, in-fol. — Ou l'édition de Francfort, 1609, in-8.

Bastero, Crusca prov. La Crusca provenzale, ovvero le voci, frasi e maniere di dire che la lingua toscana ha preso della provenzale, opera di don Antonio Bastero. Roma, 1724, in-fol.

Bataille des VII arts. La Bataille des VII arts, dans les OEuvres de Rutebeuf, t. II, p. 415-435. *Voy.* Rutebeuf.

Li romans de Bauduin de Sebourc, III⁰ roy de Jherusalem, poëme du XIV⁰ siècle, publié pour la première fois d'après les manuscrits de la Bibliothèque royale (par M. Boca). Valenciennes, 1841, 2 vol. gr. in-8.

Bauduin
de Sebourc.

Dictionnaire historique et critique de P. Bayle. Amsterdam, 1720 ou 1740, 4 vol. in-fol.

Bayle, Dict.

Recueil historique, chronologique et topographique des archevêchés, évêchés, abbayes et prieurés de France, etc., par dom Beaunier, religieux bénédictin. Paris, 1726, 2 vol. in-4.

Beaunier,
Abbayes
de France.

Anecdotes of literature and scarce books, by the rev. William Beloe. London, 1807, 1812, 1814, 6 vol. in-8.

Beloe, Anecd.

Chronicon Angliæ Petriburgense, ed. Thom. Hearne. Oxonii, 1735, 2 vol. in-8. — Ed. J.-A. Giles. Londini, 1845, in-8.

Benedict.
Petriburg.
Chronic.

Chroniques des ducs de Normandie, par Benoît, publ. d'après un manuscrit du Musée britannique, par Francisque Michel. Paris, 1837-1844, 3 vol. in-4.

Benoît, Chron.
des ducs
de Normandie.

Abhandlungen der königlich Akademie der Wissenschaft zu Berlin, 1804-1811. Berlin, 1815, 1 vol. in-4. — 1812-1823, 6 vol. in-4. — 1824-1860, 36 vol. in-4.

Berlin (Mém.
de l'acad. de).

Sancti Bernardi, abbatis Claræ-Vallensis, Opera omnia, post Horstium denuo recognita, repurgata, et in meliorem digesta ordinem, etc., curis D. Joannis Mabillon. Parisiis, 1690, 2 vol. in-fol. — Editio quarta. Parisiis, 1839, 5 tom., 4 vol. gr. in-8.

Bernardi (S.)
Opera.

Berte aus grans piés, publ. par Paulin Paris. Paris, 1832, in-12.

Berte
aus grans piés.

Astutie sottilissime di Bertoldo, dove si scorge un villano accorto e sagace... Le piacevoli e ridicolose simplicità di Bertoldino, figliuolo del già astuto e accorto Bertoldo... (da Giulio Cesare Croce). Bologna, 1624, 2 vol. pet. in-8.

Bertoldo, etc.

Bettinelli, del Risorgimento d'Italia.

Del Risorgimento d'Italia negli studi, nelle arti e nei costumi dopo il mille, dall' abbate Saverio Bettinelli. Milano, 1819, 4 part. in-12.

Bibl. sacra.

Biblia sacra, vulgatæ editionis, Sixti V, pont. max., jussu recognita, et Clementis VIII auctoritate edita. Lugduni, 1677, in-8, et autres éditions.

Biblioth. carm.

Bibliotheca carmelitana, notis criticis et dissertationibus illustrata (auct. Cosma de Villiers a Sancto-Stephano). Aurelianis, 1752, 2 vol. in-fol.

Biblioth. clun.

Bibliotheca cluniacensis, in qua SS. patrum abb. clun. vitæ, miracula, scripta, statuta, privilegia, etc. Collegerunt Martinus Marrier et Andreas Quercetanus. Parisiis, 1614, in-fol.

Biblioth. cotton.

Catalogus librorum manuscriptorum bibliothecæ cottonianæ. Oxonii, 1699, in-fol.

Bibliothek des litt. Vereins in Stuttgart.

Bibliothek des litterärischen Vereins in Stuttgart, 1839-1863, 74 vol. in-8.

Biblioth. de l'Éc. des ch.

Bibliothèque de l'École des chartes, recueil périodique paraissant tous les deux mois. Paris, depuis 1839 jusqu'à ce jour, in-8.

Bibliothèques.

Notices de livres ou d'auteurs. Voyez *Antonio, Bale, Brunet, Clément (Dav.), De Visch, Du Chesne (A.), Du Pin (Ellies), Du Verdier, Fabricius, Fontanini, Foppens, George, Gesner, Labbe, La Croix du Maine, Le Long, Leyser, Liron, Marrier, Meusel, Michaud, Montfaucon, Oudin, Sander, Simler, Tanner, Vossius, Ziegelbauer.* Voyez aussi *Catalogue, Recueil, Scriptores.*

Biographia britann.

Biographia britannica, or The lives of the most eminent persons who have flourished in Great Britain and Ireland, from the earliest ages down to the present times. London, 1747-1766, 7 vol. in-fol. — Nouv. édit., publiée par A. Kippis, ibid., 1778-1793, t. I-V, in-fol.

Biographie universelle ancienne et moderne, par une société
de gens de lettres. Paris, Michaud, 1811-1828, 52 vol. in-8.

The Black Prince, an historical poem, written in french by
Chandos herald, with a translation and notes by the rev.
Octavius Coxe. London, 1842, in-4.

Apologues et contes orientaux (par l'abbé Blanchet, publ. par
Dusaulx). Paris, 1784, in-8.

Johannis Boccacii de Cercaldis historiographi prologus in libros
de Casibus virorum illustrium. Sine loco aut anno, in-fol.
(Paris, Jehan Petit.)

Joannis Bocatii περὶ γενεαλογίας deorum libri quindecim, cum
annotationibus Jacobi Micylli. Ejusdem de Montium, sylva-
rum, fontium, lacuum, fluviorum et marium nominibus liber
unus. Basileæ, 1532, in-fol.

Opere volgari di Giovanni Boccaccio, corrette su i testi a penna.
Firenze, 1827-1834, 17 vol. in-8.

La chanson des Saxons, par Jean Bodel, publiée pour la première fois par Francisque Michel. Paris, 1839, 2 vol. in-12.

An. Manl. Sever. Boetii Opera omnia. Basileæ, 1570, in-fol.

OEuvres de M. Boileau Despréaux, avec des éclaircissements
historiques donnés par lui-même (publ. par Brossette). Genève, 1716, 4 vol. in-12.

Histoire et description de la cathédrale de Cologne, par S.
Boisserée. Munich, 1842, in-4.

Acta sanctorum quotquot toto orbe coluntur, etc., cura Joannis Bollandi et aliorum. Antuerpiæ, Tongarloæ, Bruxellis,
1643-1858, 56 vol. in-fol.

Législation primitive, considérée dans les derniers temps par les
seules lumières de la raison, etc., par M. le vicomte de Bo-
nald. Paris, 1829, 3 vol. in-8.

**Bonamici,
de Clar.
pontif. epistol.
scriptoribus.**

De Claris pontificiarum epistolarum scriptoribus, auct. Philippo Bonamico. Romæ, 1753, in-8.

**Bonaventuræ
(S.) Opera.**

Sancti Bonaventuræ, ex ordine Minorum, Opera omnia. Romæ, 1588-1596, 7 t., 6 vol. in-fol. — Moguntiæ, 1608, 1609, 6 vol. in-fol. — Lugduni, 1668, 7 vol. in-fol.

**Bongars, Gesta
Dei per Fr.**

Gesta Dei per Francos, sive Orientalium expeditionum et regni Francorum hierosolymitani historia (edita a Jacobo Bongars). Hanoviæ, 1611, 2 tom. in-fol.

**Bonifac.
de Vitalinis.**

Bonifacii de Vitalinis Commentarii in Clementinas constitutiones, a Joanne de Monassio summariis et additionibus illustrati. Venetiis, 1574, in-fol.

**Bonstetten,
Rom. cheval.
de l'Allemagne.**

Romans et Épopées chevaleresques de l'Allemagne au moyen âge, par le baron de Bonstetten. Paris, 1847, in-8.

**Borel, Trés.
des rech. gaul.
et fr.**

Trésor des recherches et antiquités gauloises et françoises, ou Dictionnaire des mots anciens de notre langue, enrichi de beaucoup d'origines, épitaphes, et de beaucoup de mots de la langue thyoise ou theut-franque, par Pierre Borel. Paris, 1655, in-4, et dans le Dictionnaire étymologique de Ménage. Voy. *Ménage.*

**Bossuet,
OEuvres.**

OEuvres complètes de Bossuet, évêque de Meaux. Paris, 1836, 12 vol. gr. in-8.

**Bouges, Hist.
de Carcassonne.**

Histoire ecclésiastique et civile de la ville et diocèse de Carcassonne, avec les pièces justificatives et une notice ancienne et moderne de ce diocèse, par le R. P. Bouges, religieux des Grands augustins de la province de Toulouse. Paris, 1751, in-4.

**Bouillart, Hist.
de S.-Germ.
des Prés.**

Histoire de l'abbaye royale de Saint-Germain des Prés, par dom Jacques Bouillart. Paris, 1724, in-fol.

**Boulainvilliers,
Ess. sur
la noblesse.**

Essai sur la noblesse de France, etc., par le C. de Boulainvilliers. Amsterdam (Rouen), 1732, pet. in-8.

Lettres sur les anciens parlements de France que l'on nomme
États généraux, par M. de Boulainvilliers. Londres (Rouen),
1753, 3 parties in-12.

Voyez *Recueil des historiens de la France.*

Description de la ville de Paris, et de tout ce qu'elle contient
de plus remarquable, par Germain Brice. Paris, 1752, 4 vol.
in-12.

Revelationes sancte Brigitte. Nuremberge, 1500, in-fol.

Johannis Bromyardi Summa predicantium, opus e divinis, ca-
nonicis et civilibus legibus, ordine alphabetico, contextum.
Nuremberge, 1843, in-fol.

Historia critica philosophiæ, auctore Jacobo Bruckero. Lipsiæ,
1766, 1767, 6 vol in-4.

Manuel du libraire et de l'amateur de livres, par Jacques-Ch.
Brunet. Paris, 1842-1844, 5 vol. in-8.—Cinquième édition,
refondue et augmentée. Paris, 1860-1864, 6 vol. in-8.

Il Tesoretto e il Favoletto di ser Brunetto Latini, ridotti a miglior lezione col soccorso dei codici e illustrati dall' abate
Gio.-Batista Zannoni. Firenze, 1824, in-8.

Li livres dou Tresor, par Brunetto Latini, publ. pour la première fois par P. Chabaille. Paris, 1863, in-4. — Il Te-
soro di Brunetto Latini volgarizzato da Bono Giamboni,
nuovamente pubblicato secondo l' edizione del MDXXXIII.
Venezia, 1839, 2 vol. pet. in-12.

Nouvel examen de l'usage général des fiefs en France, pendant
les XIe, XIIe, XIIIe et XIVe siècles, par Nicolas Brussel. Paris,
1727, 2 vol. in-4.

Le roman de Brut, par Wace, publié pour la première fois, avec

un commentaire et des notes, par Le Roux de Lincy. Rouen,
1836-1838, 2 vol. in-8.

**Buchon,
Collect.
des chron. nat.**   Collection des Chroniques nationales françaises, écrites en langue vulgaire, du XIIIe au XVe siècle; par J.-A.-C. Buchon.
Paris, 1824-1829, 47 vol. in-8.

**Buhle, Hist.
de la phil. mod.**   Histoire de la philosophie moderne, par Jean-Gottlieb Buhle,
trad. par J.-L. Jourdan. Paris, 1816, 6 vol. in-8.

**Bulletin
du bibliophile.**   Bulletin du bibliophile; recueil périodique en plusieurs séries
depuis 1836 jusqu'à ce jour. Paris, Techener, in-8.

**Burmann,
Anthol. lat.**   Anthologia veterum latinorum epigrammatum et poematum,
sive Catalecta poetarum latinorum in VI libros digesta, cura
Petri Burmanni Secundi, qui perpetuas adnotationes adjecit.
Amstelodami, 1759, 2 vol. in-4.

C

Cabinet hist.   Cabinet (Le) historique, revue mensuelle, publié par Louis
Paris depuis 1854. Paris, in-8.

**Cæsar Heisterb.
Mirac.**   Cæsarii Heisterbacensis, monachi ordinis cisterciensis, Dialogus
Miraculorum. Coloniæ, 1481, in-fol.; vel 1850, 1851, 2 vol.
in-12. — Fasciculus moralitatis, sive Homiliæ. Ibid., 1595,
4 part. in-4.

**Camden,
Anglica,
Hibern., etc.**   Anglica, Hibernica, Normannica, Cambrica, a veteribus
scripta, etc., ex bibliotheca Guilielmi Camdeni. Francofurti,
1602, in-fol.

**Cancionero
de Baena.**   El Cancionero de Juan Alfonso de Baena (siglo XV), ahora por
primera vez dado á luz, con notas y comentarios (por P.-J.
Pidal y Eugenio de Ochoa). Madrid, 1851, gr. in-8.

**Canisii
Antiq. lect.**   Antiquæ lectionis tomi VI, sive Vetera monumenta primum
edita et illustrata notis ab Henrico Canisio. Ingolstadii,
1601, etc., 6 vol. in-4. — Thesaurus monumentorum eccle-
siasticorum et historicorum, sive Henrici Canisii Lectiones

antiquæ ad sæculorum ordinem digestæ, etc., ed. Jacobo Basnage. Autuerpiæ, 1735, 4 vol. in-fol.

Guide de l'étranger dans la ville d'Avignon et ses environs, par Augustin Canron. Avignon, 1858, in-12.

Canron, Ville d'Avignon.

Carmina Burana, dans le recueil intitulé : *Bibliothek des literä-rischen Vereins in Stuttgart*, tom. XVI. Stuttgart, 1847, in-8.

Carmina Burana.

Cartulaire de l'abbaye de Saint-Victor de Marseille, publié par Benjamin Guérard. Paris, 1857, 2 vol. in 4.

Cartulaire de S.-Victor de Marseille.

Il libro del Cortegiano, del conte Baldassar Castiglione. Milano, 1822, in-16.

Castiglione, il Cortegiano.

Catalogi librorum manuscriptorum Angliæ et Hiberniæ. Oxoniæ, 1697, 2 vol. in-fol.

Catal. mss. Angliæ.

Catalogue des manuscrits de la bibliothèque de Bourges, texte et dessins, par M. le baron de Girardot. Nantes et Paris, 1859, gr. in-4.

Catal. des mss. de Bourges.

Catalogue méthodique, descriptif et analytique des manuscrits de la bibliothèque publique de Bruges, par P.-J. Laude. Bruges, 1859, in-8.

Catal. des mss. de Bruges.

Catalogue des manuscrits de la bibliothèque royale des ducs de Bourgogne. Bruxelles, 1842, 3 vol. in-fol.

Catal. des mss. de Bruxelles.

A Catalogue of the manuscripts preserved in the library of the university of Cambridge, edited for the syndics of the university press. Cambridge, 1866, t. I, in-8.

Catal. of the mss. of Cambridge university.

Catalogue des manuscrits de la bibliothèque de la ville de Chartres (par Mich. Chasles). Chartres, 1840, in-8.

Catal. des mss. de Chartres.

Catalogus manuscriptorum codicum collegii Claromontani, quos excipit Catalogus domus professæ parisiensis (auct. Clement et Brequigny). Parisiis, 1764, in-8.

Catal. mss. coll. Claromont.

Catal. of the mss. in the cotton. libr. A Catalogue of the manuscripts in the cottonian library. London, 1802, in-fol.

Catal. génér. des mss. de Fr. Catalogue général des manuscrits des bibliothèques publiques des départements. Paris, 1849-1862, t. I-III, in-4.

Catal. of the harl. mss. A Catalogue of the harleian manuscripts in the British Museum, with indexes of persons, places and matters. London, 1808-1812, 4 vol. in-fol.

Catal. de La Vallière. Catalogue des livres rares de la bibliothèque du duc de La Vallière, par Guillaume de Bure (et Van Praet). Paris, 1783, 3 vol. in-8.

Catal. mss. colleg. oxon. Catalogus codicum mss. qui in collegiis aulisque oxoniensibus hodie ˊadservantur. Confecit Henricus O. Coxe, A. M., bibliothecæ bodleianæ hypobibliothecarius. Oxonii, 1852, 2 part. in-4.

Catal. Biblioth. reg. paris. Catalogus manuscriptorum Bibliothecæ regiæ parisiensis (studio Aniceti Melot). Parisiis, e typogr. reg., 1739-1744, 4 vol. in-fol. — Catalogue des livres imprimés de la Bibliothèque du roi (par Sallier, Boudot, Capperonnier). Paris, impr. royale, 1739-1750, 6 vol. in-fol.

Catal. des mss. de Valenciennes. Catalogue descriptif et raisonné des manuscrits de la bibliothèque de Valenciennes, par J. Mangeart. Paris et Valenciennes, 1860, gr. in-8.

Catholicon. Voy. *Jean de Gênes.*

Cecco d'Ascoli, Acerba. Lo illustre poeta Cecco Dascholi, con commento novamente trovato, e nobilmente historiato, revisto et emendato, e da multa incorrectione extirpato, e dal antiquo suo vestigio exemplato, etc. Impresso in Milano per Johanne Angelo Scinzenzeler, nel anno del Signore M CCCCC XXI, a di xxiii de zenaro, pet. in-4. — Ou l'édition de Venise, 1536, pet. in-8.

Vita di Benvenuto Cellini scritta da lui medesimo, tratta dall' autografo per cura di Giuseppe Molini, con brevi annotazioni. Firenze, 1830, in-12.

Le Cento novelle antiche, secondo l' edizione del MDXXV corrette ed illustrate. Milano, 1825, in-8.

Catalogue des camées et pierres gravées de la Bibliothèque impériale de Paris. Paris, 1858, in-12.

Documents historiques inédits, tirés des collections manuscrites, etc. Paris, 1841-1848, 4 vol. in-4.

Lettres des rois, reines et autres personnages des cours de France et d'Angleterre, tirées des archives de Londres, etc., publ. par Champollion-Figeac. Paris, 1839, 1847, 2 vol. in-4.

Louis et Charles ducs d'Orléans, leur influence sur les arts, la littérature et l'esprit de leur siècle, par Aimé Champollion-Figeac. Paris, 1844, 3 parties in-8.

La Chanson d'Antioche, composée par le pèlerin Richard, renouvelée par Graindor de Douai ; publiée par Paulin Paris. Paris, 1848, 2 vol. in-12.

Poems written in english by Charles duke of Orleans, during his captivity in England after the battle of Azincourt (ed. by Watson Taylor). London, 1827, in-4.

Les OEuvres de maistre Alain Chartier, clerc, notaire et secretaire des roys Charles VI et VII, etc., reveues par André du Chesne, tourangeau. Paris, 1617, in-4.

Martyrologe universel, contenant le texte du Martyrologe romain traduit en françois, etc., par l'abbé Claude Chastelain. Paris, 1709, in-4.

OEuvres complètes de M. le vicomte de Chateaubriand. Paris, 1829-1831, 20 vol. in-8.

Chaucer, Canterbury Tales.

The poetical works of Geoffrey Chaucer, with an Essay on his language and versification, and an introductory discourse ; together with notes and a glossary, by Thomas Tyrwhitt. London, 1843, gr. in-8.

Chénier, Fragm. du cours de litt., etc.

Fragments du cours de littérature fait à l'Athénée de Paris, en 1806 et 1807, par M.-J. de Chénier. Paris, 1808, in-8.

Chevalerie (La) Ogier de Danemarche.

La chevalerie Ogier de Danemarche, par Raimbert de Paris, poëme du XII⁰ siècle, publié, pour la première fois, d'après le manuscrit de Marmoutier et le manuscrit 2729 de la Bibliothèque royale (par J. Barrois). Paris, 1842, 1 vol. gr. in-8, ou 2 vol. in-12.

Chevillier, Orig. de l'impr. de Paris.

L'Origine de l'imprimerie de Paris, dissertation historique et critique, etc., par André Chevillier, docteur et bibliothécaire de la maison et société de Sorbonne. Paris, 1694, in-4.

Choisy, Hist. de Philippe de Valois.

Histoire de Philippe de Valois, par l'abbé de Choisy. Paris, 1750, in-12.

Choquet, Sancti Belg. ord. Prædicat.

Sancti Belgii ordinis Prædicatorum. Collegit et recensuit ejusdem ordinis fr. Hyacinthus Choquetius, S. T. doctor. Duaci, 1618, in-8.

Christine de Pisan, Cité des dames.

Le tresor de la Cité des dames, selon dame Christine, de la cité de Pise, etc. Paris, 1536, pet. in-8.

Christine de Pisan, Hist. de Ch. V.

Histoire de Charles V, dit le Sage, roi de France, par Christine de Pisan ; dans le tome III des Dissertations de l'abbé Lebeuf, Paris, 1743, 3 vol. in-12, et dans les tomes V et VI de la *Collection des Mémoires relatifs à l'histoire de France depuis Philippe-Auguste*. Paris, 1819-1827, 52 tom. en 53 vol. in-8.

Chron. belg. inéd.

Collection des Chroniques belges inédites, etc. Bruxelles, 1836-1859, 19 vol. in-4.

Chron. and

Chronicles and memorials of Great Britain and Ireland during

the middle ages, etc. London, 1858-1864, in–8. (Environ 50 vol. jusqu'à présent.)
<small>memor. of Great Britain.</small>

Chronique des quatre premiers Valois (1327-1393), publiée par Siméon Luce. Paris, 1862, in-8.
<small>Chron. des quatre premiers Valois.</small>

Recueil des Chroniques de Flandre, publ. par J.-J. de Smet. Bruxelles, 1837-1856, 3 vol. in-4. Et dans la *Collection des Chroniques belges inédites.*
<small>Chron. de Flandre.</small>

Chroniques des ducs de Normandie, par Benoist, trouvère du XIIe siècle, publiées par Francisque Michel. Paris, 1836-1844, 3 vol. in-4.
<small>Chron. des ducs de Normandie.</small>

Les Grandes Chroniques de France, selon qu'elles sont conservées en l'église de Saint-Denis en France, publiées par Paulin Paris, membre de l'Institut. Paris, 1836-1838, in-fol., ou 6 vol. in-12. — Partie inédite des Chroniques de Saint-Denis, etc., publ. par Jérôme Pichon. Paris, 1864, in-8.
<small>Chroniq. de S.-Denis.</small>

Vitæ et res gestæ pontificum romanorum et S. R. E. cardinalium, etc., Alphonsi Ciaconii, ordinis Prædicatorum, et aliorum opera descriptæ, ab Augustino Oldoino, S. J., recognitæ. Romæ, 1677, 4 vol. in-fol.
<small>Ciacon., Vitæ pontif.</small>

OEuvres complètes de Cicéron, traduites en français, avec le texte en regard, édition publiée par Jos.-Victor Le Clerc. Paris, 1821-1825, 30 vol. in-8. — Seconde édition. Paris, 1823-1827, 35 t., 36 vol. gr. in-18.
<small>Cicer. Op.</small>

Bibliothèque curieuse, ou Catalogue raisonné de livres difficiles à trouver (lettres A-H), par David Clément. Gœttingue et Leipzig, 1750-1760, 9 vol. in-4.
<small>Clément (Dav.), Biblioth. cur.</small>

Clémentines, ou décrétales du pape Clément V. Voy. *Corpus juris canonici.*
<small>Clémentines.</small>

Collection complète des mémoires relatifs à l'histoire de France, depuis le règne de Philippe-Auguste jusqu'au commencement
<small>Collection des mém.</small>

sur l'Histoire de France. du XVIIe siècle (par Petitot et Monmerqué). Paris, 1819-1827, 52 tom. en 53 vol. in-8.

Collections. Voy. *Archivio storico italiano, Baluze, Bibliothèque, Bolland, Bongars, Bouquet, Buchon, Camden, Canisius, Collection de Chroniques belges, Collection des Mémoires, Dacheri, Du Chesne (A.), Durand, Ekhart, Fabricius, Gale, Guizot, Labbe, Leibnitz, Mabillon, Martene, Matthæus, Muratori, Ordonnances, Pertz, Petitot, Pez, Pithou, Recueil, Scriptores, Wharton.*

Combat (Le) des trente. Le Combat de trente Bretons contre trente Anglois, publié d'après le manuscrit de la Bibliothèque du roi, par G.-A. Crapelet. Paris, 1827, gr. in-8.

Conformitat. Voy. *Albizzi.*

Conybeare (J.-J.). Octav. The romance of Octavian, emperor of Rome, abridged from a manuscript in the bodleian library (by J.-J. Conybeare). Oxford, 1809, pet. in-8.

Coraï, Ἄτακτα. Voy. Ἄτακτα.

Corpus jur. canon. Corpus juris canonici, notis illustratum, Gregorii XIII jussu editum, etc. Lugduni, 1661, 2 vol. in-4.

Crescimbeni (G.-M.), Istoria della volgar poesia. Istoria della volgar poesia, di Giovan.-Mar. Crescimbeni. Roma, 1698, in-4. — Venezia, 1730, 1731, 6 vol. in-4. Dans le t. II, *Vite de' poeti provenzali,* traduites du français de J. Nostradamus, et augmentées de notes.

Crescimbeni (G.), Origine, etc. Origine e propagazione dei falsi racconti sul sagro corpo e sepolcro del glorioso patriarcha S. Francesco di Assisi, opera di Guglielmo Crescimbeni. Fuligno, 1823, in-4.

Crevier, Hist. de l'univ. de Paris. Histoire de l'université de Paris, depuis son origine jusqu'en l'année 1600, par Crevier. Paris, 1761, 7 vol. in-12.

Croke, Ess. An Essay on the origin, progress and decline of rhyming latin

verse, with many specimens, by sir Alexander Croke. Ox- on rhyming
lat. verse.
ford, 1828, in-8.

Turco-Græciæ libri octo, a Martino Crusio, in academia tybin- Crusius,
Turco-Græcia.
gensi græco et latino professore, utraque lingua editi ; quibus
Græcorum status sub imperio turcico, in politia et Ecclesia,
œconomia et scholis, jam inde ab amissa Constantinopoli ad
hæc usque tempora, luculenter describitur. Basileæ, 1584,
in-fol.

Mittheilungen des k. k. Central-Commission zur Erforschung Czœrnig,
Mittheilungen.
und Erhaltung der Baudenkmale, herausgegeben unter der
Leitung des Freih. von Czœrnig, etc. Vienne, 1856 et années
suiv., in-4.

D

Spicilegium, sive Collectio veterum scriptorum, cura Lucæ Dacheri,
Spicileg.
Dacheri. Parisiis, 1655-1677, 13 vol. in-4 ; ou 1723, 3 vol.
in-fol.

Thesaurus hymnologicus, sive Hymnorum, canticorum, sequen- Daniel(Adalb.),
Thesaur.
hymnologicus.
tiarum circa annum MD usitatarum collectio amplissima,
ed. Herm. Adalbert Daniel. Halis et Lipsiæ, 1841-1856, 5
vol. in-8.

Il Convito e la Vita nuova, con le annotazioni del dottore Anton.- Dante,
il Convito.
Maria Biscioni, fiorentino. In Venezia, 1793, in-8.

La Divina Commedia di Dante Alighieri. Roma, 1815-1817, Dante,
Divina
Commedia.
4 vol. in-4. — Mise en ryme françoise et commentée par
Balth. Grangier. Paris, 1596, 3 vol. in-12.

L'Ottimo commento della Divina Commedia, testo inedito d' Dante,
avec l'Ottimo
Commento.
un contemporaneo di Dante, citato dagli accademici della
Crusca. Pisa, 1827-1830, 3 vol. in-8.

Dante,
Opere minori.

Divina Commedia (con le Opere minori di Dante). Venezia, 1757, 1758, 5 part. en 4 vol. in-4.

Dante,
Petri Allegh.
Comment.

Petri Allegherii super Dantis, ipsius genitoris, Comœdiam Commentarium, nunc primum in lucem editum consilio et sumtibus G.-J. bar. Vernon, curante Vincentio Nannucci. Florentiæ, 1845, in-8.

Daunou, Ess.
sur la puiss.
temp.
des papes.

Essai historique sur la puissance temporelle des papes, etc. (par Daunou). Quatrième édition, Paris, 1818, 2 vol. in-8.—Voy. *Bouquet (Dom)* et *Histoire littéraire de la France.*

Delambre,
Astr. du moyen
âge.

Histoire de l'astronomie du moyen âge, par Delambre. Paris, 1819, in-4.

Delpit (Jules),
Docum. fr., etc.

Collection générale des documents français qui se trouvent en Angleterre, recueillis et publiés par Jules Delpit, tom. I. Paris, 1847, in-4.

Descr.
des mss. de
Copenhague.

Voy. *Abrahams.*

Desroches,
Hist. du Mont-
St-Mich.

Histoire du Mont–Saint–Michel et de l'ancien diocèse d'Avranches, par l'abbé Desroches. Caen, 1838, 1840, 2 vol. in-8 et atlas in-4.

De Vert,
Cérém. de l'Égl.

Explication simple, littérale et historique des cérémonies de l'Église, par dom Claude de Vert. Paris, 1706-1713, 4 vol. in-8.

De Visch,
Biblioth. cist.

Bibliotheca scriptorum sacri ordinis cisterciensis, etc., opera et studio R. D. Caroli de Visch, prioris cœnobii B. M. de Dunis. Coloniæ Agrippinæ, 1656, in 4.

Didron,
Iconogr. chr.

Iconographie chrétienne. Histoire de Dieu, par M. Didron. Paris, 1843, in-4.

Diez,
Altromanische
Sprachdenk-
male.

Altromanische Sprachdenkmale berichtigt und erklärt, nebst einer Abhandlung über den epischen Vers, von Friederich Diez. Bonn, 1846, in-8.

Essai sur les cours d'amour, par Frédéric Diez, trad. par Ferdinand.de Roisin. Lille, 1842, in-8. *Diez, Ess. sur les cours d'amour.*

Die poesie der Troubadours, von Friederich Diez. Zwickau, 1827, in-8. — Trad. fr. par Ferdinand de Roisin. Lille, 1845, in-8. *Diez, Poésie des troubadours.*

Histoire de Lorraine, par Digot. Nancy, 1856, 6 vol. in-8. *Digot, Hist. de Lorraine.*

Trouvères, jongleurs et ménestrels du nord de la France et du midi de la Belgique, par M. Arthur Dinaux. I. Trouvères cambrésiens. — II. Trouvères de la Flandre et du Tournaisis. — III. Trouvères artésiens. Valenciennes et Paris, 1837, 1839, 1843, 3 vol. in-8. — IV. Trouvères brabançons, hainuyers, liégois et namurois, par le même. Bruxelles, 1863, in-8. *Dinaux (Arth.), Trouv. du nord de la Fr.*

Nouveau Traité de diplomatique, etc., par deux religieux bénédictins de la congrégation de Saint-Maur (Toustain et Tassin). Paris, 1750-1765, 6 vol. in-4. *Diplomatique (Nouveau traité de).*

Disciplina clericalis, auctore Petro Alphonsi, et Discipline de clergie, traduction de l'ouvrage de Pierre d'Alphonse ; le Chastoiement d'un pere à son fils, traduction en vers français du même ouvrage. Paris, 1824, 2 part. pet. in-8. — Petri Alphonsi Disciplina clericalis, zum ersten Mal herausgegeben mit Einleitung und Anmerkungen von Fr.-Wilh-Val. Schmidt. Berlin, 1827, in-4. *Disciplina clericalis.*

Curiosities of literature, by I. d'Israeli. London, 1840, gr. in-8. *D'Israeli, Curiosit. of literature.*

Un Dit d'aventures, pièce burlesque et satirique du XIIIᵉ siècle, publiée pour la première fois, d'après le manuscrit de la Bibliothèque royale, par G.-S. Trébutien. Paris, 1835, in-8 de 8 p. goth. *Dit d'aventures.*

Li romans de Dolopathos, par Herbers, publié d'après les manuscrits par Ch. Brunet et A. de Montaiglon. Paris, 1856, pet. in-8. *Dolopathos*

Domenichi,
Facezie.

Facetie, motti e burle di diversi signori e persone private, raccolte per M. Ludovico Domenichi, etc. Fano, 1593, pet.
in-8.

Dormi secure.

Sermones dominicales cum expositionibus evangeliorum per
annum, satis notabiles et utiles omnibus sacerdotibus, pasto-
ribus et capellanis, qui Dormi secure, vel Dormi sine cura,
sunt nuncupati, eoque absque magno studio, faciliter possunt
incorporari et populo predicari. Rothomagi, 1515, in-8.

Douët-d'Arcq,
Comptes
de l'argenterie.

Comptes de l'argenterie des rois de France au XIVᵉ siècle,
publiés, pour la Société de l'Histoire de France, d'après les
manuscrits originaux, par L. Douët-d'Arcq. Paris, 1851,
in-8.

XII (Les) dames
de rhetorique.

Les Douze dames de rhétorique, publiées pour la première fois
d'après des manuscrits de la Bibliothèque royale, avec une
introduction, par Louis Batissier. Moulins, 1838, in-fol.

Dreux
du Radier,
Récr. hist.

Récréations historiques, critiques, morales et d'érudition, avec
l'Histoire des fous en titre d'office, par D. D. A. (Dreux du
Radier, avocat.). Paris, 1768, 2 vol. in-12.

Du Bellay
(Joach.)
Déf. et illust.
de la langue fr.

Défense et illustration de la langue française, par Joachim du
Bellay, précédée d'un Discours sur le bon usage de la langue
française, par Paul Ackerman. Paris, 1839, in-8.

Du Boulay,
Hist. univ.
paris.

Historia universitatis parisiensis, auctore Cæsare Egassio Bulæo.
Parisiis, 1665-1673, 6 vol. in-fol.

Du Boulay,
de Patronis,
etc.

Cæsaris Egassii Bulæi, ex-rectoris academiæ parisiensis et elo-
quentiæ professoris emeriti, de Patronis IV nationum universitatis. — De Decanatu nationis gallicanæ, a C. E. B. R.
U. P. Parisiis, 1662, 2 vol. pet. in-8.

Du Breul,
Antiq. de Paris.

Le Théâtre des Antiquités de Paris, par Jacques du Breul. Paris,
1612, ou 1639, in-4.

Du Cange,

Caroli Dufresne du Cange Glossarium ad scriptores mediæ et

infimæ latinitatis. Parisiis, 1733-1736, 6 vol. in-fol. — | Glossar. lat.
Supplementum, auctore D. E. Carpentier. Parisiis, 1766,
4 vol. in-fol. — Nouv. édition. Paris, 1840-1850, 7 vol.
in-4.

Historiæ Francorum scriptores coætanei, ab ipsius gentis origine | Du Chesne (A.),
ad reg. Philippi IV dicti Pulchri tempora, opera ac studio | Scriptor. rer. fr.
Andreæ, et post patrem Fr. du Chesne. Lutetiæ Parisiorum,
1636-1649, 5 vol. in-fol.

Histoire des cardinaux françois de naissance, enrichie de leurs | Du Chesne
armes et de leurs portraits, par François du Chesne. Paris, | (Fr.), Card. fr.
1660, 1666, 2 vol. in-fol.

Histoire des ducs de Normandie et des rois d'Angleterre, publiée | Ducs (Hist. des)
d'après les manuscrits par Francisque Michel, pour la Société | de Normandie.
de l'Histoire de France. Paris, 1840, in-8.

Origines latines du théâtre moderne, publiées et annotées par | Du Méril
Édelestand du Méril. Paris, 1849, in-8. | (Édelest.),
| Origines
| du th. mod.

Poésies populaires latines antérieures au XIIe siècle, par Éde- | Du Méril
lestand du Méril. Paris, 1843, in-8. — Poésies populaires | (Édelest.),
latines du moyen âge, par le même. Paris, 1847, in-8. | Poés. pop.
| latines.

Voy. *Histoire de la condannation des templiers*, etc., et *Histoire* | Du Puy (P.).
du differend, etc.

Tractatus de Modo generalis concilii celebrandi, per R. P. D. | Duranti (G.),
Guillermum Durandi, etc. Parisiis, 1545, pet. in-8. | de Modo
| concil. celebr.

R. D. Guillelmi Duranti, mimatensis episcopi, J. U. D. claris- | Duranti (G.),
simi, Rationale divinorum officiorum, nunc recens utilissimis | Rationale
adnotationibus illustratum. Adjectum fuit præterea aliud di- | divinor. offic.
vinorum officiorum Rationale, ab Joanne Beletho, theologo
parisiensi, abhinc fere quadringentis annis conscriptum, ac
nunc demum in lucem editum, etc. Lugduni, 1672, in-4.

Les Arts au moyen âge, par Alex. et Éd. du Sommerard. | Du Sommerard,

Arts au moyen âge.

Paris, 1838-1846, 6 vol. gr. in-8, avec atlas et album formant 6 vol. in-fol.

Du Verdier, Biblioth. fr.

Bibliothèque françoise de La Croix du Maine et du Verdier de Vauprivas (avec des remarques de La Monnoye, nouvelle édition donnée par Rigoley de Juvigny). Paris, 1772, 1773, 6 vol. in-4.

E

Échard et Quétif, Scriptor. ord. Prædicat.

Scriptores ordinis Prædicatorum recensiti, notisque historicis et criticis illustrati, opus quo singulorum vita, etc. Inchoavit Jacobus Quétif, absolvit Jacobus Échard. Lutetiæ Parisiorum, 1719, 1721, 2 vol. in-fol.

Edw. Edwards, Mem. of libraries.

Memoirs of libraries, including a handbook of library economy, by Edward Edwards. London, 1859, 2 vol. gr. in-8.

Églises (Les) et monast. de Paris.

Les Églises et monastères de Paris, pièces en prose et en vers des IXe, XIIIe et XIVe siècles, publ. d'après les manuscrits par H.-L. Bordier. Paris, 1856, pet. in-8.

Ellis, Specim. of metr. rom.

Specimens of early english metrical romances, to which is prefixed an historical introduction of the rise and progress of romantic composition in France and England, by George Ellis; a new edition, revised by J. O. Halliwel. London, 1848, pet. in-8.

Ellis, Specim. of the early engl. poets.

Specimens of the early english poets, etc., by George Ellis. London, 1845, 3 vol. pet. in-8.

Elnonensia.

Elnonensia. Monuments de la langue romane et de la langue tudesque au IXe siècle, contenus dans un manuscrit de l'abbaye de Saint-Amand, etc., par J.-F. Willems. Gand, 1845, gr. in-8.

Ἐρωτόκριτος.

Ποίημα ἐρωτικὸν λεγόμενον Ἐρωτόκριτος, συντεθὲν ἀπὸ τὸν ποτὲ εὐγενέξατον Βιτζέντζον τὸν Κορνάρον, ἀπὸ τὴν χώραν τῆς Σιτίας τοῦ νησίου τῆς Κρήτης. Ἐνετίῃσι, 1737, in-8.

Règlements sur les arts et métiers de Paris au XIII⁰ siècle, ou Livre des métiers d'Étienne Boileau. Paris, 1837, in-4.

Roman d'Eustache le Moine, pirate fameux du XIII⁰ siècle, publié pour la première fois par Francisque Michel. Paris, 1834, in-8.

Extraits de plusieurs petits poëmes écrits à la fin du XIV⁰ siècle par un prieur du Mont-Saint-Michel. Voy. *Desroches, Histoire du Mont-Saint-Michel*, t. II, p. 337-397.

Directorium inquisitorum F. Nicolai Eymerici, ordinis Prædicatorum, cum commentariis Francisci Pegnæ, etc. Venetiis, 1607, pet. in-fol.

F

Li Fabel dou dieu d'amour, extrait d'un manuscrit de la Bibliothèque royale; publ. pour la première fois par Achille Jubinal. Paris, 1834, in-8 de 50 p.

Voyez *Barbazan, Jubinal, Keller, Le Grand d'Aussy, Méon, Michel (Francisque), Robert.*

Johannis-Alberti Fabricii Bibliotheca ecclesiastica, in qua continentur de Scriptoribus ecclesiasticis libri plurimorum. Hamburgi, 1718, in-fol.

Jo.-Alb. Fabricii Bibliotheca latina mediæ et infimæ ætatis, cum supplemento Christiani Schœttgenii, et notis J.-Dominici Mansi. Patavii, 1754, 6 vol. in-4.

Incipit libellus pulcherrimus metrice compositus, tractans de Facecia mense... Explicit libellus qui Fagifacetus appellatur. Sine loco aut anno, pet. in-4.

Fauchet, Orig.
de la langue
et poés. fr.

Les OEuvres de M. Claude Fauchet, premier président de la cour des monnoyes (Antiquitez gauloises et françoises. — Origines des dignitez et magistrats de France. — Recueil de l'origine de la langue et poesie françoise, ryme et romans, etc.). Paris, 1610, in-4.

Fauriel, Chants
popul. de la Gr.

Chants populaires de la Grèce moderne, recueillis et traduits par Fauriel. Paris, 1824, 2 vol. in-8.

Fauriel, Dante.

Dante et les origines de la langue et de la littérature italienne; cours fait à la Faculté des lettres de Paris par Fauriel. Paris, 1854, 2 vol. in-8.

Fauriel, Hist.
de la poés.
prov.

Histoire de la poésie provençale; cours fait à la Faculté des lettres de Paris par Fauriel. Paris, 1846, 3 vol. in-8.

Fazio degli
Uberti,
Dittamondo.

Il Dittamondo di Fazio degli Uberti fiorentino, ridotto a buona lezione colle correzioni pubblicate dal cav. Vincenzo Monti nella Proposta, e con più altre. Milano, 1826, pet. in-8.

Félibien, Hist.
de l'abbaye
de S.-Denis.

Histoire de l'abbaye royale de Saint-Denis, par dom Michel Félibien. Paris, 1706, in-fol.

Félibien
et Lobineau,
Hist. de Paris.

Histoire de la ville de Paris, avec les preuves, par dom Michel Félibien et dom Lobineau. Paris, 1725, 5 vol. in-fol.

Ferguut,
ridderroman.

Ferguut, ridderroman uit den Fabelkring van de ronde Tafel, uitgegeven door L.-G. Wisscher, Professor aan de Universiteit te Utrecht. Utrecht, 1838, in-8.

Ferrario, Storia
degli ant.
romanzi.

Storia ed analisi degli antichi romanzi di cavalleria e dei poemi romaneschi d'Italia, etc., del dottore Giulio Ferrario. Milano, 1828, 1829, 4 vol. in-8.

Fleury, Hist.
ecclésiast.

Histoire ecclésiastique, par Claude Fleury. Paris, 1691-1737, 36 vol. in-4; ou 1758-1761, 40 vol. in-12, y compris la continuation, par le P. Barre, de l'Oratoire, et les 4 vol. de tables.

Institution au droit ecclésiastique, par l'abbé Claude Fleury. Paris, 1767, 2 vol. in-12.

Voy. *Svenska Fornskrift-Sällskapets*, etc.

España sagrada, teatro geografico-historico de la iglesia de España, por Henrique Florez, Risco, Merino, Jos. de la Canal, etc. Madrid, 1754-1856, 48 vol. pet. in-4.

Las Flors del gay saber, estier dichas Las Leys d'amors, texte et trad. publ. par Gatien-Arnoult. Toulouse, 1841-1843, 3 vol. gr. in-8. — Las Joyas del gay saber, trad. par le dr. Noulet. Toulouse, 1848, gr. in-8.

Biblioteca della eloquenza italiana, da Giusto Fontanini, colle annotazioni di Apostolo Zeno. Venezia, 1733, 2 vol. in-4. — Parma, 1803, 1804, 2 vol. in-4.

Jos.-F. Foppens Bibliotheca belgica, sive virorum in Belgio scriptis illustrium Catalogus. Bruxellis, 1739, 2 vol. in-4.

Della Letteratura veneziana libri otto di Marco Foscarini, cavaliere e procuratore. Volume primo. In Padova, 1572, in-fol.

Del Reggimento e de' Costumi delle donne, di messer Francesco da Barberino. Roma, 1815, in-8.

Le roman des Aventures de Fregus, par Guillaume le Clerc, trouvère du XIII⁰ siècle, publié (pour le club d'Abbotsford) par Francisque Michel. Edimbourg, 1841, in-4.

Il Quadriregio, o poema de' Quattro regni, di monsignore Federigo Frezzi, dell' ordine de' Predicatori, cittadino e vescovo di Foligno. In Foligno, 1725, 2 vol. in-4.

Les Chroniques de sire Jean Froissart, éd. de J.-A.-C. Buchon. Paris, 1835, 3 vol. gr. in-8.

G

Gall. christ. nov. Gallia christiana (nova), opera Dionysii Sammarthani et aliorum benedictinorum. Parisiis, 1715-1785, 13 vol. in-fol. — Tom. XIV^m, XV^m et XVI^m condidit Bartholomæus Hauréau. Parisiis, 1856-1865, in-fol.

Galvani, Trovatori. Osservazioni sulla poesia de' Trovatori e sulle principali maniere e forme di essa, etc. (da Giovanni Galvani). Modena, 1829, in-8.

Gamba, Bibliogr. delle Novelle. Delle Novelle italiane in prosa Bibliografia di Bartolommeo Gamba bassanese. Firenze, 1835, in-8.

Gamba, Testi di lingua. Serie dei testi di lingua, etc., di Bartolommeo Gamba, di Bassano. Venezia, 1839, gr. in-8.

Garin le Loherain. Li romans de Garin le Loherain, publié pour la première fois par P. Paris. Paris, 1833, 1835, 2 vol. in-8.

Garlande (J. de), Dict. Johannis de Garlandia Dictionarius, dans le volume intitulé, Paris sous Philippe le Bel (p. 585-612). Voy. *Géraud.*

Gayangos, Libros de caballerias. Biblioteca de autores españoles... Libros de caballerias, con un Discorso preliminar y un Catalogo razonado, por don Pascual de Gayangos, individuo de la real academia de la Historia. (Amadis de Gaula, y Las Sergas de Esplandian.) Madrid, 1857, gr. in-8.

Geffroi ou Godefroi de Paris, Chr. Chronique métrique de Philippe le Bel, par Godefroi de Paris, dans le tome IX de la Collection des chroniques nationales françaises. Voy. *Buchon.*

Geffroy (A.). Voy. *Archives des missions,* et *Revue des Sociétés savantes.*

George, Spir. literar. Spiritus literarius Norbertinus a scabiosis Casimiri Oudini calumniis vindicatus, seu Sylloge viros ex ordine præmonstratensi scriptis et doctrina celebres… exhibens, etc., a D. Georgio (Lienhart). Augustæ Vindelicorum, 1771, in-4.

Norbertinus.

Gerardi Magni Epistolæ XIV ; e codice Hagano edidit J.-G.-R. Acquoy. Amstelodami, 1857, in-8.

Ger. Magni Epistol. XIV.

Paris sous Philippe le Bel, d'après des documents originaux, et notamment d'après un manuscrit contenant le Rôle de la taille imposée sur les habitants de Paris en 1292 ; publié par H. Géraud. Paris, 1837, in-4.

Géraud, Paris sous Philippe le Bel.

De Cantu et musica sacra, a prima Ecclesiæ ætate usque ad præsens tempus, auctore Martino Gerberto. Typis San-Blasianis, 1774, 2 vol. in-4.

Gerbert(Mart.), de Mus, sacra.

Scriptores ecclesiastici de musica sacra potissimum… nunc primum publica luce donati a Martino Gerberto. Typis San-Blasianis, 1784, 3 vol. in-4.

Gerbert (Mart.), Scriptor. rei musicæ.

Mémoires de la Société archéologique de Montpellier. Montpellier, 1835-1860, 3 vol. in-4.

Germain (A.), dans les Mém. de la Soc. arch. de Montpellier.

Johannis Gersonii Opera omnia, etc., novo ordine digesta et in V tomos distributa opera et studio Lud. Ellies du Pin. Antuerpiæ, 1706, 5 vol. in-fol.

Gerson. Opera.

Histoire de l'abbé Joachim, surnommé le prophète, religieux de l'ordre de Cîteaux, fondateur de la congrégation de Flore en Italie, etc. (par D. François Gervaise). Paris, 1745, in-12 en deux parties.

Gervaise , Hist. de Joachim.

Gesta Romanorum, cum applicationibus moralisatis ac mysticis. Parisiis, 1518, pet. in-8. — Éd. d'Adelbert Keller. Stuttgart et Tübingen, 1842, in-8. — Translated from the latin, with preliminary observations and copious notes, by the rev. Charles Swan. London, 1824, 2 vol. in-12.

Gesta Roman.

Roman de la Violette ou de Gérard de Nevers, en vers du

Gibert

de Montreuil, rom. de la Violette. XIIIᵉ siècle, par Gibert de Montreuil, publ. par Francisque Michel. Paris, 1834, gr. in-8.

Gœdeke, Deutsche Dichtung. Deutsche Dichtung im Mittelalter, von Karl Gœdeke. Hanover, 1854, gr. in-8.

Gonzalo de Berceo, Milagros di Nostra Señora. Dans le recueil de Sanchez : Colleccion de Poesias castellanas anteriores al siglo XV. Paris, 1842, in-8.

Goudelin, Las Obros. Las Obros de Pierre Goudelin, augmentados de forço pessos, e le Dicciounari sur la lengo moundino. Amsterdam, 1700, pet. in-8.

Goujet, Biblioth. fr. Bibliothèque française, ou Histoire de la littérature française, par l'abbé Goujet. Paris, 1741-1756, 18 vol. in-12.

Gower, Confessio amantis. Confessio amantis, that is to saye in englisshe the Confession of the lover, maad and compyled by Johan Gower, squyre. London, 1483, in-fol. — Edited and collated with the best manuscripts by dr. Reinhold Pauli. Chiswick and London, 1857, 3 vol. gr. in-8.

Gradenigo, della Letterat. greco-ital. Raggionamenti intorno alla letteratura greco-italiana, da Giov.-Girolamo Gradenigo. Brescia, 1759, in-8.

Grässe, Lehrbuch einer allg. Literär-geschichte. Lehrbuch einer allgemeinen Literärgeschichte aller bekannten Völker der Welt, von dr. Johann-Georg.-Theodor. Grässe. Dresden und Leipzig, 1837-1859, 3 part. divisées en plusieurs tomes et une table.

Grynæus, Novus orbis. Novus orbis regionum ac insularum veteribus incognitarum, etc., ed. Simone Grynæo. Basileæ, 1555, in-fol.

Guéranger, Instit. liturg. Institutions liturgiques, par l'abbé Prosper Guéranger. Le Mans et Paris, 1840-1851, 3 vol. in-8.

Guichard, Notice, etc. Notice sur le *Speculum humanæ salvationis*, par J.-Marie Guichard. Paris, 1840, in-8.

Mémoires fournis aux peintres chargés d'exécuter les cartons d'une tapisserïe destinée à la collégiale de Saint-Urbain de Troyes, publiés et annotés par Ph. Guignard. Troyes, 1851, in-8.

Guignard (Ph.).
Tapiss.
de S.-Urb.

The ancient poem of Guillaume de Guilleville entitled le Pelerinage de l'homme, compared with the Pilgrim's progress of John Bunyan. Ed. by Nathaniel Hill. Chiswick and London, 1858, in-4.

Guillaume
de Guilleville,
Pelerinage.

Le Roman de la Rose, nouvelle édition, revue et corrigée sur les meilleurs et les plus anciens manuscrits, par Méon. Paris, 1814, 4 vol. in-8.

Guillaume
de Lorris
et J. de Meun,
la Rose.

Branche des royaux lignages, chronique métrique de Guillaume Guiart, dans les tomes VII et VIII de la Collection des chroniques nationales françaises. Voy. *Buchon.*

Guill. Guiart,
Branche des
roy. lignages.

Voy. *Flors (Las) del gay saber.*

Guillaume
Molinier.

Description de la ville de Paris au XVᵉ siècle, par Guillebert de Metz, publiée pour la première fois, d'après le manuscrit unique, par Le Roux de Lincy. Paris, 1855, in-12.

Guillebert
de Metz, Descr.
de la ville
de Paris.

Guillelmi de Nangiaco Chronicon, éd. de H. Géraud. Paris, 1843, 2 vol. in-8.

Guillelm.
de Nangiaco,
Chron.

Voy. *Duranti (G.).*

G. Duranti.

H

De Medii ævi studiis philologicis Disputatio, auct. Henr.-Ænoth.-Frid. Haase. Vratislaviæ, 1856, in-4.

Haase, de Med.
ævi stud.
philolog.

Auszwal ausz Gottfrids von Straszburg Tristan als Manuscript für Vorlesungen, herausgegeben von K.-A. Hahn. Wien, 1855, in-8.

Hahn, Auszwal
ausz Gottfr.
von Straszb.

Halliwell, The Thornton rom. The Thornton romances (Perceval, Isumbras, Eglamour and Degrevant), edited by James Orchard Halliwell. London, 1844, in-4.

Hardouin, Prolegomena. Joannis Harduini, jesuitæ, ad censuram scriptorum veterum Prolegomena, juxta autographum. Londini, 1766, in-8.

Hardouin de F.-G., Tresor de venerie. Tresor de Venerie, poëme composé en M CCC LXXXXIV par messire Hardouin de Fontaine-Guerin, publ. par Jérôme Pichon. Paris, 1855, in-8; — par H. Michelant. Metz, 1856, in-8.

Hartshorne, Anc. metr. tales. Ancient metrical tales, printed chiefly from original sources, edited by the rev. Charles-Henry Hartshorne. London, 1829, pet. in-8.

Haupt, Zeitschrift, etc. Zeitschrift für deutsches Alterthum, herausgegeben von Moriz Haupt. Leipzig, 1841-1860, 12 vol. in-8.

Hayton, de Tartaris. Voy. *Grynæus, Novus orbis.*

Helfferich et Clermont, les Communes fr. en Espagne. Les Communes françaises en Espagne et en Portugal pendant le moyen âge, par A. Helfferich et G. de Clermont. Berlin, 1860, in-8.

Helwicus teutonicus, de Exempl. Opus perutile et validum predicatoribus de quacumque materia dicturis, venerabilis atque doctissimi magistri Helwici teutonici (Joannis a Sancto-Geminiano), sacre theologie professoris, ordinis Predicatorum, liber de Exemplis et Similitudinibus rerum. Absque loco aut anno, 2 vol. in-fol.

Hélyot, Hist. des ordres religieux. Histoire des ordres monastiques, religieux et militaires, ainsi que des congrégations séculières de l'un et de l'autre sexe, etc., par le P. Hélyot (continuée par le P. Bullot). Paris, 1714-1719, ou 1792, 8 vol. in-4.

Hemeré, de Acad. paris. De Academia parisiensi, qualis primo fuit in insula, et episcoporum scholis, liber, auctore Cl. Hemeræo. Lutetiæ, 1637, in-4.

Tractatulus eximii doctoris Henrici de Hassia de Arte predicandi. Sine loco aut anno, in-4.

Fasciculus sanctorum ordinis cisterciensis, auctore Chrysostomo Henriquez. Bruxellæ, 1623, 1624, 2 vol. in-fol.

Joannis Herolt (sive Discipuli) Sermones de tempore et de sanctis per circulum anni, cum Promptuario exemplorum. Nurembergæ, 1514, in-fol.

Romanische Inedita, von P. Heyse. Berlin, 1856, in-8.

De Bono statu religiosi libri tres, scr. Hieronymus Platus, e societate Jesu. Antuerpiæ, 1592, in-8.

Venerabilis Hildeberti, primo cenomanensis episcopi, deinde turonensis archiepiscopi, Opera tam edita quam inedita, etc., labore et studio D. Antonii Beaugendre. Parisiis, 1708, in-fol.

Histoire de la condannation des templiers, celle du schisme des papes tenans le siege en Avignon, etc., par Pierre du Puy. Brusselle, 1713, 2 vol. pet. in-8.

Histoire de la pairie de France et du parlement de Paris, par D. B. (attribuée à Le Laboureur). Londres, 1740, pet. in-8.

Histoire des demeslés du pape Boniface VIII avec Philippe le Bel, roi de France, par A. Baillet. Paris, 1718, in-12.

Histoire du differend d'entre le pape Boniface VIII et Philippes le Bel, roy de France, etc. (par Vigor et du Puy). Paris, 1655, in-fol.

Histoire littéraire de la France, par des religieux bénédictins de la congrégation de Saint-Maur (dom Rivet, dom Clémen-cet, dom Clément, etc.); continuée par des membres de l'Institut (Brial, Ginguené, Pastoret, Daunou, Amaury Duval,

Petit-Radel, Émeric-David, Fauriel, Fél. Lajard, P. Paris, Littré, Renan, Victor Le Clerc). Paris, 1733-1862, 24 vol. in-4.

Hodœporicon. Voy. *Ambrosius camaldulensis.*

Hofmann (Conr.), Ueber ein Fragment, etc. Ueber ein Fragment des Guillaume d'Orenge, von dr. Conrad Hofmann... München, 1851, 1852, 2 part. in-4.

Hueber, Menolog. franc. Menologium, seu brevis et compendiosa illuminatio relucens in splendoribus sanctorum, beatorum, miraculosorum, incorruptorum, extaticorum, beneficorum, etc., quos S. Franciscus ab Assisio parturivit, germinavit, etc., auctore P. Fr. Fortunato Huebero. Monachii, 1698, in-fol.

Hugo, Annal. præmonstr. Annales præmonstratenses; scripsit Carolus-Ludovicus Hugo. Nanceii, 1734, 1736, 2 vol. in-fol.

Hugues Capet. Hugues Capet, chanson de geste, publiée pour la première fois, d'après le manuscrit unique de Paris, par M. le marquis de La Grange. Paris, 1864, pet. in-8.

Hugues de Reutlingen, Flores. Flores musice omnis cantus Gregoriani. Argentinæ, 1488, in-4.

Hugues Faidit, Donatz proensals. Grammaires provençales de Hugues Faidit et de Raymond Vidal de Besaudun (XIIIᵉ siècle), éd. de F. Guessard. Brunsvic et Paris, 1858, in-8.

I

Iacopo Alighieri, Il Dottrinale. Dans le tome III du recueil intitulé : Raccolta di rime antiche toscane (dal marchese di Villarosà). Palermo, 1817, 4 vol. in-8.

Imitat. de J.-C. Imitation (L') de Jésus-Christ, texte latin, suivi de la traduction de P. Corneille. Paris, 1855, gr. in-fol.

Index libror. Index librorum prohibitorum, sanctissimi domini nostri Pii

septimi, pontificis maximi, jussu editus. Romæ, 1819. in-8. prohibitor.
—Catalogue des ouvrages mis à l'Index. Paris, 1825, in-8.

Mémoires de l'Institut national des Sciences et Arts. Littérature et Beaux-Arts. Paris, an VI-an XII, 5 vol. in-4. Institut (Mém. de l'), Littér. et Beaux-arts.

Ἱστορία τοῦ Ἡμπερίου υἱοῦ τῶν βασιλέων τῆς Προβέντζας νεωςὶ τυπωθεῖσα, καὶ μετ' ἐπιμελείας διορθωθεῖσα. Ἐνετίησιν, ᾳωϛ' (1806), pet. in-8. Ἱστορία τοῦ Ἡμπερίου.

Voy. *Riccoldo da Monte di Croce.* Itinerario ai paesi or.

J

Longobardica historia, quæ a plerisque Aurea legenda sanctorum appellatur, sive Passionale sanctorum; per reverendum dominum Jacobum, januensem episcopum, ordinis fratrum Prædicatorum. In oppido hagenawensi, 1510, in-fol. Jacques de Voragine, Aur. legend.

Recherches critiques, historiques et topographiques sur la ville de Paris, par Jaillot. Paris, 1782, 5 vol. in-8. Jaillot, Rech. sur Paris.

Jarbuch für romanische und englische Literatur, unter besonderer Mitwirkung von Ferd. Wolf, herausgegeben von Ad. Ebert. Leipzig, 1858-1863, 5 vol. in-8. Jarbuch, etc.

De Laudibus Parisius. Éloge de Paris, composé en 1323 par un habitant de Senlis, Jean de Jandun, publié pour la première fois par Taranne et Le Roux de Lincy. Paris, 1856, in-8. Jean de Jandun, de Laud. Paris.

Voy. *Helwicus teutonicus.* Jean de Saint-Géminien.

Joannis de Sancto-Victore Chronicon, dans le tome XXI du Recueil des Historiens des Gaules et de la France. Voy. *Recueil des hist. de la Fr.* Jean de Saint-Victor, Chr.

La Vieille, ou les dernières amours d'Ovide, poëme français du XIVᵉ siècle, traduit du latin par Jean Lefevre, publié pour la Jean Lefevre, La Vieille.

première fois et précédé de recherches sur l'auteur du *Vetula*, par Hippolyte Cocheris. Paris, 1861, pet. in-8.

Jehan le Bel, Les Vrayes chron. Les Vrayes Chroniques, par messire Jehan le Bel, publ. par L. Polain. Bruxelles, 1863, 2 vol. in-8.

Joachimi abb. Comment. Joachimi, abbatis florensis, in Apocalypsin libri octo, cum Psalterii decem chordarum libris tribus. Venetiis, 1527, in-4.

Joannis Nider, Præceptor. Preceptorium Nider, hoc est Opus preclarissimum eximii sacre theologie professoris fratris Joannis Nider, ordinis Predicatorum, in expositionem preceptorum decalogi, etc. Parrhisiis, 1507, in-8.

Johannis januensis Cathol. Summa, que Catholicon appellatur, fratris Johannis januensis, sacri ordinis fratrum Predicatorum, nuper Parrhisiis diligenti castigatione emendata per prestantem virum magistrum Egidium, in utroque jure licentiatum, etc. Lugduni, 1520, in-fol.

Joinville, Vie de S. Louis. Histoire de saint Louis, par Joinville; édit. de Du Cange. Paris, 1668, in-fol.; de Capperonnier. Paris, 1761, in-fol.; et dans le tome XX du Recueil des historiens de la France.

Joly, Traité des écoles. Traité historique des écoles épiscopales et ecclésiastiques, etc., par Claude Joly. Paris, 1678, in-12.

Journ. des Sav. Journal des Savants. Paris, 1665-1792, 111 vol. in-4. — Depuis 1816, 1 vol. in-4 par an.

Joyeusetez, facecies, etc. Joyeusetez, facecies et folastres imaginations, etc. Paris, 1829-1834, 16 vol. in-16.

K

Karlamagnus Karlamagnus saga, ok kappa hans. Fortællinger om Keiser

Karl Magnus, og hans Jævninger. I norsk bearbeidelse fra saga. det 13de aarhundrede, udgivet af C.-R. Unger. Christiania, 1860, gr. in-8.

Romvart. Beiträge zur Kunde mittelalterlicher Dichtung aus Keller (Ad.), italianischen Bibliotheken, von Adelbert Keller. Mannheim, Romvart. 1844, in-8.

Die Handschriftenhändler des Mittelalters, von Albrecht Kirch- Kirchhoff, Die hoff. Leipzig, 1853, pet. in-8. Handschriften-
händler des
Mittelalters.

Analecta monumentorum omnis ævi vindobonensia, opera et Kollar, studio Adami-Francisci Kollarii, pannonii neosoliensis, etc. Analecta vindob. Vindobonæ, 1761, 1762, 2 vol. in-fol.

L

Recueil de pièces historiques sur la reine Anne ou Agnès, Labanoff, épouse de Henri Ier, roi de France, et fille de Iarosslaf Ier, Rec. de pièces. grand-duc de Russie, avec une notice et des remarques du prince Alexandre Labanoff de Rostoff. Paris, 1825, gr. in-8.

Recherches sur la peinture en émail dans l'antiquité et au Labarte, Rech. moyen âge, par Jules Labarte. Paris, 1856, in-4. sur la peinture
en émail.

Voyages du P. Labat, de l'ordre des ff. Prêcheurs, en Espagne Labat, Voyages et en Italie. Paris, 1730, 8 vol. in-12. en Esp.
et en Italie.

L'Abrégé royal de l'Alliance chronologique de l'histoire sacrée Labbe, Abrégé et profane, par le R. P. Labbe, religieux de la compagnie royal, etc. de Jésus. Paris, 1684, 2 vol. in-4.

Sacrosancta concilia, edita studio Philippi Labbe et Gabrielis Labbe, Concil. Cossart. Parisiis, 1672, 17 t., 18 vol. in-fol.

Philippi Labbei biturici, societatis Jesu presbyteri, Nova Bi- Labbe, Nova

Biblioth. mss. librorum.   bliotheca mss. librorum, sive Specimen antiquarum lectionum, etc. Parisiis, 1653, in-4.

Labbe, Nova Biblioth. mss. libr.   Nova Bibliotheca manuscriptorum librorum, opera ac studio Philippi Labbe biturici, etc. Parisiis, 1657, 2 vol. in-fol.

Laborde (B. de), Ess. sur la musique.   Essai sur la musique ancienne et moderne (par J.-Benj. de Laborde et l'abbé Roussier). Paris, 1780, 4 vol. in-4.

Laborde (Léon de), Les Ducs de Bourgogne.   Les Ducs de Bourgogne, études sur les lettres, les arts et l'industrie pendant le XVe siècle, par le comte Léon de Laborde. Paris, 1849, 1851, 1852, 3 vol. gr. in-8.

Laborde (Léon de), Notice des émaux, etc.   Notice des émaux, bijoux et objets divers exposés dans les galeries du musée du Louvre; par le comte Léon de Laborde. Paris, 1853, 2 vol. pet. in-8.

La Croix du Maine, Biblioth. fr.   Bibliothèque française de La Croix du Maine. Voy. *Du Verdier.*

Lais inédits, publ. par Fr. Michel.   Lais inédits des XIIe et XIIIe siècles, publiés pour la première fois d'après les manuscrits de France et d'Angleterre, par Francisque Michel. Paris, 1836, in-12.

Lasca (Il), Novelle.   La prima e la seconda cena, Novelle di Antonfrancesco Grazzini, detto il Lasca. Londra (Livorno), 1793, 2 vol. in-8.

Lasteyrie, Hist. de la peinture sur verre.   Histoire de la peinture sur verre, d'après ses monuments en France, par Ferdinand de Lasteyrie. Paris, 1853, 1857, in-fol.

Latin stories.   Voy. *Selection (A) of latin stories.*

La Tour Landry (Le Livre du chevalier de).   Le Livre du chevalier de la Tour Landry pour l'enseignement de ses filles, publié d'après les manuscrits de Paris et de Londres par Anatole de Montaiglon. Paris, 1854, pet. in-8.

Launoy, de Varia Aristotelis fortuna.   Joannis Launoii... de Varia Aristotelis in academia parisiensi fortuna liber. Lutetiæ Parisiorum, 1662, in-8.

Joannis Launoii constantiensis, parisiensis theologi, Regii Na- Launoy, Navarr.
gymnas. hist.
varræ gymnasii parisiensis historia. Parisiis, 1677, in-4.

Layamon's Brut, or Chronicle of Britain, a poetical semi-saxon Layamon'sBrut.
paraphrase of the Brut of Wace; new first published from
the cottonian ms. in the British Museum, with a literal
translation, notes and a grammatical glossary, by sir Fred.
Madden. London, 1847, 3 vol. gr. in-8.

Dissertations sur l'histoire ecclésiastique et civile du diocèse de Lebeuf,
Dissertat.
Paris, suivies de plusieurs éclaircissements sur l'histoire de
France, par l'abbé Lebeuf. Paris, 1739, 3 vol. in-12.

Histoire de la ville et de tout le diocèse de Paris, par l'abbé Lebeuf, Hist.
du dioc.
de Paris.
Lebeuf. Paris, 1754-1758, 15 vol. in-12.

M émoires concernant l'histoire ecclésiastique et civile d'Auxerre, Lebeuf, Mém.
sur Auxerre.
par l'abbé Lebeuf. Paris, 1753, 2 vol. in-4.

Voyez *Cicéron (OEuvres complètes de)*, et *Histoire littéraire de* Le Clerc (Vict.).
la France. — M. Victor Le Clerc est l'auteur du Discours
sur l'état des Lettres en France au XIVe siècle.

Godefridi Guilielmi Leibnitii Accessiones historicæ, etc. Lipsiæ Leibnitz,
Access. histor.
et Hannoveræ, 1698, 2 vol. in-4.

Scriptores rerum brunsvicensium illustrationi inservientes, Leibnitz,
Scriptor. rer.
brunsvic.
cura Gothofredi Guillelmi Leibnitzii. Hanoveræ, 1707-1711,
3 vol. in-fol.

Histoire de Charles VI, roy de France, etc., traduite sur le Le Laboureur,
Hist. de
Charles VI.
manuscrit latin par Le Laboureur. Paris, 1663, 2 vol. in-fol.
— Voy. *Histoire de la pairie.*

Commentarii de Scriptoribus britannicis, auctore Lelando lon- Leland, de
Scriptor. brit.
dinate, ed. Ant. Hall. Oxonii, 1709, 2 vol. in-8.

Bibliothèque historique de la France, par Jacques Le Long, Le Long
et Fontette,
Biblioth. hist.
de la Fr.
édit. augmentée par Fevret de Fontette. Paris, 1768-1778,
5 vol. in-fol.

Le Long (Nic.), Hist. du dioc. de Laon. Histoire ecclésiastique et civile du diocèse de Laon. Châlons, 1783, in-4.

Le Maire, Antiq. d'Orl. Histoire et antiquitez de la ville et duché d'Orléans, par François Le Maire, conseiller au présidial d'Orléans. Orléans, 1645, 4 part. in-4.

Lenfant, Hist. du conc. de Pise. Histoire du concile de Pise, par Jacques Lenfant. Amsterdam, 1724, ou Utrecht, 1731, 2 vol. in-4.

Lenoir (Alb.), Archit. monast. Architecture monastique, par Albert Lenoir. Paris, 1852, 1856, 2 vol. in-4.

Lenoir (Alex.), Musée des mon. fr. Musée des monuments français, etc., par Alexandre Lenoir. Paris, 1800-1821, 8 vol. in-8.

Leo Drouyn, Choix des types, etc. Choix des types les plus remarquables de l'architecture religieuse au moyen âge dans le département de la Gironde. Bordeaux, 1845, in-fol.

Le Paige, Biblioth. præmonstr. Bibliotheca præmonstratensis, auctore Joanne Le Paige. Parisiis, 1633, in-fol.

Leyser, Hist. poet. med. ævi. Polycarpi Leyseri Historia poetarum et poematum medii ævi decem, post annum a nato Christo CCCC, sæculorum. Halæ-Magdeb., 1721, al. 1741, in-8.

Liber trium virorum, etc. Liber trium virorum et trium spiritualium virginum (ed. Jacobo Fabro stapulensi). Parisiis, 1513, in-fol.

Librairie (La) de Jean duc de Berri. La Librairie de Jean duc de Berri, au château de Mehun-sur-Yevre, publ. par Hiver de Beauvoir. Paris, 1860, pet. in-8.

Limborch (Van), Hist. Inquisition. Philippi a Limborch, SS. theologiæ inter Remonstrantes professoris, Historia Inquisitionis, cui subjungitur liber Sententiarum Inquisitionis tolosanæ ab anno Chr. 1307 ad ann. 1323. Amstelodami, 1692, in-fol.

Limerno Pitocco, Orlandino. Orlandino, per Limerno Pitocco da Mantova (Teofilo Folengo) composto. Vinegia, 1550, pet. in-8.

Singularités historiques et littéraires, contenant plusieurs re- Liron, Singular.
cherches, découvertes et éclaircissements sur un grand
nombre de difficultés de l'histoire ancienne et moderne (par
dom Jean Liron). Paris, 1738-1740, 4 vol. in-12.

Voyez Pline, *Journal des Savants,* et *Histoire littéraire de la* Littré (Émile).
France.

Le livre des faits de Boucicaut, dans les tom. VI et VII de la Livre (Le)
des faits
de Boucicaut.
Collection des mémoires relatifs à l'histoire de France. Voy.
Collection des mémoires.

De Bibliothecis liber singularis, auctore Johanne Lomeiero, Lomeier,
de Biblioth.
ecclesiæ deutechomiensis pastore. Zutphaniæ, 1669, pet.
in-8, et dans le recueil de Mader de Bibliothecis (accessio
altera). Helmstadt, 1705, in-4.

Les Arts somptuaires : histoire du costume et de l'ameuble- Louandre, Arts
somptuaires.
ment, etc., introduction et texte par Ch. Louandre. Paris,
1852, 4 vol. gr. in-4.

The Bibliographer's manual of english literature, etc., by Wil- Lowndes,
The Bibliogr.
manual.
liam-Thomas Lowndes, new edition. London, 1857-1864,
6 vol. pet. in-8.

Grundriss der Kunstgeschichte, von Wilhelm Lübke. Stutt- Lübke,
Grundriss.
gart, 1860, trois livraisons gr. in-8.

Vorschule zur Geschichte der Kirchenbaukunst des Mittelal- Lübke,
Vorschule, etc.
ters, von Wilhelm Lübke. Leipzig, 1858, gr. in-8.

Reliquiæ manuscriptorum omnis ævi, diplomatum et monu- Ludewig,
Rel. mss.
mentorum ineditorum, ex museo J.-Petri Ludewig. Francof.
et Lips., 1720-1740, 12 vol. in-8.

Ludus sancti Jacobi; fragment de mystère provençal, décou- Ludus
sancti Jacobi.
vert et publié par Camille Arnaud. Marseille, 1858, pet. in-8.

M

Mabillon, Acta SS. ord. S.-Bened.	Acta sanctorum ordinis Sancti-Benedicti, in sæculorum classes distributa, colligere cœpit D. Lucas Dacheri; D. J. Mabillon illustravit, edidit, etc. Parisiis, 1668-1702, 9 vol. in-fol.
Mabillon. Analect.	Vetera Analecta, studio Johannis Mabillon. Parisiis, 1675-1685, 4 vol. in-8 ; 1713, in-fol.
Mabillon, Annal.	Annales ordinis Sancti-Benedicti, descripti a Johanne Mabillon et Renato Massuet. Parisiis, 1703-1739, 6 vol. in-fol.
Mabillon, Iter italic.	Johannis Mabillonii Iter italicum, in ejusdem et Mich. Germain Museo italico. Parisiis, 1687, 1689, 2 vol. in-4.
Mabillon, Ouvr. posthumes.	Ouvrages posthumes de D. Jean Mabillon et de D. Thierri Ruinart, publ. par D. Vincent Thuillier. Paris, 1724, 3 vol. in-4.
Machiavel, Stor. fiorentine.	Tutte le Opere di Nicolò Machiavelli, cittadino et secretario fiorentino, divise in V parti, et di nuovo con somma accuratezza ristampate. Senza luogo, 1550, 5 tom. en 1 vol. in-4.
Magnum spec. exemplor.	Magnum speculum exemplorum, ex plus quam sexaginta auctoribus pietate, doctrina et antiquitate venerandis, variisque historiis, tractatibus et libellis excerptum. Duaci, 1605, 2 vol. in-4.
Malet (Giles), Inventaire de la biblioth. du Louvre.	Inventaire ou Catalogue des livres de l'ancienne bibliothèque du Louvre, fait en l'année 1373 par Giles Malet (publié par van Praet). Paris, 1836, in-8.
Manni, Istoria del Decamer.	Istoria del Decamerone di Giovanni Boccaccio, scritta da Domenico-Maria Manni, academico fiorentino. In Firenze, 1742, in-4.

Sacrorum conciliorum nova et amplissima collectio, editio no- Mansi, Concil.
vissima, duabus parisiensibus et prima veneta longe auctior
atque emendatior, ed. J.-Dom. Mansi. Florentiæ et Venetiis, 1759-1798, 31 vol. in-fol.

El Conde Lucanor, compuesto por don Juan Manuel, publi- Manuel (D.
Juan), El Conde
Lucanor.
cado por A. Keller. Stuttgart, 1839, in-8. — Trad. fr. par
Adolphe de Puibusque. Paris, 1854, in-8.

Discorso di Guglielmo Manzi sopra gli spettacoli, le feste ed il Manzi, Disc.
sopra gli
spettacoli.
lusso degl' Italiani nel secolo XIV. Roma, 1818, in-8.

Dictionnaire historique, ou Mémoires critiques et littérai- Marchand,
Dict. hist.
res, etc., par Prosper Marchand. La Haye, 1758, 1759,
2 vol. in-fol.

Memorie dei più insigni pittori, scultori e architetti domeni- Marchese,
Mem. dei più
insigni pittori.
cani, del P. L.-Vincenzio Marchese, dello stesso istituto.
Firenze, 1843, volume primo, in-8.

Poésies de Marie de France, poëte anglo-normand du XIIIe siè- Marie de France
(Poés. de).
cle, publiées d'après les mss. par B. de Roquefort. Paris,
1820, 2 vol. in-8.

Secreta fidelium crucis, par Marin Sanudo, dans le recueil de Marin Sanudo,
Secreta fidel.
cruc.
Bongars, Gesta Dei per Francos. Hanoviæ, 1611, 2 vol.
in-fol.

OEuvres de Clément Marot, éd. du chevalier Gordon de Percel Marot, OEuvres.
(l'abbé Lenglet Du Fresnoy). La Haye, 1731, 6 vol. in-12.

Voy. *Bibliotheca cluniacensis.* Marrier.

I Manoscritti italiani della regia biblioteca parigina, e delle tre Marsand, Mss.
italiani.
regie biblioteche : l'Arsenale, Santa-Genovefa, la Maza-
rina ; dal dottore Antonio Marsand. Parigi, 1835, 1838,
2 vol. in-4.

Veterum scriptorum et monumentorum amplissima collectio, Martene,

Ampliss. coll.   studio Edmundi Martene et Ursini Durand. Parisiis, 1724-1733, 9 vol. in-fol.

Martene,   De Antiquis Ecclesiæ ritibus libri III, etc., collecti atque exor-
de Monach. rit.   nati a R. P. domno Edmundo Martene, etc. Accedunt
tractatus de Antiqua Ecclesiæ disciplina in divinis celebran-
dis officiis, de Monachorum ritibus libri V denuo illustrati,
Manuscriptorum opusculorum ad Monachorum ritus appen-
dix. Venetiis, 1783, 4 vol. in-fol.

Martene, Thes.   Thesaurus anecdotorum novus, complectens epistolas, diplo-
anecd.   mata, etc., studio Edmundi Martene et Ursini Durand. Parisiis, 1717, 5 vol. in-fol.

Martene,   Voyage littéraire de deux religieux bénédictins de la congré-
Voyage litt.   gation de Saint-Maur (Martene et Durand). Paris, 1717,
1724, 2 vol. in-4.

Martin (H.),   Histoire de France depuis les temps les plus reculés jusqu'en
Hist. de Fr.   1789, par B.-L.-Henri Martin; quatrième édition. Paris,
1855-1860, 17 vol. gr. in-8.

Mas-Latrie,   Histoire de l'île de Chypre sous le règne des princes de la mai-
Hist. de Chypre.   son de Lusignan, par L. de Mas-Latrie. Paris, 1852-1861,
tom. I-III, gr. in-8.

Matth. Paris,   Matthæi Paris, monachi albanensis, Historia major, sive Rerum
Hist. maj.   anglicarum historia a Guillelmi adventu ad ann. 1273. Tu-
rici, 1589, in-fol. — Londini, ed. Willielmo Wats, 1640,
1641, 2 vol. in-fol. — Parisiis, 1644, in-fol.

Mätzner,   Altfranzösische Lieder, berichtigt und erläutert mit Bezugnahme
Altfranzösische   auf die provenzalische, altitalienische und mittelhochdeutsche
Lieder.   Liederdichtung, nebst einem altfranzösischen Glossar, von
Eduard Mätzner. Berlin, 1853, in-8.

Mazzuchelli,   Gli Scrittori d'Italia, cioè Notizie storiche e critiche intorno
Scritt. d'Italia.   alle vite e agli scritti dei letterati italiani, del conte Giamma-

ria Mazzuchelli, bresciano. Brescia, 1753-1763, vol. I et II, 6 part. in-fol.

Specimen historiæ litterariæ florentinæ sæculi decimitertii ac decimiquarti, sive Vitæ Dantis, Petrarchæ ac Boccaccii, a cel. Jannotio Manetto sæculo XV scriptæ; recensente Laurentio Mehus. Florentiæ, 1747, gr. in-8. *(Mehus, Specim. hist. litt. flor.)*

Voy. *Ambrosii Traversarii Epist.* *(Mehus, Vita Ambros.)*

Mélanges de littérature et d'histoire, recueillis et publiés par la Société des bibliophiles françois. Paris, 1850, in-8. — Nouveaux mélanges. Paris, 1856, in-8. *(Mélanges des bibliophiles.)*

Mélanges tirés d'une grande bibliothèque. Paris, 1779-1788, 70 tom. en 69 vol. in-8. *(Mélanges tirés d'une gr. bibl.)*

Bibliografia dei romanzi e poemi cavallereschi italiani, seconda edizione, corretta ed accresciuta (da Gaetano de' conti Melzi). Milano, 1838, in-8. *(Melzi, Bibliogr. dei romanzi.)*

Abhandlung der philosophisch-philologischen Classe der königl. Bayerischen Akademie der Wissenschaften. München, 1835-1862, 9 vol. in-4.—A. der historischen Classe, 1835-1862, 9 vol. in-4. *(Mém. de l'Ac. de Bavière.)*

Nouveaux Mémoires de l'Académie royale des sciences, des lettres et des beaux-arts de Belgique. Bruxelles, 1820-1862, 33 vol. in-4. *(Mém. de l'Ac. de Belgique.)*

Voy. *Berlin (Mém. de l'Acad. de).* *(Mém. de l'Ac. de Berlin.)*

Mémoires de la Société des antiquaires de France. Paris, 1817-1834, 10 vol. in-8. — 1835-1850, 10 vol. in-8. — 1852-1864, 7 vol. in-8. *(Mém. des antiquaires de Fr.)*

Voy. *Académie des Inscriptions.* *(Mém. de l'Ac. des Inscript.)*

Mémoires de l'Académie de Metz. Metz, 1829-1860, 22 vol. in-8. *(Mém. de l'Ac. de Metz.)*

Mém. de la Soc. archéol. de Montpellier. Publications de la Société archéologique de Montpellier. Montpellier, 1835-1860, 3 part. in-4.

Mém. de la Soc. des antiq. de Normandie. Mémoires de la Société des antiquaires de Normandie. Caen et Paris, 1825-1864, 25 vol. in-4.

Mém. de la Soc. des antiq. de Picardie. Mémoires de la Société des antiquaires de Picardie. Amiens, 1838-1862, 18 vol. in-8.

Mém. de l'Ac. de Turin. Mémoires de l'Académie de Turin, littérature et beaux-arts. Turin, 1803-1813, 5 vol. in-4. — Seconde série italienne : Memorie della reale Accademia delle scienze in Torino. Torino, 1839-1861, 19 vol. in-4.

Mém. sur Pétrarque. Mémoires pour la Vie de François Pétrarque, tirés de ses œuvres et des auteurs contemporains, avec des notes ou dissertations, et les pièces justificatives (par l'abbé de Sade). Amsterdam (Avignon), 1764-1767, 3 vol. in-4.

Ménage, Dict. étymol. Dictionnaire étymologique de la langue françoise, par Ménage. Paris, 1750, 2 vol. in-fol.

Menagiana. Menagiana, ou les bons mots, et remarques critiques, historiques, morales et d'érudition de Ménage, recueillis par ses amis. Paris, 1729, 4 vol. in-12.

Ménagier (Le) de Paris. Le Ménagier de Paris, traité de morale et d'économie domestique, composé vers 1393 par un Parisien (publ. par Jérôme Pichon). Paris, 1847, 2 vol. in-8.

Méon, Fabliaux. Fabliaux et contes des poëtes françois des XII-XVe siècles (publiés par Barbazan). Paris et Amsterdam, 1756, 3 vol. in-12. — Nouvelle édition, augmentée par Méon. Paris, 1808, 4 vol. in-8. — Nouveau recueil de Fabliaux et contes inédits, publiés par Méon. Paris, 1823, 2 vol. in-8. — Méon a publié aussi le roman de Renart (Paris, 1826, 4 vol. in-8), et donné une nouvelle édition du roman de la Rose. Paris, 1814, 4 vol. in-8.

Mercure de France. Paris, 1717-1778, 603 vol. in-12. —
1778-1792, 174 vol. in-12.

Notes d'un voyage dans le midi de la France, par Prosper Mérimée. Paris, 1835, in-8.

Recherches sur le commerce, la fabrication et l'usage des
étoffes de soie, d'or et d'argent, etc., par Francisque Michel.
Paris, 1852, 1854, 2 vol. in-4.

Libri Psalmorum versio antiqua gallica. E cod. ms. in biblioth.
Bodleiana asservato... nunc primum descripsit et edidit
Franciscus Michel. Oxonii, 1860, in-8.

Histoire de France jusqu'au XVI° siècle, par Jules Michelet,
sec. éd. Paris, 1845, 6 vol. in-8.

Les Mille et une nuits, trad. de Galland, publ. par Loiseleur
Deslongchamps. Paris, 1838, gr. in-8.

Sire Degarre, a metrical romance of the end of the thirteenth
century, presented to the members of the Abbotsford club,
as a contribution from the late William-Henry Miller. Edinburgh, 1849, in-4.

Antiquités nationales, ou Recueil de monuments pour servir
à l'histoire générale et particulière de l'empire français, etc.,
par Aubin-Louis Millin. Paris, 1790-an VIII, 5 vol. in-4.

Voyages liturgiques de France, ou Recherches faites en diverses villes du royaume, par le sieur de Moléon (J.-B. Lebrun
des Marettes). Paris, 1718, in-8.

Monasticon anglicanum, a History of the abbies and other
monasteries, hospitals, frieries, and cathedral and collegiate
churches, with their dependencies, in England and Wa-
les, etc., originally published in latin by William Dugdale,
enriched... by John Caley, sir Henry Ellis, and the rev.
Bulkeley Bandinel. London, 1846, 8 vol. in-fol.

Mone, Anzeiger für Kunde, etc. — Anzeiger für Kunde der teutschen Vorzeit, herausgegeben von Franz-Joseph Mone. Karlsruhe, Nurenberg, 1832-1839, 8 part. in-4.

Monstrelet, Chron. — Chronique d'Enguerrand de Monstrelet, nouvelle édition, entièrement refondue sur les manuscrits, avec notes et éclaircissements, par J.-A. Buchon. Paris, 1826, 1827, 15 vol. in-8. — Éd. de L. Douët d'Arcq. Paris, 1857-1862, t. I-VI, in-8.

Montaigne (Ess. de). — Les Essais de messire Michel, seigneur de Montaigne, éd. publ. par J.-Vict. Le Clerc. Paris, 1826-1828, 5 vol. in-8.

Montesquieu, Espr. des lois. — OEuvres complètes de Montesquieu. Paris, 1826, 8 vol. in-8.

Montfaucon, Diar. italic. — Diarium italicum, sive Monumentorum veterum, bibliothecarum, museorum, etc., notitiæ singulares in itinerario italico collectæ a R. P. D. Bernardo de Montfaucon. Parisiis, 1702, in-4.

Montfaucon, Mon. de la monarch. fr. — Les Monuments de la monarchie française, avec les figures de chaque règne que l'injure du temps a épargnées, par le R. P. de Montfaucon. Paris, 1729-1733, 5 vol. in-fol.

Monum. franciscana. — Monumenta franciscana, scilicet Thomas de Eccleston, de Adventu fratrum Minorum in Angliam; Adæ de Marisco Epistolæ; Registrum fratrum Minorum Londoniæ. Ed. by J.-S. Brewer. London, 1858, in-8.

Monum. histor. britannica. — Monumenta historica britannica, or Materials for the history of Britain, from the earliest period to the end of the reign of king Henri VII. Published by command of her Majesty. London, 1848, in-fol., t. I (le seul publié).

Morozo, Theatr. cartus. — Theatrum chronologicum sacri cartusiensis ordinis, lectori exhibens ordinis ejusdem primordia et consuetudines, priores magnæ cartusiæ, ord. gen., cardinalium purpuras, episcoporum infulas, scriptorum athenæum, etc., a D. Carolo-Josepho Morotio. Taurini, 1681, in-fol.

Le Moyen âge et la Renaissance, histoire et description des mœurs et usages, du commerce et de l'industrie, etc. (par Paul Lacroix et Ferdinand Seré). Paris, 1848-1851, 5 vol. gr. in-4.

Moyen (Le)
âge et la Ren.

Antiquitates italicæ medii ævi, sive Dissertationes, etc., auctore Ludovico-Antonio Muratorio. Mediolani, 1738-1742, 6 vol. in-fol.

Muratori,
Antiq. italic.

Rerum italicarum Scriptores, a Ludov.-Anton. Muratorio collecti. Mediolani, 1723-1751, 25 t., 28 vol. in-fol.

Muratori, Rer.
ital. Scriptor.

Musée des Thermes et de l'hôtel de Cluni. Catalogue. Paris, 1858, in-8.

Musée de Cluni,
Catal.

Notice des tableaux et des portraits exposés dans les galeries du Muséum-Calvet de la ville d'Avignon. Avignon, sans date, in-8.

Muséum-Calvet.

N

Voy. *Svenska Fornskrift-Sällskapet.*

Namlos
och Valentin.

Manuale della letteratura del primo secolo della lingua italiana, compilato dal professore Vincenzio Nannucci. Firenze, 1837-1839, 3 vol. in-8.

Nannucci,
Manuale.

Négociations diplomatiques de la France avec la Toscane, documents recueillis par Canestrini et publiés par Abel Desjardins. Paris, 1859, 1862, 2 vol. in-4.

Négociat. de la
Fr. avec
la Toscane.

Viaggio antiquario ne' contorni di Roma, di Antonio Nibby. Roma, 1819, 2 vol. in-8.

Nibby, Viaggio
ne' contorni
di Roma.

Mémoires pour servir à l'histoire des hommes illustres dans la république des lettres, avec un catalogue raisonné de leurs ouvrages, par le P. Niceron, barnabite. Paris, 1727-1745, 43 t., 44 vol. in-12.

Niceron, Mém.

Nicholson (A.),
Anc. metr. rom.

Ancient metrical romances from the Auchinleek manuscript. The romances of Rouland and Vernagu, and Otuel, presented to the members of the Abbotsford club by Alexander Nicholson. Edinburgh, 1836, in-4.

Nigellus
Wireker, Spec.
stultor.

Brunellus Vigelli et Vetula Ovidii; seu Opuscula duo auctorum incertorum, prius quidem Vigelli qui fertur, Speculum stultorum; posterius vero libri tres de Vetula, Ovidii falso sic dicti. Wolferbyti, 1662, in-8.

Nicomaque,
Εἰσαγωγὴ
ἀριθμ.

Theologumena arithmeticæ. Accedit Nicomachi gerasini Institutio arithmetica, ad fidem codicum monacensium emendata. Edidit Fridericus Astius. Lipsiæ, 1817, in-8.

Nostredame
(Cés. de), Hist.
de Provence.

L'Histoire et chronique de Provence de Cæsar de Nostradamus, gentilhomme provençal. Lyon, 1614, in-fol.

Nostredame
(J. de), Vies
des poëtos prov.

Les Vies des plus célèbres et anciens poëtes provençaux qui ont fleuri du temps des comtes de Provence, par Jehan de Nostre-Dame, procureur en la cour du parlement de Provence. Lyon, 1575, pet. in-8. — Traduction italienne. Voy. *Crescimbeni.*

Notices et extr.
des manuscr.

Notices et extraits des manuscrits de la Bibliothèque du roi et autres bibliothèques, publiés par l'Académie des Inscriptions. Paris, 1787-1862, 20 vol. in-4.

Noulet,
Recherches, etc.

Recherches sur l'état des lettres romanes, dans le midi de la France, au XIVᵉ siècle, par le dr. J.-B. Noulet. Toulouse. 1860, in-8.

Nouv. traité
de Diplomat.

Voy. *Diplomatique (Nouveau traité de).*

O

O'Callaghan,
Letter from
king John.

Letter from king John of France to his son Charles, edited by O'Callaghan. London, 1856, in-8.

Catalogo razonado de los manuscritos españoles existentes en
la Biblioteca real de Paris, seguido de un supplemento, etc.,
por Eugenio de Ochoa. Paris, 1844, in-4.

The romance of the Emperor Octavian, ed. by James O. Halliwell. London, 1844, pet. in-8. — Voy. *Conybeare*.

Les Olim, ou registres des arrêts rendus par la cour du roi,
sous les règnes de saint Louis, de Philippe le Hardi, de
Philippe le Bel, etc., publ. par Beugnot. Paris, 1839-1848,
3 tom. en 4 vol. in-4.

Orderici Vitalis Historia ecclesiastica, ed. Aug. Le Prevost.
Parisiis, 1838-1855, 5 vol. in-8.

Miscellanies of the Philobiblon Society. London, 1855-1859,
5 vol. in-8. (H. d'Orléans, Notes et documents relatifs à
Jean, roi de France, et à sa captivité en Angleterre ; dans le
tom. II, sect. 6, p. 1-190.)

Histoire ecclésiastique de la cour de France, par Oroux. Paris,
1776, 1777, 2 vol. in-4.

Casimiri Oudini Commentarius de Scriptoribus Ecclesiæ antiquis, cum multis dissertationibus. Francofurti et Lipsiæ,
1722, 3 vol. in-fol.

P

1 Manoscritti dell' I. R. Palatina di Firenze, ordinati ed esposti
da Francesco Palermo. Firenze, 1853, 1860, 2 vol. in-4.

L'Éclaircissement de la langue française, par Jean Palsgrave,
suivi de la Grammaire de Giles du Guez ; ouvr. publiés pour la
première fois en France par F. Génin. Paris, 1852, in-4.

Annales typographici, ab artis origine ad ann. 1536, post
Maittairii, Denisii, aliorumque curas, in ordinem redacti,

emendati et aucti opera Georgii-Wolfgangi Panzer. Norim-bergæ, 1793-1803, 11 vol. in-4.

Paoli (Seb.),
Codice diplom.

Codice diplomatico del sacro militare ordine Gerosolimitano, oggi di Malta, raccolto da varj documenti di quell'archivio per servire alla storia dello stesso ordine in Soria, del P. Sebastiano Paoli. Lucca, 1733, 1737, 2 vol. in-fol.

Papillon,
Biblioth.
des aut.
de Bourgogne.

Bibliothèque des auteurs de Bourgogne, par Philibert Papillon (publiée par Joly). Dijon, 1742, 2 part. in-fol.

Paris (L.),
Cabinet hist.

Le Cabinet historique, revue mensuelle, sous la direction de Louis Paris, depuis 1854, à Paris, in-8.

Paris (P.),
Mss. fr.

Les Manuscrits françois de la Bibliothèque du roi, leur histoire, etc., par Paulin Paris. Paris, 1836-1848, vol. I-VII, in-8.—Voy. aussi *Berte aus grans piés*, *Chanson d'Antioche*, *Chroniques de Saint-Denis*, *Garin le Loherain*, *Histoire littéraire de la France*.

Paris (P.),
Romancero.

Le Romancero françois. Histoire de quelques anciens trouvères, et Choix de leurs chansons. Le tout nouvellement recueilli par Paulin Paris. Paris, 1833, in-12.

Parker, Some
account, etc.

Some account of domestic architecture in England from Richard II to Henry VIII, by the editor of the Glossary of architecture. Oxford, 1859, 2 part. in-8.

Partonopeus.

Partonopeus und Melior, altfranzösisches Gedicht des 13. Iahrhunderts, in mittelniederländischen und mittelhochdeutschen Bruchstücken, etc., herausgegeben von Massmann. Berlin, 1847, in-8.

Pas (Le)
Salhadin.

Le Pas Salhadin, pièce historique en vers, relative aux croisades, publiée pour la première fois d'après le manuscrit de la Bibliothèque du roi, par G.-S. Trebutien. Paris, 1836, gr. in-8. de 24 p.

Pasquier,

Recherches de la France, par Estienne Pasquier. Paris, 1643, in-fol., et t. I de ses OEuvres. Amsterdam (Trévoux), 1723, 2 vol. in-fol.

Il Pecorone di ser Giovanni Fiorentino, nel quale si contengono cinquanta novelle antiche, belle d'invenzione e di stile. Milano, 1804, 2 vol. in-8.

Catalogue des livres des ducs de Bourgogne, par Peignot. Dijon, 1841, in-8.

Memorie per servire alla Vita di Dante, dans l'édition de Dante publiée par Zatta. Venise, 1757, 1758, 5 vol. in-4. Et à part, Florence, 1823, in-8.

Monumenta conventus tolosani ordinis fratrum Prædicatorum primi, ex vetustissimis mss. originalibus transcripta, etc., in quibus Historia almi hujus conventus distribuitur, etc., scriptore P. J.-Jac. Percin (de Montgaillard), tolosate, tolosanique conventus alumno. Tolosæ, 1693, in-fol.

Reliques of ancient english poetry, by Thomas Percy, lord bishop of Dromore. London, 1844, 3 vol. pet. in-8.

Opere del conte Giulio Perticari. Milano, 1823, 2 vol. pet. in-8.

Monumenta Germaniæ historica, edidit Georgius-Heinricus Pertz. Hannoveræ, 1826-1863, vol. I-XVIII, gr. in-fol.

Collection complète des mémoires relatifs à l'histoire de France, depuis le règne de Philippe-Auguste jusqu'au commencement du XVIIᵉ siècle, par Petitot et Monmerqué. Paris, 1819-1827, 52 tom. en 53 vol. in-8.

Fr. Petrarchæ Opera quæ extant omnia. Basileæ, 1581, in-fol. — Epistolæ familiares, etc. Lugduni, 1601, pet. in-8. — Epistolæ de rebus familiaribus et variæ, studio et cura Josephi Fracassetti. Florentiæ, 1859, 1862, t. I et II, in-8.

Pétrarque, Rime. **Rime di Francesco Petrarca**, col comento del Tassoni, del Muratori, e di altri. Padova, 1826, 1827, 2 vol. en quatre parties.

Petri Bles. Opera. Petri Blesensis Opera (edente Petro Goussainville). Parisiis, 1667, in-fol.

Petri Venerab. Epist. Petri Venerabilis Epistolæ. Voy. *Bibliotheca cluniacensis*.

Pez, Thes. anecdot. Bernardi Pezii Thesaurus anecdotorum novissimus. Augustæ Vindelicorum, 1721-1729, 6 vol. in-fol.

Philelphe (Mar.), Vita Dantis. Vita Dantis Aligherii a J. Mario Philelpho scripta, nunc primum ex codice Laurentiano in lucem edita et notis illustrata (a canonico Dominico Moreni). Florentiæ, 1828, in-8.

Philippe de Val. à Alphonse IV. Lettre de Philippe de Valois à Alphonse IV, roi d'Aragon, tirée des registres du parlement de Paris, et publiée pour la première fois par Francisque Michel. Paris, 1835, in-8.

Philippe Mouskés, Chr. Chronique rimée de Philippe Mouskés, publ. par le baron de Reiffenberg. Bruxelles, 1836, 1838, 2 vol. in-4. — Supplément, ibid., 1845, in-4.

Pierre Bercheure, Repertor. R. P. Petri Berchorii, pictaviensis, ordinis Sancti-Benedicti, Opera omnia. Coloniæ Agrippinæ, 1684, 3 vol. in-fol.

Piper, Mythol. Mythologie und Symbolik des christ. Kunst, von Ferdinand Piper. Weimar, 1847, 1851, 2 part. in-8.

Pistorii Rer. germ. scriptor. Rerum germanicarum scriptores aliquot insignes, etc., primum collectore J. Pistorio, etc., nunc denuo curante Burc.-Gotth. Struvio. Ratisbonæ, 1726, 3 vol. in-fol.

Pits, Scriptor. Angl. Joannis Pitsei de Illustribus Angliæ scriptoribus, in t. I Relationum historicarum de Rebus anglicis. Parisiis, 1619, in-4.

Plin. Nat. hist. Caii Plinii Secundi Naturalis historiæ libri XXXVII, cum se-

lectis commentariis Joan. Harduini ac recentiorum inter-
pretum. Parisiis, 1827-1833, 10 tom. en 13 vol. in-8. —
Lat. et fr., par Émile Littré. Paris, 1848, 1850, 2 vol.
gr. in-8.

Poésies des XVe et XVIe siècles, publiées d'après des éditions
gothiques et des manuscrits. Paris, Silvestre, 1832, gr. in-8
goth. Poés. des XVe
et XVIe siècles.

Les Poésies du roy de Navarre, avec des notes et un glossaire
françois, par Lévesque de la Ravalière. Paris, 1742, 2 vol.
pet. in-8. Poésies du roi
de Navarre.

Ὁ πρέσβυς ἱππότης. Ein griechisches Gedicht aus dem Sagen-
kreise der Tafelrunde, her. von Adolf Ellissen. Leipzig,
1846, in-8. Πρέσβυς (Ὁ)
ἱππότης.

Promptuarium exemplorum Discipuli (sans indication de lieu
ni de date, XVe siècle), in-fol. goth. Voyez *Herolt*. Promptuarium
exemplorum.

Voy. *Barthelemi de Glanville*. Proprietat. (De)
rer.

Il Morgante maggiore di messer Luigi Pulci, fiorentino. Firenze, 1732, in-4. Pulci, Morgante
magg.

Q

Quadrio. Della storia e della ragione d'ogni poesia volumi
quattro, di Francesco-Saverio Quadrio. Bologna e Milano,
1739-1752, 4 tom. en 7 part. in-4. Quadrio, Storia
d'ogni poesia.

Voy. *Échard*. Quétif.

R

OEuvres de Rabelais, avec des remarques historiques et criti- Rabelais, OEuv.

ques (par Le Duchat, etc.). Paris, 1732, 5 vol. in-8.—Paris, 1823, 9 vol. gr. in-8.

Raccolta di rime antiche toscane (pubblic. dal marchese di Villarosa). Palermo, 1817, 4 vol. pet. in-4.

Chronique du très-magnifique seigneur Ramon Muntaner, p. 217-564 des Chroniques étrangères relatives aux expédi- tions françaises pendant le XIIIᵉ siècle, publ. par Buchon. Paris, 1840, gr. in-8.

Voy. *Hugues Faidit.*

Choix des Poésies originales des troubadours, par Raynouard. Paris, 1816-1821, 6 vol. in-8. — Lexique roman, ou Dic- tionnaire de la langue des troubadours, comparée avec les autres langues de l'Europe latine ; précédé d'un nouveau choix des poésies originales des troubadours et d'extraits de poëmes divers ; par le même. Paris, 1836-1844, 6 vol. in-8.

Li Reali di Francia, ne' quali si contiene la generatione de gli imperatori, rè, duchi, prencipi, baroni e paladini di Francia. Bassano, 1734, pet. in-8.

Scriptores rerum gallicarum et francicarum. Recueil des his- toriens des Gaules et de la France, par dom Bouquet et d'au- tres bénédictins ; depuis le tom. XIII, par dom Brial ; les tomes XIX et XX, par Daunou et Naudet ; le tom. XXI, par N. de Wailly et Guigniaut. Paris, 1738-1855, 21 vol. in-fol.

Chronica Karoli sexti. Chronique du religieux de Saint-Denys, contenant le règne de Charles VI, publiée en latin pour la première fois et traduite par L. Bellaguet. Paris, 1839-1852, 6 vol. in-4.

Voy. *Wright (Thom.) et Halliwel.*

Averroës et l'averroïsme, essai historique, par Ernest Renan, sec. éd. Paris, 1860, in-8. — Voy. *Histoire littéraire de la*

France. — M. Ernest Renan est l'auteur du Discours sur l'état des Beaux-Arts en France au XIV° siècle.

Le Roman de Renart, publié par Méon. Paris, 1826, 4 vol. in-8. — Supplément, publié par Chabaille. Paris, 1835, in-8.

Renart (Rom. de).

Le Roman de Renart contrefait, par Le Clerc de Troyes; fragments, dans le Recueil des Poëtes de Champagne, par P. Tarbé. Reims, 1851, in-8.

Renart (Le) contrefait.

Revue archéologique, ou recueil de documents et de mémoires relatifs à l'étude des monuments, à la numismatique et à la philologie de l'antiquité et du moyen âge. Paris, vingt années, 1845-1865, in-8.

Rev. archéol.

Revue des Sociétés savantes des Départements, etc. Paris, tous les mois, 1859-1865, in-8.

Rev. des Soc. sav.

Revue historique du droit français et étranger, etc. Paris, tous les deux mois, 1854-1865, in-8.

Rev. hist. du dr. fr.

Itinerario ai paesi orientali di fra Riccoldo da Monte di Croce, domenicano. Firenze, 1793, in-8.

Riccoldo da Monte di Croce, Itinerar.

Histoire du roy d'Angleterre Richard, traictant particulierement la rebellion de ses subiects et prinse de sa personne, composée par un gentilhome françois de marque, qui fut à la suite dudict roy avec permission du roy de France. 1399. Dans le tome XX de l'*Archæologia.* Voy. ce mot.

Richard (Hist. de), roi d'Anglet.

Richardi de Bury, episcopi dunelmensis, Philobiblion, ap. Mader. de Bibliothecis. Helmstadii, 1703, in-4. — Paris, éd. de Cocheris, 1856, in-12.

Rich. de Bury, Philobibl.

Voy. *Baronii Annales.*

Rinaldi, Ann. ecclesiast.

Bibliographia poetica, a Catalogue of english poets, etc. (by Joseph Ritson). London, 1802, pet. in-8.

Ritson, Bibliogr. poet.

Ritson, Metr. rom.   Ancient engleish metrical romancës, selected and publish'd by Joseph Ritson. London, 1802, 3 vol. pet. in-8.

Rivet (Dom).   Voy. *Histoire littéraire de la France.*

Rizo, Cours de litt. gr. mod.   Cours de littérature grecque moderne, donné à Genève par Jacovaky Rizo Neroulos, publié par Jean Humbert, sec. édition. Genève, 1828, in-8.

R. Grosseteste, Chast. d'amour.   Robert Grosseteste, Carmina anglo-normannica. Chasteau d'amour; to which are added La Vie de sainte Marie egyptienne, and an english version of the Chasteau d'amour. Now first edited by Matthew Cooke. London, 1852, in-8.

Robert, Fables inéd.   Fables inédites des XIIe, XIIIe et XIVe siècles, et Fables de La Fontaine, etc., précédées d'une notice sur les fabulistes, par A.-C.-M. Robert. Paris, 1825, 2 vol. in-8.

Robson, Three early engl. metr. rom.   Three early english metrical romances, edited by John Robson. London, 1842, in-4.

Rog. Bac. Opera ined.   Fr. Rogeri Bacon Opera quædam hactenus inedita. Vol. I, containing Opus tertium, Opus minus, Compendium philosophiæ. Edited by J.-S. Brewer. London, 1859, in-8.

Rog. Bacon Op. majus.   Fratris Rogeri Bacon, ordinis Minorum, Opus majus, ad Clementem quartum, pontificem romanum. Ex ms. codice dubliniensi, cum aliis quibusdam collato, nunc primum edidit S. Jebb, M. D. Londini, 1733, in-fol. — Venetiis, 1750, pet. in-fol.

Roland (Chanson de).   La Chanson de Roland ou de Roncevaux, du XIIe siècle, publiée pour la première fois, d'après le manuscrit de la bibliothèque bodléienne à Oxford, par Francisque Michel. Paris, 1837, gr. in-8. — La Chanson de Roland, poëme de Théroulde, texte critique, accompagné d'une traduction, d'une introduction et de notes, par F. Génin. Paris, 1850, gr. in-8.

Romans des douze pairs de France, n°s 1 à 11, savoir : 1° li
Romans de Berte aus grans piés, précédé d'une lettre à
M. Monmerqué sur les Romans des douze pairs, publié par
Paulin Paris ; 2° et 3° li Romans de Garin le Loherain, pré-
cédé de l'Examen du système de M. Fauriel sur les romans
carlovingiens, publié par Paulin Paris ; 4° li Romans de Pa-
rise la duchesse, publié par G.-F. Martonne ; 5° et 6° la
Chanson des Saxons, publiée par Francisque Michel ; 7° li
Romans de Raoul de Cambrai et de Bernier, publié par
Edward Le Glay ; 8° et 9° la Chevalerie Ogier de Danemarche, publiée par Barrois ; 10° et 11° la Chanson d'Antioche, publiée par Paulin Paris. Paris, 1832-1848, 11 vol. in-12.

Romans
des douze pairs
de France.

Études historiques et religieuses sur le XIVe siècle, ou Tableau
de l'église d'Apt sous la cour papale d'Avignon, par l'abbé
Rose. Avignon, 1842, in-8.

Rose, Ét. sur le
XIVe siècle.

Storia della pittura italiana, esposta coi monumenti, dal prof.
Giovanni Rosini. Pisa, 1839-1854, 7 vol. in-8, et planches
in-fol.

Rosini, Storia
della pitt. ital.

Petrarca, Giul. Celso e Boccaccio, illustrazione bibliologica, etc.,
del dottore Domenico Rossetti di Scander. Trieste, 1828, in-8.

Rossetti (Dom.),
Petrarca,
G. Celso, etc.

Le roman de Rou et des ducs de Normandie, par Wace, publ.
d'après les manuscrits de France et d'Angleterre, par Frédéric
Pluquet (et Aug. Le Prevost). Rouen, 1827, 2 vol. in-8.

Rou (Rom. de).

OEuvres de J.-J. Rousseau. Paris, 1822-1825, 21 vol. in-18.

Rousseau
(J.-J.) , OEuvr.

OEuvres complètes de Rutebeuf, trouvère du XIIIe siècle, recueillies et mises au jour pour la première fois par Achille
Jubinal. Paris, 1839, 2 vol. in-8.

Rutebeuf
(OEuvres de).

Fœdera, conventiones, litteræ, et cujuscumque generis Acta
publica inter reges Angliæ et alios quosvis imperatores,
reges, etc., in lucem missa studio Thomæ Rymer. Hagæ-
Comitum, 1739-1745, 20 tom. en 10 vol. in-fol.

Rymer, Fœder.

S

Sacchetti, Novelle. Novelle di Franco Sacchetti, cittadino fiorentino. Milano, 1815, 3 vol. gr. in-16.

S.-Hyacinthe, Mém. littér. Mémoires littéraires (par Themiseul de Saint-Hyacinthe). La Haye, 1716, 2 parties in-8.

Saint-Simon , Mém. Mémoires complets et authentiques du duc de Saint-Simon sur le siècle de Louis XIV et sur la régence, collationnés sur le manuscrit original par Chéruel. Paris, 1856-1858, 20 vol. in-8.

Sainte-Palaye, Mém. sur la chevalerie. Mémoires sur l'ancienne chevalerie, par La Curne de Sainte-Palaye. Paris, 1781, 3 vol. in-12.

Salmon , Demandes du roi Charles VI. Les demandes faites par le roi Charles VI touchant son État et le gouvernement de sa personne, avec les réponses de Pierre Salmon, son secrétaire et familier ; publiées, d'après les manuscrits de la Bibliothèque du roi, par G.-A. Crapelet. Paris, 1833, gr. in-8.

Sanchez, Poes. castellan. Coleccion de poesias castellanas anteriores al siglo XV, publicadas por T.-A. Sanchez. Paris, 1842, in-8.

Santarem, Ess. sur l'histoire de la cosmogr., etc. Essai sur l'histoire de la cosmographie et de la cartographie pendant le moyen âge, et sur les progrès de la géographie après les grandes découvertes du XVᵉ siècle,... par le vicomte de Santarem. Paris, 1849-1852, 3 vol. in-8.

Santarem, Recherches, etc. Recherches sur la priorité de la découverte des pays situés sur la côte occidentale d'Afrique au delà du cap Bojador, et sur les progrès de la science géographique après les navigations des Portugais au XVᵉ siècle ; par le vicomte de Santarem. Paris, 1842, in-8.

De Claris archigymnasii bononiensis professoribus a sæculo XI usque ad sæculum XIV (inchoavit Maurus Sartius, edidit Maurus Fattorinus). Bononiæ, 1769, 1772, 2 part. in-fol.

Histoire et recherches des antiquités de la ville de Paris, par Henri Sauval. Paris, 1724, 3 vol. in-fol.

Histoire du droit romain au moyen âge, par F.-C. de Savigny, traduite de l'allemand par Charles Guenoux. Paris, 1839, 4 tom. en 3 vol. in-8.

Supplementum et castigatio ad Scriptores trium ordinum S.-Francisci a Waddingo aliisque descriptos, opus posthumum F. Jo.-Hyacinthi Sbaraleæ. Romæ, ex typographia S.-Michaelis ad Ripam, apud Linum Contedini, 1806, in-fol.

Fac-simile der originalpläne deutscher Dome, von Chr-W. Schmidt. Trèves, 1850, pet. in-fol.

Collections d'écrivains divers, principalement ecclésiastiques : voy. *Baluze, Bolland, Canisius, Dacheri, Florez, Gerbert (Mart.), Henriquez, Labbe, Le Paige, Mabillon, Mai, Marrier, Martene, Pez...* d'historiens de France : *Bongars, Bouquet, Buchon, Daunou, Du Chesne (A.), Guizot, Pithou...* d'Angleterre : *Camden, Monumenta franciscana, Rymer, Wharton (Henr.)...* d'Allemagne : *Ekhart, Leibnitz, Ludewig, Mone, Pertz, Pez, Pistorius, Urstisius...* d'Italie : *Archivio storico italiano, Muratori.*

Notices sur la vie et les ouvrages des divers écrivains : voy. *Affò, Antonio, Bale, Bayle, Biographie universelle, Crescimbeni (G.-M.), De Visch, Du Pin (Ellies), Du Verdier, Échard, Fabricius, Fauchet, Fontanini, Foppens, Foscarini, Histoire littéraire de la France, La Croix du Maine, Leland, Liron, Mazzuchelli, Mehus, Mongitore, Morozo, Nannucci, Niceron, Nostredame, Oudin, Pits, Quétif, Raynouard, Sarti, Sbaraglia, Tanner, Tiraboschi, Trithème, Wadding, Warton (Thom.), Wright (Thom.), Ziegelbauer,* etc.

Sebast.
de Olmeda,
Novella chr.
ord. Præd.

Novella cronica ordinis Predicatorum, autore Hyspano. Rome, 1531, pet. in-4.

Secousse,
Hist. de Charles
le Mauvais.

Mémoires pour servir à l'histoire de Charles II, roi de Navarre et comte d'Évreux, surnommé le Mauvais ; par Secousse. Paris, 1755, 1758, 2 vol. in-4.

Sermon en vers.

Un sermon en vers, publié pour la première fois par Achille Jubinal. Paris, 1834, in-8 de 32 p.

Siege (The)
of Carlaverock.

The Siege of Carlaverock in the xxviii Edward I, a. D. mccc, with the arms of the earls, barons, and knights, who were present to the occasion ; whith a translation, etc., by Nicholas Harris Nicolas, esq. London, 1828, in-4.

Simler,
Epitome Bibl.
Gesn.

Epitome Bibliothecæ Conradi Gesneri, per Josiam Simlerum, etc. Tiguri, 1574, in-fol.

Songe
du vergier.

Le Songe du vergier, qui parle de la disputacion du clerc et du chevalier. Imprimé (à Lyon ?) par Jacques Maillet, l'an mil cccc quatre vints et unze, le vintiesme jour de mars. In-fol. goth. à deux colonnes.

Springer,
Handbuch der
Kunstgesch.

Handbuch der Kunstgeschichte, zum Gebrauch für Künstler und Studirende, von A.-H. Springer. Stuttgart, 1855, in-8.

Strengleikar.

Strengleikar, eda Liodabok. En Samling af romantiske fortællinger fefter bretoniske folkesange (lais), oversat fra fransk paa norsk ved midten af trettende aarhundrede efter foranstalting af kong Haakon Haakonssön ; udgivet af R. Keyser og C.-R. Unger, met lithographeret Skriftpröve. Christiania, 1850, in-8.

Summa
prædicantium.

Voy. *Bromyardi (Johannis) Summa prædicantium.*

Svenska
Fornskrift-
Sällskapet.

Svenska Fornskrift-Sällskapet, etc. Stockholm, 1844-1855, 8 vol. in-8.

T

Bibliotheca britannico-hibernica, sive de Scriptoribus qui in Anglia, Scotia, Hibernia, ad sæculi XVII initium floruerunt, litterarum ordine commentarius, auctore Thoma Tannero, episcopo asaphensi; præfixa est Davidis Wilkinsii præfatio. Londini, 1748, in-fol.

Tanner, Bibl.
britann.-hibern.

Discorsi del poema heroico, del S. Torquato Tasso. In Napoli (1594), pet. in-4. — Ou dans les OEuvres, t. IV, p. 39-127, de l'édition de Florence, 1724, 6 vol. in-fol.

Tasse (Le),
Discorso sec.
del poema
heroico.

Trattato della Dignità ed altri inediti scritti di Torquato Tasso, premessa una Notizia intorno ai codici manoscritti di cose italiane conservati nelle biblioteche del mezzodi della Francia, del cav. Costanzo Gazzera. Torino, 1838, in-8.

Tasse (Le),
Trattato
della Dignità.

Thalamus Parvus. Le Petit Thalamus de Montpellier, publié pour la première fois d'après les manuscrits originaux par la Société archéologique de Montpellier. Montpellier, 1840, in-4.

Thalamus
(Petit)
de Montpellier.

Théâtre français au moyen âge, publié d'après les manuscrits de la Bibliothèque du roi par L.-J.-N. Monmerqué et Francisque Michel, XIᵉ-XIVᵉ siècles. Paris, 1839, gr. in-8.

Théâtre fr.
au moyen âge.

Histoire des institutions d'éducation ecclésiastique, trad. de l'allemand du P. Augustin Theiner. Paris, 1841, 2 vol. in-8.

Theiner, Hist.
des instit. d'éd.
ecclés.

Θησέως καὶ τῆς Ἐμηλίας γάμοι. Stampato in Vinegia per Giovanantonio e fratelli da Sabbio, a requisitione di M. Damiano de Santa Maria de Spici, 1529, pet. in-4.

Θησέως γάμοι.

Joannis-Baptistæ Thiers, carnotensis, baccalaurei theologi parisiensis, et camporotundensis ecclesiæ parœci, de Stola in

Thiers,
de Stola, etc.

archidiaconorum visitationibus gestanda a parœcis, discep-
tatio. Parisiis, 1674, in-12.

Thiers,
des Superstit.

Traité des Superstitions qui regardent les sacrements, par J.-B.
Thiers, quatrième édition. Avignon, 1777, 4 vol. in-12.

Thomæ
a Kempis Op.

Thomæ a Kempis Opera omnia. Coloniæ Allobrogum, 1660,
3 vol. in-8.

Thomæ Aquin.
Opera.

Divi Thomæ aquinatis, doctoris angelici, ordinis Prædicatorum,
Opera ; editio altera veneta... Accedunt Bernardi-Mariæ de
Rubeis in singula opera admonitiones præviæ. Venetiis, 1765-
1788, 28 vol. in-4.

Thom. Cantim-
prat. Bon. un.

Bonum universale de Apibus, scr. a Thoma Cantimpratano, ed.
a G. Colvenerio. Duaci, 1605, vel 1627, in-8.

Thomas
(Vie de S.).

Leben des H. Thomas von Canterbury, altfranzösisch, herausgegeben von Immanuel Bekker. Berlin, 1838, in-4 et in-8. —
Appendice, dans les Mém. de l'Acad. de Berlin, ann. 1846,
p. 43-79. — Éd. publ. par C. Hippeau, Évreux et Paris,
1859, pet. in-8.

Th. Walleis,
Metamorphos.
ovidiana.

Metamorphosis ovidiana moraliter a magistro Thoma Walleys,
anglico, de professione Predicatorum sub sanctissimo patre
Dominico, explanata. Parrhisiis, 1511, in-8.

Ticknor, Hist.
of spanish
literature.

History of spanish literature, by George Ticknor. New-York,
1849, 3 vol. in-8.

Tiraboschi,
Biblioteca
modenese.

Biblioteca modenese, o Notizie della vita e delle opere degli
scrittori, etc., raccolte e ordinate dal cavaliere ab. Girolamo
Tiraboschi. Modena, 1781-1786, 6 vol. in-4.

Tiraboschi,
Stor. della
letter. ital.

Storia della letteratura italiana, del cavaliere abbate Girolamo
Tiraboschi. Roma, 1782-1785, 12 t., 9 vol. gr. in-4. —
Modena, 1787-1794, 16 vol. in-4.

Tosti, Stor. di

Storia di Bonifazio VIII e de' suoi tempi, divisa in libri sei, per

D. Luigi Tosti, monaco della badia cassinese. Pei tipi di *Bonifazio VIII.*
Monte Cassino, 1846, 2 vol. in-8.

Les Tournois de Chauvenci, décrits par Jacques Bretex, 1285 ; *Tournois (Les)*
annotés par Philibert Delmotte. Valenciennes, 1835, in-8. *de Chauvenci.*

Histoire de l'église de Meaux, avec des notes ou dissertations *Toussaints*
et les pièces justificatives, par D. Toussaints du Plessis. *du Plessis,*
Paris, 1731, 2 vol. in-4. *Hist. de l'égl. de Meaux.*

Tristan. Recueil de ce qui reste des poëmes relatifs à ses aven- *Tristan.*
tures, composés en français, en anglo-normand et en grec
dans les XIIe et XIIIe siècles ; publ. par Francisque Michel.
Londres et Paris, 1835-1839, 3 vol. très-pet. in-8.

Joannis Trithemii Annales hirsaugienses, opus nunquam hac- *Trithem. Chr.*
tenus editum, etc. Typis monast. S.-Galli, 1690, 2 vol. *hirsaug.*
in-fol.

Joannis Trithemii liber de Scriptoribus ecclesiasticis, in Biblio- *Trithem., de*
theca ecclesiastica J.-A. Fabricii. Voy. *Fabricius.* *Scriptor. eccl.*

Le Triumphe des carmes, poëme du XIVe siècle (publ. par A. *Triumphe (Le)*
Leroy et Arthur Dinaux). Valenciennes, 1834, in-8. *des carmes.*

Chronicon Nicolai Triveti dominicani ab anno 1136 ad annum *Triveti (Nic.)*
1307, in Spicilegio Dacheriano, t. VIII. — Et cum Adamo *Chronic.*
murimuthensi et Joanne Bostono, ed. Antonio Hall. Oxonii,
1719, 1722, 2 vol. pet. in-8. .

Della Architettura gotica, Discorso di Carlo Troia. Napoli, *Troia, Archit.*
1857, in-8. *gotica.*

U

Ughelli (Ferdinandi) Italia sacra. Romæ, 1644-1662, 9 vol. *Ughelli,*
in-fol. — Ed. secunda, cura et studio Nicolai Coleti. Venetiis, *Ital. sacra.*
apud Sebastian. Coleti, 1717-1722, 9 t., 10 vol. in-fol.

Urstisii Script. Germaniæ historicorum illustrium, quorum plerique ab Henrico IV imperatore usque ad annum Christi M CCCC, tomus primus, opera et studio Christiani Urstisii basiliensis. Francofurti ad Mœnum, 1670, 2 parties in-fol.

Utterson, Select pieces. Select pieces of early popular poetry (by Edward Vernon Utterson). London, 1817, 2 vol. pet. in-8.

V

Vaissete, Hist. de Langued. Histoire générale de la province de Languedoc, avec des notes et les pièces justificatives (par Claude de Vic et Joseph Vaissete). Paris, 1730-1745, 5 vol. in-fol.

Vallet de Viriville, Bibl. d'Isab. La Bibliothèque d'Isabeau de Bavière, femme de Charles VI, suivie de la Notice d'un livre d'heures qui paraît avoir appartenu à cette princesse, par Vallet de Viriville. Paris, 1858, in-8.

Vallet de Viriville, Isab. de B. Isabeau de Bavière, reine de France ; étude historique, par le même. Paris, 1859, in-8.

Vasari, Vite de' pittori. Le Vite de' più eccellenti pittori, scultori ed architetti, di Giorgio Vasari, pubblicate per cura di una Società di amatori delle Arti belle. Firenze, 1846-1857, 13 vol. in-12.

Ventimiglia, Histor. chron. Historia chronologica priorum generalium latinorum ordinis beatissimæ Virginis Mariæ de Monte Carmelo, auct. F. Mariano Ventimiglia. Neapoli, 1773, in-4.

Villain, Ess. sur la par. St-Jacques. Essai d'une histoire de la paroisse Saint-Jacques-la-Boucherie (par l'abbé Villain). Paris, 1758, in-12.

Villain, Hist. de Nic. Flamel. Histoire critique de Nicolas Flamel et de Pernelle sa femme, recueillie d'actes anciens, etc. (par le même). Paris, 1761, in-12.

Cronica di Giovanni Villani, a miglior lezione ridotta coll' aiuto de' testi a penna. Firenze, 1823, 8 vol. in-8.

Cronica di Matteo Villani, a miglior lezione ridotta coll. aiuto de' testi a penna. (E Cron. di Filippo Villani). Firenze, 1825, 1826, 6 vol. in-8.

Album de Villart de Honnecourt, architecte du XIIIe siècle ; manuscrit publié en fac-simile, etc., par J.-B.-A. Lassus et Alfred Darcel. Paris, 1858, gr. in-4. — Translated and edited with many additional articles and notes, by the rev. Robert Willis. London. 1859, gr. in-4.

Vincentii bellovacensis Speculum majus. Duaci, 1624, 4 vol. in-fol.; ou l'édition de Venise, 1493, 1494, 4 vol. in-fol.

Description du château de Couci, par Viollet Le Duc. Paris, 1857, in-8.

Description du château de Pierrefonts, par le même. Paris, 1857, in-8.

Dictionnaire raisonné de l'architecture française, du XIe au XVIe siècle, par le même. Paris, 1854-1863, vol. I-VII, gr. in-8.

P. Virgilius Maro, qualem omni parte illustratum tertio publicavit Chr.-Gottl. Heyne, etc. Parisiis, 1819-1822, 8 tom. en 9 vol. in-8.

Études sur les beaux-arts, essais d'archéologie et fragments littéraires, par L. Vitet. Paris, 1846, 2 vol. in-12.

Monographie de l'église de Notre-Dame de Noyon, par le même. Paris, 1845, in-4.

Voy. *Wright* (Thom.).

Les Églises de la terre sainte, par le comte Melchior de Vogüé. Paris, 1860, in-4.

Voyage littér. Voyage littéraire de deux religieux bénédictins de la congrégation de Saint-Maur. Voy. *Martene.*

Voyages liturg. de Fr. Voy. *Moléon (De).*

W

Wace, Rom. de Brut. Voy. *Brut (Rom. de)* et *Rou (Rom. de).*

Wace, Vie de saint Nicholas. La Vie de saint Nicholas, par Wace, publ. par N. Delius.
Bonn, 1850, in-8.

Wackernagel, Altfr. Lied. Altfranzösische Lieder und Leiche, aus Handschriften zu Bern
und Neuenburg, mit grammatischen und literärhistorischen
Abhandlungen von Wilhelm Wackernagel. Basel, 1846, in-8.

Wadding, Annal. Min. Annales Minorum, seu trium ordinum a S. Francisco institu-
torum, auctore A. R. P. Luca Waddingo hiberno, etc. Romæ,
1731-1741, 17 vol. in-fol. — Annales Minorum continuati a
P. F. Joanne de Luca veneto, et F. Jos.-Maria de Ancona.
Romæ, 1740, 1745, 2 vol. in-fol.

Wadding, Scriptor. Min. Scriptores ordinis Minorum, recensuit F. Lucas Waddingus.
Romæ, 1650, in-fol. — Ed. altera. Romæ, ex typographia
S.-Michaelis ad Ripam, apud Linum Contedini, 1806, in-
fol. Voy. *Sbaraglia.*

Walter Mapes, Latin poems. The latin poems commonly attributed to Walter Mapes, col-
lected and edited by Thomas Wright. London, 1841, in-4.

Walter Scott, Works. The Waverley novels, tales and romances (by Walter Scott).
Edinburgh, 1830-1833, 48 vol. gr. in-18. — Miscellaneous
prose works. Edinburgh and London, 1834-1836, 28 vol.
gr. in-18.

Warton, The History of english poetry, from the close of the eleventh to the commencement of the eighteenth century, etc., by Thomas Warton. London, 1824, 4 vol. in-8. Hist. of english poetry.

Metrical romances of the thirteenth, fourteenth and fifteenth centuries, published from ancient manuscripts by Henry Weber. Edinburgh, 1810, 3 vol. in-8. Weber (H.), Metr. rom.

Anglia sacra, sive Collectio historiarum de archiepiscopis et episcopis Angliæ, cura Henrici Wharton. Londini, 1691, 2 vol. in-fol. Wharton, Anglia sacra.

Voy. *Bongars, Gesta Dei per Francos.* Willelm. Tyr. Historia.

Primavera y flor de romances, o Coleccion de los mas viejos y mas populares romances castellanos, publicada, con una introduccion y notas, por don Fernando José Wolf y don Conrado Hofmann. Berlin, 1856, 2 vol. gr. in-12. Wolf (Ferd.), Primavera y flor de romances.

Ueber die Lais, Sequenzen und Leiche ; ein Beitrag zur Geschichte der rhythmischen Formen und Singweisen der Volkslieder und der wolksmässigen Kirchen-und Kunstlieder im Mittelalter, von Ferdinand Wolf. Heidelberg, 1841, in-8. Wolf (Ferd.), Ueber die Lais.

Ueber eine Sammlung spanischer Romanzen, in fliegenden Blättern auf der Universität Bibliothek zu Prag; von Ferdinand Wolf. Vienne, 1850, in-4. Wolf (Ferd.), Ueber eine Sammlung.

Joannis Wolfii Lectionum memorabilium et reconditarum centenarii XVI, cum indice Joann.-Jac. Linsii. Lavingæ, 1600, 1608, 2 vol. in-fol. — Francof., 1671, 2 vol. in-fol. Wolf (J.), Lect. memor.

Historia et antiquitates universitatis oxoniensis duobus voluminibus comprehensæ, auctore Antonio a Wood. Oxonii, 1674, 2 vol. in-fol. Wood, Hist. univ. oxon.

Anecdota literaria ; a selection of short poems in english, latin and french, etc., ed. from manuscripts at Oxford, London, Paris and Berne, by Thomas Wright. London, 1844, in-8. Wright (T.), Anecdot. lit.

Wright (T.), Biogr. brit.   Biographia britannica literaria ; or Biography of literary characters of Great Britain and Ireland, arranged in chronological order, by Thomas Wright. London, 1842, 1846, 2 vol. in-8.

Wright (T.) et Halliwell, Reliquiæ ant.   Reliquiæ antiquæ. Scraps from ancient manuscripts, illustrating chiefly early english literature and the english language, ed. by Thomas Wright and James Orchard Halliwell. London, 1841, 1843, 2 vol. in-8.

Wright (T.), Selection (A) of latin stories.   A Selection of latin stories, from mss. of the thirteenth and fourteenth centuries, ed. by Thomas Wright. London, 1842, pet. in-8.

Wright (T.), Vocabularies.   A Volume of Vocabularies, from the tenth century to the fifteenth, edited, from mss. in public and private collections, by Thomas Wright. Liverpool, privately printed, 1857, in-4.

Wyclyffe, The last age of the Church.   The last age of the Church, by John Wyclyffe, now first printed from a manuscript in the university library, Dublin. Edited with notes by James Henthorn Todd, D. D. Dublin, 1840, in-12.

Y

Ymage (Th') or Myrrhour of the wordle.   Th'Ymage or Myrrhour of the wordle, translated out of french into englisshe by me simple person Wyll. Caxton. Westminster (1481), in-fol.

Z

Zaccaria, Stor. delle proibizioni de' libri.   Storia polemica delle proibizioni de' libri, scritta da Francescantonio Zaccaria, e consecrata alla santità di nostro signore papa Pio sesto felicemente regnante. Roma, 1777, in-4.

Historia rei litterariæ ordinis S.-Benedicti, etc. Opus, a R. P. Magnoaldo Ziegelbauer ichnographice adumbratum, recensuit, auxit, jurisque publici fecit R. P. Oliverius Legipontius. Augustæ Vind. et Herbipoli, 1754, 4 vol. in-fol.

Ziegelbauer,
Hist. rei litt.
ord. S.-Bened.

TABLE

DES AUTEURS ET DES MATIÈRES.

TABLE

DES AUTEURS ET DES MATIÈRES.

B

ris, interprétait, dit-on, à Philippe le Bel, les rimes satiriques de fra Iacopone, I, 170; II, 65. Organe de la jalousie des autres peuples contre la France, I, 222. Admire, peut-être avec Giotto, l'art des enlumineurs parisiens, I, 311; II, 68. Place Rainouart «au tinel» dans son Paradis, I, 436, 437; II, 71, 106. Comment il caractérise la poésie française, I, 481; II, 65. Ce qu'il dit des quatre étoiles de la Croix du Sud, I, 535. Nombreuses preuves de ses ressentiments contre Charles de Valois, II, 67, 68. Avait lu probablement en français les poëmes sur Charlemagne et ceux de la Table ronde, 68-71. Rapport de quelques-uns de ses vers avec une complainte de Rutebeuf, 71-72. Défenseur de la langue italienne, qu'il recommande encore mieux par son exemple, 115.

Défenseur (Le) de la paix, traduction française d'un livre contre Rome, I, 377, 378, 499, 507.

Deliciosi. Voy. *Bernard Deliciosi.*

Denis de Borgo San Sepolcro, docteur de Paris, ami de Pétrarque, II, 61.

Denis de Murcie, augustin espagnol, professeur à Paris, II, 45.

Denis de Vincennes, astrologue, I, 532.

Denis Soulechat, franciscain, refuse pendant six ans de se rétracter, I, 376, 377.

Dénonciation secrète du clergé contre le roi Philippe le Bel, I, 162.

Diable; son rôle dans les œuvres d'art, II, 247, 248, 254.

Diana, salle sculptée à Montbrison, II, 276.

Dieppois (Les), à la côte de Guinée, I, 535.

Dieu ; diverses manières de le représenter, II, 244.

Digne Responde ; son hôtel, II, 206.

Dijon, école de sculpture, II, 144, 188, 277, 278.

Dinant; ses batteurs de cuivre, II, 281.

Diptyques, ne cessent point d'être en usage, II, 283.

Directorium ad faciendum passagium, I, 537.

Dit du pape, du roi et des monnoies, sous Philippe le Bel, I, 488. *Dit* contre Hugues Aubriot, 489, 490. Autres *Dits*, 493.

Docteurs (Les) de Paris, inscrits avec distinction dans le « livre de « vie » des ordres monastiques, I, 60, 61, 66, 77, 78, 79, 111. Franciscains accusés d'avoir acheté ce grade, II, 45. Religieux italiens qui l'obtinrent, 61.

Doctrinale (Poésie), ou didactique, I, 492, 493.

Dominique (Saint), fondateur de l'ordre des Prêcheurs, a-t-il mêlé des historiettes à ses sermons? I, 409. Influence de son ordre sur les lettres, 97-112 ; sur les arts, II, 158-160.

Dominique Grenier, frère Prêcheur, maître du sacré palais, I, 102.

F

G

des « Avisemens pour le roi Loys,» I, 173; du « Dit des Alliés,» 241,242, 488, et d'une chronique rimée, II, 5.

Gefroi de Nets, natif de Paris, traduit du latin en vers français la Translation de saint Magloire, I, 389.

Geoffroi d'Ablis, inquisiteur à Carcassonne, I, 103.

Geoffroi de Cornouailles, disciple et docteur de l'université de Paris, II, 7.

Geoffroi du Mans, auteur d'un Mystère de sainte Catherine, I, 496.

Geoffroi du Plessis-Balisson, secrétaire du roi, fonde le collége du Plessis, I, 268.

Géométrie ; double sens qu'on donnait à ce mot, I, 524, 525. Pratique de géométrie en français, 525.

Gérard de Bologne, docteur de Paris, général des carmes, II, 61.

Gérard de Borgo San Donnino, franciscain, le commentateur plutôt que l'auteur de l'Évangile éternel, I, 124, 125.

Gérard ou *Géraut de Daumar* ou *Domar,* général des frères Prêcheurs, sermonnaire, I, 111, 414.

Gérard de Saint-Laurent, frère Prêcheur, I, 414.

Gérart Groot, mystique, I, 379, 383.

Gérart Odon, franciscain, le « doc-« teur moral, » I, 352, 503. Compose

l'office des Stigmates de saint François, 385. Commente Aristote, 503.

Gerhard de Rile, architecte, II, 145.

Gerson. Voy. *Jean Gerson.*

Gervais Chrestien, fondateur du collége de son nom, médecin du roi Charles le Sage, II, 274, 516.

Gesta Romanorum, recueil de traditions, souvent fabuleuses, des nations d'origine latine, cité comme témoin des mœurs et des opinions, I, 146-148, 250-252. Destiné aux prédicateurs, 404. Sens du titre, II, 66.

Gieuffroi de Corno ou de *Courvot,* médecin du roi, I, 516.

Gilbert de Cantobre, abbé de Saint-Victor de Marseille, docteur en décret, I, 61.

Gilbert Hamelin, médecin du roi, I, 516.

Gilles Aicelin de Montaigu, archevêque de Rouen, fonde à Paris le collége de Montaigu, I, 267, 270.

Gilles de Rome, le premier moine augustin qui fut docteur de Paris, II, 61. Archevêque de Bourges, instituteur de Philippe le Bel, I, 83, 84, 213. Propose de faire lire à la table royale des livres français, 169, 433. Parle, mais d'après Aristote, d'une classe intermédiaire entre les nobles et les vilains, 257. Approuve l'esclavage, 382. Recommande l'enseignement de la langue vulgaire, 443. Suit Aristote en politique, 505. Du parti du pape contre le roi, 506.

Guillaume de Chanac, ancien évêque de Paris, un des fondateurs du collége de Chanac, I, 259, 347.

Guillaume de Charmont, évêque de Lisieux, célébré comme prédicateur, I, 411.

Guillaume de Coëtmohan, chantre de l'église de Tréguier, fonde à Paris le collége de Tréguier, I, 268.

Guillaume de Dormans, chancelier, I, 229.

Guillaume de Guilleville ou *de Deguilleville*, auteur des trois « Pe-«lerinages, » I, 492; II, 244; imité par Jean Bunyan, II, 19; traduit en espagnol, 53.

Guillaume de la Perenne, auteur d'un poëme français sur les guerres d'Italie, I, 489.

Guillaume de Louri, astrologue, I, 531.

Guillaume de Machau; ses vers sur la prise d'Alexandrie, I, 489, 536. Écrit et note chansons, ballades, lais, virelais, chants royaux, etc., I, 529, 530; II, 288, 289.

Guillaume de Mâcon, évêque de Poitiers, réclame contre les envahissements des frères Mineurs et des frères Prêcheurs, I, 47, 48.

Guillaume de Mandagot, canoniste, I, 397.

Guillaume de Meerbeke, dominicain, traducteur d'ouvrages grecs en latin, I, 101.

Guillaume de Melun, archevêque de Sens, fait prisonnier à la bataille de Poitiers, I, 47.

Guillaume de Monlezun, canoniste, I, 397.

Guillaume de Nangis, religieux de l'abbaye de Saint-Denis, chroniqueur en latin et en français, I, 64, 65, 429, 461.

Guillaume de Nogaret, avocat, garde du sceau royal, I, 163, 232, 240. Propose une nouvelle croisade, 537. Envoyé du roi auprès du pape, II, 5.

Guillaume de Plasian, dans l'assemblée du Louvre, dénonce le pape comme hérétique, I, 163.

Guillaume de Saint-Amour, condamné de nouveau en 1389, I, 9, 105.

Guillaume de Saint-André, auteur de vers français en l'honneur du duc de Bretagne, I, 490.

Guillaume de Saint-Cloud, mathématicien, rédige un calendrier pour vingt ans, I, 522.

Guillaume de Saint-Lô, abbé de Saint-Victor, docteur, I, 88.

Guillaume de Sauqueville, frère Prêcheur, I, 414.

Guillaume de Sauvilliac, carme, liturgiste, I, 394.

Guillaume de Tudèle, faux nom pris par l'auteur de la Chronique rimée sur la croisade albigeoise, II, 28, 43.

Guillaume d'Harcigni, guérit une fois Charles VI, I, 520.

Guillaume du Fay, de Chimai, musicien, I, 530; II, 287.

H

I

les des communes de Flandre, I, 541.

Manuscrits, effacés, I, 309, 310. Avec miniatures et lettres historiées, 311. Deviennent plus fautifs, 312. Progrès de l'enluminure, II, 260-264.

Marc de Florence, carme, docteur de Paris, II, 61.

Marc de Viterbe, général des frères Mineurs, I, 114.

Marc Paul; sa relation présentée à Charles de Valois, I, 526, 527. Une de ses observations, 535. Sa bonne foi, 539. Dicte son voyage, II, 58.

Marcel. Voy. *Étienne Marcel.*

Marchesino, frère Mineur, auteur du *Mammotrectus,* I, 369, 430.

Marguerite, écartelée et brûlée, I, 10.

Marguerite Poirette, brûlée à Paris en 1310, *coram clero et populo,* I, 10.

Mariage (*Proposition du*) des *prêtres,* faite par un évêque, I, 137.

Marin Sanudo, de Venise, trace le plan d'une nouvelle croisade, I, 140, 520, 537.

Marine; ses progrès, soit dans les voyages d'exploration, soit dans la guerre, soit dans le commerce, I, 535-542.

Marmoutiers (*Collége de*), fondé par les bénédictins à Paris, I, 62, 63.

Marriage (*The*) *of arts,* drame scolastique, imité d'un fabliau français, II, 17.

Marsile de Padoue, docteur de Paris, excommunié, I, 9, 374; II, 61. Auteur du livre intitulé *Defensor pacis,* I, 377, 378, traduit en français, 499, 507.

Martino da Canale, auteur de la Chronique française des Vénitiens, II, 58.

Mathématicien, mathématiques, mots pris souvent dans un sens défavorable, I, 521, 522.

Mathurins (*Les*), un des noms que portaient en France les trinitaires, I, 92.

Matthias d'Arras, architecte, II, 210, 243.

Matthieu Blastans, canoniste, I, 397.

Matthieu Villani, étonné des désastres de la France, I, 188, 189.

Maurice, frère Mineur, brûlé, I, 118.

Mauvais (*Le*) *riche et le ladre,* farce, I, 496.

Médecins, soumis à des examens, I, 515. Noms de quelques-uns, 515-517. Portrait de ceux de Paris, 517.

Mehun-sur-Yèvre, château bâti par le duc de Berri, II, 186, 187.

Melchior Brödlein, artiste, II, 144, 147, 188, 258.

Mémoire anonyme, adressé au concile de Vienne, I, 134, 135.

Ménageries (*Goût des*), II, 178, 188, 207.

Menagier (*Le*) *de Paris*, espèce

U

V

W

Wadding, apologiste des franciscains, I, 122, 123.

Walter Borough, moine cistercien, auteur d'un poëme latin sur l'expédition du Prince Noir en Espagne, I, 471.

Walter Burley, disciple et docteur de l'université de Paris, II, 7.

Walter Lolhard, fratricelle, brûlé, I, 9.

Walter Scott, signale le préjugé qui confondait les mathématiques avec la magie, I, 522. Fait copier à Naples une rédaction anglaise de Beuve de Hanstone, II, 9. Regarde les noms de Rusticien de Pise, Robert de Borron, Luc de Gast, comme de faux noms, II, 29, 58.

Wiclef, prêche la séparation deux siècles avant l'indépendance anglicane, I, 9, 149. Écrit en anglais contre le pape, 507, 508.

Wieland, doit son « Oberon » à « Huon de Bordeaux, » II, 32.

Wirnt de Gräfenberg, dans son « Wigalois, » copie les romans d'aventures, II, 26, 27.

Wolfram d'Eschenbach, imita-teur de plusieurs branches de « Guillaume au court nez, » II, 25, et des poëmes de la Table ronde, 26. Fait quelquefois des contre-sens dans ses imitations, *ibid.* Y conserve des vers français, 27, 33. Origine fabuleuse qu'il donne à son « Parzival, » 30, 31.

Y

Yves, bénédictin de l'abbaye de Saint-Denis, rédige en latin, jusqu'en 1316, l'histoire contemporaine, I, 64.

Yves de Kaermartin, ou *de Tréguier*, avocat, I, 232; déclaré saint, 388, 390, 453.

Yves de Vergi, fondateur du collége de Cluni, I, 67.

Z

Zazichoven. Voy. *Ulrich de Zazichoven.*

Ziriczée (Bataille navale de), racontée par Guillaume Guiart, I, 536.

Zucchero Bencivenni, dans ses traductions, fait passer en italien beaucoup d'expressions françaises, II, 75.

FIN DE LA TABLE DES AUTEURS ET DES MATIÈRES.

SOMMAIRES

DU TOME SECOND.

———

DISCOURS

SUR L'ÉTAT DES LETTRES EN FRANCE

AU QUATORZIÈME SIÈCLE,

PAR VICTOR LE CLERC.

———

TROISIÈME PARTIE.

DE LA LITTÉRATURE FRANÇAISE EN EUROPE AU QUATORZIÈME SIÈCLE.

DISCOURS

SUR L'ÉTAT DES BEAUX-ARTS EN FRANCE

AU QUATORZIÈME SIÈCLE,

PAR ERNEST RENAN.

———

PREMIÈRE PARTIE.

DE L'ART EN GÉNÉRAL.

———

SECONDE PARTIE.

LES ARTS EN PARTICULIER.

FIN DU TOME SECOND ET DERNIER.